A STUDY OF NATHANIEL HAWTHORNE IN THE
PERSPECTIVE OF MODERNITY CRITIQUES

现代性批判视域下的
纳桑尼尔·霍桑研究

蒙雪琴 著

人民出版社

目　录

绪　论
19 世纪上半叶文化语境中的
纳桑尼尔·霍桑及其创作

一、19 世纪上半叶的美国社会文化语境

著名美国浪漫主义代表作家纳桑尼尔·霍桑（Nathaniel Hawthorne, 1804–1864）生活于 19 世纪上半叶的美国社会，恰值美利坚合众国诞生的初期，那激起美国独立革命的启蒙理想、现代性（modernity）理想还在强烈地激励着人心、激励着社会，使美国社会充满着各种理想色彩，深信人自身的高贵，自身理性力量的强大，相信凭借此将会迎来新纪元。

（一）现代性的精神品格

人类社会在现代性理想的影响下发生了迄今为止最为深刻的社会转型。作为一种对人类自身认识的新理念、人类生存的新样态，现代社会与依靠神和自然的传统社会不同，它信靠的是人，依靠的是人自己的理性。美国著名的哲学家、马克思人文主义作家马歇尔·霍华德·伯曼（Marshall Howard Berman, 1940–2013），把现代性总结为人文科学与社会科学中的一个术语，指欧洲中世纪以来的历史时期，以及在此间出现、发展起来的所有极其特别的社会文化规则、思想观点及行为习惯。因此，它包括

资本文明兴起以来所有的社会文化、科学技术、思想意识形态。[1] 用当今英国最具造诣的现代社会学家之一的安东尼·吉登斯（Anthony Giddens, 1938– ）的话说，现代性一般意义上指启蒙运动产生出的社会状况、过程及话语，是工业文明或现代社会的简单表现；并更详细地指出，现代性与下列一系列事件有关："1. 与对世界的一系列观点有关，与世界可以由人的干预而改变的思想有关；2. 与一整套复杂的经济体系有关，特别是工业生产、市场经济；3. 与民族国家和大众民主等的一系列特定的政治体系有关。"作为这一系列特性的主要结果，现代社会比以往任何社会形式都具有更大的动能。它是体系的复杂体。它朝向未来，而不是过去，不同于过去的任何文化。[2]

我们在此讨论的现代性是从历史分类去研究现代性，从社会学层面去研究现代性，是豪尔赫·拉伦（Jorge Larraín, 1940– ）描述的"在马克思那里，现代性的基础是资本主义和革命的中产阶级的出现，其引起了史无前例的生产力的扩大与世界市场的兴起"；在德国著名社会学家、政治学家、经济学家、哲学家，现代最具影响力的思想家马克斯·韦伯（Max Weber, 1864–1920）的著述中，现代性紧密地与理性化的过程和世界的祛魅相连，[3] 美国学者马太·卡内林斯库（Matei Călinescu, 1934–2009）描述的资产阶级现代性也与之类似：

> 是进步的原则，对科学技术能够带来益处的信念；是对时间的新概念（时间被当作可丈量的、可以买卖的，因此，如任何其他商品一样，是可计算的金钱等价物）；是对理性的崇拜，以及在抽象人文主

---

① Marshall Berman, *All That Is Solid Melts Into Air: The Experience of Modernity*, London: Verso. 2010, pp.15–36.

② Anthony Giddens, *Conversations with Anthony Giddens: Making Sense of Modernity*, Stanford University Press, 1998, p.94.

③ Jorge Larraín, *Identity and Modernity in Latin America*, Cambridge: Polity, 2000, p.13.

义范畴下定义的自由的理想，但也是朝着实用主义的取向和对行动与成就的崇尚。①

　　从以上的论述我们可见，专家学者们的共识是，现代性的形成与启蒙直接相关，是启蒙的精神品格铸造了现代性的精神品格。②20 世纪法国著名的哲学家、社会思想家米歇尔·福柯（Michel Foucault, 1926–1984）指出，启蒙"至少在某方面决定了我们是什么，我们想的是什么以及我们所作的是什么"③。所以，启蒙理性的精神品格亦即现代性的精神品格，现代性的精神品格因此也即拥有了如此的重要品质：人的理性足以使人独立地思考，对世界作出正确的理性判断。因为启蒙理想相信，人能用自己的理性认识自己、认识世界，改进社会。④ 康德哲学就是对此的形象阐释。伊曼努尔·康德（Immanuel Kant, 1724–1804）系统地集合笛卡儿开创的唯理主义和培根开创的经验主义新思潮，发表了他著名的"三大批判"，即《纯粹理性批判》、《实践理性批判》和《判断力批判》，强调人的重要性，提出人就是人，不是达到任何其他目的的工具，应该有自由自己独立的思考，使用自己的理性判断。⑤

　　之后的许多哲人、学者都同意理性在启蒙思想中的这种中心地位，以及其在历史中对人与社会的巨大影响。著名德国哲学家恩斯特·卡西勒（Ernst Cassirer）在其《启蒙的哲学》（1932）中借用康德的话论述人在启

---

① Matei Călinescu, *Five Faces of Modernity: Modernism, Avant-garde, Decadence, Kitsch, Postmodernism*, Duke University Press, 1987, p.41.

② Jonathan Israel, *Democratic Enlightenment: Philosophy, Revolution, and Human Rights 1750–1790* , Oxford University Press; 2011, pp.3–6, 17–19. 注：在本著述中，所有如本条注释那样引自英文文献而以中文呈现的引文，都是由本著者翻译。

③ ［法］米歇尔·福柯：《何为启蒙》，载汪民安等主编：《现代性基本读本》（下卷），河南大学出版社 2005 年版，第 648 页。

④ 参见 Jonathan Israel, *Democratic Enlightenment: Philosophy, Revolution, and Human Rights 1750–1790*, Oxford University Press; 2011, p.3。

⑤ Immanuel Kant, *Critique of Pure Reason*. Pluhar, W. trans. Indianapolis: Hackett,1996, xxviii.

蒙运动中对自己获得的认识，对自己理性的强调，人的思想"对理解自己的本质、命运、自己基本的特性及使命方面获得了清晰、深刻的认识"，认为理性的运用将使人获得解放。①20 世纪英国著名哲学家贝特朗·罗素（Bertrand Russell）在其 1946 年首次发表的《西方哲学史》中指出，理性是启蒙思想的核心价值，是近代以来人敢于挑战传统权威的基石。②20 世纪后半叶英国著名历史学家罗伊·波特（Roy Porter）认为，"康德的论题，——启蒙标志人类最后的成熟，标志人类意识从不成熟的无知状态下被解放了出来"，——体现了启蒙运动极力要抓住的实质问题。③ 德国当代最重要的哲学家、社会理论家之一的尤尔根·哈贝马斯（Jürgen Habermas, 1929–　）从对世界影响深远的哲学家黑格尔的著述中看到了他对主体性自我关系结构的彰显，他对主体性自由是现代世界的原则的强调。④

因此，启蒙精神的核心价值观，也即现代性的核心价值观如下：第一，对理性的信奉，相信它是建构知识的基本方式；相信人性的自足、自立、自因、自明、自律；第二，因此，个体是一切认识和行动的出发点，在争取解放的斗争中，个体的重要性占据首要地位；提倡个体独立、自足的价值，力争个人欲望与目标的实现，认为个体的利益高于集体或社团的利益；⑤ 第三，倡导个人主义。个人主义要求"个体实现自由的权利与自我实现的权利"⑥。即个体实现自我的自由，——抵制封建和传统的限制，提倡言论、信仰、贸易、交往、社会关系及财产所有的自由。英国现当代

---

① Ernst Cassirer, *The Philosophy of the Enlightenment*, Princeton University Press, 1951, vi.

② Bertrand Russell, *A History of Western Philosophy*, New York: Psychology Press, 2004.

③ Roy Porter, *The Enlightenment*, London: Palgrave Macmillan, 2001, p.1.

④ Jurgen Habermas, *The Philosophical Discourse of Modernity*, Frederick Lawrence trans., Cambridge: Polity, 1987, p.7.

⑤ "Individualism", http://www.thefreedictionary.com/individualism,"individualism" on The Free Dictionary, retrieved,1,31, 2015 and also L. Susan Brown. *The Politics of Individualism: Liberalism, Liberal Feminism, and Anarchism*, Montreal:　Black Rose Books, 1993.

⑥ Ellen Meiksins Wood, *Mind and Politics: An Approach to the Meaning of Liberal and Socialist Individualism*, University of California Press, 1972, pp.6–7.

哲学家约翰·格雷（**John Gray**）认为，在自由主义的思想中包含着个人主义、追求平等、社会不断进步的思想。其中，个人主义和平等思想都将个体价值置于首要地位，不断进步的信念使人类社会将在世代的努力中获得社会、政治状况的不断改善。①

（二）现代性精神品格在美国精神中的体现：从建国至霍桑时代

美国国家的建立从很大程度上说，就是这种启蒙精神在美国产生巨大影响的后果。美国的许多建国之父都是启蒙精神的积极倡导者与实践者。如美国建国时著名的政治活动家、哲学家、政治理论家托马斯·潘恩（**Thomas Paine,1737–1809**）。研究者们认为他极力倡导理性思想。他当时出版的两本著名小册子《理性时代》和《常识》，其中宣扬的人权、论证人的理性如何能使人打碎传统的束缚、独立于世的思想对当时影响巨大，使美国东北部地区的十三个殖民地州的爱国者们受到启迪，乃至 1776 年宣布从英国的殖民统治下独立出来。② 托尼·戴维斯指出，潘恩的《理性时代》融合了启蒙运动激励人心的两种话语，——争取自由、争取独立的话语与人何以能够认识世界的话语。"第一种是政治性的，其灵感主要来自法国，把人类设计为'自由的英雄'。第二种源自于德国，是哲学性质的，寻求知识的自主性和整体性，强调理解而非自由，才是人性完满建构和解放的关键。这两种思想汇合在一起，在 19 世纪及其后的岁月中以很复杂的方式竞争着。"③ 潘恩在《常识》中断言："我们有力量重新开始我们的世界。与此相似的情形，诺亚方舟时代以来还未发生过，一个崭新的世界即将要诞生了。"④ 对比美国建国时设计的《人权法案》（**Bill of Rights**），明确宣称要保证自由主义哲学倡导的每个公民的自由权利：宗教信仰的自由、言论自由、出版自由、和

---

① 　John Gray, *Liberalism: Concepts in Social Thought*, Open University Press, 1995, p.4.

② 　James A. Henretta, et al. *America's History, Volume 1: To 1877*. Macmillan. 2011, p.165.

③ 　Tony Davies, *Humanism The New Critical Idiom*, University of Stirling, UK. Routledge, p.27.

④ 　Thomas Paine, *Common Sense*, Mineola, New York: Courier Dover Publications, 1997, p.51.

平聚会的自由等，①以及美国独立宣言明确宣布："我们认为下述真理是不言自明的，即，人人生而平等，造物主赋予他们天赋的权利，其中包括生存权、自由权和追求幸福的权利。政府的建立是为了保障这些权利，而政府的正当权利是被统治者授予的"②③。此外，值得注意的是，这一时期建国者们的功勋及个人成就很大程度上都是这些思想的体现。其中，本杰明·富兰克林（Benjamin Franklin, 1706—1790）的成功故事激励了当时的和之后的美国。他是美国新世界的象征，是充满开放、成功机会的新世界神话的象征；同时也帮助建立了这个新世界及新世界的这种神话。由此可见，学者们把美国定位为第一个建立在启蒙理想、现代性理想基础上的现代国家是客观、中肯的。④

分析美国社会 19 世纪上半叶那各种深入影响人心的改革运动、乐观思想、乌托邦实验可得出，虽然影响其发生的因素可以是多种的，但其中现代性理想的影响是巨大的，还在持续地对这个新生国家产生着巨大影响，使其民众沉浸在对新纪元的强烈期盼之中。人们不但对人自身力量极其信任，而且对自己作为美国人有着一种新的民族自豪感、一种明确的使命感（Manifest Destiny），认为自己的民族、自己的国家有特殊的素质、特殊的美德。这种美德也是他们追求自由、民主的结果，因而有一种再造

① "Bill of Rights", http://www.archives.gov/exhibits/charters/bill_of_rights_transcript.html, Retrieved 3, 21, 2014.
② "United States Declaration of Independence", Archiving Early America, http://www.earlyamerica.com/earlyamerica/freedom/doi/text.html, Retrieved 2,19, 2013.
③ Also see Garry Wills, *Inventing America: Jefferson's Declaration of Independence*, Boston: Houghton Mifflin Co.2002. and Michael Zuckert, *The Natural Rights Republic*, Notre Dame University Press, 1996. pp.73–85.
④ J.G.A. Pocock, *The Machiavellian Moment: Florentine Political Thought and the Atlantic Republican Tradition*, Princeton University Press.1975, p 507; Robert R. Palmer, *The Age of the Democratic Revolution: A Political History of Europe and America, 1760–1800,* Princeton University Press, Updated edition, 2014.and Jonathan Israel, Democratie Englighteninent: Phylosophy, Revolution and Haman Righte 1750–1790, Oxford Uniuersity Press,2011, ch. 16.

世界、要把美国疆土向西不断扩大的使命感。① 这种使命感，如历史学家
罗伯特·瓦尔特·约翰逊（Robert Walter Johannsen）指出的，也是林肯
在美国南北战争中，面临国家分裂危险之时，反复强调以促进国民团结一
致，以赢得内战胜利的话语。如他在葛底斯堡演讲中就把美国内战描述为
为国家的民主理想不被毁灭的斗争，是"美国明确的命运感和使命感最经
久宣言"②。

　　因此，19 世纪上半叶是美国社会充满激情与乐观思想的年代。其中，
有詹姆斯·门罗（James Monroe）总统的执政期（1817—1825 年）被称
作"好感觉的年代"（Era of Good Feelings）③；有被新找到的民主自豪感所
激励而发起的各种民主解放运动、思想解放运动，如要求放弃根据财产
多寡决定授予选举权的旧制度，而把选举权扩大到所有白种男人的民主
运动④；再如基于法国空想社会主义思想家傅立叶的理想社会模式的各种
实验。其中，布鲁克农场（Brook Farm）的实验要求废除资本主义私有制，
提倡平等、共有的社会主义制度，以及希望通过共同分担劳动，把脑力劳
动与体力劳动相结合、相协调，使人能够有闲暇享受生活与智性追求。⑤
当然，我们更不能忘了此间极其活跃的超验主义运动。超验主义者倡导
人的自助、自足、自律能力，强调万物本质上的统一，万物皆受"超灵"
（over-soul）制约，人类灵魂与"超灵"是一致的，相信人通过对"超灵"

①　Robert J. Miller, *Native America, Discovered And Conquered: Thomas Jefferson, Lewis &
　　Clark, And Manifest Destiny*, Westport, Connecticut: Greenwood, 2006, p.120.

②　Robert Walter Johannsen, et al., *Manifest Destiny and Empire: American Antebellum
　　Expansionism*, University of Texas at Arlington, 1997, pp.18–19.

③　Sean Wilentz, *The Rise of American Democracy:Jefferson to Lincoln*, New York: Horton, 2008,
　　p.181. and Harry Ammon, *James Monroe: The Quest for National Identity*, New York: McGraw-
　　Hill, 1971, p.366.

④　Alexander Keyssar, *The Right to Vote: The Contested History of Democracy in the United
　　States*, New York: Basic Books, 2009, pp.24–58.

⑤　Richard Francis, *Transcendental Utopias: Individual and Community at Brook Farm,
　　Fruitlands, and Walden*, Cornell University Press, 1997, pp.35–67.

的深思能够对宇宙有更透彻的理解。① 这是对人之神圣的充分肯定，所以爱默生的话语"相信你自己的思想"② 成了名言，成为了超验主义者的座右铭。从本质上讲，超验主义运动同时也是文学思想运动，是美国浪漫主义运动的鼎盛期。③ 如此，我们可见，虽然浪漫主义是对 18 世纪启蒙运动过度强调理性的反叛，但浪漫派的核心思想也突出表现出了人对自己理性能力认识世界的信任，他们追求个性自由、主体的解放，以摆脱封建专制主义统治，创建一个全新世界的精神，也是对启蒙运动精神的继承与发扬。④

　　另一方面，由于现代性思想的传播、由于时代对理性的强调，此时也正值西方工业革命鼎盛之期，科学的进步、技术的不断改革与创新极大地解放了人的肌体、提高了社会生产力、增强了人的自信心，这也是美国社会从以农业经济为主的传统社会向以工业经济为主的现代社会的转化时期。据瓦尔特斯（Ronald G. Walters）研究，此时期美国的农业人口比重持续下降而工业与贸易人口持续上升；产品的生产从家庭小作坊搬进了以水电或蒸汽电力为动力的生产坊或工厂；1810 年美国只有 46 个人口超过 2500 人的城市区域，1860 年有包括纽约和费城在内的 393 个城市的人口都超过了百万；世纪之初的交通既慢且艰难，到 1860 年，仅铁路就达到了 31000 英里，有效地把各地连接了起来。⑤ 再联系亨廷顿（Samuel Huntington）对被今天许多人描述为美国

---

① See Ralph Waldo Emerson, "Self-Reliance"and his "American Scholar", *The Heath Anthology of American Literature*, V1, Lexington: D.C. Heath and Company, 1994.

② Ralph Waldo Emerson, "Self-Reliance", The Heath Anthology of American Literatune, V1 Lexingron: D. C.Heath and Company, 1994, p.1542.

③ Philip F. Gura, *American Transcendentalism: A History*, London: Macmillan, 2007.

④ 刘小枫：《现代性社会理论绪论》，上海三联书店 1998 年版，第 187 页；M. H.Abrams, *A Glossary of literary Terms*, Fortworth: Harcourt Brace Jovanovich College Publishers,1993, pp.122–29; Margaret Drabble ed., *The Oxford Companion to English Literature*, Oxford University Press, 1985, p.43, 841.

⑤ Ronald G. Walters, *American Reformers 1815–1860*, New York: Hill and Wang, 1997, pp.4–5.

人身份认同核心素质的美国信条的描述，——"自由、平等、个人主义、代议制政府和财产私有化的原则"①，可见这促进了美国国家建立及早期发展的启蒙思想是美国人当今身份构建中重要的一部分，反过来这也表现出这力量当时影响人心之巨大与深入。

19世纪上半叶的美国社会处在快速变革之时期，社会传统的作用自然在迅速瓦解，各种与传统宗教思想相异的思想不断涌起，新的社会风尚在建立。这些思想涉及人的含义、社会的含义，人在自然、世界中的位置，表现出与基督教思想占主导地位的传统社会对人的不同的理解。传统社会中，人性是上帝决定的，人生的目的就在于为上帝的意志、上帝的荣耀服务，以获得彼岸世界的永恒幸福。②对此，我们可在英国1630年派往马萨诸塞弯殖民地做总督的约翰·温斯洛普（John Winthrop）在开往美洲的船上写的日记中得到清楚的认识。他把清教徒在美洲的努力看作是为实现上帝使命的特殊任务，"如果我们在此项我们已经开始的任务中虚假地应付上帝，他将撤回他对我们的庇护，我们将成为世人谈笑的话柄"③。也可见于19世纪后半叶尼采对基督教的猛烈抨击之中，"道德世界秩序意味着什么？意味着：有一个神的意志一劳永逸地存在，它规定人可以做什么、不可以做什么；一个民族、一个个人的价值，是根据他们顺从神的意志的多少来衡量"④。但在当时的启蒙思想中，人表现出了一种与这种传统完全不同的思想，表现出了要以自己的理性在世界之中做主人的欲望与决心。

---

① Samuel Huntington, *Who Are We? The Challenges to America's National Identity*, New York: Simon and Schuster, 2004, p.41.

② Samuel Eliot Morison, *The Oxford History of the American People*, New York: Mentor.1972, p.102.

③ qtd. in Susan Castillo, *American Literature in Context to 1865*, Chichester, West Sussex, UK: Wiley-Blackwell Publishing Ltd, 2011, pp.36–37.

④ 转引自吴增定：《〈敌基督者〉讲稿》，三联书店2012年版，第172页。

二、霍桑及其创作的接受

（一）霍桑在世界文学史中的地位

  1804 年出生于新英格兰马萨诸塞州塞勒姆镇的霍桑，就生活于这种充满激情、充满变革的新旧文明交替之年代。他家原是名门望族，世代都是虔诚的清教徒。霍桑是他们家在美国的第五代传人。祖辈中，第一代的威廉·霍桑与其子约翰·霍桑都是塞勒姆镇的显赫人物，是坚定的清教徒，分别参加了臭名昭著的对贵格教派的迫害及 1692 年的祛巫案，给霍桑留下了既让他感到荣耀又倍感羞耻的精神遗产。可到他的父亲纳桑尼尔·霍桑之时，家境败落，他的父亲只能到海上谋生做船长了。霍桑四岁时，父亲死于海上。霍桑及两个姐姐只好随母亲投靠娘家，由舅舅协助哺育成人，[①] 并上了博多因学院（Bowdoin College, 1821–1825），与后来成为浪漫主义著名诗人的亨利·沃兹沃思·朗费罗（Henry Wadsworth Longfellow）、后来做美国第 14 任总统的富兰克林·皮尔斯（Franklin Pierce）是大学同班同学。[②]

  霍桑一生创作短篇小说百余篇，长篇小说五部。虽然他对发表于 1828 年的第一部长篇小说《范肖》（*Fanshawe*）在当时的接受程度与销量都感到失望，并竭尽全力地找回所有的书以销毁，但当时评论家的评论并非都是负面的，如威廉·拉格特（William Leggett）在 1828 年 12 月 22 日的《评论家：文学、艺术与戏剧批评周刊》上撰文评论说，"能够写出这本充满趣味的小册子的作者，能够在我们本土文学的伟大性与丰富性上增添他的功绩"[③]。此

① Philip McFarland. *Hawthorne in Concord*, New York: Grove Press, 2004, p.17.

② Susan Cheever, *American Bloomsbury: Louisa May Alcott, Ralph Waldo Emerson, Margaret Fuller, Nathaniel Hawthorne, and Henry David Thoreau; Their Lives, Their Loves, Their Work.* Detroit: Thorndike Press, 2006, p.99.

③ qtd. in Sarah Bird Wright, *Critical Companion to Nathaniel Hawthorne: A Literary Reference to His Life and Work*, New York: Facts On File Inc.,2007, p.5.

外，他还为孩子写有《神奇之书》（*A Wonder-Book for Girls and Boys*, 1851）、《乱象树丛故事》（*Tanglewood Tales*, 1853）等及 1852 年为他的大学同学富兰克林·皮尔斯写的竞选传记。其代表作是：长篇小说《古宅传奇》（*The House of the Seven Gables*, 1851；又译《七个尖角阁的宅邸》）①、《红字》（*The Scarlet Letter*, 1850）、《福谷传奇》（*The Blithedale Romance*, 1852）、《玉石雕像》（*The Marble Faun*, 1860）；短篇小说集《重讲的故事》（*Twice-Told Tales 1837, 1842*）、《古屋青苔》（*Mosses from an Old Manse*, 1846）及《雪人及其他重讲的故事》）（*The Snow-Image, and Other Twice-Told Tales*, 1852）等。

自霍桑 1837 年发表短篇小说集《重讲的故事》给他带来巨大声誉、1850 年发表长篇小说《红字》而使其进入美国重要经典作家之列以来，一个半多世纪过去了。虽然此间文学的风格、人们的文学兴趣、思想意识都有巨大变迁，但他作为经典作家的声誉没有变，读者和评论界对他的热情持续不衰。著名学者理查德·布罗德海德（Richard Brodhead）在其《霍桑流派》（1986）中评论道，霍桑自公认的美国文学出现以来就一直吸引着评论家，是"唯一一直保持的我们过去重要岁月之一部分的美国作家"②。学者们有这样的共识，纳桑尼尔·霍桑和他的《红字》是美国学生和美国文学的学者们都同样熟知的话语。他的作品居于美国文学意识及美国文学经典之中心，对美国民族的身份建构起到了重要作用。③ 布兰德·文丽坡（Brenda Wineapple）在 21 世纪初的著述中写道：

---

① 在胡允桓安徽文艺出版社 2000 年出版的《霍桑小说全集》中，胡允桓把该小说名译作《七个尖角阁的宅邸》。本书采用韦德培的译本，韦德培把它译作《古宅传奇》。

② Richard H. Brodhead, *The School of Hawthorne*, Oxford University Press, 1986, p.8.

③ 参 见 Wendy C. Graham, *Gothic Elements and Religion in Nathaniel Hawthorne's Fiction*, Marburg: Tectum Verlag, 1999, p.5.; Marina Boonyaprasop, *Hawthorne's Wilderness: Nature and Puritanism in Hawthorne's The Scarlet Letter and "Young Goodman Brown"*, Hamburg: Anchor Academic Publishing, 2013, p.1.; Richard Millington ed.*The Cambridge Companion to Nathaniel Hawthorne*, Cambridge University Press. 2004, pp.1–3.; Rita K. Gollin, "Nathaniel Hawthorne", in *The Heath Anthology of American Literature*, V1, Lexington: D.C. Heath and Company, 1994, pp.2112–2116.

　　尽管其他已逝的白人男性作家的声誉已降——约翰·多斯·帕索斯，威廉·迪安·豪威尔斯……西奥多·德莱赛——霍桑还有力地保持着，是高中及大学课程中的重要作家。……甚而，霍桑的书信、日记、虚构作品、非虚构作品、他为孩子写的故事及早期写的蹩脚的诗歌都被收集到一起变成了厚厚的 23 集，被命名为《百年版霍桑作品集》。如果这些都还不够的话，还有那么多的文学批评都倾注到了霍桑身上，乃至于《美国文学研究》年刊每期用整章专门探讨他。①

　　接着她写道，至于传记作品，自 1864 年霍桑逝世以来，都定期有出版。我们从现当代一系列对霍桑生平的代表性研究中可见文丽坡评价的中肯：20 世纪 80 年代有詹姆斯·梅娄（James Mellow）的《霍桑和他的时代》、阿林·特纳（Arlin Tuner）的《霍桑传记》；90 年代有爱德华·哈维兰德·米勒（Edward Haviland Miller）的《我的居住地萨勒姆：纳桑尼尔·霍桑生平研究》，特·瓦尔特·赫尔伯特（T. Walter Herbert）的《挚爱：霍桑一家与中产阶级家庭的形成》。进入 21 世纪以来的代表性传记有布兰德·文丽坡的《霍桑》（2003），弥尔顿·麦尔茨（Milton Meltzer）的《霍桑传记》（2006），耶鲁大学著名教授与文学评论家哈罗德·布鲁姆（Harold Bloom）发表于 2003 年的《纳桑尼尔·霍桑》及 2007 与 2009 年的《纳桑尼尔·霍桑（更新版）》，罗伯特·麦尔德（Robert Milder）的《霍桑的居住地：文学生涯考察》（2013）。② 哈罗德·布鲁姆在其《纳桑尼尔·霍

①　Brenda Wineapple, Nathaniel Hawthorne: A Life, New York: Alfred A. Knopf, 2003. p.181.

②　参见 Arlin Turner, *Nathaniel Hawthorne, a Biography*, Oxford University Press, 1980; James R. Mellow, *Nathaniel Hawthorne and His Times,* Boston: Houghton Mifflin,1980; Edward Haviland Miller, *Salem Is My Dwelling Place: A Life of Nathaniel Hawthorne,* University of Iowa Press, 1991; T. Walter Herbert, *Dearest Beloved: The Hawthornes and the Making of the Middle-Class Family,* U of California P, 1995; Wineapple, Brenda. *Hawthorne.*; Milton Meltzer, *Nathaniel Hawthorne: A Biography,* Minneapolis:Twenty-First Century Books, 2006; Harold Bloom, *Nathaniel Hawthorne*, Broomall, Pa: Chelsea House Pub, 2003; Robert Milder, *Hawthorne's Habitations: A Literary Life*, Oxford University Press, 2013.

桑（更新版）》中充分肯定了霍桑在美国文学发展中的重要作用，认为他
的长篇《红字》《古宅传奇》，及他的一系列短篇小说，如《我的亲戚马里
诺少校》（*My Kinsman, Major Molineux*）、《小伙子布朗》（*Young Goodman
Brown*）、《通天铁路》（*The Celestial Railroad*）等都是世界文学宝库中不
可多得的经典，并盛赞他的短篇小说《羽毛头》（*Feathertop*）；认为它的
故事"如卡夫卡的《乡村医生》（*Country Doctor*）和《猎人格雷树斯》（*Hunter
Graccus*）那样奇异，……在呈现现实的秩序（order）上有着神奇的力量。
这现实延伸进了我们的现实，既不与日常现实完全一样，又没有很大程度
地超越现实的行径。可能没有哪篇英语小说能与之媲美"[1]。

（二）国外霍桑研究

　　如此持续一个半多世纪的历久弥新的霍桑经典性与批评已汇聚成了
一条历史长河，表现出了霍桑作品持久不衰的影响力如何影响读者，帮
助读者从其作品中看到美国人、美国文化及其生存体验，以及他对人、
人性、人在世界中的位置、人的生存境遇的普遍探讨，并极大地影响着
后世文学。巴赫金（Mikhail Bakhtin, 1895–1975）交往美学及其人文科
学方法论采用的"长远时间"概念认为，经典作品有如此长久不衰影响
力的原因是，我们在评价一部作品时，不能只局限于作品的同时代，因
为只有经过若干世纪的文化酝酿才能铸造出真正伟大的作品。因此，只
从近期视角观察，不易洞悉现象背后的深层涵义。"文学作品要打破自己
时代的界限而生活到世世代代之中。即生活在长远时间里，而且往往是
（伟大的作品则永远是）比在自己当代更活跃更充实。"[2]不同时期的读者、
评论家可以在特定的伟大作品中读出与他们自己时代的价值观相似的价

---

① Harold Bloom, *Nathaniel Hawthorne*, Updated Edition, New York: Infobase Publishing, 2009,
　　p.9.
② [俄] 米哈伊尔·巴赫金：《答新世界编辑部问》，载《巴赫金全集》第 4 卷，晓河译，河
　　北教育出版社 1998 年版，第 366 页。

值、观点及对人的认识，从而使这些作品意义更加丰富。美国著名文学评论家简·汤姆金斯也在其 1985 年发表的著述《轰动效应的设计》中有相似的论述："文学作品的本质总是与流行的描述体系及价值估计体系一致，"因此，"即使是'同样'的文本被不断出版，它也真正不是同样的文本了"①。

因此，在他生活的时代，在那新生的美国急于从思想文化上得到独立之时，急于呈现什么是美国人、美国性之时，他同时代的评论家、读者们，从当时的历史语境出发，从他作品中看到的更多的是在历史转折期的美国人与美国社会、那突出的美国性的表现。布罗德海德认为 19 世纪末的作家在讨论霍桑时，"他们事实上所做的是，为他们的目的创造新霍桑：从他们自己的写作计划出发，发明他作品含义可能的新阐释"②。同为美国浪漫主义重要作家的朗费罗、坡（Edgar Allan Poe）、麦尔维尔等的评论很有名，是对此的良好例证。1842 年《重讲的故事》再版时，朗费罗称赞霍桑为具有独特美国特色的美国作家，说他"不是拙劣地照抄英国杂志中的拙劣品"，而是"在自己国家人民性格、事件、传统中寻找题材，"对美国文学的独立作出了巨大贡献，是美国文学的源头之一。③ 坡也高度评价霍桑作品对美国本土场景的运用及其作品的艺术性，认为其吸引力正就在于他作品的美国性。他在 1850 年评价《重讲的故事》时说，这样的作品"属于最高级别的艺术，……表现出了霍桑卓越的天赋。这种天赋无论在美国还是其他什么地方都无人能与之相比"。因此，"没有任何其他作品的评论家能给予比《重讲的故事》更诚实的赞赏。作为美国人我们为此书感到骄傲"④。赫尔曼·麦尔维尔在他的批评文《霍桑和他的〈古屋青苔〉》

① Jane Tompkins, *Sensational Designs: The Cultural Work of American Fiction, 1790–1860*, Oxford University Press, 1985, p.196.

② Richard H. Brodhead, *The School of Hawthorne*, Oxford University Press, 1986, p.66.

③ qtd. in J. Donald Crowley, *Hawthorne: The Critical Heritage*, New York: Routledge, 1970, p.81.

④ Edgar Allan Poe, *Essays and Reviews*, New York: Literary Classics of the United States, 1984, p. 577.

(*Hawthorne and his Mosses*) 中写道，霍桑作品所揭示的是人性中的"暗黑力量"，是对人性的深度剖析；认为"世界没有认识到霍桑，……他比评论家能看到的要深刻得多"①。并为此把他的《白鲸》敬献给霍桑。19世纪末，亨利·詹姆斯对霍桑的评论也极具代表性。他写了一本专著评论他，称他"是文人圈子里，最具价值的美国天才典范……是他的国人想称赞哪个作家丰富了母语时，会最具信心地指向的作家"②。霍桑对美国建国之初的文化独立的努力所作的这种贡献也得到英国19世纪著名作家安东尼·特罗洛普（Anthony Trollope, 1815–1882）的称赞。特罗洛普1879年在《北美评论》上撰文称赞霍桑的天才，认为他的影响力渗透到了美国文学之中，使美国文学有"一种哀婉和讽刺相互交织的忧伤的潜流"，这种忧伤是霍桑独有的。③

　　20世纪之初，霍桑批评大致沿用19世纪的批评手法，仍以传记批评与历史批评为主。这一时期最有价值的霍桑研究可能是对霍桑作品题材来源的探索，钱德勒（Chandler）、德雷克（Drake）、格里菲斯（Griffiths）、禾润（Herron）、特纳（Tuner）等探讨了霍桑作品可能涉及的地名、家里的人名、新英格兰历史中的偶发事件等。④ 现代主义大师艾略特对霍桑的批评也具影响力。艾略特在肯定霍桑的杰出观察才能的同时，充分肯定了

---

① Herman Melville, qtd. in *Hawthorne's View of the Artist*, Millicent Bell ed., State University of New York Press, 1962, p.15.

② Henry James Jr., *Hawthorne,* Cambridge University Press, 2011, p.2.

③ qtd. in John L. Idol, Buford Jones, *Nathaniel Hawthorne: The Contemporary Reviews*, Cambridge University Press, 1994, p.502.

④ 参见：Elizabeth Lathrop Chandler,"A Study of the Sources of the Tales and Romances Written by Nathaniel Hawthorne before 1853", *Smith College Studies in Modern Language 1*, no. 4, July, 1926, pp.1–64; Samuel Adams Drake, "Salem Legends", *A Book of New England Legends and Folk Lore in Prose and Poetry,* Boston, Little Brown, 1901, pp. 167–201; Thomas Morgan Griffiths, *Maine Sources in The House of the Seven Gables*, Watcrville, ME: Thomas Morgan Griffiths, 1945; Ima Honaker Herrón, "The New England Village in Literature", *The Small Town in American Literature,* pp.28–69. Durham, NC: Duke University Press, 1939; Arlin Tumer, "Hawthome's Literary Borrowings."*PMLA51 ,*June, 1936, pp.543–62.

其作品中的象征主义的意义。他认为霍桑对历史的兴趣源于 19 世纪美国生活的贫乏，因此，"霍桑只能在历史之中深挖"，以使过去与现在扭结在一起，使其文本成了象征意义之潭。①

　　而在 20 世纪 20 年代初，从英国著名作家劳伦斯以及在三四十年代的一些重要的霍桑批评著述中，我们可看到对霍桑作品文学性的研究。英国现代主义大师劳伦斯对霍桑《红字》的艺术，特别是寓言艺术的称赞，表明他对霍桑对美国文学建构之重要性的肯定。他认为，《红字》是一个深刻的现世故事，而不是令人愉悦的美丽传奇。它寓意人间的险恶，是一篇寓言，"在美国艺术和艺术意识中，总是存在着这样的分裂。表象呈现得一切皆好、皆正常，满是温情……其内在的魔鬼般的象征意义是必须细查美国艺术的表层才能看到的。……那位蓝眼的可爱的纳桑尼尔深知自己内心的不快之事，他在小心翼翼地、曲折迂回地表现着"②。此外，在此期间伊瓦尔·温特斯（Winters）、F. O. 马西森（Matthiessen）、马克·万·达润（Doren）的研究也极重要。马西森此时在美国文学、美国研究中的研究极具影响力。他在其《美国的文艺复兴》中用了整整一章讨论霍桑。③

　　20 世纪中叶的美国社会与霍桑写作时的社会状况完全不一样了，但霍桑作为美国文学的主要作家的声誉依然。随着新批评在那个时代的兴起，霍桑批评迎来了一大批新的批评视角与研究成果。④ 评论家

---

① T. S. Eliot, *The Question of The Hawthome Aspect*, F. W. Dupree ed. New York: Henry Holt, 1948. pp. 108–119.

② D. H Lawrence, *Studies in Classic American Literature,* New York: Double Day, INC, 1995, pp.92–93.

③ Yvor Winters, *Maule's Curse: Seven Studies in the History of American Obscurantism,* New York: New directions, 1938.; F. O.Matthiessen, *The American Renaissance: Art and Expression in the Age of Emerson and Whitman,* New York: Oxford University Press, 1941.; Mark Van Doren, *Nathaniel Hawthorne: a Critical Biography*, New York: Viking Press, 1949.

④ Elmer Kennedy-Andrews, *Nathaniel Hawthorne, The Scarlet Letter*, Columbia University Press, 1999, pp.24–25.

们深入地探讨其作品中艺术形式的魅力、作品结构的极具艺术性，对霍桑的象征、讽刺及叙事技巧的娴熟运用等做了深入的探讨，发现了与前辈不一样的经典性。新批评的代表人物克林斯·布鲁克斯与罗伯特·番·沃伦合作编著的极有影响的短篇小说欣赏集及文学教科书《理解小说》（第一版，1943）中就含有一篇对霍桑《胎记》的探讨；然后还有其他如理查德·哈特尔·法歌尔（Richard Harter Fogle）分别于1952年及1964年出版的《霍桑小说中的光明与黑暗》、查尔斯·菲德尔森的《象征主义与美国文学》、罗伊·梅尔分别于1957年与1964年发表的《霍桑的悲剧性视野》、格蕾丝·珀利润特·外尔伯恩的《〈红字〉中的神秘七》、米利森特·贝尔的《霍桑对艺术家的观点》等作品。[①]这些作品对霍桑进行深入研究，探讨霍桑作品的文体结构，研究、阐释其中反复出现的意象、背景，或人物类型，对霍桑作品做了独到的鉴赏与阐释，揭示了其丰富的文学性；把它们真正当作文学作品来读，而不只是反映清教思想或殖民时期思想的艺术品，适当地矫正了20世纪过多地从作者经历去解读的倾向。如法歌尔为霍桑百年逝世纪念再版的《霍桑小说中的光明与黑暗》认为，霍桑作品可从诸如一系列简单与复杂、光明与黑暗、清晰与含混、表象与真实等对立意象中得到最好的解读，对这些对立组合的阐释能使人得到真正理解这位新英格兰伟大作家的途径。

20世纪后半叶后结构主义批评的兴起激起了对霍桑从不同视角批评的浪潮。弗雷德里克·C.克鲁斯（Frederick C. Crews）的《父辈们的罪恶：霍桑的心理探索主题》（1966）采用西格蒙德·弗洛伊德（Sigmldnd

① Richard Harter Fogle, *Hawthorne's Fiction: The Light and the Dark,* University of Oklahoma Press, 1952, 1964; Charles Feidelson, *Symbolism and American Literature*. University of Chicago Press, 1953; Roy R.Male, *Hawthorne's Tragic Vision*, University of Texas Press, 1957; Grace Pleasant Wellbom,"The Mystic Seven in *The Scarlet Letter*", *South Central Bulletin* 23, 1963, pp.23–3l; Millicent Bell, *Hawthorne's View of the Artist*, State University of New York Press, 1962.

Frend, 1856–1939）心理分析的视角，极具影响力，是霍桑心理学批评中标志性研究，激起了之后从这一视角对霍桑进行探讨的研究。该书认为，霍桑的深刻就在于他"关注的是人更深层的心理，""矛盾"是他作品的显著特征。这种特征：

> 不是说教策略，而是对他最深刻主题的极大倾心与恐惧间的强有力的张力的表现。因就在他说教的表象下，常常与它矛盾的是对人性中那种可怕的、不可控的、因而是非道德的因素的明确洞察……他想避开它，但就在重重理性与虚饰言辞的覆盖下，它坚持着自己的言说权力。①

它表现出对"情感的关注——那种自我分裂、自我折磨的人的情感"②；并说，这样的呈现有如菲利普·拉夫的描述："一种深埋的强烈和激情——一种对体验渴求的不安、但又充满对失去体验机会的痛惜……不但忧心忡忡地为自己的欲望而内疚，也为对欲望的弃绝而内疚"③。

之后的一系列霍桑心理批评研究有：格洛丽亚·C.尔里奇的《家庭主题与霍桑小说：坚韧的网》、艾德文·哈维兰德·米勒的《萨勒姆是我的居住地：纳桑尼尔·霍桑生平研究》、乔尔·菲斯特的《个人生活的成型：霍桑小说中的阶级、性别、与心理》、南希·邦杰的《纳桑尼尔霍桑短篇小说研究》及大卫·哥利文的《男性的脆弱：霍桑、弗洛伊德与性

---

① Frederick C.Crews, *The Sins of the Fathers: Hawthorne's Psychological Themes,* University of California Press, 1966, p.8.

② Frederick C.Crews, *The Sins of the Fathers: Hawthorne's Psychological Themes,* University of California Press, 1966, p.7.

③ Frederick C.Crews, *The Sins of the Fathers: Hawthorne's Psychological Themes,* University of California Press, 1966, p.7.

别政治》。① 这些著述，分析犀利、新颖，剖析了霍桑作品表现的人物的心理结构、俄狄浦斯情结引起的种种心理问题等，认为霍桑作品的深度就在于他所表现出的这些对人的根本性心理认识的智慧、对人隐藏的各种心灵景观的清醒认识。如：南希·邦杰（Nancy L. Bunge）认为，普遍深藏于霍桑作品中的智性、情感、心理探索上的丰富性，是当今都难以超越的。事实上，随着对历史、文学、社会学、心理学的了解越来越深入，学者们在霍桑作品中探索出了越来越多的意蕴。他们认为，在各代人中、各种文类中、各种语言的作品中，很少有作家能够像霍桑那样清醒地认识到人心灵隐藏的种种景象。更为触动读者的是，作者在对人物的罪恶、负疚感、残忍、妄自尊大的探讨时所表现出的深刻领悟与极度怜悯。大卫·哥利文出版于 2012 年的《男性的脆弱：霍桑、弗洛伊德与性别政治》综合心理分析与酷儿理论分析霍桑，看到了霍桑人物心灵展现的细腻、深入。

女性主义批评是这一时期霍桑研究的另一重要视角。妮娜·贝母（Nina Baym）、詹姆斯·华利斯（James Wallace）、杰米·巴娄（Jamie Barlowe）、约翰·L. 艾达尔（John L. Idol）、梅琳达·M. 庞德尔（Melinda M. Ponder）、罗伯特·K. 马丁（Robert K. Martin）、罗润·伯伦特（Lauren Berlant）等众多的批评家从女性主义视角探讨纳桑尼尔·霍桑。他们的探讨集中于《红字》中的海斯特，但对霍桑作品其他长篇中的女性人物，从《范肖》中的艾琳·郎屯，到《福谷传奇》中的齐诺比亚、蒲丽丝拉，到《玉石雕像》中的希尔达、玛丽安，到《古宅传奇》中的菲比、赫普奇芭；对霍桑短篇中的女性人物，如《拉帕奇尼的女儿》中的比阿特丽丝、《胎

---

① Gloria C. Erlich, *Family Themes and Hawthorne's Fiction: the Tenacious Web,* Rutgers University Press,1984.; Edwin Haviland Miller, *Salem is My Dwelling Place: A Life of Nathaniel Hawthorne,* 1991.; Joel Pfister, *The Production of Personal Life: Class, Gender, and the Psychological in Hawthorne's Fiction,* Stanford University Press,1991.; Nancy L. Bunge, *Nathaniel Hawthorne: A Study of the Short Fiction,* New York: Twayne, 1993.; David Greven, *The Fragility of Manhood: Hawthorne, Freud, and the Politics of Gender,* Ohio State UP, 2012.

记》中如夏娃般完美的乔治亚娜、《小伙子布朗》中的淑贞·布朗等都有比较深入的研究；表现出评论家与传统霍桑批评中对这些女性人物不一样的理解，质疑过去普遍接受的霍桑有厌女倾向的观点，认为他作品虽然表现出了对女性、女权主义思想的矛盾心理，但也表现出了他的支持，形象而深入地呈现了他对女性生活、女权运动的观察，表现出了对女性及反叛女性在社会中处境艰难的同情。如：著名文学批评家妮娜·贝姆20世纪80年代的论著探讨了霍桑作品对女性人物的同情、女权主义思想的显现，[1]罗润·伯伦特称敢于行动又善于给予呵护的海斯特象征着"妇女身体蕴含着自然最纯洁之光之性质的爱"，[2]詹姆斯·华利斯、杰米·巴娄虽然都以霍桑把当时其他竞争性女作家称为"涂鸦女暴民"（mob of scribbling women）为起点，也认为霍桑作品表现出了女性在社会生活中的艰难与重要。[3]艾达尔、庞德尔的《霍桑与妇女：霍桑传统的形成与壮大》收集了20世纪最后10年许多美国著名霍桑评论家的文章，展现了霍桑对女性肯定的、复杂的态度，揭示了霍桑深刻了解女性，特别是女性批评家、读者、作家，对当时读者群的形成起了重要的作用，而这反过来促成了他的成功。[4]艾米丽·比迪克研究霍桑自其《红字》1850年发表至今以来在女性作家中的影响，发现了她认为是霍桑传统的存在。[5]罗伯特·克·马丁的《海斯特就是我：纳桑尼尔·霍桑与性别的焦虑》审

---

[1]　Nina Baym, *The Scarlet Letter: A Reading*, Boston: Twayne, 1986.; Nina Baym, "Thwarted Nature: Nathaniel Hawthome as Feminist", In *American Novelists Revisited: Essays in Feminist Criticism*, ed. Fritz Fleishmann, pp.58–72. Boston: G. K. Hall, 1982.

[2]　Lauren Berlant, *The Anatomy of National Fantasy: Hawthorne, Utopia, and Everyday Life*,Chicago: University of Chicago Press 1991, p.94.

[3]　James D.Wallace, "Hawthome and the Scribbling Women Reconsidered," *American Literature* 62（1991）: 201–22.; Jamie Barlowe. *The Scarlet Mob of Scribblers: Rereading Hester Prynne*, Southern Illinois University Press, 2000.

[4]　John Idol Jr. ed. *Hawthorne and Women: Engendering and Expanding the Hawthorne Tradition*, University of Massachusetts Press, 1999.

[5]　Emily Miller Budick, *Engendering Romance: Women Writers and the Hawthorne Tradition, 1850–1990*. Yale University Press, 1994.

视男性小说家、批评家在写女性人物时面对的一些问题，认为在一个把写作或其他艺术看作无阳刚之气的职业的时期写作，霍桑感到了从一个女性视角写作的不自在，然而，霍桑并没有完全回避异性，而且从他的作品可看出当时的几个意志坚强、独立的女性人物对他一些作品人物的影响。马丁认为，霍桑对海斯特的磨难与被迫害的呈现似乎就是对他自己个人经历的呈现，在霍桑的艺术与海斯特的罪恶之间有一种联系：那个戴着刺绣奇异的字母 A 的海斯特是个艺术家，一个拒绝承认罪恶的艺术家。①

　　20世纪末以来，批评家们倾向于用文化批评的视角，把霍桑及其作品放在与之相关的文化、历史语境中，再结合多样化的批评方法，解构主义的、新历史主义的、精神分析法的、酷儿理论等，批评家们读出了与此前的各种批评手法揭示的不同的霍桑。他对传奇小说的定义及他的修辞技巧、历史及他家族的显赫人物如何造就了他，以及他又怎样深刻地探索了他那时期困扰人心的宗教、历史、政治、伦理、蓄奴、女性主义等问题。一些批评家认为霍桑作品的价值就在于它们对所描绘时代的呈现；一些评论家认为，霍桑的持续影响力在于他对那个时代人的呈现不仅从人性的普遍本质把握而作，也是从那时代崛起的中产阶级文化来把握，而后者自那以后一直强烈地影响着西方社会的人。我们看一下这时期霍桑研究的部分代表作：著名当代美国批判理论思想家希利斯·米勒的《霍桑与历史：解构之》、T·瓦尔特·赫尔伯特的《挚爱：霍桑与中产阶级家庭的形成》、卡伦·凯尔卡普的论文《隐藏在我们表象下的我们：〈红字〉的同性恋解读》、丹·麦卡尔的《他方的居民：纳桑尼尔·霍桑与亨利·詹姆斯》、菲利普·詹姆斯·麦克法伦德的《康科德的霍桑》、约翰·阿尔维斯的《作为政治哲学家的纳桑尼尔·霍桑：革命

---

① Robert K. Martin, "Hester Prynne, *C' est Moi*: Nathaniel Hawthorne and the Anxieties of Gender", In *Engendering Men: The Question of Male Feminist Criticism*, Eds. Joseph A. Boone and Michael Cadden, New York: Routledge, 1990, pp. 122–39.

思想的本土化与个人化》、罗伯特·麦尔德的《霍桑的居住地：文学生涯考察》。①

　　T. 瓦尔特·赫尔伯特的《挚爱：霍桑与中产阶级家庭的形成》从霍桑与其妻子索菲亚的婚姻开始考察，揭示出其中也充满着相互厌恶、争斗，揭示出他们的婚姻怎样表现出了 19 世纪社会的矛盾，并以此解读为什么霍桑作品中有大量关于悔过的主题，女权主义理想的破灭、同性诱奸、通奸、弑父罪、乱伦等的主题。约翰·阿尔维斯的《作为政治哲学家的纳桑尼尔·霍桑：革命思想的本土化与个人化》以霍桑的短篇及其他经典长篇作品如《红字》为例，认为霍桑通过其作品中既具神性又受制于道德约束的人物，戏剧性地展现了建国之父托马斯·杰弗逊等在《美国独立宣言》中明确宣称的个人的独立、自由、平等的权利，表明规范个人关系的契约与个人对集体责任间的互补关系，证明霍桑支持当时的人性新论，是理性的爱国者。罗伯特·麦尔德的《霍桑的居住地：文学生涯考察》研究了霍桑近四十年的生活与文学生涯，广泛地检审霍桑的主要虚构作品及他的日记、信件，梳理出了他的居所是对他的性格与工作产生了形成性影响的生活场所与文化场所，呈现出了两个霍桑，作为一个自我分裂的人和一个被现实本身深深吸引、并能非常娴熟地对之进行处理，但又本能地为心灵深处感

---

①　这一系列著述对应的英文名如下：J. Hillis Miller, *Hawthorne and History: Defacing It*, Cambridge: Basil Blackwell, 1991.; T. Walter Herbert, *Dearest Beloved: The Hawthornes and the Making of the Middle-Class Family*, U. of California Berkeley Press, 1995.; Karen L.Kilcup, "'Ourself behind Ourself, Concealed—': The Homoerotics of Reading in *The Scarlet Letter*." *ESQ: A Journal of the American Renaissance* 42, 1996: p.p1–28.; Dan McCall, *Citizens of Somewhere Else: Nathaniel Hawthorne and Henry James*, Comell University Press, 1999.; Philip James McFarland, *Hawthorne in Concord*, New York: Grove Press, 2004.; John E. Alvis, *Nathaniel Hawthorne as Political Philosopher: Revolutionary Principles Domesticated and Personalized*, New Brunswick:Transaction Publishers, 2011.; Robert Milder, *Hawthorne's Habitations: A Literary Life*, Oxford University Press, 2013.

到的虚无而恐惧的作家。

（三）国内霍桑研究

从中国期刊全文库、全国报刊索引检索看，国内对纳桑尼尔·霍桑的研究主要集中在从20世纪末80年代至今，研究以论文为主。论述对象大多数是关于《红字》的，对霍桑其他作品的研究主要集中在他的长篇《七个尖角阁的房子》《福谷传奇》，他的短篇《胎记》《牧师的黑面纱》《伊桑·布兰德》《拉帕奇尼的女儿》《婚礼上的丧钟》《我的亲戚马里诺少校》《白衣老处女》《小伙子古德曼·布朗》等上。这些研究运用心理分析、女性主义、原型批评、社会文化批评、后结构主义精神分析、接受美学、叙事理论、比较研究、生态文学批评、跨学科视角等的批评路径对霍桑作品的主题、写作风格等进行探讨。从研究特色上看，随着我国改革开放的深入、国内对外国文化引进的深入，霍桑研究也表现得更加成熟，批评视角也更具多元化的态势。早期研究，如熊玉鹏的《〈红字〉浅论》（《外国文学研究》1980年第1期），黄水乞的《霍桑与〈红字〉》（《外国文学》1995年第11期），对作家及其作品做比较单一的研究及总括性的介绍等。

20世纪末至今的二十年来，我国霍桑研究呈现出发展快速之势，表现出越来越关注外国文学批评新动向，在对作家及其作品的批评中都有对外国最新文学研究动态的借鉴，把外国20世纪末以来采用的各种文学批评手法用于对作品的各种主题的探讨，及作品风格、形式的探讨。对其风格、形式的探讨，如甘文平在其《惊奇的回归——〈红字〉中的海斯特·白兰形象解读》一文中，认为作者出乎意料地安排白兰的最终"归来"是对小说结构本身形式上对称美的安排，并且也是白兰这个人物性格的刻画的需求。它一方面使白兰表现出虔诚悔过的姿态，但在她"内心深处始终跳动着一颗鲜活的叛逆之心。随着她的'回归'，她那颗跳跃的心发出的声响又回荡在波士顿小镇的每一个角落"①。另一些论者从 20 世纪中后期兴起的空间批评视角对霍桑作品风格进行观照。毛凌滢认为《红字》从人物心理空间的建构的展现到历史、社会文化空间与叙事意义构建，既注重表现人物内在的心理空间，也进行了外在的文化空间的描述，"目的是把故事放到一个更广阔的社会文化空间之中，不仅形成一种强烈的前后对照，也使读者可以从一个不同的视角来看待主人公的罪行和清教法规的严厉"②。黄诗海等认为《红字》通过建构物质空间、精神空间和社会空间，并使其互相介入、互相结合、互相叠加，有时甚至互相抵触与冲撞。这样的创作，表现出作者对艺术表现形式的卓越把握，同时又展现了作者的道德探问。如此空间的建构，既给予了作品艺术魅力，又表现出了关于人类精神生态危机的主题和意蕴。③

对霍桑作品的主题探讨也表现出多种不同的视角：如作品的生态意识、对女性生存的思考、对现代性的批判意识、宗教主题的探讨、霍桑的人性观、世界观等。大量论者对其宗教主题进行探讨，如有论者认为霍桑作品表现了霍桑对清教主义既怀疑又认同的矛盾观点。认同主要表现在其对人性的观点，同意它所表现的人性恶的观点；怀疑、批判之处，表现在他对清教对人性压抑的严酷上。有不少论者以霍桑的《红字》为例，认为其展现了霍桑自己矛盾、彷徨的宗教观念。一方面，那"红字"就是罪恶的代名词，作品中的几个主要人物都是有罪的，应该接受相应的惩罚，为自己的罪恶赎罪；另一方面，海斯特·白兰胸口的"红字"、珠儿作为活着的"红字"、亚瑟·阿姆斯戴尔内心的"红字"，以及罗杰·齐林沃思罪恶行为的"红字"，都一一刻画着清教的罪恶与残酷，是对正当人性

---

① 甘文平：《惊奇的回归——〈红字〉中的海斯特·白兰形象解读》，《外国文学研究》2003 年第 6 期，第 66 页。

② 毛凌滢：《多重空间的构建——论〈红字〉的空间叙事艺术》，《江西社会科学》2009 年第 5 期，第 49 页。

③ 黄诗海、郑芷芳：《纳桑尼尔·霍桑的空间艺术——论〈红字〉的空间建构》，《安徽理工大学学报（社会科学版）》2010 年第 3 期。

的压抑。① 另有论者认为，"霍桑作品为挽救人类因原罪论造成的与上帝疏离的危机，修正清教徒极端主义本体论和认识论，寻找失落的基督精神、走向一种人性化的宗教作了可贵的尝试"。② 还有论者认为，他对人性黑暗的观点来自于加尔文教，但他的思考超越了加尔文教的神学体系。他前期作品关注这种人生黑暗的力量以及这种否定性知识对信仰体系构成的直接挑战，以清教历史自身的语言颠覆了其稳定的意指体系。③ 少数论者还从现代性的视角阐释霍桑，如方文开以《福谷传奇》为研究对象，认为霍桑利用其中的叙述者卡佛台尔对城市化、工业化的旁观表达彰显了作家对环境问题、公众利益和生存条件的关注，对孤独异化与人性恶的揭露，对人身份流动的关注；表达了对世界主义想用一个统一的秩序重新规范一个不断分化的世界是不可能的，表现了作家对女性在世界主义文化境遇下生存的艰难的同情。④

　　对作者人性观、世界观的探讨，如：田俊武 2012 年发表的《简论纳撒尼尔·霍桑小说中的"夜行"叙事》以荣格和卡佩尔的神话理论为视角，分析《小伙子古德曼·布朗》《我的亲戚马里诺少校》和《红字》等作品中的"夜行"叙事，认为霍桑作品中反复出现的"夜行"叙事使作者能更好地表现对"人性恶"阴暗心理的认识。⑤ 李园通过探讨《小伙子古德曼·布朗》中以人名及颜色为主的象征，认为其表现了"人世还有什么善，罪恶乃人类天性"的主题。⑥ 有论者认为，霍桑像 19 世纪末以来的现代派作家那样看待人，认为人的根本驱动力不是理性而是非理性，即本能和

---

① 刘丽霞：《认同与怀疑的交织——论〈红字〉的清教观》，《山东行政学院·山东省经济管理干部学院学报》2003 年第 2 期；高建梅：《从纳桑尼尔·霍桑的〈红字〉解读其宗教观念》，《名作欣赏》2014 年第 5 期。

② 张晶：《从宗教哲学视角解析霍桑作品中的清教主义观》，《外语教学》2005 第 5 期，第 86 页。

③ 尚晓进：《清教主义与假面剧——谈霍桑创作前期的宗教思想》，《解放军外国语学院学报》2008 第 2 期。

④ 方文开、刘衍：《卡佛台尔：霍桑反思现代性的载体》，《外国文学研究》2014 年第 1 期。

⑤ 田俊武：《简论纳桑尼尔·霍桑小说中的"夜行"叙事》，《国外文学》2012 年第 4 期。

⑥ 李园：《试谈〈小伙子古德曼·布朗中的象征〉》，《小说评论》2013 年第 10 期。

无意识。它深奥莫测、变化多端、不可靠，甚至有从恶的欲望。对人性的如此呈现，就如同叔本华的唯意志论和悲观主义美学、尼采的强力意志美学、柏格森的生命哲学和直觉主义美学、到弗洛伊德的泛性欲论和精神分析美学那样，把非理性因素提升到了人的本体论的高度。① 张晓毓在审视基督教相关观点的基础上，审视霍桑关于理性的观点，认为霍桑的作品呈现"理性之罪"是要人认识到自己的有限性，知道自己不管在理解力、预测能力上都有自己的局限，不能因自己理性的一点成就而盲目自信。②

对霍桑女性主题的探讨也颇多，如，有论者认为霍桑通过《红字》中海丝特·白兰的呈现，表现了自由民主、追求进步的思想，认为她是女性追求独立自主的典范；作者通过海斯特张扬了叛逆的个性，象征了道德升华。她在漫长而卓绝的抗争中，完成了自身的追求，而且改变了周围人们的看法和社会的世俗观念，使社会得到了不断的进步与完美。③ 另有论者认为《红字》中的海斯特是霍桑塑造的女性争取自身的独立和解放的楷模，表达了男女两性应当建立一种新型关系的愿望，但同时，也表现了女性在实现自身社会价值的过程中，也要注意对家庭的依附性和母性的意义。④ 还有论者也以《红字》为例，探讨霍桑的妇女观，认为《红字》中虽然女主人公海斯特最终赢得了人们的尊重，她的女儿珍珠被安排了良好的结局，但通过叛逆女性由于放弃了作为女人本性，背弃了女人的自然角色而处于孤独生活的境地，作者表现有对男权父系文化某种程度的认同，及他对这种传统观点的既爱又恨的态度。⑤

---

① 蒙雪琴：《纳桑尼尔·霍桑与现代主义文学非理性主义》，《国外文学》2006 年第 2 期。
② 张晓毓：《论霍桑的"理性之罪"》，《语文学刊》（高教版）2006 年第 7 期。
③ 吴玉华：《鲜红的 A 字霍桑的投影——〈红字〉海丝特形象与霍桑之思想》，《西南民族大学学报（社会科学版）》2005 年第 8 期；时晓英：《海斯特的另一面——重读〈红字〉》，《烟台师范学院学报》2004 年第 1 期。
④ 黄立：《霍桑笔下的女性神话》，《西南民族大学学报》2004 年第 9 期。
⑤ 李曼曼：《女性主义视阈下重构纳桑尼尔·霍桑》，《赤峰学院学报（社科版）》2012 年第 9 期。

专著形式的霍桑研究现有方成教授1999年发表的《霍桑与美国浪漫传奇研究》（英文版）（陕西人民出版社，1999年版）及方文开与代显梅两位学者的著述。方文开的著述《人性·自然·精神家园：霍桑及其现代性研究》概述了霍桑的生平、创作策略及国内外霍桑研究史，总结出了霍桑研究的八大研究范式。它们是：一、美国文学史建构与重构语境中的霍桑式罗曼司，二、道德—哲学批评范式，三、历史—传记研究范式，四、形式批评范式，五、心理学——精神分析批评范式，六、结构主义研究范式，七、比较文学范式，八、解构主义之后的后现代与文化批评等批评范式。然后集中两章从内容到形式探讨了霍桑的审美现代性，认为其表现形式是：内容上揭示了人类精神的荒芜状态——异化的现实与人的异化，以及精神家园的寻求；形式上霍桑作品如审美视角的内向性，否定确定的意义、含混的表现，浪漫主义反讽的叙事模式等的采用是霍桑审美现代性的表现。①

代显梅的《超验主义时代的旁观者——霍桑思想研究》采用文化研究的视角，将霍桑的文学作品置于他所生活的时代和文化思想传统中进行分析，从作家19世纪三四十年代的短篇小说、书信、笔记、日记和小品文探讨其生活观，认为他的生活观主要强调的是那物质、科技快速发展时代所忽略的"家庭"和"田园"；然后从霍桑的长篇《红字》《古宅传奇》《福谷传奇》《玉石雕像》（也有译者译为《农牧神雕像》）分别探讨他的道德观、历史观、进步观、人性观，最后两章又分别讨论霍桑的女性观及霍桑思想的传统性与现代性；认为他的妇女观是复杂的，既有对女性的同情，但也反对女性扮演社会角色。最后一章探讨认为霍桑思想的现代性指的是，"他的思想与我们现代生活的相关性"②。这种现代性最突出的表现是，

---

① 方文开：《人性·自然·精神家园：霍桑及其现代性研究》，上海外语教育出版社2008年版。

② 代显梅：《超验主义时代的旁观者——霍桑思想研究》，社会科学文献出版社2013年版，第234页。

文明的发展中理智与情感应保持平衡，但也指出：

> 霍桑思想的现代性又与现代主义文学作品体现出来的现代性有根本的不同。建立在启蒙理性基础之上的现代性是人的主体性力量的发展与展示……而霍桑却是以他对上帝的绝对信赖让他的作品避免了现代性的宗教信仰缺失，也避免了对人的主体性力量的过分夸大，这就让他的作品多了一份神圣的希望与温暖。①

三、目的与意义

笔者在阅读了大量霍桑的影响力解析之后深深地被霍桑作品不同的声音触动，渴望把自己认为霍桑作品未被深入挖掘的力量表现出来，渴望在霍桑批评的波澜壮阔长河之中加上自己的一朵浪花，从不同的角度阐释霍桑作品何以能在风云变幻的一个半多世纪的历史中保持经久不衰的吸引力的根本性原因。有如埃拉姆·韦赛（H. Aram Veeser）给《新历史主义》集子的序中指出的那样，笔者也认为，"人的每一行动事实上都由一系列客观实践促成"②。因而也采用文化批评的方法，把霍桑的主要长短篇作品放在对社会的、政治的、历史的、文化的语境解读过程中进行研究，即采取各种文本间的互读，互构方式（包括文本互读和历史事件互读），也即是利用各种观点，或者说视角——社会的、政治的、美学的、文化的——间性关系的解读，从中阐释出作者及作品的美学意图和政治、文化倾向，阐释出这些意图与倾向的文化成因，或者说意识形态渊源，并读出文本的多重意义。这样的解读主要基于现代性批判理论，是从文本到历史和文化的解读过程，但同时也是采用新批评的细读文本的过程，并结合其他文艺

---

① 代显梅：《超验主义时代的旁观者——霍桑思想研究》，社会科学文献出版社 2013 年版，第 235—236 页。

② H. Aram Veeser, ed. *The New Historicism*, New York: Routledge, 1989, p.xi.

批评理论。其中主要有 20 世纪中后期以来兴起的存在主义、空间批评、生态文学批评、女性主义批评等，以及从弗洛伊德到荣格以来的现代精神分析理论、创伤理论。

如此分析霍桑文本，呈现出站在那历史十字路口的霍桑，用他作品创造的一个个各具特色的历史时空，隐喻式地、曲折迂回而又极其触动人心地在述说着那历史十字路口的人、人性、人的生存境遇及前景，阐释着宗教文明态势下的人、人性及生存境况，同时也阐释着新兴资本文明态势下的人、人性、人的生存境遇、人类的前景等。面对现代性文明带来的巨大变迁，有较多的评论家认为霍桑持保守态度，因而他未能看到现代性理想许诺的新天地；[①] 也有观点认为，他很矛盾，既有保守的一面，但同时也

---

① 对此观点，我们略举自 20 世纪中叶以来的一些专家学者的观点以说明。如：鲁塞尔·柯克在 20 世纪中叶发表的著述中指出，"霍桑是那新英格兰转折时期最具影响力的保守思想家……没有多少其他美国人像他那样地扎根于传统，怀疑变迁而根深蒂固地保守"。Russell Kirk, *The Conservative Mind: From Burke to Eliot* (1953), Washington, D.C: Regnery Publishing, 2001, pp.250–251; 查尔斯·斯旺和拉里·J. 雷诺兹都在其著述中论及了 20 世纪 90 年代前后评论界对霍桑保守主义倾向的比较一致的观点，认为霍桑的 "中心问题是保守主义的（axis of conservatism）"。Charles Swann, *Nathaniel Hawthorne: Tradition and Revolution*, Cambridge University Press, 1991, pp.2–4; Larry J. Reynolds, *A Historical Guide to Nathaniel Hawthorne*, Oxford University Press, 2001, p.189. 比如，他们都论及了著名的美国文学评论家萨克万·博科维奇以《红字》中海斯特最后的回归重新戴上红字 A 所象征的保守主义意蕴。Sacvan Bercovitch, *The Office of The Scarlet Letter*, Johns Hopkins University Press, 1991; 克拉克·戴维斯把霍桑政治上对激进主义的否定态度更多地与霍桑认为的人与地方的强烈依恋关系相连，"世界不可能轻易地通过个体经由时间或空间的延展而被重塑，……外在世界并不是可以被无限塑造的：个体必须在时间和社会团体内把握好自己的位置，以寻找到'更加真实的生活。'" Clark Davis, *Hawthorne's Shyness: Ethics, Politics, and the Question of Engagement*, JHU Press, 2005, pp.152–153；2007 年版的《霍桑剑桥导论》指出霍桑的保守在于通过如《新亚当夏娃》等许多短篇小说在隐晦地把妇女的位置仍归于传统的范畴，而不是如 19 世纪在启蒙认识观的激发下表现出的女性主义妇女观。Leland S. Person, *The Cambridge Introduction to Nathaniel Hawthorne*, Cambridge University Press, 2007, p.56；对于罗伯特·迈尔德尔来说，霍桑的保守主义思想就表现在他的怀疑论中。Robert Milder, *Hawthorne's Habitations: A Literary Life*, Oxford University Press, 2013, p.112.

是现代性民主思想的支持者;[①] 而约翰·阿尔维斯在其 2011 年的著述中指出，霍桑通过其作品审美地表现了他对当时支撑美国民众信心的现代性宣言的信赖，对个人的独立、自由、平等的权利的实现的期盼。这些因素表明霍桑是当时浪漫人性新论的支持者。[②]

但对比从 19 世纪末的马克思、尼采，再到 20 世纪初的马克斯·韦伯及其后半叶西方著名思想家、理论家们的现代性批判主流话语，笔者认为，霍桑对资本主义现代文明、对当时正以宏大的气势上升的现代性的大叙事[③] 所持的主要是质疑、批判的态度。其批判是切中要害的、是中肯的。他的作品从人的本质出发，审美地、形象地、深刻地问询着"人是什么"的问题，探讨着他那时期轰轰烈烈地激励着人心的现代性文化；展现着现代性理性、启蒙精神在继宗教衰微之后对人思想的改变，向人展现的新的人性观与世界观：人依靠自己的理性可以自立、自律、自足于世界，赢得自己的解放、获得自己完满的发展，使人既有形而上维度的发展，人生有意义，也有形而下的追求与满足，物质的不断丰富，对实证科学的兴趣，自然科学的赞赏与肯定，从而使人达到掌控世界的目的，建构起完满的人性。但霍桑呈现的人性观颠覆了启蒙理性的这一人性观，表现着它的

---

① 这其中，著名的有美国 20 世纪中叶极具影响力的美国文学批评家 F. O. 马西森的评论，"对社会的某种特定的领悟使霍桑持有两种相对立的观点：他是保守主义者，但同时也是民主思想的拥护者。"参见：F. O. Matthiessen, *The American Renaissance: Art and Expression in the Age of Emerson and Whitman.* Oxford University Press, 1941, p.318；查尔斯·斯旺的观点也很具代表性，他认为，霍桑作品中有浓厚的传统思想，但也通过他的人物如海斯特、赫尔格拉夫等、福谷的事业等，表现出了他对革命的期盼。Charles Swann, *Nathaniel Hawthorne: Tradition and Revolution*, pp.2–5.

② John E. Alvis, *Nathaniel Hawthorne as Political Philosopher: Revolutionary Principles Domesticated and Personalized*, New Brunswick:Transaction Publishers, 2011.

③ [法] 让·弗朗索瓦·利奥塔（Jean-Francois Lyotard, 1924–1998）语。利奥塔认为，现代社会的"现代性"以"科学知识的大叙事"、"思辨理性的大叙事"和"人性解放的大叙事"为标志，相信它们将是使人建构起完整的自我，是使人从愚昧的传统束缚中解放出来的救赎之路。参见 Jean-Francois Lyotard, *The Postmodern Condition.* 1st ed. University of Minnesota Press, 1984, pp.66–67.

虚妄。霍桑的人性观，既有着对传统清教主义人性本恶观的感悟，也如弗洛伊德等开创的现代心理学那样从人的心理属性、人的深层心理结构认识人，还如马克思的唯物史观、20 世纪后半叶以来西方的新历史、女权主义批评等各种理论那样同样强调经济、社会、文化、权力与历史等对人的决定性作用。因此，在霍桑的呈现中，具有如此人性的人，在现代性大叙事的展开过程中，越来越受控于工具理性[①]、科学主义、理性的膨胀、控制的欲望，主体的征服性、掠夺性、同一性因此被进一步发挥。在启蒙的世界中，上帝的桎梏被打碎了，但未见人的神性放彩，却见人落入了新的理性主义奴役之中。理性主义的渗透使理性、科技理性成为了一种与自己、与大众相隔绝的新的意识形态形式，使管理上的高压统治合法化，社会坚信的所谓的自因、自明、自立、自律、自主的人不是更加发展出了现代性理性宣称的个人的自主性、独立性、更加完善的个性，建构成了完整的自我，而是落入更加同一化、标准化的发展，被对物的欲望控制，落入毫无个性、自主性的境况。社会因此成了冷漠、只知追求物质的社会，而非现代性理想家们设计的全面观照人性的、充满激发人性发展特质的，充满灵与趣的社会、充满和谐与自由，诗一般生存境遇的社会。生存变成了失去自己必需的生态家园的流浪，失去了自我灵魂的盲然漂泊，虚无主义成了现代人无法逃避的现实。如此的生存境遇使人落入更加严重的非人化境地，人处于与自己、与他人、与社会、与自然更加尖锐的矛盾冲突之中，失去了他人生中与此多方面必需的连接，必需的关系，必需有的相关性、相互性，相互依存性、统一性、和谐、调和、综合、整合等。这样的命运，用他在 1837 年 6 月 4 日给当时的著名诗人亨利·沃兹沃斯·朗费

---

① 在马克斯·韦伯及法兰克福学派的哲人们所批判的目的理性、工具理性的形态中，"谁若根据目的、手段和附带后果来作他的行为的取向，而且同时既把手段与目的，也把目的与附带后果，以及最后把各种目的相比较，作为合乎理性的权衡，这就是目的合乎理性的行为"。参见 [德] 马克斯·韦伯：《经济与社会》，林荣远译，商务印书馆 1997 年版，第 57 页。

罗的信中的话语来总结，"是最为令人恐怖的命运"，因为它是令人"不能在人类世界中分享它的悲伤与快乐的命运"。①

对人的探索是作者深处时代的浪潮之中，面对时代文化的变迁，面对时代新文化的冲击，对时代的敏锐把握。在当时，这样的文化正是时代的主流，霍桑就能对其做如此深入、有如 19 世纪末以来的现代性批判话语之洞察，表现出作者的独到性与前瞻性，也深刻地表现出了作者创新的艺术性。他的第三空间创新艺术，既表现了他对时代精神的领悟，还使他既形象生动、又无不隐晦、曲折迂回地，把他意欲表现的思想深深嵌入进了作品之中，充分表现出了人类生活空间、社会空间的模态；也充分表现出了作者在《红字》前言中所述说的作者"将内心深处的我隐藏在面纱之后"②的功夫，在充满艺术性地表征人、人生、人类世界的深邃、神秘，把显现的、隐藏深刻的、难以看透的、难以把握的，能言表的、难以言表的都深刻地融合进了字里行间，模拟出了人类社会空间的图景，使读者似乎既能清晰地、又难以确定地感悟到了他所揭示的一切。

如此，他的揭示是形似、神似，表现出了作者从人类文化变迁的意义上对人是什么的问题、人生存体验的本质问题、人的生存意义进行的深度探讨；是对人类文明意义的深入追问，对人类文明与人的生存关系的深刻叩问；是对人生存的本质的思考，对人类生命本体的忧思，人类生存本体论意义上的探寻；表现出了对人类文化创造的深入问询、人类灾难痛苦、人类生命意义的深切关注，是对人的生存体验深入到内心深处、本质处的审美呈现。他的作品因此是充满审美价值地在对人生作形而上的、或宗教性质的问询，是对超越的执着追寻。这是他那个时代，他之后更加现代化了的各种现代时代深入关切、努力追问的问题。创作艺术上，在自 20 世纪后期以来西方学术热烈的空间探讨之中，我们也看到了他那充满空间感

---

① Hawthorne, Nathaniel, *Nathaniel Hawthorne's Tales*, James Mcintonsh ed., New York: W.W.Norton & Company, 1987, p.297.

② 纳桑尼尔·霍桑：《红字·福谷传奇》，侍桁等译，上海译文出版社 1996 年版，第 4 页。

的创作艺术的延续。因此，他的作品充满着触动读者、推动读者深思、探寻的永久魅力。

本论著的序言介绍霍桑所生活的 19 世纪上半叶的文化语境，介绍当时激励欧美的现代性精神品格，介绍霍桑作品在问世一个半多世纪以来在世界文学中的经典作家地位，以及本著述的目的与意义。第一章呈现霍桑的人性观，揭示出霍桑的人性观在深入检审与批判启蒙自律、自主的人性观，表现出了与启蒙人性观对人性不一样的洞察。第二章探讨霍桑审美呈现出的人在两种文明状态下的生存境遇——传统的宗教文明状态下的和新时期现代性主导下的。宗教文明状态下的人，自己的神性全消失在了对上帝的敬仰、对自己罪恶的深深恐惧之中，只能在残缺的生存状况中苟延。而号称解放人的新时期新人性观把人引向的却是个人主义，新形式的迷信、愚昧、野蛮、独裁等人生遭遇，使人陷入人的差异性和个性被同一化、标准化的人生进程。如此的人生境遇，在现代性境遇中生存本质的深度记录仍是严重的精神创伤，是自己的多样性、多元性、复杂性、模糊性的丢失。第三章进一步分析现代性理性对人生存境遇的冲击，其中心在人与自然的关系上，分析霍桑笔下现代性人性观、现代性理性所导致的传统家园意义的改变，传统家园面目的改变。修建"天城"的努力与热望导致的却是人必需的生态之家的毁灭。第四章探讨霍桑对现代人精神层面的叩问，指出霍桑的审美呈现深刻地表现出了作者对人在现代性境遇中因一切向外看、向物看的冲击而失去了内在支柱的深刻忧虑，是对现代人打倒了自己的圣坛而变成了无灵魂的享乐者的深度阐释，极具艺术性地表现出了现代人如何与自我的内在失去了相互的依存性、联系性、关系性，自己因此再也不是统一的整体，失去了内心的和谐、宁静。第五章分析霍桑如何抓住时代精神，用与时代紧密相连的艺术策略——第三空间策略，极具艺术性地呈现出了那个文明转折期的人，把人类世界那各种社会、政治、经济、文化等力量如何交织互动地形成了人的生存环境、人的生存时空，形塑了特定历史时刻的人及其生存境遇，反映的是历史、当代社会及他以后更加现代化了的社会的图景。

作者在述说着现代文化、现代性的不合理性，其表现有如现代主义文学、后现代主义文学：现代性的继续，将威胁到我们整个星球生命的存在。表现出作者对人应该回归人本身的真实自我的呼唤，对救赎之路的呼唤。呼唤之强烈、真挚，有如古希腊神庙上的"认识你自己"的箴言那样的强烈。但有别于西方传统"认识你自己"中那对理性的强烈追求——从古希腊的苏格拉底在"认识你自己"中对理性的强调，到启蒙运动"认识你自己"的呼声中对人的理性的诉求，再到19世纪上半叶的浪漫主义运动的主流声音中那"认识你自己"中所含的对人理性能使人认识自己、认识世界、再造世界的极度信赖，乃至于人的理性得到极度的膨胀。① 霍桑的"认识你自己"在呼唤着人的整体生存，呼唤着人面对自己、接受自己，把握自己的理性与非理性、理智与情感、精神与物质、灵与肉、无限与有限、个体与世界等的复合体的性质；呼吁人平衡各种对立关系间的关系，不能眼睛只是望着前者而拒绝面对后者，拒绝面对自己的有限性、自己活生生的感性个体的现实性。如此的存在才是完整的存在，人性才能得到完整的建构。霍桑揭示宗教对人性束缚的作品以及那些揭示现代性严重压抑、扭曲人性、把人引向歧途的作品，都在强烈地呼吁着人的拯救无疑是对完整人性的拯救、对具体的现实人性的拯救的救赎之路，呼唤创造能

① 学者们的共识是，自公元前五世纪的著名希腊哲学家苏格拉底始，西方社会就很重视人在认识自我的过程中的理性，因为他首先明确倡导理性对人认识自己、认识世界的重要性。参见苏格拉底：《斐莱布篇》，柏拉图：《柏拉图全集》（第三卷），王晓朝译，人民出版社2003年版。到了18世纪的启蒙运动时期，理性是时代倡导的话语。英国此期的重要代表诗人蒲柏的作品就彰显了时代的精神。他的诗作《人论》就倡导人应"认识自己"，认识自己在世界"伟大存在之链条"中的中间位置，强调人能以自己的理性把握自己，认清自己在世界的中间位置。参见：Alexander Pope, (1733), *An Essay on Man; In Epistles to a Friend (Epistle II) (1 ed.)*, 〈www.poetryfoundation.org/poems/44900/an-essay-on〉, Retrieved 21 May, 2015. 美国浪漫主义的代表作家爱默生的作品极力肯定人性的力量，相信人有上帝那样的明辨之力，相信上帝就存在于每个人的内心之中。参见 Ralph Waldo Emerson, *Gnothe Seauton* (Know Thyself), Poem, 1831. 〈http://www.vcu.edu/engweb/transcendentalism/authors/emerson/poems/gnothi.html〉. Retrieved 21 May, 2015.

够使人格健全发展、和谐统一的人类文化。霍桑作品因此在批判现代性人性观、现代性人文主义思想对人性的扭曲、对人产生的非人化的效应、对人生存境遇的严重冲击的同时，呼唤的是更加深化的人道主义，呼唤人对自我本质的把握、对幸福的理解、对快乐的理解，以便能追求到真正的幸福与快乐。霍桑之后，人的感性存在、人性的完整性越来越成为了现当代人、现当代哲人、现当代艺术、现当代文化全方位的寻找目标。

因此，本书从现代性批判的视角探讨霍桑文本对现代性的阐释，对从传统到现代、从农村到城市，人经受了怎样的生存遭遇的揭示，现代化、城市化、工业化的进程对人产生了怎样的非人化的冲击的呈现；探讨霍桑文本与社会文化的互构关系，霍桑文本与传统宗教文明的互构关系、与新兴资本文明的互构关系，以及霍桑作品用怎样的审美独特策略表现出了这一切深刻的生存哲思。他的艺术对美国社会的中心价值观和西方文化的中心价值观及他当时的艺术及之后起到的建构作用。

第一章
霍桑的人性观：对启蒙人性观的深刻颠覆

从现代性批判的视角研究霍桑，我们从霍桑的人性观入手。因为如所有的伟大作家一样，纳桑尼尔·霍桑的深刻性、经久的影响力首先就表现在他对人性的探讨上，表现在他对人本质意义上进行的叩问，对人是什么的问题进行的追寻，对人生活于其中的文化将对人性产生怎样的冲击的探寻。他致力于在其作品中表现他洞察到的真实人性，而且从他作品的呈现及他作品的接受看，这是其作品能一直经久不衰的重要因素之一。

霍桑在其 1850 年出版的《红字》前言中写道，他要建立一个现实与想象的交汇区，"它介于现实世界与童话世界之间"①。亦即是说，这是一个由现实世界与想象世界交融而成的第三空间。其中，他可突破现实对艺术的束缚，以便更真实地描述和揭示人的心理、人性、人的生存空间与生存境况。在 1851 年出版的《古宅传奇》的前言中他进一步论道，他写的作品是罗曼司而不是小说，因此，他就有处理材料和风格的相对自由，以使他的作品能够忠实地揭示真实的人心，能够"公正、精细而巧妙地展现""高度真实"②。在同年出版的《雪人》选集序言中，他对此作了更详细的论述，说他写的是"心理罗曼司，目的是要藉对人性洞察的技能与观

---

① 纳桑尼尔·霍桑：《红字·福谷传奇》，侍桁等译，上海译文出版社 1996 年版，第 29 页。
② 纳桑尼尔·霍桑：《古宅传奇》，韦德培译，上海译文出版社 1991 年版，第 3 页。

察，尽他的最大能力深入人性的共性深处，探索那黑暗的区域"①。分析他的作品，不管是早期的短篇小说，还是 1850 年后的长篇作品罗曼司，他确实执着地在对人性进行探问，询问着人的本质问题，艺术地表现着人对自我的追寻。他的探寻结果却表现出作家与当时主流社会对人性不一样的理解，曲折迂回地表现出了对现代性对人的理性的信赖的质疑，对现代性倡导的人的自明、自因、自立、自律、自足人性观的质疑与反驳。

第一节 自因、自足、自立的启蒙人性观

现代性人性观在笛卡尔（René Descartes, 1596–1650）的"我思故我在"的基础上，把"自我"实体变成了建构全部存在的最不可质疑的基点。培根"知识就是力量"的断言把现代人的目光从天堂拉回到尘世，并且在更重要的层面上影响着人，因它表明人就可以以自己的理性自立于自然，并掌控自然。洛克论证了人能够认识自己生活于其中的世界，对人的理解力进行了全面探索。② 黑格尔（Georg Wilhelm Friedrich Hegel, 1770–1831）指出，自笛卡尔开始，"我们踏进了一种独立的哲学。这种哲学明白：它自己是独立地从理性而来的，自我意识是真理的主要环节。哲学在它自己的土地上与哲理神学分了家，按照他自己的原则，把神学撇到完全另外的一边"。即是说，笛卡尔最早奠定了这种"主体性原则"，使主体性的自由成为了现代世界的原则。他接着论述道，"在这个新的时期，哲学的原则是从自身出发的思维，是内在性，现在的一般原则是坚持内在性本身，抛

---

① Nathaniel Hawthorne, *Nathaniel Hawthorne's Tales*, James Mcintonsh ed., New York: W. W. Norton & Company, 1987, p.293.

② 人们通常认为洛克的精神哲学理论是现代"本体"以及自我理论的奠基者，影响了后来大卫·休谟、让-雅各·卢梭、与伊曼努尔·康德等人的思想。他是第一个以连续的"意识"来定义自我概念的哲学家，提出了心灵是一块"白板"的假设，强调知识是由后天通过感官经验学到的。参见：Forrest E Baird, *From Plato to Derrida*, Upper Saddle River, NJ: Pearson Prentice Hall, 2008, pp.527–29.

弃僵死的外在性和权威，认为站不住脚。……勒内·笛卡尔事实上是近代哲学真正的创始人，因为近代哲学是以思维为原则的。思维是一个新的基础。"①

在《精神现象学》（1807）中，黑格尔为启蒙主体开列的路线图即是从意识、自我意识、理性、精神，直到绝对精神。②约翰·麦克里兰指出，在黑格尔的思想中，处于绝对精神状态的自我可以不受欲望、激情的掌控，能够洞悉世界的万千幻象，达到认识世界的目的。所以，在心智的绝对精神状态中，自我与世界的关系就是一为二、二为一的关系——意识克服了异化危险，与世界合一。③哈贝马斯认为，是康德的三大《批判》建构了这种反思哲学的基础。康德"把理性作为最高法律机关，在理性面前，一切提出有效性要求的东西都必须为自己辩解，……批判理性确立了客观知识、道德认识和审美评价，所以，它不但保证了其自身的主观能力，即它不但使理性建筑术透明化，而且还充当了整个文化领域中的最高法官"④。

这是近代以来以"自我"为中心，试图为知识与存在建立一劳永逸的基础的过程，主观意识的"自我"不断地中心化的过程。人对自己有了不同于中世纪的认识，相信自己理性的自因、自明、自律、自足性，能够使自己自立于世界。海德格尔对此的概括也与其相似："'我'成了别具一格的主体，其他的物都根据'我'这个主体才作为其本身而得到规定"，"存在者之存在是从作为设定之确定性的'我在'那里得到规定的"⑤。"主体性"不仅是知识与存在的哲学基础，而且要代替中世纪上帝的神圣权威，

---

① [德] 格奥尔格·威廉·弗里德里希·黑格尔：《哲学史讲演录》第 4 卷，贺麟等译，商务印书馆 1978 年版，第 59—61 页。

② [德] 格奥尔格·威廉·弗里德里希·黑格尔：《精神现象学》，贺麟等译，商务印书馆 1997 年版，第 127 页。

③ [美] 约翰·麦克里兰：《西方政治思想史》，彭淮栋译，海南出版社 2003 年版，第 566—588 页。

④ [德] 尤尔根·哈贝马斯：《现代性的哲学话语》，曹卫东等译，译林出版社 2004 年版，第 23 页。

⑤ 孙周兴选编：《海德格尔选集》下卷，上海三联书店 1996 年版，第 882 页，第 881 页。

是近代以来人们确立人与社会生活价值的规范性源泉，为人生意义、社会理想、道德价值等确立一劳永逸的基础。在其最重要的著作《精神现象学》序言中，黑格尔激情豪迈地宣布："我们这个时代是一个新时期的降生和过渡的时代。人的精神已经跟他旧日的生活与观念世界决裂，正使旧日的一切葬入过去而着手进行他的自我改造"①。

　　启蒙时代英国文学的代表人物亚历山大·蒲柏在诗作《人伦》中就很形象地表现了这种人性观，表现了人在这个上帝规定的生存大链②中能够靠自己的主体能力掌管好他自己的生活，掌控好、利用好他之下的大自然。蒲柏的这篇作品本无很深的哲学思想，但因反映了当时影响人心的人性观而在其发表后在欧洲受到极大的欢迎。如伏尔泰③称它："最美丽、最有用、各语言中写得最有崇高教育意义的诗篇"④。同时代的小说家丹尼尔·迪福也用他的小说《鲁滨孙漂流记》戏剧性地展现了这种人性观。卢梭就在他的《爱弥儿》中允许主人公十二岁前读《鲁滨孙漂流记》。卢梭想要爱弥儿与鲁滨孙一样成为能依靠自己生活的人。到了 19 世纪上半叶，尽管社会对人性中的非理性因素有所认识，对 18 世纪过于注重理性的思潮有所反叛，但这种启蒙人性观仍然激励着人心，使人感到人藉此可以重建世界，使人类世界不断进步。因此，社会中有一种普遍的极富想象力的思想文化氛围，用济慈的话说是："伟大的精神现正驻足于地球"⑤，用华兹

---

① ［德］格奥尔格·威廉·弗里德里希·黑格尔：《精神现象学》，贺麟等译，商务印书馆 1997 年版，第 6—7 页。

② "生存大链"是中世纪基督教认为上帝规定的生存秩序。其中，上帝在最顶端，其下是天使、魔鬼（堕落的天使）、众星辰，他们之下是各阶层的人，人之下是动物以及其他的山川林木等。参见 Arthur O. Lovejoy, *The Great Chain of Being: A Study of the History of an Idea*, Harvard University Press, 1964.

③ 伏尔泰是其笔名，本名弗朗索瓦·马利·阿鲁埃（François-Marie Arouet）。

④ Voltaire, *The Appendix* in *Lettres Philosophiques*, amended edition in 1756, Courier Dover Publications 2003, p.147.

⑤ John Keats, "Great Spirits Now on Earth Are Sojourning," in Nicholas Roe, *John Keats*, Yale University Press, 2012, p.122.

华斯的话说是，"欧洲此时激动得欣喜若狂，法兰西位于黄金时代的峰巅，人性似得到了重生"①。

在法国革命、美国革命那影响人心的轰轰烈烈之势中我们可见这种思想意识的强大影响力，那对人的信心、那确信人能以自己的理性力量为自己争取自由、独立、平等的生活权力，创造出一个美丽的人类世界的信念。法国革命期间，对"理性的崇拜"（法语：Culte de la Raison）已是无神论的信仰体系，意在以其替代基督教。②"理性的崇拜"明确地以人为中心，表现出对理性理想的专注。如法国大革命的著名人物、法国大革命口号"自由、平等、博爱"的提出者安托万－弗朗索瓦·摩末欧（Antoine-Francois Momoro）指出，"有一件事情是人们永不疲倦地要讲述的，自由、理性、真理，是抽象的东西，它们不是上帝；恰当地讲，他们是我们自己的一部分"③。相信通过理性的发挥，人能认识真理、取得自由，并能通过其达到使人类完美的目的。

美国社会对人与社会的同样信心也在它的浪漫主义运动中得到极其完美的体现。其代表人物爱默生相信人性本善，深信人类世界中善是现实，恶是幻影。他在"给神学院的讲话"中宣称，善就来自人自身。④美国 20 世纪著名文学理论家哈特把这种精神总结为，相信人是"上帝世界的缩影，……在其自身内含有生存意义与法则……含有神性"⑤，也即是说，相信个人自己的力量，相信个人内在善的力量、个人的力量强于外在权威

---

① qtd. in Stephen Greenblatt ed., *Norton Anthology of English Literature*, V.d, London: W.W.Norton & Company, 2006, p.7.

② Gregory Fremont-Barnes, *Encyclopedia of the Age of Political Revolutions and New Ideologies, 1760–1815*. Westport, Connecticut: Greenwood Press, 2007, p.119.

③ Emmet Kennedy, *A Cultural History of the French Revolution*, Yale University Press, 1989, p.343.

④ Ralph Waldo Emerson, *An Address Delivered Before the Senior Class in Divinity College, Cambridge, Sunday Evening, 15 July, 1838*, Charleston SC: Forgotten Books, 2012.

⑤ James D.Hart, ed. *The Oxford Companion to American Literature*, 5th ed., Oxford University Press, 1983, p.570.

与公众意识。这是对人性、人类社会极其乐观的观点，强调人性的自我驱动，因此社会总是在进步。所以，据当时的著名的社会改革家、女权主义者玛格丽特·富勒，当时那著名的布鲁克农场的目的就是"简化经济体制，把消闲、研究与健康的、诚实的劳作结合起来，以避免阶级冲突、唤醒博大的情怀及使人类生活整个地神圣化"①。

这一时期美国拥有这种人性观、这种理想的另一伟大歌手瓦尔特·惠特曼（Walt Whitman 1819–1892），美国 19 世纪最杰出的浪漫主义诗人，他《草叶集》的开篇是如此歌唱的：

> 我歌唱一个人的自身，一个单一的个别的人，
> 不过要用民主的这个词、全体这个词的声音。
> 我歌唱从头到脚的生理学，
> 我说不单只外貌和脑子，整个形体更值得歌吟，
> 而且，与男性平等，我也歌唱女性。
> 我歌唱现代的人，
> 那情感、意向和能力上的巨大生命，
> 他愉快，能采取合乎神圣法则的最自由的行动。（1855）②

然而，对于霍桑来说，清教徒所讲的原罪及由此而产生的人性堕落更加真实。他直面于这一点，明显地受益但丁、弥尔顿、班扬等的思想与文学创作，继承了他们的巨大文化遗产的传统。但他的创作明显地又超越了这些传统与文学巨匠，因他笔下对人性堕落的理解与展现虽然可使读者强烈地感到清教对人性堕落的认识，读者也可同样强烈地感到人的如此堕落本性又已超出了神学伦理层面，而更多地展现了人的现实生活实际体验，

---

① qtd. in Henry James. *Hawthorne*. New York: St. Martin's Press, 1967, p.82.

② ［美］沃尔特·惠特曼：《草叶集》，李野光译，北京燕山出版社 2005 年版，第 2 页。

是从人性的心理结构展开，人性中无意识的根本性作用上展开，以及人性的社会属性上展开。

第二节　"利己主义，或胸中的蛇"
——霍桑清教人性本恶的象征

细读霍桑的作品，不管是置于新英格兰清教时期的，还是置于其他时期的——前者如《红字》《教长的黑面纱》《小伙子布朗》《温顺的男孩》等，后者如《伊桑·布兰德》《胎记》《拉帕奇尼的女儿》《利己主义，或胸中的蛇》《福谷传奇》《地球上的大燔祭》等——我们都可见麦尔维尔等对他评价的中肯之处，可见霍桑深受清教思想影响而继承的人性本恶观，并把它表现得那么淋漓尽致、那么令人震撼，那么使人无法逃避。其作品给读者展现的是人、人类社会的另一番图景，表现出霍桑拒绝接受浪漫主义对人性、人类生存境遇的乐观观点。[①] 蒂芙尼·韦恩指出，霍桑作品隐晦地表现着，内疚、罪恶、邪恶是人性最本质的部分。[②] 其短篇小说《情报中心》（1844）的记叙可以说是对人性此种性质的概括性总括。小说以独特的想象，塑造了一家为顾客提供各种服务的公司，把顾客的各种欲望都记录在那"欲望之书"中，说"书的每页都有相当数量的记载，可使善良之人对自己的狂野、无聊的欲望惊心，为恶人整个生活就是邪恶欲念的体现而受到震惊"[③]。短篇小说《利己主义，或胸中的蛇》（1843）从标题

---

① 对人、对世界的此种观点表现出霍桑对当时浪漫主义许多主流思想的不赞成，所以有评论家认为，霍桑是浪漫主义者，同时也是反浪漫主义者。参见 Philip McFarland, *Hawthorne in Concord*, New York: Grove Press, 2004, p.149; Samuel Chase Coale, *The Entanglements of Nathaniel Hawthorne: Haunted Minds and Ambiguous Approaches*, New York: Camden House, 2011, p.114.

② Tiffany K.Wayne, "Nathaniel Hawthorne", *Encyclopedia of Transcendentalism*, New York: Facts on File, Inc., 2006, p.140.

③ 纳桑尼尔·霍桑：《霍桑集：故事与小品》，姚乃强等译，三联书店1997年版，第1029页。

到内容都体现了霍桑如上的人性观。① 主人公罗德里克·埃利斯顿胸中的蛇，就是他"穷凶极恶的自我主义之象征，一切都得听命于它。而且他还日日夜夜宠惯它，对这个魔鬼全心全意长期供奉"②。并且当起了城里的新派福音使徒，在市镇里四处公开指出路人胸中的蛇象征着致命的过失、隐藏的罪恶、不平静的良心等等，宣称："人人心中的刻毒都足以养出一窝蛇来"③——把恶指向了普遍人心。

一、小伙子古德曼·布朗胸中的蛇

置于新英格兰清教时期的作品为读者塑造了一幅幅经久不衰的清教徒画像，他们眉头紧皱、满脸阴沉，隐喻着人物心灵空间的激烈斗争。这心灵空间的阴郁、黑暗，不仅只是宗教层面的意义，而更多是人心灵空间心理结构本质的表现，是贯穿人日常生活之中的心理现实。《小伙子古德曼·布朗》（1835）的刻画是其中一例。

布朗才新婚三个月就迫不及待地拒绝娇妻淑贞那晚不要离开她的恳求去了森林。他心里有一桩隐隐带着邪恶目的的差事在强烈地催促着他、引导着他启程。进入森林不久，他就遇到了已相约的伴侣。含义深刻的是，森林"夜色沉沉，而他俩走的地方夜色最深，只能依稀辨出第二位旅人约摸五十岁光景"。此人虽比他年长，但"显然与布朗身份相同，模样也相似，不过神态也许比相貌更像"。而且，"他身上最引人注目的却是一件东西，即一根酷似黑蛇的手杖，精雕细刻，活脱一条扭来扭去的大蛇"④。我们知道，蛇在圣经中的含义，在西方文化中的含义，那么这样的描述就极具象征意义了：它是恶的象征、魔鬼的象征。而含义更深刻的

---

① 因为圣经创世纪中讲述人类始祖亚当、夏娃在伊甸园里被蛇诱惑而堕落的故事，蛇在西方文化中有象征恶的普遍意义。

② 纳桑尼尔·霍桑：《霍桑集：故事与小品》，姚乃强等译，三联书店 1997 年版，第 918 页。

③ 纳桑尼尔·霍桑：《霍桑集：故事与小品》，姚乃强等译，三联书店 1997 年版，第 926 页。

④ 纳桑尼尔·霍桑：《霍桑集：故事与小品》，姚乃强等译，三联书店 1997 年版，第 306 页。

是，这位伙伴与布朗外貌的酷似，这恶的形象不就是布朗内心的外在投影了吗？用荣格的话来说，是对布朗内心阴影部分的呈现。根据荣格的原型（Archetype）理论，"阴影"是最重要的原型之一，分散在个人无意识之中，是人格中的阴暗面。[①]虽然霍桑时代对人心理结构的理解还未如此深入、系统，但霍桑对故事情节的设计、人物的刻画，让我们不得不承认作家实际上就是在像现代心理学那样领悟人：布朗的森林之行是受自己内心无意识深处恶的驱使而作的，而途中对恶的认识也全来自自己内心深处的无意识。

因为首先，虽然那个来自阴暗世界的魔鬼一路都在催促着布朗，旅途也是在半推半就下完成的，但布朗的内心渴望在暗中引导着他。"快走吧，古德曼·布朗……才上路就这么慢腾腾的。要是这么快就乏了，把我手杖拿去吧"[②]！魔鬼催促道，布朗却犹豫着，步子完全停了下来，拿不定主意是否该去做那差事。握蛇杖的人又劝道："那咱们就边走边谈。我要是说服不了你，你就回去好了，反正在这林子里才走了不远。""'够远啦！够远啦！'小伙子叫道。"[③]但事实上，他还是不知不觉地又往前走，一直走到了魔鬼的聚会地，见到了所有的他认为纯洁的基督徒：他的祖先、他可敬的牧师、他认为代表"人间受上帝福佑的天使"[④]——他的妻子淑贞，见到了种种那些过去他认为圣洁的人的恶性。他绝望了，痛苦地叫道，"人世还有什么善！罪孽不过空名罢了。来吧，魔鬼，这世界全是你的啦"[⑤]。布朗在森林里狂奔着、大笑着，把那整个森林变成了闹鬼的森林、恐怖的森林。而其中，最恐怖的是狂奔着、大笑着的布朗自己——邪恶就来自布朗，邪恶就来自他自己心中。总结这些呈现，不难看出，这恶不但存在于

---

① C. G. Jung, *Memories, Dreams, Reflections*, London: Fontana, 1983, p.262.

② 纳桑尼尔·霍桑：《霍桑集：故事与小品》，姚乃强等译，三联书店1997年版，第306页。

③ 纳桑尼尔·霍桑：《霍桑集：故事与小品》，姚乃强等译，三联书店1997年版，第307页。

④ 纳桑尼尔·霍桑：《霍桑集：故事与小品》，姚乃强等译，三联书店1997年版，第305页。

⑤ 纳桑尼尔·霍桑：《霍桑集：故事与小品》，姚乃强等译，三联书店1997年版，第314页。

布朗个人内心，是与生俱来的，而且用通过对布朗到村中人的描述，引向的是普遍，从而表明霍桑强调的主题是：恶存在于人心之中、自然之中、人类世界之中。

为了强化这一点，作家还通过那森林巫师聚会的牧师之口宣讲罪恶在人性、在人的世界中普遍存在，并让他表露出似乎为人类失去了纯真而感到的深切悲痛。在他的眼里，人类通过天生能对罪恶的理解，就能感觉到包括卧室、教堂、街道、田野及森林等所有的地方都发生过罪行，整个大地就是一块巨大的血迹，一块罪恶的污迹。"远远不止这些。你们将洞察每个人心中深藏的罪恶，是一切邪恶伎俩的源头，发现人心险恶，恶念无穷，比人的力量——比我的最大力量——能以行为显示得更多更多"①。那人影继续讲着，语调深沉庄严，充满悲哀，几近绝望恐惧，仿佛他一度拥有的纯洁天性还能为我们可怜的人类感到伤痛。这让读者看到深蕴其中的深意与悲哀，因深谙基督教文化的读者看到这里暗指亚当、夏娃失去了纯真而被逐出天堂的故事隐喻的人的纯真的失落、美好家园的失落，从此人生存在罪恶与死亡、痛苦与恐惧的生存环境中。

这样的意蕴在故事临近结尾时的看似随意的总结得到更加艺术而深刻的强化："他难道只是在林中打瞌睡，做了个巫士聚会的怪梦？您若这么想，悉听尊便。"②——把小说中呈现的一切恶行全设想为了那只是布朗脑袋里无意识的虚构、布朗心灵空间上演的戏剧，就是在曲折迂回地表述说，发生在森林中的这一切恶行都是布朗心灵空间的活动。我们从19世纪上半叶催眠术在美国的盛行③及霍桑作品中对利用催眠术穿透个体的社会和公众伪装而进入到他或她更加暗黑的无意识世界的谴责，如《红字》中齐灵沃斯对丁姆斯戴尔内心的窥探、《古宅传奇》中马太·摩尔对爱丽

---

① 纳桑尼尔·霍桑：《霍桑集：故事与小品》，姚乃强等译，三联书店1997年版，第318页。

② 纳桑尼尔·霍桑：《霍桑集：故事与小品》，姚乃强等译，三联书店1997年版，第320页。

③ 参见 Larry John Reynolds, *A Historical Guide to Nathaniel Hawthorne*, Oxford University Press, 2001, pp.49–79.

丝·平齐安的心灵掌控等，可见霍桑时期的人及霍桑深知梦境反映的是人的潜意识世界、无意识世界，是人内心深处最真实的自我。我们可以看出霍桑用如此魔幻的方式描写整个故事的深意与作品艺术性的奇特、深刻：在看似很普通，只为渲染场景而提高趣味性的表象之下，强烈地突出了恶来自布朗的内心深处及整个集体无意识的主题，因这整个巫师聚会上的种种恶行全是布朗无意识心理的自编、自导，是布朗自己心灵空间中的各种矛盾力量在进行博弈。这样的结尾呼应着小说的开篇。开篇其妻即说道："孤零零地守在家里会做噩梦"①，及故事中对小镇上各种人物内心深处恶的揭示，森林空间中那巫师聚会中那恶的弥漫回响，布朗人物心灵空间的种种暗黑力量的强大由此而被引向了人的普遍状况。

二、《红字》展现的蛇

《红字》是霍桑最具代表性的作品，我们在此看到的对人的普遍堕落的呈现就更为微妙、更为深刻、更具艺术性。故事背景时间设为 17 世纪清教时期的新英格兰，讲述的是那个时期的故事，但不少当代评论家都认为，通过像海斯特这样一个拥有 19 世纪人思想品质的人物的塑造，小说其实也在述说着作家所生活的 19 世纪。如美国著名的文学批评家大卫·S.雷诺兹及哈佛大学教授萨克万·伯科维在其著作中都从不同角度论述了《红字》对 19 世纪的涉及。② 由此思路延伸，齐灵沃斯对科学的信奉以求得世间奥秘的思想也是启蒙运动后的人文主义思想激发的结果。所以这样的设置，不仅使在清教背景的烘托下有了更深刻的道德维度，并且又在空间上得到了扩展、时间上得到了延续，使作者能够在更加广阔、深

---

① 纳桑尼尔·霍桑：《霍桑集：故事与小品》，姚乃强等译，三联书店 1997 年版，第 304 页。

② 参见 David S.Reynolds, *Beneath the American Renaissance: The Subversive Imagination in the Age of Emerson and Melville*, Oxford University Press, 2011; Sacvan Bercovitch, *Rites of Assent-Transformtion in the Symbolic Construction of America*, New York: Routledge, 1993; Sacvan Bercovitch, *The Office of the Scarlet Letter*, New Brunswick, NJ: Transaction Publishers, 2013.

邃的时空中同时艺术地展现两种文明态势下的人性，从而使小说通过通奸这一最具敏感性的话题、最涉及道德性问题的故事更能艺术而深入地反映普遍人性。

小说一开篇，女主人公海斯特·普林即被打上了罪恶的烙印，戴上红字 A 站在耻辱架上示众，恶的问题一开始就被直接地聚焦。在清教徒看来，那怀里抱着象征着罪恶结果的婴儿的海斯特罪恶深重，应该受到更加严厉的惩罚，比如用滚烫的烙铁在她的额上打上烙印，甚至应该处死。但作者通过海斯特心灵空间的活动展现了她并不认为自己有罪，因为她因家境衰落而被迫嫁给了一个比她年长得多的老学者。此人两肩不一样高，有残疾，且终日潜心研究，不懂得情爱；然后还不知什么原因先把海斯特从旧世界独自送到这新世界来，自己却几年音信全无，被谣传已经葬身海底了。因此，面对众清教徒声色俱厉地要她说出自己的同伙，她坚决地保持沉默，表现出了她坚定地保护恋人的决心，认为他们之间的爱是神圣的。

这样的故事背景使通奸这种自古以来被社会道德判定为有罪的事复杂化了。根据社会的教育，性是原始冲动之恶，是天主教的七重罪之一，是基督教的圣书《圣经》中上帝亲述不能犯的十戒之第七戒，"你不能与人通奸"①！而在这通奸涉及的三方之中，谁能说明他/她是清白无辜的呢？海斯特的犯罪虽似乎确实情有可原，可她的行为又确实使一个刚经过人生各种苦难，终于回到家的疲惫不堪的老人——她的丈夫齐灵沃斯——失去了家，因齐灵沃斯刚经过多年的海上、陆地的艰难险阻，最后又被印第安人囚禁了许多年，现终于疲惫地回来了，却面对的是海斯特站在耻辱架上的景象，渴望的家被破坏的景象，齐灵沃斯似乎是受害者；但他当初把青春正盛的少女拥入自己已无多少热情的怀抱，及后来生活中的无能、无情而导

---

① "Exodus 20", *The Holy Bible*, revised standard version, Camden, New Jersey: Thomas Nelson, 1952, p.7.

致通奸的发生，他的罪恶该怎样定义呢？丁姆斯戴尔作为代表上帝的神职人员却不敢站出来承担自己的责任，这是不是罪上加罪？再者，那似乎很正义严厉的清教徒们是清白的吗？他们为什么就这么没有人间温情而喜欢嗜血？所以，小说开篇对当时故事发生的场景描写就充满艺术与深意：在众人围绕的监狱旁边是墓地，监狱的门槛上在那六月的时光里开放着一簇鲜嫩欲滴的野玫瑰；这玫瑰表现的生命就如此地镶嵌在了罪恶与死亡的环绕之中，——人类的本性制造了自己如此的生存空间，而这样的生存空间又强有力地规范与震慑着生存于其中的人，规定着他们的前途与命运。

《红字》就这样直接地、间接地、从不同的角度在探讨着人性恶。齐灵沃斯的形象创造极具匠心、充满讽刺意味。此人是智者的形象，且深谙医术，行着治病救人的事业；此人在晚年得到那充满生命活力的美丽的海斯特做妻子时却因自己年老力衰激情不够，不能以足够的力量去爱；可在后来报复海斯特的情人时却可迸发出无比巨大的能量，能够抓住一切机会刺探着他的情敌的心，在其内心深处，仔细地翻检着，发现其阴暗面就极其狂喜，极尽力量地蹂躏着丁姆斯戴尔的心灵，直至把其折磨至死。在整个过程中，他把恨变成了生命的滋润物，他也就从内到外整个人变成了恶魔的化身。可见他内心深处的恶之力量之巨大。这种恶是霍桑在其《美国笔记》中定义的不可饶恕之恶，"不可饶恕之恶源于缺乏对他人心灵的爱与敬重，因此探寻者深入他人心灵深处，不是为了或希望使它更好，而是由于冷酷的哲学好奇，发现任何程度或种类的邪恶就感到心满意足，只希望研究它"[1]。

丁姆斯戴尔本有一颗真诚地要为上帝服务的心，被他的教民视为"上天使者的代言人"，认为"就连他脚下踏过的土地都是神圣的"[2]，却还是禁不住犯了教义明文规定之恶：先是那情欲之恶，后又由于担心自己的名

---

[1] qtd.in Leo Marx, *The Machine in the Garden: Technology and the Pastoral Ideal in America*, Oxford UP, 1967, p.265.

[2] 纳桑尼尔·霍桑：《红字·福谷传奇》，侍桁等译，上海译文出版社 1996 年版，第 98 页。

声扫地而不敢站出来与海斯特一起承担惩罚，使自己所犯之恶加上隐藏罪孽之恶、伪善之恶等等，而使自己的罪恶变得更加严重。这样的境况使他的内心痛苦万分，他急切地渴望能够向上帝、向公众坦白，但心里的另一个声音本能地更加强大，又总是阻止他行动，那是自我本能的声音，恶的声音，终究还是强过了那向善的声音。

在此期间漫长的生活中，海斯特确实以自己的博大胸怀从社会取尽量少的所得，却给予尽量多的回报；自己过着凄苦的生活却慷慨地帮助着那些比自己生活条件好的人；独自带着女儿孤独地生活在市镇的边缘，没有任何亲人、没有朋友、没有任何人愿与她交往，无依无靠。七年后，她终于博得了众人的称赞，那耻辱的红字也改变了原意，现在有了"能干""天使"等含义。这表明，海斯特一直在赎罪因此她是圣洁而无瑕疵的吗？

分析作品，我们可见，在竭力着墨于她漫长的苦难生活及后来赢得全社会的尊重的文本之下还有一层潜文本。它叙述着海斯特的一种不同于清教徒的自主意识，使她认为她与牧师的关系是圣洁的，使她能面对全镇的唾弃的耻辱与痛苦还能不失尊严地活着的意识其实是一种骄傲自大的意识，认为自己高于他人的意识，是一种把她自己孤立于人类温情连接之外的骄傲自大之罪。所以小说呈现为，拥有这种高于他人的骄傲，她能坚强地站在那小说开篇令人耻辱的刑台上，能在市镇里帮助他人，扮演着"救苦救难者"的角色，[1] 乃至当她已获得同镇人的尊敬时，她曾帮助过的人向她招呼致谢，她也不理会。因此，小说暗暗地也呈现了海斯特形象此时悄然发生的变化。红字"这个符号，或者宁可说这符号所表示的社会地位，在海斯特心灵上产生了强有力而奇特的影响。她性格上所有的轻松优美的绿叶都已被这个火红的烙印烧得枯槁"[2]，那些使她"成为一个女性不可少的条件"的本性在悄然消失，她给人的印象如"大理石般冰冷"。她处于

---

① 纳桑尼尔·霍桑：《红字·福谷传奇》，侍桁等译，上海译文出版社 1996 年版，第 110 页。

② 纳桑尼尔·霍桑：《红字·福谷传奇》，侍桁等译，上海译文出版社 1996 年版，第 111 页。

与世界的分裂之中：不能与她的同类产生情感交流，"她的四周荒凉可怕，到处都没有一个安居的家"①，孤独地一人"独自立于世界之上——孤独得对于社会无所依附"②，甚而，森林中的太阳也不愿意照耀她，她"一走近就不见了"③。

再者，故事还从另一方面戏剧性地把恶的存在指向了海斯特的内心及镇上所有人的心中。她忍耐着市镇上的人对她的侮辱，从不反击，但却不敢为她的仇人祷告，因她担心她的"祷告之词会无法抗拒地变成咒语"④。这不是表明她也常感到她内心深处那种作恶的冲动了吗？甚而，穿梭在市镇上，她有时感觉到他人的眼睛在注视她胸前的耻辱的烙印时，像是给了她片刻的安宁，让她仿佛觉得分去了她一半的痛苦。小说讲述，这也许是幻想，但"纵使是全然的幻想，也是非常有力，不容抗拒的……那个字母使她对于旁人心胸里隐藏着罪恶有了亲切的认识"⑤。这样的描写表明，那恶既深藏于海斯特心中，也在他人心中。它使她感到了与同胞的联系，也深深地触动了她、使她更加认识人性，为人性的复杂感到无比的忧虑，焦急地探索着"人是什么"，甚至在自己年幼的女儿身上都常感到人性的狡黠。幻觉中，她多次看到她女儿的眼睛里有一张充满恶笑的魔鬼之脸。此意象与她在市镇中看到他人心里恶的印象相映照，这是存在于她女儿眼中的恶魔还是所有人形象的投射？所以，经过如此的磨难，到小说结尾时，她失去了故事之初认为自己无罪的那种信念，转而认为自己是有罪的。⑥

三个主人公人性本恶的展现又再与那他们生活于其中的同样性质的社会空间的交互作用中得到强化并引向普遍。那阴郁的清教社会，当每个

---

① 纳桑尼尔·霍桑：《红字·福谷传奇》，侍桁等译，上海译文出版社 1996 年版，第 112 页。
② 纳桑尼尔·霍桑：《红字·福谷传奇》，侍桁等译，上海译文出版社 1996 年版，第 113 页。
③ 纳桑尼尔·霍桑：《红字·福谷传奇》，侍桁等译，上海译文出版社 1996 年版，第 113 页。
④ 纳桑尼尔·霍桑：《红字·福谷传奇》，侍桁等译，上海译文出版社 1996 年版，第 61 页。
⑤ 纳桑尼尔·霍桑：《红字·福谷传奇》，侍桁等译，上海译文出版社 1996 年版，第 61 页。
⑥ 纳桑尼尔·霍桑：《红字·福谷传奇》，侍桁等译，上海译文出版社 1996 年版，第 176 页。

人都在义正辞严地谴责海斯特，唾弃她、隔离她时，他们就在集体犯罪，表现出了一种嗜血的冷酷：小说开篇狱门前那帮严酷的、希望看到对海斯特更严厉的惩罚的清教徒；海斯特帮助过的那些不如她穷的穷人，时常反馈海斯特的是侮辱；而"上层阶级的妇女却惯于把辛辣的点滴浇在她的心脏里"①；甚至市镇上的小清教徒们也表现他们是世界上有史以来最褊狭的种族。"他们早就隐约地觉得这母女不像是本地人，不像是人间的人……因此就从心里轻蔑她们，还时常用语言来侮辱她们"②；牧师们都抓紧一切机会用海斯特做严厉的宣讲。甚至在安息日时，以为走进教堂可"分享宇宙之父在安息日的微笑时，偏偏不幸地发现自己正是讲演的题目"③。这表现出的不正是牧师们冷酷的心理、噬恶的心理吗？因此，在这样的社会空间中，海斯特常感到她的心灵空间在与他人的心灵空间交流，感到了他人心里对恶的渴求，——包括不管是表现得多么贞洁的女人和虔诚正义的牧师，感到他们"的胸上都该闪耀出那个红字来"④。虽然此时的叙述充满不确定性，一时说她不敢相信，但又说"不能不相信"，又惊恐地担心是恶魔在诱惑她再犯罪。这样的叙述艺术在恍惚之间既指出了海斯特内心恶的可能又指出每个人心中都有藏恶的可能。这种可能在故事的推进中得到进一步的强化。为争取女儿珠儿的抚养权，海斯特来到州长贝灵汉的邸宅。那邸宅"灿烂光耀"的外观表示出主人"在他身边极力营造人世享乐的设施"⑤，而州长本人外表却充满庄严、冷若冰霜；而那紧跟其后的市镇上德高望重的威尔逊牧师在大庭广众间惩办如海斯特·白兰那样的罪犯时是那样的严峻，却私下里"对于一切优良舒适的东西养成了合法的嗜好"⑥——曲折迂回地通过这些社会的高层人物虚伪的外表下藏匿着的

---

① 纳桑尼尔·霍桑：《红字·福谷传奇》，侍桁等译，上海译文出版社 1996 年版，第 60 页。
② 纳桑尼尔·霍桑：《红字·福谷传奇》，侍桁等译，上海译文出版社 1996 年版，第 66 页。
③ 纳桑尼尔·霍桑：《红字·福谷传奇》，侍桁等译，上海译文出版社 1996 年版，第 61 页。
④ 纳桑尼尔·霍桑：《红字·福谷传奇》，侍桁等译，上海译文出版社 1996 年版，第 62 页。
⑤ 纳桑尼尔·霍桑：《红字·福谷传奇》，侍桁等译，上海译文出版社 1996 年版，第 72 页。
⑥ 纳桑尼尔·霍桑：《红字·福谷传奇》，侍桁等译，上海译文出版社 1996 年版，第 75 页。

极大贪欲，把人性恶的普遍性进一步强化。

所以当海斯特孤独地走完一生时，小说结尾海斯特和丁姆斯戴尔合用的墓碑铭文所塑造的空间又强有力地映衬、回应、强化着开篇的那个时空及中间文本人物塑造、故事的展开讲述的人性："在一片黑色的土地上，刻着血红的字母 A"①。这样的空间塑造把生存于其中的个体人物的生命体验、命运遭际隐喻性地、形象地表现了出来，而且也是空间上整体的体验，由此把个体的体验与类的普遍性、概括性结合在了一起。生命中本含恶的主题被呈现得淋漓尽致。

总结起来，对霍桑作品中人性恶的呈现，我们还可以列举很多，如在《教长的黑面纱》（1836）中，霍桑也同样形象地表现了人性本恶的含义。教区受人尊敬的胡伯牧师突然在自己的脸上戴了一块黑色面纱，让教区的所有人一见他都吓得毛骨悚然，想尽各种办法想叫他揭去面纱，可都未成功。教长坚持带着他的面纱阴沉地走完了自己漫长的人生之路，从满头乌黑的茁壮之年到满头银发的耄耋之年，最后带着面纱进了坟墓。他为什么不顾众人的反对、众人的惧怕，这样孤独凄苦地生活呢？他认识到了自己人性本恶的本性，也要让他人认识到自己的同样本性。他第一次戴上黑面纱所做的那次布道最具感染力、震撼力就是对此的形象展示。小说介绍，虽然那天他讲道的风格、方式，一如既往，"主题涉及隐秘的罪孽，及那些我们对最亲近的人，对自己的良心都想隐藏的秘密，甚至忘记全能的上帝洞察一切"②。"可是要么由于讲道本身的情绪，要么出于听众的想象"③，听众都感到了有种难以捉摸的力量渗透了他的字字句句。"全体教友，不论纯洁如水的少女还是心如铁石的男子汉，无不感到躲在可怕面纱后面的牧师正悄悄逼近，发现了他们思想与行为中深藏的罪恶"④。这表明他的话

① 纳桑尼尔·霍桑：《红字·福谷传奇》，侍桁等译，上海译文出版社 1996 年版，第 222 页。
② 纳桑尼尔·霍桑：《霍桑集：故事与小品》，姚乃强等译，三联书店 1997 年版，第 425 页。
③ 纳桑尼尔·霍桑：《霍桑集：故事与小品》，姚乃强等译，三联书店 1997 年版，第 424 页。
④ 纳桑尼尔·霍桑：《霍桑集：故事与小品》，姚乃强等译，三联书店 1997 年版，第 425 页。

语、他对人性隐秘罪行的忧虑在听众的心里产生了深深的共鸣，讲出了隐隐之中他们心里的话，他们的忧虑，但他们还是不敢面对胡伯牧师用带黑面纱的方式象征的话语：人人的心里都深藏着那隐秘的罪。"礼拜刚完，众人便不守规矩，争先恐后往外挤，急于交流按捺不住的惊异"①。这种恐惧持续了几十年，直到胡伯牧师的生命垂危之际仍有增无减，"那块黑纱低垂，凝聚了整整一生的恐怖，在这最后的时刻显得分外狰狞"。"你们为什么独独见了我就怕得发抖"？他转动戴着黑纱的脸，环顾面无人色的围观者用尽生命最后的力气叫道："我看着你们，瞧哇！你们个个脸上都有一块黑面纱"②！

再如，《伊桑·布兰德》《胎记》《拉帕奇尼的女儿》《福谷传奇》等虽设于现代浓重的科学主义、理性主义氛围，但同样直接地、间接地指向人性恶的问题。伊桑·布兰德为了找到了不可饶恕之罪不惜对他人心灵做毁灭性的刺探，拉帕奇尼为了证明自己在科学上的强大力量，不惜拿自己的女儿做实验，致使自己与女儿不能加入人类的温柔之列，造成了女儿的惨死。如此种种人物的不同的狂妄自大与自私都表现出他们本性中趋恶的成分。《胎记》中那象征生命缺陷的胎记就在生命深处，除了它也就除了生命。《福谷传奇》中那人类伟大乌托邦梦想显得那样荒唐可笑，它的失败，也即因它与人的本性背离。因此，就连那几个主要人物少数几个人之间的紧密团结也只是幻影：叙述人卡佛台尔、那乌托邦项目的主要人物霍林华斯、奇诺比亚都各怀私欲投入那项目，总是从各自的私利出发而相互猜疑，最终关系破裂。考尔认为，这样的改革活动理论上就自相矛盾："一方面强调相互同情，实际上却是一种新的敌对关系，相互猜疑"③。短篇小说《地球上的大燔祭》也表达了同样的思想。当充满改革思想的人们要把

---

① 纳桑尼尔·霍桑：《霍桑集：故事与小品》，姚乃强等译，三联书店1997年版，第425页。
② 纳桑尼尔·霍桑：《霍桑集：故事与小品》，姚乃强等译，三联书店1997年版，第437页。
③ A. N. Kaul, *Hawthorne: A Collection of Critical Essays*. Upper Saddle River, N.J.: Prentice-Hall Inc., 1966, p.161.

他们的世界净化一新，要把"垃圾"——恶——用大火烧尽，可那人类的心灵，那万恶之源，怎么烧得掉呢？"心啊，心！在这个微小而无限大的领域里存在着人类邪恶的原型，而外部世界的一切罪恶只不过是它的种种表现形式而已。"①把人类心灵空间的本性扩展延伸到了整个人类的生存空间。

第三节　天使与魔鬼的对立

——霍桑人性心理结构的解读

　　另一方面，如我们在序言中谈到的20世纪中叶以来从现代心理学视角对霍桑作品的批评所示，霍桑作品也突出地表现出作者对人各种心理景观的敏锐把握与深入洞察。我们在此探讨他作品中如现代心理学那样对人性心理结构的审美呈现，表现出作者对人性心理善与恶的对立的谙熟，对人性本质的领悟，及其由此感到的人的自我分裂、自我折磨的深度痛苦。

　　这样的艺术呈现表现出了霍桑超越传统层面的深刻之处：虽然他表现出了如传统那样对人本性恶的领悟，但他更突出地表现了人类道德与心理层面的严峻现实。人性深处由两种力量构成，一种由上帝、天使代表的社会道德规范，另一种是由魔鬼代表的自己的自然欲望。人就在这两股力量的激烈抗衡冲突之中、在这两股力量强烈撕扯的痛苦之中确认自己的存在、寻找自己为人之根本。对人、人类生存境遇的这一理解与以弗洛伊德为代表的现代心理学式的理解相似：形象地把人性、人类社会呈现为善恶相伴、善恶对立的景观，戏剧性地展现了人性心理层面的善（社会约束力，弗洛伊德的超我 [superego]、荣格的人格面具 [persona]）与恶（弗洛伊德的本我 [id]、荣格的阴影 [shadow]）的相斗不止，人因此而化作承受矛盾冲突的心理界面。虽然霍桑还不知、更不曾用过本我、超我、自我，

---

① 纳桑尼尔·霍桑：《霍桑集：故事与小品》，姚乃强等译，三联书店1997年版，第1054页。

人格面具、阴影、自性等术语，但他作品却极具艺术而深刻地呈现了人格结构中这些力量的存在，及对人生存的深刻影响。这样的呈现使他的作品在从人性心理结构询问人、人生存的本体体验展现人。

一、现代心理学视角解读的可行性

弗洛伊德对现代心理学的最大贡献在于对无意识力量在人的心理中作用的强调。用他后期三重人格结构理论，本我（id）、自我（ego）和超我（superego）来说明：本我由遗传的本能和欲望组成，是完全无意识的。它由发自本能和欲望的强烈冲动组成，追求快乐是其目的，始终努力地追寻着本能获得满足。自我感受外界影响，接受外部世界的现实要求，代表理性。其任务是控制和压抑本我的非理性冲动。超我的大部分也是无意识的，它支配着自我，代表人内心存在的理想的成分，代表社会道德准则。也即是说，本我趋恶，而超我努力使人做天使。极端时，人变成了社会原则的完全顺从者，失去了其个性、生命力、创造力。自我充当两者间的调节者，使两股力量保持平衡，使人的人格能够得到比较完满的发展，既能适当地遵守社会法规，又能适当地使自己的合理欲望得到满足，以便能和谐、幸福地生活于社会之中，使人的个性能够得到发展，成为他自己。[①]

人格面具（persona）是荣格心理学一个重要的原型学说，"是一个人向社会公开展示的一面，其目的在于给社会很好的印象以便得到其承认"。为了达到这一目的，人就必须采用一些技巧，使自己的外部行为朝着社会所要求的方向发展，因此也被荣格称为顺从原型（conformity archetype）。[②] 阴影（shadow）在荣格心理学中指人格中未被意识到的一部分，指人性中的阴暗面，或人性的兽性面。由于它的存在，人类就形成不

---

① Wilfred L. Guerin, *A Handbook of Critical Approaches to Literature*, Oxford University Press, 1992, pp.120–122.

② ［美］ C. S. 霍尔、V. J. 诺德贝：《荣格心理学入门》，三联书店 1987 年版，第 48 页。

道德感、攻击性和易冲动的趋向，[①] 是人格面具必须平衡、压制的一部分。

　　用弗洛伊德等的现代心理学理论来阐释霍桑这种前弗洛伊德时期的作家对人的呈现，使我们能很形象地揭示霍桑对人探问的深刻、敏锐与前瞻性。这也是可行的，因霍桑虽还不知现代心理学如本我、自我、超我等这样的术语，但他对人的艺术呈现使我们充分认识到他深知人性中这些力量的存在及对人生存的影响。再者，对霍桑这样的阐释也不是没有思想意识依据的。首先，自古以来人对理性与非理性、理智与情感等在人性中相互对立、但又相互依存的存在与对人生活的影响就有认识，所以我们见古代神话与宗教话语中对魔鬼的描述就可以说是本我的一种呈现。近代以来，如启蒙运动时期对理性的崇尚、浪漫主义时期对非理性因素的崇尚都表明人对自己有了更加深入的认识。在 18 世纪著名思想家卢梭（1712—1778）对"高贵的野蛮人"（noble savage）的倡导中我们也可看到他对文明的发展对人个性的压抑的不满，也即是，对理性对非理性因素的过分压抑的不满；在《论科学与艺术》（1750）中他指出，人类并未从所谓的艺术与科学的进步中获得益处，相反，知识的积累、科层化的强化加强了政府的统治而压制了个人的自由。所以在《爱弥儿》中他提倡的教育观念是孩子的情感教育先于理性教育。他在《忏悔录》中更是开篇就不加掩饰地暴露自己、暴露人性的善恶两面，"我深知自己的内心，也了解别人"，直呈式地向上帝说，他把他的内心完全暴露出来了，自己的善恶美丑全都暴露出来了，"和您亲自看到的完全一样，请您把那无数的众生叫到我跟前来！让他们听听我的忏悔，让他们为我的种种堕落而叹息，让他们为我的种种恶行而羞愧。然后，让他们每一个人在您的宝座前面，同样真诚地披露自己的心灵，看看有谁敢于对您说。'我比这个人好'"[②]！

---

① P. Young-Eisendrath and T. Dawson, *The Cambridge Companion to Jung*, Cambridge University Press, 1997, p. 319.

② ［法］让·雅克·卢梭：《忏悔录》，黎星译，商务出版社，1986 年版，第 2 页。

再者，霍桑所生活的 19 世纪美国社会的科学技术已相当发达，人们对人脑科学、人脑的病理机制都已有比较深的认识，基于传统的宗教伦理解说正在快速地失去曾经的吸引力。托马斯·斯赞斯（Thomas Szasz）写道："18 世纪随着宗教的衰弱、科学的崛起，过去是基督教根本之一部分的对有罪灵魂的救治被重塑成了对大脑神经病态的救治"①。根据埃里克·戈德曼（Eric Goldman），19 世纪早期，美国医生如本杰明·卢什（Benjamin Rush, 1746–1813）等把宗教狂热与精神疾病令人不安地对等。卢什事实上在其 1812 年发表的、可以被看作是美国精神分析的开山之作的著述中提出，在"精神疾病与一些新教派别的教义"间有因果关系。②由此，我们也可见霍桑及 19 世纪早期的其他学者们为 19 世纪末心理学领域被比较普遍的认可、命名与发展所作的开创性的贡献。

对人心理结构这两种力量的斗争不仅可从霍桑作品的意象设计的隐喻中找到，还在人物塑造、故事情节、作品的社会空间呈现中都可找到。如前所述，《红字》开篇的空间意象中，那监狱、墓地与那鲜嫩欲滴的玫瑰花丛的对立，就使这空间充满了善与恶、美与丑、生与死、文化与自然等意象形象而突出的对立，让这空间充满了人的文化属性。这文化属性又被海斯特的意象强化到了更深入、更形象的意蕴。清教徒给海斯特戴上红字 A，表明她犯了通奸罪，是罪孽深重的人，满镇的清教徒们都在那么严厉地谴责她，整个场景都充满阴郁，让读者深深地感到其道德问题的严重性。可就是这样一个被打上罪恶烙印而被罚站在耻辱架上的人物，又被描述为，体态极其优美，身材修长。头上的头发既黑又浓，发出光亮的色彩，在阳光映射下熠熠生辉。她的面孔不仅五官端正、皮肤滋润、容貌秀丽，而且还有一双漆黑的深目以及清秀的眉宇。这样

---

① Thomas Szasz, *The Myth of Psychotherapy: Mental Healing as Religion, Rhetoric, and Repression*, Garden City, N.Y.: Anchor Press/Doubleday, 1978, p. xxiv.

② Eric Goldman, "Explaining Mental Illness: Theology and Pathology in Nathaniel Hawthorne's Short Fiction", *Nineteenth-Century Literature*, Vol. 59, No. 1, 2004, p.27.

的形态让她"发出一种威仪。就那个时代女性举止优雅的风范而论,她也属贵妇之列"①。甚而,"如果一个罗马天主教徒在这一群清教徒之中的话,这个服饰和神采如画、怀中紧抱婴儿的美妇身会让他联想起圣母的形象——过去众多杰出画家所竞相描绘的圣母的形象"②。这样的描述在上下文中形成鲜明的对比:美丽与丑陋、圣洁与罪恶。与前面对那周围环境地理景观的描写形成形象的映照,空间与人物形态述说着人同样的性质与生存境遇,故事在此进一步阐释道:"人类生活最神圣的品质中,却有一抹最深厚的罪恶"③。

所以如评论家们注意到的那样,霍桑作品中可见如此反复出现的意象:光明与黑暗、天使与魔鬼、纯真与堕落、美丽与丑陋、善良与邪恶等,这些对立的意象是读者理解其作品中对人的呈现的良好途径。④ 这些不同意象的对立,形象地映衬着他所展现的人物的人性中两股势力的相生相伴与对立,是灵魂与肉体、理智与情感、理性与非理性、社会道德与本能欲望、文明与原始、社会诉求与个人欲望的对立。正如短篇小说《情报中心》中那"欲望之书"所记载的人性:

　　　　人表现在他的日常行动与生活中的是完美的设计,与他的另一面(邪恶的欲望)有很大的差距,……神圣慷慨大度的愿望像神香一样,从纯洁的心灵上冉冉升起,飘向天国,但常因当时突发的恶念而耗去它大量的芬芳。邪恶、自私、谋财害命的欲望从腐烂的心灵如一股蒸汽冒起,经常飘进精神世界之中而没有在尘世间化作劣迹。⑤

① 纳桑尼尔·霍桑:《红字·福谷传奇》,侍桁等译,上海译文出版社 1996 年版,第 41 页。
② 纳桑尼尔·霍桑:《红字·福谷传奇》,侍桁等译,上海译文出版社 1996 年版,第 42 页。
③ 纳桑尼尔·霍桑:《红字·福谷传奇》,侍桁等译,上海译文出版社 1996 年版,第 42 页。
④ Richard Harter Fogle, *Hawthorne's Fiction: The Light and the Dark,* University of Oklahoma Press, 1952 and also the revised edition in 1964.
⑤ 纳桑尼尔·霍桑:《霍桑集:故事与小品》,姚乃强等译,三联书店 1997 年版,第 1029 页。

同样，《胎记》中那胎记——必死的标志——与美丽的乔治亚娜融为一体，《拉帕奇尼的女儿》中比亚特里斯的剧毒与纯真融为一体都充满深刻的象征意义。《教长的黑面纱》中那两眼紧望着上帝，渴求救赎的胡伯牧师又总是受累于心里的另一个声音而向下看，挣扎于两股势力的倾轧之中而痛苦地在自己头上终身戴上了一块黑面纱。这隐喻式地表现人内心相生相伴的两个世界的对立、倾轧使人如何在内心的剧烈斗争中痛苦得不敢面对自己、面对世界。《福谷传奇》中霍林华斯想要做慈善家，想要帮助穷人、改造罪犯，是面向上帝的愿望，可他这种人"有个崇拜的偶像，他们把自己献身做那偶像的祭司长，并且认为牺牲任何最宝贵的东西给这个偶像都是神圣的；然而他们从来没有一次怀疑过——因为附在他们身上的魔鬼太狡猾了——这个偶像就是祭司长本人……"[①]——在他全心全意地献身事业的光辉下是彻头彻尾的利己主义，而人就不断地需要在两个世界中做平衡。我们从如下作品人物心理斗争的细微分析中，可更清晰地看到人物的内心深处是怎样被两股相互争斗的势力撕扯着、分裂着的。

二、小伙子布朗：善与恶矛盾冲突心理界面的形象阐释

《小伙子布朗》如《红字》一样，开篇就使主人公面对着两个并置的世界、并置的空间。一个是那人类文明的萨勒姆村子，以才新婚三个月的娇妻为象征，"她真是个天佑的人间天使，过了今晚这一夜，我再也不离开她的裙边，要一直跟着她上天堂"[②]。这家、这村子传达出极强的温暖舒适、规范有序之意，这里有教堂与圣经，天使与责任，义务和罪责，愧疚和忏悔，饶恕和善举，爱慕和敬意，有极强的吸引力。可另一个世界也极具吸引力，它就伫立在代表着善的小村旁，但它与那文明之家、

---

① 纳桑尼尔·霍桑：《红字·福谷传奇》，侍桁等译，上海译文出版社 1996 年版，第 227 页。
② 纳桑尼尔·霍桑：《霍桑集：故事与小品》，姚乃强等译，三联书店 1997 年版，第 305 页。

之村截然不同。其中，阴暗的树木遮天蔽日，狭窄的小径挤挤挨挨在森林中勉强蜿蜒穿过。在浪漫主义作家笔下本是滋养人的森林在此却显得荒凉凄冷，"而且这荒凉凄清还有一个特点，旅人弄不清无数的树干与头顶粗大的树枝后面会藏着什么。所以古德曼·布朗自言自语、怯怯地回头看看，'要是魔鬼本人就在我身旁，那可咋办'"[①]！它还是阴森可怖的场所。

这样鲜明的对比，突出了两个世界的差异与对立，宛如日与夜、光明与黑暗。与此相应的是布朗心灵空间的两种声音，一种声音来自那文明的世界，来自妻子淑贞（英文为 Faith，原意为信仰），她从一开始就呼唤着布朗，乞求他不要去森林，使他的内心充满内疚与自责。之后的一路上，这声音以各种形式一直呼唤着他，从他父母及祖祖辈辈身为典范的基督徒、到村里的堪称典范的教士、到他小时教他宗教问答的同是道德及精神典范的古迪·克洛伊丝等；可另一个声音也在强烈地呼唤着他，让他不自觉地继续向森林深处走去。这个声音的邪恶性被在布朗进森林后不久魔鬼的出现更戏剧性地表现了出来。从此，虽然来自基督徒的呼声一直在呼唤着他、阻止他继续跟魔鬼走入森林的深处，可那魔鬼的声音也在引导着他，强烈地推动着他继续前进。

在此，在那阴暗的、似是而非的闹鬼场景中，故事的表层戏剧性表现的是宗教的传统话语：魔鬼与天使在争夺人。再深入地细读，这两个代表天使与魔鬼的声音就出自布朗自己的内心深处。前者就出自布朗心中，这是很显然的事，因为描写的就是他的所想所说：如刚与淑贞分手时：他骂着自己的可耻的，想着他"可怜的小淑贞"！恨自己竟为了去森林而丢下她！"她还提到了梦，讲话的样子那么愁，就像已有什么梦警告过她，今晚我要去干啥事。不，不，她要知道了真会活不下去"[②]。再如第

———————————

① 纳桑尼尔·霍桑：《霍桑集：故事与小品》，姚乃强等译，三联书店 1997 年版，第 305 页。
② 纳桑尼尔·霍桑：《霍桑集：故事与小品》，姚乃强等译，三联书店 1997 年版，第 305 页。

一次拒绝向前走时他心里所感到的安慰：他在路边停了一会儿，对自己很赞赏，想着次日早上再碰到牧师散步时，自己"该何等问心无愧，也用不着躲避善良的老执事古金先生的目光啦"①。而另一那来自魔鬼的声音，从一开始作者就在不确定的叙述中含蓄地指向布朗的内心。首先，那魔鬼虽然显得比他年长，神态却极其像布朗。之后的叙述中更在含糊中暗指，那魔鬼的话语就是布朗的心里话："继续朝前走。年长的直催年轻的加快步伐，坚持走那条道路，道理讲得有理有节，仿佛条条发自听者的内心，倒并非由他一一摆出来。"然后，他一次次坚定的不再继续前进的决心都在幽暗的环境中感觉听到、或看到萨勒姆镇那些德高望重的典范清教徒们都一个个走向了那魔鬼聚会的地方，包括给予他最强支撑的妻子淑贞而瓦解。对此，故事描述布朗见淑贞就要陷入罪恶时的焦急、恐惧。他感到，周围所有的圣人与罪人，似乎都在怂恿淑贞继续向森林黑暗深处走去，使得他焦急而绝望地大叫"淑贞！"林中也立刻一片焦急地回响着布朗焦急的大叫："淑贞！淑贞！"他的呐喊把他的忧伤、他的愤怒与恐惧交加地纠结在了一起，划破夜空，布朗痛苦地屏息等待着。忽然，他听到一声尖叫，可它顷刻间又被更嘈杂的人声淹没，恍惚间又变成了渐渐远去的哈哈大笑。然后，乌云卷走了，随即，寂寥明净的夜空又出现在布朗的头顶，可是什么东西从空中飘飘坠落而下，被挂在了一根树枝上，布朗急忙抓住它，原来是根粉红色的缎带。他吓得愣住了，片刻后惨痛地叫道"我的淑贞也走了！"②。

这样的视觉、听觉的交互呈现深刻地反映出古德曼·布朗当时内心深处的痛苦、忧伤与绝望，呈现的是布朗内心激烈的心理活动——每一步，那善的声音阻止他前行时，另一个声音总会找出能让他继续前行的借口。这很形象地描绘出了荣格用现代心理学讲述的人在感觉到自己的行为不符

---

① 纳桑尼尔·霍桑：《霍桑集：故事与小品》，姚乃强等译，三联书店1997年版，第311页。
② 纳桑尼尔·霍桑：《霍桑集：故事与小品》，姚乃强等译，三联书店1997年版，第313页。

合社会规范的行为时，感觉到自己的不完美时，会在无意识深处把自己的缺陷投射到他人身上。故事结尾戏剧性地强化了这种可能，说所有的这些紧张的闹鬼或许只是他"在林中打瞌睡，做了个巫士聚会的怪梦？您若这么想，悉听尊便"①。

从此观之，我们见作者曲折迂回地、很形象地塑造了布朗心中的两个激烈争斗的声音，一个是向往天堂，一个趋向地狱，也即布朗疯狂地、焦急地向淑贞喊的："淑贞！淑贞！仰望天堂，抵挡邪恶"②！作者笔下布朗如此的心理斗争形象地体现了现代心理学如弗洛伊德的本我与超我的争夺、荣格的人格面具与阴影的争夺。在此，人的生存经历突显为了激烈的矛盾冲突的心理世界。其间，社会约束力/超我或人格面具（霍桑笔下的上帝与天使）与本我/阴影（霍桑笔下的魔鬼、阴影、巫师等）相持不下、争斗不止。那样的争斗是那样地激烈，乃至于布朗在梦中变成了整个闹鬼的森林中那么四处急奔的最可怕的恶魔；乃至于梦醒之后，布朗因为无意识中那激烈的争斗而感到的邪恶力量的巨大而对人失去了信心，他的心理崩溃了：从此变得阴郁严厉、寡言少语，每当礼拜天全体会众在教堂唱"神圣的赞美诗，他却听不见，因为恶之歌在他耳边轰然响起"③。

三、历史延展中展现的人性善恶的心理较量

《古宅传奇》与《红字》把人性的这种善恶相对的问题，恶的问题放在了历史延展的纬度上讨论。如此阐释《红字》是从如前所论的视角，《红字》故事背景设立于 17 世纪，但海斯特那样的形象更像是 19 世纪女权主义者玛格丽特等的新女性形象，而且齐灵沃斯那种追求知识的狂热也是西方世界 18 世纪启蒙运动后工业革命中的主要特色：相信知识就是力量，

---

① 纳桑尼尔·霍桑：《霍桑集：故事与小品》，姚乃强等译，三联书店 1997 年版，第 320 页。
② 纳桑尼尔·霍桑：《霍桑集：故事与小品》，姚乃强等译，三联书店 1997 年版，第 319 页。
③ 纳桑尼尔·霍桑：《霍桑集：故事与小品》，姚乃强等译，三联书店 1997 年版，第 320 页。

相信知识可以把人引向更加完美的发展。[1] 这样的设计就把人的这种困境放在了历史的维度、历史的深度上看，使小说在时空延展的维度上看人，充满了历史感、深邃感、广阔感与普遍感，及人不能逃离其中的深刻的命运感。

《古宅传奇》中，平齐安家族及他们的受害者莫利家族数代人的命运都围绕那开篇形象托出的七个尖角阁的房子展开，它形象地隐喻着人生存的困境：人生存在对物的渴望、欲望满足的强烈渴望——人性的罪恶——与充满着对天堂的向往的分裂之中。对平齐安家族历经两百年的探讨中，作者巧妙地用"中风"而死的设计，形象地象征了、强化了平齐安家族几代人在怎样的内心风暴中生存，最后又怎样在如此的风暴中挣扎而死。第一代人，平齐安上校一方面在物欲的驱使下不择手段地、狠毒地，几乎是公开地对马修·莫利进行谋害，以达到夺得莫利地产的目的，充分表现出了他本性的堕落与自私；另一方面，把房子设计为有七个尖角阁直耸云霄的形状似乎又显示他意识深处在悔恨人性的堕落，有向往天堂的欲望，并且还把房子的修建托付给死者的儿子来做，——小说描述道，这"或者受到善心的驱使，因而他便公开地完全抛开了他对死去的对手的仇恨"[2]。这样的呈现虽然没有明确地描述平齐安上校内心中两股势力斗争如何激烈，但却也表现了两股势力的对立，隐喻了他自己的善恶问题在内心所发生的风暴，乃至于最后新房落成准备设宴庆贺时，他却独自坐在宁静的书房中，死于"中风""暴卒"[3]。因此，在此，作者虽没有渲染平齐安上校如何激烈的内心斗争，"中风""暴卒"这样死的形式却表现了他当时内心是怎样的不平静才会引起这样的结局。

---

[1]　现代性理想中对知识的如此信念，许多学者都认为起自于文艺复兴英国人文主义思想家、作家、哲学家弗朗西斯·培根著述中明确的断言。参见 Peter Vedder, *Knowledge and Power in Francis Bacon's New Organon*, Catholic University of America, 1990 and William E. Burns, *Knowledge and Power: Science in World History,* Prentice Hall, 2011.

[2]　纳桑尼尔·霍桑：《古宅传奇》，韦德培译，上海译文出版社 1991 年版，第 6 页。

[3]　纳桑尼尔·霍桑：《古宅传奇》，韦德培译，上海译文出版社 1991 年版，第 13 页。

到了 19 世纪上半叶的那一代人，在资本文明近两百年的发展中，人的欲望得到了更大的扩张，恶欲被进一步地释放。杰弗里·平齐安法官就极具代表性。年轻时他就时常表现出兽性和残忍比他的理智以及想在社会中出人头地的意志力发展得更早。"他以前的表现粗野、放荡、沉溺于低级趣味，还有不少流氓气息"①。他的单身叔叔杰弗里·平齐安不喜欢他，更喜欢他的堂兄克利福德，有可能会修改遗嘱不给他任何遗产，为了得到他叔叔的遗产，他甚至深夜偷偷搜查他叔叔的保密橱柜，被叔叔发现，叔叔因当时激动、震惊和恐怖无比，以致"他身心失调的危机，而这正是他一种遗传的容易发作的病症：他似乎是血管阻塞，跌倒在地"②。小杰弗里的行为直接地引起了叔叔的死，可他不但没有悔过，还嫁祸于他的堂兄克利福德。小杰弗里因此也除去了与他竞争遗产的对手。手段可谓狠毒之极，罪恶更加深重。可这样一个心中充满恶欲、双手沾满自己亲人鲜血的人，他在之后却能在表面做得那么冠冕堂皇，遵从社会原则，乃至于他成为社会中广受人尊敬的人物，"教会承认这一点，州政府也承认这一点"③。小说评论道："这样的人物建起一座可以说是富丽堂皇的大厦，在别人的眼中，最后也在自己眼中，就代表了这个人的品质，或这个人本身。"这表明他们也被向善的力量驱动着，总虚假地、成功地顺应着社会，而且久而久之把它们看成自己的本质了。但其实在这些人身上，恶欲的声音更强大，所以小说评论说，在这漂亮的大厦的"某个阴暗角落里，……可能躺着一具尸体，已经半腐烂，并仍在腐烂，尸体的臭味散布在这整个宫殿里"④。这是这种人物品质的真正象征，"在大理石宫殿的堂皇景象下面，一潭死水、臭不可闻，或者还染着血污——在这暗藏的污物上面，他可能做他的祷告而把污物忘记——这就是这个人可悲的

---

① 纳桑尼尔·霍桑：《古宅传奇》，韦德培译，上海译文出版社 1991 年版，第 342 页。
② 纳桑尼尔·霍桑：《古宅传奇》，韦德培译，上海译文出版社 1991 年版，第 342 页。
③ 纳桑尼尔·霍桑：《古宅传奇》，韦德培译，上海译文出版社 1991 年版，第 250 页。
④ 纳桑尼尔·霍桑：《古宅传奇》，韦德培译，上海译文出版社 1991 年版，第 52 页。

灵魂"①。这更进一步表明，他心里也承受着这样两种对立力量的撕扯，他一方面坚信社会对他的敬重表明他高尚的品质，并且严厉地与他唯一的"挥霍无度、逍遥浪荡的儿子"断绝关系，而且"早晚做祷告"等，②但另一方面又那样冷酷、狠毒地追逐钱财，最后又因中风，死在为了从克利福德处找到他所能继承的更多的财产而在等待其来见他的短短几分钟中之内。小说在此虽然没有明确地描述他内心深处两股对立力量激烈斗争给他带来怎样的痛楚，但读者是不是能从他不断地在这表面的善与实际的不善之间转换，及最终死于中风的形象呈现中领悟到人物的生存实际上就变成了这两股力量的不断对抗了呢？

我们已经论述过《红字》开篇那善恶对立的意象，描绘了人及其生存空间的性质，它给整篇作品铺垫下含义深刻的基调，是整部小说的写作与阅读指南。作品沿着这样的基调展开，向读者深刻预示着人及其生存环境中的对立因素及复杂深邃。在清教徒的一片谴责之声中，海斯特代表着恶、代表着原罪，可作者又以几许赞许的笔触让读者看到她崇高的一面、圣洁的一面、坚强的一面，能够用自己的理智判断善恶的一面，她的通奸似乎有其合情理的一面。这是在颠覆清教徒的声音，表现清教徒的落后与刻板，有对清教社会批判的含义，同时也更巧妙地把何为罪恶的问题引入探讨之中。传统的理解，通奸者有罪，但在此，海斯特在与齐灵沃斯的婚姻中感觉不到爱情，虽然那是社会与文明认可的；而她与丁姆斯戴尔的关系由激情而生，是自然的、有感情的，但那毕竟是通奸，是被社会谴责的，而且他们的行为使齐灵沃斯这样刚经过漂泊流离的老人失去了家，陷入悲惨的境地。这样的开篇介绍应该说在对人性的本质、人格结构的复杂、人类文化在进行深入的探问。

对牧师丁姆斯戴尔内心痛苦的呈现，充分显示出霍桑对人这种矛盾对

---

① 　纳桑尼尔·霍桑：《古宅传奇》，韦德培译，上海译文出版社1991年版，第242页。
② 　纳桑尼尔·霍桑：《古宅传奇》，韦德培译，上海译文出版社1991年版，第147页。

立心理机制怎样左右着人的生存的谙熟。丁姆斯戴尔是那么坚定地要为上帝服务，而且受到他的教民的极度崇拜，是他对美、善无限的向往，可他又时刻受累于那"自主的或不自主的冲动"①。为此，他违反了熟知的教义与海斯特犯了通奸罪，之后又尽管在良心的日夜谴责下也未能按教义规定向公众坦白他的罪行，从而使他的罪孽更加深重，良心受到更多的谴责。这样的两股力量拉锯式的折磨，在"牧师的迷惘"一章中得到更加形象地呈现，前一刻还为能在选举之日做布道以使他之后与海斯特的离去不被人看做"擅离职守或未尽职责"②而满足，下一刻在回村的路上就很快转而被不可控制的冲动所控制，"每走一步都想作一件奇怪、狂野、邪恶之类的事"，③乃至于尽管他的内心里有个声音在强烈地控制着他，他还是止不住地充满了作恶的欲望，使自己都惊恐万分，想到，"我果真把自己出卖给恶魔了吗"④？最后，只有当他逃回寓所，才感到放心，"因为这样，那一路上老在怂恿着他的奇奇怪怪的邪念就可以不至于被世人看到了"⑤。在此，作者特意交代说牧师的居所就在墓地边。这看似很不经意的笔触，其实极具艺术性地把开篇那墓地、鲜活的野玫瑰和监狱的意象连接了起来，使其成了人物心灵空间景象的外在投影。如此，外在空间与内在空间的相互映照，把人性、人的生存境遇的本质极具戏剧性地表现了出来。

对于海斯特这样一个开篇就呈现出充满理性的特点，更多地是在用自己的理性判断世界的人物，她那善恶相对的强烈内心世界就更加寓意深刻了。海斯特有着宽大的胸怀，能够忍受周围所有人对她发出的那样巨大的、常人难以忍受的侮辱而继续行善，却不敢为敌人祷告，担心那祝福之词会顽强地变成咒语，可见内心里善与恶的对抗是何等强烈。而当她为了

① 纳桑尼尔·霍桑：《红字·福谷传奇》，侍桁等译，上海译文出版社 1996 年版，第 147 页。
② 纳桑尼尔·霍桑：《红字·福谷传奇》，侍桁等译，上海译文出版社 1996 年版，第 146 页。
③ 纳桑尼尔·霍桑：《红字·福谷传奇》，侍桁等译，上海译文出版社 1996 年版，第 147 页。
④ 纳桑尼尔·霍桑：《红字·福谷传奇》，侍桁等译，上海译文出版社 1996 年版，第 150 页。
⑤ 纳桑尼尔·霍桑：《红字·福谷传奇》，侍桁等译，上海译文出版社 1996 年版，第 141 页。

行善独自在市镇行走时感到在每一个人（不管他或她表面多么圣洁）胸前都该有一个红字时，这种善恶相对的景象指向的不仅是海斯特而且是普通大众。这样的呈现被紧接其后的"第六章　珠儿"中对海斯特女儿珠儿的描写强化了。从珠儿美的资质到神情，作者着力刻画的是一幅自然与文明、善与恶相对立的意象。首先，她的美被刻画成自然与文明相依相伴的美，因为她的美是"从农家婴儿野花似的美直到小公主的具体而微的华丽"[①]之美。然而，海斯特还总为她身上表现出的狡黠而担忧、疑虑，觉得从襁褓中起她就常在她脸上看到一种神情，"那种神情是非常聪明，却又不可索解，非常倔犟，有时却又非常恶狠"，使得海斯特觉得她更像"一个缥缈的幽灵"[②]。这即是说，她在她幼小的女儿身上都感觉到了善恶相对的境况。这样的感悟是她心里的矛盾对立双方的相互映射呢还是珠儿身上的实际表现？霍桑以他特有的似是而非的风格展现的是两者皆是。他既在表现着前者的可能，甚至这样清楚地讨论过，"有一次，当海斯特在孩子的眼睛里看着自己的影子时……她所看见的并不是自己缩小的形象，却是另一副面孔。那副面孔，如恶魔一般，满脸恶意的微笑"[③]。而这章是在介绍珠儿，且通篇也不乏通过母亲的视角对珠儿进行客观的描述。那么如上的描述当然首先是对珠儿的呈现，但同时也表现出海斯特心境的投射。因此，这样的呈现就更加含义深刻，它既在强化对海斯特的描述，又同时通过珠儿把这一人性指向人类的普遍境况。

如此，霍桑作品呈现的这种人性中天使与魔鬼的对立，表现的就是人的灵魂与肉体、理智与情感、社会道德与本能欲望、文明与原始／自然等的对立的状况，人就生存在这两种对立力量的相互争斗之中，被其分裂、撕扯的状况之中，在其中感受到生存的意义，得到生存的体验，确认自己的位置。在此，后者虽有趋恶的取向，若如《红字》中的齐灵沃斯、《利

①　纳桑尼尔·霍桑：《红字·福谷传奇》，侍桁等译，上海译文出版社 1996 年版，第 64 页
②　纳桑尼尔·霍桑：《红字·福谷传奇》，侍桁等译，上海译文出版社 1996 年版，第 65 页。
③　纳桑尼尔·霍桑：《红字·福谷传奇》，侍桁等译，上海译文出版社 1996 年版，第 68 页。

己主义，或胸中的蛇》中的主人公罗德里克那样一味地放纵，会造成对他人及自我的极大伤害，自我的意义会被完全扭曲。但其中也有富含生命力、创造力的一面，如若像《红字》中的丁姆斯戴尔、《教长的黑面纱》中的胡伯牧师及霍桑的其他一系列作品表现的那样一味地压制，又会造成人的生命力的衰退，失去生之快乐，也失去一切创造性地解决问题、面对问题的能力，生命失去了自己的完整性，人生活在分裂之中。因此，霍桑作品通过对立意象的象征、人物内心世界善恶两股势力的激烈对抗，形象地表现了人性心理结构中的理智、意志、善与人性本能中的欲望冲动的相互对立，看到了在如此心理结构的制约下人所做的努力与挣扎，深切地表现出了作者对人在灵魂与肉体的撞击后、在理智和疯狂的对峙后对生命的更深刻的领悟，传达出了作者对生命的透视，对生命真谛的感悟，——人的本性就是由天使与魔鬼这二元对立关系而构成，即原欲与理性的对立而构成。

第四节　无意识心理的本体论意义

从如上分析再深入问询，我们还可见霍桑对无意识心理在人性中的决定性作用的洞察。如此，我们从又一层面上看到了霍桑表现的对启蒙人性观所宣扬的理性是人生命中有着决定性作用的质疑。其所揭示的是，不是"我思故我在"，而是我直觉故我在，决定人心理力量的真正动力是无意识的心理力量，而非那启蒙人性观所信仰的明晰的理性。

写完《红字》时，霍桑自己评价说它"充满地狱之火，因此我发现我几乎不可能使它发出任何令人愉悦的光"[1]。事实上，在他的作品中我们可见一系列从亚瑟·丁姆斯戴尔、拉帕奇尼到小伙子布朗等的人物都饱受着

---

[1] Nathaniel Hawthorne, qtd. in "Nathaniel Hawthorne," *The Harper American Literature*, Donald McQuade ed., New York: Harper & Row Publishers, 1987.V1. Part Two, p.1650.

一种不可知力量的控制，以至于他们总在对抗控制与被控制的抗争中痛苦挣扎。结果是，他们的性格遭到扭曲，人格遭到分裂，终生不得逃离而倍受悲剧性人生之痛苦。因此，可以说，他的全部作品表现的是人在与这种力量的永恒抗争及抗争导致的自我毁灭的永恒的悲剧，是他所说的"地狱之火"的表现。与他同时代的著名作家麦尔维尔认为，这种力量来自霍桑的"加尔文的人性本恶观和原罪观"，是霍桑作品表现的"黑色力量"，也是他作品充满吸引人的力量所在。①

　　确实，如前所述，我们同意麦尔维尔对霍桑人性、人生的如此呈现是受清教徒人性观的影响的观点，是对以爱默生等著名浪漫主义作家从理性主义的立场讴歌人性的解构。爱默生认为，人不仅具有上帝的力量，更具有上帝那样的博爱和理智的禀赋，在他看来，善就存在于人的自身内。② 然而，从霍桑的呈现分析，从现代心理学的角度看，霍桑所说的这"地狱之火"，麦尔维尔所说的这"黑色力量"，展现的是人物的深层心理活动，表现的就是弗洛伊德等现代心理学家所命名的"无意识"之重要部分。如此，作家在曲折迂回地、戏剧性地、审美地对当时启蒙思想对人的"自律"和"自主"之信赖在进行解构，表现出人不是"自主"、"自律"的理性统一体，而是像以弗洛伊德为代表的现代心理学所描述那样，真正对人产生主导力量的是他意识深处的无意识力量。我们知道，现代心理学对人的如此理解得到了西方现代主义文学的极大响应，现代派作家们纷纷在其作品中挖掘人的如此人性使人面临的生存境遇。这使我们想到霍桑对人、对生活的如此敏锐的洞察在其后的一百多年历史中，在不同的领域——心理学、哲学、社会学、文学等——中，影响抑或同感，都有着相似的呈现。

---

① Herman Melville, qtd. in *Hawthorne's View of the Artist*, Millicent Bell ed., State University of New York Press, 1962, p.15.

② Ralph Waldo Emerson, *An Address Delivered Before the Senior Class in Divinity College, Cambridge, Sunday Evening*, 15 July, 1838, London: Forgotten Books, 2012.

一、本体论意义上的阐释

相悖于启蒙人性观强调的人是理性的统一体，人由自己自律、自明、自因的理性所驱使，19 世纪末以来的西方社会中，人自我的稳定性、可靠性和意义在现代社会环境、现代心理学、现代哲学、现代美学等中都受到了严重的怀疑。这些各种学说认为，人的核心是非理性，即本能和无意识，而非理性；认为非理性变化多端、不可靠、深奥莫测，甚至有从恶的倾向。对人的这一理解在现代派作家中得到了形象而深刻的呈现。[①]19 世纪末以来的许多现代哲人、学者也都对非理性因素在人性中的作用做了深入的阐释，有把它提升到本体论高度的倾向，如叔本华的悲观主义美学和唯意志论、尼采的强力意志美学、弗洛伊德的泛性欲论和精神分析美学、柏格森的直觉主义美学和生命哲学等等。耶鲁大学著名教授彼得·盖伊指出，根据弗洛伊德的理论，意识、前意识、无意识是人的三个层次心理过程。而"无意识"这个概念是他的全部理论构架的基石，其构成包括个人的原始冲动和各种本能以及这些本能所产生的欲望。他在《释梦》和《精神分析引论新讲》等论著中均把它阐释为在人的精神活动中起决定作用的部分。它是意识的起源，在人的精神活动中占有支配地位，是控制人的行为及其命运的主要力量，是人真正的精神现实。[②] 这些冲动和欲望因其性质的非道德性，不被社会接受。社会的种种习俗、道德观念、法律的建立，就是为了限制和规范它们。所以，现实之中这些冲动和欲望是不能得到满足的，而且，人也不会给其在意识领域中存在的空间，因此就被压抑在无意识领域之中。弗洛伊德在后期理论中用人格的三重结构另阐释了人格的这一性质。其中，"伊德"(Id)大部分地取代了原无意识的称谓。在此，人与生俱来的各种本能冲动之

---

① See Harry Blamires, *Twentieth-Century English Literature*, Houndmills: Macmillan Education Ltd., 1986, pp. 5–6.

② Peter Gay, *Freud: A Life for Our Time*, W W Norton & Co Inc, 1988, p. 449.

总和构成了"伊德"。他指出，"伊德"如同一口沸腾的大锅，充满了各种冲动、激情，一切痛苦、罪恶都由它而起，必须加以控制。在他的理论中，"伊德"的目标是追求本能的需要和满足，追求快乐是它的唯一原则。它不遵守任何秩序，完全无视任何社会道德规范、文明的限制。所以这些冲动是受社会道德规范限制、压抑的，但压抑它们又必然在人格上造成创伤，造成一切精神神经症候的动因。①

　　西方现代主义文学充满对人生存中的畸形、梦魇、分裂和变态等的突出描写，就是对人性的此种领悟做出的反应。乔治·卢卡契（Georg Luacs, 1885–1971）指出，现代主义文学中"病态心理成了艺术意图的目标及最终目的"②。如詹姆斯·乔伊斯的作品从全新的角度探索了人的内心世界，呈现的是人类黑暗意识的深处，将其描写为了人的本质，表现出了乔伊斯特有的敏锐和勇气。约瑟夫·康拉德的小说《黑暗之心》，从作品的题目本身到小说内容都隐喻式地揭示他所要触及的人心之黑暗之主题。作者巧妙地把故事的发生地设置在非洲，表面上讲述的是"文明"的欧洲人到了非洲后，非洲丛林原始野性的蛊惑才使他们心底深处的原始野性复苏而有意识、无意识地作出了那些骇人听闻的邪恶之举。但实际上通过对比的审美效果，揭示出了"文明"的欧洲人赤裸裸的私欲和抢掠他人财富的欲望。他们用枪炮等武力在非洲腹地暴露出的是人的极度邪恶。这更强化了小说的美学深度：那暗黑的非洲丛林，本身就在暗指人的无意识，象征着无意识的那无秩序的汹涌、黑暗之状；另一方面，整篇小说从头至尾也在多个地方把所谓的文明的伦敦及欧洲其他主要城市拿来和非洲丛林相互对照，向读者展现的是，非洲的那种原始野性遍及人类世界。如此把非洲丛林的一切恶行与普遍的人性、人的生存境遇联系了起来，达到了提喻的修辞效果。威廉·戈尔丁的大部分作品似乎都表现了人类文明在人的非

---

① 陆扬：《精神分析文论》，山东教育出版社 2001 年版，第 19、207 页。
② ［匈牙利］乔治·卢卡契：《现代主义的意识形态》，李广成译，选自《现代主义文学研究》，中国社会科学出版社 1989 年版，第 149 页。

理性面前的无能为力，表现了人本能恶欲的强大。①《蝇王》中通过一群孩子的形象，象征了人的本性，比如杰克的非理性失控所表现出的凶恶和残忍就达到了揭示人性的触目惊心的效果。

我们认为霍桑的呈现中非理性因素就如现代文化所呈现的那样在人的生命中起到了本体论的作用，有着他其后现代主义文学所表现的非理性主义的色彩。也就是说，霍桑在像现代主义文学、像现代心理学那样研究人、表现人，表现了生命本能在人物的生命体验中的强大。在这个意义上，他的小说可以说是现代意义上的心理小说。他的人物生活在有严格的信仰道德约束的社会中，必须遵从社会规范（明晰的理性），但有意识、无意识地，他们都在与社会文明抗争着，反抗着它的压抑，做出违背社会道德的行为，表现出他们心灵深处更深层的本能欲望的强大，使他们不得不受自己那深深的无意识的控制。这样的人物塑造戏剧性地诉说着人的本体动因不是启蒙理性倡导的那种以主体为中心的明晰的理性，是对启蒙理性倡导的那种人是思与自我一致而能自因、自足、自明的观念的解构。如此地看人，人就总生活在一方面必须适度地满足本能、自己的本体生命，以便人能保持自己做人的本质而和谐宁静地生活于世；但另一方面，为了在世界上能与他人和谐相处，也同样必须某种程度地遵守社会规范。他的人物就在如此的两种力量撕扯中，努力地寻找着自我，表现着自我到底是什么的问题，表现着对有着这样人性的人的生存境遇、生存苦难的同情与怜悯。

对此，我们可用他的代表作《红字》做例证。如前所述，虽然《红字》被置于 17 世纪的殖民时期，表面上看，不属于我们所探讨的现代性时期，但一方面我们这里探讨的是作者从本体论上对人性的理解；另一方面，从小说人物的塑造及一些情节的设置看，该作品其实也在探讨 19 世纪上半

---

① Rederick R. Karl, "The Metaphysical Novels of William Golding", *Contemporary Literary Criticism*, Carolyyn Riley, ed. Detroit, Michigan: Gale, 1982, V1, p. 119.

叶霍桑所生活的时代。其中如女主人公海斯特·白兰那独立自主的形象就是现代性思想所倡导的独立自主主体的典范。所以我们以霍桑的《红字》为例做探讨，能够达到用他其他诸如《福谷传奇》、《古宅传奇》等明显置于现代性环境中作品所达到的效果。该作品以涉及海斯特·白兰、亚瑟·丁姆斯戴尔以及海斯特的丈夫齐灵沃斯的三角恋爱为中心，作者分析了三个主人公在三角恋爱事件中所受的心理冲击，以及由此而导致的生存境况。以不同的视角生动地向读者呈现了人性的复杂、不可靠、甚至极富破坏力的成分；表现了这些人物和自我做斗争过程中的巨大痛苦，揭示了潜藏在他们惶惶不安的心灵中的各种隐秘。这些从不同角度述说的人物境遇，探讨着人性的奥秘，又被作者引向了全人类共同的境遇，颠覆着当时正处于上升趋势中的启蒙思想对人的理解。

海斯特·白兰的故事实则是她寻找真实自我的过程。作品展示了她理性的自我和非理性自我的斗争与互动，揭示了人物的潜意识活动。首先，她一出场就表现出受理性主导的一面，有启蒙思想所宣称的那种自律、自主、自明、自因的独立自主主体的特点，是当时这一思想在美国的代言人爱默生相信自己思想的信念的形象体现。[1] 所以，她当时的心理活动表现出，她不认为她与丁姆斯戴尔的恋情有错，因为小说开篇就通过海斯特的脑海对往事的回忆戏剧性地表现了她对与齐灵沃斯的婚姻的认识，那是建立在男女不平等关系的基础上的、是错误的。因此，戴着清教社会意为通奸、意为惩罚的红字 A 站在市场的耻辱架上被全镇人带着鄙夷的神色围观、谴责时，她还能昂首挺胸地维护自己的尊严，使观者从她身上看见"她闪现着非常美丽的光，简直使那围绕着她的不幸和罪恶结成一轮美丽的光圈"[2]。这充分显示了一个启蒙运动以来的，以我思为基点判断世界、看世界的新型人物的面貌。

① 参见 Ralph Waldo Emerson, "Self-Reliance", in *The Heath Anthology of American Literature*, V1, Lexington: D.C. Heath and Company, 1994, p.1542.

② 纳桑尼尔·霍桑:《红字·福谷传奇》，侍桁等译，上海译文出版社 1996 年版，第 41 页。

但随着故事的发展，她对真实的自我（即潜意识的自我）愈发了解，从而对自己过去的观点也在悄悄地改变着。这让读者窥见作者对人性的深刻见地：人是受冲突的本能驱动的。而其中，从恶的本能力量更强大。所以，因她担心她的"祷告之词会无法抗拒地变成咒语"，[①] 她不敢为她的仇人祷告。这意味着，她体会到她内心深处的两种力量斗争之激烈。一种是爱，是朝着生的方向的，能产生能量；另一种是受死亡本能驱动的恨。这种心理斗争的两股力量被弗洛伊德解释为两种对立冲突的本能，是人的主要驱动本能。一种是生之驱动（life drive），是力比多的冲动或曰爱欲，是生命延续、生殖、饥饿、饥渴与性欲等与生命延续有关的本能能量；另一种是死亡驱动（death drive）。[②] 死亡驱动具有极大的破坏力，由从死亡本能派生出的攻击、破坏、战争等一切毁灭性行为，是促使人返回生命前非生命状态的力量。当它转向个体内部时，它导致个体不断的、严重的自责、自疚、甚至自杀；当它朝向外部时，导致对他人的仇恨、攻击、谋杀等。[③]

另一方面，作者把海斯特对自我的认识、对人的认识也巧妙地隐含在了如下之类的戏剧性呈现之中。穿梭于市镇中，她感到，若她的 A 字代表恶的话，那么人人胸前都该像她一样带着那红字 A，因为人人都有隐私和恶的冲动。更甚者，她常常充满焦虑，因她觉得看到她女儿性格中的狡黠，乃至于她常忧虑地问道："孩子，你是谁?"虚幻中，她多次看到一张充满恶笑的魔鬼之脸出现在她女儿的眼睛里。对海斯特的心理活动的如此呈现寓意深刻。她是确实在他人身上看到了恶魔还是自己形象的投射？我们可以说二者皆有。弗洛伊德对此种现象阐释为，当人发现自己内心深处表现出，或自己无法控制的行为表现出的内容与社会道德要求相悖时，人

---

① 纳桑尼尔·霍桑：《红字·福谷传奇》，侍桁等译，上海译文出版社 1996 年版，第 61 页。

② Salman Akhtar, Mary Kay O'Neil, *On Freud's "Beyond the Pleasure Principle"*, London: Karnac Books, 2011, pp.86–89.

③ Richard Wollheim, *Freud*, London: Fontana Press,1971, pp.184–186.

的内心深处会感到深深的内疚与焦虑。[①] 他指出，要对付那些使人感到焦虑的危险是自我的重大任务之一。在正常情况下，自我能够合理地消除焦虑。但当自我被太重的焦虑纠缠着时，自我就不能以合理方式消除焦虑，人的无意识深处就会出现防疫机制。投射作用就是此类防疫机制之一。它把真实存于自己身上、但若承认就会引起焦虑的事转嫁到他人身上。如常有人自己作风不好，却大谈别人作风不正派。[②] 所以，到故事结局时，经过了一生的磨砺，海斯特对人性有了更充分的认识，她改变了过去认为自己无罪的观点，转而认识到了自己的罪。

齐灵沃斯和丁姆斯戴尔是各自领域的理性代表人物。齐灵沃斯熟谙医术，把他的大部分生命都贡献给了对理性的追求、知识的积累，可也逃不脱被他自己本性中那股无形力量控制的命运。面对丁姆斯戴尔和海斯特给他带来的屈辱，他仍以本能中恶的最大力量——恨的爆发——来处理问题。他的反应仍只是憎恨和报复。他也即被憎恨和报复不断掌控，乃至于他的外表都变得充满恶相，他意识深处的本能恶欲都被释放了出来，使他从里到外都充满着恶，是恶的化身。他深深地陷于了恶之潭中而不能求解，以至于憎恨和报复成了他生命的滋润物，变成了他生命的一部分。所以，当丁姆斯戴尔被他折磨死后，他也失去了生存目标而枯萎。故事此时叙述者的评论意味深长："恨和爱，究竟是否同属一类，这是一值得考察和探索的有趣问题。二者在发展到极端时，都有一种高度的亲密感和对心的认识；二者都可以使一个人向对方谋求爱慕和精神生活的食粮；二者在完成使命后，都能够将自己热爱的人或痛恨的人同样置于孤寂凄凉的境地。"[③] 因此，叙述者接着讲道："从哲学上看，这两种感情在本质上似乎

---

① ［奥地利］弗洛伊德：《精神分析引论新讲》，苏晓离、刘福堂译，安徽文艺出版社 1987 年版，第 87 页。

② ［美］C.S. 霍尔：《弗洛伊德心理学入门》，陈维正译，商务印书馆 1985 年版，第 79—80 页。

③ 纳桑尼尔·霍桑：《红字·福谷传奇》，侍桁等译，上海译文出版社 1996 年版，第 174 页。

是相同的，只不过一种刚好显现于圣洁的光芒之中，而另一种则处在阴暗惨淡的幽光之下。"①

这"圣洁的光芒"与"阴暗惨淡的幽光"相随，它们是促进生命生长的爱和毁坏生命的恨，是人性中的根本力量，掌控着人，——这不但描述了齐灵沃斯的人性及人生境遇，而且引向了普遍意义上的人生境遇。

如前面章节述，丁姆斯戴尔深受宗教理性的浸润，能把宗教的教义讲得精深透彻，深受他的教民爱戴，他应该能够以他的宗教理性掌控自己了。但如齐灵沃斯所发现那样，他身上还有隐藏更深的本能欲望对他的巨大控制力，"公众视他无比纯洁，他似乎也具有崇高的精神，但他从他父亲或母亲那里继承有一种强烈的动物本性"②。因此，虽然对真理有着执着的热爱，而且他也确实渴望为上帝服务，但也总有一股力量在他的内心深处试图要掌控他，以满足他的私欲，与他要顺应社会法规的力量抗争着。这种力量使他直接违背了他所信仰的教义，使他失去控制而与海斯特——一个已婚妇人发生了恋情。接下来，他又被自己爱社会高位的私欲所控制而不能向公众坦白他与海斯特的奸情，而让海斯特独自承担他们通奸的恶果。这样的人生经历使他的内心就更成了名副其实的两种力量的战场，理性强有力地、日夜在催促他应按社会道德规范行事，但本能又把他强有力地拉了回去，充分表现出了他无意识本能的强大。

如此强烈的内心斗争一直持续着。他被恐惧的心理、紧张的心情长期缠绕着，乃至于变得精神恍惚，被下意识的行动以及以上出现的种种幻象长期困扰。这种内心的激烈斗争、内心本能强大的掌控力量在第二十章被表现得淋漓尽致。这章的标题名为"迷惘中的牧师"，标题就很具深意。它描绘牧师经过七年的痛苦后，在林中享受了一会儿与海斯特的短暂相聚后，在回家的路上内心深处涌出的无数诡异、邪恶的念头几乎把他引向邪

---

① 纳桑尼尔·霍桑：《红字·福谷传奇》，侍桁等译，上海译文出版社1996年版，第174页。
② 纳桑尼尔·霍桑：《红字·福谷传奇》，侍桁等译，上海译文出版社1996年版，第90页。

恶的公开放荡。他感到，"他内心里的整个王国已经换了朝代，伦常纲纪整个儿改了面目。……他每走一步都想做一件奇怪、狂野、邪恶之类的事，同时感觉到那既是出于被迫而又是故意的，一方面是不由自主，一方面却是由于比反对这种冲动的一个更深刻的自我所发生出来的"①。乔尔·菲斯特（Joel Pfister）也认为，霍桑对人物如此的呈现意在表现人心理内在自我的强大。②

这样的斗争，一直在他的内心激烈地进行着，直到耗尽他的生命，表现出，尽管社会文明在约束着，但有意识地、无意识地、隐晦地，他内心本能力量总是强有力地在主导着他。如，当丁姆斯戴尔内心两股力量无情地撕扯着他，使他痛苦万分时，他对信众讲授的布道词在解释人心时，总是那么深刻地触动信众，乃致他深受信众的崇敬；乃致他就要走完自己的一生时，他内心深处的剧烈斗争的痛苦达到了极致，他精彩的布道越加传达出了他的心声，因而在他教民的心底深处引起更加深刻的共鸣，他越加得到了他们的爱戴③。丁姆斯戴尔的体验巧妙地变成了人人的体验。

因此，通过三个主人公的呈现，作者巧妙地使个体人性与普遍人性在暗示中、隐喻中形象地互动着，既揭示了个体人的遭际命运，又揭示了普遍人的遭际命运，使读者深深地为他所揭示的人的深层心理力量的强大而震撼。

二、认识论意义上的阐释

另一方面，霍桑作品对无意识心理的本体论意义也是从认识论上展开的。如我们前面章节所论，在启蒙理性的影响下，在主要启蒙思想家，如弗朗西斯·培根（Francis Bacon, 1562–1626）、勒内·笛卡尔

---

① 纳桑尼尔·霍桑：《红字·福谷传奇》，侍桁等译，上海译文出版社1996年版，第147页。
② Joel Pfister, "Hawthorne as cultural theorist," in Richard H. Millington ed, *The Cambridge Companion to Nathaniel Hawthorne*, Cambridge University Press, 2004, p.40.
③ 纳桑尼尔·霍桑：《红字·福谷传奇》，侍桁等译，上海译文出版社1996年版，第167页。

（René Descartes, 1596–1650）、约翰·洛克（John Locke, 1632–1704）、巴鲁赫·斯宾诺莎（Baruch Spinoza, 1632–1677）、皮埃尔·贝尔（Pierre Bayle, 1647–1706）、伏尔泰（Voltaire, 1694–1778）、大卫·休谟（David Hume, 1711–1776）、伊曼努尔·康德（Immanuel Kant, 1724–1804）、艾萨克·牛顿（Isaac Newton, 1642–1727）等著述的感召下，18 世纪西方世界如西欧主要国家、美国等进入了以理性为中心的时代，强调理性为人认识自己、认识世界的主要工具，弃绝把君权看作神授、传统看作统治权威的传统，哲学家们倾向于用理性探讨社会的所有问题。对理性的强调导致人们在社会生活的各个方面对科学方法的重视，希望把国家建立成自我管理的民主共和体，从而使生活能得到更加理性的管理，相信一旦理性成为衡量人类所有行为与关系的尺度，迷信、不公与压迫便都会让位给"永久的真理"、"永久的公正"及"天赋的平等"。为此他们大力提倡秩序、理性及法律。这种思想意识为 1789 年法国资产阶级革命及 1776 年美国独立革命打下了理论基础。[①]

如此的倡导下，社会思想文化中占主导地位的是各种倡导从客观外在物质世界认识人、认识世界的思想，如唯物主义、工具理性、功利主义（Utilitarianism）、实证主义等。唯物主义认为，物质是世界最基本的存在，因此，各种包括精神、意识等的现象都是物质相互作用的结果。[②]在实证主义理论中，每个人虽然接受的教育不一样，但他们用来验证感觉经验的原则是相似的。实证主义因此希望建立知识的客观性，强调感觉经验，排斥以形而上学的方式看世界。现代实证主义的创始人法国哲学家、社会学家奥古斯丁·孔德（Auguste Comte, 1798–1857）指出，人类并非出生就知道万事万物，必须经由不同的情境中学习，获得知识。经过

① Milan Zafirovski, *The Enlightenment and Its Effects on Modern Society*, New York: Springer-Verlag, 2011, p.144 and Lorraine Y. Landry, *Marx and the Postmodernism Debates: an Agenda for Critical Theory*, Westport, CT: Greenwood Publishing Group, 2000. p. 7.

② George Novack , *The Origins of Materialism*, New York: Pathfinder Press, 1979.

间接或直接的感觉、体认或推知经验，并在这样的学习过程中进一步推论出没有经验过的知识。因此，不是经验可以观察到的知识或超越经验的知识，不是真的知识。并认为这不但是认识物质世界的方式，也是认识人类社会的方式。人类社会也如物质世界一样依照万有引力以及其他的绝对定律运行，因此，内省式的、或直觉式的获知方法是应该弃绝的。[①] 这种对理性的膜拜在现代性崛起的岁月中越来越变成了时代的强音，因此，把科学推崇至了思想意识形态的制高点，成了科学主义，如兹维坦·托多洛夫（Tzvetan Todorov, 1939– ），法国现当代著名的符号学家、人文主义思想家也指出了现代性中这种深受实证主义思想影响的思想趋势。[②] 所以才有霍桑在短篇小说《胎记》的开篇所形象描述的社会当时对理性的狂热崇拜："上个世纪下半叶……那年头，电及其他大自然的奥秘刚被发现，人们仿佛看到了打开进入奇异世界的条条途径。人们热爱科学，那份深情与专注甚至胜过对女人的爱。超群的智力、想象力、精神、甚至感情，都能从各种科学探索中找到相宜的养料。这些探索，正如一些热诚献身者相信的那样，将把强有力的智慧步步向前推进，直到科学家找到创造力的秘密，并为自己开拓一片新天地[③]。"

但饱含讽刺意味的是，霍桑作品的呈现并未表现出人真能因为对理性的如此崇拜地运用而使人更加能够透彻地认识人、认识世界而走向更加光明的新天地。相反，如前所述，理性的过度膨胀在他的笔下却导致了人生存状态的那各式各样的残缺状态，是过度膨胀的理性把人又引入的新的歧途与人类生存困境，表明作家隐喻性地、审美地在否认、解构着现代理性主义在认识论上对我思主体的确认，述说着本能、直觉等非理性的因素是认识世界、认识自己的根本性的途径，而非理性。所以，我们可在他的短篇小说《新亚当和夏娃》的开篇看到这样的论述：

① John J.Macionis, *Sociology*, 14th Edition. Boston: Pearson, 2012, p.11.

② Tzvetan Todorov, *The Imperfect Garden*. Princeton University Press, 2001, p. 20.

③ 纳桑尼尔·霍桑：《霍桑集：故事与小品》，姚乃强等译，三联书店 1997 年版，第 891 页。

"我们这些生于世界人为体系的人们，永远不能确切地知道在我们目前的状态和情况下有多么少的东西是自然的，而有多么多的东西只不过是人的歪曲的心灵所篡改的结果。艺术已变成第二个而且是更加强大的自然"①；她是继母，她用狡猾的温柔已教会人们蔑视真正母亲的大量而有益的关怀。所以，"只是通过想象这个媒介，我们才可能松开这些我们称之为真理和现实的镣铐，使我们甚至只能似懂非懂我们是些什么样的囚徒"②。这样的叙述表现出作家对理性作为人认识能力的怀疑，或者即使有，认识世界的途径也是想象等自然因素，对在现代化进程中现代人越来越被理性等人为体系的误导而忧虑。

具体地分析，我们可在作家作品中的人物塑造、故事情节设计等中看到作家从认识途径上对现代性语境下的我思主体多方面的解构。一方面，通过一系列理性化人物的塑造，霍桑作品呈现着，当时多少人在理性主义的高歌中倍感鼓舞，表现出对自己理性认识世界的自信，试图用理性、科学的方式认识世界而改变自己或自己所爱之人的人生境遇，或使世界整体地进步，但结果却是误入人生的种种迷途，表现出这种认识途径的虚妄。《胎记》中的艾尔默与他的妻子乔治亚娜以理性精神看世界，相信人的理性、科学能把握人、把握世界，进入生命的秘密，把人变得更完美却导致乔治亚娜之死的悲剧。《拉帕奇尼的女儿》中的拉帕奇尼也是在科学精神的鼓噪下要改变人的生命结构，把她女儿培养成了充满毒气的生命，希望能够使她由于拥有这种毒气的武器而变成强大无比、可以征服世界的人，从而获得幸福。生命的意义在此就是在竞争中永远立于不败之地，但拉帕奇尼及其女儿与他人、与自然、与世界相隔离的孤独生活显然不是人的本真生活。

《通天铁路》中的众市民在那以理性为准则的战天斗地的精神中，享

---

① 纳桑尼尔·霍桑:《霍桑集:故事与小品》，姚乃强等译，三联书店 1997 年版，第 869 页。
② 纳桑尼尔·霍桑:《霍桑集:故事与小品》，姚乃强等译，三联书店 1997 年版，第 869 页。

受的是巨大人工空间中的快捷与方便、人工空间中那些看似显赫、壮观的工程，但承受的是噪音、毒气、严重的生态污染，及人与人之间相互关爱与同情的不在（名利城中的尔虞我诈是例证）及与自然的天然联系的消失。这得失两方哪一方才是人生活幸福的关键所在呢？《古宅传奇》中平齐安一家的数代人历经近两百年的历史中，从第一代人平齐安上校开始就以务实的、不怕鬼魂的理性精神认识人生、认识世界，他们把他们的幸福建立在对财富的理性算计、积累、梦想，甚至是掠夺上，他们得到幸福了吗？他们把人生的意义阐述出来了吗？从小说中那从第一代人为争财富的血腥手段到其后各代人为争财富对自己亲人的忽视或掠杀：杰瓦瑟·平齐安为求得更多的财富不惜牺牲自己心爱的漂亮女儿爱丽丝·平齐安；这种为了财富的疯狂到了19世纪上半叶更盛。小杰弗里·平齐安可以在气死其叔叔老杰弗里的现场中，不为自己的行为而悔恨，反而捏造事实陷害堂兄克利福德，以达到能独占其叔叔的财产的目的。这是一群生命中根据理性去寻找财富以赢得幸福的人，但各代人的悲剧结局充分显示出其对世界与对自己的错误判断而误入的人生陷阱。蕴意深刻的是，小说开篇位置就叙述说，平齐安家族"具有他们所居住地区的一般特征"①，并描述说，到了共和国时期，"又值我们的社会生活在波涛中起伏，是经常有人处于被淹死的危险之中"②。

另一方面，作家又巧妙地在作品中设计了与上述理性化形成对比的塑造，以使作品更具审美价值地、曲折迂回地强化着认识世界的根本途径是本能、直觉等非理性因素，表现着作者对当时时代强音倡导的自因、自明、自足的理性主体的解构。《古宅传奇》中从第一代人平齐安上校到19上半叶的小杰弗里·平齐安这些人都有着铁一般的意志，有着不相信鬼魂的近代科学思想，能凭着冷酷的理性办事，与此相对照的是克利福德、菲

---

① 纳桑尼尔·霍桑：《古宅传奇》，韦德培译，上海译文出版社1991年版，第19页。
② 纳桑尼尔·霍桑：《古宅传奇》，韦德培译，上海译文出版社1991年版，第37页。

比、赫普齐芭·平齐安等，他们还没有完全被冷酷的理性掌控，因此也相对地更能与他人共鸣、与世界共鸣。《雪人》中那孩子的童真与女主人的女性直觉与男主人的务实精神及只注重看得见的事实和科学精神而弃绝想象的精神世界形成的鲜明对比，及这两种精神对生活的深刻影响的对比；《美之艺术家》中艺术家的感性意识与满城镇在务实精神指导下缺乏精神深度的对比；《通天铁路》中有那群以理性之路通达"天城"的"朝圣者"与两位采取身体力行的朝圣者的对比，后者用自己的身体去与大地相接触，愿用自己的感觉去触摸世界的一切，竭力保持与自然的血肉相连，他们最后是通达"天城"的胜利者。

《伊桑·布兰德》中的伊桑·布兰德在被智性化之前的那种淳朴、厚实是他与人生真实相通的渠道，使他能享受人生的宁静，能与同胞、大山、与自己相通。他还记得那时"夜露如何悄悄落在他身上——黝黑的林子如何对他低声细语——星光如何在他头顶闪着微光"[1]。我们知道，本能、直觉、想象等感性素质更多是传统社会的认识工具。似乎为了强化这样之点，强调仅凭理性把人带入的迷途、精神的荒芜，故事结尾时，在理性精神、智者的化身，伊桑·布兰德逝去后，那被群山环抱的小村享受了片刻的人间宁静、安详，呈现出了未经理性浸染过的，充满感性的、自然的、和谐的美景："朝阳已将金色的光芒洒遍山顶，山谷仍在阴影之中！却愉快地微笑，预示灿烂的一天正急急到来。村庄完全被群山围绕，群山渐渐隆起远去，村庄仿佛宁静地安歇在上帝巨大的掌心之上。座座村舍清晰可见，两座教堂的小尖顶刺向天空，镀金的风信鸡已染上朝阳的霞辉"[2]。村中小酒店也有动静，老驿车经纪人被烟熏干的身影出现在门廊下，嘴里叼着雪茄。"古老的格雷洛克山顶金色的云彩缭绕，使它光辉灿烂。四周山峦腰间弥漫着灰白晨霭，奇形怪状，有的直入谷底，有的高飞

---

① 纳桑尼尔·霍桑：《霍桑集：故事与小品》，姚乃强等译，三联书店1997年版，第1224页。
② 纳桑尼尔·霍桑：《霍桑集：故事与小品》，姚乃强等译，三联书店1997年版，第1227页。

山巅，还有的如云似雾，流连于高空金灿灿的光芒之间"①。仿佛凡人就可以这样踏着歇在山间的云朵一步步朝更高的云朵走去，最终迈步向前进入天国。"天地如此融合，宛若梦境。"石灰工巴特兰姆的儿子小乔顿时喜笑开颜，"'亲爱的爸爸，'他来回蹦跳着，'那怪人走啦，天空和大山都好像很开心呢！'"②

再者，作家对非理性因素对人认识世界的重要的确认还来自这样的人物：他们因理性的膨胀而无法把握人生真谛而陷入痛苦、孤独飘零、绝望境地，但又在痛苦、孤独飘零、绝望中领悟到了人生真谛，如伊桑·布兰德、埃里斯顿、亚瑟·丁姆斯戴尔、胡伯牧师、海斯特·白兰、齐灵沃斯等。这样的呈现寓意深刻。痛苦、孤独、绝望属于人的情感部分，触动的是人的本能、直觉等非理性因素。那么，这是以另一种形式在讲述，人的非理性因素如何在朦胧之中助人了解一些生命本相。伊桑·布兰德在与他人、社会、自然、自我的全面分裂的痛苦中体会到了他的悲剧来自他智者的胜利，它阻断了他与自然、人生的天然连接，认识到了情感的重要，与自然、大地、星空亲切触摸的重要、与同胞血肉相连的重要；认识到，他已脱离了人类的兄弟情谊的原因就在于他失去了圣洁的同情心这把钥匙。这把钥匙能使他打开人类共同本性的牢笼，给"他分享其中全部秘密的权利"③。

再如《红字》中的亚瑟·丁姆斯戴尔，他在与海斯特·白兰的通奸暴露后，作为牧师，因他的行为直接违反了宗教教义，他感到他自己罪孽深重，再加上他又那么珍爱作为广受人尊敬的牧师的荣誉而不敢暴露他的奸情而罪加一等，沉重的罪孽感在他心上深深地压着。认为自己是罪人，他鄙视自己，不敢与他人交往，落入了痛苦之极、孤独之极、绝望之极的境地；落入了寝不能眠、茶饭不思的境地，甚至用鞭子鞭笞自己，对自己进

---

① 纳桑尼尔·霍桑：《霍桑集：故事与小品》，姚乃强等译，三联书店1997年版，第1227页。
② 纳桑尼尔·霍桑：《霍桑集：故事与小品》，姚乃强等译，三联书店1997年版，第1227页。
③ 纳桑尼尔·霍桑：《霍桑集：故事与小品》，姚乃强等译，三联书店1997年版，第1225页。

行自虐。但"也就因为这种重压，才使他对于人类犯罪的同胞能有那么亲切的理解；因此他的心，能与他们的心起着共鸣，将他们的痛苦容纳在自己的心里，并把他自己心中的阵痛用忧伤动人的辞令穿过了成千成万人的心"。他因此在教区的声誉更高了，教民们把他"视为神圣的奇迹"①。再看看通奸事件暴露的七年后，由于这种痛苦的极度折磨，他的生命几近衰竭了，但就在这生命的最后时刻，他的这种由孤独、痛苦、极度绝望而触动的灵感使他在新州长就职仪式上的祈祷演讲充满真知灼见。当听众们狂喜地听完他的演讲，涌出教堂后，他们在街道上、市场上的狂喜地讲述着他们的感受。他们一致强调，从来没有过一个人能像牧师今天那样演讲。他讲出了"如此明智、如此崇高、如此神圣的精神；……而且任何凡人嘴里吐出来的灵感，也从来没有像他嘴里的那样清楚。那灵感的力量像是看得见降落在他的身上，支配着他，时时使他不顾面前的演讲稿，愈加高扬起来，给了他许多使他自己和他的听众都同样觉得惊奇的观点"。甚至在他快讲完的时候，"一种类似预言的精神降临在他的身上，犹如过去强迫以色列的古预言者一样强有力地，此刻正强迫着他宣布预言"②。七年的痛苦生活，痛苦得使他转眼就要离开人世了。这样的结果，"使他最后一次增强了一个宣教士所能产生的效果，犹如一个再升天的过程中的天使，一霎那间鼓动起他明亮的翅膀，罩住了人们，那是一片阴影，同时也是一片光彩，在人们的身上倾注了一阵黄金似的真理"③。丁姆斯戴尔由此可以说把他的生涯推到了一个空前绝后的光明时期。

综上可见，霍桑以他的审美塑造，表现了意识和无意识的关系、理性和非理性的关系，把那隐藏在人的意识表层下的巨大力量形象地揭示了出来。那是他对人无意识力量在人性中的洞察，对人的认识途径和能力的洞察。在他的呈现中，那基本的生命本能、原始的冲动能影响着人类行为、支配着个

---

① 纳桑尼尔·霍桑：《红字·福谷传奇》，侍桁等译，上海译文出版社1996年版，第98页。
② 纳桑尼尔·霍桑：《红字·福谷传奇》，侍桁等译，上海译文出版社1996年版，第167页。
③ 纳桑尼尔·霍桑：《红字·福谷传奇》，侍桁等译，上海译文出版社1996年版，第167页。

人的命运，而理性、文明和科学是那样的无力；并且若人能够领悟到什么生命的本相的话，可靠的通道也是这些原始的冲动、基本的生命本能。这样的描写表现出霍桑与他所生活时代的完全不同的观点，表现了霍桑对人自身的创造力与破坏力的深刻认识和把握，以及他对人类历史发展的认识与把握；表现出霍桑在对人生、人性的探索上具有深刻的超前意识。对人性的无意识做出此种自觉的认识而肯定人的非理性认识能力，如此解构人的理性认识能力，对人的心理、意识能做出如此的理解和阐释，是 19 世纪后半叶以来的作家才能做到的。作为 19 世纪上半叶的作家，对人类生命本体就作出了如此深刻的思考，这表现出霍桑眼光之敏锐与深邃。他对人性的如此观照，对人的认识能力的如此认识在现代文化中得到了延续和深化。

西方现代心理学、现代主义文学对非理性问题的探讨，不仅表现在对人本性的把握上，也表现在对人的认识途径和认识能力上。他们认为，要达到对人、对世界的认识，只有依靠直觉，人的所谓理性认识能力是不可靠的虚设。人能够直接体验自己的存在的方式只有通过孤寂、烦恼、绝望等心理意识。在叔本华（Arthur Schopenhauer, 1788–1860）看来，所谓支配人的认识的理性只是意志的奴仆和工具，人类依靠理性或逻辑思维不可能认识世界的本质。意志才是真正居于掌控地位的：手由抓东西的意志产生，肠胃由吃东西的意志产生，生殖器官由繁衍后代的意志产生，脚由走路的意志产生。所以，驱动人许多行动的力量是意志的冲动。① 存在主义理论强调人是被无缘无故地抛到这个世界上来的陌生人，所以，人根本不能认识世界、也不能认识自己，是被遗弃的、孤立无援的漂泊者。自我更深重的"异化"就是认为人能凭借感性和理性所获得的所谓知识认识人造成的；越是依靠理性与科学，人就会越使自己被欺骗、愚弄。② 但人生在

---

① ［德］亚瑟·叔本华：《作为意志和表象的世界》，齐冲白译，商务印书馆 1982 年版，第 50 页。

② John Macquarrie, *Existentialism*, Philadelphia, PA: Westminster of Philadelphia Publishers, 1972, pp.14–15. and Robert C. Solomon, *Existentialism*, New York: McGraw-Hill, 1974, pp.1–2.

世，又必须对自己、对世界作一定程度的认识与把握，又不得不面对人与世界的基本关系问题。怎样才能认识世界呢？叔本华认为，只有直觉才是认识世界的唯一正确途径。尼采更是认为人类无穷的灾难都是理性的膨胀带来的。他主张用本能、意志和直觉代替理性认识。① 柏格森（Henri Bergson, 1859–1941）也认为在人类对世界的认识中，直觉更重要。他认为唯有依靠本能的直觉才能认识经验世界的本质，抽象的概念分析只能歪曲实在。②

第五节　社会属性的本体论意义

霍桑作品充满戏剧性地也在表现着人的社会属性，表现着社会是规范规训人的力量，曲折迂回地表现着人不是如当时现代性理想所宣扬的能为自己的存在自我立法之人，不是像当时美国这种自我主体之自明性的代言人爱默生所深信的，"相信你自己的思想，相信只要对你心灵来说是真实的，对所有其他人也是真实的——这即是天才……抛开所有的束缚，回归你的自我，你将是世界的主人"③。而是被特定的历史塑造的人，是通过具体时期知识形式、强制性的屈从实践和伦理实践得以构成的。

一、人：社会时事所造就

霍桑人物汇集起来，就是一个个个体怎样被社会塑造的故事，从不同的角度揭示了这种人的自我确证、为自我立法、为社会立法的理性主体形象的虚幻性，而真正占主导地位的是社会意识形态；凸显了作者对于人的

---

① 杜任之主编：《现代西方著名哲学家述评》上卷，三联书店 1980 年版，第 9 页。

② ［法］亨利·柏格森：《时间与自由意志》，吴士栋译，商务印书馆 1958 年版，第 120、159 页。

③ Ralph Waldo Emerson. "Self-Reliance", *The Heath Anthology of American Literature*, V1, Lexington: D.C. Heath and Company, 1994, pp.1542–1544.

主体性是社会建构的而非人自然就拥有的观点。

塞缪尔·科尔（Samuel Chase Coale）指出，《福谷传奇》讲述的主旨之一就是对个体在市场经济体系中被掌控、渗透、操控的危险的恐惧与困扰。① 我们可从书中主要女性人物的塑造分析作家对社会对个体塑造作用的清楚认识。首先，奇诺比亚对蒲丽丝拉性格形成原因的评论就表现着作者的观点。相比于她同父异母的姐姐奇诺比亚，蒲丽丝拉因从小生长在不同于姐姐的贫穷环境中，因而她更具传统女性那种温顺、秀丽的性格。奇诺比亚评论说，"她是那种社会用了上千年时间培养形成的妇道规范的典范"②。奇诺比亚的话语表现出，她认识到，"妇道规范"不是妇女自然或天赋本性，而是父权文化意识形态的创造物，并还给人以这是妇女自然素质或心理素质的幻象。

而奇诺比亚这个人物的塑造本身也充分显示出社会意识形态、社会知识话权根据自己的理想把人塑造成了社会所需要的人。许多评论家都认为，《福谷传奇》这部小说以被 19 世纪上半叶在现代性理想驱动下激发起来的布鲁克农场的实验为题材，③ 小说隐含的主导社会意识形态当然是 19 世纪初叶那激励人心的、被利奥塔称为现代性大叙事的"人性解放的大叙事，""科学理性的大叙事，""思辨理性的大叙事"。这样的大叙事自然也会激起妇女反抗父权主义思想对女性的压迫。这一时期因此也是妇女为争取自己与男人同等权利的女权主义思想的崛起之期，是美国女权主义运动第一次浪潮的发生之期。美国历史上第一次妇女争取权利的大会就于 1848 年在纽约州悉尼可·福斯召开。大会在社会上曾激起强烈的反响。会议结束时，六十八位妇女与三十二位男子签署了《情感与决心的宣言》

---

① Samuel Chase Coale, *The Entanglements of Nathaniel Hawthorne: Haunted Minds and Ambiguous Approaches*, New York: Camden House, 2011, p.133.

② Nathaniel Hawthorne, *The Blithedale Romance*, Rockville, Maryland: Arc Manor LLC, 2008, p.96.

③ See Philip McFarland. *Hawthorne in Concord*, New York: Grove Press, 2004. p.149.

（*Declaration of Sentiments and Resolutions*）作为妇女争取权利的宣言。《宣言》的风格与形式模仿美国建国时期写的《独立宣言》，宣称"我们相信，这些真理是不言自明的，造物主创造了男人和女人，并使他们生而平等，并赋予他们天赋的人权"①。生活在那样激励人信奉自己的理性、发挥自己的理性以赢得自己的自由、解放与幸福的话语中，女性人物自然就可能如奇诺比亚那样被培养成一个具有独立性格的人物，有主见、敢于比较直率地发表自己的言论，堪称"一个才女……充满活力"②的人，以及从上面引述的奇诺比亚的话语可见，她还是一个充满女权主义思想的妇女。这样的人物形象肯定不会普遍发生在启蒙运动之前的父权思想浓重的社会里，而只会发生在启蒙运动后以争自由、争平等、争取自己的天赋人权为主导的 18 世纪末以后的社会里。而且许多论者都认为，奇诺比亚的原型就是当时社会的著名作家、女权主义活动家，并且与爱默生、霍桑等著名作家都交往甚密的玛格丽特·福勒。③

再分析以下几部作品，我们对霍桑社会构建人主体的观点可有更清楚的认识。短篇小说《胎记》开篇之处，霍桑就生动地展现了那当时深刻影响时代的社会意识怎样渗透进人的生活，改变人的思想意识：

> 上个世纪下半叶，……那年头，电及其他大自然的奥秘刚被发现，仿佛打开了进入奇异世界的条条途径，人们热爱科学，那份深情与专注甚至可以胜过对女人的爱的现象并不少见。超群的智力，想象力，精神，甚至感情，都能从各种科学探索中找到相宜的养料。这些

---

① qtd. in Sabrina Crewe, Dale Anderson, *The Seneca Falls Women's Rights Convention*, Milwaukee, WI: Gareth Stevens Pub., 2005, p.5.

② 纳桑尼尔·霍桑：《红字·福谷传奇》，侍桁等译，上海译文出版社 1996 年版，第188—189 页。

③ Louise D. Cary, *Margaret Fuller as Hawthorne's Zenobia: The problem of moral accountability in fictional biography*, ATQ; Mar1990, Vol. 4 Issue 1, p.3 and Thomas R. Mitchell, *Hawthorne's Fuller Mystery*, University of Massachusetts Press, 1998, p.303.

探索，正如一些热诚献身者所信，将把强有力的智慧步步提高，直到科学家找到创造力的秘密，并可能为自己创造出新天新地。①

　　生活在这样的社会意识之中，艾尔默及他的妻子就被塑造成了有这样的人。艾尔默全身心地沉浸在了科学研究之中，思想意识中充满了科学技术能使人认识世界、认识人，使人通往幸福的意识。因此立志为科学技术献身，没有任何别的激情可以改变他的追求，成了"在各门自然科学中都享有盛名的科学家"②；他对自己的主体认识能力、自己的理性力量有极强的信心，向自己的妻子高谈阔论他的科学手段说，根据最清楚的科学逻辑，经过深入钻研，人能造出炼金术士长年累月追寻的一种万能溶剂及长生不老药（虽然声称获此能力、智慧超凡的科学家不屑于从事此类事物）③；并用一本厚册子记录了自己雄心勃勃一生不倦追求的各项试验；现在，他全心要攻克的是妻子脸上那胎记。尽管他已梦到那胎记是生命的象征，紧紧抓住他妻子的心脏，表明有意识、无意识中他已认识到祛除那胎记的危险，但对自己理性、科学理性的信心使他坚定不移地要除掉那胎记，创造出更加完美的妻子。

　　至于他的妻子乔治亚娜，尽管心里充满对祛除胎记危险的恐惧，却甘愿冒着生命危险顺从她丈夫要祛除她脸上胎记的决心，因她也被社会意识形态规训成了和社会观念一致的人。社会规训乔治亚娜的情况可从两方面说明，第一，以男性意识为主导地位的社会中，女性是男性的附属品，学会了顺从男性意愿。第二，那时代对以科学技术为形式的理性的崇拜也渗透进了她的意识之中。所以她把危险置之度外，恳求她的丈夫不管冒多大风险都要试试。"因为只要有这块可怕的印记，你就对我又害怕又讨厌。生命——生命就成了我心甘情愿扔掉的包袱。要么去掉这只可怕的手，要

① 纳桑尼尔·霍桑：《霍桑集：故事与小品》，姚乃强等译，三联书店1997年版，第891页。
② 纳桑尼尔·霍桑：《霍桑集：故事与小品》，姚乃强等译，三联书店1997年版，第891页。
③ 纳桑尼尔·霍桑：《霍桑集：故事与小品》，姚乃强等译，三联书店1997年版，第901页。

么拿去我悲惨的生命！你学问高深，世人有目共睹。你创造了那么多奇迹，难道连这么一块小小的小小的印记都除不掉么？"①——为了让她丈夫满意、让他欢心，她宁愿放弃生命；同时，时代对科学技术的崇尚也深深地镶嵌进了她的意识之中。

短篇小说《通天铁路》中那群以快捷先生为代表的市民充分显示了现代科技生活深入到人们生活中后，传统的宗教伦理被现代性的理性观取代后，人们意识形态有了怎样的大改变，人们怎样在认识自我，在建构着自己的身份，现行的社会意识在怎样地决定着人的存在：一改传统中世世代代对自然的敬畏，人们带着祛魅的眼光在看世界，充满着对科技理性的崇拜、科技理性对自然肆无忌惮的掌控的喝彩，而无视科学技术对自然的无限改造而引起的生态危机、生存危机；热衷于现代生活的快捷、方便、城市生活的热闹与喧嚣而忘却了人与自然的天然联系；市场经济体系对人生活有了深入的渗透，人们越来越热衷于物的交换，充满了对物的追逐与崇拜，而忘却了人与人之间的情感交流、人自己的精神追求。所以思考、研究、道德，这些精神领域的问题全都失去了自己的性质、自己的精深，人们以处理物的方式、以处理贸易的方式处理它们。他们制造出了机器，让机器帮人完成思索与研究，使人的生活毫无忧虑，不费吹灰之力；他们也制造了"一种成批创造个人道德的机器，这一出色成果是由以形形色色优良品德为宗旨的众多社团实现的。可以说，每个人只需将自己与这台机器相连，将自己那份美德存入共同股，董事长与经理大人们自会留心照料，将累积的道德股份妥加利用"②。这样的人是有理性的自律统一体吗？不是，而是被那从"死亡城"到"名利城"之间的广大人工空间、广大的物化空间制造出的物化的人——人的本质被物挤压出去了，变成了没有灵魂的物质享乐者，而真正还有思想、有情感，保持着与自然的天然联系的那

————————

① 纳桑尼尔·霍桑：《霍桑集：故事与小品》，姚乃强等译，三联书店 1997 年版，第 896 页。
② 纳桑尼尔·霍桑：《霍桑集：故事与小品》，姚乃强等译，三联书店 1997 年版，第 955 页。

两位徒步香客，却被他们嘲笑为荒谬、固执、不可理喻。

短篇小说《我的亲戚莫利纳少校》用对比的方式更加戏剧性地表现出了人如何被不同的意识形态中的不同的社会意识所影响、所形塑，形象地展现出了自立自主的人的虚幻，是对 18 世纪上半叶殖民地时期民众的思想意识如何随各种急剧变化的思想意识变化而变化，从而对人有不同的定位的形象表现。莫利纳少校一两年前回家乡时都还有文职、军职地位，威风八面、深受人敬重，又继承有家产，很自信地承诺要为其堂兄的儿子罗宾开辟前程。可就在很短的时间后，当 18 岁的罗宾来到城里投靠莫利纳少校时，世道就变了，人们的思想变了，正被革命的情绪激荡着，原来受人敬仰的莫利纳少校转眼间已不再受人敬重，而变成了人们唾弃的对象、革命的对象。当罗宾满大街地向人询问他的住宅时，没有人愿意告诉他有关莫利纳少校的事情，甚至没有人愿意承认认识他，如此无果的努力从华灯初上时一直持续到午夜时分，精疲力尽的罗宾才终于得到人的指点，看到了他那被浑身涂满柏油、沾满羽毛被绑在车上游街批斗的、已上了年纪的亲戚莫利纳少校，被折磨得"脸色煞白如死尸，比死尸更骇人。宽大的额头痛苦地紧抽，两条眉毛拧成一条灰白的直线，眼睛充血，目光狂乱，颤抖的唇边挂着白色的口水，浑身激动得抖个不停"[①]。

二、海斯特：社会决定人主体的形象阐释

霍桑的其他作品也都是这一思想的形象阐释，生动地展现了在时代变迁、新旧思想意识碰撞的时代人是什么的问题，极具戏剧性地表现了个体主体是如何被社会意识形态所决定、所塑造的。我们可再以《红字》女主人公海斯特为例。海斯特一出场及故事之后展开的漫长的七年岁月中，我们看到了一个坚强地以自己的理性看世界、以面对那严惩她的整个清教徒社会的独立自主的形象，是一个充满启蒙思想的形象，坚定地信奉着自己

[①]　纳桑尼尔·霍桑：《霍桑集：故事与小品》，姚乃强等译，三联书店 1997 年版，第 91 页。

的思想、自己的理性判断。所以，小说一开篇她能那样独立地、勇敢地站在那耻辱架上，面对全镇清教徒的严厉谴责，还能够展现出一种威严的仪态。这样的姿态根据当时上流社会女性的风度来判断，她属于贵妇人的类型了；而且，"从不曾像从监狱里走出来时那么更似贵妇人"①；因为她从启蒙理性的角度看问题，坚信自己与牧师丁姆斯戴尔之间的恋情是有神圣性的，他们真心相爱，而她与那老医生齐灵沃斯之间没有爱情；之后，她能独立地以她美丽的针线活养活自己及她那非婚生的婴孩；她继续坚定地认为她与情人丁姆斯戴尔关系的神圣性而为他保密，独自承担一切苦楚而保全情人在公众中的地位；她在被社会隔离的极度苦难中还思考妇女的不幸问题，不但关切自己作为妇女的苦难，还关心其他妇女的艰难，显然是个已被 19 世纪女权主义思想、现代性理性思想洗礼过的人物。对此，故事叙述说，拥有如此的思想意识是因为海斯特吸收了当时更新的思想意识。当时大西洋彼岸的英国已发生资产阶级革命，"人类智力新被解放，比从前的许多世纪，已得到更活跃的领域。军人已颠覆了贵族和帝王"②。对人物这样的呈现，明确地表现出西方社会文艺复兴及诸如英国的资产阶级革命后，人的思想起到了怎样的变化：过去占统治地位的基督教传统观念在瓦解，不是以神的意志在规定自己的思想，确定自己的身份，人现在在新思潮的影响下有了更多的独立性，更多地以自己的意识、自己的理性在判断世界、在确定自己的身份。

但故事结尾时，海斯特最后又从大洋彼岸自觉地回来了，自觉地戴上了故事之初清教社会惩罚她带的那耻辱的象征：红字 A ；并且对其他妇女讲解妇女如何受难、憧憬未来更光明的时代时一反过去对自己无罪的认定，承认自己是罪人而不能充当"命定的女先知"③。这种对自己犯了罪的意识在多年后她给自己安排的墓葬形式中得到了强化。她没有按照她生前

① 纳桑尼尔·霍桑：《红字·福谷传奇》，侍桁等译，上海译文出版社 1996 年版，第 41 页。
② 纳桑尼尔·霍桑：《红字·福谷传奇》，侍桁等译，上海译文出版社 1996 年版，第 122 页。
③ 纳桑尼尔·霍桑：《红字·福谷传奇》，侍桁等译，上海译文出版社 1996 年版，第 176 页。

渴望能与她情人合葬的意愿安排，这就说明，她接受了丁姆斯戴尔的清教意识，他们的结合违反了清教法律、违反了上帝意愿，"所以不能再希望在死后的世界中会面，在永恒和纯洁中重新结合"[①]。她与丁姆斯戴尔分葬在中间有间隔的坟墓里，却共用同样的墓志铭："在一片黑地上，刻着血红的A字"[②]。这结尾的人物形象与前面故事的人物形象是不是表明人物的思想意识转变了？表明她转而接受了清教社会对罪恶的认识，对她自己人生的解读。

　　这种转变可信吗？答案是肯定的。根据故事，海斯特与丁姆斯戴尔的恋情暴露后，海斯特就成了清教社会道德训诫的典范，时时刻刻都感到被清教社会拒斥的痛苦。无论她走到哪里，街上、教堂里，都会立刻引来牧师对她的训诫，让围观的听众深感她罪恶的严重而做出种种对她鄙夷的神情，使她时时刻刻感受到胸前红字所表示的耻辱以及由此而产生的强烈痛苦。这样的耻辱与痛楚甚至在经过漫长的七年救赎生活后，红字已改变原有意义而有了"天使"等正面含义时，都还持续地存在于她的心中。所以，在二十一章"新英格兰的节日"中，那新州长的就职日，也是清教徒们难得的节日里，当满镇的清教徒们都去掉了平日阴沉的表情而"面孔上闪耀着不常见的快乐"[③]时，海斯特此时的心里虽也有快乐，因为马上可以与她的恋人逃离那个地方回到英国去过她期盼的生活了，但"那红字却又从这种昏暗模糊中将她牵回来，使她在红字闪耀着的精神形象下显现着"。人们在她面孔上看到的还是人们熟悉的"一种如大理石般的安详……那似乎是冻结在一个死妇人脸上的静穆"[④]。而且甚至就在这节日的欢乐中，"凡是海斯特·白兰站立的地方，照例在她周围会留出一片小小的空地，像是一个魔法的圈子，人们在稍远的地方纵使挤来挤去，却不敢也不愿闯进这

---

① 纳桑尼尔·霍桑：《红字·福谷传奇》，侍桁等译，上海译文出版社1996年版，第176页。
② 纳桑尼尔·霍桑：《红字·福谷传奇》，侍桁等译，上海译文出版社1996年版，第177页。
③ 纳桑尼尔·霍桑：《红字·福谷传奇》，侍桁等译，上海译文出版社1996年版，第155页。
④ 纳桑尼尔·霍桑：《红字·福谷传奇》，侍桁等译，上海译文出版社1996年版，第153页。

个圈子来。"① 更甚的是，她苦恋的情人最终仍抛她而去了，甚至还以上帝的名誉拒绝了与她死后相遇的机会——海斯特经过七年漫长岁月的苦难救赎赢得的仍是孤苦伶仃，甚至这种孤苦伶仃还要延续到故事结尾的死后永生。这样的过程及结尾不是表明社会在以人生最受珍视的幸福为代价的方式在规训她吗？经过这种种的刻骨铭心的经历、规训后，她能不变吗？她变成了那新旧文明的交替之际的人，思想意识形态中既有新思想中积极的思考、发挥自我主体的一面，但同时也还有那未完全死去的清教社会的思想意识。这是社会意识形态、社会道德强制性实践在她身上发生作用的结果。

我们还可从美国著名文学评论家、传记作家、历史学家大卫·雷诺兹（David S. Reynolds）在其著述《美国文艺复兴的背后：爱默生和麦尔维尔时代的颠覆性想象》（1988）中对《红字》的研究得到启迪，从另一角度来看，霍桑对人是社会知识话权产物的审美阐发。在该书中，雷诺兹研究 19 世纪美国内战前的通俗文学，重新解读一些重要经典作家。他把《红字》放到当时的通俗文学的文化语境中，对比研究海丝特的形象与其时通俗文学中的女性形象，认为海丝特形象的塑造融合、又超越了内战前通俗文学中的女性形象特征。如此的塑造，海斯特形象具有了更高的文学价值，成为自问世以来一直吸引着读者的人物形象。在内战前 1840 年到 1850 年间的十年间，美国出现了许多拥有大量读者的畅销书，如苏珊·华纳的《广大世界》、乔治·利帕德的《贵格城》等，前者是颂扬家庭女性的伤感小说，后者描写耸人听闻的犯罪故事。雷诺兹把这些通俗文学主要分为两类。第一类如乔治·利帕德的作品，是颠覆性作品（Subversive），多为一些耸人听闻、感官刺激的故事。人物形象以女性居多。她们多是些堕落的、值得同情的女人。她们表现出强烈的反抗意识，是犯了罪的女人；具有突出性感诱惑力，具有较强的女性主义意识等，同

---

① 纳桑尼尔·霍桑：《红字·福谷传奇》，侍桁等译，上海译文出版社 1996 年版，第 158 页。

时也是一些极具破坏力的女性。另一类作品如苏珊·华纳的作品，它们为正统文学（Conventional），塑造的人物形象以女性居多，大多是一些恪守"妇道"的家庭妇女，表露了传统的家庭理念。

雷诺兹认为，霍桑在《红字》中塑造的海丝特形象同时具有这两种通俗文学中人物形象的特性。她既具有那些颠覆性通俗作品中女性人物所具有的新女性意识，具有破坏倾向，但同时也具有传统的道德价值观、赎救功能，含有正统文学中女性人物的特征。这一点我们从前面我们对海斯特的讨论也可看到，只是我们主要从清教对人的认识、对罪恶的定义去讨论，而在雷诺兹这里，他不仅从海斯特形象中探讨了我们讨论的上两点，还通过海斯特忍辱负重、广施善行、并且最后又回到那清教小镇重戴上那社会加在她身上的那"红字"，把她生命中的忍辱负重、"艰辛、深思、献身"[①] 持续到了生命的终点，甚至死后的永恒之中。这种特性某种程度地恪守了"妇道"，满足了中产阶级女性以自己的牺牲、忍让，拥有家庭的愿望，使海斯特有了一个中产阶级妇女的典范的性质。所以，雷诺兹不但看到了海丝特这个极具艺术魅力的形象是当时通俗文学中的各种女性形象的融合，同时还是体现了时代的女性人物。从雷诺兹总结的这种人物所体现时代的精神中，我们同时也看到了霍桑实际上也在表现那风云变幻、各种思潮交互影响的 19 世纪上半叶，人如何被社会造就成了那个时代特定的人。传统的宗教精神、资本文明兴起以来的各种启蒙思想、中产阶级的妇女观都是社会中女性身份的形塑力量。

人的主体意识是社会意识形态的建构物的类似观点，我们可在马克思及其后的许多影响深远的思想家那里看到。马克思指出，"只有在社会中，人的自然存在才成为人的属人的存在"。[②] 这即是说，人类主体是社会历史的产物，社会存在决定社会意识。在之后的弗洛伊德等为代表的现代心理

---

① 纳桑尼尔·霍桑：《红字·福谷传奇》，侍桁等译，上海译文出版社 1996 年版，第 176 页。
② ［德］马克思：《1844 年经济学—哲学手稿》，刘丕坤译，人民出版社 1979 年版，第 75 页。

学理论对人的研究中，如弗洛伊德的超我与本我的争斗中、荣格的人格面具与阴影的争斗中，人被超我与人格面具塑造成归顺社会的归顺体时，人也是社会意识形态的制造物。对于现象学与存在主义大师海德格尔来说，历史在人的生命中起着重要的作用。人是社会历史的产物，社会、历史是人的形塑力量①。结构主义的领军人物克洛德·列维－施特劳斯（Claude Lévi-Strauss, 1908–2009）在其人类学研究中，以结构主义式的系统分析，阐释了个人所谓的主体性是怎样被文化的表征传统所塑造②。

在 20 世纪后半叶西方的各种理论中，后殖民、新历史、女权主义批评、后结构主义等都纷纷强调经济、社会、文化、权力与历史等的决定性作用。法国著名哲学家、结构主义马克思主义的奠基人，路易斯·阿尔都塞（Louis Althusser, 1918–1990）指出，人"作为主体这件显而易见的事情——以及它的无可置疑——本身是一种意识形态后果，基本的意识形态的后果。"③ 西方解构主义的代表人物，20 世纪下半期最重要的法国思想家之一，德里达（Jacques Derrida, 1930–2004）指出，所谓"主体"和"主体性"，实质上不过是一种"幽灵"，在实质上就是一种意识形态的幻象，并不具有主体形而上学所声称的那种本体论意义的实体地位。他反复强调，"主体拥有的并非元语言学意义上的实体，或身份，或某种纯我思的自我呈现，它总是由语言铭刻而出的"④。另一位法国著名思想家米歇尔·福柯否认那起构造、甚至奠基作用的个人主体，否认其具有普遍性的意义，认为主体是通过知识形式、强制性的屈从实践和伦理实践得以构成

---

① Martin Heidegger, *An Introduction to Metaphysics,* trans. R. Manheim, Yale University Press, 1959 , p.44.

② Richard Appignanesi, *Postmodernism for Beginners*, Icon Books Ltd. 1995, pp.66–7.

③ [法] 路易斯·阿尔都塞：《哲学与政治》，陈越译，吉林人民出版社 2003 年版，第 363 页。Also see Simon Choat, *Marx through Post-Structuralism: Lyotard, Derrida, Foucault, Deleuze*, Continuum, 2010, p.17.

④ Quoted in John D. Caputo, *The Tears and Prayers of Jacques Derrida*, Indiana University Press, 1997, p.349.

的，并宣布人之死。他所说的人之死，是指作为有自律意识的主体、作为能动的甚至反叛的造物的人之死。他写道，"人如同画在沙滩上的肖像，是可以被抹去的"①。福柯这里抹去的是人那虚幻的自因、自足、自明的主体的画像。

现代主义作家的作品塑造了诸多的因不能认识自己和世界而痛不欲生的人物，表现了对人认识能力及自信心的无情嘲弄、不信任，揭示了人类因妄想以理性认识世界而受重挫的生存境况。卡夫卡的作品做了对此领悟的形象展现。《审判》中的约瑟夫·K在黑幕般强大的现实面前无能为力。莫名其妙地，他被逮捕，被莫名其妙地审讯，又被莫名其妙地处决，只能像条狗似的死去。《城堡》中的人们永远无法弄清城堡在哪里，也从来不清楚自己与这个城堡的关系，它就像一片空洞虚无的幻景；它近在眼前，似乎条条道路都与之相通，但事实上又没有一条道路能走通；它给人带来的只是失望、疲惫、孤独。表现主义作家尤金·奥尼尔的《天边外》塑造的罗伯特·马约和安德鲁兄弟表现人无法认识自我、认识世界的人生遭遇，因而注定要惨遭失败的悲剧，因无法找到自己在现实世界中的恰当位置；揭示了人类无法认识现实世界的奥妙的主题。他的《安娜·克里斯蒂》以大海与大海上的雾象征世界的神秘莫测，表现了人生的不幸是人类永远猜不透的宿命，让历经磨难的人总不知道等着他们的是怎样的不测的未来。所以，剧本结尾时，面对漫天大雾，老克里斯只能无可奈何地叹道："雾、雾、雾，老是雾。你看不出你是到哪儿去"②。这些悲剧留给了读者无限的怅惘。塞缪尔·贝克特的《等待戈多》虽以其丰富的象征意义表现着多种阐释，但其中一突出的主题应是对人生存本体论意义上的探讨，表现理性在认识人、认识世界之中的无能为力，世界的不可知性，人类能

---

① Michel Foucault, *The Order of Thing*, New York: Random House, 1971, p. 326 And also Michel Foucault, *The Hermeneutics of the Subject : Lectures at the Collège de France, 1981–1982*, Graham Burchell, Trans., New York: Picador, 2005, p.237.

② Eugene O'Neill, *Anna Christie*, New York, Dover Publications, Inc., 1998, p.60.

做的只有在存在中去行动、去感知、去体验。

因此，我们从霍桑作品中看到了作家在那人类文明的转换期对当时社会主流倡导的人的身份问题、人是什么的问题的探索与反应。现代文明以它的蓬勃之势，要以人的"主体性"代替中世纪上帝的神圣权威，把它当作知识与存在的哲学基础，以此来确立人与社会生活价值的规范性源泉，即以它来确定人生意义、社会理想、道德价值等；它旨在把人从封建传统的束缚中解救出来，使人更完满地发展。但霍桑的作品在审美地回答着这样确立人身份问题的不确定性与虚妄性。他让他的人物戏剧性地表现出了人根深蒂固的趋恶本质，人心理结构善恶以对的本质，人受控于自己无意识心理力量的本质，以及不同的历史语境规范、形塑人的现实。

第六节　弥漫在空间中的人性观

以上论述的人性及人的生存境遇呈现不但来自以上人物塑造与作品故事情节的视角，还来自于霍桑作品所描述的一幅幅人物的空间生存图、或曰作品的故事背景图。也即是说，这样的人性观，或曰作者表述的人性本质，被作者深深地、艺术地镶嵌在了作品人物生活的社会空间之中，使他所展现的人性观能够越加本质性地、更具艺术性地与人类连在一起。

文学作品要表现人生、表现世界，总需交代故事的发生地、发生场景，总会与一定的场景、地域、空间有关。英国当代著名作家、文学评论家戴维·洛奇（David Lodge）宣称，"小说可能是人类描述个体人运动于时空中的体验的最成功的努力"①。但一直以来，在对作品的阅读中、在文艺理论的研究中，人们更关注的是时间，而一定程度地忽略空间，把作品中的场景、地点、居所、空间等都看作是静止的、空洞的，只为故事提供

---

① David Lodge, "Consciousness and the Novel," in *Consciousness and the Novel: Connected Essays*, London: Penguin, 2002, p.10.

背景信息，只是纯景物描写，只是故事展开的容器。霍桑作品的场景描述非常生动，综合考虑其中的地理标记等会让读者感到那不是简单的景物描写而已，而是有着自己的象征功能，有着语言符号般的表现功能，也与作品中的人物塑造、故事情节一样，在表述着作品要表达的思想。

　　但评论界对霍桑作品的场景描写只有不同观点的提及，而还未有对其表征功能、文化含义全面而深入的探讨，如，麦克法兰德（Philip James McFarland）在其 2004 年发表的《康科德的霍桑》中讨论霍桑的《玉石雕像》时，认为该小说的场景描述有过度之嫌，不能更好地突出人物、情节等；[①] 易斯顿在其 1996 年发表的《霍桑主题的形成》中讨论其早期的系列短篇小说《乡村故事》时，提到这些故事的场景描述是那样地生动、细微，乃至于它们可以是理解人物的地学志（topology），但作者并未从此角度去讨论人物；[②] 麦尔德在 2012 年出版的《霍桑的居住地：文学生涯考察》中，把对霍桑的传记研究与霍桑一生居住过的四个居住地联系起来，从他的祖籍、他的第一个居住地马萨诸塞州萨勒姆镇到马萨诸塞州康科德，再到英国、意大利两个海外居住地，考察它们各自在他的性格形成与作品创作中的作用。虽然标题中就表明该作品与场所（place）有关，但麦尔德用的是传统的传记研究手法，而非空间批评手法或场所分析理论。[③]

　　然而，结合现当代的空间批评理论，我们认为霍桑的这些场景表征却是成就了霍桑在美国文学史乃至世界文学上经久不衰的经典作家的重要地位的重要因素，而且霍桑一系列的论述表现出他深谙各种人文地理景观既反映又构建人，虽然其理论意识及深度不可能与 20 世纪中后期以来空间批评理论的自觉意识与完整体系相比。他在参观了英国浪漫主义作家瓦尔特·司各特在安巴慈福德（Abbotsford）的居所后，在日记中进一步阐明了作家居所对作家的影响，这种影响又会被表现在其作品的思想中："参

---

①　Philip James McFarland, *Hawthorne in Concord*, New York: Grove Press, 2004, p.214.

②　Alison Easton, *The Making of the Hawthorne Subject*, University of Missouri Press, 1996, p.43.

③　Robert Milder, *Hawthorne's Habitations: A Literary Life*, Oxford University Press, 2013.

观了他的房子后我更懂他的罗曼司了；更懂他的房子了，因为已读过他的罗曼司。它们相互阐明"①。

所以，我们更加理解，为什么如他在《红字》的前言中所称，总是把"自我的最深处"隐藏在面纱之下的作家为何又总爱引导他的读者联系他作品创作时的生活场景或工作环境。所以，《红字》的正文之前有直接讲述他在海关工作经历的前言《海关》，《古屋苔藓》正文之前也有《古宅》以其优美的文风介绍他创作该小说集时的住宅。他在1852年发表的《雪影》前言中解释道，这种"对他的外在环境、他的住宅稍加讨论的习惯"目的在于"帮读者做好进入他作品内部结构的准备"②。

爱默生对此的评价虽然并不肯定，认为他应把文学表现的公共行为与创作的隐秘行为区别开来，"霍桑太多地邀请他的读者进入他的书房，在他们面前展开创作的过程，好像甜点师傅对他的顾客说，'现在让我们做蛋糕'"③。但这从另一方面表明霍桑具有生活空间、社会空间对人的形塑作用的意识，并把其反映到了创作中。

因此，我们在此将重点探讨他空间表征中的人性，即霍桑通过空间讲述的人是什么？什么是他的生存境遇？也即是，他作品的个个场景呈现的是一幅幅富含文化编码、富含文化含义的图画。它们是成体系的象征系统，象征着霍桑推出的人性观。综观霍桑作品，不管是1850年前的短篇小说还是其后的长篇小说，从其场景描写、故事背景的展现中我们都可看到这种"有体系的意义世界"在如何传达着作者的人性观与世界观。它们从人类的生活空间、社会空间的视角，以更具视觉艺术的形式，形象地述说着人性、人类生存的境遇，讲述着小说人物刻画、故事情节所讲述的故

---

① Nathaniel Hawthorne, *The English Notebooks*, Randal Stewart ed., New York: Modern Language Association of America, 1941, p.344.

② Nathaniel Hawthorne, *The Snow Image and Uncollected Tales*, Ohio State University Press, 1974, pp.272, 3–4.

③ Ralph Waldo Emerson, *The Journals and Miscellaneous Notebooks of Ralph Waldo Emerson*, Ralph H Orth and Alfred R. Ferguson ed., Harvard University Press, 1971, IX, p.405.

事、所传达的意蕴，从而达到从多角度推出的效果，更加形象、深入，更具审美意蕴的效果。

一、现当代空间批评理论的启示

对于 20 世纪中后期以来的作家、空间批评理论家来说，文学作品中的场景描述、人物生存空间的呈现都是充满意义的象征系统，正如现当代兴起的空间批评理论家、文学地理学家们的论述一样，作家们的创作"不能被视为地理景观的简单描述，许多时候是文学作品帮助塑造了这些地方"[1]。当代英国著名作家格雷汉姆·斯威夫特（Graham Swift）认为，"文学作品中的场景传达出的意蕴不仅只是地点的物质形态，更表现一种人对他们的地域的占有的意蕴"[2]。也即是说，在空间理论家们看来，空间与人有着密切的关系："空间本身既是一种产物，是由各种不同社会进程与人类干预形成的，反过来，它也是一种力量，它影响、指引和限定人类在世界上的行为与方式的各种可能性"[3]。昂利·列斐伏尔（Henri Lefebvre, 1901–1991）是西方当代空间理论最重要的先驱之一，他指出，各种社会关系都暗示、蕴含、隐藏在空间之中。社会作为空间，它包含各种观念、形式与法规的体系结构。这些体系结构又被抽象理性化于人的现实感觉、身体、愿望与欲望之中。即，空间的蕴含意义浸入进了生活于其间的人，它蕴含的观念、规范以及各种秩序都融化进了人的生活习惯、行为活动、意识之中，对人进行着规训、制约，使他们变得自觉地顺应着该空间特征。[4] 或

---

[1]　迈克·克朗：《文化地理学》，杨淑华等译，南京大学出版社 2003 年版，第 40 页。

[2]　qtd. in David James, *Contemporary British Fiction and the Artistry of Space: Style, Landscape, Perception,* New York: A&C Black, 2008, p.2.

[3]　Phillip E. Wegner, "Spatial Criticism: Critical Geography, Space, Place and Textuality", *Introducing Criticism at The 21st Century*, Julian Wolfreys ed., Edinburgh University Press, 2002, p.181.

[4]　Henri Lefebvre, *The Production of Space*, Trans. Donald Nicholson-Smith, Oxford: Basil Blackwell, 1991, p.83, 139.

用美国当代著名的后现代政治地理学家爱德华·索亚（又译爱德华·苏贾）的话说，人类主体自身就是有其自己独特性的空间性单元。"一方面，我们的行为和思想塑造着我们周围的空间，但与此同时，我们生活于其中的集体性或社会性生产出了更大的空间与场所，而人类的空间性则是人类动机和环境或语境构成的产物。"①

因此，文学作品中的空间呈现不仅表现的是美学的问题，而且也表现着文化、政治、权力等诸多因素，是传达各种意识形态的媒介，聚焦的是有关主体、身体、性别、身份、记忆、环境、心理、感知等与地域、文化、权力、政治等众多复杂因素的关系②。同样，艺术家们在对空间做审美呈现时，在对其取舍、凝视、再现时，它就变成了一种含有主体意志的建构。哪怕是对纯风景的呈现，"经过某种智性的'取景'后，"艺术家"'无形'的自然环境被给予了形式"③；艺术家在凝视、选择、创造的过程中因此必然表现出自己的思想意识，使其描述的场景、风景、人物生活的社会空间等都变成表达创作者文化意识烙印。用米歇尔的观点来阐释，即是空间"像语言或者绘画一样具有物质性，嵌入到文化传统和交流之中，成为一种象征体系，能够激发或者重塑意义与价值，并且作为一种表达媒介，它像货币一样具有符号功能，在价值交换体系中充当一种特殊的商品发挥独特的符号象征功能"④。索亚指出："各种人文地理的结构既反映又构建了世界中的存在"。⑤ 所以，萨义德感叹："地理环境是很大程度地可以被利用、发明、赋予与它纯粹地理实际及其不相同

---

① ［美］爱德华·W．索亚：《后现代地理学》，王文斌译，商务印书馆 2004 年版，第 12 页。

② ［法］米歇尔·福柯：《规训与惩罚》，刘北成、杨远婴译，三联书店 2003 年版，第 243 页；米歇尔·福柯：《不同空间的正文与上下文》，载包亚明主编《后现代性与地理学的政治》，上海教育出版社 2001 年版，第 21 页。

③ Martin Lefebvre ed., *Landscape and Film*, London: Routledge, 2006, p.19.

④ W. J. T. Mitchell, "Imperial Landscape," *Landscape and Power*, 2nd ed., U. Of Chicago P., 1994, p.14.

⑤ ［美］爱德华·W．索亚：《后现代地理学》，王文斌译，商务印书馆 2004 年版，第 13 页。

的意义的"①，表明人的体验在对地方的呈现中起到了决定性的作用。

二、《红字》空间的意蕴

前面已经提及对人性本质的表述，《红字》的开篇场景描写就很具代表性。在小说的开篇处，作者即以"狱门"这样的地理标志为小说的第一章以及这一章的标题。因此，这开篇第一章在形象地呈现小说故事发生的背景/场所 17 世纪中叶那马萨诸塞湾波士顿清教小镇人的生存空间，但同时也很形象地、曲折迂回地、审美地把人性、人的生存境遇都深嵌在了其中。在这幅画卷中，虽然作者显似只轻描淡写地在开篇介绍了人——"一群生着胡须的男人，穿着颜色惨淡衣服，戴着灰色的尖顶帽子，还混杂着许多女人，有的兜着头巾，有的光着头，都聚集在一所木头的大厦前"②。而把整章的篇幅都浓墨重彩地放在了周围景色的描述上：那钉满钉子的监狱的厚重的门，虽然修建的岁月不久，但已有风吹日晒的各种苍老痕迹，"似乎从来不曾有过青春时代"③；与它意气相投的是它旁边就是墓地，是久远的新殖民地建设者们在拟建造一个"充满人类美德与幸福的乌托邦"时，同时认识到必须建造墓地的必要。④ 而就在此时六月的光景中，监狱门槛上正长着一簇野玫瑰，开着鲜艳的花朵。这样的场景描写，或说那一群穿着惨淡颜色衣服的人的生存空间的描写，突出监狱、鲜活的野玫瑰（人类美德与幸福的乌托邦）和墓地并置的意象，显然不仅仅是景物的堆积而已，而是充满着丰富的文化意蕴，在曲折迂回地、形象地述说人性、人类生存境遇中，生命、美、对幸福的向往、对无限的向往等与墓地、监狱所代表的丑、罪恶、死亡、有限等的相依相伴、相互争斗。

---

① qtd. in Eric Prieto, *Literature, Geography, and the Postmodern Poetics of Place*, New York: Palgrave Macmillan, 2013, p.14.

② 纳桑尼尔·霍桑：《红字·福谷传奇》，侍桁等译，上海译文出版社 1996 年版，第 37 页。

③ 纳桑尼尔·霍桑：《红字·福谷传奇》，侍桁等译，上海译文出版社 1996 年版，第 37 页。

④ 纳桑尼尔·霍桑：《红字·福谷传奇》，侍桁等译，上海译文出版社 1996 年版，第 37 页。

这简单的第一章因此就给整篇小说定下了深刻的、极富审美意义的基调，深刻而极具艺术地传达着生活于其中的人的人性、生存境遇及作者的人生观、世界观，通过那突出的监狱、鲜活的野玫瑰和墓地的并置意象，通过空间，为读者画出了一幅善恶并存的人性，人的生存受制于恶与死亡，充满着生与死、有限与无限等的对立画卷。在此开篇的基调下，小说中间有那圣人般的牧师丁姆斯戴尔的寓所与墓地并置的空间意象，有代表清教权威的贝灵汉州长却与充满邪恶本性的姐姐西宾斯夫人同居一宅而成善恶并置的意象。还有那神神秘秘、恍恍惚惚的森林意象，它给海斯特和丁姆斯戴尔以庇护，让他们在第十八章，"一片阳光"中享受了片刻的爱的温暖，享受了片刻一片阳光的滋润的地方；是珠儿这个美艳绝伦、却又从小就被人类文明弃置在人类温暖之外的可怜的人儿在其中可以自由自在的地方；对于这个孤独的孩子，森林"尽其可能变成了她的游伴……露出了最亲切的心情来欢迎她"①。可它也是阴暗的地方，是小说中代表中恶的黑男人出没、聚会的地方。

这些有突出地理蕴含的空间图景与人物塑造、故事情节等构成的有空间意义的图景进一步相互映照、相互指涉，更突出了空间所表现的意蕴。所以，小说中那圣人般的牧师丁姆斯戴尔与被恨变成了满脸恶相的齐灵沃斯组合在了一起，他们相依相伴出现在镇上，成了镇上的一道显著景观。其中的含义连幼小的珠儿也能明白，所以她大声喊着海斯特："走开，母亲！走开吧，那边那个老黑人会把你捉了去！他已经捉住了那个牧师"②。《红字》的第二十三章，"红字的显露"中，作完他最后一次最为触动人心、最受人敬重的布道，感到他的生命力已耗尽而决心袒露他胸前的红字时，牧师丁姆斯戴尔把海斯特和珠儿都召到了当年海斯特抱着珠儿戴着红字受罚的刑台上，死在了海斯特的怀中。对如此场景，小说写道，当时在

① 纳桑尼尔·霍桑：《红字·福谷传奇》，侍桁等译，上海译文出版社 1996 年版，第 139 页。
② 纳桑尼尔·霍桑：《红字·福谷传奇》，侍桁等译，上海译文出版社 1996 年版，第 93 页。

场的一部分听众就否认牧师如此的死法与海斯特所犯罪恶有关，而是意在表明，"他不但尽力从事人类精神的善行而消耗了生命，又把他的死的方式造成了一个寓言，把那又重大又伤恸的教训传达个他的崇拜者，使人们体会在无限纯洁的神的心中，我们都同样是罪人"①。

再看看小说对齐灵沃斯死时的评述同样的意蕴深刻。因齐灵沃斯的死是因丁姆斯戴尔的死而使其失去了仇恨的目标，从而也就失去了生活的意义，他的生命也就随之枯萎而死。所以小说曲折迂回地评论说，爱与恨归根到底属于同样东西。当两种感情若发展到极至的时候，它们都含有高度的亲密和对内心的认识。"用哲学的眼光来看，这两种热情本质上好像是一样的，不同的只是，一种笼罩着圣洁的光辉，另一种是在阴暗惨淡的红光中。"②这样的话语表明，使生命提升的爱与毁坏生命的恨是相依相伴的，那"圣洁的光辉"被"阴暗惨淡的红光"所包围，人类世界中的生命被恨环绕，生存被罪恶深印。想想这些故事或情节设计在故事设计中是不是那空中各自突出的亮点了呢？突出地象征着那空间的精神，都有了地理标记般的作用，成了极具造型艺术的意象、占有场域的意象，成了那空间中典型的社会空间的精神内涵的表征。

所以小说结尾时的空间图为："在一片黑色的土地上，刻着血红的 A 字。"③因为红字 A 在小说的后部分也突显出"能干""天使"等的正面含义，再加上红色可代表生命等，那么基于小说后半部分对海斯特大多从正面形象呈现，这里的"血红的 A 字"也可阐释为代表生命，而那无边的黑暗代表死亡与罪恶。这样的结尾意象是不是小说开篇以来的空间图式的自然结局呢？突出地与小说开篇以来塑造的清教小镇空间意象相互映照，以更加阴冷的视觉意象与语调表达、映照着与开篇空间表征以及其后空间表征相

① 纳桑尼尔·霍桑：《红字·福谷传奇》，侍桁等译，上海译文出版社 1996 年版，第 174 页。
② 纳桑尼尔·霍桑：《红字·福谷传奇》，侍桁等译，上海译文出版社 1996 年版，第 174—175 页。
③ 纳桑尼尔·霍桑：《红字·福谷传奇》，侍桁等译，上海译文出版社 1996 年版，第 177 页。

似的意义，把整部小说从空间视觉意象到人物、故事情节等传达的人性观与世界观推向了前所未有的境地，给了整部作品以充满象征意义的升华。

三、《古宅传奇》空间的意蕴

霍桑发表于 1851 的第二部长篇小说《古宅传奇》，也同样在空间美学呈现上下功夫，使作品在空间呈现中就可使读者深深感到那以七个尖角阁的房子为中心的小镇从建筑、从人们的生存空间，也就是彰显人性、人的生存境遇、人的思想观念的社会空间。人与这个社会空间互动着，相互制约。那带有七个尖角阁的宅邸在历经约两百年的历史中对那宅地居住者的各代人、镇上人的心灵上都打上了深深的烙印。小说一开篇对以七个尖角阁公馆为中心的故事场景的描述就含义深刻，不仅对公馆的外形做了形象的、富含居住者思想文化意识的呈现，还突显了其在当地人心中的深刻印象及公馆如人一般表现出的岁月沧桑，有着深深的历史印记、文化印记、思想意识印记的特性。描述它是耸立在"我们的一个新英格兰的镇上有一条横街"上，是每个本地出生的孩子都熟知的，"它的中段耸立着一栋有七个陡峭的尖阁的破旧的木结构房子，尖阁朝着罗盘上的各个方位；房子中央有一座巨大的多孔道烟囱。这条横街就是平齐安街；这栋房子就是那古老的平齐安公馆；有一颗粗壮的大榆树挺立在大门前"。接着更生动地描述说："这栋古老宅第的外表，总使我觉得就像一个人的面貌，不仅外部有着风吹雨打的痕迹，而且流露出凡人的漫长一生中内部所经历的沧桑。"①

这是小说开篇就介绍的故事场景，人物生活的社会空间。那七个向天高耸的尖角阁象征着什么呢？它象征着人的强烈热望吗？这热望既有向往天堂的一面，但因为是七，又象征着基督教文化中的七重罪吗？象征着可引人向毁灭的各种欲望？这些应该都是那样的空间塑造的意义，表明地方

---

① 纳桑尼尔·霍桑：《古宅传奇》，韦德培译，上海译文出版社 1991 年版，第 1 页。

是人造就成的，蕴含着那个地方的人性、人的生存境遇、人文精神。那个地方的精神如此也就在小说的开篇被如画般地表现了出来。对这一空间观点作者在小说的第十二章"银版照相师"中，通过霍尔格拉夫对把宅地作为遗产传递给子孙的评论及对公共建筑的评论得到了更深入的强化。他说，每代人应有权利建造自己的房子，"那么，个别的改变，虽然就本身来说是不重要的，却会意味着今天社会所经受的几乎每一项改革"；对于公共建筑，如州议会大厅等，"最好它们二十年左右就塌毁掉，用以暗示人民可以考察和改革这些建筑所象征的制度"①。

因此，开篇人类社会的生存空间描述就为整篇小说定下了基调，然后故事很自然地开始讲述平齐安家族从 17 世纪中叶殖民时期到 19 世纪中叶美国民族国家建立初期的共和国时期历经近两百年的沧桑岁月。各时期以七尖角阁公馆为中心的故事场景的呈现在小说故事的叙事中都起到了重要的作用，推动、决定着故事的发展，在读者心中产生强烈的印象，使读者感悟到这些人物的生活空间如何深刻地反映着人的思想文化意识、人性、人的生存境遇，又在指引、制约着人的行动意识。在第一代建造者平齐安上校那里，当公馆刚落成之时，它带着高大的气势，"从每个方面看，大厦的七个尖阁都指向天空，"且外墙有"用石灰、卵石和玻璃碎片配制成的闪光涂料绘制或印制的"图案以"显示哥特式的奇特幻想"，使大厦表现出富丽堂皇之气势。可这富丽堂皇之气中有那七个尖角阁表现出的七重罪的隐喻，还有那二三楼总各自比下一层突出，使下一层的"房间投下阴影和令人沉思的幽暗气氛，"加之，"房子四周散乱着一些刨花、碎片、木瓦和半截子的破砖；这些东西连同新翻掘的、连草还没有长出的土地"②。这样的各种美丑、光明与黑暗、向上的欲望与向下的阴暗的相生相伴、同为一体，这里的物理环境显然不是纯自然的描

① 纳桑尼尔·霍桑：《古宅传奇》，韦德培译，上海译文出版社 1991 年版，第 200—201 页。
② 纳桑尼尔·霍桑：《古宅传奇》，韦德培译，上海译文出版社 1991 年版，第 8 页。

写，而是融合了对人性及人的生存境遇的探索。这样的生存空间、社会空间的描写再与人物的刻画等连在一起就更加含义深刻了，表明作者通过空间也在审美地述说。所以，作者对人性与人的生存境遇通过语言与空间描述的总结是，"如果我们仔细地观察所有人世间英雄的命运，我们会发现平凡卑微的东西总是和欢乐或悲哀中最高贵的因素混在一起。生活是大理石和烂泥的混合物"①。而挂在宅邸内部的那第一代清教徒平齐安上校的画像："他戴着头盔，挂着一条花边饰带，灰白的胡子，一手拿着《圣经》，一手高擎着铁剑，表现出一个清教徒样子的严峻面貌。"② 拿着《圣经》表现出他有向善的欲望，向天堂的欲望，但同时又拿着铁剑，那么同时也有暴力的倾向、掠夺的欲望。如此，房子外在与内在达到了形态与气质的一致：美与丑、善与恶、向上的与欲望与向下的欲望等对立因素相生相伴、本质地连在了一起。

三十七年后，到了平齐安家第三代杰瓦色·平齐安时，宅地的外貌还如过去一样壮观，"和镇上任何绅士家的宅第一样体面"③，"七个尖阁的尖顶轮廓鲜明地耸立着；……反光的墙泥把外墙全部泥得一新，在十月的阳光下闪闪发光"。通过二楼一个房间敞开的窗口，人们可看到窗台上美丽的花朵及从欧洲回来的与那花一样美丽的爱丽丝·平齐安，听到爱丽丝钢琴弹奏的忧伤的曲调。"她的出现给整个大厦带来难以形容的美和朦胧的魅力。"④ 爱丽丝与那花一样美丽，可花的美丽是短暂的，爱丽丝的美丽能够抗衡这大宅沉重的遗产？她的美丽很快消亡在了人的贪欲与邪恶之中，留下她钢琴的哀婉声在人们的记忆里回荡，以及那据说是她在嬉戏中撒下的从欧洲带回的花种长出的爱丽丝花。爱丽丝花高高地生长在夹在两个尖阁间的屋顶上。经过漫长的岁月，七个尖角阁房子越来越"荒凉、腐败、

---

① 纳桑尼尔·霍桑：《古宅传奇》，韦德培译，上海译文出版社 1991 年版，第 40 页。
② 纳桑尼尔·霍桑：《古宅传奇》，韦德培译，上海译文出版社 1991 年版，第 32 页。
③ 纳桑尼尔·霍桑：《古宅传奇》，韦德培译，上海译文出版社 1991 年版，第 208 页。
④ 纳桑尼尔·霍桑：《古宅传奇》，韦德培译，上海译文出版社 1991 年版，第 209 页。

招风、陈旧"①，可每年爱丽丝花都用温柔的红花朵装扮着那房子，虽然那只能发生在短暂的夏天。这样的空间语言显然在持续着小说开篇空间表征出的话语，深刻地在讲述着人生的美与丑、善与恶等的并行，讲述着人性与人生境遇，也即作者的世界观。

再看小说重点推出的大约两百年后的共和国时期，平齐安法官、赫普齐芭他们那代人的时候，七个尖角阁的房子现在所呈现的境遇是："多少世道兴衰在这里经过……大厦的木材渗出了水，好像是心脏之血。大厦本身就像一个巨大的心脏，它有自己的生命而又充满着丰富多彩和阴郁沉闷的回忆"②。这是拥有太多的历史记忆的形象，形象地象征着美与丑、生命与衰败、生与死，而又值经启蒙思想洗礼后的时代，大厦周围更是一片嘈杂、混乱而忙碌的商业气息：凌晨，"贩运面包的车子已经在街上嘎吱嘎吱地穿过，刺耳的叮叮当当的铃声把夜的神圣的最后痕迹驱散。送牛奶的人正在挨家挨户分送罐子里的牛奶。大街拐角，卖鱼的吹海螺的刺耳声很远很远都听得见"③。这样的空间语言讲述的是人性更加完满了呢？还是人人都得为自己的生计奔波？为了利益、为了人的欲望最大化地得到满足，过去生活的宁静与神圣消失了，表现出在共和制里，人的自我、人的私欲被更多地被释放出来了，琐碎是生活的主流。

如此，霍桑作品呈现的这种人性中天使与魔鬼的对立、灵与肉、理智与情感、社会道德与本能欲望、文明与原始／自然等的对立的本性，人就生存在这两种对立力量的相互争斗之中，被其分裂、被其撕扯的状况之中，在其中感受到生存的意义，得到生存的体验的意蕴也在其作品的空间中得到了表征。这样的表征我们还可以下列小说的空间呈现来说明。霍桑的第三部长篇《福谷传奇》开篇也即反复突出人生境况：那四月本应比较温和的日子，可屋外暴风雪肆掠着。在城市里

---

① 纳桑尼尔·霍桑：《古宅传奇》，韦德培译，上海译文出版社 1991 年版，第 25 页。
② 纳桑尼尔·霍桑：《古宅传奇》，韦德培译，上海译文出版社 1991 年版，第 24 页。
③ 纳桑尼尔·霍桑：《古宅传奇》，韦德培译，上海译文出版社 1991 年版，第 39 页。

的时候，街道两旁的建筑仿佛紧紧地压迫着人，而落下来的雪花卷着城市的烟灰下降，经人踩踏，"刚从天上来的最洁白的东西上面，就看到旧事物的烙印"①。到了福谷后，计划在福谷创建天堂的空想家们在一间古老的农舍里，围着"一个冷冰冰的没有热气的火堆"，②听着屋外暴风雪怒吼着，商讨着开始天堂生活的计划——想象中的天堂与这现实的残酷映衬着。

　　其短篇小说《伊桑·布兰德》中的伊桑·布兰德是一个石灰工。他的石灰窑是那群山中的石灰窑之一。当太阳初升起时，那群山环抱的村子是非常美丽的，"似乎是平静地躺在上帝巨手的掌心"③。阳光滋润着万物，家家户户的镀金风信鸡从阳光炫目的天空预感到晴朗的天空。伊桑·布兰德曾在此整日伺候着那火炉，盯着火炉。这火炉与太阳并置的景象也即伊桑·布兰德的生活境况。太阳无疑是给予生命的，而那火炉、那火在西方文化中的象征中，最形象、人们最熟知的就是地狱之火。与此地理精神相应，伊桑·布兰德在广阔的天地间艰难地求索的不可饶恕之罪恶，最后发现就在他的内心与行为里。《拉帕奇尼的女儿》中那美丽无比的花园堪比伊甸园，却是充满毒气的，与生活于其中的人的人性有着高度的一致：那拉帕奇尼的女儿比阿特丽丝美丽绝伦，却同样充满毒气；她的爸爸拉帕奇尼，智慧超人，却充满攻击性，希望无敌天下。

　　这些分析都说明了场景的推出在霍桑作品中讲述着人性及人的生存境遇，或曰表达着作者的人性观与世界观，说明霍桑作品中的情景呈现不是只简单的景物描写，或像一些批评家所认为的那样，他表现出了高超的景物描写技能，乃至于他的场景被描写得如画般生动，乃至于它们有时有降

---

①　纳桑尼尔·霍桑：《红字·福谷传奇》，侍桁等译，上海译文出版社 1996 年版，第 186 页。

②　纳桑尼尔·霍桑：《红字·福谷传奇》，侍桁等译，上海译文出版社 1996 年版，第 184 页。

③　纳桑尼尔·霍桑：《霍桑集：故事与小品》，姚乃强等译，三联书店 1997 年版，第 1227 页。

低他的人物刻画与故事情节所意欲表达的意蕴的危险。① 它们事实上像地方志（topology）一样，记录着地方的精神，表达着与其一致的、生活于其中的人的精神。这样的精神，也是他通过人物塑造、故事的设计表现出的精神。它们既是他对清教思想传统的传承，也是他在新的历史时期对人性心理结构的新洞察。

　　如此，纳桑尼尔·霍桑的作品在如上三方的通力合作下呈现了他对人性、对人生存境况的洞察，表现出了他的人生观、世界观。他的人生观与世界观来自他所生活地区根深蒂固的清教传统——它强调人性本能中自私的一面、趋恶的一面、不向善的一面、带瑕疵的一面、必死的特性，认为它是人性的本质；但同时也来自他所生活时代科学技术的发展、世俗化进程加速中，人对自己的新的认识。所以，他的作品既是对清教思想人性本恶的审美呈现，是对历代以来文学巨匠们对此在文学作品中的优良传统的继承，但同时他又在另一个层面上超越了传统，艺术地记录了新时代他对人的敏锐洞察。传统对人性的领悟在他作品的艺术呈现中，加强了宗教道德层面的深度、具有了更多的象征意义、神话的作用，但更重要的是，读者在他艺术的呈现中可以更加深入地感到其指向的人类道德与心理层面的严峻现实，戏剧性展现的是人性心理层面的善（社会约束力）、人性对救赎、对无限的渴望与恶（自我本能）的相斗不止，人因此而化作承受矛盾冲突的心理场域；表现的是人类生存境况中，人对自己面对的理性与非理性、生与死、有限与无限、善恶相伴、善恶对立的景象的感悟。综合考察，它们是对人个体的关切，但同时也审美地呈现了那特定地域、特定时期的精神，因此也是对民族的整体呈现，对人性的普遍探问，使读者感到在对如此的生命意识、生存境况的呈现中，深深地蕴含着作家对生命中、生存境遇中充满黑暗与危机的意识与

---

① Carl Van Doren, *The American Novel, 1789–1939.*, qtd. in Jack Lynch, *Nathaniel Hawthorne-Critical Insights,* Hackensack , NJ: Salem Press, 2010, p.45.

忧虑。

所以，他同时期的作家，朗费罗称赞他"在自己国家人民性格、事件、传统中寻找题材"，对美国文学的独立作出了巨大贡献，是美国文学的源头之一①。他同时期的作家、评论家，亨利·塔克曼（Henry Tuckerman）赞赏他对过去历史场景中对事实真实性的忠实呈现，称赞他的《红字》："故事的场景、语气及人物都带有地方真实性的性质。这种真实性丝毫未被罗曼司丰富的想象力破坏。……它对生活的描绘细节上是那样栩栩如生，有着生动如画的效果。……《红字》可被看作是对经新英格兰殖民生活改变后的清教主义的艺术呈现。"②麦尔维尔认为霍桑对读者的巨大吸引力就来自于他所展现的"巨大暗黑力量，那是来自他加尔文教派的人性本恶与原罪的意识，它以不同形式造访人，不管思想多么深邃的人也难于总能避免它的影响"③。安东尼·特洛罗普1879年在其《纳桑尼尔·霍桑的天才》中论道：

> 他呈现的人类病态天性是那样可怕，……读者被这样的呈现一直吸引着，没有片刻的分心，也不会被其他描述吸引。那专注的力量使作者一直在讲述着他那个故事。读者被深深地吸引着、刺激着，感到不寒而栗，甚至有时感到很悲伤，不停顿地、很快地读完了故事。他唯一的安慰可能是，他也能够看进人心的黑暗深处。④

20世纪美国著名学者罗素·柯克（Russell Kirk）在其1953年的著作

① qtd. in J. Donald Crowley, *Hawthorne: The Critical Heritage*. New York: Routledge, 1970, p.81.
② qtd. in Milton R. Stern, *Contexts for Hawthorne: The Marble Faun and the Politics of Openness and Closure in American Literature*, University of Illinois Press, 1991, p.81.
③ Herman Melville, "Hawthorne and his Mosses," qtd. in *Hawthorne's View of the Artist*, Millicent Bell ed., State University of New York Press, 1962, p.15.
④ Anthony Trollope, "The Genius of Nathaniel Hawthorne," *Nineteenth-Century Literary Criticism*, Laurie Lanzen Harris ed., Detroit, MI: Gale, 1982, V1, p.308.

《保守主义的头脑》中论及了霍桑对人性本质的观点，也论及了霍桑的这一观点对美国读者的影响及美国文学的影响："霍桑的主要贡献在于，他使一个本已快要忘掉人性恶的国家转而对其印象深刻，使很多人都不自在地、怨恨地意识到它的真实……一种对恶的潜在意识总是萦绕着美国文学"①。

---

①　Russell Kirk, *The Conservative Mind: From Burke to Eliot*, Washington,D.C: Regnery Publishing, 2001, p.253.

第二章
变革时期生存本体论的追问

　　霍桑作品就是作者带着以上的人性观、世界观，对人所做的审视，对人的生存境遇所做的探讨；探讨拥有着这样人性的人的人生意义何在？他们在这两种不同文化中人性得到了何等的建构、何等的冲击。他把许多作品设置于 17 世纪浓重的清教文化背景之下，[①] 其他一些作品置于现代人的理性世界之中，使他能充分地展现他站立的那人类历史十字路口的人及其生存境况。如此，他的作品戏剧性表现的既是宗教文明态势下的人，同时也在深刻地探索着资本文明态势下的人、现代性境遇中的人。研读其作品，我们见满篇记录的都是苦难与伤痛，而不是人间乐园的欢歌笑语。这痛苦记录的是他所洞悉的两种文明状态下的人及其人生境遇。其若用弗里德里希·威廉·尼采（Friedrich Wilhelm Nietzsche, 1844–1900）在 19 世纪后半叶以其直述的话语表述就是："我漫步在人间，如同漫步在人的碎片和断肢中间，我的目光从今天望到过去，发现比比皆是：碎片、断肢和可怕的偶然，可是没有人"[②]。也即是说，霍桑作品审美地、曲折迂回地展现的是两种文明态势下人生的残缺状态、不完整性，撕裂伤痛的状态。

---

① 许多其他霍桑专家对霍桑作品都有如此的评述，如：Michael Davitt Bell, *Hawthorne and the Historical Romance of New England,* Princeton University Press, 2015, p.173.

② [德] 弗里德里希·威廉·尼采：《查拉斯图特拉如是说》，尹溟译，文化艺术出版社 1987 年版，第 116 页。

第一节　霍桑作品的人物特色

按照他作品呈现的人性观，人是有理性的，但也有动物性的一面。其后者是人的自然属性，集中体现为人的原始欲望、原始面目、人类的古史、兽性与狰狞之状，可它也集聚着人的激情渴望、生命意志，是人行为的真正动因。但在两种文明的状态下，似乎人都太多地关心人理性的一面、至善的一面、向往永恒的一面，而压抑动物性的一面；关心的是社会道德的守护，社会科技经济的发展，而忽略人个性的健全。因此，我们看到霍桑作品中满是被抽空了血性而只剩理性匍匐在上帝脚下的胡伯牧师、丁姆斯戴尔、伊森布兰德、小伙子布朗等人，或像拉帕奇尼、艾尔默、齐灵沃斯等那样忘却了情感，只剩科技理性、智性、现代理性之人，或像《老苹果贩子》中的老苹果贩子、《雪人》中的林赛、《美之艺术家》及《通天铁路》中的众市民、《七个尖角阁的房子》中的人物等那样被讲实效、以追求物质利益为第一位、被社会蛀空而被推向边缘、精神上无所可依的、无根的、失去完整人性的人。如此，他的作品聚焦地表现人物苦苦地寻求自我、寻求自己在世界中位置、寻求生命的意义而不得其解的痛苦，戏剧性地表现出人物的愿望总是与现实相悖而落空、人物的努力总被付诸东流而孤独漂泊的悲剧；这样的生存境况使他的作品满篇形象地记录着人的各种创伤：窘迫、压抑、焦虑、愤怒、恐惧、失去自尊、漠然、找不到生存的意义、疯癫、歇斯底里、绝望，深刻地表现出他们在外部世界与内部世界两方面都失去了根基，失去了人生的方向，而终身饱受人性分裂之痛苦，苦苦地追寻着自我，却不知自己是谁而悲惨地逝去；把人是什么的问题，人的生存体验深层次地从人的心灵状态中揭示了出来，是作家对生活在不同文明——传统的宗教文明与近现代由笛卡尔的"我思故我在"所确立的资本文明范式下人的生存体验的思考与探索，是他对人的生存问题的深刻忧思，是在从本体论意义上追问人的生存。

因此，霍桑作品的主人公多数都如《美之艺术家》中的欧文·沃兰、《胎记》中的艾尔默与乔治亚娜、《拉帕奇尼》中的比亚特里斯与乔万尼、《威克菲尔德》中的威克菲尔德、《红字》中海斯特与丁姆斯戴尔、《罗杰·马尔文的殡葬地》中的鲁宾、《福谷传奇》中的叙述者卡佛台尔、齐诺比亚与蒲丽丝拉、《玉石雕像》中的那四个年轻人等，他们是即将成年的年轻人，正要谈婚论嫁、或初入婚姻之岁月中，正在探索婚姻、性等，人生方方面面的问题，正处在对自我建构的重要人生岁月之中。

现代心理学认为，此时期的青年人正是身心发展、性成熟的关键时期，需要把自己对自己的认识与他人对自己的认识整合以形成自我的意象、自我的身份的关键之期。①20 世纪美国著名心理学家埃里克·洪堡格·埃里克森（Erik Homburger Erikson 1902–1994）认为，此期是人形成自我身份的重要时期。其间，人努力寻找自我的个性以形成他 / 她今后生活能建立其上的基本身份。一旦此基本身份能够建立，他 / 她将能很顺利地与自己、与他人、与世界建立良好的关系。但若这基本身份得不到建立，这个人将会对自己的身份感到迷茫，对自己作为社会一员的角色感到迷茫，不能与他自己、与他人、与社会建立起认同关系。也即是，他 / 她陷入了严重的身份危机：没有持续一致的身份，不知道自己是谁，生活的目的是什么，在生活的许多问题上都处于摇摆不定的状态。②

霍桑作品中的年轻人就是有如以上描写的那样在对人生意义的努力询问中总是徒劳而四处碰壁，失去了人生的方向而生活于忧虑焦急之中。这样的呈现使读者看到的不仅是人物现在面临的生存困境，也看到了人物在未成年前的那些人生宝贵的、天真烂漫的时期，在那也同样重要的自我建

---

① D. Schultz & S. Schultz, *Theories of Personality,* 9th Ed. New York: Wadsworth Cengage Learning, 2009, pp.215–216.

② Erikson, Erik, "Identity Crisis in Autobiographic Perspective", *Daedalus*—99 Journal of the American Academy of Arts and Sciences: The Making of Modern Science: Biographical Studies, Fall 1970, pp.730–759.

构的孩童时期、少年时期经历了怎样的生存体验、怎样的精神创伤，才会有步入青年后的那种种找不到自我的失落状态，那种种各异的深度创伤。民间智慧和现代心理学都认为，一个人孩童时期的困境与他成年后的严重神经病症紧密相连。孩童时期受的创伤极有可能增大一个人成年后得包括创伤后压力疾患①等心理疾患的可能。孩子在成长的过程中，其大脑在连续不断地、分层次地发展着，从最简单状态到最复杂的状态递进。大脑在接收和储藏外界信息时，不断地在对外界的信号和刺激做着整合。婴幼儿和孩童开始对所见外部的环境创建内部的表征，特别是在出生后不久就开始建立重要的依附关系，为自己以后一生的生活逐步建立起自己的精神支柱。此期是人心理最敏感、最关键的发展阶段，因此，暴力的、被牺牲的依附关系都会突出地表现出对孩童内部表征的冲击，孩童受到的伤害有可能产生出极其复杂的、长期的各种形式的创伤结果。②人若如霍桑笔下的那些人物一样总是面临创伤的威胁、创伤的伤痛，他们当然就有可能失去自己的人生方向，陷入不能确定自己身份的迷茫。

因此，很自然，他笔下那些已经步入成年的人物，像《拉帕奇尼的女儿》中的拉帕奇尼及其竞争者、《美之艺术家》《通天铁路》等中那些无名的市民、《红字》中的齐灵沃斯及那些有名的或无数无名的清教徒、《古宅传奇》中平齐安家族的数代人等，他们虽已成年，是应该已找到了自我的时期，应该知道自己该怎么做、自己命运的归宿是什么，但他们也处于茫然焦虑之中。在焦灼之中，他们或被宗教理性充斥而失去了自己的本性；

---

① 创伤后压力疾患（posttraumatic stress disorder, PTSD）是由于受到如死亡、骚扰、严重的伤害或危及自己或他人的威胁等的其他创伤事件引起的精神创伤。参见 Rachel Yehuda, *Psychological Trauma*, Washington D.C.: American Psychiatric Pub, 1998, p.2.and American Psychiatric Association ed. *Diagnostic and Statistical Manual of Mental Disorders* (5th ed.). Arlington, VA: American Psychiatric Publishing, 2013, pp. 271–280.

② A.P. DePrince, & J.J. Freyd, "The Harm of Trauma: Pathological Fear, Shattered Assumptions, or Betrayal?", in J. Kauffman ed. *Loss of the Assumptive World: a Theory of Traumatic Loss*, New York: Brunner-Routledge, 2002, pp. 71–2.

或把钱、名、实利等生命之外的东西当成了自己的身份在追求，而真正属于自己人格的部分、生命的部分，被抛弃了而生活在孤独漂泊之中，处于与自我对抗、与他人对抗、与世界对抗的状态之中。所有这些人物的遭际命运有如短篇小说《情报中心》中那到情报中心寻求帮助的人的痛苦陈述："我想要我的位置！我自己的位置！我在这个世界中的真正位置！适合我自己的位置！我想要干自己的事业，造化把我塑造成这副歪样，她肯定执意要让我去完成某项事业。我这一辈子一直在找啊，寻啊，但总是枉费心力"①。

第二节　对基督教探询人生意义的质疑

霍桑家对清教有着长久坚定的信仰。他是他们家移居美洲大陆后的第五代传人。他在《红字》序言"海关"中的陈述表现出了他对祖先们的矛盾态度。虽然他很敬畏他那在清教历史与萨勒姆镇历史中名声显赫的第一位祖先威廉·霍桑，感觉他的"威武雄壮的色彩"，认为他"始终是一个叱咤风云的人物，他的巨大成就绝非是我所能企及的；"②但又问道，"我的这些祖先们是否曾经想到过忏悔，请求上帝宽恕他们犯下的残酷行为呢"③？为他及他儿子，约翰·霍桑对其他教派的残酷迫害而感到羞耻。

那样的文明转折期、如此的人生经历，形成了霍桑对清教信仰的矛盾态度，表明他一方面既深受其影响，有着清教徒对人性本恶的深刻意识；另一方面，也表现出了他对清教主义的严酷及其对人的压抑性的憎恶。许多评论家都看到了这一点，并认为他的作品表现出了他对清教的既有认同又有批判的矛盾性。格尔登·泰勒专门著述探讨霍桑对清教传统的矛盾

---

① 纳桑尼尔·霍桑：《霍桑集：故事与小品》，姚乃强等译，三联书店1997年版，第1019页。
② 纳桑尼尔·霍桑：《红字·福谷传奇》，侍桁等译，上海译文出版社1996年版，第8页。
③ 纳桑尼尔·霍桑：《红字·福谷传奇》，侍桁等译，上海译文出版社1996年版，第9页。

困惑。① 温迪·格雷汉姆同意泰勒的观点，并说，"霍桑对清教的呈现有时是肯定的、有时是否定的……一句话说，是矛盾性的"②。著名的霍桑专家迈克尔·克拉克尔奇奥认为霍桑"拥有现代思想文化史学家的头脑，……对美国清教文化的历史论题进行了终身的辩证思考"。认为他三十年代那些诸如《年轻的布朗先生》等有关清教的短篇小说表现出作家既注意到了清教中有"可以使整个民族在捍卫原则时坚强、严厉，甚至在正义地抵抗暴君中到狂热的程度"的特性，也表现作家像"道德说教家一样在检审着如，《石人———一则寓言》中的清教代表人物的石头般的心脏，或更严重的是，直面……他自己与那'如原罪一样的东西'的个人关系，从这样的令人困惑的思考中，就有了那些令人惊异的布朗和胡伯的成年故事"③。道格拉斯·艾伦·沃尔拉斯认为霍桑在其作品中，"以一个批评家的眼光，不仅在审视加尔文教，而且在审视所有的宗教。他以中立的立场，思考着信仰的结果。如，他对加尔文教牧师的塑造，表现出他对加尔文教的深入了解。可是这些人物塑造中表现出的含混表明霍桑个人并不接受这些教义"④。

如此看来，他 1842 年 8 月的日记含义极其深刻："我们确实需要一种新的启示系统———一种新的系统，因为在旧的启示系统中似乎没有了给人以生命的活力。"⑤ 他的许多作品都设置于清教的浓重背景之中，表现了他对清教——基督教——缺乏"生命力"的领悟的形象而艺术的呈现。在这

---

① J. Golden Taylor, *Hawthorne's Ambivalence Toward Puritanism*, Utah State University Press, 1965.

② Wendy C. Graham, *Gothic Elements and Religion in Nathaniel Hawthorne's Fiction*, Marburg:Tectum Verlag, 1999, p.57.

③ Michael J. Colacurcio, *Province of Piety: Moral History in Hawthorne's Early Tales*, Duke University Press, 1995, p.1, p.207.

④ Douglas Alan Walrath, *Displacing the Divine: The Minister in the Mirror of American Fiction*, Columbia University Press, 2010, p.69.

⑤ Nathaniel Hawthorne, *The American Notebooks,* Nathaniel Hawthorne Centenary edition of the works of Nathaniel Hawthorne, V. 8, Ohio State University Press, 1972, p.352.

里，人的一切感性需求、原欲都成了原罪，人在原罪的邪恶阐释中是丑陋的、可鄙的，不能享有任何生的活力，而只剩下原罪的重压；一切美好的品质都属于全能的上帝，上帝是威严的，人只能时时刻刻敬畏其威严，期盼其恩典以获救赎。《教长的黑面纱》中的胡伯牧师就在这对自我本性的恐惧，上帝的威严的震慑中退缩到了面纱后的生存空间，在那狭小的空间中忧郁、恐惧地经历自己的一生、再到死后永生。《小伙子古德曼·布朗》中的布朗、《胎记》中的艾尔默与乔治亚娜、《伊桑·布兰德》中伊桑·布兰德、《罗杰·马尔文的殡葬地》中的鲁宾、《温顺的男孩》中的清教徒和贵格派人物、《红字》中的丁姆斯戴尔等都可看作是受宗教的浸染而弃绝本能、生活的一切美质、人性中一切瑕疵，而在追求上帝的完美、仰望上帝的威严中失去了自我生命的活力、人生的魅力，而生活在痛苦的、严重人格分裂之中的形象阐释；把在宗教文明状态下，人遭受的创伤写到了淋漓尽致。克拉克尔奇奥评论说，霍桑"越思考现世生活的'暗黑问题'（表现在诸如《红字》等的作品中），他就越加深信'对加尔文教派道德上的反对论'：清教徒神学主张确实有使人忧郁的结果"[1]。

一、严厉、不宽容、暴力：生命的启迪？

首先，从霍桑作品所描述的清教文明中的一系列严厉、不宽容、甚至暴力的行为中，我们看到霍桑呈现的时代的困惑，既不能有信仰，又不能不没有信仰；看到了他在那时代精神迷宫中的处境。正如，托马斯·F.巴里在其 2013 年发表的《纳桑尼尔·霍桑》中所介绍，霍桑作品如《红字》等对美国东北部地区清教徒道德规范的严厉、不宽容的呈现，极有影响，使读者看到了美国民族心性的早期构成来源；[2] 美国教授曼德森在其发表

---

[1] Michael J. Colacurcio, *Province of Piety: Moral History in Hawthorne's Early Tales*, Duke University Press, 1995, p.207.

[2] Thomas F. Barry, "Nathaniel Hawthorne," in *Encyclopedia of the Romantic Era, 1760–1850*, Christopher John Murray ed., New York: Routledge, 2013, p.474.

于 1999 年《美国研究》上的文章中指出，霍桑对清教徒这种秉性的美学呈现来自他对包括他自己家族历史的研究，他的作品达到了从现实到虚构的转换。① 玛丽安·波亚巴拉索普也在自己 2013 年发表的著述中，以《红字》和《年轻的布朗先生》为例，探讨了霍桑对清教社会不合人性的严厉、古板与不宽容。②

我们可先从《石人———则寓言》中的描述看那清教代表人物的褊狭与不容忍。在那充满阴郁幽暗、排斥异己的宗教情绪的古代，有个名叫理查·迪格比的人。他从属于一个严厉的宗教团体，而他又是其中最阴沉古怪和最不能容忍异己的人。他的救世计划是如此褊狭，就像漂浮在风暴袭击的大海上面的一条窄窄的木板，除了他自己以外，救不了任何别的罪人。而他则得意扬场地骑在木板上，向那些正在同永恒死亡的巨浪搏斗的不幸者发出诅咒。他认为，除了这块他十分小心地不让别人靠近的窄窄的木板外，别的人如果想单凭自己的力量，或是想抓住另外一块破船的碎片来拯救他们自己——那确实是十分愚蠢的念头——那无异于犯了滔天大罪。

再看他最具代表性的《红字》的呈现。开篇那清教小镇面对海斯特的奸情时表现出的那满面的沉重与冷酷就隐喻深刻："二百多年前一个夏日的上午，狱前街上牢房门前的草地上，满满地站着好大一群波士顿的居民"，他们是好心肠的居民，满脸的胡须，板着的冷冰冰的面孔，如此庄严的样子，面对的"也许，是一个懒惰的奴隶或是被家长送交给当局的一名逆子要在这笞刑柱上受到管教。也许，是一位唯信仰论者、一位教友派的教友或信仰其他异端的教徒被鞭挞出城，或是一个闲散的印第安游民，

① Deborah L. Madsen,"Hawthorne's Puritans: From Fact to Fiction", *American Studies*. 03, 1999, pp.509–517.

② Marina Boonyaprasop, *Hawthorne's Wilderness: Nature and Puritanism in Hawthorne's The Scarlet Letter* and "Young Goodman Brown", Hamburg: Anchor Academic Publishing, 2013, pp.94-95.

喝了白人的烈酒满街胡闹，要挨着鞭子给赶进树林"。这样的庄严态度表明，在这群人眼里，宗教和法律同为一体，"二者在他们的品性中融溶为一，凡涉及公共纪律的条款，不管是最轻微的还是最严重的都同样令他们肃然起敬和望而生畏，确实，一个站在刑台上的罪人能够从这样一些旁观看身上谋得的同情是少而又少、冷而又冷的"①。

这样简单的几笔，却清晰地把那清教小镇外貌与内在全表现出来了：表明宗教教义的冷酷、严峻、不宽容变成了他们的人格，而他们人格中的其他成分，如同情、怜悯、对他人处境的理解、对生命的关爱、享受生命美质的情趣全被挤空了；形象地表明他们的生命也由此失去了任何亮丽之光、人性之光，生命丢失了自己应有的意义。接着，人群中那几个自我命名的女审判官的表现更加强化了如上对那小镇精神的呈现。她们或认为对海斯特施予佩戴红字的惩罚太轻，应该"顶少顶少，他们也应当在海斯特的前额上，用烧红的铁烙上一个印子"②；或者"应当弄死她。这种事没有法律吗？圣经和法典上明明有的呀"③。这样的人物，用荣格原型理论的重要原型——人格面具（persona）来阐释更能说明霍桑的深意，说明宗教文化是怎样地压抑着人、改变着人性、使人遭受人格分裂的痛苦。"人格面具是一个人公开展示的一面，其目的在于给人一个很好的印象以便得到社会的承认，另一方面，也可把个人真实的性格隐藏起来"④。在荣格的理论中人格面具有其自身的正面意义，它可以培养个体对集体、社会权威的顺从，可以促使个体更好地认同社会的道德规范，适应社会的道德生活，也被荣格称为顺从原型（conformity archetype）。另一方面，人格面具也有负面的影响。当一个人在社会文化的强大压力下把自己的社会角色、社

① 纳桑尼尔·霍桑：《红字·福谷传奇》，侍桁等译，上海译文出版社 1996 年版，第 38 页。
② 纳桑尼尔·霍桑：《红字·福谷传奇》，侍桁等译，上海译文出版社 1996 年版，第 39 页。
③ 纳桑尼尔·霍桑：《红字·福谷传奇》，侍桁等译，上海译文出版社 1996 年版，第 40 页。
④ C. G. Jung, *Two Essays on Analytical Psychology* , F.C.Hull trans., London: Routledge,1st edition, 1953, reprinted 1999, p.156.

会的主流意识强加给他的人格面具戴久了，他可能会变得热衷于他扮演的社会角色，而把那人格面具等同于自己，等同于自己的整个人格，那么人格中的其他方面就会受到压抑，过分发达的人格面具与极不发达的人格其他部分之间就会发生尖锐的对立和冲突，使人的人格失去整体的平衡和谐状态，使人陷入一种紧张的异化状态。

清教文化把人的原欲、人的本能冲动看作恶，看作人性的堕落，在各种宗教活动中大肆宣讲其严重性，乃至悔罪是霍桑时期教会和政府都要求举行的宗教活动，可见上帝的威严和人性的堕落会在个人的人格里强化到什么程度。这样严苛的宗教理性压抑下，在强大的社会道德规范面前，虚弱的个人只好给自己带上虚假的人格面具，学会顺从于社会规范，才有那小镇统一的紧绷着脸的严峻。把理性与非理性、理性与原欲、理智与情感、善与恶、上帝意旨与个人意愿、集体与个人、文化与自然，人的社会性与生物性全对立了起来，而在此，只有前者的生存机会。人因此而把社会培养的人格面具等同于了自我，人性因此而被扭曲成了远离自我本性的宗教理性堆砌。这样的宗教、这样的上帝、这样的信仰体系，它没有予人生命意义上的启迪，没有引导人对自己的本性、自己灵魂深处的渴求做有效的探问，能引导人完满地去实现自己的生命价值吗？

再有那《欢乐山的五月柱》中对清教徒的描写，也形象地表现出了在清教的浸染下，清教徒们怎样把自己的人格面具当成了自己，表现出了作者对这样的文化对人生的引导作用的怀疑。这样的人格面具下，如上两篇作品一样，清教徒的人格中的显著成分是：严厉（stern）、不宽容（intolerance）、暴力（force）。他们是"一伙绷着脸的清教徒……个个披盔带甲，步伐沉重"[①]，每天天还未亮就起床祷告，然后就开始在树林中、玉米地里劳作。劳动到夜幕降临，该做第二次祷告时才停下。他们总是带着

---

① 　纳桑尼尔·霍桑：《霍桑集：故事与小品》，姚乃强等译，三联书店 1997 年版，第 414—415 页。

武器，以便能随时开枪打倒零散的野人。聚会时，他们全心倾听讲道，一听就是三小时，从不保持英格兰人欢乐的古老传统。"要不就按猎取的野狼头数或印第安人的头皮领赏。节日就是斋戒，娱乐就是唱赞美诗。可怜那些胆敢梦想跳舞的少男少女们！管理委员只要向警察点点头，那个脚板发痒的浪荡子就得戴上足枷。他若真跳舞的话，会被鞭子抽得围着鞭刑柱团团转。这根鞭刑柱大可称为清教徒们的五月柱"①。这段描述与对欢乐山的殖民者们相对照，形象地表现出清教徒人格中对生命的沉重压抑：严厉的脸庞、满身的铁盔、对自己、对自己人、对其他民族、对自然都是以暴力控制——"随时开枪击倒零散的野人、""按猎取的野狼头数或印第安人的头皮领赏"等。这种人内在、外在都失去了生命的欢乐，与自己分裂、与他人分裂、与自然分裂。欢乐山的居民崇尚生命的"五月柱"在他们那里扭曲成了打击生命的"五月柱"。《欢乐山的五月柱》是霍桑1835年发表的短篇，《红字》是他1850年的成名之作，可见他早期和后来成熟时期思想、艺术上的一致性，让我们看到了霍桑对清教徒们一以贯之的画像——人的生命在宗教理性的堆砌之处全萎缩了、干枯了。

用目前学界的热门话题创伤理论来分析霍桑对人物心灵的扭曲状态的呈现。这里满篇记录着创伤的生存，这样的生命枯萎是从人的深层心灵状态中揭示出来的，从中更可见霍桑对这样的社会文明把人置入的生存境地的悲惨的揭示。因为，这些清教徒那满脸的冷峻，失去了生活的欢乐；对同胞没有了怜悯、同情、理解之心，充斥的是对异己的不宽容，甚至愤怒的心态、暴力的手段，这些都足见人性被扭曲的程度，给人造成的严重的心理创伤。现代心理学对创伤的征兆定义中就有如上这些表现。

这样的创伤是怎么形成的呢？我们从以上的分析中已可清晰地看到霍桑的所指：是社会一以贯之的意识形态、社会日常的运作秩序的不断重复，强力的语言灌输与暴力的规训形成的。在这样强大社会力量的作用下，在

---

① 纳桑尼尔·霍桑：《霍桑集：故事与小品》，姚乃强等译，三联书店1997年版，第414页。

这样强大的反复发生的压力面前，人被规训了，规训成那样的人。所以有如《欢乐山的五月柱》中做描述的那样，若有哪个浪荡子"真跳舞的话，会被鞭子抽得围着鞭刑柱团团转。这根鞭刑柱大可称为清教徒们的五月柱"①。霍桑这里虽没有任何语言清楚地描述人在此境遇的心境、痛苦等，但那样的意境表现出了人怎么会最终变成了清教社会所要求的那样满脸充斥冷峻、失去了阳光的人，喜欢残酷、暴力的人。《红字》开篇中，面对海斯特那样似乎有可以原谅理由的婚外情也才会有那几个围观妇女的残酷、暴力的心态："最起码，他们应该在海丝特·白兰的脑门上烙个记号。那总能让海丝特太太有点怕，我敢这么说"②。或者甚至有人说，"这女人给我们大伙都丢了脸，她就该死"③。这同样把人在其中所遭受的心理创伤、这种创伤的成因，全部隐喻性地表现在了作者的这些戏剧性呈现之中。

　　数十年后，到19世纪末，从那时开始兴起的心理学研究对心理创伤的关注，到20世纪80年代以来，"西方心理、文化、历史、种族等创伤的文化书写、社会关注和学术研究蔚然成风，创伤一跃成为左右西方公共政治话语、人文批判关怀乃至历史文化认知的流行范式"④。现代心理学对创伤的定义让我们看到了霍桑如上的戏剧性呈现。现代心理学认为，心理创伤，或曰精神创伤，是严重的压力事件发生时对个人的心灵造成的毁坏；是压力太巨大，乃至于超过了个人能应对或接受与那事件相连的情绪的结果。尚·拉普朗虚（Jean Laplanche），20世纪法国著名作家、心理学家，如此总结弗洛伊德对创伤的解读。它是"主体感受者生活中强度极高的事件，乃至于主体感受者没有足够能力对付它而使它在主体感受者心灵上产生巨大冲击和长期的影响"⑤。

①　纳桑尼尔·霍桑：《霍桑集：故事与小品》，姚乃强等译，三联书店1997年版，第414页。
②　纳桑尼尔·霍桑：《红字·福谷传奇》，侍桁等译，上海译文出版社1996年版，第41页。
③　纳桑尼尔·霍桑：《红字·福谷传奇》，侍桁等译，上海译文出版社1996年版，第42页。
④　陶家俊：《创伤》，《外国文学》2011年第4期，第117页。
⑤　J. Laplanche and J.B. Pontalis, *The Language of Psycho-Analysis*. D. Nicholson-Smith, Trans, London: W. W. Norton and Company, 1967, p.465.

　　如此情况会使遭受创伤的人常在不能完全有意识地清楚他们行动的性质或原因的情况下采取分裂性的、或自我毁灭性的应对机制。这是过重的精神负担造成的与这种情绪诱因的对抗，结果常会产生强烈的愤怒情绪；有时在不该有的地方、或难预料的情况下，也会出现这种情绪，因为危险似乎总是存在，就如同过去经历过的那样。虽然引起创伤的事件有多种，但普遍有几种共同的情况。典型的有，折磨人的事件、令人不安的窘境、性骚扰、歧视、司法上的腐败与不公正执法、恐吓、暴力、灌输、受到暴力的威胁或目睹到暴力（特别是孩童时期）、战争、自然灾害如地震、火山爆发等。还有，若一个人基于生存的体制以某种方式，破坏了他熟悉的世界观，和人的权利，把他置入进了极度的迷茫和危险之中，毁灭、背叛了他，或致使这个人失望了，乃至于他找不到生活的依据，对自己身份感到问题。① 心理创伤的各种表现形态有，痛苦、窘迫、担心、恐惧、愤怒、焦虑、忧伤、忧郁、压抑、绝望、失去自尊、失去生活意义、迷茫、失落、对自我身体的自虐、创伤导致的身体外在变化、自我个性丧失、冷酷、情感的麻木、梦魇、失眠、歇斯底里、暴力倾向等。

　　与此相对照，霍桑这些审美呈现，表现了人在这样生存条件中所持续地感到的强大的心理压力、所经历的严重的心理创伤，才会在这样反复无数次的压力、创伤之后，学会了小心地把自己的本性隐藏起来，把自己的生命力压抑下去，而长期保持社会要求的严峻、庄严的面孔，失去了对同胞的理解与同情，是情感上的严重缺失、麻木；对异质的不宽容，乃至于从如上的呈现所见，愤怒的心境时常伴随着他们，暴力是他们常用的手段，表现出他们当下的心理创伤的深度和严重。

　　对生命的创伤记录，对生命的残缺状态的表征，我们在如下对人物的具体分析中可见更详细的、更触目惊心的呈现。

---

① A.P. DePrince, & J.J. Freyd, "The Harm of Trauma: Pathological fear, shattered assumptions, or betrayal?" in J. Kauffman. *Loss of the Assumptive World: a Theory of Traumatic Loss,* New York: Brunner-Routledge, 2002, pp. 71–82.

二、宗教教义的阐释者：生命神圣的守护者？

因此，在霍桑笔下，在这种文化中做牧师的人，他们不但不是生命神圣的提升者，不能引导信徒正视生命，享受生命，而是被教义蛀空，所受的人格分裂、人性的异化程度、人物心灵所受的创伤就更严重。如小说《红字》中的丁姆斯戴尔牧师、《教长的黑面纱》中的胡伯牧师，因他们不但以各种方式深受那文化强有力的熏陶，他们还是那文化的深入阐释者，都深受信众的崇敬，因为他们能把文化宣讲的人性的堕落、上帝的威严等教义向信众讲得那样生动形象、那样深入人心，如："胡伯布道有方，远近闻名。他不以力量取胜，对教民们总是尽量好言相劝，导引大家朝向天国"①。对于这样的人，那文化深入他们内心、内化成他们自己的程度就远比一般的信众更加深入，他们也就更加不能正视、接受自己内心深处的自我了。这个内心深处的自我变成了他们生命之中不能承受的重压。《红字》中的丁姆斯戴尔、《教长的黑面纱》中的胡伯牧师都刚好成年，是正当谈论婚姻之时，涉及性事之时，正是人自己内在深处的原欲旺盛之期，怎样去面对？文化的教育是，性是恶的。所以，当《红字》中的丁姆斯戴尔偶尔因自己内在的生命力冒出了头，与海斯特犯了情欲之罪后，其问题的性质及后果就更加严重地压着他了。他时时刻刻都看到上帝、整个社区、他的祖先们威严、悲苦的双眼都在盯着他，使他本已经很脆弱的生命力更加脆弱了，直至他的整个生命都被扼杀。

（一）胡伯牧师：被黑面纱阻隔了生命神圣性的心灵重创者

胡伯牧师在"导引大家朝向天国"的路途中，接受的都是这样的人格面具主导下的道德，自己在这个过程中被潜移默化地被教会了追求善良，追求完美，教会了认同人性的"积极"一面，否定和否认"消极"一面。可那消极的一面深藏在人性深处，任何人也逃不开它。霍桑在《梦醒时分》

---

① 纳桑尼尔·霍桑：《霍桑集：故事与小品》，姚乃强等译，三联书店 1997 年版，第 424 页。

中就谈到过这种力量的内在性及其强大性："在每个人内心深处都一个坟墓，一个土牢，虽然周围的亮光、音乐、欢乐会使我们忘记它们的存在，忘记葬在那里的死人，关在那里的囚犯。但有些时候，往往是在半夜，这些阴暗的地方就会敞开大门"①。胡伯牧师自己也深深地意识到这一问题，所以在善恶的两难境地之间，在教会向善的强调，而人又达不到教会的要求的情况下，他感到自己、他人充满着罪恶，感到了人的卑劣，再也感受不到人性的光辉、做人的骄傲与幸福，而是内心为人的卑劣充满恐惧和绝望。所以突然有一天，他再也承受不了人性的这种卑劣了，而选择头上戴一块面纱而不去直视它，从此就让他青春的岁月、至后面的人生都藏在了面纱之后。所以，他一开始带上黑面纱时，面纱的神秘与"怵目惊心，害得不止一位神经脆弱的女人被迫提前离开教堂。可是在牧师眼中，面无人色的教友们没准儿就跟他的黑面纱一样令人胆寒呢"②。

本来他虽生活在人群中、生活在人世间，却已感觉不到做人的力量，性格中总有一种忧郁。但平时逢主持村里的婚礼时，他还能表现出"一种平和的快乐。这种场合比热烈的作乐更能激起他和谐的微笑。他性格中的这一点比什么都更能赢得教民们的爱戴"③。可带上黑面纱的那天晚上，正逢村里最漂亮的一对人儿要行婚礼，他在主持仪式。他的话本该犹如炉中欢跳的火光，点亮客人们的面庞。他举杯向新婚夫妇祝贺，语气温馨诙谐。但就在那一刹那间，"牧师从镜中瞥见了自己的形象，黑面纱也将他的心灵卷进了震慑众人的恐惧之中。他浑身颤抖，双唇失色，把未曾沾唇的喜酒溅洒在地毯上，转身冲入茫茫黑夜，因为大地也戴着它的黑面纱啊"④。这样的呈现足见人性阴暗的说教在他的心里打上了怎样深刻的烙印，从而使人世间最为喜庆的婚礼也冲不走他心中的黑暗、心中的惊恐与

---

① 纳桑尼尔·霍桑：《霍桑集：故事与小品》，姚乃强等译，三联书店 1997 年版，第 220 页。
② 纳桑尼尔·霍桑：《霍桑集：故事与小品》，姚乃强等译，三联书店 1997 年版，第 424 页。
③ 纳桑尼尔·霍桑：《霍桑集：故事与小品》，姚乃强等译，三联书店 1997 年版，第 428 页。
④ 纳桑尼尔·霍桑：《霍桑集：故事与小品》，姚乃强等译，三联书店 1997 年版，第 428 页。

绝望。生命的意义被彻底扭曲了，完全失去了自己应有的神圣性。所以当他的女朋友伊丽莎白后来劝他摘下面纱并暗指村中谣言时，他说"我若是因悲伤遮住面孔，自有足够的理由。我若是因不可告人的罪过遮住它，那么哪个凡夫俗子不可以这么做呢"①？临终前又忧郁地问道："你们为什么单单见了我就怕得发抖？……你们彼此也该互相发抖呢！……要不是它黑乎乎地象征着神秘，一块纱有什么好怕的？等到有一天，朋友之间、爱人之间坦诚相见，等人们不再妄想逃开造物主的目光，令人恶心地掩藏自己的罪孽，到那时再把我看成怪物吧。"②

这些话述说着人在文化压抑下不敢正视自己的悲苦，述说着整个社会把善的人格面具当成自己的人格，而过着不敢正视自己本性的另一面的胆战心惊的日子的悲苦；也把他自己的困境引向了全体人类——"人人脸上都有块面纱呢！"③。

这是人不敢面对真实的自我的结果，不敢正视他自己的"造物主"的结果。人自己和谐完整的人性因此而变成了相互对立的结果：善与恶、理性与非理性、人的自然性与社会性、理性与自己的本能冲动等，人因此而变成这种种因素相互争夺的场域，生存变成一个承受这矛盾冲突的痛苦的心理历程。人在自我分裂的状态下凄苦地活着，内心深处充满着各种伤痕：自卑、压抑、悲愤、绝望、生命失去了任何神圣的意义，——教长戴着他的黑面纱走完了他的人生旅程，并进入死后的世界。传达出了多么严重的人生困境与悲剧意识！在此，含义深刻的是，圣经中的造物主就是上帝，是他创造了人，那么人的本性是他创造的，那么为什么人还不能面对他呢？这暗指基督教信仰中的上帝太威严，时刻地盯着他的造物，乃至于造物们因自己的原罪不敢正视他而被置入时刻惊恐、压抑、焦虑的状态之中。18 世纪美国宗教第一次大复兴运动的领导人、美国著名的神学家乔

① 纳桑尼尔·霍桑：《霍桑集：故事与小品》，姚乃强等译，三联书店 1997 年版，第 431 页。

② 纳桑尼尔·霍桑：《霍桑集：故事与小品》，姚乃强等译，三联书店 1997 年版，第 437 页。

③ 纳桑尼尔·霍桑：《霍桑集：故事与小品》，姚乃强等译，三联书店 1997 年版，第 437 页。

纳森·爱德华兹的著名讲稿《落入愤怒之神手的罪人》，标题就可让信徒领会到上帝的愤怒与威严及对人本性中的原罪的严厉批判。人还敢正视他吗？那些本能冲动都是恶，犯罪是很容易的。这是上帝的问题，信仰体系的问题，还是人自己的问题？我们可以说，作为牧师的胡伯给的答案暗含在对未来人与人之间、人与上帝之间能坦诚相见之时。那么霍桑暗示，问题的答案是三者皆有了。

（二）丁姆斯戴尔：被宗教理性裹进冰冷世界中的人

作为此种社会制度代表的另一人物，《红字》中的牧师亚瑟·丁姆斯戴尔也同样受着宗教理性的浸润，"被它的法规、原则、甚至偏见而束缚了"①。专注于对受众清教信仰的传授，已使其充斥他身心，使他充满对上帝威严的敬畏，对请教信仰所渲染的人性堕落充满恐惧、焦虑、忧郁。他牢记于心的是对上帝的供奉及对上帝意志的遵从，不敢有丝毫的懈怠，整个的生活都沉浸在宗教理性冰冷的世界中。

这样的一个人已经是失去了自我的人，但当其因偶然的激情与海斯特发生关系，恋情暴露之后，其人格的分裂就更加惨重了，人的自我本性受到更深入的异化。作为清教徒的牧师，他深知，根据宗教教义，要获救赎就必须坦白他与海斯特的奸情，但他又恐惧于坦白后他将失去他在清教社会的崇高地位，而不能再做上帝的传教者。因此他把这种深重的罪恶感深埋在心中，而以多重身份继续他的生活：在公众前，他是神圣的牧师；在他的自我面前，他是罪人，对自己充满厌恶；而在自己心灵最深处，还有那强烈的对生命的渴望、对真理的渴望。他的内心由此被更深重的罪恶感与对上帝的恐惧感完全笼罩，没有了片刻的安宁。他时时刻刻都在深刻地"检审着自己的每一丝情感、每一个思绪"②，更严格地监管着自己的内心、压制着任何与宗教教规相左的情感。他渴望找回他自己，渴望在他的讲坛

---

① 纳桑尼尔·霍桑：《红字·福谷传奇》，侍桁等译，上海译文出版社 1996 年版，第 136 页。
② 纳桑尼尔·霍桑：《红字·福谷传奇》，侍桁等译，上海译文出版社 1996 年版，第 136 页。

上把自己的罪恶讲出来：

> 不止一次，他颤抖着身子做悠长的深呼吸，……将自己灵魂中的黑暗的秘密一股脑儿卸出来。不止一次，不，一百次也不止，他真的说出来了，……但他怎么说的呢？他告诉他的听众说，他卑劣透了，他是最卑劣的人群中一个最卑劣的人，一个最坏的罪人，一个令人厌恶的家伙。①

然而，如此地不提具体的犯罪事实，而是在普遍地论罪的基础上的悔罪，在他那些熟悉人性堕落话语的教民听来，他在以自己为例讲解原罪教义。因此，他的教民更崇敬他了。而且，有意识、无意识地牧师也知道人们会这样去解读他的供词，他在利用他的职位讲双重语：他在披露他自己的实际罪行，但同时似乎在以自己为例讲解原罪教义。此既强化了教民对他的崇敬，又更加深了他的罪恶感与痛苦，"他煞费苦心地要以披露自己罪恶的良心，来欺骗自己……却未从中得到片刻的安宁，反而犯了另一种罪恶，一种自己知道的耻辱。"②他更加厌恶自己了。为了悔罪，他极力处罚自己：他经常绝食到双脚打颤为止，还在自己的密室中用一条血淋淋的鞭子抽打自己，堕入进自虐的习惯。同时，各种惊恐、焦虑、幻象交替控制着他，他失眠了，"他一夜又一夜地通宵不眠"③。

牧师生活在更严重的身心折磨之中、痛苦之中，人格遭到进一步分裂，心灵遭到进一步的重创，生命力在如此沉重的悔罪生活中几乎消失殆尽了。人生只成了苦不堪言的历程。然而，这样的痛苦又使他更能理解人性堕落的本质及由此而生的痛苦了，"使他对人类犯罪的同胞能有那么亲切的同情；因此他的心，能与他们的心起着共鸣，将他们的痛苦容

① 纳桑尼尔·霍桑：《红字·福谷传奇》，侍桁等译，上海译文出版社1996年版，第99页。
② 纳桑尼尔·霍桑：《红字·福谷传奇》，侍桁等译，上海译文出版社1996年版，第100页。
③ 纳桑尼尔·霍桑：《红字·福谷传奇》，侍桁等译，上海译文出版社1996年版，第100页。

纳在自己的心里，并把他自己心中的阵痛，用忧伤动人的辞令，穿过了成千成万人的心"。他的布道、他的公共演讲充满着触动人心的力量，他被他的教民尊崇为"天使的代言人，传达智慧、谴责与爱情。在他们看来，就连他脚踏过的土地都是神圣的"①。他更圣洁地出现在了教民们的心里！

如此，作者生动地展现出了牧师在宗教理性的浸染中、在宗教理性的控制下，在自己生命本能、社会世俗荣誉等的合力作用下，在那冰冷的宗教理性世界中过着的悲惨生活，其人格怎样被宗教理性严重地分裂。在这种对上帝威严的恐惧中，在极度悔罪欲望的驱动下，七年后五月初的一个黑夜，受极度痛苦、悲伤的驱使，丁姆斯戴尔似梦非梦地来到了海斯特当年被惩罚所站过的刑台上悔罪。在这样漆黑、夜深人静的夜晚，本来无人会看见他的行动，听到他的任何声响，他却"心灵上突然感到一阵极度的恐怖，仿佛全宇宙都在凝视着他赤裸的胸膛，盯着他心房上的那个红字的标记"。由于这种极度的悔罪心理，"那块地方，肉体的苦痛的毒牙已经啮噬许久"②，他甚至觉得自己的那里也长出了与海斯特被迫佩戴的相似的红字。无意识地，他突然发出了一声狂叫。这狂叫在他受惊的耳朵里轰响，吓得他惊恐地双手掩面。到午夜时分，一颗流星划过苍穹，他却惊恐地认为，他"看见一个用暗红色的火线画成的巨大的字母——A 字"③。从中我们可看出，宗教理性力量对他的控制程度的巨大，他当时的心理病态程度又到了何等严重的地步。这样严重的病态不断地恶化，蚕食着他的生命，乃至于到生命的最后时刻不但未有减轻，反而更恶化了。他对海斯特的临别话语是："法律被我们破坏了！在这里罪孽全被抖露了出来！……我怕！我怕！或许真的是：我们忘记我们的上帝，我们彼此亵渎了对方灵魂的尊严，因此，我们关于日后在永恒和纯洁中团聚的希望注定是徒劳的……颂

---

① 纳桑尼尔·霍桑：《红字·福谷传奇》，侍桁等译，上海译文出版社 1996 年版，第 98 页。
② 纳桑尼尔·霍桑：《红字·福谷传奇》，侍桁等译，上海译文出版社 1996 年版，第 106 页。
③ 纳桑尼尔·霍桑：《红字·福谷传奇》，侍桁等译，上海译文出版社 1996 年版，第 107 页。

扬他（上帝）的圣名吧！完成他的意志吧！别了！"①——充分表现出，上帝的威严、宗教理性的控制掌控他直至生命的最后一刻。他的心灵伤痕累累、不堪重负。

因此，丁姆斯代尔的形象同样充满讽刺地述说着宗教文化中人的生存境遇：职业上，他到了顶峰级别——"天使的代言人"，可他的生存却可悲地远离人应该有的生存。他失去了自己的个性，失去了自己生存的完整性与意义，自己的生命意义只存在在天使的代言人之中，只能按宗教教规而活，而失去了自己生命的安宁，在人的世界中找不到属于自己的家园。

三、宗教文明普照下的信众：生命神圣亮丽的享有者？

相对照宗教文明的阐释者不能享受生命的亮丽与活力，被宗教文明普照的大众仍能达生命神圣的亮光之巅吗？如前所论及，霍桑对宗教文明下人生存境遇的探讨还不只表现在他对那些谙熟清教文明的牧师们的塑造上，在对无数的俗人的塑造中，我们也可见他对清教文明的此种深入检审：《红字》中的海斯特等、《古宅传奇》中的人物、《小伙子古德曼·布朗》中的布朗、《胎记》中的艾尔默与乔治亚娜、《伊桑·布兰德》中伊桑·布兰德、《罗杰·马尔文的殡葬地》中的鲁宾、《温顺的男孩》中的清教徒和贵格派人物等。我们在此以《小伙子古德曼·布朗》为例做深入的分析。

该小说自发表以来，一直都以它高度精确地描绘清教社会的精神、人在其中的生存状态而紧紧吸引着读者，成了世界文学中的经典，使它成了众评论家集中研究的对象。卡塔林·卡勒（Katalin G. Kállay）阐释小说的经典性来自作者对布朗的塑造，人物身上那些或者把他引进了"神秘的罪恶"之中的经历，或更准确地说，他认识到他自己信仰的丧失的经历把布朗"变成了……清教社会的原型"，霍桑"正是通过如此深入、真实的

---

① 纳桑尼尔·霍桑：《红字·福谷传奇》，侍桁等译，上海译文出版社1996年版，第172页。

历史呈现，使布朗代表每一个人，是一个令人惊骇的人类原型"；并论述道："尽管该小说表现出明显的说教倾向，但用麦尔维尔的话来表述，'它如同但丁一样深邃'"①。迈克尔·巴特在其 2014 年的著述中也评论说，"没有多少作品能像霍桑的短篇小说《年轻的布朗先生》那样引起了那么多的对其的评述"。②

小说为何能达到如此的艺术效果呢？我们认为，其重要的原因之一也在于作者以空间的形式，或曰用空间的语言来展现人在此宗教文明控制下的生存状态。把布朗所生活的清教文化社会空间在怎样通过规训、监控、惩罚等体系对生活于其间的人进行强大的心灵掌控；那清教社会对人性的压抑、扭曲，布朗所面临的自我被遮蔽、遗失的生存困境都被写进了小说塑造的宗教伦理浸润的社会空间之中，从而把人在其中的生存境遇生动、形象、全面地展现了出来。这社会空间的属性在作家对社会空间的直接描述，及其后闹鬼的森林空间、人物心灵空间的呈现中得到了栩栩如生呈现，极具艺术地深刻展现了生活于其中的人如何被它对原罪的理解与强调而变成了充满邪恶的人；人因此生活在极度的紧张焦虑之中，心灵受到极度的煎熬，对自我及他人都产生了极度的失望而最终导致人的严重抑郁、惊恐而人格遭到严重扭曲的生存悲剧；表现出作家对宗教文明态势下人的生存意义的深入询问，是作家从生存问题本体论意义上的探寻。

（一）压抑的社会空间

阅读这部小说，我们可见小伙子布朗在那清教社会中失去自我，人格被扭曲的现实就被形象地呈现在了那严密得不透风的、沉闷的社会空间之中。虽然作者对社会空间的直接着墨不多，但社会空间对人进行塑造、规训、压抑的社会属性和文化属性却跃然纸上。

---

① Katalin G. Kállay, *Going Home Through Seven Paths to Nowhere: Reading Short Stories by Hawthorne, Poe, Melville, and James*, Budapest: Akademiai Kiado, 2003, p.83.

② Michael Butter, *Plots, Designs, and Schemes: American Conspiracy Theories from the Puritans to the Present*, Boston: Walter de Gruyter, 2014, p.105.

首先，在故事开篇作者看似不经意的笔触中我们就可见这小村社会空间意义的艺术隐现。在一个夕阳西下的傍晚，新婚才三个月的布朗就被心中不可告人的秘密驱使，要离家去附近森林过一夜。他的妻子淑贞（Faith）温柔地乞求他那夜不要离家。在此，他妻子的名字为淑贞，英文 Faith 为信仰之意，就凸显了这家的掌控精神，而且淑贞又被布朗描述为"福佑的人间天使"①，其所代表的宗教含义与道德约束力就更被形象地表现了出来，使这家强烈地隐喻着它的文化含义。然而，布朗还是坚持了自己目标，他"匆匆上路，到教堂旁边，正要拐弯，回头一望，但见（淑贞）仍在伫望，神情忧伤"②。这样设计的定格画面又更进一步凸显了刚才家突出的含义，使其更加深刻、更具艺术性。到此，简短的小说开篇通过这巧妙的地理位置标记，凸显了家那哀怨的 Faith 的象征，达到了使教堂独显而隐去了小村空间中其他物的效果，形象地烘托出了前面家的故事隐喻出的宗教文化在此空间的巨大规训力与控制力。这样，小村空间成了一独立的象征系统，在形象地表现着布朗所生活的那小村、那社会的形态与属性等，述说着什么是其中主导的思想观念、价值观念、文化意义与社会属性，戏剧性地隐喻着生存于其中的人的生存体验与境遇。

我们认同英国当代著名空间批评家麦克·克朗（Mike Crang）的文化观点，认为人的生活空间深刻地蕴含着人的思想文化体系。克朗认为，"生活中那些物质的形式和具有象征性的形式产生于"它们位于其中的"一整套的思想观念和价值观念"，是这些思想观念和价值观念"使不同的生活方式产生了意义"③。我们也认同福柯从社会、权力的角度对社会空间的分析，"空间是公共生活形式的基础。空间是任何权力形式运作的基础"④。

---

① 纳桑尼尔·霍桑：《霍桑集：故事与小品》，姚乃强等译，三联书店 1997 年版，第 305 页。
② 纳桑尼尔·霍桑：《霍桑集：故事与小品》，姚乃强等译，三联书店 1997 年版，第 305 页。
③ ［英］迈克·克朗：《文化地理学》，杨淑华，宋慧敏译，南京大学出版社 2005 年版，第 2 页。
④ qtd. in Stuart Elden and Jeremy W. Crampton, *Space, Knowledge and Power: Foucault and Geography*, Burlingto: Ashgate Publishing Limited, 2007, p.118.

即，像福柯那样，我们也认为通过权力建构的人为空间是权力机构控制人的一种方式，强调这种嵌入了纷繁复杂的社会关系空间凸显权力社会的属性，凸显生活于其中的每个人都生存在一个巨大的、封闭的、复杂的等级结构中，被长时间地操纵和监督。

所以，从小村进入森林空间后，布朗心灵空间活动不是随之转到对森林空间的关注上，尽管森林空间以它象征自由、释放与野性的本性应是让人轻松自在、得到身心休整、身心愉悦的空间，反之，小村的记忆仍沉重地压着布朗的心灵空间。它们从他祖祖辈辈虔诚的清教徒到那些平时表现得非常虔诚、堪称村中模范的古迪·克洛伊丝太太及牧师、教堂执事等，——小村仍然紧紧地在控制他。这森林空间在本质上起着对那小村社会空间的延展作用，继续在表现社会空间的属性，凸显其社会属性、文化属性、它约束力量的巨大。这一点强烈地从他的心理活动中表现了出来：他首先想到的是，如此地进入森林干他总不能启齿说明的事情，怎样能去面对他在天堂的祖宗？想到他的父亲可不可能为这种差使来过林子，他父亲的父亲也没有来过。他们家世世代代从殉教先圣遇难起就是忠厚老实、好名声的基督徒，他怎么能成为他们家头一个做这种事的人呢？然后又想到他今后怎样可能敢于直面村中的牧师，怎么可能有脸去见他们萨勒姆村的大善人，他的那位老牧师呢？他在他的心上有那么大的分量，不管安息日还是布道日，他听到他的声音都会发抖。内心如此激烈地斗争着，终于，似乎是善的力量占上风了。他在路停下来了，对自己大加赞赏，有了信心，寻思着次日早上碰到牧师时心里是该何等问心无愧，就敢直视他的目光了。

如上种种足可表现出，村中的宗教意识形态是控制布朗的巨大力量，是他人生的重要经历，在他的心灵深处打上了深深的烙印。所以，当那魔鬼旅伴细述他的父辈也参与了森林中的魔鬼活动时，布朗不相信，坚决地否认。理由是，若真有这种事的话，村中早就传开了，他们肯定会被逐出新英格兰的。这样的呈现强化着这空间、这空间所隐喻的社会对人在行使着强大的监视作用、威慑作用、规训作用，甚至惩罚作用。再者，故事中的美学呈现自然会与读者的历史知识发生交合、协商、碰撞。霍桑如此的描写意在以用典（allusion）的修辞手法，触动读者回想起中所周知的新英格兰历史上确有的许多惩罚不同于社会主流宗教意识的残酷事件，如，1692 年马萨诸塞州萨勒姆一带大规模搜捕处死所谓的巫师事件，还有如对安·哈庆生（1591—1643）、罗杰·威廉（1603—1663）等持不同宗教观者的驱逐等。[①] 暗指的历史事件与虚构文本的呈现互动会强化作品呈现的真实度，使其更形象而具说服力，空间性质的实质从而得到更加清晰与艺术性的呈现。

（二）对布朗心灵的控制、扭曲

这样严格地控制着人的思想的沉闷的社会空间，使个体人格的形成受到严重的压制，使人物的身份建构遭遇到巨大的冲突与困难。布朗从小在这样严格的道德体系监控下，从孩童时代的宗教教义问答到终身所受的牧师布道、监管等，从家中祖祖辈辈的清教传统严格的培养，再加上村中教会各种方式的教义灌输展开，清教极力强调的人性的堕落、上帝的威严早已深深地扎根于布朗心中，使其时刻都在严密监管着自己的内心、自己的行为，不敢越雷池一步。但人的本性中那动物性的一面也需要有释放的机会、自我满足的机会，它顽强的生命力时时刻刻在寻找着时机。更何况故事中的布朗初婚刚三个月，刚踏入成人世界。成人世界里人的各种强烈的自然欲求及自己内心深处的自然欲求的越加旺盛，都在他的心理产生影响，但过去教堂、家庭、社会都在强调人必须否决人自己身上的自然欲求，把能对这些欲求成功弃绝赞颂为人生的光明与圣洁。

---

① 文中关于 1692 年的巫师事件参见，Susan Castillo, *American Literature in Context to 1865*, Maiden, MA: Wiley-Blackwell Publishing, 2011, pp.51–52；关于罗杰·威廉被驱逐的事件参见 Amy Allison, *Roger Williams: Colonial Leader*, New York: Chelsea House Publishers, 2001, pp.35–7；关于安·哈庆生的驱逐事件参见 Beth Clark, *Anne Hutchinson: Religious Leader*, New York: Chelsea House Publishers, 2000, pp.45–53。

这样的对立矛盾，——自己心里的对善的渴求及自己心中的欲望，及社会对人的严格要求与人的具体现实，——小说开篇就布朗的这种心理活动做了形象的展现。它们在布朗的内心深处强烈地冲突对立着，强烈地撕扯着他、争夺着他、分裂着他。他一方面恨自己把妻子淑贞独自留在家，想到她的可怜，"我真够可耻的，竟为了这么趟差使丢下她！……唉，她真是个福佑的人间天使，过了今晚这一夜，我再也不离开她的裙边，要一直跟着她上天堂"①。另一方面，从如上的话语我们也可见布朗在自己内心深处给自己找的借口。这是人经常在强烈的欲望冲动下，又无能压制，为顺应社会，为安慰自己在自己内心深处常找的借口；说明当事人面对社会强大压力而做自我欺骗；表明布朗深刻认识到自己达不到自己表现出的那样完美，达不到社会的要求，从而为了隐藏真实的自我，布朗时刻谨慎地带上了一种被荣格称为人格面具的面具，以顺应那社会空间对原罪、人性的阴暗面的阐释，顺应它对它们的强烈否定、强大压制。从布朗表现出的顺应，"她真是个福佑的人间天使，过了今晚这一夜，我再也不离开她的裙边，要一直跟着她上天堂"②。——因"她"淑贞意为信仰，那么这里也是教会意识形态的象征。这表明布朗在那样的社会压制下，失去了认识自我、他人、社会与自然的能力，未能建构出自己的独立性与创造性。所以才有后期他表现出的那种严重的精神错乱、人格失调的状态。他自己的人格结构不能得到健全的发展，乃至生活于一种紧张、忧郁、绝望的状态之中。社会空间的严重压抑使布朗的人格遭到了严重的压抑与扭曲。

现代心理学认为，人格的构成由不同系统组成，其中有些系统存在冲突，比如弗洛伊德的本我与超我，荣格的阴影与人格面具就是相互冲突的两部分。能和谐、宁静地生活的人，表明他们建立起了自己完整的人

---

① 纳桑尼尔·霍桑：《霍桑集：故事与小品》，姚乃强等译，三联书店1997年版，第304页。
② 纳桑尼尔·霍桑：《霍桑集：故事与小品》，姚乃强等译，三联书店1997年版，第304页。

格。也即是说，人在自己的生命历程中、在自己成长的过程中，应将这些对立冲突的因素有机地统一成整体，或者说需要平衡发展对立冲突的各方；过分抑制一方，过度地膨胀另一方，人格就会落入冲突、对立、矛盾之中，人就不能正常地成长，人格得不到健全地发展，人就会变成分裂的人，人就会因不能建立起完整的自我而陷入身份认同危机的。过度发展超我、人格面具会抑制人性中的本我、阴影的发展。虽然这些是人性中兽性的一面，是人性中的阴暗面，导致人类形成攻击性和易冲动的趋向、不道德的倾向，但它对于人格来说并非完全是负面的。当代西方著名思想家查尔斯·泰勒认为："人身上所有那些最好和最坏的东西都源于它。"① 它被弗洛伊德命名为"本我"，并把它定义为人性中黑暗的、触及不到的那部分。它其中大部分带有负面性质。弗洛伊德把它比喻为一口沸腾的大锅，说它是无序的，充满着来自本能的活力，只追求快乐的满足；不遵从任何集体意愿，只努力追求满足本能需求。② 因此，本我有着双重性质：它是死亡的本能（death instinct），有它破坏力的一面；但创造性的驱动力也源于它，人的智慧、创造力、情感都源于它，是人的幸福生存必需的生之本能（life instinct）。③ 所以，一个人若成功地完全压制了自己天性中的动物性一面，这个人可能行动文雅，是社会中遵守法纪的人，但也可能是缺乏智慧与创造力、生命力与活力的人。

从霍桑的作品及笔记看，霍桑对这些道理有敏锐的洞察，所以我们在他的作品中可看到不同的审美表现。约翰·阿尔维斯指出，霍桑的许多作品中，"心"（heart）都有着深刻的比喻意义，霍桑在其短篇小说《地球上的大燔祭》的结尾处就明显地把它表现为"既是人类邪恶、误行之源，也

---

① ［加］查尔斯·泰勒：《自我的根源：现代认同的形成》，韩震等译，译林出版社 2001 年版，第 37—38 页。

② Freud, Sigmund. *New Introductory Lectures on Psychoanalysis*, London: Penguin Books Ltd, 1991, pp.105–106.

③ ［美］C.S.霍尔：《弗洛伊德心理学入门》，陈维正译，商务印书馆 1986 年版，第 48—49 页。

是善良与务实智慧之所在"①。霍桑在其后的《福谷传奇》中，在讨论认识人、认识世界时，有更相关的直接呈现：

> 使我的幻想迷惑不清的是所有那些角落和裂缝，在那些地方，造物主像一只迷途的松鸡一样，把自己的头藏在人们早就常去的地方。也可以这么说，不管是在城市还是在乡下，一座房子的背面一般地说，总是比他的前面富有趣味得多，原有和特有的倾向性也总是格外的真实，因而也总是格外吸引人。房子的前部常是虚假的；是准备给人家看的，因此是一个面罩，是一个掩蔽的地方。真实的情况是在后面，而在前面的不过是一个准备给人家看的、骗人的前卫。②

所以在《小伙子布朗》中，布朗在社会极力压制本能、过度要求向善的强音中，社会空间的强大监视、控制力量的压迫下，自己的本我，或曰阴影被强硬地压制着，自己变得时刻小心地尊守着社会的规范，并且生活在担心自己不能按照社会的法规办事的焦虑之中，所以，"不管安息日还是布道日，听到他（牧师）声音我都会发抖"③；——在此种长期的心理创伤之后，他的生命活力与智慧被消解了，是一个失去了自己和谐、自如、独立处理问题的能力；是一个被遵从原则控制而失去了独立的人，因此那晚的偶有冒犯带来了内心的风暴，当善的一方稍占上风时，他内心决定那晚之后他将紧跟他的妻子淑贞珍的裙边，由她引到他上天堂。

社会空间强过度调善而压抑乐人的本性所导致的摧残在布朗身上的表现还不仅于此，更大的摧残在于这样的过度拔高人性，使其达不到要求

---

① John E. Alvis, *Nathaniel Hawthorne as Political Philosopher: Revolutionary Principles Domesticated and Personalized*, New Brunswick:Transaction Publishers, 2011, p.39.

② 纳桑尼尔·霍桑：《红字·福谷传奇》，侍桁等译，上海译文出版社 1996 年版，第 283 页。

③ 纳桑尼尔·霍桑：《霍桑集：故事与小品》，姚乃强等译，三联书店 1997 年版，第 308 页。

而陷入了深深的绝望之中，从而心理受到重创。因小说描写布朗由于自己在魔鬼的诱导下，被强烈的冲动驱使去参加森林里的巫师聚会，那样激烈的心理斗争，布朗已有意无意地感受到自己内心原欲的强大，已有深度紧张、焦虑、失望的倾向；再加上，见到了全镇平时在道德上表现圣洁之人：村中的牧师、他的祖先们，以及在布朗心目中地位那么崇高，堪比"福佑的人间天使"的妻子淑贞等都与魔鬼有关系，他们一反平日圣洁的模样而表现出充分的嗜血本能、充满着对邪恶的强烈崇拜。这样的经历改变了他对自己、对人的信心，冲垮了他自幼以来社会空间帮助他建立的价值观，他由此而变成了郁郁寡欢的人。每当安息日之时，教堂里唱起圣诗，他却再也听不进去，"因为罪恶的颂歌正大声冲击着他的耳膜，淹没了所有祝福的诗句"①。过去他妻子是他的偶像、行动的指南，他的道德楷模，现在却"时常在夜半惊醒，推开淑贞的怀抱，卷缩到一旁"②。他陷进了对人性的深重恐惧、忧郁、绝望之中，不能把人性中各种矛盾对立的因素调和起来而忧郁、焦虑地走完了自己的一生。乃至于死后人们也不能在他墓碑上刻下任何振奋人心的诗句。这样的故事显然在揭露清教社会对原罪、对上帝威严的过度强调在布朗心上留下了怎样深刻的创伤，而使其产生了那样深度的病态反应，是自孩童时期以来所受的种种肆掠造成的那些压抑在布朗无意识中的长期创伤的显现。

所以，布朗那夜林中可怖经历后的第二天清晨发现自己独自在林中时叙述者的设问——"他难道只是在林中打瞌睡，做了个巫师聚会的怪梦？您若这么想，悉听尊便"③——含义深刻。它在指引读者从这样的角度去解读。根据现代心理学的阐释，梦是人对自己日常生活经历的反应、是人内心深处的真实的精神状态，是人潜意识的反应。弗洛伊德指出：产生梦的原因和梦内容的构成是外界对人神经的刺激和肉体内部的刺激的强度已

---

① 纳桑尼尔·霍桑：《霍桑集：故事与小品》，姚乃强等译，三联书店1997年版，第320页。
② 纳桑尼尔·霍桑：《霍桑集：故事与小品》，姚乃强等译，三联书店1997年版，第320页。
③ 纳桑尼尔·霍桑：《霍桑集：故事与小品》，姚乃强等译，三联书店1997年版，第320页。

足够引起人心灵的注意。① 小说的这一设计表现出霍桑深知梦产生的机制，他不但以布朗为典型表现人在那宗教文明中所受的深度精神磨难会造成的结果，而且从此去解读，小说开篇在作者看似不经意的对布朗妻子淑贞的话语的描述就在表现淑贞的心理——"求你明天日出再出门旅行，今晚就睡在自家床上。孤单单的女人会做些可怕的梦，生些吓人的念头，有时候连自己都害怕"② 故事在这样的前后映照下，意义就更加深刻而富于暗示性，表明淑贞也在受着同样的心理煎熬，经受着反复做噩梦的精神创伤。再加上故事中对全镇其他人的呈现，布朗的痛苦被戏剧性地引向了普遍。

这样的呈现，形象地揭示出了原欲在人的心里的活动是多么强烈、深深地扎根于人的存在之中、时时刻刻在寻找着宣泄的机会，尽管宗教把它描述为人的原罪，对其进行有力地压制，但不管怎样压制它，它总存在着。如此的文明制度导致的是人内心的激烈矛盾冲突：一方顽强地要寻求得到满足，另一方要各种手段使其得到严格的控制。结果是，人陷进了深度的内疚、自卑、焦虑状态之中，担心受到的惩罚而恐惧，这些都会转化为人梦境中的可怕景象。布朗的形象就是对此的形象演绎，表现出长久挤压的内疚感、自卑感、严重的焦虑在人的心上会如何沉重地久久地重压着，最终使人人格失调：使他再也看不到人性的闪光之点，而把恶看成了人的全部、世界的本质，从而对人与世界都失去了信心，转而与自己、与世界都成对抗之势；相应地，他从此也被人间之温暖的链条所抛弃、被世界所抛弃。在此，布朗虽然成年了，进入了成人的世界，但他的自我没有得到全面的建构，失去了自己内心的宁静及与世界、与自我的和谐共在。

弗洛伊德与荣格对人格结构平衡问题的阐释充分说明了霍桑用美学形象表现的布朗的精神崩溃。弗洛伊德精神分析学认为，神经症症候是"矛盾的结果"，是"潜意识活动的结果"③ 也即是说，人的本能欲望被过分压

① 弗洛伊德：《梦的解析》，赖其万、符传孝译，作家出版社1986年版，第142页。
② 纳桑尼尔·霍桑：《霍桑集：故事与小品》，姚乃强等译，三联书店1997年版，第304页。
③ [奥地利] 弗洛伊德：《精神分析引论》，高觉敷译，商务印书馆1986年版，第286页。

抑就会导致人精神上的问题与痛苦，甚至造成人格失调等精神障碍现象；或者说，遭受压抑而被摒弃于意识领域之外的潜意识欲不断地努力重新进入意识，而人又不断地努力抗拒它们的进入。如此的过程形成一个压抑、抵抗，克服抵抗的过程。它造成一系列恐惧、烦恼、痛苦等焦虑情绪的产生。弗洛伊德心理分析动力学把它表述为：人的精神生活经历着冲动力和阻力之间的正反相互作用的煎熬。冲动力是能量发泄作用，即本我（id），阻力指的是反能量发泄作用，即超我（superego）。"实际上，人格的任何心理过程都无不受到能量发泄和反能量发泄相互作用的影响。有时候，二者间的平衡处于相当微妙的状态，哪怕是很少一点力量从前者转移到后者，都会造成行动与不行动的天壤之别。"[1] 荣格对此也有相似的观点：人格结构中的其他构成成分，如阴影在人类文化中总被过分发达的人格面具严重压抑，从而这两部分之间产生了严重的冲突。这样的冲突引发人的各种紧张心理状态，造成人的精神障碍、危机，使其不能正确认识自我而陷入严重的无方向感之中，焦虑之中。[2]

（三）闹鬼的森林：人物个体心灵空间深度病症的形象表现

再者，值得注意的是，布朗在那严密的监控社会空间所受的各种精神压抑、痛苦、创伤，从孩童期始建立起的生活依据是怎样一步步在现实面前倒塌，把握不到人生方向，不能建构真正自我的悲哀，也同时被作者通过那闹鬼的森林空间形象地展现了出来。在此，个体心灵空间表征着社会空间和自然空间，后两种空间同时也对应着在表达个体空间。主人公现身处的森林/自然空间，它本来应该具有抚慰人的作用，但它完全失去了自然空间本该有的自己的特性，变成了充满紧张、恐怖的气氛的空间、是充满魑魅魍魉的空间，拥有了与主人公心灵空间相对应的病态性质。由此，这森林空间是对社会空间的延展，也象征着布朗的个体心灵空间，且同时

---

① ［美］C.S. 霍尔：《弗洛伊德心理学入门》，陈维正译，商务印书馆1985年版，第43页。
② ［美］C.S. 霍尔、［美］V.J. 诺德贝：《荣格心理学入门》，冯川译，三联书店1987年版，第50页。

与之相互动、映照，从而把他内心深处的一切潜意识活动、一切对立双方的激烈争斗、人物所受的种种激烈的心灵煎熬、人格为什么不能得到健全的发展及其所引发的极度痛苦都形象而戏剧性地展现了出来，把布朗的心理崩溃、人格分裂的悲惨人生境况做了更艺术而深刻的表现与深化。霍华德·布鲁斯·富兰克林在其《纳桑尼尔·霍桑与科幻小说》中，论及可以把《小伙子布朗》看作是科幻小说时的理由，也是因为主人公的内心活动都在不同形式的外在世界形式中得到展现。① 巴里在其《纳桑尼尔·霍桑》中也指出：

> 一些读者认为，这个年轻人在黑暗的森林深处与魔鬼梦境般相遇的故事是对弗洛伊德六十年后力求构想的深层心理学的神秘预示。那有着严厉道德规范的清教徒村庄，体现的是个人良心严格的要求，或说超我；那将举行罪恶的"邪恶聚会"的森林似乎描述的是个人头脑的无意识，或说本我中更黑暗的层面。②

所以故事开篇那森林的描摹极富隐喻意义，那阴森森的树木密密层层，使人拥堵地挤在一起，狭窄的小径勉强能蜿蜒穿过。"人刚过，枝叶又将小路封了起来，荒凉满目。而且这荒凉凄清还有一个特点，旅人弄不清无数的树干与头顶粗大的树枝后面会藏着什么，所以，脚步虽孤孤零零，也许经过的却是看不见的一大群人。"③ 这样的描摹呈现出了人的梦境般的状态，是个体心灵空间潜意识形态的形象展现，戏剧性地在表现着人潜意识的那种黝黑昏暗与混乱无序。它们是霍桑许多作品描述的代表恶

---

① Howard Bruce Franklin, "Nathaniel Hawthorne and Science Fiction," in *Future Perfect: American Science Fiction of the Nineteenth Century: An Anthology*, Rutgers University Press, 1995, p.9.

② Thomas F. Barry, "Nathaniel Hawthorne," in *Encyclopedia of the Romantic Era, 1760–1850*, Christopher John Murray ed., New York: Routledge, 2013, p.474.

③ 纳桑尼尔·霍桑：《霍桑集：故事与小品》，姚乃强等译，三联书店1997年版，第305页。

的黑男人夜晚聚会的地方，是被社会道德禁止的各种强烈欲望滋生的场所。森林空间由此既是布朗心灵空间被展现的背景，同时又间接地在指涉布朗的心灵空间。如此的双重映照、表征，把布朗最深层次的心理活动形象地、曲折迂回地展现了出来，仿佛是因为读者能直接进入布朗的心灵空间，直接地感受到、看到他的心理斗争之激烈，深刻地体会到了布朗内心深处代表善恶的两股势力不能统一和谐地发展，看到布朗不能对自己的情感、思想、言行、人格结构的对立成分进行整合，协调，不能使其成为相辅相成的和谐统一体，而是一直在激烈地争夺着对布朗心灵的控制权。长期的斗争使布朗一直深陷于紧张的矛盾之中，受着深层次的焦虑痛苦，终于导致了那一步步地走向心理崩溃的结果，乃至于最后孤独地生活于痛苦的绝望之中，构成了与人类现实世界彻底分离的悲惨境地。

因此，布朗心灵深处的这种种煎熬、种种创伤就这短暂的一夜之中、在短暂的一场梦的时间内以森林空间的描绘得到了展现、强化。从一开始进入森林时对自己行为的担惊受怕，担心"要是魔鬼本人就在我身旁，那可咋办！"[1] 但与魔鬼相见时又对自己的迟到愧疚，推说是"淑贞耽搁了我一会儿"[2]。因为魔鬼同伴突然冒出来，他说话时声音有些颤抖，虽然魔鬼的出现是在预期之中。这样的描绘呈现出了主人公对魔鬼、对要去做的事无不带着期盼、渴望的心情，但又担心、害怕，因此，内心充满紧张又矛盾的焦虑心态。尽管小说表层陈述说，森林之行是受魔鬼对他的诱导，作者是在运用传统对魔鬼的传说，但这传统的运用在霍桑的小说中更充分显示出了文学自己的审美性质，使故事的戏剧性、审美性得到更深刻的强化，提高了故事的可读性，更呈现出了人物内心活动的复杂性，使所呈现的内容更加深刻，因根据小说的描述，这魔鬼"显然与布朗身份相同，模样也相似，不过神态也许比相貌更像"[3]。因此，故事的隐含意义暗指这魔

---

[1]　纳桑尼尔·霍桑：《霍桑集：故事与小品》，姚乃强等译，三联书店1997年版，第305页。
[2]　纳桑尼尔·霍桑：《霍桑集：故事与小品》，姚乃强等译，三联书店1997年版，第306页。
[3]　纳桑尼尔·霍桑：《霍桑集：故事与小品》，姚乃强等译，三联书店1997年版，第305页。

鬼就来自布朗自己的内心深处，是他心中那强烈的本能欲望的表现。

所以，随着越朝着森林的深处走去，他的内心深处两种声音的斗争就越加激烈，直把他的内心变成了两种力量的激烈战场，表现出他在良心的沉重压迫下，在极力阻止他自己前行又无果而焦虑不断加重。在这一系列戏剧性斗争中，从他对家中祖祖辈辈都是诚实的基督徒光辉历史的细述，劝阻自己不能变成头一个违背家规的人；到村中那平日里令他敬畏无比，说话声音都会令他发抖的老牧师与教堂执事；再到在他心上是最圣洁，能给他人生方向指导的妻子淑贞，都表明社会道德在以各种不同形式在规范着他、压制他。他的妻子淑贞就出现了两次阻止他的行动。第一次是故事之初他的心里充满内疚，担心他的行动让他妻子知道了而伤心时，焦虑地说："我情愿自个儿难过。"[1] 后一次是当他感到他看到村中那些令他崇敬无比的牧师和教堂执事也要去参与那深深吸引着他的林中恶事时，他的心理遭到重击，使他对自己的信仰感到严重的怀疑，心理甚至到了崩溃的边缘时，他痛苦不堪，头脑昏沉，心情无比沉重，甚至疑惑头顶是否真有天国时，他都还能仰望蓝蓝的、繁星闪烁天空，喊道："上有天堂，下有淑贞，我要对抗魔鬼，坚定不移！"[2]

可这内心深处的一道道防线被都被一步步攻破。先是听到魔鬼介绍说，他祖辈及教堂执事、好多市镇委员甚至总督本人这类上流社会的人都和他魔鬼有关系；后来是在依稀恍惚之中一一看到了他心目中那些高尚的人，从他小时教他基督教义的古迪·克洛伊丝老太太到包括他祖辈、教堂的神职人员等的道德典范也都去林中参与恶行之事，使布朗感到迷茫、失望、绝望，到最后见他最信赖的妻子淑贞也被这样的恶行吸引时，精神受到更加严重的打击而失望、绝望到了疯狂、精神错乱、歇斯底里的程度。乃至于他在林中发疯地狂笑了许久，接着抓起魔鬼给他的拐杖在林中狂乱

---

[1]   纳桑尼尔·霍桑：《霍桑集：故事与小品》，姚乃强等译，三联书店 1997 年版，第 308 页。

[2]   纳桑尼尔·霍桑：《霍桑集：故事与小品》，姚乃强等译，三联书店 1997 年版，第 312 页。

地奔走，"不像在走，倒像在飞"①。

　　与此相映照，此时的森林空间树木吱吱嘎嘎轰响，野兽嗷嗷噪狂叫，印第安人在哇哇呐喊。四处是"可怕的声响——有时风声萧萧，酷似远处教堂的钟声；有时它在这夜行者的左右大吼大叫，仿佛整个大自然都在蔑视他，嘲笑他。"乃至于整座森林都变成了闹鬼轰鸣的恐怖境地。这不是作者对他心灵空间混乱、紧张、焦虑、恐怖等情绪发展到极致戏剧性呈现吗？所以小说强调道：布朗他自己就是那恐怖场景中的主角。在森林的种种恐怖事件面前，他毫不退让，"他时而破口大骂亵渎神明，时而纵声大笑使整座林子激荡着他的笑声，好像周围的树木统统变成了魔鬼。这个他自己恶魔的化身，还不如他这个狂怒的人可怕"②——隐喻性地表现出，他原先建立起来的内部表征、生活的依据如何在他成年后被现实中的所闻、所见，或者说是对人、对现实的进一步了解后而一步步崩溃。

　　接下来的故事中，布朗的心灵空间争斗越加激烈、极度紧张、焦虑、混乱，对应的闹鬼的森林空间呈现出更加紧急、恐怖的状况。布朗最后狂奔到了一片红光闪闪的空地。那里火光灿烂，直冲午夜的天空，集聚了村中所有的名流。在此，平日里纯洁楷模全变成了对邪恶的崇拜者。混乱中，平日里在教堂唱过的一首首圣歌升起了，可顷刻间又化作对恶的崇拜。又一首旋律缓慢沉痛的圣诗响起，歌颂虔诚的爱，但歌词却呈现出了人类天性所能想象的各种罪行，并隐隐地暗示着更多的罪恶。这时，荒野的轰响犹如一架巨大风琴。它发出深沉的乐声，其声音越来越变成刺耳的轰响。然后，"这可怕圣歌的最后轰鸣传来了一个声音，仿佛咆哮的狂风，奔腾的溪流，嗥叫的野兽，以及荒野中各行其是的一切声响，统统交相混合于罪孽的人类之声，向万物之主致敬"③。如此各种声音交杂的可怕的轰鸣声表现出了当时布朗精神状态混乱到了极致，其错乱、焦急、恐怖情绪

---

①　纳桑尼尔·霍桑：《霍桑集：故事与小品》，姚乃强等译，三联书店1997年版，第314页。
②　纳桑尼尔·霍桑：《霍桑集：故事与小品》，姚乃强等译，三联书店1997年版，第314页。
③　纳桑尼尔·霍桑：《霍桑集：故事与小品》，姚乃强等译，三联书店1997年版，第316页。

也到了极致，表明社会对他的施教还依稀记得，对自己的行为、聚会上他人的行为，他都在极尽地抗拒。善与恶如此地在他的意识深处深深地纠缠在了一起，让他无法分辨。深度的迷茫、紧张、焦虑之中，他不知该听哪一种声音。依着本能，他不自觉地靠近会众，感到与他们有着一种可恨的同教情谊，而这种情谊源自他内心的全部恶念。他确切地感到他已去世父亲的形象，"正从一团烟雾上往下看，点头示意他往前走。而一个形像模糊的女人却绝望地伸出手警告他往后退。是母亲么？"① 这样的描绘充分表现出当时内心的两种力量是怎样在激烈地冲突着，使布朗陷入完全不知道该怎么办的紧张、痛苦之中。

所以在接下来的故事呈现中，当他的双臂被牧师与古金执事抓住，把他往耀眼火光下的巨大石头拉去时，"他无力后退一步，甚至也没想过要抗拒"②；这是在戏剧性地表现布朗深层意识的斗争：他一方面强烈地期盼着那样做，可在良心沉重地监管、压迫下又不敢公开行动，只好自我欺骗地找了一个受人迫使的借口。他和妻子站在那里，"看见魔鬼的崇拜者们身披火焰，闪电般地冲上前来"③，他们面前的那个巨大石头上有一个天然形成的凹坑。坑里头装满了被火焰映红的鲜血、或是火、抑或是液体的火焰？"邪恶的化身就在这里头浸湿他的手，准备在他们额头上留下受洗的印记，好让他们分享罪恶的秘密，从此在行为上、思想上，对别人的隐秘罪过比对自己的更为清楚。"④ 森林场景发展到了如此的恐怖程度，可见布朗的精神也崩溃到了什么程度，所以梦境中，一个身影模糊的人影对他说，那儿，全是他们从小就敬重的人。"你们以为他们比你们更圣洁，——比照他们正派的生活，虔心向上的祈祷，你们就对自己的罪孽感到畏惧。然而他们全都到这儿来参加我的礼拜聚会了。"那个人影又接着告诉他们，通过人类本能

①　纳桑尼尔·霍桑：《霍桑集：故事与小品》，姚乃强等译，三联书店 1997 年版，第 317 页。
②　纳桑尼尔·霍桑：《霍桑集：故事与小品》，姚乃强等译，三联书店 1997 年版，第 317 页。
③　纳桑尼尔·霍桑：《霍桑集：故事与小品》，姚乃强等译，三联书店 1997 年版，第 317 页。
④　纳桑尼尔·霍桑：《霍桑集：故事与小品》，姚乃强等译，三联书店 1997 年版，第 319 页。

地对罪恶的领悟，他们将会发现所有的地方，——无论是卧室、街道、教堂、田野还是森林，——每个地方都充满恶行。"你们将欣喜地看到，整个大地就是一块罪恶的污迹，一块巨大的血迹。远远不止这些。你们将洞察每个人心中深藏的罪恶，一切邪恶伎俩的源头发现人心险恶，恶念无穷，比人的力量——比我的最大力量——能以行为显示的更多更多。"①

　　这样的话语表明他对人、对自己的信心失望到了怎样的程度。然而就在此时，他意识深处还有向善的声音，所以就在这紧要关头，就在他与妻子淑贞就要被引入那恶世界时，惊恐的呐喊又从他嘴里不由自主地发出来："淑贞！淑贞！仰望天堂，抵挡邪恶！"话刚说完，他"发现自己孤单单身处宁静的夜，正侧耳倾听风声沉甸甸地穿过森林，消失无声。"②他醒了。森林空间的闹鬼形象地托出了他当时处于多么紧张、危急、恐惧、绝望、疯狂的心境之中，戏剧性地表现出了布朗步入成年后面对自己、对人、对社会的认识，有了与自己之前所受教育相异之处时陷入的精神混乱状态、歇斯底里状态、疯狂状态，为人的本质是什么陷入的迷茫、混乱状态。

　　综上所述，《年轻的布朗先生》中，小伙子布朗在宗教文明严重压抑人性而倡导遵从社会法规的生存样态中找不到自我而走向人格分裂的生存窘境就在作品塑造的压抑的社会空间中得到了形象的展现。那社会空间的性质在作品对其的直接描述中得到形象的展现，又在作品人物的心灵空间、森林空间的呈现中进一步强化。森林空间、人物的心灵空间如此就艺术而形象地表现着那社会空间的性质，表现其社会思想文化体系沉闷的、巨大的、密不透风的监控，怎样在强烈地影响着、严酷地掌控着人的思想与生活。同时，森林中恐怖的闹鬼空间形象而艺术的塑造，与人物心灵空间产生互动，隐喻性地、形象地表现出了人的意识深处、无意识深处的状况，从而展现了人物个体心灵空间在那沉闷的社会空间规训下所受的

---

① 纳桑尼尔·霍桑：《霍桑集：故事与小品》，姚乃强等译，三联书店 1997 年版，第 317 页。
② 纳桑尼尔·霍桑：《霍桑集：故事与小品》，姚乃强等译，三联书店 1997 年版，第 319 页。

痛苦,人性、人格遭到的严重扭曲;展现了人在这样的社会文明中不能创建和谐宁静的生活境况,生活在内心的极度冲突、矛盾、紧张、内疚、焦虑、甚至恐惧之中,使读者能清楚地领悟到人物如何对自己、他人都充满极度的怀疑而饱受的严重的精神分裂之苦,以至把自己变成了闹鬼的森林空间中最可怕的恶魔,最后在社会空间中悲惨地生活:充满对自己、对人的严重绝望,自我严重的心灵失调、人格失衡,而过着忧郁的、噩梦般的生活。宗教文明状态下,人心理受到的深度创伤、生存的严重残缺状态被描绘到了极致。

对人物在宗教文明状态下的如此人生境遇的呈现,霍桑作品中还有许多。这样的呈现表现出作家在曲折迂回地、深刻地表现着对宗教文明的质疑:质疑清教/基督教作/宗教作为启迪人、引导人生活、指引人生命的意义、问询人的灵魂、提高人的神性的体系为何不能使人感到充实的生命活力、四射的神力而完满幸福地生活,反而使人感到更加渺小,失去了自己应有的人性、神性,在人格分裂的状态下痛苦地生活,使生命呈现出深刻的悲剧意识;及由此而生的对上帝意义的困惑、基督教信仰的迷茫,是对那个时代人处在精神的迷茫之中,陷入信仰与不信仰的两难境地之中的迷茫痛苦的形象展现。

对霍桑的宗教观得出这样的结论,不仅来自其作品的呈现,也来自评论家们对他这方面的评价及他的一些笔记。首先,人们虽然认为霍桑是传统的 19 世纪基督徒,但也认为他已有些不那么坚定了。许多文学传记作家、评论家,如 F.O. 马西森、怀亚特·瓦根纳(Hyatt H. Waggoner)虽都把他描述为虔诚的基督徒,但也有证据表明他不怎么去教堂了;[1][2] 而亨利·詹姆斯、马克·凡·多伦等又认为他关心的不是传统宗教意义上的

---

[1]   F. O. Matthiessen, *American Renaissance: Art and Expression in the Age of Emerson and Whitman*, Oxford Univ. Press, 1941, p.199.

[2]   Hyatt H. Waggoner, *Hawthorne: A Critical Study*, Cambridge: Harvard Univ. Press, 1963, p.6, p.13.

问题；⑫像许多现代评论家一样，欧文·豪也看到了霍桑对宗教的这种矛盾心态，并认为霍桑的《福谷传奇》就深刻地表现了作家的这种矛盾心态。他总结道："霍桑的整个一生都深陷被我们称作宗教信仰危机的危机之中。他敏感的道德感已使他大部分地脱离传统的正统信仰渊源，但它又不能在其他地方找到维持其生命的滋养"③。在最近的评论中，爱德文·哈维兰德·米勒更进一步地认为，霍桑"对基督教……理想主义都没有多大信心，因他对它们持怀疑态度"，把霍桑与上帝的关系判定为"不自在的"（uneasy）④。阿尔弗雷德·卡赞（Alfred Kazin）1997 年在其《上帝与美国作家》中评论说：尽管清教文化遗产使霍桑作品充满了加尔文教式的对人性的不信任，在《红字》中对他祖先留下的清教遗产的描写使他深受欢迎。其中集中探讨的常是与神学相关、相交织的罪、赎罪与救赎的问题，事实上霍桑艺术上或就个人而言很少探讨信仰的问题，"不怎么涉及上帝问题"。遵从亨利·詹姆斯的先例，他认为霍桑与清教徒的良心问题的关系是智性的；⑤比尔·克里斯托弗森在其 2000 年发表的文章中指出，麦尔维尔 1850 年对霍桑的短篇小说集《古屋苔藓》的评论中最早揭示出霍桑作品中隐晦的对上帝、圣经、基督信仰的质疑，认为这种质疑表现在霍桑用隐晦的隐喻创造的上帝形象之中，表现在他常对《圣经》潜在意义、主题的颠覆性运用之中。⑥

霍桑的笔记虽然只有极少的数量涉及该主题，但还是比较能说明作者

① Henry James, *Hawthome*, Oxford Univ. Press,1879; reprint, Comell Univ. Press, 1956, p.46.
② Mark Van Doren, *Nathaniel Hawthorne: A Critical Biography*, New York: Viking, 1949, pp.214–16.
③ Irving Howe. "Hawthorne: Pastoral and Politics" in Ed. Gross, Seymour, *The Blithedale Romance*, New York: Norton & Company, 1978, p.288.
④ Edwin Haviland Miller, *Salem Is My Dwelling Place: A Life of Nathaniel Hawthorne*, University of Iowa Press, 1991, p.11, p.189.
⑤ Alfred Kazin, *God and the American Writer*, New York: Knopf, 1997, p.28.
⑥ Bill Christophersen,"Agnostic Tensions in Hawthorne's Short Stories", *American Literature*, Volume 72, Number 3, September 2000, pp. 595–624.

在那文明交替之际对清教文化、基督教文明的反思。《美国笔记》中的记载表明他很喜欢与人谈论此类话题及对此类话题的深度关切。例如，据1837年7月24日记载，他与霍雷肖·布里奇（Horatio Bridge）的朋友，一个叫夏福（Schaeffer）的先生谈话至深夜。他们谈论"基督教、自然神论、生活方式、婚姻、仁爱，一句话，现世所有深刻的问题及来世"①。1838年8月11日的日志记载，那年夏天去佛蒙特旅行与一灰胡桃商贩谈论"命定、自由意志和其他形而上问题"②。1849年7月霍桑母亲病重，就要离开人世。他30日在日志中写道，尤娜（Una，霍桑女儿）"谈到她（祖母）不久就要去上帝那里了，她可能想她是身体被搬走而已。但愿这即是去上帝那里！信仰与信任就会比现在容易多了"③。这样的话语表明霍桑当时心里有对上帝存在的质疑，对基督教讲述的人灵魂不死的质疑，纠结于精神归属的问题（spiritual questions），表现出当时的信仰危机问题。1851年八月一日的日志记载了他与赫尔曼·麦尔维尔——另一表现那时期人们信仰危机的著名作家④——的谈话，表现了霍桑同样的关注，"我和麦尔维尔谈了次话。我们谈论时间、永恒、现世的事情及来世"⑤。所以，我们读1856年11月20日对他与麦尔维尔谈话的记载就更加清楚他心中的困惑，"他（麦尔维尔）像往常一样，开始推论上帝和来世……并告诉我，他'已决定被吞没。'但他似乎对那样的预期还不确定。我想他在找到确定的信

---

① Nathaniel Hawthorne, *The American Notebooks,* Nathaniel Hawthorne Centenary edition of the works of Nathaniel Hawthorne, V. 8, Ohio State University Press, 1972, p.58.

② Nathaniel Hawthorne, *The American Notebooks,* Nathaniel Hawthorne Centenary edition of the works of Nathaniel Hawthorne, V. 8, Ohio State University Press, 1972, p.109.

③ Nathaniel Hawthorne, *The American Notebooks,* Nathaniel Hawthorne Centenary edition of the works of Nathaniel Hawthorne, V. 8, Ohio State University Press, 1972, p.430.

④ 对麦尔维尔的如此评价，参见 Lawrance Thompson, *Melville's Quarrel with God*, Princeton Univ. Press, 1952; and Andrew Delbanco, *Melville: His World and Work*, New York: Vintage Books, 2006。

⑤ Nathaniel Hawthorne, *The American Notebooks,* Nathaniel Hawthorne Centenary edition of the works of Nathaniel Hawthorne, V. 8, Ohio State University Press, 1972, p.448.

仰前都不会感到内心宁静的（rest）……他既不能信，也不能在不信中感
到自由自在"①。

第三节 弘扬自我与自我的丧失

在宗教文明状态下，人被上帝的威严所遮蔽，人性本质被扭曲、被挤
压成空，失去自己应有的神性，人怎样才能走出这样的困境、破除宗教对
人的束缚而使人性复归、人性能完满地发展，有自己完整的生存、有自己
的尊严呢？人充满渴望地在呼唤着、在努力探寻着，所以，才有始于 14
世纪的文艺复兴中对人的发现、对人的尊严、人的高贵、人的才能、对人
的肉体与精神的独特与卓越才能的肯定。这是人文主义者努力寻找人的自
我的卓越成果。人文主义者相信，人是有理性的，理性可以帮助人认识自
我与世界。所以，人是可以自立于世界的。并且，通过教育，人可以培养
出人脑力与体力相结合的优秀素质，能够在任何情况下高尚地做人。② 所
以才有文艺复兴时期那伟大人文主义作家莎士比亚的经典之作中，哈姆莱
特虽然面对人世的邪恶都还能做出的感叹："人是一件了不得的杰作！多
么高贵的理性！多么伟大的力量！多么优美的仪表！多么文雅的举动！在
行为上多么像一个天使！在智慧上多么像一个天神！宇宙的精华！万物的
灵长！"③

之后，人一步步地更加寻找回了自己的理性，要求从神性的束缚中解
放出来。这种理性建立在笛卡尔的"我思故我在"的基础上，宣扬人是具

---

① Nathaniel Hawthorne, *The American Notebooks*, Nathaniel Hawthorne Centenary edition of the
works of Nathaniel Hawthorne, V. 8, Ohio State University Press, 1972, p.163.

② J. Clare, *Italian Renaissance*, New York: Harcourt Brace, 1995 and S. Hause, & W. Maltby, *A
History of European Society. Essentials of Western Civilization*, Vol. 2, Belmont, CA: Thomson
Learning, Inc. 2001, pp. 245–246.

③ [英] 威廉·莎士比亚：《莎士比亚全集》第 9 卷，朱生豪译，人民文学出版社 1979 年版，
第 49 页。

有自己的主体性（subjectivity）的，是认识世界的主体（subject）。主体性的确立和主体能力的发挥能够使人克服愚昧和野蛮，得到自身的彻底解放。康德对"何谓启蒙"的解释就是集中体现了这种信念。他认为，启蒙运动意味着人类敢于抛弃自己加于自己的不成熟状态，就是有勇气运用自己的理智！① 这就是我们前面谈到的当时那激励人心的对人的信念。它相信人的理性之光能够驱散黑暗，把人们引向光明，赢得人从上帝的束缚中的解放而自主独立，建构起自己和谐的自我。② 当时著名的女权主义活动家玛格丽特·福勒强调个人的自主性、主宰性。她说："人不是为社会创造的，社会是为人创造的"③。另一位当时超验主义运动的积极分子，作家、哲学家布朗森·阿尔克特认为："个人的心灵就是王法的制定者和总裁"④。

　　虽然我们从如上分析可见霍桑作品充满了对宗教文明中人失去了自我的生存境遇的强烈同情与批判，他的作品也充满了对现代性境遇中人的非人化生存境遇的深重忧虑与严厉批判，揭示出了与如上人文主义思想传统对人理性所表现出的乐观精神的严重相悖。在他的笔下，我们可见一个个充满现代理想、以我思为基点的人，充满着对理性解放的大叙事、科学知识解放的大叙事、人性解放的大叙事的期盼与崇拜，在理性的展开过程中、在对科学理性、工具理性的充分运用与崇拜中，遭遇的却是自己原初梦想的破碎。不是实现了自我，而是更加失落了自我。汇集起来，通过这些人物的塑造，作家表现出了他对现代性境遇中人性与人生境遇的洞察，表现出了他对人在现代性理想用理性、科技理性解放人的高昂凯歌中，人

---

① 康德：《历史理性批判文集》，何兆武译，商务印书馆年 1991 版，第 22 页。

② Peter Gay, *The Enlightenment: An Interpretation*, London: W. W. Norton & Company, 1996.

③ qtd.in F. O.Matthiessen, *The American Renaissance: Art and Expression in the Age of Emerson and Whitman*, New York: Oxford University Press, 1941, p.180.

④ qtd.in Samuel A. Schreiner, Jr., *The Concord Quartet: Alcott, Emerson, Hawthorne, Thoreau and the Friendship That Freed the American Mind*, Hoboken, New Jersey: John Wiley & Sons, 2006, p.165.

又落入了新的失落困境的忧思，落入了新的非人化境地的焦虑；揭示出了现代性理性倡导的主体性的掠夺性、征服性本质。导致人人只为自我生活，盲从于理性的生活，乃至被推进的是新的愚昧、迷信、野蛮、受独裁专制的生活；导致的是人性的进一步失落，人对自我身份的深度迷茫，对自己残缺生存状态的哀痛。人的创伤，又本质地与现代文化、现代社会连在了一起，表现出作家从生存论根基意义上对生活在现代性境遇中的人及其生存意义的深入探问。

一、作家的现代生存体验

霍桑对新时代这种生活的漂泊性、无根性，愚昧、野蛮、受独裁专制，导致的是人性的进一步失落，以及无助、茫然不知所措、窘迫、焦虑、受伤等有深切的体验。

如前所述，虽然霍桑出身名门望族，但到了他的父亲纳桑尼尔·霍桑那一代，历史的变迁，家境的败落，过去的名望随风而去，生活的基本资源也无从寻找，不得不到海上去谋生，在霍桑四岁时死于海难。霍桑和两个姐姐只好随母亲投靠母亲的娘家，在那里生活了十年。[①] 甚而，1816 年的夏天，在住进理查德、罗伯特·曼宁舅舅为他们家修建的房子之前，还只能寄宿在一农民家中。[②] 这样的生活变故、这样的生活，一定给了幼小的霍桑极大的冲击，使其深刻地感到家庭的变迁，时代的变迁，在其心灵深处深深地打上了寄人篱下的、无家的烙印，心灵深处有种对家的渴望、对家的强烈依恋、怕离开家的恐惧，以及由此导致的对人生的孤独漂泊、没有依靠、无根的凄凉的深度体会。所以，据研究，1813 年 9 月 10 日，年幼的霍桑在玩球击（bat and ball）时腿部被击。尽管几个医生都认为他

---

① Edwin Haviland Miller. *Salem Is My Dwelling Place: A Life of Nathaniel Hawthorne*. Iowa City: University of Iowa Press, 1991, p.47.

② James R .Mellow, *Nathaniel Hawthorne in His Times*. Boston: Houghton Mifflin Company, 1980, p.20.

没有因此而受伤，但他腿瘸了，并卧床了一年。①1819 年，他被送回到萨勒姆去上学，但他不久就连连诉苦，不断地说想家，抱怨离母亲和姐姐们太远。② 并且，1821 年霍桑去上波多茵大学（Bowdoin College），也是在舅舅罗伯特的坚持下，才不得已而行之。③

　　成年后，人与人间的相争，党派的相争，社会的动荡、快速变迁、冷漠，更让霍桑深感生活的艰辛、艰难、不定、无奈、虚无，个人的无助。为了能获得足够经费迎娶索菲亚·皮博迪为妻，霍桑 1841 年参加了以超验主义的乌托邦思想为基础而建立的布鲁克农场，尽管他并不赞成超验主义的乌托邦思想。④ 他于 1846 年受聘于萨勒姆镇海关，做职员，但三年后就被解聘了，因为他所属的民主党在 1848 年的总统大选中失利。⑤ 并且，在那样被高昂的现代性理想充塞的岁月中，一方面是社会对启蒙理性能迎来平等、博爱、公平、公正的社会的宣扬与期盼，是激情燃烧的岁月，另一方面，霍桑又经常遇见社会中人的痛苦与死亡。就在霍桑夫妇结婚周年纪念日的当晚，诗人埃勒里·钱宁来找霍桑夫妇求助。社区的一个名叫马莎·亨特的女孩跳河自杀了，需要用霍桑家的小船去打捞尸体。霍桑帮助打捞了尸体，把其描述为，"极其恐怖的场面……她真正地显现出了那死亡痛苦的面目"⑥。这件事的经历给了他创作的原料，使他能够在《福谷传奇》中那样真实的、沉重地描写奇诺比娅跳河后，他们打捞出她的尸体，

---

① James R. Mellow, *Nathaniel Hawthorne in His Times*. Boston: Houghton Mifflin Company, 1980, p.18.

② James R .Mellow, *Nathaniel Hawthorne in His Times*. Boston: Houghton Mifflin Company, 1980, p.22.

③ Herbert Edwards, "Nathaniel Hawthorne in Maine", *Downeast Magazine*, 1962.

④ Philip McFarland, *Hawthorne in Concord*, New York: Grove Press, 2004, p.83.

⑤ Susan Cheever, *American Bloomsbury: Louisa May Alcott, Ralph Waldo Emerson, Margaret Fuller, Nathaniel Hawthorne, and Henry David Thoreau; Their Lives, Their Loves, Their Work*, Detroit: Thorndike Press, 2006, p.179.

⑥ Samuel A. Schreiner, Jr., *The Concord Quartet: Alcott, Emerson, Hawthorne, Thoreau and the Friendship That Freed the American Mind*, Hoboken, New Jersey: John Wiley & Sons, 2006, pp.116–117.

以及她尸体的那恐怖模样。

这些生活经历造就了霍桑性格上一种病态性的孤僻倾向。如，1825年大学毕业后至 1837 年的这些年月中，他去旅游过新英格兰各地，并对新英格兰历史进行了大量的阅读，[①] 同时自 1830 年开始即开始在期刊上发表《尖顶之视野》（Sights from a Steeple）、《三山之谷》（The Hollow of the Three Hills）等随笔与短篇小说，至 1837 年由前期发表的短篇小说收集成册的《重讲的故事》（Twice-Told Tales）面世。[②]《重讲的故事》已表现出他作为作家对社会、对人、对历史的深入洞察，及精湛的艺术，受到评论界的好评。当时的著名诗人亨利·沃兹沃斯·朗费罗评价说：那本书是一个天才的杰作。[③][④] 老帕克·本杰明（Park Benjamin sr.），当时著名的美国诗人、编辑、几家报纸的拥有者的评论是，那作家是"受露珠洗礼过的玫瑰"[⑤]。而另一位当时的著名作家、出版商，俄瑞斯忒斯·布朗森（Orestes Brownson）的评论是，霍桑的写作"有如清纯、鲜活的小溪，流淌着强大的思想与情感，总表现着真正男子汉、基督徒、共和政治人士以及爱国者的特性"[⑥]。赫尔曼·麦尔维尔在给出版商、传记作家埃夫特·迪肯特的信中说，霍桑的故事意蕴深刻。[⑦] 这样的业绩似乎可以表明霍桑那段时间的生活是充满欢快的音符了，但事实上不是。我们从他这些随笔与故事的内容可见他呈现的人在那一历史时刻所面临的种种生存困境、生存

---

① James Mcintonsh ed., *Nathanie Hawthorne*, New York: W.W.Norton & Company, 1987, pp.462–463.

② Roy Harvey Pearce, "Introduction" in Nathaniel Hawthorne, *Twice-Told Tales*, New York: Dutton, 1967, pp. v–vi.

③ Philip McFarland, *Hawthorne in Concord*. New York: Grove Press, 2004, 58–59.

④ Edwin Haviland Miller, *Salem Is My Dwelling Place: A Life of Nathaniel Hawthorne*. Iowa City, University of Iowa Press, 1991, p. 121.

⑤ qtd.in Brenda Wineapple, *Hawthorne: A Life*. New York: Random House, 2004, p.93.

⑥ James R. Mellow, *Nathaniel Hawthorne in His Times*. Boston: Houghton Mifflin Company, 1980, p.193.

⑦ qtd. in Brenda Wineapple, *Nathaniel Hawthorne: A Life*, New York: Alfred A. Knopf, 2003, pp.228–229.

危机，显现出他对人类生存前景的担忧。而且回顾过去十多年的岁月，霍桑也深感他面临的生存问题的重压，对自己不能把握自己，不能融入他人与社会的忧烦与焦虑，对自己不能保持自己作为人类世界的一员的位置的深度恐惧。所以他在 1837 年 6 月 4 日写给朗费罗的信中抱怨说，他的居所犹如"猫头鹰的窝。……只有在黄昏后我才敢于走出去。……我已经被逐出社会主流生活，觉得不可能再回去。……如此不能在人类世界中分享它的悲伤与快乐的命运是最为令人恐怖的命运。因为在过去的十年中，我没有真正地在生活，而只是在梦想着生活"①。再如，婚后，他们夫妻在爱默生家在马萨诸塞康科德的房产"老宅"住了三年。期间，爱默生介绍霍桑进了他的社会圈，可霍桑在聚会上总是病态性地羞怯、沉默②。值得注意的是，他的妻子索菲亚也像霍桑一样是一个性格孤僻的人，早年还总受偏头痛之苦，并尝试性地做过几次医药治疗。③ 大多数时候都卧病在床，只在其妹伊丽莎白·皮博迪把她介绍给霍桑后，她的头痛才有所缓解。

所以与那个时代现代性理想激昂地向世人的宣扬相悖，霍桑的人生经历让他深刻体验到的却是时代的急速动荡变迁、冷漠，无助、漂泊，人不能保持自我而面临的生存困境、生存危机。从这个角度看，霍桑在其著名作品《红字》序言《海关》中对海关的介绍具有深刻的现实感与深层意蕴，而非作家自己的怪诞讽刺。它的重要性首先来自海关本身是一个国家的门户，一个国家的入口，那么也是看一个时代的重要视角，让人能够从中看到一个国家的境况、一个民族的境况、一个时代的譬喻。所以，笔者认为霍桑这里把对萨勒姆镇海关的介绍作为《红字》序言，事实上不但写出了作者在海关生活的个人体验，而且不但让它引介其后的小说，还起到了与

①　Hawthorne, Nathaniel, *Nathaniel Hawthorne's Tales*, James Mcintonsh ed. New York: W.W.Norton & Company, 1987, pp.296–297.

②　Samuel A. Schreiner, Jr. *The Concord Quartet: Alcott, Emerson, Hawthorne, Thoreau, and the Friendship that Freed the American Mind*. Hoboken, NJ: John Wiley and Sons, 2006, p.123.

③　James R. Mellow, *Nathaniel Hawthorne in His Times*. Boston: Houghton Mifflin Company, 1980, pp.6–7.

后面小说文本揭示的思想内容相对等的作用，因此不仅具有极其深邃的审美意义，而且强化了后面小说文本的历史性、历史现实性与深邃性。

首先，对萨勒镇海关那代表美国政府的标志——美国之鹰，作者是如此描述的：

它振展双翅，胸前护着盾牌，如果我记得不错的话，每一个爪子还抓着一把交叉在一起的雷电和带刺的箭。这头不幸的鹰的特点是脾气不好，这是它惯常的毛病。它那凶相毕露的钩状嘴和眼睛，以及气势汹汹的姿态，似乎咄咄逼人地威胁着与世无争的社会，尤其是警告着所有的市民，要注意自己的安全，不要贸然闯入在它的双翼庇荫下的这所大厦。

然后作者继续讲述道，尽管这只鹰相貌如此凶残，此时此刻还有许多人心存幻想，着迷于美国政府的宣言，现代性的宣言，

在联邦之鹰的羽翼之下寻求庇护。我想，他们以为它的胸脯就像鸭绒枕头一样的柔软，舒服。但是，它并不温情脉脉，即使在它心情极其愉快的时候也同样如此。或迟或早，通常是只早不迟，它就会用利爪一抓，用尖喙一啄，扔出它的雏鹰，或者是用它那带刺的箭给人造成痛苦的创伤。①

美国政府是建立在启蒙思想基础上的政府，对其做这样的描绘，显然是在对那启蒙思想做解构，揭示出的是启蒙思想对人的撕扯作用、分裂作用，把人转化成只有今生的吃穿住行而失去了任何精神上的深度追求的人。生存剩下的仅是没落、孤独漂泊以及各种生存危机。所以那依靠政府

① 纳桑尼尔·霍桑：《红字·福谷传奇》，侍桁等译，上海译文出版社1996年版，第5页。

的庇护生活的海关官员被霍桑描述成了一群老朽，并说：

> 我普遍地将他们描写为一伙令人讨厌的老家伙却根本没有丝毫冤枉，因为他们没有从自己形形色色的生活经历中采撷到什么值得留存的东西。他们享有许许多多机会，收获从实践中得到的智慧的金谷，但是似乎他们把这一切全抛弃了，却小心翼翼地把空空的糠壳充塞在自己的记忆里。他们说起自己的早餐，昨天，或今天，或明天的正餐，兴意盎然，津津有味，而讲到四五十年以前船只的失事，讲到年轻时目睹的种种世界奇迹，他们却索然无味了。①

生存于如此的境况中，作者感叹道，他现在是个满过得去的海关检察官了，但老觉得自己智力在衰退：

> 发现头脑中保存下来的东西愈来愈少，愈来愈不易挥发，对这一事实根本无需怀疑。在考察了自己和其他一些人之后，我思考了公职对人性格上所产生的后果，终于得出了目前谈论的这种生活方式并不十分有利的种种结论。……当他依靠在共和国巨大胳膊上的时候，自身力量就离开了他。②

他也即失去了他自己的独立性、创造性了，变成了盲从群众中的一员。他意识到，时代那样的境况必须被反映出来，但他痛苦地感到，"我无论如何是写不出来的"③。他向朗费罗诉苦道："我试图再拿起我的

---

① 纳桑尼尔·霍桑：《红字·福谷传奇》，侍桁等译，上海译文出版社 1996 年版，第 13—14 页。

② 纳桑尼尔·霍桑：《红字·福谷传奇》，侍桁等译，上海译文出版社 1996 年版，第 30—31 页。

③ 纳桑尼尔·霍桑：《红字·福谷传奇》，侍桁等译，上海译文出版社 1996 年版，第 31 页。

笔。……当任何时候我独自而坐、独自漫步时，我发现我像过去那样在梦想着故事，可早晨在海关的时间毁灭了前些天下午及晚上我的构思。如果我能写的话，我会快乐些。"①

但也就是他的这些人生体验让他写出了从三十年代《重讲的故事》等短篇小说集中那些如《拉帕奇尼的女儿》《伊桑·布兰德》《威克菲尔德》等的短篇小说，到后期《红字》等的这些长篇。这些作品奠定了他世界文学大师的声誉。有学者指出，这些作品隐晦地揭示愧疚、罪恶、邪恶是人最内在的本质，是警世性的作品②，是属于黑色"浪漫主义"的作品③。有学者指出，"他的后期作品也表现出了他对超验主义观点的不认同"④。笔者认同这一观点，并且认为，更深层次地说，在深刻地表现着他对他在历史转折之点的人生体验，表现出了他对他所处时期时代主流意识形态的质疑，即：对启蒙理性的批判。霍桑在表现着、问询着时代的悖论和时代的焦虑：启蒙理性、人本主义的目的是把人从神的束缚中解放出来，以发挥出人自己的创造力、人的神性，让人享受到人性的光辉；可那些从上帝的怀抱中挣脱出来的人，在宣告着依靠自己的理性的人，似乎没有发挥出任

---

① Edwin Haviland Miller, *Salem Is My Dwelling Place: A Life of Nathaniel Hawthorne*, Iowa City: University of Iowa Press, 1991, p.265.

② Tiffany K. Wayne, "Nathaniel Hawthorne", *Encyclopedia of Transcendentalism*, New York: Facts on File, Inc., 2006, p.140.

③ David S. Reynolds, *Beneath the American Renaissance: The Subversive Imagination in the Age of Emerson and Melville*. Harvard University Press, 1988: 524. "黑色浪漫主义"是浪漫主义的一个次分支。它通常着重表现非理性、恶魔、怪诞、忧伤、疯癫、罪恶等，与哥特主义有相似性。自明丽、欢快、表现雄壮之美的浪漫主义 18 世纪末开始出现之时，"黑色浪漫主义"也即紧紧相伴。参见：G. R.Thompson, , ed."Introduction: Romanticism and the Gothic Tradition." *Gothic Imagination: Essays in Dark Romanticism*. Pullman, WA: Washington State University Press, 1974, p.6. 它的著名倡导者、实践者，如霍桑的同时代作家，美国著名作家埃德加·艾伦·坡。该术语由文学理论家马里奥·普拉兹（Mario Praz）1930 年发表的长篇著述《痛苦的浪漫主义》中提出。参见：Mario Praz, *The Romantic Agony*, 2nd ed., Oxford University Press, 1978。

④ David Galens ed., *Literary Movements for Students*, Vol. 1, Detroit: Thompson Gale, 2002, p. 319.

何自身的神性，获得自我的完满建构，反而落入了自我更严重的失落，没有了自己的精神价值追求，人生变成了没有目的、没有意义的飘游。

二、自主主体的导向：个人主义、迷信、愚昧、野蛮、独裁

分析霍桑那些置于现代性境遇的作品，我们可见其审视现代文化的深度，把现代性核心观念自主的主体对人的冲击、对人生存境遇的冲击表现得形象生动，深入透彻，极具戏剧性地表现出了现代人在新的人性观感召下的生存境遇。从他的短篇小说到长篇，《雪人》《老苹果贩子》《胎记》《美之艺术家》《通天铁路》《伊桑·布兰德》《志向远大的来客》《孤独人的日记片段》《古宅传奇》《福谷传奇》《红字》等作品中，我们都可看到这些生活在现代性理性世界中的人，有着祛魅的双眼，带着爱默生描述的"相信你自己的思想"的信念，要以此为自己立足于世界之根本，为自己、为他人创造一片天地，遭遇的却是个人主义、迷信、愚昧、野蛮、独裁。

这些有着自己"主见"的人，个个或有强大的逻辑推理能力，或有极强的务实精神，或是科技领域的精英。他们有着靠自己把握的思想，力求靠自己认识自我、认清形势、掌控自己的世界，对人的理性精神的信奉到了盲崇的程度。但其理性展开的过程却是，每个人都变成了只关心自己日常琐碎事物的单个分子，只为自己而活的利己份子，生活失去了对任何人生终极意义的追问。人存在于社区之中，但社区不再是连接大家的社团，失去了使人凝聚的整体性。社团犹如沙滩，人犹如沙滩上的沙子，各自为政，关系松散，只有渺小的自己，相互间的冷漠以对，甚至暴力以对。《伊桑·布兰德》中的石灰工伊桑·布兰德过去本是个纯朴可爱的人，独自在山里烧石灰，夜里可感受到幽黑林子里的低声细语，星光在他头顶上的微光，本能够享受到生命与自然连成一体的鲜活灵性。但处在那新旧文明交替之际，看多了理性对人生活世界的巨大改变：人似乎越来越有了对自己的理性的深信，自己在把握自己的生活，但生活的现实世界是，人越来越没有了对自己生活意义的深入考量、对他人的考量，落入进了愚昧、野蛮

的境地，对物的渴求独裁地统治着人的生活，理性反过来成了人的独裁统治者。村中驿车经纪人、律师吉尔斯和村里的医生及村民们，整日在村酒店里酗酒作乐，把自己变成了举止粗鲁、行为放荡之人；人伦情感不断沦丧，埃斯特姑娘离家多年在外飘荡，毫不挂念自己的老父，留下他落到衣衫褴褛、白发苍苍、瘦骨嶙峋、目光游移，在山中四处寻女儿的境地。

　　作为石灰工，伊桑·布兰德整日面对为工业化提供原料的石灰炉，也即是，布兰德面对的是现代性的源头，看着世界的变迁，人情如此冷漠，世界不再思考意义问题。布兰德开始思考人生，而且用工业化时期酷爱的逻辑手段加上宗教传统概念"不可饶恕之罪"进行全身心的探索。那样的探索使他从一名劳动者变为智者。这是他被理性化的过程，也是他被同化的过程，是他从此被孤立于自己的心智之中而遗弃了自己心灵的过程，丢失了自己与人类相连的圣洁的同情心而让自己只剩下冰冷的理性的过程。在人类世界中，他如今只是个旁观者，只为实现自己寻找"不可饶恕之罪"而活，野蛮地、冷漠地把人类作为实验的对象，"最终把男男女女都变作他手中的木偶，扯动着牵线，摆布他们到供自己研究需要的那种罪恶的程度"①。他失去了对他人的爱、对他人的敬重，意味着失去了对人的信心、对人应有的依恋，因此而变成了落魄的人，失去了人生的目标与意义，变得"愁容满面，灰白的乱发四下披散"；变成了可怖的人，"深陷的眼窝里火一般闪闪发光，活像神秘洞穴的两个入口"②。他的笑声使山野更加荒凉、更加阴森。连迟钝的接任石灰工巴特兰姆"眼看着这个陌生人注视着自己的内心，发出狂笑。笑声滚入沉沉黑夜，在群山之间发出模糊的回响"③，都吓得毛骨悚然。这样的一个人，生命的灵性、生命的生气在他身上已荡然无存。乃至到了没有任何活下去的理由而决定纵身石灰炉火之中。死前他痛苦地喊道：

①　纳桑尼尔·霍桑：《霍桑集：故事与小品》，姚乃强等译，三联书店1997年版，第1225页。
②　纳桑尼尔·霍桑：《霍桑集：故事与小品》，姚乃强等译，三联书店1997年版，第1214页。
③　纳桑尼尔·霍桑：《霍桑集：故事与小品》，姚乃强等译，三联书店1997年版，第1215页。

哦，大地母亲，你不再是我的母亲啦，在你的怀抱中，这躯体永不会消失！哦，人类，我已抛弃了你的同胞情谊，把你伟大的心踏在脚下！哦，天上的众星辰，你们从前照耀过我，仿佛指引我向前向上！别啦，一切，永别啦！来吧，你，致命的烈火——我从今的好朋友！拥抱我吧，像我拥抱你一样！①

这些话语形象地讲述了在"向前向上"的众星辰照耀下，他变成了魔鬼般的人物的过程，乃至最后忘了大地母亲而拥抱那炉火——地狱之火。他的理智化程度比其他村民更高，他遭遇的那种只知自我、迷信理性的程度更深，生活受理性独裁专治的程度更严重。

《胎记》的故事中，享有盛名的科学家艾尔默以自己的科技理性出众，以他自己突出的自主性鹤立于社区之中，对自己能够解决世间一切难题的能力更加深信不疑。他从众多的追求者中争得了容貌美丽、心地善良的乔治亚娜做妻子。但不久妻子脸上的那块若隐若现的胎记，却让他耿耿于怀，视它为不祥之物、为异质，对它充满了无限的烦恼与恐惧，而总想用他超群的科学技能去掉它，创造一个更完美的妻子。从此那婚姻之初的情爱荡然无存，埃尔默整天生活在对胎记的疾恶之中。而后妻子也因惧怕丈夫对那胎记的烦恼与恐惧，强压自己对祛除胎记充满的恐惧，与丈夫达成"理性共识"，相信她丈夫的高超的科学技能能够去掉那让他们不能幸福享受生活的、与他人相异的胎记。我们知道，结果是，尽管艾尔默已有意识、无意识地意识到了祛除那胎记的危险，他还是坚定地、野蛮地执行了自己的计划，只为坚持自己的科技可以万无不克的信念。最后，那胎记被去掉了，可乔治亚娜死了。这样的故事寓意深刻，艾尔默的行为、乔治亚娜的愿意祛除胎记隐喻式地在表现了代表科技力量、拥有他人"不曾拥有的知识"的人，代表着人间正道，是社会的立法者，在他的世界中拥有掌

---

① 纳桑尼尔·霍桑：《霍桑集：故事与小品》，姚乃强等译，三联书店1997年版，第1226页。

控的力量、压制他人的力量，对特殊性、多样性和偶然性有进行扼杀的欲求。再者，细读作品我们不难看出，扼杀他人身上的差异性、特殊性的同时，也在扼杀自身的特殊性、异质性，表明那道德的立法者，其实也在残暴地、专横地扼杀自己的完整性。其整个理性、自己主体性的展开过程就是以自我为中心、迷信、愚昧、野蛮、独裁等的不断升级过程，直至最后的毁灭。

《雪人》中的林赛先生，在自己务实理性充塞中，认识不到世间感性事物的存在、其他异质事物的存在，迷信于自己的判断，野蛮、愚昧、强行、独断地推行自己的意志，野蛮地扼杀了他两个儿女及其妻子的意志，把迷信、野蛮、愚昧、独断专横也变成了家里的生存境况。《通天铁路》中充塞的是那些认为科学技术的极度发展就是通向天城之路的人的意志，他们的盲崇引导着整个世界。他们的生命就耗在了物质享乐之中，全然不见无度的科技扩展对人类生态环境的破坏、生存环境的破坏，使自己变成了没有思想的、在污浊的环境中竞相抢占物品的愚昧、野蛮、迷信、充满暴力的单个的人，其生存境况着力描绘出的就是愚昧、迷信、野蛮、充满暴力。如此种种，不是每个个体的主体意识得到实现了，而是在那个团体中对所谓常识的崇拜，对科技理想的盲从。它们变成了掌控社团的主流意识，操纵着整个社区，统治、控制着社会的其他意志，极其残酷地，野蛮地压制着异质的生长，使人的生存成了只为自我的，充满迷信、愚昧、野蛮、独裁专制的境况等。

《福谷传奇》的呈现同样凸显现代性理性扼杀异质的特性，乃至不是发展了个人的自主，而是把生存变成了自私、迷信、荒谬、蛮横、悲剧的遭遇。这一群改革家们聚在一起，是为了他们那启蒙的理想、现代性的梦想，要使世界、使人类生活实现平等、自由、多样化的幸福的理想。可他们才刚聚在一起，才刚要开始他们的改革，他们就开始以自己对世界的判断才是正道而自居，把他人看成是"卑鄙龌龊的猪"，所以他们"最先提出的一个问题应该涉及如何在外面那些野蛮人自己耕种的土地上胜过他们。……对社会上的一般人来说，我们与他们处于一种新的敌对关系而不是新的兄弟情谊的地位。这种情况多少是难免的；要等到社会上大部分和超过一半的人站到我们这一边来的时候，这种情况才会改变"①。——敌对状况的消除要以社会绝大多数的人接受他们的观点，并被他们规训为基础，这改革理想同化、专横地统治世界的愿望一表无余。

再看这群改革家中的核心人物霍林华斯。他是人们景仰、爱戴的爱的施予者、"慈善家"、"慈善演说家"。这意象意味深长，他代表现代性理想的中心概念——博爱，是个充满魅力的人物，受着那群改革家们的敬仰、膜拜。可他的爱只会施予那些"能够满足他误认为自己是上帝天使的虚荣心"的人。不能满足他这种愿望的人就得不到他的友谊和爱情。所以，他要抛弃他的朋友卡佛台尔，因为"你没有为了实现我人生的伟大目标（误以为是上帝的天使）同我同心协力，否则你怎么能够做我的终身朋友呢"②？奇诺比亚也要遭到抛弃（她因此自杀了），因她太独立，对自己也有巨大的信赖，不能总顺从他，而只有蒲丽丝拉这种相对容易被驯服的人能伴随他。所以改革事业从春天到秋天的短短几个月就寿终正寝了，却记录下了主体性展开过程中那里人生活的遭遇：自私自利、各自都有对自己的深入迷信，生活于是充满分裂、互相倾轧、野蛮地不顾及他人而只为己利，——奇诺比亚和蒲丽丝拉两位同父异母姐妹会因为争夺霍林华斯的爱而不顾姐妹的情谊，是最突出、最令读者痛心的呈现。

因此，霍桑作品这一系列人物的塑造、他们的悲剧遭遇，寓意深刻地表现了他对当时那气势宏阔地许诺要用理性把人带入更自由、更具个性境界的资本主义理想唯理性主义的批判，揭示出了在现代化的生活中主体理性的展开使人的生存又落入的新的野蛮、愚昧、迷信，受独裁统治的世界。其本质的原因是，在新的人生哲学中，"主体"因为是自因、自明的，

---

① 纳桑尼尔·霍桑：《红字·福谷传奇》，侍桁等译，上海译文出版社 1996 年版，第 192 页。
② 纳桑尼尔·霍桑：《红字·福谷传奇》，侍桁等译，上海译文出版社 1996 年版，第 216—217 页。

他/她拥有认识人生、认识世界的能力，可以为自己把握人生，是自足、自立的，主体因此可为知识、道德、价值立法者；它也就拥有了充分的合法性来为社会历史描画发展蓝图、设计发展路径与规定发展目标，所以它是人与社会历史发展的立法者。但事实上，不是人人的主体都可成为知识、道德、价值立法者。人们、社会遵循的所谓主体是在社会中占主要地位的主体，是少数人的主体，——这些人拥有他人"不曾拥有的知识，拥有决定和控制知识之分配的权力，拥有能运用其知识，并且分享知识运用之成果的资源"①。如此的结果就是，"主体"规定了、指明了社会历史发展的规律，必须服从它；违背它，即是背离了社会历史发展的正道。按照这样的逻辑，不同于"主体"的个体与事物就应被排斥、挤压、甚至消灭。所以，这样的"主体"在霍桑作品的呈现中，必然是以自我为中心的主体，必然造成我是主体，他人、自然是客体的意识，"我"与周围的关系自然就变成了二者对立的关系，统治与被统治的关系，是对他者、客体、歧义和差异的排斥与压迫。其过程充满着野蛮，是对人性、人类生存所需的无知与无所顾忌，是独裁者的专横。

自西方现代性理性兴起后的蔓延，直至今天的全球化过程，我们可见这种批判的中肯。西方资本主义认为自己就是文明的典范、是正道，其他民族的文明是愚昧、落后、野蛮的。在过去近三百年的历史中，西方资本主义对他国、其他民族进行了多少的意识形态的征服、坚船利炮的征服，强迫他国、他民族都走上他们的所谓"文明"之道，使这个过程充满着我与他的对立，充满着血雨腥风，直至今天全世界的大部分民族都走上了他们的现代化之道。这是民主、自由的深化，还是"主体"对自己主体意识的神话化，而把自己认为合理合法的观点强加给他人、他民族、他国的充满以自我为中心的愚昧、野蛮、独裁的行径与结果呢？最后实现的主体不

———————————

① ［美］理查德·罗蒂：《普遍主义的崇高，浪漫主义的深度，实用主义的狡诈》，艾彦译，《第欧根尼》2005 年第 1 期。

是每个个体的主体，而是占强势的意识形态的主体。这是标准化、统一化的过程，不是现代性伊始之期，现代性向世人宣告的鼓励个体个性的发展与完善，也即是，鼓励歧义、差异，追求自由、平等、博爱的梦想的实现。

再看现代性对自然的征服，对自然的同一化。资本主义文明开始之前的那青山绿水、人与自然融合与共的和谐到目前还剩多少？英国著名的生态文学批评家乔纳森·贝特（Jonathan Bate）在著述《大地之歌》中的论证极具影响力。他指出，就在这公元第三个千年的初始，大自然却早深陷危机四伏的灾难中。

> 大难临头前的祈祷都是那么相似。……全球变暖……冰川和永久冻土融化，海平面上升，降雨模式改变……海洋过度捕捞，沙漠迅猛扩展，森林覆盖率急剧下降，淡水资源严重匮乏，物种加速灭绝……我们生存于一个无法逃避有毒废弃物、酸雨和各种有害化学物质的世界……城市的空气混合着二氧化氮、二氧化硫、苯、二氧化碳……农业已经离不开化肥和农药……而畜牧业，牲畜的饲料里竟然含有能导致人中枢神经崩溃的疯牛病毒……①

这是自然这个它者的多元化、生动性面对现代性的城市化、工业化、科学技术化、商品拜物教后的悲惨结局。

20世纪后半叶以来的许多现当代哲学家，如阿多诺、霍克海姆、福柯、哈贝马斯、利奥塔、德里达等，都从各个不同的视角和层面对"主体性"所具有的这种掌控和征服本性，进行了犀利的揭露。② 如利奥塔指出，现代社会的标志是"思辨理性的大叙事"、"科学知识的大叙事"和"人性解放的大叙事"，现代人普遍把科学知识、思辨理性、人性解放当作人类

---

① Jonathan Bate, *The Song of the Earth*, Harvard University Press, 2000, p.24.
② 马克斯·霍克海默、西奥多·阿多诺：《启蒙辩证法》，上海人民出版2003年版，第75页。

的救星。但这么美好的现代为什么产生第二次世界大战中"奥斯维辛"集中营那样的无人性现象呢？利奥塔批判这种思辨理性的大叙事、科学知识的大叙事把一切特殊性、个别性、差异性都毁灭于绝对精神之中，使其丧失了自身的生存权利、自身的独立性，并把压迫合法化，使形成独裁。①福柯指出，现代社会"使理性与非理性分裂，理性奋力祛除非理性中的真理，把它视作疯癫、罪恶或疾病，以使其屈服"②。英国当代著名的理论家约翰·尼古拉斯·格雷也十分中肯地指出：现代性并非意在对"差异性"的承认，而是意在要求一致性。在它的唯理性主义的统率下，它虽然强调个人的自由及其"主体性"，然而，这样的"自由"及其"主体性"，最终达成的是"理性共识"，执行的是社会占统治地位的意识，而非对人的生活方式和善的多样性的容忍。③所以，回溯历史，尼采站在 19 世纪末所做的断言切中要害：现代精神带着它对规范和约束的憎恨，它的不安，"先是借革命的狂热挣脱缰绳，然后当它对自己突然感到畏惧惊恐之时，又重新给自己套上缰绳，不过是逻辑的缰绳"④。在这对立二分的主客体世界中，主体、客体全都被"逻辑的缰绳"捆绑，以发展自我为目的而始的现代生活，变成了人人为自我，最终又被强大社会意识专断控制，进入的是另一种形式的迷信崇拜、愚昧与野蛮。

三、从"相信你自己的思想"到孤独漂泊的一生

以上的分析看到霍桑表现出的现代信念"相信你自己的思想"让人生

---

① qtd. in James Williams, "Jean-Francois Lyotard" in *Key Contemporary Social Theorists*, Anthony Elliott and Larry Ray eds. New York: Wiley, 2002. pp. 210–214.

② Foucault, *Madness and Civilization: a History of Insanity in the Age of Reason*, Richard Howard trans., New York: Vintage Books, 1973, p.vii.

③ [英] 约翰·尼古拉斯·格雷：《自由主义的两幅面孔》，顾爱彬，李瑞华译，江苏人民出版社 2002 年版，第 4、23 页。

④ [德] 尼采：《人性，太人性了》，载《悲剧的诞生》，周国平译，三联书店 1986 年版，第 208—209 页。

落入的又一悖论，——弘扬自己的理性，目的在于更能把握自己、把握世界、掌控世界，使自己的人性完满、健全，自己的生活更加完美、幸福、健全，却发现自己越来越远离自我，失去了自己为人的本质、失去自己生命的灵光而历尽孤独漂泊的凄凉，茫然不知自己人世间位置的凄凉，甚至以悲剧告终。

（一）一个拥有现代主体意识的新女性

《红字》女主人公海斯特的人生就是如此遭遇，是此类人物命运遭际的典型代表。因为海斯特的形象就是一个充满要依靠自己的理性、自己的思想判断世界、判断人生，反叛那不公的清教社会，要为自己赢得解放的新女性形象。她一出场就充满着这种反叛精神，充分表现出她理性地在把握着自己的处境，强烈地隐含着反抗宗教迷信对人的束缚的思想，隐含着人性解放的必要性与合理性。

小说的开端作家就为此意义做了非常引人注目的渲染，让那压抑人性的清教社会的性质跃然纸上。监狱就位于阴森的墓地旁，它"已经因风吹日晒雨淋和岁月的流逝而为它那狰狞和阴森的门面增加了几分晦暗凄楚的景象，使它那橡木大门上沉重的铁件斑斑锈痕显得比新大陆的任何陈迹都愈发古老"[1]。在这古老丑陋的监狱门前拥挤着围观的人群，他们板着冷冰冰的面孔，紧盯着布满铁钉的橡木牢门。小说叙述，在这样的人群面前，一个站在刑台上的罪人能够从他们"身上谋得的同情是少而又少、冷而又冷的"[2]。面对这样一个压抑人性的社会，海斯特的出场形象就表现出了她的勇气与反叛那社会的理性思维，及其这种反叛思维与行为的必要性。当狱门开时，狱吏最先露面。他手中握着警棍，腰侧挎着剑，那副阴森可怖的模样在日光之中像个暗影。他的如此阴暗的模样"便是清教徒法典全部冷酷无情的象征和代表"。他此时右手抓着海斯特的肩头，把她向前拉，

---

[1] 纳桑尼尔·霍桑：《红字·福谷传奇》，侍桁等译，上海译文出版社 1996 年版，第 37 页。
[2] 纳桑尼尔·霍桑：《红字·福谷传奇》，侍桁等译，上海译文出版社 1996 年版，第 38—39 页。

可到了牢门口时，海斯特推开狱吏，像是出于她自主的意志一样自己走出来，表现出了她个性的力量和自己的尊严。"她怀里抱着一个三个月左右的婴儿，那孩子眨着眼睛，转动她的小脸躲避着过分耀眼的阳光"①。然后当她站在市场的耻辱架上之时，虽然内心深处痛苦之极，她却昂着头，并露出"高贵的微笑，以一种从容不迫的目光扫视四周的市民和邻居"②；并把社会用以惩罚她的字母 A 绣得精美绝伦，充满想象力，使它那样地雍容华贵，变成了她"一身穿戴上最完美的装饰品"。此时，小说又用巧妙的艺术让读者紧跟她的意识，看见了她眼里不幸的婚姻：年轻漂亮的她因家境的破败被父母嫁给了把生命献给了学问的老医生。她与他的婚姻生活"靠腐烂的养料苟活着，犹如残垣断壁上的一簇青苔"③，暗含了她发生婚外情的可原谅性，她何以如此坚强地不说出她恋人名字的原因，表现出了她坚强的内心与判断的理性能力，矛头直指那传统社会、清教社会的不公正性。

这样的开篇呈现让读者在小说的开篇就看到了在这个社会空间中两种力量的紧张对峙。传统的清教社会在紧密地控制着那个空间，可在海斯特身上已经出现了与它的意识相对抗的萌芽。虽然它还只是在一个人身上显现，相对而言还显得力量单薄，但海斯特在强大势力面前显得那么坚定不屈，能够那么仪态优雅地与之对抗，也显示出了这种新思想给人的力量，给人强烈的解放的希望，赢得世间公平、公正的人生的希望，形象地隐喻着一种与清教社会对人的不同理解。这样的人物形象更像作者生活的 19世纪上半叶那争自由、争民主、争平等时代的人物，戏剧性地在表现着启蒙运动以来的那些自我救赎话语及其话语产生的背景：主动地发挥和运用自己的理性是实现自我救赎和解放的根本途径。即，人应该通过"理性的启蒙"祛除迷信、偏见，使自身成为独立的理性主体，能够自我立法、自

---

① 纳桑尼尔·霍桑：《红字·福谷传奇》，侍桁等译，上海译文出版社 1996 年版，第 40 页。
② 纳桑尼尔·霍桑：《红字·福谷传奇》，侍桁等译，上海译文出版社 1996 年版，第 45 页。
③ 纳桑尼尔·霍桑：《红字·福谷传奇》，侍桁等译，上海译文出版社 1996 年版，第 49 页。

律，才能打破外部权威对人的控制。①

海斯特的这种理性之光，这种自因、自足的自律主体的形象在其后故事中得到一步步的深化。最显著的就表现在面对这样一件被当时社会判为重罪的、极其可耻的、极其敏感的通奸问题时，此事件紧密牵连的三个人物命运的戏剧性呈现之中。面对她丈夫齐灵沃斯要她说出她情人的强烈要求，她能坚信自己的判断、自己的行为，坚定地看着他的面孔，回答说，"不要问我！……你永远也不会晓得的！"② 然后，她更是以一个独立的、自足自立的单身母亲的形象出现在鄙视她的市镇上，继续把自己胸前所带的、那社会意为罪恶的字母 A 刺绣得精美无比，甚至把她的女儿，珠儿——社会唾弃的私生女——也打扮得如她胸前的 A 字一般，使她成为一个活的红字形象，跟着她日复一日地穿梭于市镇之中，公然地讲述着她与那社会主流不同的思想；用自己精美的针线活为自己及女儿挣得维持朴素生计所需外，还慷慨地帮助那些并不比她更贫困、且常辱骂她的穷人。经过这些不向苦难低头，坚持自己的意志与艰苦卓绝的努力，七年以后她使社会改变了对她的看法，"那个红字是她的职务的标志。在她的身上可以找到那么多的援助——她做事的力量那么强，同情的力量那么强"③。更重要的是，与此同时，她甚而在探索着她及其他女人生活悲剧的原因，认为社会制度、男人及女人的观念都需要大变革，"世俗的法律不再是她心灵上的法律"④——充分表现出了解放的理性精神对她的影响是多么的巨大。

并且，与她的命运密切相连的丁姆斯戴尔的塑造，也在强化着海斯特这种新型人物的力量。在通奸事件重压下，被传统的清教思想严重熏陶的她的情人丁姆斯戴尔，却一步步地使自己年轻的生命受到严重啮噬而凋

---

① 在如康德这样的自由人文主义思想家的理论中，理性的普遍原则可以把人引向解除任何外在束缚的彻底解放。参见：Joseph Childers et Gary Hentzi eds., *The Columbia Dictionary of Modern Literary and Cultural Criticism*, Columbia University Press, 1995, pp.5–6.

② 纳桑尼尔·霍桑：《红字·福谷传奇》，侍桁等译，上海译文出版社 1996 年版，第 54 页。

③ 纳桑尼尔·霍桑：《红字·福谷传奇》，侍桁等译，上海译文出版社 1996 年版，第 110 页。

④ 纳桑尼尔·霍桑：《红字·福谷传奇》，侍桁等译，上海译文出版社 1996 年版，第 112 页。

萎。乃至于在第 17 章"教长与教民"中，那虚弱的牧师就直喊海斯特给他力量，"替我想一想，海斯特！你是坚强的，替我决定一个办法吧！"。[1]

　　海斯特这样的形象到了小说结尾时，当在他乡安顿好她女儿后，在没有任何当局要求的情况下，她又自觉地回到那个令她受过辱的清教小镇，而且又自觉地戴上了那个曾经让她苦不堪言的红字 A，强烈地表现了海斯特的意志之坚定，一生都在遵循着自己的理性判断。并且到此，因为她一生的经历，人们已经把她看作懂得人生、懂得世界的楷模，向她"提出他们的一切哀愁与烦恼，求她的指教"[2]。

　　因此，整篇小说都在强化着小说开篇海斯特的形象，戏剧性地表现出她是一个不但吸取了小说中提到的 17 世纪英国资产阶级革命的启蒙思想的新女性（小说故事发生的时期），而且以她在主动地运用与发挥自己的理性的形象，她积极地以理性认识人生、认识社会、对抗外在权威对她的控制的形象，她也是一个拥有 19 世纪上半叶霍桑所生活时代的新女性。她要做自己命运的主人，是拉尔夫·爱默生的名言"相信你自己的思想"的践行者。

（二）磨灭生命灵光的主体意识

　　但把"相信你自己的思想"作为真理的源泉真的就使海斯特赢得新生了吗？如启蒙理性宣称的那样构建了自己完满的人性了吗？虽然有不少论者认为海斯特最终造就了自己趋于完善的自我和完整的人格。如，玛丽安·波亚巴拉索普在其 2013 年的著述中指出，海斯特"从过去学习，最终成长成了一个受尊敬的人，……成长成了一个有着自己个人信念的坚强女性"[3]。我们认为这样的批评值得商榷。细读文本，我们不难发现，其实

---

[1]　纳桑尼尔·霍桑：《红字·福谷传奇》，侍桁等译，上海译文出版社 1996 年版，第 133—134 页。

[2]　纳桑尼尔·霍桑：《红字·福谷传奇》，侍桁等译，上海译文出版社 1996 年版，第 176 页。

[3]　Marina Boonyaprasop, *Hawthorne's Wilderness: Nature and Puritanism in Hawthorne's The Scarlet Letter and "Young Goodman Brown"*, Hamburg: Anchor Academic Publishing，2013，p.95.

霍桑在似乎赞美海斯特新思想及其成就的同时也在巧妙地对其解构。全方位地，从海斯特自我身心不能感到聚合、与社会成对立状态、甚至与自然也成对立状态的呈现，表现出海斯特在"相信你自己的思想"的引导下，失去了自己人性中许多本质性的品质而心灵遭受极度的创伤与痛苦，人物由此遭遇的是孤独凄凉的漂泊终生的命运。

因为小说的呈现是，当经过七年漫长的艰苦努力，海斯特终于赢得了人们的信任，他们不再像过去那样把她胸前的红字解读为"通奸"（adultery），而是解读为"能干"（able）之时，这个受欢迎的女权主义战士"脸上已难寻爱的痕迹……女性不可或缺的某些禀赋已离她而去"[①]，给人的"印象宛如冷峻的大理石"[②]。她如果还有朋友的话，他们也被她的这些特性吓跑了。这样的呈现不是在迂回曲折地表明她失去了自己女性一些本质性的特征了吗？再者，她仍孤独地立足于世界之中，一切都与她为敌，就连她的女儿珠儿似乎也不总能与她心性相通，孩子天性中也有些异常的东西。乃至于，她感到她"四周是一片荒凉，哪儿也没有她的家，没有她的安慰"[③]。这样的结果显然与前面的启蒙理想所预期背道而驰。启蒙理想是要让人有自己的个性、更完善的人格，达到他/她自我内心世界的和谐及与外在世界的融洽，为自己的人生寻得完整的意义。可如上的呈现，不是表明她自我的遗失程度更严重了吗？自己内心感受不到慰藉，相反，充满孤独感，表明内心失去了和谐宁静，与自我的分裂更加严重了，她失去了自我，只剩下冰冷的理性思考；四周一片荒凉，无人能与之交流，与世界失去了对话的关系、亲密的纽带，与他人、与世界分裂了；在自己的家里仍只感到孤独、荒凉，她失去了家园。她在努力把握世界、把握自我的过程中离自己与世界更远了。

有论者认为，如此的结果全是宗教社会对她的迫害所致，但笔者认为

---

① 纳桑尼尔·霍桑：《红字·福谷传奇》，侍桁等译，上海译文出版社1996年版，第112页。

② 纳桑尼尔·霍桑：《红字·福谷传奇》，侍桁等译，上海译文出版社1996年版，第112页。

③ 纳桑尼尔·霍桑：《红字·福谷传奇》，侍桁等译，上海译文出版社1996年版，第113页。

作者意欲表现的也同时是，那是海斯特启蒙的结果所致。因为从故事中可见，当海斯特以自我的"主体"观念为根据来规定自我的存在及世界时，就预设着理性与非理性、人性与非人性、进步与落后、内在与外在、启蒙与愚昧等一系列二元对立的模式。"解放"的要义即在于要理性地看世界，事物的正确与否取决于它是否合乎理性，合理性者代表着"人间正道"，它要战胜代表着清教社会的"束缚"与"压迫"的后者，并使后者不断消退从而让前者成为最终的主宰。因此，小说表现的海斯特与世界、与他人的关系、与自我的关系都变成了"主体"与"客体"的关系，成了对象性的关系，掌控与被掌控的关系。所以，故事中，从一开篇，面对全镇的唾弃，海斯特就能表现出一种从容不迫的姿态，表现出高于清教社会的人生见解，能够掌控局面的姿态（虽然内心极度痛苦）。也正是由于有这种自己代表人间正道的意识，才会让她在以后的艰苦岁月中一样地保持她这种从容不迫的姿态与能掌控局面及他人的气势。因此，虽然整个清教社会孤立她，拒绝与她交往，总是拿她当罪恶的标本，警醒世人，让她痛苦的伤口"永不会结疤，反之，由于每日的痛苦，像是越来越敏感了"[1]。但她一样能够带着自己的尊严行走于那清教社会之中，充当着救苦救难的角色，是镇上自我任命的"慈善的尼姑"[2]；甚至她能对着自己的情人说，"我们做过的事，有它本身的神圣性"[3]。乃至于这样七年的苦难生活之后，她已赢得了镇上人的敬意，她胸前的字母 A 已经有了如"能干""天使"等的正面含义后，她仍有着那种高于他人的意识，而不是与他人平等以待、和谐相处。所以，当她在街上遇到受过她帮助的人，他们感激地招呼她时，"她从没有抬起头来接受他们的致意。……这也许是骄傲，但是极似谦卑"[4]。

对启蒙理性导致人格的这种严重分裂现象，人性的严重异化现象，20

---

① 纳桑尼尔·霍桑：《红字·福谷传奇》，侍桁等译，上海译文出版社 1996 年版，第 61 页。
② 纳桑尼尔·霍桑：《红字·福谷传奇》，侍桁等译，上海译文出版社 1996 年版，第 110 页。
③ 纳桑尼尔·霍桑：《红字·福谷传奇》，侍桁等译，上海译文出版社 1996 年版，第 133 页。
④ 纳桑尼尔·霍桑：《红字·福谷传奇》，侍桁等译，上海译文出版社 1996 年版，第 111 页。

世纪中叶西方马克思主义理论家麦克斯·霍克海默（1895—1973）和西奥多·阿多诺（1903—1969）是这样分析的：从思考现代之初，弗兰西斯·培根的名言"知识就是力量"，到康德对启蒙的经典定义，启蒙就是"必须永远有公开运用自己理性的自由"[①]；他们认为理性、启蒙思想的实质精神就是"主人精神"，即"支配"或"统治"的欲望。因此，尽管现代性的原初梦想，启蒙的纲领，是要用理性的正义来破除迷信、神话、外在权威的非正义，使用通过启蒙理性来唤醒世界，祛除蒙昧，解放人于束缚之中。但启蒙自身固有的"作为主人的精神"本质上是充满统治与支配欲望的，从而使人类主体与他人、自然客体等形成一系列的二元对峙（主体指的是意识、自我、内在性等等；客体指的是纯粹的质料、材料等）。启蒙的展开意味着前者战胜后者。因此，启蒙同时还表现为消除差异的同一性过程，意味着启蒙精神的内在秘密乃是"同一性"（尽管启蒙的初始理想鼓励差异，主张张扬人的个性），是通过驱逐诸神与多质从而实现其统治——操纵、征服和掠夺。因此，霍克海默、阿多诺在《启蒙辩证法》中论道，"神话变成了启蒙，自然则变成了纯粹的客观性"。人类权力的不断膨胀使人类付出了不断异化的代价。用启蒙方法对待万物的方法就如同独裁者对待人。[②]因此，对经由启蒙理性所开启的现代性的批判，聚焦在了对其"同一性"本身的检审。

　　用这样的批判检审该小说，海斯特的一系列的英勇行为表面上已赢得了世人的尊敬，她似乎与世人和解了，但事实是，她仍处于极度的孤独痛苦之中，表现出了她与他人的对立之势、与社会的对立之势，乃至于她甚至常恐惧地疑虑："如果立刻把珠儿送到天上，自己也走入'永恒的裁判'所定的未来世界里去，是不是更好一些呢？"[③]所以，在其后的"林

---

① 康德：《历史理性批判文集》，商务印书馆 1990 年版，第 24 页。
② ［德］麦克斯·霍克海默、西奥多·阿多诺：《启蒙辩证法》，上海人民出版社 2003 年版，第 6—7 页。
③ 纳桑尼尔·霍桑：《红字·福谷传奇》，侍桁等译，上海译文出版社 1996 年版，第 113 页。

中散步"一章中，那喜欢照耀珠儿的阳光，一遇海斯特就消失了，这是用一种神秘而荒诞的方式在进一步地表述海斯特人性的不完整：她甚至与自然也成了分裂之势，不能和谐与共地融入自然。这表明，与表面海斯特因其独立意识、理性的解放意识在镇上赎救成功的叙事相反，下面深藏着的是一种颠覆的声音。所以，小说的描述是，当海斯特运用自己的理性越来越娴熟，自己的智力水平越来越高，思考的问题甚至包括女性的解放问题时，她此时"给人的印象是如大理石一般地冰冷。这大概是由于环境的关系，她的生活大部分已由热情和情绪方面转到思想上去了。她独自立足于世界上——孤独得对于社会无所依附。"① 这是一幅情与智、身与心、人与自我、与社会、与自然全方位的分裂图。因此，沿着这条线索发展的故事，海斯特的一切希望最后都落空了：与恋人逃离那里过幸福的相依生活的愿望落空了；甚至，连死后与恋人聚在一起的愿望也落空了，孤独地一人永远地躺在了与恋人坟墓相隔的孤坟之中。她的一生及死后的永恒中最为显著的生存境况特征是凄苦的独自飘零。这是最为严重的失去了自我的异化表征。这样的结局不是与她当初坚定地要保持自己的个性、弘扬自我而且还要改造整个社会制度以便她自我的、他人自我的生命灵光能够充分展现出来，得到完善的愿望严重地相悖吗？

四、科学理性大叙事下的空心人

我们认为，海斯特等的命运，也表现着现代性理性许诺人从神话、宗教、迷信等非理性中获得解放，但又把人置入新的困境的悲剧。分析霍桑作品，我们可见其对现代性理性解放神话的解构还不仅于此。他塑造的一系列对科学理性、技术理性有着深入崇拜的人物、社会（如《胎记》《通天铁路》《美之艺术家》《拉帕奇尼的女儿》《红字》等中的塑造）就是对

① 纳桑尼尔·霍桑：《红字·福谷传奇》，侍桁等译，上海译文出版社 1996 年版，第 112 页。

现代性话语所导致的对知识的绝对信赖的解构，对于科学理性的进步与知识的进步的过度信赖的揭露与批判。我们知道，启蒙理性许诺通过理性的发挥，知识、科学理性的运用可以带动整个人类进步，推动社会历史的进步。因此，理性主义暗含着改造社会的方案和人类不断向前的许诺，相信知识的目的不仅是丰富人的日常生活，而且也是为了人类的解放；相信科学对自然的支配，许诺人从匮乏、需求和自然灾害中获得自由；理性是知识的目的、历史的归宿和人生的皈依，必然引导人走向更加自由的王国，实现最终的自由解放。① 霍桑时期的社会正受这些话语的激励，相信人类社会在理性的指引下将不断向前，霍桑显然也是熟悉这些话语的，所以他在《胎记》的开篇即描述了他的时代的上个世纪下半叶，即 18 世纪下半叶的社会状况。那时，电及其他大自然的奥秘刚被发现，为人打开了一条条进入奇异世界的途径，激起了人们对科学的热爱，"那份深情与专注甚至胜过对女人的爱。超群的智力、想象力、精神，甚至感情，都能从各种科学探索中找到相宜的养料。这些探索，正如一些热诚献身者相信的那样，将把强有力的智慧步步向前推进，直到科学家找到创造力的秘密，并为自己开拓一片新天地"②。

但满含讽刺的是，霍桑呈现的这一系列生活在科学理性掌控的社会中的人，他们的思想、他们的世界确实是经过了祛魅，从上帝的威严、从传统的宗教束缚、从迷信的愚昧状态中解放出来了，但他们的幸福在哪里呢？他们似乎又进入了另一种野蛮、迷信的状态之中，自我进入了另一种更加严重的分裂状态，启蒙理想许诺的通过理性的发挥、科学理性的运用，使人获得完满自我的理想没有实现，而是使人进入了更加严重的情与智，身与心，人与自我、与社会、与自然的相分裂的生存状态之中，陷入更深的人性危机。

---

① Peter Hamilton, "The Enlightenment and the Birth of Social Science", in *Formations of Modernity*, Bram Gieben and Stuart Hall, eds., Cambridge: Polity, 1992, pp.21–22.

② 纳桑尼尔·霍桑：《霍桑集：故事与小品》，姚乃强等译，三联书店 1997 年版，第 891 页。

这些人物有那些如魔鬼般的科学家：《拉帕奇尼的女儿》中的拉帕奇尼等、《红字》中的齐灵沃斯、《胎记》中的艾尔默、《大红宝石》中的卡卡福德尔博士等。他们以不同的人物意象，不同的遭际命运，形象地、深刻地、从不同的角度表现了当膨胀的理性发展成纯粹的科技理性主义，把人的幸福简单化为经济数字、效率、权利、掌控、科学的不断推进时，理性变得只为追求目的，被等同于一种工具时，它不再具有形而上的意义与道德的判断力，由此带来的是更大的人性的失落、扭曲，甚至导致人性的堕落及巨大破坏力，人变成了非人、变成了魔鬼。

科学理性对人的冲击不仅表现在科学家身上，对社会也产生了如《胎记》开篇所描述的那样的影响，科技理性的逻辑理性、实证科学被用于生活中，相信它有着放之四海而皆准的普遍主义，重视的是目的的达到，不问目的的达到是否可以建构人性的完满。理性的发挥本是要建立人的"主体性"，也即是，人的自由和独立自主性，然而"主体—客体"关系对立的发展，使"主体性"朝向极端的自我中心主义发展，征服、掌控、目的达到、权利成了人关心的首要问题，自己反而被目标、算计、逻辑至上蛀空而失去了情感、意欲、本能等人性的重要方面，使人失去自己应有的本质，畸形地发展，人的生存变成了远离自我的异化状态。这是作家对现代性状况下的人生境遇从本体论意义上的探问，探问的是在一个把科学技术放到神话位置上的社会中人的生存境况。

（一）艾尔默：迷失在科学理性的无限扩张之中之人

《胎记》中，在艾尔默心无旁骛地攻克一个个难关，直到最后攻克妻子乔治亚娜脸上那自然的印记、胎记，表现出的是对自然的无限的控制欲望，同时也是对妻子的控制欲望，是权力关系的显现，而艾尔默也就在这次次的权利追逐中、物的追逐中不断地变成了只为了追逐而追逐，变成被追逐所控制、被物所控制，失去了做人的根本意义、做人的完整性，而只为追求更高的理想而活。他的世界就如我们前面引述的小说开篇话语描述的那样，全部变成了一个理性化的世界，只为了科学能够为他的人生世界提供有效知识和目的。

在这样的理性化世界中，在这种对科学的狂热崇拜中，在这种要把"智慧步步向前推进"的理想促进下，艾尔默在一次次的征服目标中永无止境地追求着。所以，小说的开篇就介绍说，他对美丽妻子的爱情也只有在科学的支撑下才能存在，因为任何别的激情都不能使他放弃自己全身心的科学研究与追求。"他爱娇妻也许甚于爱科学，但这爱情只有与对科学的爱互相交织，并且把科学的力量与他自己的力量相结合，才显得更为强烈。"[①] 他的妻子乔治亚娜从他对自己的科研实验的记录中也看到，尽管他的研究成果硕果累累，但它们与他理想的目标相比，其中最灿烂的成就也几乎只能被看作是失败。"与藏在远方，他无法得到的无价宝石相比，他最耀眼的钻石也只是不起眼的破石头。"[②] 这样的无尽追求欲望明显不是在给自己的人生添加任何意义，而只是成了一种习惯性的追求，一种程式化的控制欲望，是对自然的控制欲望，也是对人的控制欲望。而且乔治亚娜从他的记载中也看到，他也感到了这种不可遏制的不断追求与人的极限、自然的极限的相悖而必遭失败、而必遇悲哀的现实，也感到人的凡胎肉体的所限。所以乔治亚娜发现这部书充满着作者声名鹊起的许多成就，但又是深度悲哀的满篇记录。"它写下了许多伤心的自白与无数的例证，说明精神被泥土做成的肉体所累，又只能在物质世界起作用的人类——这种混合体的种种缺陷，也写下了崇高的天性却极为苦恼地受制于肉体凡胎的绝望。"[③]

但艾尔默虽感到人、人性中有极限，或说瑕疵，被"肉体所累"，他就是不能接受这肉体的牵制而一心只是理性的发展、向上的飞升、攻克越来越多的难关以控制越来越多的自然的"瑕疵"。这表明理性化的思想，把理性当成工具在改进自然、改进生活的过程中对他产生了怎样的

---

① 纳桑尼尔·霍桑：《霍桑集：故事与小品》，姚乃强等译，三联书店 1997 年版，第 891 页。
② 纳桑尼尔·霍桑：《霍桑集：故事与小品》，姚乃强等译，三联书店 1997 年版，第 904 页。
③ 纳桑尼尔·霍桑：《霍桑集：故事与小品》，姚乃强等译，三联书店 1997 年版，第 904 页。

影响，乃至于他一切都在用理性逻辑、科学的思维去衡量，但诸如爱情、人生意义等这些属于精神领域的东西也是科技理性、逻辑理性能够深入探究的吗？所以现在面对美丽的妻子乔治亚娜脸上的那胎记，这自然的瑕疵，艾尔默又被必须征服它／她的欲望所控制了，初婚时那短暂的宁静幸福一去不复返了。因为，在他眼里，大自然已把乔治亚娜造得那么完美，但胎记的存在让他认为是瑕疵，令他震惊，"因为它是人间遗憾的明显标记"。他问道，"乔治亚娜，你从没想过脸上那块胎记也许可以弄掉么？①"

故事之后的展开更深入地讲述了艾尔默在这种控制欲望的左右下不能平静面对那自然的象征——"胎记"，而越来越一步步地陷入必须去掉它的强烈欲望之中，他阴暗地把那胎记视为不祥之物。它所造成的烦恼与恐惧胜过了乔治亚娜善良心灵与美丽容貌能够带来的欢乐。而乔治亚娜也常常感到他对胎记的不祥凝视而"瑟瑟颤栗"②。因此，在这样的强烈欲望控制下，他最后虽然已预感到去掉那胎记有可能危及生命，但他还是执意执行他去掉胎记的计划，而且成功了，但乔治亚娜却死了。

在艾尔默的这一系列的科技追逐直到为乔治亚娜祛除胎记事件中，我们看不到艾尔默任何的人文关怀的提升，任何志在使人生活得更广阔的自由的意向，任何的对事物具有道德深度的把握与探问；人文的维度：诸如爱情、生命这种在人类生命中、生存中至关重要的事物都在目的的达到、成功的获取中退让了，剩下的只是一味地意在成功，即对自然与他人的权力与掌控。故事如此的呈现表现出的是他反过来被他的这一系列掌控意识所掌控了、分裂了，被理性化了，异化成了只知把理性当工具的人，而不知情感及其他一切形而上关怀的人，成了一个伪人。但小说开篇介绍那时代的理想欲借"智慧步步向前推进……并为自己开拓一片新天地"③。这样

---

① 纳桑尼尔·霍桑：《霍桑集：故事与小品》，姚乃强等译，三联书店1997年版，第891页。
② 纳桑尼尔·霍桑：《霍桑集：故事与小品》，姚乃强等译，三联书店1997年版，第891页。
③ 纳桑尼尔·霍桑：《霍桑集：故事与小品》，姚乃强等译，三联书店1997年版，第891页。

的话语明显也在提醒读者，这"新天地"对启蒙时期、19 世纪上半叶的人们可预示着无限光明的未来。其中有人性解放的光辉，有人文理性所示的人性的更加完满，可在艾尔默他们的追逐中，只剩下了科学技术的迅猛发展、不断地推进，原来富含人文意义的启蒙理性变成了科技至上与工具理性，并逐步驱逐了人文理性。人文理想中的自由与人权被科技理性所主导的标准化、统一性、整体性所侵蚀（胎记这样的差异性也没了立足之地了），如此创造出的科学技术反过来不是控制了艾尔默的思想行为与生存了吗？

在科技理性的无尽追逐之中，人忘记了何为人生的幸福。小说结尾的叙述意味深长，如果艾尔默拥有更深刻的智慧，就不会这样抛弃自己的幸福，"这幸福本可以将他性质完全相同的尘世生活与天国的生活交织融汇"[①]。表明艾尔默已经拥有幸福，这幸福本可以将他幸福的尘世生活与天国的灵气交融。这幸福是什么呢？那么它应该与人的灵气有关，所以可以直达天国。这何其像叔本华的理论，真正决定一个人幸福与否的应是内在因素及是否有健全的人格，"人的最高、永恒和丰富的快乐其实来自他的心灵"，"理智清明，生命活泼，洞彻事理，意欲温和，心地善良"，能给人带来宁静与幸福。它们"不是身份与财富能促成或代替的"。[②] 但启蒙的唯理性意识把人引向外在，引向以物质、权利的多寡来决定一个人的本质，而忘却了内在的生命。

所以我们见艾尔默以内在精神的沉沦换取了外在所谓的"科学成就"，他的人生意义中只剩成就了。他被异化了，变成了魔鬼般的人物，形象地表现出了工业文明、科技理性对人的自由精神的蚕食。罗伯特·赫尔曼在其 1949 年的文章《霍桑的〈胎记〉：科学变成了宗教》中探讨霍桑在这一篇短篇小说中所表现是，当把科学推向神的地位后，人类会受到的怎样的

---

① 纳桑尼尔·霍桑：《霍桑集：故事与小品》，姚乃强等译，三联书店 1997 年版，第 911 页。

② [德] 亚瑟·叔本华：《人生的智慧》，韦启昌译，上海人民出版社 2008 年版，第 24 页。

灾难。① 爱德华·瓦根肯西特认为，霍桑的作品中，"《胎记》最能反映霍桑对科学的不信任"②。2006 年版《剑桥美国短篇小说导论》认为，从某种意义上说，《胎记》戏剧性地展现的是，艾尔默对完满的科学追求是不惜破坏人伦的追求，是使他失去人性的追求。③

（二）拉帕奇尼：失落在科学理性的追逐之中之人

短篇小说《拉帕奇尼的女儿》中的拉帕奇尼为了使自己在科学研究的地位上无人能匹敌，不惜以自己女儿的生命、女儿的幸福为代价做实验；为了使自己的女儿变成强大的、无敌手的女人，用他精湛的技术、精深的科学知识培育出了一个美艳绝伦又毒气冲天的花园，以便用花草的毒气喂养他的女儿，使他女儿美丽无比，但也充满毒气，令人无法与之接近，也不敢与之接近。她强大了，但也因此而注定永不能与同类交往，只能注定孤独一生。把自己女儿的命运制造得如此之凄惨，这是爱女儿呢，还是害了女儿?！面对女儿临终质问为什么用这种悲惨的命运伤害他的孩子，拉帕奇尼却感到茫然。他叫道："你具有神奇的天赋，所向披靡。难道这悲惨么？你吐口气就能打败最强大的敌人，难道这悲惨么？你容貌有多美，力量就有多大，难道这悲惨么？难道你情愿做个软弱女人，面临所有罪恶却无法保护自己？"④

他的话语表现出，对于他来说，压倒对手、强大、权力、有效，这些话语在人生中更重要，比爱、同胞的血肉相连更重要；有了它们，人就能幸福地生活。可见他被理性主义毒害有多深，被物化得有多严重。他追求的生命意义不是完整生命意义中人们珍重的爱，珍重的人与人、

① Robert B. Heilman, "Hawthorne's 'The Birth-Mark': Science as Religion," *South Atlantic Quarterly* 48, October 1949, pp.575–583.

② Edward Wagenknecht, *Nathaniel Hawthorne: the Man, his Tales and Romances*, New York: Continuum, 1989, p.41.

③ Martin Scofield, *The Cambridge Introduction to the American Short Story*, Cambridge University Press, 2006, p.27.

④ 纳桑尼尔·霍桑：《霍桑集：故事与小品》，姚乃强等译，三联书店 1997 年版，第 1161 页。

人与自己的和谐与共，不是自己人性中理性与非理性的协调完整，而只是拥有强大的力量。所以，罗伊·R.梅尔称拉帕奇尼是"一个冷酷的、疯狂追求权力的艾尔默，"①也就是说，拉帕奇尼的人性丢失程度更胜了。在艾尔默的理想主义推进中，虽然艾尔默也充满了狂妄自大、充满了自己就是可以改变自然的上帝的欲望，为了自己的理想，甚至牺牲了妻子的生命，但他的行为似乎还存一点可敬之处。霍桑的作品是不是在探讨这种悖论？人是不是可以把自己的理想无限地推进，而把本已很完美的东西毁于一旦？霍桑在《美国笔记》中的几条笔记可做参考："一个人已经拥有作为凡人有权拥有的完美的东西，他想把它改进得更好，结果把它全毁了"；"一个人耗尽他毕生及他杰出的才能，力图取得自然规定不可能的取得的成就"②；"一个人在力图使他的爱人比凡人的完美更完美时导致了她的死亡，然而，因为他的目标如此崇高与圣洁，这对他应是安慰"③。

但在拉帕奇尼这里，一切人类良好的愿望、热诚、热情、爱，全化在了、牺牲在了他的科学角逐之中，权利之争之中。派珀（Wendy Piper）在《拉帕奇尼的女儿》中看到了"对科学滥用的悲剧性的可能性的探讨"④。2006年版《美国短篇小说导论》认为，《拉帕奇尼的女儿》探讨的是"科学的致命力量"，以它充满象征意义的风格在问询，拉帕奇尼以他的科学技术创造了那充满毒气的美丽花园，故事就深含着那花园与人类始祖亚当、夏娃堕落前生活的伊甸园的相似性，但拉帕奇尼因为"创造那花园的花木，所以他是那园子的上帝呢？还是，事实上，他是毒蛇，因为是他把

① Roy R. Male, *Hawthorne's: Tragic Vision*. London: W. W. Norton, 1964, p.59.

② Nathaniel Hawthorne, *The American Notebooks,* Nathaniel Hawthorne Centenary edition of the works of Nathaniel Hawthorne. V. 8, Ohio State University Press, 1972, p.165.

③ Nathaniel Hawthorne, *The American Notebooks,* Nathaniel Hawthorne Centenary edition of the works of Nathaniel Hawthorne. V. 8, Ohio State University Press, 1972, p.184.

④ Wendy Piper, *Misfits and Marble Fauns: Religion and Romance in Hawthorne and O'Connor,* Mercer University Press, 2011, p.30.

邪恶引入那园子？"[1]

　　我们可从此追溯他是怎样一步步被理性主义物化成如此理解人生的。首先从年轻人乔万尼·古斯康提刚到帕多瓦大学时，帕多瓦大学的另一名教授反埃特罗·巴格里奥尼对拉帕奇尼的评价是，拉帕奇尼医生，科学造诣很深，"可与帕多瓦大学或全意大利任何学校的教授媲美（大概除了一个人之外）。但是，人们对他的职业道德却持某些强烈的反对意见。……（他）关心科学远远胜过关心人类，病人只是他手中新的实验品而已。"他关心的是知识积累，只要能为此增加一点点，他也不惜牺牲人的性命，包括他自己，或者任何他最亲的亲人。[2] 在此，我们看到两个问题：一、因为竞争关系，这两位教授的关系不好（而且后面故事也做了如此呈现）；二、拉帕奇尼的学术造诣很高，但在自己的科学追求中缺乏人文关怀、缺乏道德把握。从此我们可得进一步地分析，帕多瓦大学——也可说，社会上——在科学理性的促进下，人们充满得到权力与荣耀的渴望，因而充满竞争意识。

　　所以生活在这样理性至上、充满竞争的环境中，拉帕奇尼被理性化了；所以他能更加专注他的研究，"关心科学远远胜过关心人类"，因此，他的成就很高，远近闻名。理性化的结果导致他把理性精神也大量地运用到了生活、运用到了处理人际关系上，乃至于他能那样理性地、冷酷地对待医学、对待人，不择手段地追求科学的效力，以增大自己的权力与荣誉。权力与荣誉因此变成了他生活的全部，是他的唯一追求，他从而变成了只代表理性精神的非人，"似乎连他的心脏也在蒸馏器中提炼过"[3]，甚至能够把这种理性精神用在自己的亲人身上，以完全理性的方式在处理家庭生活，竟拿他女儿当试验品，为的是使自己的能力更上一层，也为的是

---

[1]　Martin Scofield, *The Cambridge Introduction to the American Short Story*, Cambridge University Press, 2006, p.29.

[2]　纳桑尼尔·霍桑：《霍桑集：故事与小品》，姚乃强等译，三联书店 1997 年版，第 1137 页。

[3]　纳桑尼尔·霍桑：《霍桑集：故事与小品》，姚乃强等译，三联书店 1997 年版，第 1154 页。

他女儿因强大而幸福。他已不能明白幸福的真正含义，不明白他女儿临终的话语，"我情愿被人爱，不愿让人怕"①，作为一个被科技理性、工具理性充斥的人，他已完全是个失去了形而上思考能力，失去了价值判断能力的劣人。

巴格尼奥尼这个人物的塑造也意味深长。在他对拉帕奇尼的不顾人伦常情的理性追逐的批判中，他似乎还是一个存有人文价值、存有道德判断的科学家。但细读人物，我们可见生活在那理性化的世界中，在为权力、荣誉的角逐中，他也很大程度地是个被科学理性、工具理性异化了的人。所以，当他见拉帕奇尼在拿他朋友的儿子乔万尼做实验时，他有想到要保护乔万尼的思想，但更多的是两个人的力量之争、之较量的思量，认为拉帕奇尼欺他太甚，竟敢从他的手里夺走他的人，"去做那种可怕的实验"②。因此，他想到，"我们定能挫败拉帕奇尼。"③ 这些话语深刻地表现出了一个被工具理性的控制欲望牵制的人的内心活动，表现出他被他人权力击败而不服气的心理。所以，当拉帕奇尼的女儿比阿特丽丝因服用了他的解药而命丧黄泉时，他口气中虽有对生命由此而陨落的恐惧，但却也充满得胜的口气："拉帕奇尼！拉帕奇尼！这就是你实验的结局！"④ 所以，拉帕奇尼的命运其实不只是拉帕奇尼的命运。

我们可用霍克海默与阿多诺的话语来总结拉帕奇尼他们这种被"科学知识的大叙事"蛀空了的人，在理性这样的无限发展中，权力不仅仅在人对自然的统治中发展、膨胀，而且成为了影响、控制人与人之间关系的力量。在此，理性取代人成为了主体，人被淹没在了理性之中。⑤

---

① 纳桑尼尔·霍桑：《霍桑集：故事与小品》，姚乃强等译，三联书店 1997 年版，第 1161 页。
② 纳桑尼尔·霍桑：《霍桑集：故事与小品》，姚乃强等译，三联书店 1997 年版，第 1144 页。
③ 纳桑尼尔·霍桑：《霍桑集：故事与小品》，姚乃强等译，三联书店 1997 年版，第 1154 页。
④ 纳桑尼尔·霍桑：《霍桑集：故事与小品》，姚乃强等译，三联书店 1997 年版，第 1162 页。
⑤ 马克斯·霍克海默、西奥多·阿多诺：《启蒙辩证法》，上海人民出版 2003 年版，第 6—7 页。

（三）齐灵沃斯：迷失在科学理性膨胀之中之人

《红字》中的齐灵沃斯是这类科学家中最邪恶的魔鬼了，因为在他对海斯特与丁姆斯戴尔的报复中、他科学理性的运用中充满的全是邪恶——他最后在自己对科学理性的极度信奉之中、膨胀之中把自己完全变成了魔鬼。

小说呈现他深信自己的逻辑推理能力超强将会使他能征服一切而赢得胜利、赢得幸福。早年起他就致力于医学的研究，把大部分生命的时光都贡献给了对医学的钻研，也因此取得了较深的造诣，能够运用医学知识为病人解除病苦，也有对自己把握自己生活、把握世界的极强信心。所以，到比较晚年了才留出时间来要成个家，并有信心相信自己的医学成就可以弥补自己年老及一肩比另一肩高的身体畸形，而把年轻美貌的海斯特·白兰迎娶为妻。所以，后来面对海斯特坚决不讲出那通奸事件的同案犯时，他"露出一种自信有办法的阴郁的微笑，'永远不会晓得他！请你相信我，海斯特，没有什么东西——无论是外部世界的，或是不可测知的思想领域相当深处的'，没有什么东西可以逃过那些决心无止境地从事寻找神秘的人。"你也许可以隐瞒得过那些牧师和长官……但我呢，我要用他们所没有的别种感官去探求。我将寻到这个人，如我在书本中寻到真理，在炼金术中寻到黄金一样。"①

他的话语表明，这拥有科学知识、把理性作为评价标准的老医生已把自己当作上帝一样的神明，而不仅启蒙所反的宗教的蒙昧与迷信；是如霍克海默所描述的现代用启蒙的纲领唤醒世界，祛除神话，并用知识替代幻想后与理性相结合，产生出的消灭上帝之后的作为主体的人。但这有了替代幻想的知识的老医生因为拥有知识而成为人性更加完美的人了吗？故事呈现出相反的答案，刻画出了一个被逻辑理性及它的征服欲牵引而失去了真正的对事物的内在性质、对世界内在性质把握、判

---

① 纳桑尼尔·霍桑：《红字·福谷传奇》，侍桁等译，上海译文出版社 1996 年版，第 54 页。

断的能力，乃至一步步地把自己的人性丢失而成了魔鬼般的人物。这首先表现在，把自己作为人的爱的品质丢失在了冰冷的理性分析之中。所以，当他感到很孤独凄凉，想要一个家时，他说他把海斯特牵进了他的心胸里，牵进了他内心深处，是"因为你留在那里便发生一种温暖，而用那热气来温暖你"①。这表明，他期望海斯特在他们的婚姻生活中感到幸福，因为她可以用自己的温暖来温暖他。他没意识到，两人相爱的世界中，应该用彼此的温暖去温暖对方。所以和他一起生活的日子，海斯特记得"他那不冷不热的握手"②；熟悉他那"奇异而冰冷"的眼神。这眼神甚至在三年后，在海斯特的通奸事件暴露后，他们在狱中相见时，老医生摸着她的脉搏两眼注视着她时，"这种眼神使她的心脏萎缩而战栗"③。

　　这样的一个人物，现在面对妻子海斯特在有可以理解的情况下发生的婚外情时，他用算计的推理，想到的不是宽容、理解，要的只是报复。所以，对于海斯特来说，因为是他把她"含苞的青春和我的衰朽结成了一种错误而不自然的关系。……在我和你中间，那天平是十分平衡的"④。而对于那屈辱了他的男人，"我将看见他颤抖。我将感到自己突然而不自知地战栗起来。或早或晚，他必定要落到我的手里"⑤。这样的话语充分显示出，他在理性的话语浸润下形成了怎样的一切都要算计、权衡得失，看重的是权力、效能，只能自己控制他人、强过他人的心态——理性在他这里是一种工具，失去了身同体会的理解、失去了爱的维度。因此，他将不惜隐姓埋名住在当地进行他的报复，至于为什么如此，他的回答是：

---

① 纳桑尼尔·霍桑：《红字·福谷传奇》，侍桁等译，上海译文出版社 1996 年版，第 54 页。
② 纳桑尼尔·霍桑：《红字·福谷传奇》，侍桁等译，上海译文出版社 1996 年版，第 120 页。
③ 纳桑尼尔·霍桑：《红字·福谷传奇》，侍桁等译，上海译文出版社 1996 年版，第 52 页。
④ 纳桑尼尔·霍桑：《红字·福谷传奇》，侍桁等译，上海译文出版社 1996 年版，第 54 页。
⑤ 纳桑尼尔·霍桑：《红字·福谷传奇》，侍桁等译，上海译文出版社 1996 年版，第 54 页。

在别的地方，我是个漂泊者，一个与人间利害关系隔绝的人，而在此地，我寻到一个女人、一个男人、一个婴儿，他们与我本人中间存在着一种最亲密的瓜葛。不管那是为了爱还是恨，不管那是正当还是错误！你和你所有的，海斯特·白兰，都属于我。你在哪里，他在哪里，我就在哪里。①

——表明这不顾后果地达目的，只为了要赢回自己在上一回合中的所失，更强化了他被理性的权力欲、征服欲掌控的实质；理性在他身上膨胀到了怎样严重的程度，乃至于他失去了同情、理解的能力，情感几近干涸，人文维度、道德判断力几近于无。他的人性、人格被分裂了，成了名副其实地失去了根基、失去了家园的孤独的流浪者，与自我、与世界相分裂，生活的意义消失了、没有了任何可诗意地栖居的美质，没有了任何形而上的深度。他在极力地以自己之思把握自己、把握世界的同时，却更加远离自我、远离世界了。

作家对这样一个经过了启蒙的人，善于运用科学知识的人、逻辑思维的人作如此的呈现真实可信吗？对把理性奉为至上、把科学知识遵从为神坛的人作如此呈现在西方 19 世纪中后期以来的文学中，特别是现代与后现代主义文学中是一大主题，也是自 19 世纪末，尼采已降以来，哲学中反复讨论的问题。探究齐灵沃斯何以沦落至如此的人性危机的问题，我们前面呈现的现代性批判话语中所揭露的启蒙理性的征服性本质、消弭差异的本质是造成此状况的原因之一，在此，我们还要加上启蒙理性蜕变成工具理性、蜕变成实证精神的悲哀。我们知道，启蒙运动的发轫时期之所以那么激励人心，从而激发了轰轰烈烈的美国革命与法国大革命，是因为启蒙理想许诺的理性发挥将使人以新的手段认知世界并给人生注入意义。如此，理性不仅是对科学技术的追求、是对"事实的研究"，但它同时也"给

----

① 纳桑尼尔·霍桑：《红字·福谷传奇》，侍桁等译，上海译文出版社 1996 年版，第 55 页。

予一切被作为'存有者'（seiendes）的东西，即一切事物、价值和目的以最终的意义"①。那即是说，启蒙理性在两个层面上发生意义：它包含平等、自由、博爱、正义、人权、进步、真理、理想等对人形而上的关怀；它同时也包含有对自然科学的肯定与赞赏，相信科技理性的提升；自然科学的进步将会帮助人类实现其真正意义上的生存，拥有更为广阔的自由，使存在更加完美。

　　所以，自 19 世纪上半叶人对自身充满信心时起，科学技术取得了长足的进步。但随着自然科学的不断进步及其成果的日益显赫，现代自然科学影响了人类生活的各个方面，人们以自然科学的观点论述整个世界。科学变成了一种绝对客观的存在，科学精神与技术理性渗透进了人类生活的方方面面，贯穿到了生活世界之中，为人类的生活与未来提供着终极依据。以推理、算计为手段，以达目的与否为成功的标志，机械化与程式化的方式进入到思维，降低了作为思维基础的理性的道德的判断力，不再具有原初的人文意义，沦为了实现某种目的的工具，即马克斯·韦伯、海德格尔、法兰克福学派② 等所批判的"工具理性"。在韦伯的分析中，"谁若根据目的、手段和附带后果来作他的行为的取向，而且同时既把手段与目的，也把目的与附带后果，以及最后把各种目的相比较，作为合乎理性的权衡，这就是目的合乎理性的行为。"③ 提供全面意义的理性如此变成了工具理性，原初理性含义中内涵丰富的进步概念被简约为技术尺度、工具的有效，文化与道德的维度消失了。

---

① ［奥地利］埃德蒙德·古斯塔夫·阿尔布雷希特·胡塞尔：《欧洲科学危机和超验现象学》，张庆熊译，上海译文出版社 1997 年版，第 13 页。

② 法兰克福学派是"西方马克思主义"的一个流派，当代西方的一种社会哲学流派，以批判的社会理论著称，是以德国法兰克福大学"社会研究中心"为中心的一群社会科学学者、哲学家、文化批评家所组成的学术社群，始建于 20 世纪 30 年代。其社会政治观点集中反映在 M. 霍克海默、T.W. 阿多诺、赫尔波特·马尔库塞、尤尔根·哈贝马斯等人的著作中。参见曹典顺：《马克思主义哲学研究的中国学派与法兰克福学派的差别》，《哲学研究》2015 第 3 期。

③ ［德］马克斯·韦伯：《经济与社会》，林荣远译，商务印书馆 1997 年版，第 57 页。

再看看齐灵沃斯这个人物，在对理性的崇尚中，在对理性的运用之中，他得到了效率，因而越来越以自己的效率而骄傲，越来越热衷于用理性以追求效率，追求控制事物、人的力量，而不追问那效率帮助达到的目的对他自己人生的完美有何益处，人生的意义有何提升，他的理性退化为了工具理性，他也被工具理性物化成了上述我们谈到的只知理性的效率、效能而不懂人伦情感的孤独漂泊之人。这样的理性在他后一步对海斯特情人的寻找与报复的过程中被更大程度地发挥运用，他也在异化的道路上走得更远了。他不择手段地刺探、分析谁是海斯特的同盟，然后又全身心地探究怎样才能以令对方最痛苦的方式折磨对方。如他对海斯特所说，这世上没有任何事情难得住他，不管是"外部世界的，或是不可测知的思想领域相当深处的"神秘。[1] 他达到了目的。他找出了海斯特的情人就是年轻的、在众信徒中声誉极高的牧师丁姆斯戴尔，并且用最有效的方式报复他，把他折磨得时时刻刻都感到自己的深重罪恶，是最卑劣的人，过着生不如死的痛楚生活，最后终于在七年后，由于这巨大痛苦的长期折磨而身心崩溃而死。可在这一过程中，齐灵沃斯也由于长期地被对对方的恨所浸透，只专注于达到报复这个目标而浸透在理性的效率、有用、能否最大力量地杀伤对方的算计之中，而自己的人性也被这一切为物的工具理性更严重的挤压近空，人性遭到更严重的分裂，整个人变成了专事迫害人的恶魔的形象——他脸上有"一种锐利搜索、几近凶恶……他的眼睛里，时刻都在射出一道红光，仿佛那个老人的灵魂正在燃烧"[2]。

在此，法兰克福学派的代表人物霍克海默对工具理性对人的这种异化作用的论述提供了形象的阐释。他说："当今社会的权力越来越多地由对物的权力所影响。个体对物的控制的关切越大，物也就更严重地控制着他，他也就会更加缺乏自己真正的独特个性，他的理智也就会变成一

---

① 纳桑尼尔·霍桑：《红字·福谷传奇》，侍桁等译，上海译文出版社 1996 年版，第 55 页。

② 纳桑尼尔·霍桑：《红字·福谷传奇》，侍桁等译，上海译文出版社 1996 年版，第 115 页。

种程式化理性的自动行为"①。我们应该注意,"物"在此泛指个体以外的任何人和物。齐灵沃斯就是这样在对自我以外的"物"追逐中越来越不择手段而最后完全失去了自我而变成了魔鬼,彻底失去了自己为人的特性与生活意义。所以当丁姆斯戴尔死了后,他恨的目标消失了,服务于他的理性工具没有用途了,他也就像"一根被连根拔起的野草,在太阳底下枯萎了"②。这样的人物形象非常戏剧性地、隐喻性地阐释了在现代性境遇中人如何把科学理性的逻辑推断运用到生活,把生活变成了逻辑推理般的程式化,不考虑人形而上的意义、不顾道德地把理性变成了工具理性以达自己的目的,结果自己也被这工具理性一步步地控制而忘却了自己做人本应有的意义、价值、目的,人变成了非人,完全丧失了他自己的个性、本质。

因此,这三个魔鬼般的科学家的形象从不同角度表现了社会对科学盲目迷恋、盲目崇拜乃至于科学取代神话、取代宗教后,人受到的不同层次的冲击。这些形象显得冷峻、忧郁、充满讽刺意味,在自启蒙以来的那轰轰烈烈的科学解放的大叙事中,智者们因其对科学知识的掌握,本应为最享受个性大解放、人性完满发展的人,却成了如此遭遇的人。兰德尔·斯蒂瓦特(Randall Stewart)也指出,霍桑作品中最罪恶的人是科学家并非偶然,如此的呈现,霍桑在警告世人"排除其他价值地把科学用于生活的危险",警告世人对科学这样的态度"易于造成对科学实施者的非人性化及对受害者的牺牲……霍桑……不赞成他那个世纪把科学总是向前推进的绝对热情"③。对于霍桑作品中的科学家形象,温迪·派珀认为霍桑作品描述的现代科学家的特性有着主观主义造成的科学理性主义的身心失衡、主客观对立的二分思维方式;"为了变革、完美、与权利,为了认识他们的研究对象,控制他们的研究对象,他们试图超越历史、肉身、肉身的

① Max Horkheime, *Eclipse of Reason*, London: Bloomsbury, 2013, p.92.
② 纳桑尼尔·霍桑:《红字·福谷传奇》,侍桁等译,上海译文出版社1996年版,第174页。
③ Randall Stewart, *Nathaniel Hawthorne*, Yale University Press, 1948, pp. 248–249.

限制"①；认为霍桑对科学理性主义"进行了持续的批判"，意在"摧毁现代科学目标基于其上的主客对立".②巴里指出，《胎记》《拉帕奇尼的女儿》这样的短篇小说的主题是，浮士德式的不顾人伦地追求完美、控制生命、超越自然的恶果。③

五、现代文明暴力下的普通芸芸众生

如此，让我们来看看霍桑那些众多的生活于现代性暴力中的芸芸众生，他们从不同的角度在述说着人的遭遇，讲述着现代性大叙事许诺的新天地并未实现，相反，人遭受的是更严重的人性不能完满健全的生存状态，留下的是种种深层次的创伤。

《胎记》中的乔治亚娜和《拉帕奇尼的女儿》的比阿特丽丝可以被看作这一类被牺牲的人物中最突出的例证。《拉帕奇尼的女儿》的故事，令人哀痛无比。那样形象优美、美丽、善良的比阿特丽丝却被她父亲的科学实验培养成了充满毒素的人，注定只能用毒素做生命的养料而不能尽享人本该享有的人伦常情。这是用寓言的方式在讲述人在那科学理性膨胀、扭曲到人生只为权利、控制、竞争的胜利，不考虑人生本来的重要意义时，普通人的人生会遭到怎样的破坏。所以，故事的结尾戏剧性地把涉及各方的人物全聚在了一起，拉帕奇尼、帕多瓦大学的另一个与他竞争的巴格里奥尼教授，还有年轻的、立志做科学家的乔万尼，比阿特丽丝的死程度不一地与这三人相关。拉帕奇尼为了自己的科学造诣胜过他人，也为了他女儿能够无敌天下，把她培养成了这么美若天仙，但又充满毒素的人；巴格里奥尼为了自己在科学竞争中击败拉帕奇尼而配制了毒死比阿特

① Wendy Piper, *Misfits and Marble Fauns: Religion and Romance in Hawthorne and O' Connor*. Mercer University Press, 2011, p.38.

② Wendy Piper, *Misfits and Marble Fauns: Religion and Romance in Hawthorne and O' Connor*. Mercer University Press, 2011, p.41, 11.

③ Thomas F. Barry, "Nathaniel Hawthorne," in *Encyclopedia of the Romantic Era, 1760–1850*, Christopher John Murray ed., New York: Routledge, 2013, p.474.

丽丝的解药；乔万尼发现自己也被染上了毒素，成了和比阿特丽丝一样的人时，充满恶毒、轻蔑与义愤，他骂她为可诅咒的人！说她因为自己寂寞、腻味，就把他与人间的一切温暖隔断，"你把我也哄进你那无法形容的恐怖世界！"[①]——充分表现出乔万尼的邪恶、仇恨有多大能量，而且，是他把解药拿给了比阿特丽丝。所以，小说结尾更加强化了比阿特丽丝作为人类所谓独创性牺牲品的可怜，作为人类扭曲天性的悲剧。"这个被邪恶智慧的种种尝试注定了厄运的少女，就这样倒在她父亲和乔万尼的脚下死去。"[②]整篇小说因此紧扣读者心弦的突出主题是生活在这样境遇中的美丽少女的厄运。

但读者也知道，文学的审美性讲述的是从个体到整体的命运，若拉帕奇尼的园子代表一个社区、一个社会的话，那园子的命运其实是整个社区、整个社会的命运。所以小说中描述说，虫子、鸟儿飞过那园子都会闻到气味栽倒而死。再说那园子所在的社区里，不就有着拉帕奇尼与巴格里奥尼之间紧张的、充满敌意的竞争存在吗？所以，这其实是两个社区对比着在进行，那园子似乎更加虚幻、突显其虚构性，那帕多瓦大学的社区更具现实性，但其实，拉帕奇尼园子就在指涉帕多瓦整个社区，指涉整个现代性境遇下的人生境遇——在为了更美好的生活，乃至于必须强大、必须拥有更大权利的假象下，人越加远离了他自己纯真的自我，人的生活越加远离了自己应有的生活。

所以，在其发表于 1962 年《美国文学》杂志的文章讨论《拉帕奇尼的女儿》对科学的寓言呈现时，爱德华·H. 罗森贝里（Edward H. Rosenberry）认为拉帕奇尼在他的园子里，面对他培育出的那些繁华茂盛、郁郁葱葱的花草树木，没有表现出一丝的爱恋，却充满畏惧感，如同行走在恶魔中间那般的小心翼翼地描述，是科学被推到极端后在现实生活

---

①　纳桑尼尔·霍桑：《霍桑集：故事与小品》，姚乃强等译，三联书店 1997 年版，第 1158 页。
②　纳桑尼尔·霍桑：《霍桑集：故事与小品》，姚乃强等译，三联书店 1997 年版，第 1162 页。

中起到了什么作用的真实图景，"这图景在其后的一百年中已经以更急速的速度冲向了现实，证明了作家为何要如此地讽刺与忧郁"①。到了世纪末的岁月，著名学者大卫·J.斯凯尔在论及现代文化与疯狂的科学时，也论及《拉帕奇尼的女儿》，认为它"是现代疯狂科学家经典描述发展中的重要作品，它对科学被滥用、环境被毒化的呈现在 20 世纪末有了特别响亮的回响"②。

霍桑另一系列如《通天铁路》《雪影》《美之艺术家》《伊桑·布兰德》等的作品，它们讲述的不是魔鬼科学家们那样受到的惨痛的人性分裂，也不是像乔治亚娜和比阿特丽丝那样变成了现代化过程中表现极其惨痛的牺牲品，但它们也在隐晦地诉说着一个科学技术的发展被当成社会发展的准则的社会中，科技理性被放到了上帝的位置、理性主义成了社会的准则后，普通人的人生境遇。这其中的人物，生活在现代性境遇之中，虽然他们不像那些魔鬼科学家那样拥有那么高的科技理性而把自己放到了上帝般的位置，但生活在理性化社会中，社会自己就被理性化了，信奉着社会的理性化在提升人的生存境遇而看不到自己的生存境遇其实被降低了，而被投入进了残缺不全的人生境况。他们也是理性主义、科学主义的牺牲品。

《通天铁路》以火车开通这种当时的科技新事物为典型表征，很形象地在讨论何为通达天城之路，也即是在暗指何为通达人性更加完满、人能够把自己的人性充分发展出来之路。不考虑人性建构中的其他诸如道德、情感等的因素，只需依靠理性、科学科技的高度发展就能更快速地把人带入更完美的境界？我们看到小说呈现的却是人更加远离了自我。人失去了赖以生存的优美的自然环境，生活在乌烟瘴气的环境之中；失去了人与人

① Edward H.Rosenberry, "Hawthorene's Allegory of Science: *Rappaccini's Daughter*" in *On Hawthorne: The Best from American Literature*, Edwin Harrison Cady et Louis J. Budd eds., Duke University Press, 1990, p.107.

② David J. Skal, *Screams of Reason: Mad Science and Modern Culture*, London: W. W. Norton & Company, 1998, p.66.

互相信赖、互相能够倾听的美良好的血肉相连的关系，人的一切美德全成了名利城中的商品；失去优美静思的空间，一切的需要审美静思的文化全在现代化的席卷中变成了只能快速消费的商品。货币的崇拜、浪费的消费，成了社会的普遍状况——人被物化、被浅表化了。人的生存不存在任何的诗意、美质、深度，人与其周围世界的和谐共处的健康之美、宁静之美消失了。

《雪人》中的林赛先生，小说开篇就介绍，他是身手不凡、非常务实的汉子，做的是五金生意。此人不管做什么事，"都坚定不移地按照所谓'常识'来考虑。他跟别人一样软心肠，但脑筋却硬得穿不透，所以里头也就空空如也，跟他卖的铁茶壶一个样"①。这样的描述典型地刻画出了一个只知物、只知常识，只知道以科学常识来衡量人生一切事务，而不知人生其他意义的空心人形象。所以面对他妻子和孩子在洁白的一片雪地里发挥想象力的逼真创作，他不能理解，而用他的权威与武断，给孩子们带来极大的打击。那被他强行带入温暖的室内的雪人小姑娘的悲痛的形象是他的孩子与妻子当时心境的写照：白色姑娘站在炉前毯上，炉火的热浪洪水猛兽般向她袭去，使她愈来愈消沉、愈来愈悲哀。"她渴望地扫一眼窗外，透过红窗帘看到了白雪覆盖的房顶，星星在散发着寒光，寒夜多么迷人。寒风在窗户玻璃上格格作响，仿佛在召唤她过去，然而雪孩仍站在滚烫的炉前不断地凋谢！"②小说总结林赛这种人的精神状态为，他们懂得一切，他们熟谙过去的一切，知晓现在的一切以及将来可能会发生的一切。"但如果大自然或他们身边的某些现象超越了他们的思维方式，哪怕这现象就在他们鼻尖下头，他们也认不出来。"③他们忘却了人生与人性的丰富多彩，不能容忍人性的多元性、异质性、复杂性。

批评家、读者都发现霍桑在作品、他为自己作品写的序言、他的日记

---

① 纳桑尼尔·霍桑：《霍桑集：故事与小品》，姚乃强等译，三联书店1997年版，第1249页。
② 纳桑尼尔·霍桑：《霍桑集：故事与小品》，姚乃强等译，三联书店1997年版，第1263页。
③ 纳桑尼尔·霍桑：《霍桑集：故事与小品》，姚乃强等译，三联书店1997年版，第1265页。

与书信中，看到他对自己作品有相当明显的不自信，有担心得不到读者的喜爱的焦虑，感到他作家地位被人轻视的威胁。他把自己体验到的、在19世纪上半叶那理性化、实用化越来越严重的美国社会中，人在弘扬自我的过程中越来越远离自我的危险，人被物化的危险，人失去自己创造力的危险，及其作家对此等种种的焦虑表现了出来。在其最具代表性的作品《红字》前言"海关"中我们可见明确的描述："海关的气氛非常不适宜于想象和感觉的微妙的收获。假如我在那儿待到未来的第十任总统的任期结束，我怀疑《红字》这个故事是否会呈现给读者。我的想象力是一面晦暗的镜子。我竭尽所能地在镜子面前布满人物，可它就是不反映出来。"并说明这种情况或多或少地都发生在公职人员身上，"当他依靠在共和国巨大胳膊上的时候，自身的力量就离开了他"[①]。因此，在他的作品中我们看到一系列的被社会挤到边缘的艺术家、或者说有艺术家气质的人，《美之艺术家》中的欧文·沃兰德、《古宅传奇》克利福德·平齐安、《福谷传奇》中的卡弗台尔、《红字》中的海斯特（她以她精湛的手工艺术，堪称艺术家）等。在他们孤独漂泊寻找不到家园的过程中，我们看到，在社会的越来越理性化、实用化过程中，理智与情感进一步分裂，艺术这种特别以感性、个别性、异质性为其特色的领域，其实践者在合理化、同一性的趋势中就更加失去了立足之地而不能融入社会，变成了社会的旁观者。

短篇小说《伊桑·布兰德》中的伊桑·布兰德的遭遇是理性化时代的人的生命价值被理性蛀空，生命失去了它本该有的意义的又一触目惊心的例证。他生活在蒸汽时代，是个熟练的石灰工，他的石灰窑因其为工业革命的深入、科学技术的发展提供基本的原料，有深刻的象征意义。身处这个现代化原料的源头，他的智力得到了提升、得到了解放，把他从一个普通的劳动者变成了智者。看到他周围世界的人欲不断地被释放，他感到了人性的恶，使他把新时期的智慧、逻辑理性用来探寻一个富含宗教含义的

---

① 纳桑尼尔·霍桑：《红字·福谷传奇》，侍桁等译，上海译文出版社1996年版，第31页。

问题——"不可饶恕之罪"。他的探寻之旅充满时代的特征：不惜一切代价地努力，只为达到目的，甚至不惜以毁坏灵魂为代价。

结果他成功地找到了"不可饶恕之罪"，也认识到了这"不可饶恕之罪"，是智者的罪恶，是生长在他自己心里的罪恶，它破坏了他与人类的兄弟之情，破坏了他对上帝的敬畏。"只为满足自己的强烈愿望而牺牲一切！这是理应遭到永恒痛苦报应的唯一罪孽！"[1] 他认识到了他人生的悲剧，认识到他的生存犹如那夜那山坡上的一只老狗，似乎为了向众围观他的人讨好所做的表演一样地荒谬：只为追逐而追逐，不问这追逐多大程度地能提升生命的质量。在众人面前，似引人注意一般，那老狗突然荒唐地追起自己的尾巴来。而更荒唐的是，它的尾巴竟比该有的短了许多，那么这样的追逐自然注定是追逐不到的，可那老狗又显得那么狂热地立志要追到它，所以它疯狂地、可怕地"嗥叫，狂吠与猛扑猛咬——仿佛这只荒唐的畜生身体一端与另一端有不共戴天之仇。狗转圈子，越转越快，它那够不着的短尾巴也逃得越来越快，它愤怒与仇恨的吠叫也越来越响，越来越凶，直到彻底筋疲力尽，离目标也永远那么远"[2]。

伊桑·布兰德悲痛地发现，他自己的智力之旅就是如那老狗那样的自我毁灭之举，没有在那样费尽心力的追逐中更加提升自己的生命，却是在那样的追逐中耗尽了自己的生命力、人性本质，变得与自己的生命目的更远了，乃至于把自己的心都炼成了大理石的心。"它已不再与世人的心同时跳动，他已脱离人性相互吸引的环链"[3]；他已失去了与人类兄弟姐妹情意相融的生命价值、生存境遇，已远离它的本质。他已变成非人，也是魔鬼般的人物。

如此，霍桑作品深度记录了在一个把理性奉为神、科学技术奉为上帝的社会中，人落入种种不同形式、不同程度地被理性、科技理性蛀空的人

---

① 纳桑尼尔·霍桑：《霍桑集：故事与小品》，姚乃强等译，三联书店 1997 年版，第 1217 页。

② 纳桑尼尔·霍桑：《霍桑集：故事与小品》，姚乃强等译，三联书店 1997 年版，第 1223 页。

③ 纳桑尼尔·霍桑：《霍桑集：故事与小品》，姚乃强等译，三联书店 1997 年版，第 1225 页。

生境遇。

六、现代文明暴力的征兆：严重的精神创伤

分析霍桑笔下所呈现的人在如此境遇中的各种灵魂的煎熬、精神的症候，我们还可见现代性的理性如何强烈地在冲击着人的心灵，给他们精神上留下了何等严重的重创。《红字》中的海斯特、《福谷传奇》中的奇诺比娅，以及其他那一系列处于现代性境遇中的，如伊桑·布兰德等人物心灵所受的煎熬与痛苦能得到更清晰的呈现，人在这样的境遇中的生存本质也就能得到更加形象、真实的体现。

海斯特的一生极其突出地体现了现代性境遇中人会遭受的重创。正如前面所论述过的，《红字》虽然被置于 17 世纪的波士顿，它的人物塑造如海斯特却很形象地表现着霍桑生活时代的 19 世纪上半叶的人。这样的塑造很具深意地述说了整个现代，形象地解说了现代人在现代性自律、自主主体人性观的鼓噪下使人遭遇的命运。这样的自主意识，使海斯特有了自己高于社会的他人、优越于他人，让她在精神上和生活上都采取了一种自足的姿态。而且在生活上，她也做到了靠她自己做针线活儿而自足，不仅不需要社会的帮助，还反过来帮助社会；有了自己很强壮、很有力量、自负的感觉，找到了自己的重要性的感觉；敢于如第十四章所描述的那样斥责她丈夫齐灵沃斯行为的卑鄙、堕落；敢于在其后的章节中，在树林中去私会丁姆斯戴尔，鼓励他勇敢地生活；并在她的主导下，他俩做出了私奔到旧世界去从此过妍居生活的决定等。这样的呈现看似表现海斯特的坚强及有自己的主见与良好的判断力，但我们知道，小说就在此时也同时呈现了我们如上分析的，海斯特人性的严重失落，表明作品同时也在隐晦地揭示这样的思想意识行为对海斯特的心灵和人格带来了怎样的结果。

用创伤理论去分析，笔者认为这表明海斯特在承受着严重的精神分裂症（dissociation）。这种分裂症在此是由她那种自主的意识一步步导致而成。因为，在她的自主意识的冲击下，就有了作品中那种表现为自恋型人

格障碍症（Narcissistic personality disorder, NPD）的症候。根据精神分析学说，自恋型人格障碍症，是一种人格混乱，表现为过度地被自己的自足能力、自己的强大力量所迷惑，自我感觉优越、自负和很大程度的自我重要感；极度地渴望得到尊重，却缺少对环境、他人的恰当理解。[①] 因此，这种自恋型人格障碍症就极有可能进一步发展成那种表现为自我消逝症候（depersonalization disorder）的分裂性症候。这种分裂性症候可表现为个人身份或自我感的改变。这种改变包括自我感的碎片化或自我身份的碎片化，忘记了自己的身份而给自己换上了新的身份。这种精神症候一般来说，表现为突然地、自发地就闯入进了受创者的日常行为与应对问题的方式之中，使受创者落入不安的精神状态之中，不能把自己的思想、情感和行为有机地融合起来，导致受创者不自觉地与现实、与他人分离开来，是自我意识的严重扭曲现象。自我消逝症候可引起严重的焦虑症，这样的焦虑又反过来会加重自我消失的症候。如此的恶性循环使受创者心里承受着严重的焦虑、压抑、心神不宁、狂躁、忧郁、困窘等情绪。自我消失症候是最严重的心理创伤症候之一。受创者通常不能敏锐地判断自己的处境，因此也不能认识到他的行为给他人与自己带来的问题。[②]

这样的人格分裂症、这样的心理创伤的由来首先在那开篇第二章"市场"中就以充满想象的形式做了形象而隐晦的铺垫，让读者跟随海斯特的意识，看到了海斯特在那特定的历史中心灵怎样被刻上了深深的伤痕。故事讲述海斯特在那痛苦的、令人耻辱的时刻，被迫站在那刑台上示众。那刑台却成了她的瞭望台，自她幸福的童年以来的全部人生轨迹都在海斯特·白兰眼前展现了出来。她再次看到了她在老英格兰的故乡村落、她年老的父母、她父母灰色石屋的家园。虽然家园的门廊上方还残存着半明半

①　E. Caligor et al, "Narcissistic Personality Disorder: Diagnostic and Clinical Challenges", *The American Journal of Psychiatry,* 172 (5) , May 2015, pp.415–422.

②　Jeffrey Abugel, *Stranger to My Self: Inside Depersonalization: the Hidden Epidemic*, Carson, Virginia: The Book Source Inc, 2011, pp.1–35, 40–55.

暗的盾形家族纹章，表现出古老世家的标志，但外表已表现出一派衰微、破败的景象。她还看到了另一个年老力衰的男人的面孔。他看上去一副学者模样，苍白而瘦削，由于长期在灯光下细读一本本长篇巨著而两眼昏花。海斯特·白兰那女性敏感的想象在竭力要摆脱这个老男人的形象，但那学者和隐士的身影还是顽固地出现了：他左肩比右肩稍高，略带畸形。在她回忆的画廊中接着显现在她眼前的是那些古色古香、年深日久公共建筑物，是欧洲大陆一座城市里的狭窄而纵横交错街道，"一种崭新的生活在那里等待着她，不过仍和那个畸形的学者在一起；那种生活像是附在颓垣上的一簇青苔，只能靠腐败的营养滋补自己"[1]。

　　这是用象征拟仿，打破了时间线型结构，把时间、意识、记忆和历史的边界都恣意突破了，使神秘、恐怖、哀痛的过去都聚合显现在海斯特现在脑海的意识流中，并让读者能领会到这些事件在其意识中的扎根程度之深，乃至它们形成了创伤性事件。现在海斯特脑海中交织的意识就是围绕这些创伤性暴力事件的辐射和离散形成的网状结构。它将多条情节重叠交缠：现实与幻想、过去与现在、记忆与遗忘、期盼与伤痛、生命与艰辛相互交织。这样的呈现策略达到了将多样的、分散的事件组合，将前后断裂的历史体验参照融合，使受创主体的意识形象展现的是灾难性场景：她那风华正茂的美丽、青春的纯真与执着就因为家境的衰落与老朽、冷漠连在了一起，那是什么样的价值观才会使人落入的境地？钱、物在起着怎样的作用？乃至于青春、爱情、生命都让位于它了，带来的是怎样的伤痛？在伤痕的开启下，这样的历史观的基础上，海斯特伤痛的叙事开始了，隐晦地把海斯特的伤痛与社会的变迁，人对自己有了与传统不一样的观点，物质占重要地位的社会形态连在了一起。开场的篇章虚构就如同给了读者沉痛而惊恐的眼睛，随着故事的展开，更深入地见证受难者将经历的各种

---

[1]　纳桑尼尔·霍桑：《红字·福谷传奇》，侍桁等译，上海译文出版社 1996 年版，第 43—44 页。

苦难。

而海斯特的形象明显地表现出了一个充满反叛传统精神的人物，以自己的理性牵引着前行，在市场的耻辱架上她能以那样坚强、优雅的姿态，胸前戴着被全镇人意为通奸的、被自己绣得精美绝伦的字母 A，怀着中抱着通奸生出的婴儿，面对全镇的蔑视。之后的生活中，虽然受尽全镇的谴责、鄙夷，她却能在镇上以"自我任命的'慈善尼姑'"[1]出现；并且在第 13 章，"海斯特的另一面"中，俨然就是一位女权主义战士，甚至"一度空想过自己或许就是一个命定的女先知"[2]。在社会原谅了她以后，如果在街上遇到那些因受过她的帮助想向她致意的人，她也从不抬起头来接受他们的致意。"如果他们决心要招呼她，她把她的手指放在红字上，便走过去。这也许是骄傲，但是极似谦卑"[3]。

这样的人物形象，充分表现出她为自己极强的自立自足能力、自己的强大力量所迷惑，自我感觉优越、自负和很大程度的自我重要感；她忘记了自己的身份而给自己戴上了另外的身份（自己的理性很强大，有强大逻辑判断力。其能引导她做出正误选择，相对于那清教小镇的意识，自己的判断是正道，应该服从之），她由此在遭受着自恋型人格障碍症的痛苦。因此，也就在这个过程中，在她那一切以自我意识为中心观点支撑下，海斯特也如上面我们呈现的那样逐步地丢失了自己。自我感消失了，她承受着分裂性症候，落入进不安的精神状态、焦虑的精神状态之中。不能把自己的思想、情感和行为有机地融合起来，才有她那些自觉地、不自觉地与自我、与现实、与他人、与自然分离开来的结果，是自我意识的严重扭曲现象，遭受着严重的自我消逝症候的分裂性症候。

小说的呈现就是这样步步地强化着她的这种自恋型人格障碍使她不能看清自己的处境，把握好自我，而加重了自我失落和加深心理创伤的重要

---

[1]　纳桑尼尔·霍桑：《红字·福谷传奇》，侍桁等译，上海译文出版社 1996 年版，第 110 页。

[2]　纳桑尼尔·霍桑：《红字·福谷传奇》，侍桁等译，上海译文出版社 1996 年版，第 176 页。

[3]　纳桑尼尔·霍桑：《红字·福谷传奇》，侍桁等译，上海译文出版社 1996 年版，第 111 页。

原因。因为正是在如上所论述到的她的一系列的自足自立的英勇行为使她获得了清教徒们的原谅，那镇上原强迫她戴的那惩罚性的红字已被她在镇上的慈善行为改变成了"能干"的象征后，作者更加着力强化红字对她的重要，如红字"是她的职务的标志"①，但同时又介绍，这个符号，或者可说这个符号所表示的她在那社会中的地位，对海斯特·白兰的心灵产生了奇特而强有力的影响，并用比喻的手法说，"她性格上所有轻松优美的绿叶，都已被这个火红的烙印烧得枯槁，并且早已落得精光了"②。因此她女人本性优美的那棵树干现在干枯成了一个赤裸裸的粗糙的构架，与此相连，她人品的魅力也发生了一种相似的变化。因此，小说介绍说，如果她还有朋友和伙伴的话，他们也不敢与她亲近了。

这个红字代表职务是什么呢？小说没有明确的揭示。但从海斯特从她的通奸事件暴露，她被放到耻辱架上开始，她就把它创造得精美绝伦，而且其后把她的女儿也打扮成一个活的红字形象的情节看，笔者认为，她在用红字表现她的反叛意识，表现她的思想，表现那她不同于清教小镇的新思想。这思想从小说一开篇，到故事的结束，我们都可总结出那种自启蒙运动以来西方思潮中对人的新的见解，能依靠自己认识世界，依靠自己的理性把握自己的生活、自己的世界，而不屈服于外在权威、不屈服于传统的不公正的观点。所以到此，直至她生命的结束，再到死后的永恒中，虽然社会没有要求她佩戴红字了，可她一直让它紧伴着自己。

这样的人性冲击、人性的失落也越加把海斯特置入进了更深的精神创伤，总处于忧虑、焦灼、失望与孤独痛苦之中。她觉得"一切都在反对他，世界对她怀有敌意"③。然而，就在如此焦灼的情况下，她还在思考妇女生活如何悲惨的问题，俨然就有 19 世纪上半叶第一次妇女运动时期的女权

---

① 纳桑尼尔·霍桑：《红字·福谷传奇》，侍桁等译，上海译文出版社 1996 年版，第 110 页。
② 纳桑尼尔·霍桑：《红字·福谷传奇》，侍桁等译，上海译文出版社 1996 年版，第 111—112 页。
③ 纳桑尼尔·霍桑：《红字·福谷传奇》，侍桁等译，上海译文出版社 1996 年版，第 113 页。

主义家，如玛格丽特·福勒的姿态。然而这样的激进姿态与行为又使她陷入更加失落的状态，更加被迷茫、焦虑、恐惧、忧伤、绝望、梦魇、威吓等内心的深度受创形态交替掌控。因此小说描绘道，她的心情已经不能在正规健康的状态下运行，而"毫无端绪地彷徨在黑暗的心灵的迷宫里；有时因无法越过悬崖而另转方向，有时因为深渊而惊吓倒退。她的四周全是荒凉可怕的场景，到处都没有一个安居的家"①。如此的呈现表现出了海斯特人性在与自我、与他人、与社会等方面的全面失落，人生没有了任何慰藉，所以带来的是如上描述的心灵深处的那种刻骨的伤痛。这样的伤痛使她甚至想到了死。海斯特的新思想、她的人性失落、她心理的各种创伤就这样深度交织在一起。

如此的交织贯穿到海斯特的整个生命。故事结尾时，在看似海斯特更加被社会接受的表象下，是那同样由海斯特的新思想、她的人性失落、她心理的深度创伤的深度交织的潜文本。多年后，她为女儿珠儿在遥远的欧洲寻得了安稳的家后，又只身返回到她死的这段时间，表面上，她承担着为镇上妇女解答疑难痛苦的义务，"安慰她们，忠告她们"②，是肩挑重担的新女性角色，但她都还住在小镇边缘的独立的小屋里，未融进她所服务的小镇，自觉地与现实、与他人隔离着。这是她生存境遇和心灵状态的深层次的言说。然后是那死后永恒的图景再次有力地总结了她的终生乃至以后的永恒：孤坟被永远的、无边的凄凉孤独包围，与墓志铭上的话语"一片黑土地上，刻着血红的 A 字"③相互映照着、互动着，述说着海斯特的境遇、人生的境遇：心灵就在这孤独凄凉、吞没一切的黑暗包围之中，那是怎样深重、沉痛的伤痛啊！

因此，在笔者看来，海斯特的形象在作者看似赞扬她新女性形象的笔触中，其实深入地、隐喻性地、极具戏剧性地、本质性地把她的生存境

---

① 纳桑尼尔·霍桑：《红字·福谷传奇》，侍桁等译，上海译文出版社 1996 年版，第 113 页。
② 纳桑尼尔·霍桑：《红字·福谷传奇》，侍桁等译，上海译文出版社 1996 年版，第 176 页。
③ 纳桑尼尔·霍桑：《红字·福谷传奇》，侍桁等译，上海译文出版社 1996 年版，第 177 页。

遇、生存体验的孤独凄凉、心灵的深度重创与她的新思想自始至终地连在了一起。

从这样的视角去看霍桑作品中那些同样被置于轰轰烈烈的现代性境遇中之人，看他们总在如窘迫、压抑、焦虑、愤怒、恐惧、失去自尊、漠然、找不到生存的意义、疯癫、歇斯底里、绝望等一系列的精神症候中挣扎，现代性对人心灵的暴力清晰而深刻了。这些人物如前面论及的那一系列魔鬼般的科学家及伊桑·布兰德、《古宅传奇》中的各种人物等。他们在自己的主体理性的发挥中，发展出的是自我自恋症，把自己放置到了上帝的位置上，而导致的是自我身份的完全消失。他们因此如前面章节所呈现，与自己、与他人、与社会、与自然的分裂对抗严重，乃至于落入表现出的那一系列的疯癫、歇斯底里、绝望等的深度精神症候。如短篇小说《伊桑·布兰德》一开篇，就呈现出了的伊桑·布兰德的那种让人惊恐的歇斯底里的深度疯癫："傍晚，石灰工巴特兰姆，一条粗鲁壮实的汉子，浑身脏兮兮地沾着木炭灰，坐着照看石灰窑。小儿子在一旁用白云石碎片搭着小房子。忽然，下面山坡上传来一阵狂笑，并不快乐，无精打采，甚至相当严肃，如同阵风刮来，摇动着林中的树枝。"如此震动山林的恐怖笑声吓得巴特兰姆的小男孩不敢独自游玩而紧贴到父亲膝旁，喊道，"'爹呀'，这孩子比愚钝的中年乡下佬（巴特兰姆）敏感得多，他笑起来并不像很快活，所以我听着好害怕！"① 而根据小说的呈现，伊桑·布拉德的如此深度疯癫，如此深重的自我消失症候就是他被深度理性化后的自然结果。

如此，霍桑笔下，那轰轰烈烈地向世人许诺要把人引入更完美的人生境界的启蒙理性内在地与疯癫等精神症候黏在了一起。对于现代文化的如此理解并非霍桑的个人曲解，20世纪后半叶以来也越来越受到学界的关注。许多学者认为，现代历史和文化与创伤有根本的联系，认为现代历

---

① 纳桑尼尔·霍桑：《霍桑集：故事与小品》，姚乃强等译，三联书店1997年版，第1211页。

史、现代文化是创伤历史和文化。卡普兰指出，人们常认为创伤与现代性本质地联系着。

> 如保罗·吉尔罗伊在《反对种族》中明确地指出，现代性与帝国主义、消费主义和法西斯主义深深交织在一起。现代性被认为制造了20世纪那些如灾难事件和全球跨文化冲突等的根本性体验。事实上，部分地因为20世纪的创伤事件如此之多，乃至于心理学家、社会学家和人文主义者都在研究创伤。[①]

耶鲁大学教授费尔曼（Shoshana Felman）则指出，"现代性（包括后现代性）可以大概地从它与精神病理学的关系来定义。精神病理学话语的霸权地位的建立从18世纪贯穿19世纪，延伸到了我们的时代，……疯癫变成了文化的症候"[②]。哈佛大学教授，精神病理学家、作家，朱蒂斯·赫曼认为，弗吉尼亚·伍尔夫在《达洛卫夫人》中对一战老兵赛普蒂默斯的人物塑造就形象而详细地描述了那老兵遭受的"创伤后精神障碍"（PDST）的痛苦，以至于有精神分析师认为，小说中的一些描绘是对那病症的很经典的描述。[③]

因此，如上分析，虽然霍桑的时代现代性对人性的冲击、对人生存境遇的影响还没有完全充分表现出来，所以19世纪上半叶欧美的主要国家还主要沉浸在对现代性理想所预设的美好未来之憧憬之中，是人们坚信人理性的发挥将把人引向更加完善的发展之时。美国著名哲学家和哲学史家梯利（Frank Thilly, 1865–1934）对此做的如此总结：说那个时代的人充满对人类精神能解决它的问题的能力的信心，说"那是一个拥有原理和世

---

① E. Ann Kaplan, *Trauma Culture: The Politics of Terror and Loss in Media and Literature*, London: Rutgers UP , 2005, p.24.

② Shoshana Felman, *Writing and Madness*, Stanford UP , 2003, p.3.

③ Judith Lewis Herman, *Trauma and Recovery*, New York: Basic Books, 1992, pp.49, 52.

界观的时代，……它力图理解并阐明人类生活——诸如国家、宗教、道德——和整个宇宙"①；但霍桑以其敏锐的洞察力已看到现代性以宏大的气势向人类发布着的解放梦想在解放人的同时又把人推进的新的令人重度伤痛的生存境遇之中，新的非人化的生存状况之中，各种残缺状态之中。

对现代性的如此批判、对启蒙理想的如此反思在 19 世纪后半叶以来的文学家、思想家们的话语中反复地回响。对于现代文化的征服性、同一性而使人落入非人化进程，所遭受的人格分裂、人性分裂，20 世纪以来，人们有了更深入、明晰的认识。尼采开启了这种哲学话语的先河。他在《悲剧的诞生》中指出，"在今日文化凋敝荒芜之中"，现代文化已退化为"萎靡不振文化的荒漠"，其根源就在于苏格拉底以后的理性主义②。之后，西格蒙德·弗洛伊德（1856—1939）从精神分析的角度对文明的发展、现代性的发展对人性的压抑的批判影响深远。他论道："最重要的一点似乎是，不可能忽略文明建立在抛弃本能的基础之上的程度，也不可能忽视文明在多大程度上确实是以不满足强有力的本能（通过遏止、压抑或其他手段）为条件的。"③ 马尔库塞总结说，弗洛伊德研究的一个重要问题就是不断地揭示文化的最高价值标准和最高成就中的压抑性成分，"企图重新考察和揭示最终体现在爱欲和死欲关系的文明与野蛮、进步与苦难、自由与不幸之间的可怕的、必然的内在联系"④。在许多学者看来，马克斯·韦伯（1864—1920）在此间对现代社会理性与个人的关系的讨论同样极具影响。⑤ 他阐述了西方文化的世俗化过程，与此相连的是理性化过程和祛

---

① ［美］弗兰克·梯利：《西方哲学史》，葛力译，商务印书馆 1995 年版，第 421 页。

② ［德］弗里德里希·威廉·尼采：《悲剧的诞生》，周国平译，三联书店 1986 年版，第 88—89 页。

③ Sigmund Freud, *Civilization and Its Discontent*, New York:Norton,1961, pp.51–52.

④ ［美］马尔库塞：《爱欲与文明》，黄勇、薛民译，上海译文出版社 1987 年版，第 8 页。

⑤ George Ritzer, *Contemporary Sociological Theory and Its Classical Roots: The Basics*. New York: McGraw-Hill. 2009, p.30. And also Kenneth D. Allan, *Explorations in Classical Sociological Theory: Seeing the Social World*, London: Pine Forge Press, 2005, p.151.

魅的过程，并从理性化过程的视角特别讨论了现代社会的发展。世界的神秘被不断地揭开，变得越来越可阐释，理性化使社会进步了，特别是把人从传统的、荒谬的限制中解放了出来，可它也使人最后把现代性的科学尊为唯一准则而"祛除了公共生活中许多崇高的价值"①②③。

魏尔默《坚持现代性》一书对此状况做了颇为中肯的阐释：如康德所构想的那样的启蒙规划，意在把人从"依赖的自我欺骗"中解放出来，关心的是人性的全面发展。但是，这个规划到了韦伯的时代已所剩无几了，只剩下不断深入发展的合理化、官僚化过程，以及科学侵入人类存在的那种冷酷无情的标准化进程、同一化进程。为此，这个现代世界已不断地表现出，"它可以动员一些反抗力量来反对作为合理化过程的启蒙形式。我们也许应把德国浪漫主义包括在内，但也包括黑格尔、尼采、青年马克思、阿多诺、无政府主义者，最后是大多数现代艺术"④。继《启蒙辩证法》，阿多诺的《否定的辩证法》对现代性原则进行了更深入的批判。它指出，自柏拉图以来，个别性和特殊性、非概念性，"总被当作暂时的和无意义的东西打发掉，黑格尔称其为'惰性的实存'"⑤。因此，启蒙的结果不是原初梦想的实现而是与原初梦想的背道而驰，由启蒙开端并以启蒙为目标的现代性文明因其本性而辩证地转化为"启蒙"的反面，即转化为神话、迷信和野蛮。

进入 20 世纪 60 年代以来——美国学者弗雷德里克·杰姆逊称这一时期为后现代时期，是跨国资本主义阶段，它对应的是后信息社会、工业社会——西方世界更经历了一大批后现代学者对启蒙理性的质疑。继续尼采

---

① Kenneth D. Allan, *Explorations in Classical Sociological Theory: Seeing the Social World*, London: Pine Forge Press, 2005, pp.151–152.

② Craig J. Calhoun, *Classical Sociological Theory*, Malden, MA: Wiley-Blackwell, 2002, p.167.

③ George Ritzer, *Contemporary Sociological Theory and Its Classical Roots: The Basics*. New York: McGraw-Hill. 2009, pp. 38–42.

④ Albrecht Wellmer, *The Persistence of Modernity*, Cambridge: MLT, 1991, p.86.

⑤ 西奥多·阿多诺：《否定的辩证法》，张峰译，重庆出版社 1991 年版，第 6 页。

以来的现代性批判思路，后现代主义思想家们批判理性至上主义，批判传统的"主体性"，批判传统形而上学崇尚超感性的、超验的因素，批判以同一性、普遍性压制差异性、个性的传统思想路径，把现代性的批判推向了更深处。福柯公开宣称，他怀疑"具有普遍形式的""独立自主的主体。"他极力宣扬个体的差异性，反对一切超验的、超感性的普遍性、永恒性，认为它们是理性至上主义的产物。福柯肯定地表明示，知识、理性与权力结合在一起而行使独断专行；理性如此破坏了自己原初立志实现的自由的愿望，变成了自由的对立面①。利奥塔（Lyotard, Jean-Francois, 1924–1998）认为，现代社会在"思辨理性的大叙事"、"科学知识的大叙事"和"人性解放的大叙事"的基础上建立了"现代性"的合法性，在它们的影响下，现代人普遍把科学知识、思辨理性、人性解放当作人类的救星。然而就是这样"美满的"现代性梦想使人类在 20 世纪短暂的几十年间就有了两次世界大战中人对人惨绝人寰的大屠杀，有"奥斯威辛"集中营焚尸炉灭绝人性的浓烟。利奥塔嘲笑这些大叙事是崩溃的大叙事。②

而在众多的现代主义文学、后现代主义文学大师，诸如 T.S. 艾略特、欧内斯特·海明威、索尔·贝娄、杰克·凯鲁亚特等的作品中，批评家们也早已深入看到了人类如此生存境遇的大量触目惊心的审美呈现。

因此，整体审视霍桑的作品，它们既是对宗教文明状态下人的生存境遇的探讨，也是对以人的理性为基础建立的现代社会的审视，表现出了这两种文明状态下人被分裂的身份，残缺的生存状态。残缺的自我、分裂的自我，是充满伤痕累累的自我。在宗教文明状态下，人失去了神性，只剩下原罪与恶，这成了人整天小心翼翼地牢记要祛除的，人生成了严厉、不宽容、忧心忡忡地整日审视着自己、也审视着他人不犯恶的体验。人生由此而只崇尚神性的光辉、宗教的理性的堆砌而挤压、弃绝人的生命力，人

---

① ［法］福柯：《权力的眼睛——福柯访谈录》，上海人民出版社 1997 年版，第 19 页。

② Jean-Francois Lyotard, *The Postmodern Condition*. 1st ed. University of Minnesota Press, 1984, pp.66–67.

成了半人、残缺不整的人，生命就成了各式的忧心忡忡、冷峻、严厉、不宽容、暴力、焦虑、梦魇、担惊受怕、恐惧、绝望、对人生、对自我失去信心、生命失去了它的意义而成了疯癫等各种伤痛的集合。以要找回人的人性为目的、要从宗教的愚昧神性中得到解放的现代社会，却在给人以自主的口号下，用逻辑的缰绳、科学理性的缰绳又把人束缚进了逻辑的陷阱、理性堆砌的陷阱：人在欢天喜地的自主梦想中又变成了理性的奴隶，是被解放的大叙事、逻辑理性的大叙事、科学理性的大叙事蛀空了的人，是新型状态下的空心人、残缺的人、不完整的人，生命的灵感被磨灭。在新型的非人化境地中，人生体验一样地由各种的茫然不知所措、失落、忧心忡忡、冷峻、严厉、不宽容异质、暴力、焦虑、梦魇、担惊受怕、恐惧、绝望、对人生、对自我失去信心、歇斯底里、疯癫等各种伤痛组成。因此，站在那历史十字路口，审视着两种文明态势下人的生存境遇，霍桑书写的是人的不完整生存状态的历史，是人的创伤历史和文化，呼唤着消除二元论（dualism）意识，以及种种分离（separation）、对立（objectification）和分裂（schism）意识，创建能够促进人完整生存、建构完整人性的文化生存境遇。

第三章
现代性境遇中家园的追寻者

——家园的破坏者

霍桑戏剧性地呈现人在现代性境遇中依靠理性的引导努力建构自己，把理性当作唯一的标准，任由理性扩展成了理性主义、科学主义，导致的却是新形式的灵肉分离，新形式的人与自我严重分裂的惨痛，新形式的反人类、反人道。这种人与自我的分离还深重地表现在人与自己的家园的关系上，表现人把自己看作是笛卡尔定义的"我思"（ego cognition）实体，是探索的主体（subject），是主动的，而把人之外的客观的物质世界完全当作被动的，任由主体控制的观点造成的人类中心主义。这种人类中心主义的思维方式，不注重人类与他生存于其中的客观世界的相关性、关系性、依存性、共通性、共存性、和谐性，而一味地追求人类自身利益，造成的却是对人的深重灾难，毁坏的是人生存所必需的健康生态家园。

第一节　霍桑视野中家的实质

人的一切活动无不以营造安定、美好的家园为目的；家是能使人有基本的生存之所的地方，是人的情感之所系的地方，能使人去发现自己、思考自己，能指引人去建构自己，寻找到自己是谁的答案，是判断人幸福与否的重要因素之一。伟大的作家无不对家的深刻意蕴做出各自深刻的探索。霍桑的深刻与隽永也无不表现于此。用他发表于 1843 年的随笔《火的崇拜》中借用西方传统用家中的壁炉（hearth）代表家的比喻，他对家的表述即是，"如果可以假设地面上有任何物质性的物件——或者说神性的思想寓于砖块和泥灰之中——具有俗世真理的永恒性，那就是非这壁炉莫属"①。家的模态因此是人能否在世界上有安身立命之处的根本标志，是人在世界上能否有与世界和睦融洽关系的根本性标志。要建构完满的自我、有幸福完满的人生，家在人类生活中起着至关重要的作用。而此期家园也正处于转折之时，处于从农村转向城市之时，在人的生活中、人的思想记忆中是人不得不面对的问题，产生着尤为突出的影响，对人的生活产生着极大的冲击。霍桑表现出了对此等问题的深入关注，展现了此期人对家园意义的深刻询问，人对美好家园的努力追寻与热切向往。

在《火的崇拜》中，他以租住的爱默生家的房产古宅（the Old Manse）为例，探讨当时美国社会以富兰克林发明的更节约能源的家用封闭炉子取代西方传统家庭中用明火取暖的壁炉的变革，讨论社会的变革、家庭的变革，讨论培根的现代性思想、笛卡尔的现代性思想对现代人生存的影响；这样的变革、社会的进步在多大程度上导致了道德、精神价值的消失，家园凝聚力的毁灭。霍桑这样以家庭壁炉之火的探讨蕴意深刻，因为西方千年的传统历史中，那以有跳跃的明火的壁炉家园的建立已深深地刻入西方的文化、西方人的历史记忆之中。所以，hearth（壁炉）深入进了人们语言之中，有了家、家庭的含义；这壁炉之中那跳跃之火在霍桑的笔下已有了家之精髓、家之精灵、家之中心的深蕴。他说，"那位嘉宾——那个普罗米修斯从天国中诱来教化人类、在冬日的荒凉中赐予人类欢乐的轻捷机敏的精灵……他和我们同居一室，令我们心情舒畅。"②家庭的壁炉之火，把人类生活的生动如画、诗意融融、美丽动人全融进了自身之中。"它仿佛要将力量、威仪、野性的大自然以及灵魂的本质，统统融

---

① 纳桑尼尔·霍桑：《霍桑集：故事与小品》，姚乃强等译，三联书店 1997 年版，第 989 页。
② 纳桑尼尔·霍桑：《霍桑集：故事与小品》，姚乃强等译，三联书店 1997 年版，第 981 页。

进我们家庭深处。"①

所以，壁炉之火富含着无限的神圣性，宗教的含义融进了其间。它"穿着普通主妇的衣裳，以一位母亲的温柔话语和心灵，布讲着谆谆教诲。神圣的壁炉！"②她抚慰着人的心灵、给人以温暖："她抚弄着学童们冰冷的手指，以融融热情温暖着老年人的关节，堪比青春之火，该是何等仁慈！她烘干那双从泥泞积雪中跋涉而过的牛皮鞋，拧干被雨雪冻得发硬的粗布外衣，还关心那只忠诚的跟随主人经受狂风暴雨的爱犬的冷暖，这又该是何等悉心。"她是那样的能直通人的心怀，在黄昏或黎明，"当耕夫、学者，或任何一个人，不管是男是女，年纪多大，地位尊卑，当这人拽一椅子坐在她的旁边，凝视着她那张亮堂的脸时，都会感觉到与她之间勾连着一种慰藉；这种我们每个人与她形成的默契是那样地敏锐，那样地深邃，又那样地广博！"对于青年人来说，她为他描摹出"未来生活的种种险象；对于年迈者而言，则刻画出他们失去的爱情、希望；倘若世间的万事万物均令人心灰意冷，她会勾勒出一个更加美好的金色世界，而使这位炉边遐思者感到欢欣"③。

作者进一步想象到大约六十五年前在他之前，居住在那古宅里的牧师。那时，牧师正值人生壮年，那住宅有着一个带着明火的开放性壁炉，"他阅读的时候热气烘软了书卷的硬皮书，他写作的时候，心灵没有半点麻木不仁，手指也不僵硬"④。教区一位教民来访问，"牧师欢迎他的光临，……牧师的言谈举止是多么温厚仁慈——从他的种种品质来看，他又怎能不温厚呢？融化的雪水从来客那双冒着热气的靴子上滴下，在炉边地上直冒泡"⑤。

---

① 纳桑尼尔·霍桑：《霍桑集：故事与小品》，姚乃强等译，三联书店1997年版，第982页。
② 纳桑尼尔·霍桑：《霍桑集：故事与小品》，姚乃强等译，三联书店1997年版，第989页。
③ 纳桑尼尔·霍桑：《霍桑集：故事与小品》，姚乃强等译，三联书店1997年版，第983页。
④ 纳桑尼尔·霍桑：《霍桑集：故事与小品》，姚乃强等译，三联书店1997年版，第985页。
⑤ 纳桑尼尔·霍桑：《霍桑集：故事与小品》，姚乃强等译，三联书店1997年版，第985页。

而当夕阳西下的时候：

> 闪烁的火光愈来愈强，光线愈来愈亮，渐渐地把人身、桌子、高背椅的影子清晰地投射到对面的墙壁上，最后当夜幕降临之时，整个房间充满着光辉，生活被镀上一层玫瑰色……远方，夜行人望见窗户上跳跃的摇曳不定的火焰，赞它为人性的灯塔之光，这火焰昭示他在清冷孤寂的小径上，世界上并不全是积雪、孤独和荒凉。①

这样的家是那样地充满家之精髓，不但是人能抵御风雪刀剑的庇护所，而且是给人以精神慰藉之场所。作家写道："一个人只要忠实自家的炉边位置，他就会效忠祖国、遵守法律，虔信他的祖宗们崇拜的上帝，对他青年时代的妻子忠贞不渝，对所有其他本能和宗教教导我们封为神圣的一切，全都忠心耿耿。"②

所以，要得到精神的滋养、人性的完满发展，人需紧紧地执着于家。在《海岸上留下的足迹》中，主人公离家到海岸上去寻求精神激励，但当夕阳西下，大海一片忧郁，他发现世界似乎是那样一个"凄凉的荒原，"在那样的凄凉之中，他的"灵魂漫游了很远，可找不到歇息之地，又只好颤抖着缩了回来"。这时他不断地重复说，"回家！回家！是该赶快回家的时间了。是回家的时候了，是时候了！"③这样的呈现，凸显家与人的情感之维系，家才能使人精神感到慰藉。

在他的《夜间随笔——在伞下》中，一个冬日的雨夜，主人公整天在家独处后外出漫游重找现实感。带着"无家园的感觉"，他持续漫游着，可到了小镇的尽头时，他想回家了。这时他驻足观察一个朝他走来的孤独的身影，那人"手提着铁皮灯笼，毫无畏惧地走入陌生的黑暗中……不害

---

① 纳桑尼尔·霍桑：《霍桑集：故事与小品》，姚乃强等译，三联书店 1997 年版，第 985 页。
② 纳桑尼尔·霍桑：《霍桑集：故事与小品》，姚乃强等译，三联书店 1997 年版，第 983 页。
③ Nathaniel Hawthorne, *Tales and Sketches*, New York: The Library of America, 1982, p.569.

怕踏上他面前阴暗的小路，因为那在他家炉火上点燃的灯笼将会把他引回到他家的炉火边"。作品接着以更加通俗，却有深含意蕴的语言说，我们这些"风雨交加、阴郁世界中黑夜的漫游者，……如果有信仰的灯笼，它将必定引领我们回到天堂之家，因为其灯笼的光芒就是从那里借来的"①。这里凸显出了家能给人精神意义上的照耀，使人不会被黑暗吞没。

再看他同年发表的随笔《三重命运》。这里，家的含义虽然没有其上两篇那么乐观，但也强调了真爱、智慧、力量就在家里的含义。这里，主人公也是一个"世界的漫游者"。他长达十年的在外漫游，为的就是找到能与他相知相爱的姑娘、无尽的财富与精神上的至上权利。但在外漫游都徒劳了。这三重命运还是在他回家后看到他儿时一起玩耍的女伴菲斯（Faith）时意识到的，它们其实就在他的家中。随笔结尾感叹道，"但愿所有那些怀着狂热愿望的人，看看他们的周围。他们往往会在自己身边，在天意注定的地方，找到自己的工作岗位，找到成功，找到幸福"②。如此，正如路德·鲁德科所评述，在霍桑"19世纪30年代一系列的作品及其后的作品中，霍桑的金发姑娘总与家、家的护佑相等同（identified）"，明显地表现出，"一个人必要的幸福就可在自家的炉火边找到"③。

可这样甜蜜、温馨、滋养灵性、让人能找到归属的家，在现代性一片努力建家的热望中，在努力建造更能够扩张地使用理性以获得更加丰厚的物质基础、更加自由地发挥自我意志的天地之中，被破坏了。

评论家们同时也在霍桑作品中看到了他对家的问题、失去家园的问题的沉重表现。葛洛莉亚·尔里奇（Gloria Erlich）认为，"家对于霍桑是个问题"，因为，他深深地感到了"他想象之中的母亲为中心的理想之

<hr>

① 纳桑尼尔·霍桑：《霍桑集：故事与小品》，姚乃强等译，三联书店1997年版，第641页。
② 纳桑尼尔·霍桑：《霍桑集：故事与小品》，姚乃强等译，三联书店1997年版，第702页。
③ Luther S. Luedtke, *Nathaniel Hawthorne and the Romance of the Orient*, Indiana University Press, 1989, p.122.

家"与现实的分裂①。埃德加·德莱顿认为,"霍桑作品中满是无家可归的
人物,他们在寻求得到认可与和解"②。埃德温·米勒在《萨勒姆是我的
居住地:霍桑的生平》中评价说,霍桑曾经就用悲伤自叹话语评述自己:
"'我是个贫穷的路边流浪汉……只能找到一两夜的避风处,然后又疲惫
地向前跋涉。……我深深地感到无家的感觉、迷茫的感觉,感到我好像
不属于任何地方。'——强烈地表现出了他作品人物四处飘荡的深重的失
落感"③。

从其 30 年代的早期作品到 40 年代、50 年代乃至 60 年代的《玉石雕
像》中,我们可见作家笔下塑造有这样的境况:这群以"我思"为基点看
世界的人,在积极发挥自己的理性以战胜自然、掌控自然,以便为人、为
自己赢得更自由、更舒适的生活空间,建立起自己安身立命的家园,但他
们在为自己、为人建立更美好的家园的努力中,却使自己离自己的家园更
加遥远,甚至使自己家园毁于一旦。《胎记》中的艾尔默战胜了众多的美
女乔治亚娜的倾慕者,而赢得了她的爱,建立了家,"但这爱情只有与对
科学的爱互相交织,并且把科学的力量与他自己的力量相结合,才显得更
为强烈"④。这表明理性的扩张、科学的精神已不单在对纯自然的世界中发
挥作用,而且在人际关系中,在对人的问题上也在发挥着巨大作用。于
是,这种理性的精神所包含的准确认识世界的科学精神,改进一切使之完
美的科学精神,使他们的爱很快地消失,使家也很快地失去它应该有的含
义,失去了它温暖与慰藉的力量,在两人本应为爱、为幸福宁静而沉醉之
时,却总为乔治亚娜脸上那表示人的缺陷与必死的胎记而烦恼,直至二人

① Gloria C. Erlich, *Family Themes and Hawthorne's Fiction: The Tenacious Web*, Rutgers: University Press, 1984, pp.75–76.

② Edgar Dryden, *Nathaniel Hawthorne: The Poetics of Enchantment*, Cornell University Press, 1977, p.147.

③ Edwin Haviland Miller, *Salem Is My Dwelling Place: A Life of Nathaniel Hawthorne*, University of Iowa Press, p.407.

④ 纳桑尼尔·霍桑:《霍桑集:故事与小品》,姚乃强等译,三联书店 1997 年版,第 891 页。

下定决心要除掉那胎记以重新赢得家的温暖、爱的甜蜜。但也正是这种要把妻子变得更加完美，从而使他们的爱情越加温馨、家更加甜美的努力导致了妻子乔治亚娜之死，从而也使家与爱的含义彻底消亡。

《拉帕奇尼的女儿》中的拉帕奇尼不惜改变女儿的本性，使其变成充满毒素之人，使其毒素无人可战胜，女儿能更加幸福、有温馨的家。但这样的努力使他们生存的家园变成了充满毒气之地，乃至于生活、工作于其间的创造者拉帕奇尼不得不时刻提防，家园就毁灭在了建设者的努力追求之中。《通天铁路》以不同的审美呈现表现出了同样的意蕴。所以在从"毁灭城"到"天城"的巨大空间中，一派人在战天斗地、移山填峡谷，使天堑变通途等的激昂与决心，这自然也为的是为人建造更便捷、舒适的家，可因此导致的四处毒气弥漫，光、噪音、废气等的严重污染却使那本应像天城那样充满青山绿水的家变成了乌烟瘴气之地。

这呈现出，霍桑作品充满着对家之实质的思考，充满着对真正家园保护的呼唤。

第二节　转折之期对现代之家园—城市——的不同凡响

城市可以说是现代文明为现代人设计的理想家园，在现代文明的兴起中得到了急剧的扩张，现代文明在热火朝天的激情之中，在一片要把人引向更加自由的境界的呐喊之中，把人以农村转向了城市。但霍桑作品中的城市意象又多是充满物欲、荒凉、颓败、令人压抑、甚至充满毒气、扼杀人生命力的。这样的意象明显地表现出与现代性为现代社会规划的梦想不符。从20世纪80年代兴起的现代性研究热门话语的视角，从卢梭、马克思、到韦伯、弗洛伊德、尼采，再到法兰克福学派对现代性批判的理论切入做更深入的剖析，我们看到霍桑在现代伊始，对现代人的家园——城市的描绘是切中了时代之弊病的。这些城市意象更多的是作家内心感受的描摹，描摹了由于现代化进程而导致的非人化进程，以及现代工业文明和城市文明对人类生存境遇的巨大影响。作家以自我强烈的洞察力透入城市生活，呈现出了物理意义上的城市空间，更多的是对城市社会性的呈现，把生存于城市之中的人感到城市压力的主观印象和内心现实呈现了出来；把城市的物理层面、社会层面与文学文本有机地结合了起来；表明霍桑在那历史文明的转折期没有盲目受惑于时代的乐观精神，相反，洞察到了现代性宏大叙事下人类理性过度膨胀而导致的异化状态，以及对人类的内在精神与外在生存环境两方面的重创，最终导致人类在努力建设家园的过程中，使家园遭到更深层次的毁灭。其中充满着对人性、人的存在、人生的终极问题的探寻，充满着对人前途命运的疑问、焦虑。

19 世纪上半叶的美国正处于变革的关键时期：社会从以农业经济为主导的社会向以工业经济为主导的社会转变，人口从以农业人口为主的国家向以城市人口为主的国家转变。也就是说，从农村向城市的转向是与工业的崛起、现代社会的崛起、现代性的崛起紧密相连，相依相伴的。现代性的核心思想相信自我主体性的确认就是通向自由、幸福之路；相信工业、科技、贸易的迅速发展即是进步，能使人类生活更加美好、人类世界更美丽；而这美丽的人类世界以城市为代表，城市是政治、经济、文化、科学技术之中心。如此的思想观念、人的家园的急剧转型强烈地影响着人的思想意识形态与生活方式，无疑也会使当时的思想家、哲人对此进行思考与评判，形象而深刻地阐释着那个时代及它的深刻困惑人心之处。美国浪漫主义经典文学对自然的崇拜、对回归自然的呼唤，是对那时代对工业文明、城市文明、理性化社会对人性腐蚀的反抗，强调人可以通过自然使自己的人性得到复归，生存更加完美。爱默生在《自然》中写道：田野、树林能给人的最大快乐在于，它们给人与自然关系隐秘的启示。人并非独个存在、不受承认。自然在向我们颔首，我们应向它们点头。"风雨中树枝摇动对我是既新鲜又熟悉；它令我惊奇，但我对此并非不知。它们对于我的影响，就如同我确信自我思考正当、行为妥帖时，全身涌起的高尚的思想与情感。"他指出：然而，可以肯定地说，这愉悦的力量是存在于自然，但它也存在于人，也即是说，存在于自然和人的和谐中。很重要的问题是，这种欢悦我们应该要小心、节制地享用。①

在林中散步对于亨利·戴维·梭罗来说就是对灵魂的滋养，是精神上的朝圣。② 而评论家们多认为，赫尔曼·麦尔维尔的呈现更直接地表现出了他对城市是"充满疯狂、毁灭、死亡的威胁"的观点。③ 雯·凯利指出，麦尔维尔小说的一中心主题是：

> 城市欺诈和分裂……欺诈和诡计、邪恶和悲伤、暴力、倾轧和伤害真正地被深深地嵌入进了城市的石头之中，及人的话语与心中。可比公开的暴力和倾轧更加深入和令人恐惧的是朋友间的背信弃义：同一个阶层和相互为伴的人，一同走向上帝的圣所，达成甜蜜的商议。这甜蜜商议是同等阶层人的隐秘语言，是城市的话语和流通货币。在这其中，商业把人带入隐秘的联系之中，只为毁灭他们。④

对于霍桑的城市研究，评论家们有比较不同的观点。贝奇·克里曼史密斯在探讨《福谷传奇》对城市的崛起的呈现时认为，霍桑的"城市住宅建筑表明工业城市新空间的现实将会在居住者内心和居住者之间产生新的结构。……霍桑的城市观认为，城市将最终导致人的瘫痪状况。这样的思

---

① Ralph Waldo Emerson, *Nature and Selected Essays,* London, Penguin: 2003, p.39.
② Heather Roberts,"The Problem of the City", in *A Companion to American Fiction 1780–1865*, Shirley Samuels ed., Maldden, MA: Blackwell Publishing, 2004, p.296.
③ Betsy Klimasmith, *At Home in the City: Urban Domesticity in American Literature and Culture, 1850–1930*. University of New Hampshire Press, 2005, p.17.
④ Wyn Kelley, *Melville's City: Literary and Urban Form in Nineteenth-Century New York*, Cambridge University Press, 1996, p.35.

想先于现代主义文学描述的现代场所生产出的分裂个体"①。另外，因霍桑作品不管是写他以前的时代、还是他的时代都常以浓重的清教为背景及清教的语言与意象推出，一些评论家、特别是国内的学者多从清教的视角去评论他，认为他深受清教思想的影响，写的多是关于清教的主题，而对当时的时事也是以清教的观点观之，因而表现出了迷茫与保守的态度，所以似乎对此进行探讨也是不可取的。②赫里·罗伯兹在其《城市的问题》中认为，霍桑"阴郁的、常带有加尔文教观点的人性观使其以极其不信任的态度看城市，把城市只看作是人类野心的产物。对于霍桑来说，城市的问题就仅是人类问题的延伸与表现"③。

　　对霍桑的这一阐释，是人们还沉浸在对现代性解放叙事的幸福展望之中吗？但在霍桑的时代，确有不少更加通俗的作家对城市做的是更加肯定的呈现，如范妮·福恩（Fanny Fern, 1811–1872）。福恩是当时收入最高的报纸专栏作家、幽默作家、小说家。④在她的小说《罗斯·霍尔》中，主人公罗斯从乡间的孤立小屋搬到城市。在城市里，她努力学习技能，成了一个成功的单身妈妈。⑤范妮的作品常关涉妇女的日常生活，赢得了许多女性读者。但在霍桑为当时许多成功女性作家抢走了他读者而抱怨、称她们为"涂鸦的暴民"（scribbling mob）中，霍桑对范妮是例外，称赞她的写作如同"似乎魔鬼就在她身体里"⑥。对于当时另一位作家莉迪

①　Betsy Klimasmith, *At Home in the City: Urban Domesticity in American Literature and Culture, 1850–1930*. University of New Hampshire Press, 2005, p.18.

②　常耀信：《美国文学简史》，天津：南开大学出版社 2003 年版，第 72—73 页。

③　Heather Roberts,"The Problem of the City", in *A Companion to American Fiction 1780–1865*, Shirley Samuels ed., Maldden, MA: Blackwell Publishing, 2004, p.296.

④　Fanny Fern, *Ruth Hall and Other Writings*. Joyce W. Warren, ed. Rutgers University Press, 1986, p. xv & p. xviii.

⑤　Betsy Klimasmith, *At Home in the City: Urban Domesticity in American Literature and Culture, 1850–1930*. University of New Hampshire Press, 2005, p.17.

⑥　Edwin Haviland Miller, *Salem Is My Dwelling Place: A Life of Nathaniel Hawthorne*, University of Iowa Press, 1991, p.424.

亚·彻尔德（Lydia Maria Child, 1802–1880）来说，在城市里的漫步对于她来说，能得到梭罗在乡间丛林中散步得到的精神慰藉。她把城市看作是考验道德的场所，给人提供把自己与其他人孤立起来时得不到的精神救赎机会。[1]雯·凯利则认为，赫尔德、惠特曼、艾伦·坡都喜欢城市可以让他们漫步到公园去享受清风，可以"在绚丽的街道上漫游，漫游过一群群拥挤的、激动的城市人群、或远距离坐着、从一个咖啡厅窗户观察他们"[2]。

笔者认为，霍桑对城市的呈现，表现出了对当时正兴起的现代文明的深刻批判。这种批判紧密地与现代人的生存质量相连，深刻地聚焦于现代人的居所——城市之中，探讨着当时文化关注着的家从农村转到城市的命运，探讨着城市作为家在现代性境遇中的含义、人在其中的生存体验。其中满是作家对现代文明之中人对家园充满焦虑的呈现，表现的是新时期人与自然关系所呈现的新的状态。

第三节　作家对现代人家园实质的焦虑

因此，霍桑作品充满着他对现代人家园实质的深刻问询与焦虑，充满着对家园的温馨之力、凝聚之力的呼唤，充满着他对现代性梦想、现代性改革目的深刻询问：现代人在对自己生活世界的不断改造之中、在自己理性的不断扩张之中、在对物质的无穷追逐之中把自己推到了什么样的人生境遇?! 霍桑在探讨家园问题、人的归宿问题。如前所论，家园对人来说是港湾，人能在其中得到呵护，能感到怡然自得，完整的生存感，能感到精神聚合；对其间的一切都有亲和感、熟悉感；能在家乡的一切之中感到

---

[1]　Shirley Samuels ed., *A Companion to American Fiction 1780–1865*, Maldden, MA: Blackwell Publishing, 2004, p.296.

[2]　Wyn Kelley, *Melville's City: Literary and Urban Form in Nineteenth-Century New York*, Cambridge University Press, 1996, p.68.

和谐自在：能与山河大地、草木虫鱼、每一件使用过的物，每一个人，每一种习惯和谐共在。

城市的生命力源自家园，但霍桑笔下现代人的城市失去了它的家园性质。它不能呵护、滋养生活于其间的人；相反，它在压抑人、抗击人。生活于其间，人饱受着与自我分裂、与家分裂、与他人分裂的痛苦。如那科学家拉帕奇尼亲手创造的园子不仅扼杀他自己，还扼杀所有不幸闯入的生命；平齐安家族竭尽心力、历经近两百年的数代人努力建的那家，是豪宅，可它阴森可怕，被灰尘覆盖。其间，对金钱的欲望令人窒息而压抑生命灵气。这是建立在祛魅的基础上的没有温暖的"家"。《通天铁路》中的城市及之间的人工空间是人们梦想的人的宏大之家、方便之家，但那家园是充满危险之地，满眼乌烟瘴气景象，对抗成了其间人与自然的命运。在一片战天斗地的浩气之中，在他们为自己努力营造的家之中、创建的城市之中，生命却被扼杀了，凸显的是家园失去了它本应有的意义。人在其间失去的是本真生存，事实上又成了无家可归的流浪者，"家园"亦成为一堆僵死的文明残迹和废墟。

因此，这群以"我思"为基点来规定自己的存在与世界的存在的人在霍桑作品中寓言性地、象征性地表现了人怎样把自我遗失在了发挥自我主体的努力之中，遗失在了人类以自我为中心，只为自己的短期利益而奋斗，而不是整体地看世界的视野之中，因此，在极力掌控世界、掌控自然的同时，却使自己的家不再在精神和客观意义上有任何家的含义。霍桑的《火的崇拜》结尾的话语——"我们一直以推倒壁炉为己任"[1]——人又成了陌生世界中寻找家园的流浪者，充满着沉重的对家园实质的思考。家失去了任何滋润之力变成了充满阴冷、陌生之地，使生活于其间的人不但不能成长反而变成了一个个懦弱、冷漠，不能行动的琐碎的人；家变成了与自然分离，被物欲控制的家，变成了令人压抑的巨大力量；更为可怕的

---

[1] 纳桑尼尔·霍桑：《霍桑集：故事与小品》，姚乃强等译，三联书店 1997 年版，第 989 页。

是，那以有温暖壁炉之火为象征的温暖之家、滋润之家，变成了充满地狱之火的场所，它吞噬、毁灭了其中的人。

一、家：逐出了自然的物化之家

从《拉帕奇尼的女儿》《通天铁路》《新亚当夏娃》《地球的大燔祭》《胎记》等等作品看，甜蜜、温馨、滋养灵性、指引人能找到归属的家就被毁坏在人对家园的改造之中。在这样的努力之中，人抛弃自然，而追逐的是没有了任何精神意义、道德意义的力量的强大、生活的便捷、科技的盲目发展、对物质的盲目追逐、为改革而做的改革等。作者表现的是，人怎样在现代性话语的鼓噪下为追逐物质而换来的是人与自然的天然联系的被毁坏，人赖以生存的自然基础被毁坏，人的生存世界变成了物化的世界，是只剩所谓的力量、科技的胜利的世界，但家园被毁坏了，家园被变成了荒芜之地，充满毒气之地，人落入严重的生态危机、生存危机之中，被置于与自然的最严重的对抗之中，把给人润育之力的自然抛弃了。这样的主题，我们可以说在霍桑的其他很多作品中都能看到，只不过有些作品，如《红字》《古宅传奇》《福谷传奇》《玉石雕像》等这样的表现更具隐喻性，更加曲折迂回。如《红字》中，当那老医生齐灵沃斯一心只在医学的追逐中增加自己的知识与技能而忘记自己的情感之时，那是他对自己自然人性的遗忘，而使自己变成被理性充斥之人，他的家也变成了被理性充斥之家，自然被逐了出去，失去了它滋养人的能力。到后来在他对海斯特和丁姆斯戴尔的报复之中，他更把他的家变成了只有冷酷的理性分析，而没有了任何爱，家在此更加失去了它的含义，而人更加在这样的物的挤压之中，失去了生存的空间而变成了没有归属的流浪者。所以，到后来，丁姆斯戴尔的死使他失去了报复目标，他在他的世界里完全失去了生存意义，他完全找不到任何的归属感了，他也只能枯萎而死了。

《古宅传奇》历经两百年历史的探讨也在探讨现代性过程中，现代人把城市变为家的过程中的感受：家失去了与自然和谐与共的天然美质，"大自然被淹没"了；[①] 家能给人以精神上的慰藉的实质，是呵护人的港湾的实质全被物欲追求逐出去了。所以，无奈之中，小说通过那有哲学家气质的范纳大叔总在做着以后要重回他的农庄的梦，总拿以后他要重回他的农庄的计划来抵御现在在城市生活之中没有家的流浪之苦，与自然分裂的孤独，人性被分裂的现实；所以，结尾时那被那七个尖角阁的房子象征的传统与现代相交织的生活、城市生活的倾轧压迫、有着近两百年矛盾的平齐安家族与莫利家族的后代菲比·平齐安与霍尔格拉夫相爱了，爱消解了他们世代的冤仇，他们及赫普齐芭和克利福德再也不用承受那七个尖角阁的房子的压抑了，他们欢喜地搬到平齐安法官留下来的遗产，乡间别墅去了，给了小说一个看似幸福的结尾，让读者看到，人物最后在宁静的乡村去寻求精神的慰藉，新的家园去了。

我们认为，这样的结尾一方面意在着力地强调小说中对现代人家园、城市变成了怎样一种失去了自然之美、失去了自然对人呵护之力的压抑人之地；另一方面，这样的结尾也符合当时浪漫主义和社会上普遍存在的乌托邦思想对乡村的构想，认为乡村、自然能够让人重返家园的宁静、有序，能够修复人性在现代生活中所受的分裂，能够给人一条逃避现代性生活的纷繁复杂之路。那么，这样的结尾看似在给读者指出一条怎样逃逸现代性的摧残之路，是一个令人愉快的结局。但我们认为，这样的结尾也在把玩着读者看世界、看人生的观点，给予读者继续思考的空间，因为我们不要忘了，主人公们要去的那乡村别墅是法官托马斯·平齐安以他的对物质的贪婪搜刮而得的，是建立在资本文明以个人利益为中心的核心信条之上的。这不是又给了新住宅精神遗产？住到那里去后，人物就能从此摆脱过去对他们的影响、社会对他们的冲击？我们认为，小说这种表面看似有新生活的开端的结尾值得读者思考，霍桑在该小说中不是在反复地讨

---

① 　纳桑尼尔·霍桑：《古宅传奇》，韦德培译，上海译文出版社 1991 年版，第 4 页。

论表象与表象下隐藏的实质问题吗？如小说中的女主人公赫普齐芭被描述为：面容的表面，眉头紧皱、满脸怒人，给人以脾气很糟糕、古怪的印象，可"她的内心是从不发怒的，这颗心天生脆弱、敏感、经常微微发抖和心悸"①②。

因此，我们认为这样的结尾也是作者在使用他惯常使用的、用作品深层次的意蕴颠覆作品表面意蕴的手法，在看似不经意中把现代人的家从城市连接到乡村。那么，作者思考的现代人的家园就不仅只是城市，而且推进到了乡村，把现代人的人生境遇、家园问题扩展到整个现代性境遇下的时空中，以表现出，或者说，让读者思考在现代性一切以功利、以抢夺自然为目的的核心信条指导下，现代人家园的最后防线农村的家园含义中自然对人的呵护还能持续吗？有多深？思考着在现代性境遇中，自然在家中的含义，人们对她的态度的询问，就是在思考家的实质。这样来看，该小说的结尾充满不确定性、讽刺意味，及与故事表面传达的欢乐气氛相反的忧伤。这种忧伤不仅来自对该小说的解读，也来自把霍桑探讨现代家园为主旨的小说连起来思考的结果。

对这种自然犹在，但自然的本质已被改变的实质，在《伊桑·布兰德》中表现突出，是对乡村家园在现代性的冲击下遭到了怎样的毁灭的呈现。其中，虽然没有现代化大生产的轰轰烈烈的景象，但这里的毁灭更在家园实质的深处、更深藏在人心里，是现代性对自我的鼓噪、市场经济、现代性理性化过程对人性腐化之严重的深刻隐喻，因此，也是自然被逐了出去的领域，更可见现代性在以何等的力量转化着人的家园。所以那莽莽的大山中那许多的为现代化提供原料的石灰窑极具象征意义，它们是现代化大

---

① 纳桑尼尔·霍桑：《古宅传奇》，韦德培译，上海译文出版社 1991 年版，第 33 页。

② 约瑟夫·弗里波特（Joseph Flibbert）在其载入当代著名的文学批评家哈罗德·布鲁姆编辑的《纳桑尼尔·霍桑》中的论文也对霍桑该小说的此特性有论述。Joseph Flibbert,"That Look Beneath", Harold Bloom, ed, *Nathaniel Hawthorne*, New York :Infobase Publishing, 2009, p.135.

发展的重要源头。这里就地貌讲似乎还保留着那绿野葱葱的自然面貌，好像家还是与自然密切相连的家。可这是假象，现代性的冲击已深入到了深处：昔日人的纯真、对生命的敬重、自然的敬重，昔日和自然的融合与共都一去不复返了。石灰窑以熊熊的炉火燃烧着，忙着为现代化提供生产原料；它现在的烧灰工巴特兰姆从而也是一个除了生意上的事不想其他任何事的"粗鲁壮实的汉子"[①]；失去了人的任何怜悯之心，甚至在人死亡的伤痛面前，他的心也不会有任何触动：看着伊桑·布兰德在石灰窑中被烧成了灰的遗骸，他没有任何为生命陨落的伤痛，却乐于把他的遗骸打碎、收拢，就为多获得半蒲式耳的石灰。

而村中那些代表性的人物也充分表现出家园的理性化过程、物化精神在改变着一切：酒店中集聚着整天靠酒精滋养生命，对自然、对生命的任何奇迹失去了感悟力的人；再看埃丝特，眼里只有钱、虚饰的风光，她消失在外做马戏表演多年，忘却了自己应对亲人关怀，而使她老父亲陷入"破衣烂衫，白发苍苍，脸盘精瘦，目光游移"[②]的境地；当然，这其中，受冲击最严重的还数伊桑·布兰德。他变成了智者，是那时代智性化急速提升的缩影，但从此在他心中再也感受不到过去能感受到的悄然落在他身上的夜露、向他低声软语的幽林、在他头顶闪耀的星光；再也体会不到他过去怀有的悲天悯人的情怀；他再也感受不到自然给了生命的神圣与意义，乃至于最后不得不纵身跳进石灰炉熊熊的火海之中。这里，那被逐出家园的自然，是人们脑海中的自然，是人对人生一切的敬畏，代之而起的是那追求功利的功利主义与祛除一切人性的知识追逐、目的追逐，及与之而来的那分裂人性的工业化生活。乃至于，伊桑·布兰德死去后的那天清晨，那群山环绕的村庄呈现出了片刻天地融合、自然回归的美景：山顶朝阳已将金色的光芒洒遍，村庄完全被群山围绕，群山渐渐隆起远去。那村

---

① 纳桑尼尔·霍桑：《霍桑集：故事与小品》，姚乃强等译，三联书店1997年版，第1211页。
② 纳桑尼尔·霍桑：《霍桑集：故事与小品》，姚乃强等译，三联书店1997年版，第1220页。

庄仿佛宁静地安歇在上帝巨大的掌心之上。两座教堂的小尖顶刺向天空，座座村舍清晰可见，"镀金的风信鸡已染上朝阳的霞辉。小酒店也有动静，老驿车经纪人叼着雪茄，被烟熏干的身影出现在门廊下。①古老的格雷洛克山顶上彩云飘飞，光彩夺目。山间云雾缭绕，瞬息万变，有的沉入谷底，有的升腾至山顶，有的消融在晨辉之中。踩在山间轻盈的云朵上向前迈进，一步步走向更高更远的云朵，仿若凡人就可以这样走进天堂。

这样的结尾极富象征意蕴，意味着，人间只要去掉了伊桑·布兰德那浮士德式的不顾灵魂的理性追逐，人类社会就可以享有那登天的梯子，进入人与自然融合与共的天国天地了；但小说的下一句话，"天地如此融合，宛若梦境"，似乎也在表现着现代性理性化的冲击是多么根深蒂固地难以祛除。所以最后小说又回到现实，石灰窑中，那务实、粗鲁的石灰工巴特兰姆击碎了伊桑·布兰德被石灰窑烈火烧成石灰的遗骸，为多收了半蒲式耳的石灰而满足。

从这个角度去思考这些小说对现代性话语高歌猛进的语境的呈现，家与自然的关系，自然在现代人的家园中被逐出、被毁灭到了多么严重的程度，家的实质怎样的在变化，我们以前面提到的首次发表于 1843 年的短篇小说《通天铁路》来做总结。当读者读到其中那位于三个城市"毁灭城"、"名利城"与"天城"之间的本该是自然覆盖的广大地区，已被完全改变成了现代性语境中的钢铁生产之地等或被现代性的大规划、现代性的交通网络等改变成了大片的乌烟瘴气之地，传统中充满绿意的、拥有鸟语花香的农村，已失去了它自然的本性；乡村、自然，世世代代以来给人的滋润功能、救赎功能被驱逐了，取代其地位的是现代性境遇中具有毁灭性的物质欲望。这样的家园是居住者创造的，同时它又转过来在进一步转化着、规训着居住者。所以可见，深藏于人的意识之中、观念之中的危害：人已被现代性的生活方式所改变转而喜欢现代性生活中那些千篇一律的、标准

---

① 纳桑尼尔·霍桑：《霍桑集：故事与小品》，姚乃强等译，三联书店 1997 年版，第 1227 页。

化的、浅表化的、快餐性的社会文化生活，习惯了生活在毒气四溢的环境之中，而不愿再去追寻天城那种与自然亲密接触的生活。所以，"想把名利场上又小又暗十分不便的公寓租上几年，人们往往用位于天城的大片地皮与金屋高堂，以十分吃亏的价格来交换"①——充分表现出，自然不仅在客观现实上被现代化的大生产淹没了、毁坏了，而且在人的思想意识形态中也被逐出去了。

二、家：阴冷、陌生，生产不能行动之人之家

如上分析，表现出霍桑这样的意识：在以现代性变革思想的指导下，在热望能有美好的家而发挥各种理性的努力之中，家却变得越来越阴冷，不但不能给予支持的力量，反而是使人变得无能、无力、无为的场所，是生产活死人的场所。

在《火的崇拜》之开篇，他对经过变革的家，从大到小的描述都是阴冷的、令人压抑的。室外的"空中阴云密布；远方的山峰上是一棵棵赭黑色的松树，没了阳光的照耀，它们的针叶显得如此阴郁；还有那苍白的牧场，……灰蓝色的溪流顺着果园的边缘缓缓淌过，像一条冻得半僵的蛇——极目所致，一派萧瑟。外面的景色不能给人以丝毫安慰，而反观室内，发现我书房的四周一样被笼罩在阴郁的气氛之中"②。

《红字》中的齐灵沃斯一辈子执着科学研究、理性的不断推进，是为了有更美好的、温暖的家。可他与海斯特的家在海斯特的记忆中，那是在欧洲大陆的一座城市里，虽有着高大的灰色住宅和宏伟的天主教堂和古色古香的公共建筑物，但它纵横交错，给人拥挤、混乱的感觉；而且街道显得狭窄；她和那个畸形的学者在一起的生活犹如"附在颓垣上的一簇青苔，只能靠腐败的营养滋补自己"③。所以，齐灵沃斯给海斯特的深刻印象是，

---

① 纳桑尼尔·霍桑：《霍桑集：故事与小品》，姚乃强等译，三联书店 1997 年版，第 957 页。
② 纳桑尼尔·霍桑：《霍桑集：故事与小品》，姚乃强等译，三联书店 1997 年版，第 981 页。
③ 纳桑尼尔·霍桑：《霍桑集：故事与小品》，姚乃强等译，三联书店 1997 年版，第 44 页。

冷静，有着"奇异而冰冷的眼神"。① 他不能给人、给他妻子以爱的温暖。他告诉妻子说，他把她"牵入他最内心的深室里，因为你留在那里便发生一种温暖，而用那热气来温暖你"②。这即是说，他的妻子海斯特，只能用自己的温暖来温暖自己。

《老苹果贩子》中那老苹果贩子就被置身于人来人往的铁路候车室里，没有对他家做任何描述，文本集中在对人的描述上，"他这么一个贫穷的、无人注意的、无亲无故的、未受到赏识的、也没有要求赏识的人"③。他看起来一幅饱经风霜的样子，"这是一种精神上的风霜……纵使夏日的炎热阳光炙烤着他，或是冬日候车室里的旺火用火焰温暖着他，也都无济于事；因为老人看起来似乎仍然置身于风雪交加的环境中，在他的心中很难有足够的温暖来维持生命"④。这样的描述虽没有直接呈现他的家，但从对他那样地无依无靠、心里没有任何一点温暖的感觉，而全身透彻的是孤独、寂寥、无人关心的心灰意冷等却曲折迂回地突显了他生活环境之阴冷，充满陌生之气。至于那苹果贩子，无名无姓，是那样一个毫无个性、懦弱无力的小人物，事实上就是他所处的社会环境生产出的，再也感觉不到任何家园感的，失去了任何生之力量的流浪者。

对家、对人的如此呈现，在霍桑发表于1835年的早期短篇小说《威克菲尔德》中就已很成熟，这种阴冷之家、陌生之家，失去了呵护的深刻含义就已被呈现得淋漓尽致。这个家，广而论之，是人生活的地方，那就是威克菲尔德生活的城市伦敦，是人生活的环境；小而论之，是人物自己的家。在那茫茫人海的城市里，作者描述道，片刻人就会"丧失自己的个性，消失在伦敦熙熙攘攘的人群中"⑤。生活于此的威克菲尔德，结婚十年

① 纳桑尼尔·霍桑：《红字·福谷传奇》，侍桁等译，上海译文出版社1996年版，第52页。
② 纳桑尼尔·霍桑：《红字·福谷传奇》，侍桁等译，上海译文出版社1996年版，第54页。
③ 纳桑尼尔·霍桑：《霍桑集：故事与小品》，姚乃强等译，三联书店1997年版，第831页。
④ 纳桑尼尔·霍桑：《霍桑集：故事与小品》，姚乃强等译，三联书店1997年版，第832页。
⑤ 纳桑尼尔·霍桑：《霍桑集：故事与小品》，姚乃强等译，三联书店1997年版，第324页。

之后的一个黄昏，突然决定在离家不远的公寓里小住一下。但出去以后，他却将回家的日子一拖再拖，一直拖延到二十年后的一个秋雨交加的夜晚，在流浪在外的寒夜与他家壁炉吐出的旺火的对照下，他才又重回到了家，回到了那个本以为他已死，而寡居了二十年的女人身边。此间，他的感受是，"他跟先前一样生活在喧闹的城市里，但人们从他身边擦肩而过，谁也不会去注意他；我们甚至可以形象地说，他就生活在老婆的身边，壁炉前面，可他既体会不到老婆的温情，也感受不到炉火的温暖"。① 这样的呈现表明，他生活的那地方及家都不能给他滋润之力，他在其间感到的只是冷漠。

所以，与之相应，他也是这样一个冷漠的人。他已"人到中年，他在婚姻上的情感从来就没有过激情满怀的时候，此刻早已冷却为一种不温不火、习以为常的情绪"。他是一个忠实的丈夫，"因为他那种懒散的脾性使他的心不管什么地方都激动不起来。他有脑子，却转得不快"，是不能想象之人。"不过，他虽然说心境冷漠，却既不堕落也不偏颇，头脑从来不为狂想所左右，也不为缺乏独创而困惑。"② 妻子意识到，她丈夫是个自私、爱虚荣和喜欢耍手腕的人。所以，这是一个极其琐碎、软弱、不能行动、冷漠又自私的人。而对他妻子的介绍，话语虽然不多，但"品行端庄"③ 这样的描述也足显她的性格。她是一个循规蹈矩，只能按照规矩行事的人，那么也是缺乏激情、缺乏想象力、缺乏个性的人。他们何以成为这样？叙述者在一处评论威克菲尔德琐碎的小人物外貌后评论说，"你会同意，是环境，环境常常把大自然一些普普通通的创造物造就成杰出的人物，环境也造就了我们面前这个人"④。如此，作者从人物塑造上也在凸显出家的实质。

---

① 纳桑尼尔·霍桑：《霍桑集：故事与小品》，姚乃强等译，三联书店 1997 年版，第 329 页。
② 纳桑尼尔·霍桑：《霍桑集：故事与小品》，姚乃强等译，三联书店 1997 年版，第 322 页。
③ 纳桑尼尔·霍桑：《霍桑集：故事与小品》，姚乃强等译，三联书店 1997 年版，第 328 页。
④ 纳桑尼尔·霍桑：《霍桑集：故事与小品》，姚乃强等译，三联书店 1997 年版，第 328 页。

　　然后，作家更富含深意地把家的这种性质再次凸显，故事结尾时，威克菲尔德要回家了，这时插进来的叙述者的声音说，"等等，威克菲尔德！难道你要去那唯一被离弃了的家吗？那么就跨进你的坟墓吧"①。小说英文原文是"Would you go to the sole home that is left you. Then step into your own grave."②"home"家这里有一个定语从句。在这个定语从句中家和你，——威克菲尔德，都是"leave"，"离开，或离弃"的承受者，动作的执行者是谁呢？上下文中没有明确的指涉，但前面提及过环境创造人，那么他们都是环境的产物，是环境创造的，是被环境抛弃的。Then 也是多义词，它可以是指将来某个时候，也可以意味着"那么；因此；既然如此"，表明某件事情的逻辑上的自然结果。这里我们可见作者运用文字的熟练，理解当时社会的深入。虽然就原文来说，那句子也可以理解为这现世之家之后就是坟墓之家，但两者的并立，可见这现世之家的阴冷、凄凉，它与坟墓之家的阴冷有多远？所以我们采用《故事集》的翻译。

　　并且，小说虽然在凸显威克菲尔德有家不回而选择做一个活死人的怪癖时，也把他的行为指向了全体。因为小说在开篇对这种离家二十年住在附近不归的奇闻总结后评论，"不过，这件事虽说稀奇又稀奇，前无古人，后无来者，可在我看来倒蛮能激起大家的同情心。我们大家都清楚自己是绝干不出这种事的，但又觉得好像总有人会这么做。至少就我看到的来说，这种事还是常常发生的"③。这样的话语满含歧义地既表明是他个人的怪癖，又表明普通人也是可能这样做的。

　　然后在故事的叙述中又进一步把威克菲尔德的遭遇指向全体。一个场景如此描述，不紧紧跟着他，他消失在"熙熙攘攘的人群中就晚了，因

---

①　纳桑尼尔·霍桑：《霍桑集：故事与小品》，姚乃强等译，三联书店 1997 年版，第 330 页。

②　Nathanie Hawthorne, *Nathaniel Hawthorne's Tales*, James Mcintonsh ed., New York: W.W.Norton & Company, 1987, p.81.

③　纳桑尼尔·霍桑：《霍桑集：故事与小品》，姚乃强等译，三联书店 1997 年版，第 321—322 页。

为这时就再也找不到他了"①——戏剧性地在表现出他只是普通大众中的一个。而后一个他在外独居十年后的场景："伦敦街上熙熙攘攘的人群中，我们发现这么一个人，……一般人不注意的话也不会觉得他有什么特别的。可在那些会看人的眼里，他全身上下都昭示这一种非同寻常的命运。"他长得瘦骨嶙峋，走路时低垂着脑袋、无光细小的双眼"不时朝四周满怀疑虑地扫视一番。……侧着个身子，好像不愿意让大家看到自己的正面。"一个多么战战兢兢、胆小慎微的人。人性为何被如此塑造？如前面引述表明，"是环境，环境……环境也造就了我们面前这个人"②。如此，威克菲尔德的命运不只是他个人的命运。

著名的阿根廷魔幻现实主义大师、批评家，豪尔赫·路易斯·博尔赫斯（Jorge Luis Borges, 1898–1986）在其 1949 年的名为《纳桑尼尔·霍桑》的演讲中评述，在《威克菲尔德》的故事中，

> 我们已进入到了赫尔曼·麦尔维尔和弗朗茨·卡夫卡的世界。……那主人公那种严重的琐碎，与他深入的沉沦相对照，更加无助地把他送入强烈的境地。这样的噩梦被刻画在那阴暗的背景下，……故事的场景设置于那中产阶级的伦敦，他被更透彻地吞噬在了它无数的人流之中。……这种在 19 世纪初的霍桑作品中发现使 20 世纪初的卡夫卡的作品著称的相同特质的事情、这种奇怪的事情，应使我们记住，是卡夫卡创造，或说，决定了霍桑的这种特别的特质。《威克菲尔德》预示了弗朗茨·卡夫卡，但卡夫卡修正、强化了对《威克菲尔德》的阅读。那恩情是相互的，伟大的作家创造了他的前辈。③

---

① 纳桑尼尔·霍桑：《霍桑集：故事与小品》，姚乃强等译，三联书店 1997 年版，第 324 页。
② 纳桑尼尔·霍桑：《霍桑集：故事与小品》，姚乃强等译，三联书店 1997 年版，第 328 页。
③ qtd. in Harold Bloom, *The American Renaissance*, New York: Infobase Publishing, 2009, p.85.

博尔赫斯短短的评述既描述了威克菲尔德在伦敦的茫茫人海中找不到家的灾难，也揭示了 20 世纪的现代主义大家们怎样在前辈那里更透彻地看到了现代性境遇下的人，家失去了它的呵护之力，而变成了可使人瘫痪无力，使人无勇、无能，不敢作为的场所。

莎朗·卡梅隆认为，"是自我的丧失使《威克菲尔德》成为了一个恐怖的故事。……我们对我们自己来说是'他人'，似乎对我们自己来说我们已死；同时，对我们周围的人来说，我们也死了。我们在这个世界上无足轻重，在属于我们生命的躯体外，我们没有给定的'位置'"[①]。这样的评论虽重在人身份的丧失，但也讲述了人在世界上找不到自己的家的悲哀：甜蜜的家哪里去了？

三、家：冒着地狱之火的毁灭之家

因此，霍桑作品严峻地表现出，自古典传统中那带着普罗米修斯盗来的圣火的温暖之家的性质；那"可以赋予人类精神以深邃的洞察力，透视他人的心灵，并将全部人性融入到一颗诚挚的博大之心中去"[②] 的对人充满呵护之力的家的实质；那自古典时期以来"'为圣坛和家中壁火'而战的主张被认为是能够激起爱国心的最强烈的呼吁"[③]；在现代性境遇中正在受到严重的挑战与毁灭。人在建设家园的努力之中，在要把人类世界创建得更美好的激情之中，正在改变自己家园的性质，把它们变成了阴冷、压抑、抛弃了自然而为物质所累之家。甚而，如果我们细读霍桑作品可见，其实霍桑作品以不同的形式，以直接或隐晦的方法在表现着现代人的家园实际上已濒临地狱的边缘，受着地狱之火的炙烤。在《拉帕奇尼的女儿》《通天铁路》《新亚当夏娃》《地球的大燔祭》《胎记》《大红宝石》等作品

---

① Sharon Cameron, *The Corporeal Self: Allegories of the Body in Melville and Hawthorne*, Columbia University Press, 1991, p.131.

② 纳桑尼尔·霍桑：《霍桑集：故事与小品》，姚乃强等译，三联书店 1997 年版，第 988 页。

③ 纳桑尼尔·霍桑：《霍桑集：故事与小品》，姚乃强等译，三联书店 1997 年版，第 989 页。

中，现代人在熔炉般的高热中生活，在奠基于地狱边缘的房屋里残喘着，硫磺等不堪入鼻的废气、毒气向人袭来的如此种种呈现更加直接、更具戏剧性；而另一类的作品，如《福谷传奇》《红字》《古宅传奇》《玉石雕像》《美之艺术家》《志向远大的来客》等这些看似不与现代化的大工业生产相联系的作品中，其实也在讲述着现代性境遇中人的家园被那各种各样的地狱之火所包围，才被这种地狱之火炙烤出了那各式各样的如《红字》中的齐灵沃斯那样魔鬼般的人物，《福谷传奇》中的霍林华斯、威斯特华尔那样为自己的私欲可以不择手段的人，《古宅传奇》中以历史的发展过程展现出的平齐安家族各代人中总有如法官托马斯·平齐安那样的人，他们的生命被钱物充塞，也是一切人伦情感被如此的地狱之火烘干了的人。

霍桑首次发表于 1850 年的《伊桑·布兰德》以它莽莽山林中带着那为现代工业输送原料的熊熊燃烧的石灰窑的意象把上面我们提到的两类作品的表现结合了起来，蕴含深刻，沉重地表现着家的含义在受到怎样严重的扭曲，突出地表现出家变成了冒着地狱之火的毁灭人性之场所。因为首先，对于伊桑·布兰德来说，这个带着熊熊炉火的烧制石灰的石灰窑就是他的家。所以，经过十八年在外寻找"不可饶恕之罪"，他回归的是那石灰窑。他说："因为探寻总算到头啦。……所以就回来啦"[①]。面对现任石灰窑石灰工巴特兰姆不客气地问询，他说"不过，尽管就在自己家（fireside）里，我既不要求也不指望有更和气的欢迎"[②]。如此，他深知自己家的性质。所以，回家并没有使他感到任何甜蜜、喜悦，而是无限的绝望；所以，他将要到家的信号是，人还未出现，他在下面山坡上的一阵狂笑就传到了山上的石灰窑里了。那笑声"并不快乐，无精打采，甚至相当严肃，如同阵风刮来，摇动着林中的树枝"[③]，吓得石灰窑的石灰工巴特兰姆的小

---

① 纳桑尼尔·霍桑：《霍桑集：故事与小品》，姚乃强等译，三联书店 1997 年版，第 1213—1214 页。

② 纳桑尼尔·霍桑：《霍桑集：故事与小品》，姚乃强等译，三联书店 1997 年版，第 1213 页。

③ 纳桑尼尔·霍桑：《霍桑集：故事与小品》，姚乃强等译，三联书店 1997 年版，第 1211 页。

儿子乔丢下手中的游戏紧贴到父亲膝旁。著名霍桑专家，丽塔·科·戈林（Rita K.Gollin）认为：《伊桑·布兰德》是霍桑关于回家的故事中主题最强烈的故事"①；认为"该小说从头至尾问询的都是甜蜜的家的柔情蜜意的概念，这些概念怎样被取代"②；认为"通过伊桑·布兰德这样一个与人类没有关系、没有家，只有他照看的炉窑的人，霍桑生动地展现了他对他的出生地、他那自我孤立的职业以及生命的有限性的深重的焦虑"③。

　　笔者同意丽塔的观点，但在此更应该看到，霍桑所揭示的现代性境遇下人的家园里温暖人心的炉火怎样变成了那毁灭人性的地狱之火。霍桑的场景设置耐人寻味：伊桑·布兰德的窑炉位于大山之中，那大山也还由茂密的丛林覆盖，显得远离现代化的大生产，本应是自然的本色还未受现代性的侵蚀的地方。确实，这篇小说里没有如霍桑其他小说所描述的现代生活所带来的对自然客观外在的毁灭与人的居住环境的严重的喧嚣、污染等，但这里家从 fireside（炉边）的象征转到了那石灰窑的熔炉（kiln）的象征，其意义就在审美意象的转化中更深刻了，而且也不无客观现实意义。确实，为现代化提供原料的石灰窑多在山区，这样的结合极大地强化了作品的深度，把那文明的转折之期，现代性的思想、现代性的大生产影响人类生活的程度深刻地呈现出来了：它波及的不仅是那些地貌已被现代化的文明改变了的地区，而且也深刻地在影响着那些仅从地貌看现代性文明还无深刻影响的区域。这种影响更深刻地发生在人性深处，发生在传统中能抚慰人家园的转变之中。

　　霍桑的这些创作有来自他个人对那转折之期的社会的深入问询。据尤金·尔里奇考证，霍桑 1838 年夏天在马萨诸塞地区北亚当斯（North

①　Rita K Gollin, "Ethan Brand's Homecoming", *In* Bell, Millicent ed., *New Essays on Hawthorne's Major Tales*. Cambridge University Press, 1993, p.85.

②　Rita K Gollin, "Ethan Brand's Homecoming", *In* Bell, Millicent ed., *New Essays on Hawthorne's Major Tales*. Cambridge University Press, 1993, p.92.

③　Rita K Gollin, "Ethan Brand's Homecoming", *In* Bell, Millicent ed., *New Essays on Hawthorne's Major Tales*. Cambridge University Press, 1993, p.99.

Adams, Massachusetts）旅游，爬了几次格雷洛克山。在那里的经历，特别是一天午夜的一次散步中，看到了一个熊熊燃烧的石灰窑的经历给了他写《伊桑·布兰德》的灵感（这个故事起初被命名为《不可饶恕之罪》）①。霍桑对自己在那里的经历日记中有记载：

> 在北亚当斯不同的地方，沿着小溪——荒野高地的小溪——的岸上有几个工厂。这小溪做的大部分工作是文明性质的。看到这样看似带着野性、未被规训的小溪这么驯服地在为人服务，——处理着棉纱、毛线，锯着木板、大理石，给了这么多的男男女女工作，有一种奇怪的感觉；看着这些工厂，这些极富人造性质的机构被置于这样极富野性的环境之中，令人印象深刻。……沿着道路转个弯，你会看到前面提到的工厂、工人的寄宿区，一些姑娘向窗外看。②

从这些可见，霍桑对当时变迁的迅速与暴烈深有体会，人的想象、情感空间越来越受到挤压，被放入了新的生存境遇。里奥·马克斯认为，《伊桑·布兰德》的人物、场景的很多特性都与他这一时期在那里的日记、游历相连。③ 只是如我们所见，北亚当斯那地方的工厂、那地方对自然的掠夺没有出现在其中，但那种变革对人生存境遇的影响、对人性的冲击、对家园的转化出现了。

所以，小说蕴含深刻地让伊桑·布兰德刚到家遭遇到巴特兰姆粗野的招呼时，称那石灰窑为自己的家（fireside），然后故事的发展中对"家"的描述再没有用 fireside 这个词，而是转变成了熔炉（furnace），或炉窑

---

① Eugene Ehrlich and Gorton Carruth, *The Oxford Illustrated Literary Guide to the United States*, Oxford University Press, 1982, p.54.

② qtd.in Leo Marx, *The Machine in the Garden: Technology and the Pastoral Ideal in America*, Oxford University Press, 2000, pp.267–268.

③ Leo Marx, *The Machine in the Garden: Technology and the Pastoral Ideal in America*, Oxford University Press, 2000, pp.265–269.

(kiln) 等词，突出它是喷着炙热的火焰的为现代化生产提供原料的设备。并且小说的开篇介绍那石灰窑时就形象地描述，它是高约二十尺的圆形高塔般的建筑，由粗石笨拙地建成，四周围着的大部分是黄土堆。塔的底部有个缺口，大小足以够一个人弯腰进去。另还装了一扇重重的铁门。"门上的裂缝中钻出缕缕烟雾，股股火苗，仿佛可以一头钻进山坡，正像欢乐山的牧羊人常常指给香客们看的那个通往地狱的秘密入口"①。

这样的开篇介绍，即在触动读者通过千百年来西方文化中对地狱、对魔鬼的呈现来看现代人的家。故事于是也就进一步地把那石灰炉——那家——的性质在故事的一步步戏剧性地展现出来。那熔炉强烈难忍的火焰，隐喻着西方人熟知的《圣经》对地狱之火及其中遭受煎熬的魔鬼形象，隐喻着现代人的家变成了怎样的家，又在怎样冲击着生存于其间的人。

所以，那熊熊的炉火与魔鬼自始至终都隐晦地连在一起。伊桑·布兰德刚回到石灰窑时，为看得更清楚，巴特兰姆打开窑门，一束强烈的火光从窑里蹿出来，立刻照亮了陌生人的脸孔和身体。随便看去，此人"赶路人似的样子"②，但这样的景象吓得巴特兰姆的小儿子全身乱抖，他趴在父亲耳旁求他快把窑门关上，不要照得这么亮，因为来人脸上有种神气使他好害怕，但又忍不住不看他。确实是，"连麻木迟钝的石灰工那双眼睛——非常明亮——一面紧紧盯住炉子的熊熊火光，好像发现或指望发现里头有啥值得一看的东西"③，也开始感到有什么异常东西。

然后，小说通过巴特兰姆看着伊桑·布兰德坐在炉前，紧盯着炉窑铁门的样子，自己心里升起恐惧，把对伊桑·布兰德的种种传说、炉火与魔鬼相连的恐怖呈现得更加戏剧性、更加深入。说伊桑·布兰德，"动身探寻之前，早就经常从这座滚烫的窑里呼唤出魔鬼，夜复一夜，好同它讨论

① 纳桑尼尔·霍桑：《霍桑集：故事与小品》，姚乃强等译，三联书店1997年版，第1212页。
② 纳桑尼尔·霍桑：《霍桑集：故事与小品》，姚乃强等译，三联书店1997年版，第1213页。
③ 纳桑尼尔·霍桑：《霍桑集：故事与小品》，姚乃强等译，三联书店1997年版，第1214页。

'不可恕之罪'"。① 他与魔鬼都费尽心思，找出一种既不能救赎，又不能饶恕之罪行。当山顶出现第一缕曙光，魔鬼就钻进窑里，经受炼狱之苦，直至听到召唤，才会爬出来执行那瘆人的任务，把人类可能会犯的罪过，放置在上帝的怜悯无法普及的范围。

石灰工正陷入恐怖的思绪，"伊桑·布兰德却从圆木上起身，猛一把拉开铁门。"这个迅疾的动作与巴特兰姆的内心所想一致，让他觉得就要亲眼看到魔鬼，浑身火红通透，立即从炽热的火炉中冲将出来。吓得他直喊"关上！关上！……看在上帝份上，现在别把你的魔鬼放出来！"②

伊桑·布兰德拨弄着炉里"大堆的煤块儿，添入更多柴火"，他顾不上映得满脸滚烫的火光，俯身观察炉火中央牢房似的空心。石灰工坐在那里，冷眼旁观，对他的目的半信半疑，认为如果不是要传唤魔鬼的话，他也想跳入窑里，这样人们就再也见不到他了。然而，伊桑·布兰德还是静静地退后一步，把窑门关好。他说，"多少人罪孽的情欲比这炉火不知热上多少倍"③。

因此，霍桑通过典故折射、故事情节的呈现，象征、隐喻等手法形象地表现出了以窑炉象征的家，刻画出其中含的魔鬼，充满着地狱之火之力量、毁灭人性之力量；窑里的魔鬼与窑外的形似魔鬼的伊桑·布兰德遥相映照更加强化出了那炉窑——那家的毁灭性，也戏剧性地表现出了欧洲文化千百年来唾弃的那为了获得知识不惜把自己的灵魂卖给魔鬼的浮士德式的理性追逐。所以，伊桑·布兰德挺直腰板，露出他那种狂热分子特有的骄傲对巴特兰姆说，不可饶恕之罪"是生长在我自己心里的罪恶，这是种不在别处生长的罪恶！"④他认为那是智者的罪过，践踏人类的手足之情和

① 纳桑尼尔·霍桑：《霍桑集：故事与小品》，姚乃强等译，三联书店1997年版，第1216页。
② 纳桑尼尔·霍桑：《霍桑集：故事与小品》，姚乃强等译，三联书店1997年版，第1216页。
③ 纳桑尼尔·霍桑：《霍桑集：故事与小品》，姚乃强等译，三联书店1997年版，第1217页。
④ 纳桑尼尔·霍桑：《霍桑集：故事与小品》，姚乃强等译，三联书店1997年版，第1217页。

对上帝的敬畏之心，并为它过分的要求付出所有，这才是唯一的罪孽，理应遭受永远的痛苦报应。

小说在进一步的发展中继续着这样的意蕴，进一步隐喻性地表现了这地狱之火，就是那个时代不顾道德极限地追求理智的胜利、理性的扩展，从而使他脱离了人类世界的温情之乡，把他变成了魔鬼。作为一个已看清了自我的魔鬼，他也因此而回归到了那地狱之火中，回归到那本是他魔鬼的家中。其临别话语是："哦，大地母亲，你不再是我的母亲啦，在你的怀抱中，这躯体永不会消失！"① 他已经把人世间的同胞情谊抛弃，把人类伟大的爱心践踏在脚下，与曾经似乎辉耀他、指引他不断上进的星辰诀别，而此刻，他欲投入烈火的怀抱，与之合二为一。他纵身跳进了那熊熊燃烧的炉火之中：完成了基督教文化中魔鬼戏剧性的归宿，同时也把自己切实地变成了现代化生产的原料——石灰。

伊桑·布兰德的故事象征性地演绎出了他怎样在现代性智性欲火的推动下把自己的家园变成了地狱，自己最后在地狱中毁灭，——戏剧性地表现出了现代性话语在怎样地高扬人性与人的个性的话语中使人性毁灭、人的个性毁灭。细分析《伊桑·布兰德》中所有人物，虽然小说突出地表现着伊桑·布兰德的与众不同，受到村民们极大的嘲笑，但其实伊桑·布兰德的命运是那其中所有人的命运，只不过受的是现代性境遇中、现代性"家园"中不同欲火的驱使。那村中整天泡在酒店中与酒精为伴的人物：他们被白兰地的幽灵蛊惑了，变得像野兽一样的暴戾，迷路者一样的悲哀。他们何以如此？是家园中无限追求自我的号召发展至极致。

再看石灰工巴特兰姆，小说的开篇即介绍了现在守护那石灰窑的石灰工巴特兰姆每天的工作和生存境遇。他每隔一会儿就猛地拉开铁门，使铁门发出吭当一声巨响，同时，难以忍受的热浪迎面扑来，巴特兰姆急忙扭脸躲开，但手也急忙"投进一根根大橡木，或用一根长杆拨一拨老大的一

① 纳桑尼尔·霍桑：《霍桑集：故事与小品》，姚乃强等译，三联书店1997年版，第1226页。

堆火"①。炉火熊熊在窑内燃烧，炽热的高温熔化掉云石。窑外，黝黑的树林反射着火光，树叶颤动摇曳，炉前那座小木屋被照得红彤彤一片，还有门边的泉水，以及灰尘扑扑的石灰工的粗壮的身体也被映照得清晰可辨。所以，如此境遇下，他已变成了"粗眉大眼、脾气火爆的汉子"，只知道能给他带来钱物的生意上的事。极具深意的是，霍桑设计了一那石灰工小儿子乔的形象。因为还是幼童，他还未经过现代化理性之火的煅烧，还保持着人的个性，人的感性素质。他极其敏感，能敏锐地感应到周围的冷暖，整天跟着父亲在这样的境遇中翻滚，只好"躲在父亲影子里战战兢兢"②。他会被家园中那地狱之火炙烤得像他父亲等那样麻木不仁而失去人性与个性，或甚而像伊桑·布兰德那样被完全转化为魔鬼而拥抱地狱之火吗？那是我们的后代，我们给自己、给他们创造了怎样的家园？又在带领着他们创建怎样的家园？

因此，纵观霍桑作品，霍桑站在那文明转折之期，现代文化正以清晰的理性解决方案、主体性的原则向世人描绘自由解放的美好生活，19世纪上半叶随着美国革命的胜利、法国大革命的爆发，这种由主体性的发挥而使人进入新千年的福祉的思想更加前所未有地激励着欧美大陆的人们，激发了各种各样的社会改革方案、民族解放运动，使那个时代可以被称作真正意义上的激情燃烧的年代，城市化速度加快，是人们在充满激情地建设美好家园的时期。可就在整个社会为这种新时代的精神、新时代预示的曙光兴奋至极时，霍桑却敏锐地看到现代性既带来了长足的进步，但它倡导的进步似乎只是物质的扩展，力量的提升，所以产生了许多负面影响。它在召唤主体性自由、理性原则时，社会、人似乎更多地在扩展人的理性的一面、张扬人的主观能动性，但它使人忘了他的有限性，甚而理性发展成工具理性，而忘却了作为完整的人所必需的诸如情感等人性中的其他因

① 纳桑尼尔·霍桑：《霍桑集：故事与小品》，姚乃强等译，三联书店1997年版，第1212—1213页。

② 纳桑尼尔·霍桑：《霍桑集：故事与小品》，姚乃强等译，三联书店1997年版，第1213页。

素；工具理性对社会生活的各个方面深入地征服，对科学技术的盲从，使科学技术成为了新的宗教，成为了新的压制个体的力量。这样的变革撕去了人类社会温情脉脉的面纱，暴露出了严酷的权力关系和社会关系，使人与人之间变成陌生、竞争与敌对的关系；使人与自然的关系变成了掌控与被掌控的关系，最终使以追求美好生活、建设美好家园为目的的现代性计划带来的却是霍桑所描述的"我们一直以推倒壁炉为己任"[①]。家园落入了荒芜之境，充满生态危机、生存危机，改变了家园那"激发自然之神所赐予的英雄气概"之本色，而变成了逐出了自然的阴冷、压抑、陌生之场所，甚至是充满地狱毁灭气息之场所。

第四节　深刻的生态之思

用当今影响深远的生态批评理论去分析霍桑如上对现代人家园的探寻，笔者认为霍桑在现代之初就敏锐地、深刻地看到了现代人类思想文化对人思想观念的冲击、对人与自然关系的冲击而导致的文化危机、生态危机、生存危机。虽然在此方面批评界更多地关注他同时期的其他超验主义作家拉尔夫·爱默生、亨利·梭罗等，认为他们对自然与人的关系的探索一定程度上为当今的生态学研究、生态文学批评奠定了基础。如，卡洛琳·麦茜特在《自然之死》中论道，荒野被美国的浪漫主义者爱默生视为精神洞察力的源泉，梭罗在异教徒和美国印第安人的泛灵论中看到了他们对自然的热爱。他们眼中的岩石、池塘、山脉都渗透着有活力的生命。他们的探讨极大地影响和鼓舞了 19 世纪后期由约翰·缪尔（J.Muir）领导的环境保护运动，以及如弗里德里克·克莱门茨这样的早期生态主义者。[②] 相对照而言，纳桑尼尔·霍桑与爱默生和梭罗生活在同一时期，

---

① 纳桑尼尔·霍桑：《霍桑集：故事与小品》，姚乃强等译，三联书店 1997 年版，第 989 页。
② [美] 卡洛琳·麦茜特：《自然之死》，吴国盛等译，吉林人民出版社 1999 年版，第 111 页。

而且同为美国浪漫主义文学运动作出了巨大贡献，但他对生态意识方面的关注评论界关注得极少。

甚而，在科技就是第一生产力的鼓噪下，有论者认为，霍桑塑造的一系列的恶魔般的科学家形象，对自然、对科学技术的迅猛发展的或明或隐的涉及所表现的忧思，是由于其受清教思想的束缚，观点保守；也有论者认为他那样的呈现，只表现出他对新时期新思想及科学技术巨大威力等的不理解、迷茫与矛盾的心理。① 但深入地研读 20 世纪生态批评理论，我们认识到霍桑作品的审美表现的是他在变革面前的深刻生态意识。他那些形象的故事寓言般地从不同视角，展现出作为自然一分子的人与自然的天然联系的被割裂，从而失去了在自然中的自在感与家园感，而面临严重的生存危机。如此敏锐的目光，表明他非常清醒地看到在现代化进程的加速中，通过文学作品表达对人类必须重新认识自然及自己文化体系的强烈诉求，表达了他对环境危机实质的认识及克服前景的强烈期盼。

C. 格罗特费尔蒂是生态批评的奠基人物之一，他对生态批评的定义是："生态批评研究文学与地理环境之间的关系，……带着以大地为中心的观点进行文学研究。"这即是说，生态批评家坚持对自然的伦理立场，正视人与环境关系的现实，认为人类应该对自然承担着责任和义务，因为人类与自然世界是一个整体。格罗特费尔蒂如此阐述生态批评兴起的紧迫原因，"我们十分不安地意识到已经处于环境末日的时代，人类行为造成的后果正在毁坏这个星球最基本的生命维持体系"②。生态批评家们认为，人类文化与环境之间的关系是被误导的、不健康的，人类"今天所面临的全球性生态危机，起因不在生态系统自身，而在于我们的文化系统。要渡过这一危机，必须尽可能清楚地理解我们的文化对

---

① 陈玉涓：《试析霍桑非理性的科学观》，《四川外语学院学报》2000 年第 2 期，第 33—49 页。
② Cheryll Glotfelty, "Introduction," *The Ecocriticism Reader*, Cheryll Glotfelty and Harold Fromm. ed. The University of Georgia Press, 1996, pviii.

自然的影响"①。因此，生态批评的任务主要提倡一种"重新评估自然"的态度，倡导"自然导向的文学"，希望这样的方式是"对人类中心主义观念和方法的必要纠正"②。它追问在此框架内何种政治、经济、文化和社会实践是可想象的和可能的，将地球的有限性置于优先地位。③ 所以，生态批评"是对生态危机文化根源最为全面、最为深刻的文化诊断尝试"④。

一、对家园惨遭破坏的忧思

从霍桑作品这些人物有着对物的无限欲求，有着无所顾忌地压榨、掠夺自然的欲望，对自然无限地索取，以对物的拥有的多少、以对自然掠夺的多少论自己的成败，霍桑人物的塑造、故事的展开，表现出的是人以自己理性的不断膨胀、自己主体性得到发挥作为人生得到幸福标志，把人生的全部意义、社会的进步简单化为了所谓科学技术的进步、理性的扩展；表现出的是作家对人在现代思想文化的鼓噪下理性不受伦理限制地不断膨胀的深刻忧虑；质疑这样的理性扩展、这样的"进步"是在真正意识上的进步还是倒退？短篇小说《地球上的大燔祭》就表达着作者这样的疑虑。小说生动展现地球、家园怎样被毁灭在那些被激情冲昏头脑的改革者们的错误地保护地球、家园的行动之中；传达出这样的思想，若我们"仅仅停留在'理智'上面，并企图依靠那件不堪一击的工具"，不对心灵进行净化，那么我们改进社会的努力将不会取得任

① Donald Worster, *The Wealth of Nature: Environmental History and the Ecological Imagination*, Oxford University Press, 1993.
② Glen A Love, "Revaluing Nature: Toward an Ecological Criticism", *Western America Literature* 25: 6 ,1990, p.210.
③ Lawrence Buell, *The Environmental Imagination: Thoreau, Nature Writing, and the Formation of American Culture*, Cambridge: Mass: the Belknap Press of Harvard University,1996, p.2.
④ 胡志红：《环境启示录书写：生态文学的预警工程——生态批评对环境想像的探讨》，《四川师范大学学报》（社会科学版）2009 年第 6 期，第 77 页。

何成功。① 因为，单方面的理性扩展只会导致更多的社会罪恶。

《福谷传奇》的叙述者迈尔士·卡弗台尔在小说的结尾回忆那以现代性理想为目标的福谷农场，刚开始时是那样地激励人心，可最终失败了。原来充满激情的地方，现在一片荒凉。他总结说，这与改革者霍林华斯这种人，"有过剩的意志，却道德上破产了"② 有关。因此，他说，"讲到人类的进步（我虽然对福谷的回忆还有着不可抑制的渴望），让能够信仰它的人去信仰它吧，让愿意帮助它的人去帮助它吧"③。而在前面的 16 章"告别"中，他就讲过，"事实上，由于在我们大家头脑里纷纷滋长着种种的意见，这里的工作显得很怪诞，这儿一时成了一所疯人院……在像我们这样的环境中，我们不可能不接受这种想法，那就是自然界和人类中一切的东西全是流体的，或者快要变成流体"④——反映出在这样的现代意识的环境中，思想意识变化之迅速，使人的心智落入进一步失衡的境地。在第 23 章"乡村会堂"中，在听一个所谓的关于招魂术的科学演讲时，那叙述者说，"天哪！我的同胞们，我想我们已经堕入一个邪恶的时代！如果这些现象不是根本骗人的话，那我们只有更糟了。就精神上来说，这些现象除了说明一个人的灵魂正在堕落，堕落到比以前依附在肉体上的灵魂所沉沦的地步更深，还能够说明些什么呢"⑤。布伦达·文丽坡在她的霍桑传记中评论说，通过《福谷传奇》，霍桑表达了对 19 世纪上半叶美国由现代性理想激发而起的实验农场布鲁克农场的观点。布鲁克农场本来许诺把人带入平等互爱的境地，以便改造一个个只知自我而分裂的人，改造过去那野心勃勃的社会、分裂的社会，可它"滋生出的是同样的社会，居住着同样的人……甚而，因为现在的这些人是过度张扬的女性和充满女性特质的

---

① 纳桑尼尔·霍桑：《霍桑集：故事与小品》，姚乃强等译，三联书店 1997 年版，第 1054—1055 页。

② 纳桑尼尔·霍桑：《红字·福谷传奇》，侍桁等译，上海译文出版社 1996 年版，第 348 页。

③ 纳桑尼尔·霍桑：《红字·福谷传奇》，侍桁等译，上海译文出版社 1996 年版，第 348 页。

④ 纳桑尼尔·霍桑：《红字·福谷传奇》，侍桁等译，上海译文出版社 1996 年版，第 277 页。

⑤ 纳桑尼尔·霍桑：《红字·福谷传奇》，侍桁等译，上海译文出版社 1996 年版，第 315 页。

男性，情况更糟。"① 怎样才能心智达到相对平衡，而不至于一味地扩展理性野心？卡弗台尔说，"一个聪明人如果光是跟改革家和进步人士住在一起，而没有定期回到已经有固定制度的社会里去，用从旧观点出发的新看法来纠正自己，那就不会长久保持自己的智慧"②。作者这里强调的是，现代文化比旧的文化体系使人的理性越加得到了发挥，但也少了许多应该的限制以及自己人格中的感性需求和与同胞间相互的情感相通。

诚然，如霍桑作品所展现，拉帕奇尼、齐灵沃斯、艾尔默等都享有巨大的科学成就，人确实在使自己的主体性、主观能动性得到了不断的发展，科学技术确实表现出了令人瞩目的长足进步，生产力得到极大的提高，人类社会面貌确实有了极大的改变。可霍桑作品表现出，这种所谓的"发展"并未对人的生命意义有提高，只成了为发展目的而发展的"发展"。这样的发展异变成了一个自足体，对人产生极大压迫。它不是以人性之理和自然之理在发展，而是以工业的合理化，如利润的最大化、生产效率的最高化、技术化、都市化、官僚制度化等发展之理在发展；它不以人得到更多自由为目的，不是在为人服务。相反，为了这样的发展，人牺牲了生命中最主要的追求、最基本的权利。如此，霍桑作品呈现了这种唯发展主义的无度的粗野蔓延，把地球怎样直接变成了充满灾难之地。所以，在《新亚当夏娃》中，地球成了死寂的地球；而在《地球的大燔祭》《拉帕奇尼的女儿》等作品中，地球成了满目疮痍的、失去生命力的地球。地球自然环境遭到严重的破坏，到了使人类濒临失去自己所必须的安全的、健康的、优美的家园的地步，是有史以来人类面临的最为严重的无家可居的危机。

回顾霍桑同时代的其他的一些思想家、艺术家对回归自然的强烈呼唤，对工业文明导致的污染问题的控诉，再看看今天我们面临的生态环

---

① Brenda Wineapple, *Hawthorne: A Life*, New York: Random House Publishing Group, 2012, p.250.

② 纳桑尼尔·霍桑：《红字·福谷传奇》，侍桁等译，上海译文出版社 1996 年版，第 277 页。

境，霍桑的话语显然并非旨在耸人听闻。它显示出了深刻的历史意义，有着极深的当代实际意义。处于后现代的今天，现代化进程在西方社会已经历了 300 年，已取得了辉煌的成就，人类社会物质超前地丰富，并把发达的科技探索领域开拓到了最遥远的宇宙边际。这一切都是人类社会进入更高级文明阶段的有力标志，可另一方面，人类又面临着从未有过的发达的科技理性造成的危险，其中，最为令人惊骇的是健康家园被破坏。所以，在《大地之歌》中乔纳森·贝特的描述中肯。他指出，在第三个千禧之年伊始，大自然却是四处危机四伏，永久冻土和冰川溶化了，全球气温上升，海平面也上升了；森林覆盖率在锐减，沙漠化在迅速扩展；海洋被人类过度捕捞，世界许多物种被加速灭绝，"我们生存在一个无法逃避有毒废弃物、酸雨和各种有害化学物质的世界……城市的空气混合着二氧化氮、二氧化硫、苯、二氧化碳……农业已离不开化肥和农药……而畜牧业，牲畜的饲料里竟含有能导致人中枢神经崩溃的疯牛病毒。"①

二、对生态危机的追问

人类行为何以造成了如此的生态危机？霍桑披露的锋芒还指向人性、直指人类社会经济体制、人类文化模式等。

对现代文化做出如此的审美批判，霍桑作品已有深厚的当今现代性批判、生态批评的基调。从根本上说，经济发展是为人服务的，旨在提高人生存的更高安全性、更高健康度、更诗意的生存境况，更自由的环境、精神更为解放、更为充实，人能建构更加完善的人格。经济发展本身不是目的，不是人为经济发展服务，它只是过程或手段。美国生态学家利奥波德早在 1925 年就批判过把经济、物质的发展尊崇为至上的发展模式。他把这种发展形象地比作拼命地在有限的空地上盖房子，盖了一幢，又一幢，毫无止境，直至把能占用的土地全建成房子。但我们怎不思考盖房子的目

---

① Jonathan Bate, *The Song of the Earth*, Harvard University Press, 2000, p.24.

的是什么。"这不仅算不上发展，而且堪称短视的愚蠢。这样的'发展'之结局，必将像莎士比亚所说的那样：'死于过度'。"① 他指出，人类必须不再被唯发展观所困，才能真正安全、健康、诗意和长久地在大地上生存。另一著名美国生态作家和思想家艾比在 20 世纪 50 年代，使用"唯发展主义"来指称发展至上论。他认为，这种"为发展而发展"（the growth for the sake of growth）的唯发展主义是"癌细胞的意识形态"，已经使整个民族、整个国家疯狂。② 在《沙漠独居者》里，他再次指出："为发展而发展是癌细胞的疯狂裂变和扩散"③，将导致"过度发展的危机"（crises of overdevelopment），促使现代文明走向更加糟糕，使人类最终消亡在了过度发展之中。④ 法国当代著名思想家、社会学家和哲学家埃德加·莫兰（Edgar Morin）的剖析也直指现代文明的弊端："'发展'的概念总是含有经济技术的成分，它可以用增长指数或收入指数加以衡量。它暗含着这样一种假设，即经济技术的发展自然是带动'人类发展'的火车头"；并认为，这样的"发展"不重视人类精神财富，如高尚、捐献、信誉和良心等不可计算、不可变卖的。所以，"发展"所至的地方，文明的知识、文化宝藏与古代传统都被毁坏了。⑤

著名的美国生态学家沃斯特（Donald Worster）指出，是人类的思想文化体系影响并决定着人类对自然的态度。他在其《自然的经济：生态思想史》中指出：人类今天面临的全球性生态危机的起因在于的人类文化系

---

① David E. Brown et Neil B. Carmony, ed., *Aldo Leopold's Southwest,* University of New Mexico Press, 1990, p.159.

② qtd.in James Bishop, Jr. *Epitaph for A Desert Anarchist, the Life and Legacy of Edward Abbey*, New York: Maxwell Macmillan, 1994, p.20.

③ Edward Abbey, *Desert Solitaire, A Season in the Wilderness,* New York: Simon & Schuster Inc., 1990, p.127.

④ qtd.in Peter Quigley, *Coyote in the Maze: Tracking Edward Abbey in a World of Words.* University of Utah Press, 1998, pp.319—324.

⑤ ［法］埃德加·莫兰：《超越全球化与发展：社会世界还是帝国世界?》，乐黛云、李比雄译，《跨文化对话：第 13 辑》，上海文化出版社 2003 年版，第 6—8 页。

统本身，而不在生态系统自身。"要渡过这一危机，必须尽可能清楚地理解我们的文化对自然的影响。"①奈斯倡导深层生态学理论，呼吁人们密切注意现代化对地球生态环境的破坏，追索环境危机的根源，并认为这些根源深植于社会、文化和人性之中。奈斯在他 1973 年的文章《浅层的与深层的、长远的生态学运动：一个概要》中，第一次把环境主义分成浅层生态学运动和深层生态学运动两个对立的阵营。在他看来，浅层生态学是人类中心主义的，关心的只是人类的利益；深层生态学从诸如文化的、社会的和人性的根本性原因上去追寻环境危机，把整个自然界的利益纳入考虑范围，是整体主义和非人类中心主义的。②多布森在《绿色政治思想》之中开篇就反复重点讨论生态主义的定义及它所重视的问题。在他的理论中，从根本上来说，生态主义批判当前的经济、政治和社会制度，希望后现代社会能够不追求高增长、高消费、高科技，而追求更少闲暇、更多劳动、更少物品和服务需要以创建真正的"美好生活"。③大卫·雷·格理芬也指出，"我们必须轻轻地走过这个世界，仅仅使用我们必须使用的东西，为我们的邻居和后代保持生态平衡"。④

在《胎记》的末尾，乔治亚娜死时意味深长的赠语——"我可怜的艾尔默，你总是志向高远，并已取得辉煌的成就，不要因为拥有这么高尚纯洁的感情，而懊悔拒绝了尘世能给你的最好东西。"⑤——隐喻地表现了当时那种战天斗地不顾自然的极限的思想对乔治亚娜也产生了多么深的影响，以生命为代价的惨痛教训也未让乔治亚娜认清艾尔默的问题、人的问

① Donald Worste, *Nature's Economy: A History of Ecological Ideas*. Cambridge University Press, 1994, p.27.

② 参见 Arne Naess: "The Shallow and the Deep, Long-Range Ecological Movement, A Summary", *Inquiry* 16, Spring 1973: pp.95–100; and also his "The Deep Ecological Movement: Some Philosophical Aspects," *Philosophical Inquiry* 8, Fall 1986, pp.10–31.

③ [英] 安德鲁·多布森：《绿色政治思想》，郇庆治译，山东大学出版社，2005 年版。

④ [美] 大卫·雷·格里芬编著：《后现代精神》，王成兵译，中央编译出版社 1998 年版，第 227 页。

⑤ 纳桑尼尔·霍桑：《霍桑集：故事与小品》，姚乃强等译，三联书店 1997 年版，第 910 页。

题、时代的问题，人不能面对自身人性的实际情况，不能以此处理问题：人由精神与肉身的复合而成，肉身有限，是自然的一部分，是必死的；然而人的主体理性却渴望永恒，生性好高骛远，可以比天高。在这充满对人主体理性的信心的年代，再加上科技不断地进步，人更看到了自己的强大，从而使自己的主体理性无限地延伸、不断地扩展，使人对自然的控制欲、占有欲也更加膨胀；乃至也在对人的肉身、自然、人的生命的有限进行不断的对抗；更加渴望无限制地去改造、征服自然，其结果把人生中本来已很美好的东西毁在了不断的改造进程中，给人带来悲惨的灾难；同时也造成了人与自然分离，把本是滋养人类的自然破坏了，使之与人类对抗。

霍桑对艾尔默与他的助手阿米那达布的对抗刻画可被解读为对此意蕴的加强。阿米那达布力量巨大，头发蓬乱，烟尘满面，浑身上下充满粗犷纯朴；"而艾尔默则身材颀长，皮肤白皙，一脸智慧"①。艾尔默蔑视阿米那达布，斥责他为"只有感觉的东西"，是"凡夫俗子"。而阿米那达布对艾尔默的行为也总不认同。这极具形象性地在表现在那人对自己主体性充满信心的岁月中，本应水乳交融的人的理性与感性、灵与肉两方面是怎样地在相互耻笑，形成了相互对立的势力。

再者，在艾尔默自己的著述之中，他也详细地记载着他这样的精神与肉体相分离的痛苦，形象地表现着他充满"崇高的天性"让他仰望无限而因被肉体凡胎的制约而绝望、苦恼，说明他的精神总"被泥土做成的肉体所累"。对艾尔默的如此人生观造成对自然毁灭的悲剧，霍桑的评论是："倘若艾尔默拥有更深刻的智慧，就无须这样抛弃自己的幸福，这幸福本可以将他性质完全相同的尘世生活与天国的生活相融"②。并且，小说表现出，艾尔默的这种人生悲剧境遇"也许不论哪个领域的天才都能从艾尔默

---

① 纳桑尼尔·霍桑：《霍桑集：故事与小品》，姚乃强等译，三联书店1997年版，第898页。

② 纳桑尼尔·霍桑：《霍桑集：故事与小品》，姚乃强等译，三联书店1997年版，第911页。

的记事录上认出自己经历的生动写照"①。如此，小说传达出的是，人本应该使自己的心智顺应自然、接受自然给他创造的美景，与其交融成为一体。这传达出霍桑的深刻生态智慧：表现出作家在从人性的角度对人类文化做戏剧性的检审。

拉帕奇尼的统治欲、占有欲也是毁坏他及女儿的美好生活的罪魁祸首，因他关心他科学竞争力与杰出科学家的地位胜过对人的关心。他对病人关心仅因他们可以做他手中实验的实验品。哪怕只能给他的知识积累增添微小的一点点，"他都愿牺牲人的性命，包括他自己，或者任何他最亲爱的人"②。他利用科学帮助他争夺功利、争夺权力、争取统治世界的力量。为达到目的，他期盼弥补肉身的脆弱，亲手栽培有毒植物。据说甚至培育出了一些"毒性比天然生长的东西大得多的新品种"③。受如此的控制欲驱使，他希望他的女儿也能有控制自己命运的力量，能所向披靡，控制世界。他因此使她充满毒素，不惜改变她的天性，以便她能"吐口气就能打败最强大的敌人……容貌有多美，力量就有多大"④。这样的贪欲、控制欲使他毫无顾忌地去改变自然、操纵自然，从而把他们自己的家园变成了毒气四溢的空间，把他与他女儿的幸福彻底葬送。

《通天铁路》中那种一切以人为中心的观念，以人自身的眼前利益为标准的观念，乃至于为了满足种种欲望而不顾及自然的承受力而疯狂发展。这样的呈现把生态危机的追问推向更深处，探寻着人类思想观念、生产方式、生活的方式、及文化、经济体系等都在怎样决定着人类对自然的态度。首先，人类人口的过度膨胀过度地损耗着地球资源，显然产生着对自然的严重压抑，位于"毁灭城"外那臭气熏天的大垃圾潭就是例证。其次，人类的各种文化、经济生活方式也在强有力地推波助澜。那铁路的沿

---

① 纳桑尼尔·霍桑：《霍桑集：故事与小品》，姚乃强等译，三联书店 1997 年版，第 904 页。
② 纳桑尼尔·霍桑：《霍桑集：故事与小品》，姚乃强等译，三联书店 1997 年版，第 1137 页。
③ 纳桑尼尔·霍桑：《霍桑集：故事与小品》，姚乃强等译，三联书店 1997 年版，第 1137 页。
④ 纳桑尼尔·霍桑：《霍桑集：故事与小品》，姚乃强等译，三联书店 1997 年版，第 1161 页。

途，科技理性胜利比比皆是，但随之发生的严重生态污染，人们的毫不在乎，形象地揭示了人是怎样地沉浸于富有功利性的、便利的生活，为了快速的经济发展带来的眼前利益而无暇、无心、无意顾及这种过度的科学主义、重商主义、工业主义导致的那一系列的问题：资源被加速耗尽的问题，严重的污染问题，严重生态危机问题，严重的人类的生存危机问题。对"名利城"喧嚣的商业生活的戏剧化展现，形象揭示了这种文化体系对自然生态将会造成的严重破坏：为了这种热闹、实惠、便捷的生活，人们不惜生活于、并已习惯生活于严重的生态危机之中，而不愿再往"天城"，而选择"名利城"，认为有这样的生活条件之地就是"天城"。而他们认为的"天城"实际上是作者及那 17 世纪英国作家班扬批判的"名利城"。如小说所显现，在这样的"名利城"中，人类的一切有形的诸如思索、知识、个人道德、良心等无形的品质，全被人们用数字来算计与掌控，并且是可以成批生产与出售的有价商品。如此，"王子、总统、诗人、将军、艺术家、演员、慈善家——全都在名利场摆摊经营"①。

如上的呈现表明，"名利城"那样的理性化的、商业化的工业社会中，人成了马尔库塞描述的"单面人"。他们只在乎技术、理性、利益与物质享受，他们遗忘了一个人在优美的自然环境之中感受到的乐趣，人生与自然相融的乐趣，人是自然的一部分的悠然自得；忘却与忽略了人生的内在价值与情感。这样的生活方式也是资源浪费型的。所以在那里：一个继承了一大笔财产的年轻人，花了许多钱购买的却是各种疾病，最后又把剩下的钱花在了一大堆忏悔上，一套破衣衫上。有一个漂亮姑娘花掉了自己最宝贵的财富，买来一颗宝石，可那是已经磨损变旧、分文不值的破烂石头。再如，租几年名利城又小又暗十分不便的公寓，"人们往往用位于天城的大片地皮与金屋高堂，以十分吃亏的价格来交换"②——形象地表现

---

① 纳桑尼尔·霍桑：《霍桑集：故事与小品》，姚乃强等译，三联书店 1997 年版，第 946 页。
② 纳桑尼尔·霍桑：《霍桑集：故事与小品》，姚乃强等译，三联书店 1997 年版，第 957 页。

出了，在这样的思想文化体系下，生态危机因而也会变得愈加严重，为了满足贪欲，对自然的开发利用将扩大，对自然的蹂躏与掠夺也将被推向更大的程度。

综上所述，通过人物塑造、故事的虚构，霍桑用审美的方式表现着他对人与自然关系的深刻探讨与忧虑，传达着他自然导向的强烈期盼，展现的是他对人在科学技术发展进程中对自己生存环境的严重破坏的沉重忧虑，隐喻式地呼吁人们重新认识自然，思考自己的文化，改正处理人与自然关系上的一切以人类自己为中心、不以自然整体为中心的错误。如此的呼吁我们也可在他的人生经历中找到印证。如，霍桑幼年时虽历经多次家的搬迁，成年后对其在 1816 年后在雷蒙德、缅因州的家却备感温馨、不能忘怀，因为那里临近锡贝戈湖（Sebago Lake）。锡贝戈湖是美国最深的湖，面积仅次于密歇根湖，是美国的第二大湖。[①] 他回忆说："那里的日子充满快乐。因为那个地方还充满原野气息，十分之九的土地还被原始森林覆盖。"[②] 另外，他在他的笔记中也记载了他对自然的热爱，对其在人日常生活中重要性的认识。罗纳德·A.巴斯克在他的霍桑传记中评述说，《美国笔记》中有六十页都由他在布鲁克农场时给他的未婚妻索菲亚的信和日记的摘录构成，"其中几乎仅只是对那地区简单的景色，树林、田野和天气的描写。霍桑对自然的所有普通事物的爱是那样的深、那样的持久。当他对自己谈论这些事物时，在他的文笔中总有某种我们可以叫做魅力的东西"[③]。这其中记于 1841 年十月九日下午的一篇，讲述了他那天在那自然的美景中如何的陶醉，"啊！"他感叹道，"多么美丽啊！那绿草覆盖的

① Edwin Haviland Miller, *Salem Is My Dwelling Place: A Life of Nathaniel Hawthorne*. Iowa City: University of Iowa Press, 1991, p.50.

② James R. Mellow, *Nathaniel Hawthorne in His Times*, Boston: Houghton Mifflin Company, 1980, p.21.

③ Ronald A. Bosco, Jillmarie Murphy, *Hawthorne in His Own Time: A Biographical Chronicle of His Life, Drawn from Recollections, Interviews, and Memoirs by Family, Friends, and Associates*, University of Iowa Press, 2007, p.185.

山坡，那蜿蜒于山与山之间凹陷的小路。那一片片树林与道路的连接处，夏天还在那里流连、停留；作为她离别的礼物和纪念品，在其上洒满了金色的蒲公英、蓝色的紫苑"①。

对人生、社会的如此审美呈现，深刻地反映出霍桑站在19世纪上半叶那文化转型交替之期对人性、人生境况受新旧文化影响的领悟；寓言性地讲述着何为幸福，人在追求幸福生活的抗争中，在追求通达天城之路的努力中，该怎样把握自我方方面面的关系，怎样把握文化与自然、人与自然的关系；反映出，拥有和谐温馨的家是人梦魂牵绕的梦想，是人生在世是否有和谐宁静的内心生活与外在生活的标志；折射出人类作为从自然选择中进化而来的高级物种，本质上就同自然环境存在着千丝万缕的联系的深刻意蕴。所以这些作品都传达出，有着蓝天、白云、绿油油的森林、绿地相伴的家园是人们由衷向往的，生活于其中才有诗意的灵性、美的意蕴、空灵的情趣。可谓海德格尔在他的《诗、语言、思想》中着力阐释的，德国浪漫派诗人荷尔德林就热情地颂扬的人类"诗意地栖居"的生活方式，"充满劳绩，人诗意地栖居在大地上……"②在他们的阐释中，人类的幸福既有与自然和谐一致的令人情牵意动的自然而然的一面，同时也要进行能动的创造性实践，即所谓"充满劳绩"的一面；把握好二者的关系，人类生活就更加生趣盎然，充满"诗意"的内涵，为人类的生存创造出更大的自由空间与和谐境界。如此的意蕴也有如海德格尔在《存在与时间》之中的论述，其也是美国建构性后现代主义理论家们推崇的话语："此在的结构即在'世界之中'"，"此在"有"在之中"性，即在个人之外还有一个自然的和社会的"周围世界"。我们必须把握好、平衡好与周围世界的关系，"在世包含有共在"，各"此在"之间存在着相关性。因此，"此在"

① Nathaniel Hawthorne, *The American Notebooks,* Nathaniel Hawthorne Centenary edition of the works of Nathaniel Hawthorne. V. 8, Ohio State University Press, 1972, p.211.

② Martin Heidegger, *Poetry, Language, Thought,* Albert Hofstadter trans., New York: Harper and Row, 1971, p.218.

的"相关性"，也就是"此在"的"整体性"。"此在"是"整体此在"，是"存在的整体性"①。

"存在的整体性"表明，一切是彼此不同的，多样化的，但又是相互补充、相互依存、相互参与的。肯定个性的独立性和多样性，又肯定它们之间的相关性和依存性。"统一"、"综合"不是某种实体，不是本质，不是共性，不是一元，不是整全，不是同一规范，不是统一的模式，不是合一，总之，不是任何一种确定不变的东西，而是无限的杂多性、多样性、复杂性、破碎性的"并存"和"混合"，是各种事物和现象的"相依"、"相通"，是彼此界限的模糊性、交叉性、渗透性，是彼此的亲和（Rapprochement）、中介（mediating）、开放（openness），是一种调和（reconciliation）和统合（reintegration）。

---

① [德] 马丁·海德格尔:《海德格尔选集》下卷，孙周兴选编，上海三联书店 1996 年版，第 1109—1193 页。

第四章
现代境遇中人神性的追寻者
——圣坛的毁坏者

在霍桑的呈现中，家园惨遭如此毁灭，也意味着在现代性理想的观照下建立起来的世界本质地与虚无主义连在了一起。

因为，当现代人把自己的家园从"激发自然之神所赐予的英雄气概"[①]之家变成了阴冷、压抑、陌生，逐出了自然之家，逐出了人伦情感之家，充满地狱毁灭气息之家，毁坏了人能够充满劳绩，诗意地栖居在大地上的根本根基时，那么，也即是说，传统中人们能从家得到的那一切精神支柱被毁坏了。传统的道德观念失去了它存在的依据，而新文明的人性观把人引向的又是那自我的无尽发挥、那外在的物质、权利、荣誉的获得、竞争等，把生命的意义、生命的目的更多引向到为物的奔波，从而被物耗尽、淹没。因此，他塑造了一个个生存于这个世界的无家可归的人。他们失去了生存的根基，精神上无所傍依，处于虚无的状态，生活于虚无的世界之中。因而我们看到霍桑批判现代性的另一视角——虚无主义。它呈现在现代性改变世界的境况之中，虚无主义产生的重要源头就是价值危机，正是由于人们的价值观出现偏离，才会产生精神上漂泊无依的虚无之感。所以，霍桑推出的不仅是现代人在推倒自己的生存家园，而且也在推倒自己的圣坛，尽管他在《火的崇拜者》中说，"我们一直以推倒壁炉

[①] 纳桑尼尔·霍桑：《霍桑集：故事与小品》，姚乃强等译，三联书店1997年版，第989页。

为己任。我们还有什么样的变革留待孩子们去完成？除非他们把圣坛也打倒？"①——似乎推倒圣坛的灾难还在将来，但事实上我们从他的创作中已经看到他对圣坛的倒塌的痛心疾首。

从这个角度来看，我们认为，霍桑在那神性不断隐退、人性不断崛起的 19 世纪上半叶，就形象而生动地呈现出了由尼采判定的现代生活所带来的"虚无主义时代"的人类精神生活的"无根"状态。尼采把它判为"最高价值的自行废黜"，也即"上帝死了"，那么，其他一切，包括超验世界、理想和理性以及决定人类本体存在的目的和根据，都处于一种"缺席"的状态。② 因为，在霍桑的呈现中，在这一幅幅经过启蒙的世界图景中，人们深信现代性所开启的新时期将在理性的引导下，建立富含自由、平等、博爱、人权、正义、真理、进步、理想等的理想社会，理性的发展将给予人生以意义。正如胡塞尔所言，人们心中的理性不仅是对"事实的研究"，同时它还体现为"给予一切被作为'存有者'（seiendes）的东西，即一切事物、价值和目的以最终的意义"③。但这一系列不以上帝的意志看世界，而如新文明的认识观那样以自己的"我思"理性确定其生存准则的人物，或者换句话说，这一系列生活于现代文明的理性世界、启蒙了的世界中的人物，却是如《拉帕奇尼的女儿》中的拉帕奇尼、《胎记》中的艾尔默、《红字》中的齐灵沃斯、《伊桑·布兰德》中的伊桑·布兰德等那样的无灵魂的科学家、智者，或如《通天铁路》中的市民那样的无精神追求的享乐者，或如《古宅传奇》中人物那样带着祛魅的双眼在物的追逐中失去了任何人伦情感的思量，或如《福谷传奇》《老苹果贩子》《雪人》《情报中心》《威克菲尔德》等许多作品所表现的那样精神上无所依而陷入的无归属状态的

---

① 纳桑尼尔·霍桑：《霍桑集：故事与小品》，姚乃强等译，三联书店 1997 年版，第 989 页。

② 尼采：《权力意志：重估一切价值的尝试》，张念东、凌素心译，商务印书馆 1991 年版，第 280 页。

③ ［奥地利］埃德蒙德·胡塞尔：《欧洲科学危机和超验现象学》，张庆熊译，上海译文出版社 1997 年版，第 13 页。

现代人。这些作品审美地、戏剧性地呈现出了这些人物及他们的世界对历史传统和道德原则的缺失现象。他们失去了对人生与世界一切基础、目的和价值等原则性的思想倾向和社会思潮，是理性的极致就是虚无主义的审美体现。

第一节　虚无主义：现代社会所生发

虚无主义源出拉丁文 nihil（虚无），意为"什么都没有"。这一词的使用源起于俄国作家屠格涅夫在他们小说中塑造的人物形象。屠格涅夫在他的小说《父与子》中描写巴扎洛夫这一知识分子的形象时，使用虚无主义这一词。这个词之后便在 19 世纪中叶的俄国较为流行。德国唯心主义哲学家 F·H·雅各比把这一词首先由文学领域引入哲学领域。在这些思想家的笔下，现代性敲响了自由与科学的钟声，同时也开启了哲学上的"潘多拉魔盒"：虚无主义。现代生活的虚无主义。现代性将西方文化引向了文化和道德的相对主义乃至最终和最彻底的虚无主义。现代性遭遇虚无主义，虚无主义的盛行导致的是现代性的危机，西方文明的危机。

生活于大约与霍桑同时期的丹麦哲学家索伦·克尔凯戈尔（Søren Kierkegaard, 1813–1855）把现代社会的如此特征诊断为"削平深度"（levelling）的虚无主义。他认为削平深度是压制个性的过程，把个人的个性压制消失，使其生活中再不存在任何意义。他说，"削平深度的极致是死一般寂静，一个人可以听得到自己心跳的死般的寂静；这样的死寂没有任何事物可以穿透，并可使一切事物下沉、变得无力。……削平深度是压碎个性的抽象化过程"①。

马克思批判虚无主义的契入点是资本逻辑及商品拜物教。他从资产

---

① Søren Kierkegaard, *The Present Ageand Of the Diffence Between a Genius and an Apostle,trans. Alexander Dru*, New York: Harper Torchbooks,1962, pp. 51–53.

阶级经济秩序的机制之中探寻现代虚无主义的根源，具体地剖析资本所蕴含的颠倒、混淆和毁灭价值的本性，解析使虚无主义成为可能的现实力量。① 通过审视现代性的内核，马克思揭示了在资本主义社会里，占统治地位的资本造成了人的异化。一旦人为物驭，虚无主义的产生则成为人在资本主义现代化过程中的一种必然。因此，马克思把虚无主义视作现代性尤其是资本主义发展进程中的一个副产品，而且实实在在地存在于人的精神世界中，是其精神症候。人的这种堕落、腐化，充满肮脏的气息，从阴沟这个词的本来意义而言，也可描述为文明的阴沟。这样的状况成了工人的生活要素。人逐渐生活在日渐荒芜、日益腐败的自然界，他对世界的感知愈来愈麻木、愚钝，不再以人的方式存在，也不以非人的方式，甚至不再以动物的方式而存在。②

19 世纪后半叶的尼采最早把虚无主义确认为欧洲思想的病症，将它归结于现代科学主义、理性主义的发展和上帝的"缺位"。"虚无主义意味着什么？意味着最高价值的自行贬值。没有目的，没有对目的的回答"③。尼采认为过时的信仰及其道德沦丧是造成现代人普遍生命本能的退化和信仰危机发生的重要推手，人的价值观的偏离就会导致现代人的精神空虚。尼采领悟到了虚无主义是"一切客人中最可怕的客人"，是理性主义发展的极端。

对 20 世纪初的韦伯来说，虚无主义则是现代性天生固有的，始终伴随其左右并且注定是其最终产物。韦伯分析，从传统型、魅力型到法治型社会的转变，是现代性的理性化过程，最后构成了现代性的"铁笼"，也实际上是现代虚无主义的形成过程。现代生活的虚无主义，也就来自现代社会的意义沦丧或"祛魅"，主要是因为现代化的工具理性无情地消解

---

① Marshall Berman, *All that is Solid Melt into Air: The Experience of Modernity,* New York: Simon and Schuster, 1982, p.1, p.143.

② 马克思：《1844 年经济学—哲学手稿》，人民出版社 2000 年版，第 78 页。

③ 尼采：《尼采文集》，楚图南等译，改革出版社 1995 年版，第 280 页。

了世界和人生的终极意义。他说："没有人知道，将来会是谁住在这牢笼里。"韦伯推测，在现代性发展的终点，会不会有全新的先知降临？旧的认知与理想会不会死灰复燃？也许，这两种情况都没有发生，那么人类会不会以一种狂妄的自尊来掩饰机器大生产所导致的精神困顿？如果这种情形真的发生，那么对现代性发展的最终极的人物来说，"无灵魂的专家，无心的享乐人"（specialists without spirit, sensualists without heart）则将成为真理。这空无者竟自负已登上人类前所未有的境界。①

　　海德格尔认为，现代性的世俗化进程一方面带来了社会物质的高度发达，使世人忙于追名逐利，从而在另一方面导致了人的信仰崩溃，使得人的精神无所归依，成为人类世界普遍的命运。② 由此，人们生活在一个丧失了根基的世界时代，一个没有神性之光普照的黑暗时代，这是人们必须经历并且承受的一个痛苦的世界深渊。③ 美国建国两百年之际，哈佛大学教授、美国批判社会学的代表人物丹尼尔·贝尔著述反思资本主义，认为虚无主义是现代性的特征，是人类共同面临的一种难以避免的社会现象。"现代时代的真正问题是信仰问题。"它就是一种精神危机，人们处于一个新旧交替的空白时代，旧的信念已经消失，而新生的稳定思想却是一种空幻。由此人们便生活在既无过去又无将来的空白之中。④20 世纪法国思想大师、昂利·列斐伏尔也把现代性与虚无主义结合起来考察。他认为"虚无主义深深地植根于现代性"，现代性时代终究会被证实为虚无主义时代。⑤

---

① ［德］马克斯·韦伯:《新教伦理与资本主义精神》，广西师范大学出版社 2009 年版，第188 页。
② ［德］马丁·海德格尔:《海德格尔选集》上卷，孙周兴选编，上海三联书店 1996 年版，第 383 页。
③ ［德］海德格尔:《林中路》，孙周兴译，上海译文出版社 1997 年版，第 273 页。
④ 丹尼尔·贝尔:《资本主义文化矛盾》，赵一凡等译，三联书店 1989 年版，第 74 页。
⑤ Henri Lefebvre, *Introduction to Modernity*, London: Verso, 1995, p.1, 223.

第二节　理性化、技术化的世界：失根的世界

同样，在霍桑描绘的这一幅幅理性、科学理性所许诺的解放大叙事图景中，我们可见新时代的理性乌托邦所带来的结果却是，科学技术成了新的上帝，成了追求的目的，而忘却了、抛弃了自己精神全方位的追求，失去了自己精神的故乡，追求的目标又切断了人和一切精神层面的联系，没有了任何精神滋养的依托，如此的人，生存于失去了任何精神根基后的漂浮状态之中。在这些人的世界中，理性与科学理性成为信仰本身，凸显其工具性、掌控自然的有效性。人把科学看作一种真理而存在，成为人类现在与将来生活的依据；把对自然科学的认识当成对整个世界的论述。实用性、自然科学准则变成衡量一切学科门类的标准，科学精神、工具理性、技术理性则广泛渗透到人类的生活世界当中。使人的世界变成了只为发展而发展的世界，只为掌控而掌控的世界，不再追问一切关于灵魂、价值、终极存在等形而上的问题，表现出理性在展开的过程中，越来越与价值分离，人性、人的精神追求失落在了为达到目的所使用的工具——科学技术之中。

一、科技理性征服的世界：无根的世界

在《拉帕奇尼的女儿》《胎记》《通天铁路》《红字》《美之艺术家》《伊桑·布兰德》《大红宝石》等等的作品中，如我们前所论述，人通过科学技术、通过智性发挥着自己的主体性，证明着自我的力量，人作为主体，是他周围世界的存在方式的尺度。但如此一来，人与自然也形成了主、客体的分化，导致了人与世界的裂痕，破坏了其原初的和谐统一。虽然人类征服的世界愈来愈大了：拉帕奇尼、艾尔默等都成了那么威力巨大的科学家，可以创造出一个个的奇迹，获得了闻名遐迩的声誉；《红字》中齐灵沃斯深信他自己只要愿意，可探知出，"无论是外部世界的，或是不可测

知的思想领域相当深处的。"① 在他的眼里，没有什么东西，可以隐瞒得过他那决心从事解决神秘的心。伊桑·布兰德通过理性的运用成了寻找"不可饶恕之罪"的智者。但另一方面，我们也见这些人的心灵天地却越来越狭小了，征服世界的科学手段、逻辑手段变成了他们的生活目的，人生世界的其他意义虚无了。

　　拉帕奇尼的世界中，拉帕奇尼及其他的对手所追逐的目标中只剩下了他们对科学技术领先地位的渴求、力量强大的渴求，而人生的其他生存依据全都消失了。为了那目标，在拉帕奇尼那里，甚至女儿也可拿来做试验品；为了那目标，他的生活中其他意义全都消失了。在艾尔默的世界中，科学奇迹、对自然的掌控成了他生活中的一个又一个目标，但人精神层面的需求，乃至于自古以来人们争相传颂的男女情爱都全部在他们那为科学技术目标的实现中变得无足轻重，失去了意义。再者，人与自然、与他人、与社会融为一体的需求也被他们所抛弃。因此，在他们对科学技术的疯狂追求中，在他们把自己变成周围世界的尺度的过程中，他们使自己及他们世界中的他人——拉帕奇尼及其女儿，及那后来进入他们世界中的乔万尼·古斯康提，全都在他们自我的感性与理性、情感与理智的对立中、肉体与灵魂的对立中，变成了从故事实际层面上到隐喻层面上的与自然、他人、社会分裂的人。这样的人，是孤独的人，灵魂处于严重的匮乏状态，失去了自己与所生存世界的联系感、依附感；在世界上既失去了立锥之地，也得不到别人的认可和接受，成了行尸走肉的空心人。这样的人是失去了根基的人，他们的世界是失去了根基的世界。

　　再看看我们前面对《红字》中人物齐灵沃斯的探讨，我们也可见此人物在理性的追逐中，在利用科学理性对自己事物的探寻中，自己越来越陷入人性失落的状况，直至最后自己全被恨所控制而变成恶魔一般，表现出人性全方位的异化，表明他对世界的拒斥，同时也是世界对他的拒斥，因

---

① 纳桑尼尔·霍桑：《红字·福谷传奇》，侍桁等译，上海译文出版社 1996 年版，第 54 页。

而也成了世界中无立足之地的人，无根基的人。

再者，除了从人物的呈现上看，我们还可从霍桑作品对社会整体的呈现上看被科技理性征服的世界是怎样无根的世界。在随笔《火的崇拜》中，从家庭中的敞风壁炉改进成封闭的炉子谈起，霍桑在评论人类的种种改革对人类的影响，当时高扬的培根精神、笛卡尔精神在怎样冲击着人类。他评论道："在我们身边，到处都有人类的种种发明，这些发明正在把人类生活中那些富有诗情画意的美丽属性一笔勾销。"家庭火炉就是这样一个集大成者。它把火束缚在铁笼里了，更节约了，这"是社会生活和家庭生活中的一场重大的革命"。可这样的发明，使火变成了人类温和的伙伴，面对人类平静地微笑，而事实上，它可以"从埃特那山（美国匹兹堡附近的钢铁工业区）呼啸而出，直冲云霄，仿佛是一个挣脱桎梏的魔鬼，为在天使中间谋得一席之位而搏杀"①。因此，这样的发明，抽去了家园中"令人生机勃发的重要因素"，"丧失了诸多无价的道德影响"②。

《通天铁路》中那充满着生态危机、精神危机的"名利城"却成了人们首选的居住城市，而不愿意继续去探寻那真正人与自然融为一体的"天城"。而在名利城中，在无数训导者的帮助下，声名显赫的牧师们传播囊括人间天上的所有学科的知识，广博而深奥，而且学习过程中，学会五花八门的大学问也无须费劲地学会认字了。所以，"文学以人的声音为传播媒介，化为空灵的以太；知识，留下其较重的粒子（当然，金子除外），变作声音，偷偷钻进永远敞开的会众耳朵。这些别出心裁的方法还组成了一架机器，靠了它，任何人不费吹灰之力，都能完成思索与研究"③。这是多么可怕的一幅图景，多么形象的隐喻；形象地表现出了这种世界的无根性的恐怖：人类世界传统道德中，通过宗教、文学、沉思，对人生存的领

① 纳桑尼尔·霍桑：《霍桑集：故事与小品》，姚乃强等译，三联书店 1997 年版，第 982 页。
② 纳桑尼尔·霍桑：《霍桑集：故事与小品》，姚乃强等译，三联书店 1997 年版，第 987 页。
③ 纳桑尼尔·霍桑：《霍桑集：故事与小品》，姚乃强等译，三联书店 1997 年版，第 995 页。

会、对生存意义的深思丧失了，代之而起的是以机器的快速为标志的文明大工厂浅薄的、快速的大生产。这是对人类灵魂严重匮乏的世界的形象表现，充分显示出了人失根状态之严重，人的世界成为了怎样严重的失根世界：在充满对以火车、蒸汽机等机器的强大力量的极度崇拜中，技术成了本体论意义上的事件，科学技术的狂热激情代替了人的精神追求，不再有对生存意义、诗、艺术的思考。

使自己无限的强大，从而陷入了对更大力量的追逐之中。对人的如此定位把人更加引向人的外在成功，引向实证理性，重视一切有形的，能够实证的经验；使人迷惑于实证科学所造就的虚假繁荣之中，让人的整个世界观、人的生活世界受实证科学支配。再者，人的情感、人内心的心灵体验等的内在生活不是完全能够由于物质的丰富、力量的强大可以决定的。对人类世界的全部与人本身都采用这些外在的、可以计算的因素来处理与解释，显然是对人生价值的忽视，对人类世界与人自身丰富性的否定与扼杀，因它把人生的全部意义简化成了能用数据表述的、能看得见的、用得着的事实。人在解放人的科技理性的展开的极致中遭到进一步的物化，生命意义遭到进一步的肢解而陷入更深的虚无主义深渊。

如此，理性若被纳入人的生活世界中就如同其被归入工业的过程中一样的话，理性所具有的工具性将取代启蒙活动中所具有的反思性、形而上学精神、批判性等，知识成为生产力。如此的理性运用从理性中清除掉了它本拥有的对灵魂、超验存在、上帝等这些概念的关切，把启蒙理性的展开变成了单向度地发展科技理性、工具理性，从而造成了人性的危机、信仰的危机，虚无主义蔓延开来。人敢于不计自然承受力地去改变自然；敢于把人生一切最珍贵的形而上维度的东西都放在"名利城"的市场中交易。《通天铁路》中的民众变得只习惯于在科技理性所制造的虚假繁荣中忙碌地"享乐"，而弃绝"天城"能给予的更全面的丰富多彩的人生。用 20 世纪美国学者丹尼尔·贝尔所用的 20 世纪的技术成果所做的比喻来形容霍桑所呈现的这些市民的如此生存境遇的话，那即是：他们沉浸的"黎明所展示的光彩不过是频闪电子管旋转"①——其中只有浅表的虚幻的享受，而无对人深层次精神的关怀，对生存价值的叩问。

霍桑用他的文学语言所呈现的是人类社会在现代性境遇中、在科技理性的冲击下所遭遇的一种失范状态：是社会在传统的道德规范被科技理性侵蚀、抛弃后所遭遇的无序状态，及人由此而遭受的灵魂、情感失去傍依、生存失去依据的无方向状态，成了无垠的世界中的流浪儿。这样的呈现有着我们前面引述的克尔凯戈尔等哲人们对现代生活的评判的相似性；是尼采描述的终极的绝对精神（ultimate absolute）被夺走后，人生存的意义消失了，人类生活中的客观美质、真理、道德良知、对永恒的追寻也随之消失的境况："在无限的原野上，我们已离开家园，踏上旅途；我们已烧毁了我们身后的桥梁，事实上，我们已经离开了足够远的路程，已经破坏了我们身后的家园。小小的船儿啊，现在要警惕了，你的身旁一片汪洋！确实是，它不会总是咆哮"。但面对这广阔的无垠，"当我们隔断了照耀地球的太阳，我们将做什么？它会流向何方？我们会向哪里航行？踏上离开阳光的航行？我们不是在持续地急剧下坠吗？前后、左右地向着各个方向冲？……我们不是在偏离、偏离，如一无限的不存在的东西吗？我们没有感到那空空的空间的气息吗？"②

这样的反思，也如同海德格尔对现代性的反思。海德格尔发现现代性所带来的世俗化进程虽然带来了科技文明的繁荣景象和社会理性化程度的不断提高，但技术、工业文明时代自身暗含着对自己的根基思之太少的危险，而且这样的危险随着发展，与日俱增："诗、艺术和沉思的事物已无法经验自主言说的真理。这些领域已被作践成支撑文明大工厂运转的空泛材料。他们原本自行宁静流淌着的言说在信息爆炸的驱逐下消失了，失去

---

① 丹尼尔·贝尔：《资本主义文化矛盾》，赵一凡等译，三联书店 1989 年版，第 37 页。

② Katharine J. Lualdi, *Sources of The Making of the West, Volume II: Since 1500: Peoples and Cultures,* London: Macmillan, 2008, p.194.

了他们古已有之的造形力量"①。在海德格尔看来，这种情形意味着科技渐渐堵塞了人们通向存在的澄明之途，表明"诸神的消失"，使得"无家可归状态变成了世界的命运的状态"②。海德格尔反对这种对技术的工具性的和人类学的规定。

20世纪现代法国思想大师昂利·列斐伏尔发表于1962年《现代性引论》用马克思主义辩证思想分析现代性，认为它的本质是虚无主义，并认为虚无主义的产生是伴随着人的主体性的理念的不断扩张。现代自然科学和现代技术文明使作为人性载体的自然失去了价值和意义的本体地位，精神生活物化是虚无的必然结果。人类生存意义的危机、无家可归状态最终都是现代自然科学的功利主义价值观所导致。③

对技术理性的如此反思在现代主义的代表作家 D.H. 劳伦斯、詹姆斯·乔伊斯、欧内斯特·海明威等的笔下我们都可以看到，充满着作家们对人在现代性境遇中科技理性拔根后生存状态的焦虑。捷克作家1920年卡莱尔·恰佩克的剧本《万能机器人》很形象地表现了这样的主题。剧作讲述在一个机器人充斥的时代，人类的劳动已被机器人完全取代，甚至连人类繁衍后代的大事都停止了，明确地表达了对科学技术异化的问题、人类被其置入荒芜境地的忧虑。1974年与艾温德·约翰逊共同获得诺贝尔文学奖的瑞典诗人、小说家哈里·马丁逊（Harry Edmund Martinson, 1904–1978），1956年发表的长诗《阿尼阿拉号》同样引人深思。长诗描写人类不得不乘太空船"阿尼阿拉号"移居火星，为的是逃避地球被原子弹毁灭以后的灾害，但在茫茫宇宙中偏离了轨道，最终迷迷糊糊来到全然陌生的星星场。自此，死亡的恐惧如同幽灵般如影随形，无家可归的忧虑永远啃噬着地球人的心灵。"阿尼阿拉号"变成了有如宇宙中的一粒微尘，漫无目的，无望地漂浮着。一万五千年后，"阿尼阿拉号"终于停止了毫

---

① [德] 海德格尔：《在通向语言的途中》，孙周兴译，商务印书馆1997年版，第134页。

② [德] 海德格尔：《海德格尔选集》上卷，孙周兴选编，上海三联书店1996年版，第383页。

③ Henri Lefebvr, *Introduction to Modernity*, John Moore trans, London: Verso, 1995, p.1, p.223.

无希望的飘游，毋庸置疑所有人都已死去，成为了一个无比残酷的事实，地球人从此陷入了被永久遗忘的灾难。这是以更加触目惊心的方式在警醒世人反省偏离了道德的科技理性的单方面发展会把人引向何种虚无、荒芜境地。

二、科技理性准则下的世界：无神秘的世界

如此，科技理性渗透进了人们的日常生活，变成了人们日常生活中的参照系统、指导原则，但它的所到之处也变成了烂根之处，《通天铁路》《美之艺术家》《老苹果贩子》《雪人》《情报中心》《古宅传奇》等许多作品都是对此的形象体现。在这些作品中，人在那一切以理性为导向的社会中，科技思想变成了人们生活的准则，但它在烛照一切的同时，也祛除了生活中的一切神秘、异质、丰富性、敬畏乃至形而上的生活依据。

所以，如《雪人》中的林赛先生那样，他们根据科学依据、常识、常规看问题，"他们什么都明白——喔，确实如此——所有已发生之事，所有现在发生之事，所有未来可能发生之事。但是，如果大自然或上帝超越常规出现了某些现象，即使发生在他们的鼻子底下，他们也不会认识的。"① 因此，林赛先生，在科学理性精神的烛照下，是一位很明常理的人，可以以他理智的处事方法在他的五金生意行业中成功，却在他孩子堆制的酷似真人的雪童前，看不到他孩子的创造力，看不到神奇的存在，看不到孩子们天真烂漫的宝贵，失去了如他妻子那样充满感性的想象力与情趣，而变成了一切新奇事物的扼杀力量，使他自己、他的世界失去了传统、失去了精神力量而被烛照得清清楚楚、明明白白，没有任何趣味、任何精神深度、任何意义。

《通天铁路》中，畅捷先生一路都在或介绍根据科学精神，每一人们生活中的难题都已如何改进，或过去班扬时代被认为神秘的事件，现在怎

---

① 纳桑尼尔·霍桑：《霍桑集：故事与小品》，姚乃强等译，三联书店1997年版，第1265页。

样按理性一件件被解释清楚了：如，那"毁灭城"外臭气熏天的大泥沼是可以用科学方法治理的。并且，事实上，一路上也已有不少这种科学理性胜利的标志，如，高山被铲平，峡谷被填平了，火车能够在过去被高山、深谷所阻隔，而如今变成了平川的土地上快速地奔驰。这种种都似乎在呈现时代的进步，不存在什么神秘的东西，以启蒙代替蒙昧，表明现在的社会得到启蒙了，能够清楚地认识自然、追求能够使人统治自然的知识形式，因此能够把握更大的人生幸福。但当这一切理性精神的烛照、"进步"的呈现却没有带来人们思想深度的深化、精神层次的提高，而是伴随着一路的各种污染，人们却只是视而不见，还一味地沉浸在火车快速的享受中，及后来在"名利城"中各种不顾传统道德而只为赚钱而活的行动中时，这样的启蒙呈现就很具深意地、曲折迂回地在表现，当人们用科学技术理性的准则来衡量世界的一切，那么一切神秘的东西、有精神深度的东西：传奇、幻想、人的各种不同的差异性、人在形而上的维度都会被质疑、被否定，人的生活世界是不是变成了荒漠一片，虚无的世界了呢？尽管其间充斥着无数的科学技术的成就、物质的丰厚。

这是对休谟在《人类理解研究》的结束语的审美表述："我们如果相信这些原则，那么在巡视各图书馆时，将作出什么样的大破坏呢？"[1] 因为我们拿起的每一本书，不管是神学书还是经院哲学书，书中既不会有关于数和量的任何抽象推论，也不会有关于实在事实和存在的任何经验推论。我们唯一可以做的就是把这些书投入到烈火中将它们付之一炬，因为这些书中除了诡辩和幻想，什么都没有。

休谟的如此论述的意蕴，其实在小说开篇叙述者"我"与"顺行先生"对话中已隐喻性地表现了出来。就那包围"毁灭城"的肮脏的大臭水池，叙述者说"我知道，为了这个目的，亘古以来就在想方设法，班扬的书都提过，这里头曾丢进去两万多车有益的命令，可是毫无结果。""顺行

---

[1]　[英] 大卫·休谟：《人类理解研究》，关文运译，商务印书馆 1981 年版，第 145 页。

先生"很是赞同："很可能！这种有名无实的东西还能指望有啥结果？"① 他认为这座便桥以及它的桥基就相当结实，并说，他们向泥潭里扔进去了大量书籍，填满了整个泥潭。这些书籍如伦理学的书籍、法国哲学、德国理性主义方面的书籍，还有小册子、布道文、现代牧师的大作、孔夫子、柏拉图、印度哲人的文论，以及很多对《圣经》原文的精辟注解。他们用一些科学方法处理，把所有这些书籍都变得如花岗岩一般坚硬。"顺行先生"的话语代表着受理性洗礼后的人怎样只重物质层面，而把世界文化、精神、传统、遗产——"伦理学、法国哲学、德国理性主义；……布道文、现代牧师的大作、柏拉图、孔夫子、印度哲人的文论；还有对《圣经》原文的不少精辟注解"②——全都抛弃了。如此的"进步"，跨越天堑的大桥就是建立在对精神食粮的牺牲之上的。

因此，如此地扩展科技理性意味着，知识的意义被剥去了，而只在乎知识的作用与功能，实证科学准则成了启蒙的标准，并让技术规则取代了意义、存在等相关概念，所有不符合科学规则的东西都要遭到怀疑和排斥。所以《通天铁路》中四处都是受科技控制的图景、四处都是科技的产出，表明人把科技标准成功地强加给了整个世界，整个世界被包罗在了科学企图的统一范畴体系下。

但从《拉帕奇尼的女儿》中拉帕奇尼希望通过科技理性的改造把他女儿变强大从而能过上更加幸福自由的生活看，从《通天铁路》中民众对科技改天换地的强大力量的欢呼看，从《胎记》故事及开篇介绍的那时人们对科技的崇拜，相信科技的探索将"为自己开拓一片新天地"③ 看，启蒙精神、启蒙理性除为认知世界提供一种手段外，原初本身含有对人的自由、人性的完满幸福等形而上的关切层面的，希望藉理性的发展引导人去探寻人生意义，给予人生以意义。可霍桑的作品戏剧性地展现出，这样的思想

---

① 纳桑尼尔·霍桑：《霍桑集：故事与小品》，姚乃强等译，三联书店 1997 年版，第 945 页。
② 纳桑尼尔·霍桑：《霍桑集：故事与小品》，姚乃强等译，三联书店 1997 年版，第 945 页。
③ 纳桑尼尔·霍桑：《霍桑集：故事与小品》，姚乃强等译，三联书店 1997 年版，第 891 页。

在现实社会中已经变成了人的自由、人性的个性完满实现带来的幸福等形而上的关怀，变成了以这一切科技理性的实证性、可计算性来衡量的东西。《拉帕奇尼的女儿》就表现为单纯地把这种自由幸福定义为强大，能够不受他人的欺压，并能掌控他人。为了达到此目的，拉帕奇尼竟然用他研制的毒素从小喂养她的女儿，使她漂亮至极，但也因全身的毒素，令他人避之不及、恐惧之极。她吐出的毒气可打到敌人。《通天铁路》中那一幅幅人类城市图景、人工的广阔空间，都在述说着人的科技能力的强大，那行驶在那空间中的人大多也欢欣鼓舞于这丰富的物质、强大的科技、喧嚣的贸易之中，人的自由、幸福似乎就等于人类战胜自然的强大、物质生产技能的强大，而不是全面考虑人的精神需求、人生价值等。

《胎记》中讲述科学家们"对自然可能性的极限几乎毫无了解，不停地记录奇迹，或提出创造奇迹的方法"[1]。受到如此科学精神的感召，人们热爱科学的深情与专注甚至超过了对女人的感情。人们相信，超群智力、想象力、精神，以及感情，所有的这些都能够从各种各样的科学探索中找到相应的养分。一切人生中神秘的东西，能使人感到敬畏的东西，爱情、妻子脸上那自然留下的瑕疵——胎记，表述着神秘，表述着自然对人的控制，现在都成了艾尔默攻克的对象，要用理性的准则去衡量的对象，表现人类理性强大的地方。因为，他认为那块绯红色的胎记是人类必死的厄运的标志。死亡能控制住尘世最高大、最纯洁的造物，并将他们贬到甚至与畜生同样卑贱的地位，"与畜生一样，人类有形的躯体也终将回归尘土"[2]。如此科学观的观照下，生命的种种应该感到神秘、感到敬畏的因素似乎变成了现实世界的种种实实在在的事物一样，可以以数据描绘，把本该是超越实在的事物降低到仅是实在事物而已，让生命失去了她的亮丽光彩，想象的花环。

---

① 纳桑尼尔·霍桑：《霍桑集：故事与小品》，姚乃强等译，三联书店1997年版，第903页。
② 纳桑尼尔·霍桑：《霍桑集：故事与小品》，姚乃强等译，三联书店1997年版，第894页。

　　霍桑的这些故事寓意深刻地在呈现当时代科技的迅猛发展使人看到了科学技术的力量、看到了人的力量，相信借助科技人能掌控自然，认识人。人的一切都可以用理性的方法去看得清清楚楚、明明白白，把科学的方法用于对生命的理解，祛除了生命中的一切神秘，把生命中一切至关重要的事物：爱情、幸福、情感、心灵的体验等，全都简化成了物理、化学活动般的科学活动；认为科学的方法、理性的方法就能帮助人把人、把世界烛照得通体透明。但事实上，爱情、幸福、情感、心灵的体验等等真的可以如记录化学、物理活动那样，描述外在世界那样，用数据、用事实就可看得清清楚楚吗？拉帕奇尼那样通过科学实验去创造女儿的幸福，《胎记》中的艾尔默那样地把爱情、把家庭的幸福都纳入进了化学实验的范畴，小说以他们的失败戏剧性地呈现出了这些人物在对生命的神秘失去敬重以后的荒谬。

　　因此，霍桑小说呈现出了现代境遇中，当生命、世界在人的眼里失去了任何神秘后，人对它们不再敬畏后，人也就忘了人的本质，忘了自己作为人应该有的情感，那么他们生活的目的是什么？爱、同胞间的相通与关怀、人对自己的认识、对他人的认识、对自然的理解与敬畏在他们那里是不是消失殆尽了呢？人生价值在他们那里化为了虚无，他们的生命处于严重的贫乏空虚状态，只剩下对科学成就、权力、钱物、物质丰富的闲暇生活的无限追求。这样的人，其人的本质已经空虚而被其他的狂热所填满，所以我们可以看到，霍桑作品中的一系列像拉帕奇尼、艾尔默、伊桑·布兰德、齐灵沃斯等的魔鬼智者，像《通天铁路》《福谷传奇》《古宅传奇》《情报中心》《老苹果贩子》等作品中人物那样失去了对生活中真正有价值事物的激情，其世界变成了荒芜的世界——在精神意义的层面与客观外在世界的层面都是如此。

　　所以，这些人物表现出的那种深重的迷茫、落魄，犹如前面引述的尼采的话，变成了无边的汪洋中的一叶小舟，任风吹打，不知会飘向何方。所以《伊桑·布兰德》中的每个人物都是无家的漂泊者，他们或整天在酒店中与酒精为伴，或如现任的石灰工巴特兰姆那样在石灰窑里与火炉为伴、与滚烫的炙热为伴，他们似乎既无父母，也无妻子、儿女（石灰工巴特兰姆和老头汉弗莱除外），隐喻性地表现着既无历史（曾经走出的家园），也无未来、无希望。含义深刻地，石灰工巴特兰姆虽有一小儿子，但那敏感的小孩被置于与父亲这种不知生命中任何神秘意义的麻木生存环境中，他的未来可想而知；而那老头汉弗莱已被他那也在四处漂泊中的女儿抛弃，已落入"破衣烂衫，白发苍苍，身体瘦削，目光游移"[①]的境地，一直在山间流浪，寻找着他的女儿，他已无未来。

霍桑对现代性的这一批判也在他之后的社会生活中回响。在其时代之后不久出现的马克思，以其伟人的洞察力，看到了现代社会的问题，现代性本身具有两面性的问题。一方面，是现代性使现代文明有了巨大成就，使社会领域分离，使经济、文化、政治各个领域能够彼此独立。它使生产力有了极大的提高，造成了社会财富的急剧增加，使人能够脱离宗教束缚、使人与人之间能够在形式上平等；并且，在文化上，现代性使知识普及、心智的增进成为可能。但另一方面，它又使科学主义盛行，工具理性泛滥，也是人文价值失落的根本性原因。[②]

尼采最早把欧洲思想的这种让生命失去灵光的病症诊断为虚无主义，认为其是现代的典型特征，将现代虚无主义归结于科学主义、理性主义和上帝的死亡的结果。尼采以犀利的眼光看到了时代危机。失去了信仰的现代人，只能急切地投身于纷杂的世俗生活中，让一种无意义的紧张、繁忙来充塞自己。他说，长期以来整个欧洲的文化狂躁不安，犹如大难临头，惶惶不可终日。人们把自己置入按年代增长的期盼之中，置入紧张状态的折磨和动荡之中，勤勉地劳作，连吃饭都拿着时间，时刻关注着商业信息；就像一条直奔尽头的河流，没有时间反思，也害怕反思；生命的神圣

---

①　纳桑尼尔·霍桑：《霍桑集：故事与小品》，姚乃强等译，三联书店 1997 年版，第 1220 页。
②　《马克思恩格斯选集》第 1 卷，人民出版社 1995 年版，第 275 页。

性遗忘在了、消失在了匆忙的奔波中。"这种现代式的匆忙原是失去信仰者精神空虚的表现，反过来又加剧了无信仰的状态。"①

20世纪现代主义大师戴维·赫尔伯特·劳伦斯也在其经典之作《虹》中通过主人公厄秀娜与弗兰克斯通博士的对话对现代性境遇中人对生命失去敬畏，对之中的神秘的破坏、漠视而造成的人们生活中的无目标现象、失落现象给予警示：

> "不是那样的，确实不是那样的，"弗兰克斯通博士说，"我不知道你为什么要认为某种特殊的神秘属于生命。你是那样想的吗？我们不懂此事，就如同我们懂电一样，但这并非表明我们说它是特殊事物、是不同种类的事物、与宇宙中其他事物有区别的说法是恰当的。你认为恰当吗？生命可能并非是我们在科学中已知的物理、化学活动的复杂集合体？我确实不认为我们有理由想象有一种特殊的生命秩序，仅只生命有的。"②

弗兰克斯通的话语使厄秀娜内心不能宁静，禁不住追问：生命是什么？生命的目的是什么？电、光、热是没有灵魂的，而人是有灵魂、有生命的啊，不是各种无生命物质的集合体。

第三节　启蒙的世界：物化的世界、虚无的世界

换个角度看霍桑的这些作品，在这些有着突出的理性主义胜利，社会由此而显出了明显的"进步"：物质更丰富了，传统中的难题不再存在了，但人的欲望更大了，欲壑更难填了，启蒙之初的全面发展，"自由、平等、

---

① 周国平：《周国平文集》第3卷，陕西人民出版社1996年版，第262页。
② D. H. Lawrence, *The Rainbow*, New York: Penguin Books, 1985, p.491.

博爱"的渴望，似乎变成了全由有型的物的语言所表述。物挤空了人的个性、社会的精神诉求。从这个角度去看，我们见霍桑所呈现的人物是物化的人，世界是物化的世界。金钱和经济力量在起着巨大的对人的拔根作用，拥有了不可小觑的拔根力量。它们渗透到哪里，哪里就充满了只见物与利的动机而失去了其他的追求，灵魂就处于一种只有物而无其他追求的状态，对物的欲望替换掉了所有的动机。人失去了所有的其他的生存根基，祛除了人生存的形而上的维度。人变成了无根的人，世界变成了虚无的世界。

纵观霍桑时代及之后的文学艺术及思想文化领域对那个时期的反思，特别是现当代对启蒙理性、现代性的批判，我们认为霍桑在此对人类世界那段历史的如此呈现是真实的、中肯的。启蒙理性的中心问题是"权利"，指的是天赋人权或自然权利，包含有生存、自由、追求幸福和财产等天生权利，继承了霍布斯学说中的个人主义精神。英国17世纪经验主义哲学家、启蒙思想家约翰·洛克明确指出个人的不可剥夺的天赋权利是自然法之规定。政府和社会存在的目的就是为了维护每个人的自然权利，而政府的权力归根到底则是为了个人幸福维护。[①]启蒙的纲领就是要让神话的非正义让位于理性的正义，就是让人们经过理性的启蒙来破除神话、唤醒整个世界。本质上来说，就是让幻想、迷信被知识取缔，从而把人带入天赋人权所倡导的人生的完满幸福。

然而，在理性的展开过程中，人们所理解的幸福越来越只是基于财富之上的幸福，把幸福的追求狭义地理解为对财富的追逐，对实用物品的追逐，所以理性片面化地发展成了20世纪初马克斯·韦伯定义的工具理性。韦伯认为，现代化的过程，启蒙的过程就形成了价值合理性和工具合理性的紧张与对立。启蒙理想原初梦想在理性的启迪下，人能够更清楚地认识

---

① John Locke, *Two Treatises on Government: A Translation Into Modern English*, Manchester, UK., Industrial Systems Research, 2009, p.81.

世界，以便人的工具合理性与价值合理性相统一，从而人能够成为有健全人格的人。但是，近代西方社会在物欲的控制下、在科技理性的胜利中，一切行动变得以工具理性为取向。精密的理性计算技术成功地将社会的一切给理性化了，而被理性化的一切都变成了现代资产者营利的工具，一切关系都成为了他们营利的手段，工具理性成了指引人生活的原则。韦伯认为，目的、手段和附带后果成为工具理性的取向；① 完全取代了价值理性，人由此完全丧失了价值理想。因此，人失去了价值依托，变成了"没灵魂的专家，无心的享乐者，"又成了无根的漂泊者，陷入了严重的虚无主义境况，现代人把自己的世界变成了"冰冻冷酷的冬夜"②。

20 世纪中叶，法兰克福学派的代表人物霍克海默从不同的路径定义韦伯所定义的工具理性。他用主观理性来定义西方社会一切以物为度量的物化现象："理性的东西就是有用的东西，理性的人就是能够决定什么对他有用的人"③；马尔库塞 20 世纪后半叶在《单面人》中对现代社会也做了如此诊断，现代人在发达的工业社会中被工具理性、科技理性异化成了"单面的社会"中的"单面人"。④

一、物欲膨胀：无心的享乐者

我们可先以《古宅传奇》为例分析现代人在祛魅的世界中只看到物而失了灵魂的无根漂泊。在这部长篇小说中，在平齐安家族历经了从 17 世纪的殖民时期到 19 世纪上半叶的两百年，资本主义的发展、现代性的发展越来越兴旺、越来越激昂，平齐安家族历经数代人的生活中却都几乎

---

① Max Weber, *Economy and Society: An Outline of Interpretive Sociology*, University of California Press, 1978, p.24.

② Max Weber, *The Protestant Ethic and the Spirit of Capitalism*, New York: Courier Corporation, 2012, p.182.

③ Max Horkheimer, *Eclipse of Reason*, New York: The Seabury Press, 1974, p.62.

④ [美] 赫尔伯特·马尔库塞：《单面人》，张伟译，载上海社会科学院哲学研究所外国哲学研究室编：《法兰克福学派论著选辑》（上卷），商务印书馆 1998 年版，第 488—489 页。

处于不择手段地追求财富的过程中。小说呈现出，这些经过祛魅的人，在没有上帝约束，只凭自己的双眼判断世界，贪欲掏空了他们的灵魂，而使其失去了人性中诸如情感、怜悯、关爱等精神上的东西、超验的存在，使他们成了无灵魂的、落魄的、物的追随者。

第一代人托马斯·平齐安上校，既是军人又是地方官，是殖民地有权有势的人，是社会的富有之人。可贪欲使他看上了草民马修·莫利辛辛苦苦开垦得来的一片土地，他因此接着几年持续地以他的权势、以他的常识、以不怕鬼魂、不怕下地狱的胆魄，以他坚定的意志，与马修争斗，直到罗列出罪名把他迫害致死而抢走他的土地。然后就在那掠夺来的土地上修起了无比坚固、可以传给子孙后代的七个尖角阁的宅邸。但在房屋落成，庆贺喜宴还未开之时，他就死了，死在了新落成的宅第里。虽然他的死因有多个神秘的说法，但我们认为其中一个联系小说对家族的呈现极具深意，他死于中风。根据中风病例发生的普遍原因，作者是不是在暗示平齐安死于对物的过度狂喜追逐之中呢？如此分析，平齐安的生命中直至死的最后一刻都只剩下了物的维度，失去了人精神上的任何关怀，物的重要性甚至超过了生命。他的精神维度完全成了空白一片。

近两百年的启蒙发展后，对财物的争斗更剧烈了，这样的斗争就发生在家族内部。这个家族此时的突出代表是杰弗里·平齐安。在物的追逐中，因为上帝的越来越隐退，人性的逐渐崛起，他表现出更无人性的特征。为了获得家族的遗产，他寻找、偷窃叔叔遗嘱材料的行为急死了自己的叔叔，但他不仅不悔过，反而嫁祸于自己的堂兄克利福德，以使自己最后独霸了遗产。他的精神空无状态严重到了没有了一切亲情的考量，为了满足自己物的需求，不惜亲人生命的丧失。

含义深刻的是，像他这样精于算计的人，心狠手辣的人，才会跻身于社会名流。他是著名的法官，并在积极准备竞选州长。他每天都很忙，有那么多在城市、在乡村的不动产需要管理，还有铁路的、银行的、保险公司的股票等需要管理。小说结尾时又肯定地认为，他堂兄克利福德知道他家传说中的那份对东部大片土地所有权的契约藏在何处，正在绞尽脑汁地想办法让克利福德说出真相，尽管此时的克利福德由于受到数十年的监狱监禁，身心受到极大摧残，心智已不太正常。但结果是，杰弗里·平齐安就在为此的处心积虑之中，也中风死了。这很戏剧性地表明，这相隔近两百年的两个家族代表人物，都死于忙碌的对物的追求之中，死于极度的对物的渴求之中、疲劳之中。

从殖民时期第一代人托马斯·平齐安上校到近两百年后 19 世纪上半叶的杰弗里·平齐安，他们拥有的共同特点都是能以祛魅的双眼，以启蒙理性的核心原则、笛卡尔式的"我思"意识为基点看世界。以如此的视角处理人生事务给他们带来的问题是，一切神秘的事物被祛魅后，传统的价值观随即也失去了意义、失去了约束力，而在新的理性主义原则中，个人追求财产、幸福、自由的权力是核心原则、是天赋人权。于是，人作为衣食男女这一生理层面变成了人生的重心，生命随即耗尽在了物的追逐之中，导致的是霍桑所描述的种种灾难状况，也是如当代加拿大哲人查尔斯·泰勒所描述的现代社会状态，那即是，在没有了公共道德价值广阔的、高尚的视野为背景的情况下，这样的理性原则很容易导致个人主义，个人主义又难免走向利己主义、功利主义。因此，被理性如此解放后的人是充满物欲的人，而不是整个人性的提升。①

但人的主要本质是在实践活动中所结成的一切社会关系的总和。在《关于费尔巴哈的提纲》中，马克思指出："人的本质，在其现实性上，它是一切社会关系的总和"②。那即是，人的本质是人的生理本质特性、心理本质特性和社会实践本质特性的有机统一，充满着活生生的、丰富多彩的内容。所以，霍桑所表现的这些人在那新旧文明的交替之际，在神性越来越衰弱，人性越来越凸显的岁月中，人在启蒙理性的展开过程中把握到的

---

① Charles Taylor , *Philosophical Papers: Volume 2, Philosophy and the Human Sciences*, Cambridge University Press, 1985, pp. 248–288.

② 《马克思恩格斯选集》第 1 卷，人民出版社 1995 年版，第 56 页。

更多的是自己生理层面上对物欲的渴求的一面，从而使自己的贪欲越来越膨胀，而使为人之根本的层面——情感层面、心理层面、精神层面——越来越衰竭，而失去了对生存更深刻的精神体验、灵魂诉求的追问，与大地、与他人血肉相连的融合。除了对物的渴求外，他们已不能享受到生命的神圣。这些被遵从为最高价值的东西在他们那匆忙的身影与算计中丧失了。他们重视的是物、是外在，而不是生命的本身、人本身，他们的内在也就空虚了，处于虚无状态之中。

平齐安家族这些特性及状态在作品中被那些看似漫不经心的笔触引向了普遍、引向了每个人。如在描述托马斯务实的"精细"时，评论说，在此方面"这位上校像他同代和同样出身的许多人一样是难以窥测的"①。而被其迫害的莫利也有同样坚强的保卫自己财产的决心，乃至于搭上性命也不惜——财产与生命，孰重孰轻？最终前者居然重过于后者。人的生命中还有什么是最宝贵的？而他的儿子因拥有"当时粗俗的又讲求实际的一般性格"，才甘愿从害死他父亲的死敌手中接下那修建房屋生意"以便赚几个老实钱或为数可观的英镑"②。这样的人物塑造表现出传统中那种爱憎分明的人的消失，取而代之是为了钱可接受传统认为的屈辱，接受现实——物正变成一股力量在啮噬人性，人被物充塞了，一切其他价值都变空了。

霍桑的其他作品，如《福谷传奇》等中，我们都可见这种人在物的欲望不断膨胀中而失去了自我的物化、虚无图景。《拉帕奇尼的女儿》《胎记》等中的智者在外在的荣誉、科学成就的竞赛中被物化了，自我被物占据；《通天铁路》《雪人》《美之艺术家》等中的市民只见有型的实物，而不见人精神的诉求、灵魂的需要，全都在物欲的膨胀中，失去了人最核心的情感体验。所以，《雪人》中的男主人公林赛先生，因为是一个尤其务实的男子，他做的五金生意非常红火。他"不论应付什么事，都坚定不

---

① 纳桑尼尔·霍桑：《古宅传奇》，韦德培译，上海译文出版社1991年版，第6页。
② 纳桑尼尔·霍桑：《古宅传奇》，韦德培译，上海译文出版社1991年版，第6页。

移地按照所谓'常识'来考虑"①。他有跟别人一样的一副软心肠，但他的脑筋却硬得什么东西都穿不透，所以里头就跟他卖的铁茶壶一样的空空如也。他被他的生活方式、所处的世界物化了，眼中、脑中，只有物质，只有按常理讲得通的事情，不能越过常理。他的大脑是那个"常理"社会的自发运行，所以不能理解他的妻子、孩子们突发的艺术想象。

如此的呈现，霍桑把资本文明的实质看得非常深透了，有如霍克海默在大约一百年后，经过了尼采"上帝死了"的呼声的惊醒，弗洛伊德从精神分析学角度把人重新定义的失落，经过 20 世纪两次世界大战的惨绝人寰的惨痛，对资本文明、现代性对人的冲击做的分析，对人怎样在膨胀的物欲中被物化的分析：现代性的计划变成了工具理性，或说主观理性对社会的控制、对人的控制，启蒙理想的理想社会变成了依据人的私欲而发展的社会，而不是对客观真理的执着追求；他说，"社会力量从没像现今那样由对物的掌控力量操控。一个人越是强有力地关注对物的掌控力，物就越会掌控着他，他就越会失去自己的真正个性，他的头脑就越会转化为那形式化了的理性的自动运行"②。

二、市场经济中加速的虚无化

另一方面，霍桑作品表现出，现代生活的市场经济、重商生活也在加重人的物化，使其陷入更深的虚无境地。首先，现代生活市场经济的竞争机制把人放入更加紧张的竞争机制之中，更加追求变化的机制之中，要生产更多物质以获更多金钱的努力之中，更加无暇的紧张生活之中，人的精力、时间、生命都更多地投入进了金钱、物质的追求之中，而更少有时间思考生命中的其他问题。尼采指出，整个欧洲文化狂躁不安而不可终日，仿佛正面临大难，像一条不会沉思、并且害怕停下来沉思的没有目的河

① 纳桑尼尔·霍桑：《霍桑集：故事与小品》，姚乃强等译，三联书店 1997 年版，第 1249 页。
② Max Horkheimer, *Eclipse of Reason*, New York: Continuum, 2004, p.129.

流，一心只为狂奔到尽头。他们时时刻刻紧跟商业信息，不停地劳作，就连吃饭的时候都拿着钟表，生命的神圣性在匆忙的奔波中丧失殆尽。他总结道："这种现代式的匆忙原是失去信仰者精神空虚的表现，反过来又加剧了无信仰的状态。"①

所以，《古宅传奇》中喧嚣忙碌的贸易生活深深地渗透进了市民日常生活，已是人的生活常态、人的生活方式。小说的开篇就意味深长地把赫普齐芭的小店深深地嵌入周围繁忙吵闹的商业生活之中，犹如漂浮在波涛汹涌的商业汪洋大海之中的一叶小舟：太阳才悄悄地刚刚升起，夜的宁静就被驱散了。赫普齐芭住的七个尖角阁房子的周围满街充斥的是各种小商小贩刺耳的声音，被浓重的商业生活淹没。贩运面包的车子穿过大街，嘎吱嘎吱地轰响着，刺耳的叮叮当当的铃声布满空中，夜的神圣的最后痕迹就这样被杂乱的轰吵声挤走。"送牛奶的人正在挨户分送罐子里的牛奶；大街拐角，卖鱼的吹海螺的刺耳声很远很远都听得见。"② 这样的场景表现出现代生活的琐碎、紧张和忙碌，人们在混乱、嘈杂、忙乱的境况中为尘世生活忙碌着，渴望的是更多的买卖交易和金钱的流进，缺乏的是静思的环境、形而上的关切。这样的情景如尼采所断言，又反过来强化人的虚无主义状况。

所以，小说的女主人公赫普齐芭现在也必须融入进现代生活的商业大潮了，要在七个尖角阁的房子中开一小店，否则只有被贫穷困死。这样的境况描写含义尤为深刻：赫普齐芭虽然出身贵族，虽然拥有几百年的家史，虽然"有着古老的画像、家谱、盾形纹章、历史记录和传说"③，但这些属传统、想象的东西，不能再助她立足于世了，现代生活、现代不可避免的商业生活把人人都深深地卷进去了，卷进了那由金钱、物质、衣食住行所左右的精神空虚的生活之中。而此刻头脑中紧紧缠绕着她的是一幅幻

---

①　周国平：《周国平文集》第 3 卷，陕西人民出版社 1996 年版，第 262 页。

②　纳桑尼尔·霍桑：《古宅传奇》，韦德培译，上海译文出版社 1991 年版，第 39 页。

③　纳桑尼尔·霍桑：《古宅传奇》，韦德培译，上海译文出版社 1991 年版，第 27 页。

想的城市全景图，令她几乎发疯：在熙来攘往的热闹中，有多少豪华的商店，而她的小店是那么寒酸，那么经不起竞争，表现出她潜意识中对前景的担忧，对未来生活的担忧。而这担忧之中充斥的是，基本的衣食住行，是生活必需的钱与物，缺乏的是精神维度的诉求。

《通天铁路》中那广阔的人工空间中，人们忙于战天斗地式地改变自然、提高生产，连自己生存环境遭到严重污染也无暇顾及，更没有空闲思考生命的意义了。在过去被称为地狱入口处的地方，是钢铁生产基地、又是机车所需燃料的生产基地。这里，在"炉前干活和给机车添料的人，每回喘口粗气，必从鼻子和嘴里喷出烟来"[1]。一幅劳累、必须急赶，以出产更多的物质而不顾人的健康状况的景象，还有闲暇考虑人的精神需求吗？生活中只剩下了物质的维度——出产！出产！在这些忙碌着给工业、给市场提供产品的人身上，有任何人性的崇高吗？与此相连，生活于那地区的居民都有一副不招人喜欢的模样，他们满面烟尘，皮肤黑黑，"畸形的身体，怪状的双脚，眼中闪着暗红色的光，仿佛心儿在燃烧，便从上面的小窗洞喷出火来"[2]。这是人失去了人的个性，失去了人的美的资质、崇高的品质的形象体现，戏剧性地在表现着人失去了自己特质后堕入的悲惨的虚无化境况。

第二，在市场机制的如此挤压下，人的个性、生命的丰富性全部被物挤空，甚至，人性也被物扼杀了。所以《古宅传奇》中评论说，财产和辉煌宅邸显赫的本质才能表现出一个人的身份，"当财产和宅邸消失后，它也就不再有精神上的存在"[3]。这表明对物的崇拜与追逐已深入到对私人生活与内在心理本性的控制，社会已形成根据人拥有多少财富来决定一个人身份的习惯，形成了购买越多物资越能受社会追捧的社会、经济境况，使人竞相去获得尽量多的高层次消费品，使自己的喜好适合中产阶级对物的

---

[1] 纳桑尼尔·霍桑：《霍桑集：故事与小品》，姚乃强等译，三联书店 1997 年版，第 952 页。
[2] 纳桑尼尔·霍桑：《霍桑集：故事与小品》，姚乃强等译，三联书店 1997 年版，第 952 页。
[3] 纳桑尼尔·霍桑：《古宅传奇》，韦德培译，上海译文出版社 1991 年版，第 37 页。

喜好、对实用价值的偏爱，从而形成了那时主导阶级——中产阶级——的平庸爱好。因此在《美之艺术家》中，能"在谷仓屋角上安装小风车，或在附近的小溪上架一座小水磨"①的孩子被社会称作"小能人"②，而欧文·沃兰这种真正有独创性的人，立志将美的精魂做成有形的东西的钟表匠却被人嗤之以鼻，得不到市场的认可。更深刻的是，市场上的失败也导致生活上的失败、情感上的失败。原在情感上倾向于他，认为他有独创性的儿时女友也转而嫁给了与他相对的讲实效的、平庸的铁匠。由此，市场变成了一股毁灭人的个性、甚至毁灭人性的力量，虚无主义变成了社会的实质。

《通天铁路》对此的描述在对"名利城"的戏剧性展现中更加生动、直接。虽然火车驶进名利城的时候，天色已很晚，但在名利场里却热闹非凡，生意却依然很是兴隆，展现了天底下所有的煊赫、欢乐和美好的事物。"权势者、学问家、机灵鬼、任何行业的名流；王子、总统、诗人、将军、艺术家、演员、慈善家"③，全都在名利场经营着他们的摊位。可见贸易、消费在人心中的深入程度与控制的紧密。市场强化着贸易可赚钱、可赢得丰厚的利润、可以让人寻欢作乐的概念，使人以为"名利城"就是天城。但事实上是，人在被市场所激起的对物质的更大欲望中更加失去了自己的个性，失去了做人应有的准则，失去了人自己的本性，从而在贸易更严重的奴役中，生命的神圣在琐碎的物质买卖中消失殆尽，一切关切精神维度、人格维度的东西——良心、道德、对国家的忠诚等都被金钱挤出去了，欺诈也成了名利场的常态。这是以信仰危机表现出的最严重的精神危机。人生失去了总体的意义和目标，丧失了整个人生的根本信仰与准则，可见虚无主义的程度有多严重。比如，有一个年轻人，他在继承了一大笔财产之后却花了许多钱来购买各种疾病，到最后又把剩下的钱换来一

---

① 纳桑尼尔·霍桑：《霍桑集：故事与小品》，姚乃强等译，三联书店1997年版，第1056页。
② 纳桑尼尔·霍桑：《霍桑集：故事与小品》，姚乃强等译，三联书店1997年版，第1056页。
③ 纳桑尼尔·霍桑：《霍桑集：故事与小品》，姚乃强等译，三联书店1997年版，第956页。

大堆忏悔和一套破衣衫。一个漂亮姑娘用自己最宝贵的水晶般透亮的心来换取一颗宝石，可惜已经磨损变旧，不值分文。还有一家铺子经营许许多多月桂和用爱神木编成的桂冠，顾客们争相购买，却只是在"用性命换取这一文不值的花环"。在此，良心变成了通行货币，用它可以购买几乎一切东西。"真的，几乎所有贵重商品，不支付一大把这种特殊股票，就休想弄到手。"但是如果谁抛掉这种通行货币，结果都会发现自己会赔得更多。"偶尔，国会议员会出卖选民来充填自己的钱袋。而且，我肯定政府官员们常常以相当适中的价格出卖自己的国家。"①

　　这种严重的虚无状态在《通天铁路》中又被一切形而上的研究，一切对人生终极问题、终极实质进行追问的学说都为了适应市场的消费机制、适应消费者，为了更深入地掌控消费者，使消费者心甘情愿地受控于物质、受控于市场机制，而被改造成简单的享乐品或市场上的消费品的情节强化。同时，这样的行径又反过来宣传着市场经济的金钱与享乐，深化着人的物质化、虚无主义状态。关切人生存问题的宗教在此由著名的德高望重的"只求今日先生"、"弄错真理先生"、"浅薄的深刻先生"、"但求明日先生"、"糊涂先生"等把持，这些声名显赫的牧师们得到过无数训导者的帮助，"传播的知识广博深奥，囊括人间天上的所有学科，使任何人无须费劲学会认字，就能获取五花八门的大学问"。② 这样的宗教本质上灌输给信众的是如何享乐、是误导。信仰——关于灵魂的追问的问题，人之精神食粮——被商品化、浅表化、快餐化、虚无化了。文学亦然。它"以人的声音为传播媒介，化为空灵的以太；知识，留下其较重的粒子（当然，金子除外），变作声音，偷偷钻进永远敞开的会众耳朵"。甚至思索与研究这样深邃的工作也被"这些别出心裁的方法"组成了一架机器，有了它，任何人几乎不费丝毫力气，都能够完成。道德——人们共同生活及其行为

① 纳桑尼尔·霍桑：《霍桑集：故事与小品》，姚乃强等译，三联书店1997年版，第956页。
② 纳桑尼尔·霍桑：《霍桑集：故事与小品》，姚乃强等译，三联书店1997年版，第955页。

的准则和规范——变成了可被机器成批创造、由股份公司管理的商品。"每个人只需将自己与这台机器相连，将自己那份美德存入共同股，董事长与经理大人们自会留心照料，将累积的道德股份妥加利用。"[①]

　　以上这些所有看似荒诞无稽的描述，隐喻式地展现了市场的效应、市场的实质：人对物的渴求怎样使人变得浅薄、平庸，乃至人性的扭曲。从灵魂深处、审美价值等方面对人生进行批判探问的文化，都在市场机制的挤压下失去了在精神之维上的人文关怀，而变成了大众的娱乐和消遣，变成了市场的工具，宣传物质和商品的占有是人生的唯一追求和真正价值，而不是对人生质疑地、批判地、审美地叩问。为了取得公众的欢心，为了取得利益而只满足于感官的刺激和猎奇，文化本身所应当具有的超越性、悲剧性、崇高精神和自我反思等古典的精神特性都彻底地淹没在形而下的感官享乐之中。这样的结果如小说所呈现，使人们满足于"名利城"那种千篇一律的浅表化的生活，而不再愿意去追求"天城"那种能与自然融合与共的丰富多彩的有精神深度的生活。这种一体化的直接结果就是造成了社会的单一性，也就是单向度社会，生活于其中的人如西方马克思主义理论家马尔库塞描述的单向度的人那样，只剩下对钱、权的崇尚。他们在以金钱、物质交换为基础的消费活动中寻找满足感、归属感和幸福感，失去了人生形而上的精神维度。消费的喧嚣和刺激掩饰了他们信仰的丧失、找不到自我的痛苦等引起的内在的焦虑和空虚。他们是韦伯所描述的真正的"无心的享乐者"。

　　在那现代性之初就能对现代性消费文化、市场机制对人的虚无化作如此洞悉，也足见霍桑对人性与现代文明的探索之犀利。这样的观点在霍桑当时少数犀利的艺术家、哲人们那里已得到呈现，在以后许多能洞察历史的艺术家及哲人的著述中更成了重要的议题。在马克思对资本主义拜物教的批判中，现代性导致了整个社会分别在经济、政治、道德上的最大化原

---

① 　纳桑尼尔·霍桑：《霍桑集：故事与小品》，姚乃强等译，三联书店 1997 年版，第 955 页。

则、科层制管理和功利主义，商品经济确立后，资本文明只见物，不见人本身的思潮使现代人的内在也就空虚了。他写道："一切固定的僵化的关系以及与之相适应的素被尊崇的观念和见解都被消除了，一切新形成的关系等不到固定下来就陈旧了，一切等级的和固定的东西都烟消云散了，一切神圣的东西都被亵渎了。"①

海德格尔对现代贸易对人性侵蚀的论述恰似霍桑的美学呈现一样深刻犀利："一种永恒的幸福的彼岸目标转变为多数人的尘世幸福。对宗教文化的维护被那种对于文化的创造或对于文明的扩张的热情所代替。创造在以前是《圣经》的上帝的事情，而现在则成了人类行为的特性。人类行为的创造最终转变为交易。"②

马尔库塞认为消费文化和精神价值相互对立，并把一切存在都归因于单面的操作主义或行为主义。他认为在一个单向度的社会中，消费者和生产者是联合在一起的，生产者又与整体联合起来，他们生产的产品反过来对人们进行说教和操纵。社会阶级中更多的个人都可以获得这些有益的产品，所以伴随这些产品而来的说教已经不再是一种宣传性的东西，而是一种生活方式。"这样，就出现一种单面的思想和行为的模式，在这种模式里，按其内容超越言行的既定领域的各种思想、愿望和奋斗目标，不是遭受排斥，就是被归结为这个领域的一些术语。"③ 现当代著名的法国社会学家、哲学家、文化批评家，鲍德里亚（Jean Baudrillard, 1929–2007）也在千禧年的浓厚氛围中揭示出消费主义带出虚无主义的不可避免性。他认为消费文化已经改变了我们的思考方式，乃至于我们的生存世界已被交换的逻辑、广告的逻辑所浸透。消费主义对精神文化产生着巨大的吞噬效应。④

---

① 《马克思恩格斯全集》第 46 卷上，人民出版社 1979 年版，第 485—486 页。

② ［德］海德格尔：《林中路》，孙周兴译，上海译文出版社 1997 年版，第 227 页。

③ ［美］赫尔伯特·马尔库塞：《单面人》，张伟译，载上海社会科学院哲学研究所外国哲学研究室编：《法兰克福学派论著选辑》（上卷），商务印书馆 1998 年版，第 499—500 页。

④ Jean Baudrillard, *The Consumer Society: Myths and Structures*, London: Sage, 1998, pp.193; Richard J. Lane, *Jean Baudrillar*, Abingdon: Routledge, 2000, p.71.

第四节　启蒙的世界：同一的世界、黑夜的世界、
　　　灾难性的世界

如此，总结如上霍桑对现代境遇下的这种虚无境遇的呈现，我们还可从他作品所描述的一幅幅启蒙的世界图景变成了同一的世界、黑暗的世界、强权暴政的世界、荒诞的世界、灾难性的世界图景去看。在这些宣称以启蒙精神认识世界、治理世界的图景中，我们可见，世界如《古宅传奇》中的一样由对财富的崇拜主导，或如《通天铁路》一样走向整齐划一的科技理性、重商主义统治的世界，或如《美之艺术家》《雪人》那样全社会由对实用理性所主导，或如《拉帕奇尼的女儿》与《胎记》的世界一样，世界由那有话语权的理性掌控。在这样的世界里，上帝的影子、社会道德的约束力全不见了，人的精神维度消失了，那个现代性宣称的以"自我"为基点的启蒙理性能引导人创造出的自由世界变成了同一的世界、失去光明的世界、暴政的世界、独裁的世界、荒诞的世界、灾难性的世界。

一、启蒙的世界：同一的世界、黑夜的世界

因此，如前面章节所论，启蒙的世界中由于对纯粹理性（pure reason）、科学技术力量的信奉，把它们当作认识、解决人生问题，认识、创造人类世界的量度，其结果是人不是如启蒙理想所信奉的那样成了自主的人，更加有自己的个性、人性得到了更加完满的发展，而是相反，人成了标准化的人、规范化的人，世界朝向了更加同一化的方向发展而失去生命意义的依托，变成了虚无的世界。因为启蒙思想家们认为，这理性是祛除了"情感、感性知识、社会组织和非认知性意识"的，[1] 因此它是所谓

---

[1]　Charlene Spretnak, *The Resurgence of the Real: Body, Nature and Place in a Hypermodern World*, Abingdon: Routledge, 2012, p.220.

进步的驱动力，能够指引人们建立全新的文明。"理性变成了聚合的力量、变成了世纪的中心之点，表达着它所有的渴望、它的努力、它所有的成就"。① 但其实正是这样祛除了情感性等的纯粹理性，它也祛除了文化与精神的观照层面，缺乏道德的维度，成了与价值维度相分离的抽象的运作，变成了工具理性，以它自己的有限性压制一切非理性的东西。人的生活只为了满足自己的自然欲求，失去星光的朗照。世界因此是黑暗的世界，冷酷的世界，只相信理性的同一世界，是精神荒芜的世界，虚无世界。

霍桑作品以审美的形式传达了这一切。《古宅传奇》中的世界以女主角赫普齐芭所住的七个尖角阁的房子为中心，四周街面上是浓重的商业生活，表现出人的日常生活完全被那种金钱、贸易的味道所浸染，人心被其掌控，个人的身份就由此变成了"财产和辉煌宅邸更显赫的本质，当财产和宅邸消失后，它也就不再有精神上的存在"②。像会算计、务实、能够适时地运用自己的理性选择手段以达到自己的目的的行为准则、生活方式就无时不在指引、规范着人的行为。不遵从社会主流意识的结果是什么呢？不是要遭社会排挤与唾弃吗？所以像赫普齐芭那样旧传统的贵族老小姐，有着一颗"天生脆弱、敏感、经常微微发抖和心悸"的心③，只有躲进自己的宅邸里，过了几十年与世事隔绝的生活，被动地与社会对抗的生活。对抗的结果是，"在这个共和国里，又值我们的社会生活在波涛中起伏，是经常有人处于被淹死的危险之中"④。具体到赫普齐芭，她的容貌变成了充满怒容的样子，使镇上的许多人见了都怕；更重要的是，没有遵守社会去努力赚钱的意愿，她现在一贫如洗，没有生活出路了。而她弟弟克利福德那种还心存温柔，天生体质还"十分精巧、斯文"的人就很容易被他那很

① Ernst Cassirer, *The Philosophy of the Enlightenment*, Princeton University Press, 1951, p.5.
② 纳桑尼尔·霍桑：《古宅传奇》，韦德培译，上海译文出版社 1991 年版，第 37 页。
③ 纳桑尼尔·霍桑：《古宅传奇》，韦德培译，上海译文出版社 1991 年版，第 33 页。
④ 纳桑尼尔·霍桑：《古宅传奇》，韦德培译，上海译文出版社 1991 年版，第 37 页。

能算计的堂兄杰弗里·平齐安陷害，被剥夺了财产继承权，并被判以终身监禁。而与他俩相对比，他们那善于算计的堂兄杰弗里·平齐安是被人追捧的社会名流，亦即社会的榜样。

因此，这样的故事审美地传递着那样的社会意识形态有使社会同一化的力量，是充满一体化力量的世界、扼杀异质的世界、充满虚无化力量的世界；它促成更加单向度的人、同一化的人、标准化的人。世界变成了以满足尘世的享乐为目标的世界，传统的神圣永恒的幸福彼岸目标转变为人的尘世幸福，传统的伦理道德与宗教信仰彻底被颠覆，人处于一个面临严重的价值危机与困境的时代，精神贫乏甚至丑陋的时代。

这样的意蕴在他的其他作品中以不同的方式戏剧性地得到表达。《通天铁路》中那经过启蒙的世界，一切都以理性的眼光看世界，失去了对一切的敬畏，自然、雄伟的大山都可被人掌控，变成人的奴隶；甚至人类世界素来珍惜的一切道德良知都可以在"名利城"中出售，戏剧性地表现了一个同一的世界，一个把理性与道德价值分离以后的世界将是怎样在精神上变得荒芜的。满世界都是为科技理性战胜自然的狂欢，满世界都是对贸易的便利、贸易盈利的诱惑而吸引的人，乃至于在这些人眼中，那两个还希望用自己更多的劳作而不是用现代化的科技和贸易来通达天城的人显得那么另类，而受尽了他们的嘲讽与打压；乃至于存在于班扬时代的那些对事物充满想象的解释，对自然充满敬畏的神秘，全部都得抛弃。《美之艺术家》中那样满城的务实精神、对科技力量的崇拜与功利主义，乃至于那喜欢精美之质的、有艺术家气质的欧文·沃兰备受众人嘲笑，乃至于他也不能不适当地迎合那社会：为了适应社会、讨好他的恋人，他的美之作品是"尽力将美的精魂做成有形的东西，使它运动"①，最后成型的作品是精美之极，仿佛有生命力的机器蝴蝶。

笔者认为，霍桑这些作品在审美地讲述着启蒙理想怎样以消除神秘、

---

① 纳桑尼尔·霍桑：《霍桑集：故事与小品》，姚乃强等译，三联书店1997年版，第1061页。

使人务实、把人引向幸福的名誉，使人的世界变成一切以财富的多寡来决定的世界，没有了任何精神的向往，世界因此越来越同一化成了工具理性化的社会、物质化的社会，只重效果、工具的有效性而不重价值的社会，是虚无的社会。若再放眼霍桑的其他展现现代性境遇的作品，我们会看到更多的这种在社会启蒙同一化力量作用下而变得整齐划一的人与社会，祛除了人生价值的社会，精神荒芜的社会。

二、启蒙的世界：虚无的世界、暴政的世界

再进一步研究，这样的同一化社会还表现出充满着强权与暴政，是独裁社会的实质。因为如这些作品所呈现，任何不与社会那主流思想同流合污的异质性品质都会被挤压、受排斥。因此，这物质化取向、工具化的取向控制着人的行动与思想，人性被塑造成了社会一体化所要求的那样，务实、充满物欲而失去了启蒙理想宣称的把人带入更自由的境界，促进人的生命的完美发展的目标。这样的生存境况是思想意识形态的暴政统治的结果，人变得只剩对物的激情，或为了获得物而不择手段的邪恶，直把人类世界变成了这种受如此片面发展理性导致的暴政社会。其中充满了技术理性的意识形态和借助于理性意识形态，对思想意识的控制代替了过去社会那种单纯的在政治和经济上的压迫，人木然地、无反思地、自愿地遵从着社会主流意识，全然不觉那样的意识对人性的冲击、对生存生态的冲击，因而充满了《古宅传奇》中那种为了物而不顾人伦情感而充满血腥的荒诞与灾难，《美之艺术家》《胎记》《雪人》《福谷传奇》等中那种生活中缺乏任何生命灵气的荒诞与灾难。

现当代研究对这种虚无主义状态的成因做了如下分析：在阿多诺和霍克海默看来，启蒙理性在康德的经典定义"必须永远有公开运用自己理性的自由"[①]中，在以培根的"知识就是力量"的论断中，知识在给世界祛

[①]　康德：《历史理性批判文集》，商务印书馆 1990 年版，第 24 页。

魅的过程中，就含有一种掌控他人、掌控客体的统治精神、暴政精神。因此，从本质上来说，启蒙精神是趋同一的，是排斥异己的，是暴政的。再加之，为了更有力地掌控，并发展出一个彻头彻尾浸透了工具理性的世界，从而使同一性的效果、暴政统治得到更大的强化，启蒙精神就体现为一种"操纵意识"，而究其本质，这种操纵意识就是统治阶级的意识形态，其目标在于使社会的抗议之声沉默下来，思想就成了一种统治阶级可以利用的工具。在这个过程中，科学和逻辑扮演的就是主要帮凶的角色。他们认为近现代资本主义的相互利益倾轧，最终导致第一、二次世界大战惨绝人寰的大屠杀就是明证，表明"启蒙变成了神话……人类为其权力的膨胀付出了他们在行使权力过程中不断异化的代价"①。启蒙对待万物的方式就像是独裁者对待人的方式：现代性文明发端于启蒙并且以启蒙为目标，根据其本性，它辩证地转化到"启蒙"的反面，即转化为神话、迷信和野蛮。马尔库塞在其首次发表于 1940 的《理性与革命》中指出，在理性展开的过程中，理性片面地发展成为实证主义和科技主义，理性发展成为实证理性本身，从根本上消解了理性中固有的形而上学维度，也就是对人生意义和人自身完美的积极探寻。它变成了一股专制的力量，兴趣就在于为现实辩护，变成了极权主义的暴政工具。②

　　哈贝马斯敏锐地洞察到"科学与技术同时执行意识形态的职能"，而且，在大众文化传媒的作用下，作为一种意识形态的科学和技术已经渗透到了广大人民群众的意识中，并且以其合法性权力在起作用。这样，在现代性越成熟的发达工业社会中，科技理性虽然成了社会的主要生产力，但是与民众利益相脱离，并且成为一种使强权政治和暴力合法化的意识形态形式。因此，科技理性的统治取代了过去社会那种政治形式，并日益成为统治阶级赖以利用的工具，统治着政治、经济、思想、文化以及社会生活

---

① 霍克海默，阿多诺：《启蒙辩证法》，人民出版社 2003 年版，第 6—7 页。

② Herbert Marcuse, *Reason and Revolution*, Boston: Beacon Press, 1970.

等方方面面，成为人们获得解放的桎梏。由此一来，借助于技术理性的意识形态控制成功地代替了过去的那种单纯的在政治和经济上的压迫。①

对比以上现当代思想文化对现代性理性的批判，霍桑作品对此的批判是深刻的。我们可以《拉帕奇尼的女儿》及《胎记》为例，分析它们如何富于戏剧性与隐喻性，更加间接地、曲折迂回地、审美地探讨社会被同一化的结果，被理性主义的暴政独裁统治的结果。拉帕奇尼在他的世界里（那花园），拥有他人不能拥有的科学知识，是他那世界的合法统治者，但他也是那种思想意识暴政统治的最形象化的结果。上帝死了，他自己就是上帝。他在做着过去是上帝做的创造工作。他的世界被完全理性化、实证化、暴政化了：什么能给予人最大力量就制造什么，可以不顾一切形而上的思考，乃至他的世界被制造成充满毒气的世界，他的女儿就被按他的意愿制造成了同样充满毒素的人物，以便那毒素可让她战胜敌人，但也使她失去了和同胞的一切亲情联系，失去了作为人的存在的根基。甚至那新来的年轻人乔万尼，也在重重的阻挠下——他父亲的朋友巴格里奥尼教授的劝阻，他自己亲眼所见的几例那花园的毒素效应的阻隔——最后还是被拉进了拉帕奇尼的世界，而成了他的牺牲品，也按他的意愿成了充满毒素的人，成了他那同一化世界中的牺牲品，暴政世界中的牺牲品，从此失去了与人类世界的一切联系而进入了那种无人类根基的虚无世界之中。

《胎记》的开篇即把故事发生时期的这种深含科技思想的理性意识如何掌控着社会与人做了描述："那年头，电及其他大自然的奥秘刚被发现，仿佛打开了进入奇异世界的条条途径。人们热爱科学，那份深情与专注甚至胜过对女人的爱。超群的智力，想象力，精神，甚至感情，都能从各种科学探索中找到相宜的养料。"② 如此的热情，使许多人都变成了热诚献身者，他们相信，那样的科学探索将把强有力的智慧步步向前推进，直到科

① Jürgen Habermas, "Chapter Seven Technology and Science as Ideology", *Toward a Rational Society: Student Protest, Science, and Politics*, Boston: Beacon Press, 1971, pp.81–123.

② 纳桑尼尔·霍桑：《霍桑集：故事与小品》，姚乃强等译，三联书店 1997 年版，第 891 页。

学家找到创造力的秘密，并为自己开拓一片新天地。因此，他们心甘情愿地接受着那科技理性的暴政统治。

　　艾尔默是这种世界中的话语权的拥有者，也是那暴政意识形态的深度受害者。他要按照他的科技思想统治他的世界而不能容忍他妻子脸上那表示异质、表示差异的胎记的存在，立志哪怕冒着杀死妻子的危险也要去掉那胎记，创造一个更"完美"的人。结果他如愿以偿，但他的妻子死了。这样的故事情节设置有其深刻的隐喻意义：艾尔默与他的妻子被当时的思想意识形态以暴政的方式同一化进了那由科技理性掌控的世界之中，失去了他们自己的任何个性与生命力，连最激动人心的夫妻之爱，也被压制在了那战胜一切异质的科学技术精神、时代精神之下了。所以，尽管艾尔默经过与众多的对手的竞争才赢得了比阿特丽丝的爱，能够娶她为妻，但不久，时代精神要压制一切异质的欲望就压倒了他对妻子的爱，甚至连新婚的激情也未能胜过那时代精神的掌控与暴政。故事呈现说，婚后不久的一天，艾尔默坐在那儿端详妻子，神情越来越烦躁，终于说道："乔治亚娜，你从没想过脸上那块胎记也许可以弄掉么？"[1] 从此之后，它所造成的烦恼与恐惧，越来越超过乔治亚娜善良心灵与美丽容貌带来的欢乐。乃至于，在本该是夫妻俩最愉快的时刻，他却总忍不住地回到那个灾难性的话题上去：当晨光的曦微一照，艾尔默睁眼看妻子，首先映入他眼帘的就是那缺陷的标记。温暖的夜晚炉火旁，夫妻本该温情相守时，艾尔默又不经意间总在木柴摇曳的火光中发现那鬼似的手形忽隐忽现。"乔治亚娜不久就意识到这一点，在他的凝视下瑟瑟战栗。他只要露出这种常挂在脸上的怪相对她瞥上一眼，她红润的脸蛋立刻就变得死一般苍白。"[2] 如此境况下，为了进入"更新的天地"，二人立志去掉那胎记，结果造成了乔治亚娜之死的悲剧。如此的结果，故事以生命的弃绝更加强化了艾尔默与乔治亚娜生

---

[1]　纳桑尼尔·霍桑：《霍桑集：故事与小品》，姚乃强等译，三联书店1997年版，第892页。

[2]　纳桑尼尔·霍桑：《霍桑集：故事与小品》，姚乃强等译，三联书店1997年版，第894页。

活如何被主流意识暴政统治而失去了任何对生命中的异质、个性、生命力的容忍，而落入彻底的虚无状态之中的境况。

因此，霍桑用审美的方式呈现了理性的极致、理性的同一化力量、暴政力量会给人造成怎样的规训效果，怎样的虚无化效果。仔细审视，这样的呈现同样反映了今天现代化的大生产在全世界各地造成的影响。《拉帕奇尼的女儿》中那种花园毒气四散的生存环境，那种意识形态在社会中的独断专行；《胎记》那种以扼杀生命为代价的对人的提升，《通天铁路》《美之艺术家》《老苹果贩子》《伊桑·布兰德》《玉石雕像》等等中那种对科技力量的信仰、对理性精神的崇拜，乃至于不容许其他异质思想的表现、异质特质的存在，不是就有与前面我们引述的哲人们对现代理性化社会、现代科技理性的相似论断吗？——启蒙精神、科技理性精神变得与民众利益相背离，是使行政机关和暴力合法化的意识形态形式，成为了统治人的政治、经济、思想、文化以及社会生活等一切方面的工具。由此，人的世界完全变成了独裁者的世界，生命被窒息了。这是虚无主义的极度表现。①

第五节　双重虚无主义阴影下的现代人

综合看霍桑笔下这一系列人物，我们还可从双重虚无主义作用的视角观之，表明生活在那 19 世纪上半叶新旧文明交替之际的霍桑，一方面看到，虽然美国占主导地位的基督教文明、清教文明在衰退，迅速地失去它昔日对人的引领力度、掌控力度，但它还是人们生活中一种重要的思想意识形态，影响着人们的思想，还是根深蒂固地渗透进了人们生活中的生活方式。② 宗教文明虽然有上帝对人的生活世界的善恶评判，有上帝给每个

---

① Jürgen Habermas, *Toward a Rational Society: Student Protest, Science, and Politics,* Boston: Beacon Press, 1971, pp. 81–123.

② See R. Weldon, *Hawthorne, Gender, and Death: Christianity and Its Discontents*, New York: Springer, 2008, p.3.

人生活以终极意义，因而给人一种依存感，但如前面章节所论，他也看到，宗教文明、在宗教文明基础上建立起来的传统道德对人性的强烈的束缚作用，使人在对上帝的敬畏中失去自己的个性、自己的创造力、生命力。因此，在他的作品中，宗教文明从本质上是厌恶生命、革除生命、轻视肉体、人的自然性和大地的，是对生命的非难。从此角度看，宗教本质上使生命失去了自己的本质意义，也是一种虚无化的力量。

另一方面，如前所述，他也看到，资产阶级所代表的新文化虽以它朝气蓬勃之势、以新思想的强劲生命力、以让人依靠自己而非上帝的全新观念，也以备受欢迎之势渗透进了人的意识、人的生活，在急剧地改变着人认识自己、认识世界的方式，给人带来了前所未有的冲击。

分析霍桑《红字》《拉帕奇尼的女儿》《胎记》《情报中心》《利己主义，或胸中的蛇》《福谷传奇》《玉石雕像》《古宅传奇》《伊森·布兰德》《威克菲尔德》等许多作品，我们都可见霍桑把两种文明对人、对人性、对人生存境遇的如上交互作用审美地、曲折迂回地、深刻地呈现了出来。生活在此双重虚无主义阴影之下的人，更容易受到双重思想意识的控制而培养出双重身份，从而人格遭到更严重的分裂而使个性更加丧失、灵魂更加空虚，在更加被抽空了血性、被掏空了精神依托的生活中，无所适从、找不到自己的位置，孤独飘零、被无名的焦灼充塞。在这种虚无化的各种样态中，有如像《情报中心》中那去中心寻求帮助的男子的无助的陈述一样，"我要我的位置！"[1] 有如像《利己主义，或胸中的蛇》的主人公罗德里克·埃利斯顿那样，迷茫于自我是什么，而焦急地向路人询问"你认识我吗？"[2]

一、双重文明交互作用下的双重虚无

因此，阅读霍桑的作品我们可看到一幅幅人被这两种不同文明的力量

[1]　纳桑尼尔·霍桑：《霍桑集：故事与小品》，姚乃强等译，三联书店1997年版，第1019页。
[2]　纳桑尼尔·霍桑：《霍桑集：故事与小品》，姚乃强等译，三联书店1997年版，第913页。

向不同的方向撕扯着的画面。一方面，解放了的人希望在新文明自由的鼓舞下，尽情地享受发挥自己的自由、自己本能欲望得到满足的幸福、物欲得到满足的幸福，享受新文明解放出的人的力量。但这样的感官满足带来的并不是人的灵魂中渴求的对永恒的追求，人由此失去了追求永恒中获得的精神慰藉；更有甚者，带着祛魅的双眼，什么都敢做了，把自己放到了上帝的位置上，忘却了自己的有限性，在无限延伸自己的无限性、自己的主观能动性中，忘却了任何道德的限制、自己有限性的限制，从而一切只为钱、物、权力、为创造而创造，精神又落入一片荒芜；另一方面，那还没有完全死的上帝的声音又会在这些人的意识、无意识深处表现它的力量，在某种程度地牵制着人、控制着人，使人更敏锐地意识到新的生活中的缺失，而备感焦虑，茫然；甚而，为自己的行为充满内疚、焦虑，甚至是恐惧、绝望。在这样的矛盾交织中，人的生命力更加衰弱，生命意义更加扭曲丧失，人生更加陷入"深度削平"（克尔凯戈尔语）之中，虚无状态之中。

《红字》中的这种意蕴是深刻的。我们可以亚瑟·丁姆斯戴尔为例，虽然他的塑造似乎完全是受清教文明的掌控。但他一方面在教区的布道中表现出全身心地在为上帝服务，另一方面又敢于与海斯特这样的已婚妇人发生情爱。这其中，那影响海斯特的争取自由的现代性思想是不是也在影响着他呢？所以，在两人七年痛苦生活后的森林幽会之中，也能够接受要一起逃到旧世界去，从此生活在传统道德判为通奸生活的罪恶之中。而且还为此，兴奋、激动不已，乃至于本因七年来生活在深重的宗教罪孽感、上帝的威严恐吓下生命力已几乎消失殆尽而在森林的小路上迈步艰辛的他，在这样自由爱情的激励下突然感到有片刻阳光的滋润，生命力有了片刻的回复。回家的路上，能够"跳过了许多泥泞的地方，穿过了缠人的矮树丛，爬上山坡，潜入凹地。总之，他是以一种连自己都感到吃惊的、不知疲倦的活力，克服了路径上的一切困难"①。这是他一度释放出了自己心

---

① 纳桑尼尔·霍桑：《红字·福谷传奇》，侍桁等译，上海译文出版社 1996 年版，第 146 页。

中的本能；但本能的种种从恶的冲动也被释放了出来，所以在接下来的路途中，他有控制不住自己的感觉。由此，虽然现代性的力量未像宗教力量那样在丁姆斯戴尔身上是显性的，但如上情节看是存在的。但在内心强烈的宗教意识的监控下，片刻的放纵使丁姆斯戴尔充满了恐惧。因此，我们也可以说，在丁姆斯戴尔最后生命力完全衰竭而死的故事中，也强烈地含有两种力量对他的合力作用，把他带入了个性、生命力被完全压碎而进入虚无状态的意蕴。

《伊桑·布兰德》也传达了如上主题。虽然从该故事的表面看，并未像《通天铁路》等那样明显地通过呈现现代文明诸如大规模机器生产的工业化等的突出特征来表现人物在现代性境遇中的生活，也没有像诸如《教长的黑面纱》等作品那样对清教文明对人的影响有明显的渲染，但两种文化的交互作用对人所产生的双重虚无作用却在场景设置、人物塑造、人物的遭际命运中表现得淋漓尽致。

如前所述，故事的场景被设置在马萨诸塞州巴克夏的带石灰窑的格雷洛克山中。据尔里奇·尤金的研究，霍桑在 1838 年夏天爬过几次格雷洛克山，那里的经历，特别是一次半夜在山中行走看到一座炉火熊熊的石灰窑的经历，激起了他写一个起初名为"不可饶恕之罪"的故事的灵感。[1]但直到 1848—1849 间，霍桑才写了这个故事。[2]足可见作家对此进行了很长时间的思考。石灰窑为现代化的大生产提供原料，而那熊熊的炉火又使人联想到基督教经典《圣经》中渲染的地狱之火，邪恶之人死后将受到其严厉惩罚之火。以这样的场景为故事发展的中心，讲述伊桑·布兰德，——格雷洛克山中一个淳朴的石灰窑烧灰工，看着每天村中小酒店里满是那些靠酒精麻醉神经的人，面对现代性境遇中人的堕落、精神失去依

① Eugene Ehrlich and Gorton Carruth. *The Oxford Illustrated Literary Guide to the United States,* Oxford University Press, 1982, p.54.
② Edwin Haviland Miller, *Salem is my Dwelling Place: A Life of Nathaniel Hawthorne,* Iowa University Press, 1991, p. 263.

托，每天再面对炉火的熊熊燃烧，如同看到种种邪恶、魔鬼将受到怎样的惩罚。所以，小说中如此描述那石灰窑门，"门上的裂缝中钻出缕缕烟雾，股股火苗，仿佛可以一头钻进山坡，正像欢乐山①的牧羊人常常指给香客们看的那个通往地狱的秘密入口"②。这样的场景透露着两种文化的纠缠，人性在新文化中的不断崛起而导致私欲膨胀、价值失落等在主人公头脑中引起的借用现代性的逻辑手段从传统文化的角度去审视。他因此陷入进了冥思苦想之中。

他在探讨生活世界发生的一切，在探讨人心、探讨人心的罪恶、传统基督教中思考的"不可饶恕之罪"。思考得越多，他越感到了人类的"不可饶恕之罪"之重。他开始把那时代珍重的理性用于不顾一切地深入人心探寻这有着宗教传统意义的"不可饶恕之罪"。为达到目标，哪怕毁坏对方的心灵也在所不惜。这样的浮士德式的为了达到得到知识的目标不惜放弃自己的灵魂、毁坏他人心灵的做法使他变成了智者。但他由此进入了智与情彻底分离的状态之中，从而导致自己犯下了"不可饶恕之罪"，不但把自己卷入了没有任何精神依托的深重凄凉之中，而且把自己变成了魔鬼。他最终也意识到他自己把追求知识作为目的而不惜破坏灵魂的方法是最为深重的"不可饶恕之罪"。他对自己说，"我的任务已经完成"，活着没有了任何其他目的，他悲痛地跳入了石灰窑的火海之中。因此，人物用把追求知识作为目的的现代方法，理性化时代对逻辑推理的娴熟用于探讨基督教道德的核心议题，人物形象因此更深入地把两种文化的核心问题聚于一身，强化着人物被两种文化的交织深压而失去自我乃至到疯狂的非人境地。

这人物遇到了怎样的绝境，精神如何严重地失去了它生命的依托，荒芜到了怎样的境地、悲痛到了怎样的境地，又由人物那深度疯癫的狂笑、骇人的歇斯底里的呈现戏剧性地、形象地表现了出来。疯狂、歇斯底里贯

---

① 欢乐山（Delectable Mountains）：典出英国作家约翰·班扬的著名小说《天路历程》第二部，是一个诱惑基督徒的地方。

② 纳桑尼尔·霍桑：《霍桑集：故事与小品》，姚乃强等译，三联书店1997年版，第1212页。

穿着全篇，深刻地表现出了人物的落魄不知所向。故事的开篇，伊桑·布兰德人还未出现，他那可怕的狂笑就已震动山林和那里的人，他的人生境遇就被形象地刻画了出来。"忽然，下面山坡上传来一阵狂笑，并不快乐，无精打采，甚至相当严肃，如同阵风刮来，摇动着林中的树枝。"① 这样的狂笑、这样的歇斯底里，表现出他不仅生活失去了意义，而且到了深度的疯癫程度、极度的悲痛境地。故事然后再接着展开了人物的一系列怪异的、不合常理的疯癫行动，都以这种深度的狂乱恐怖的笑声述说他的精神惊恐与人生境况。最后在他跃入火海、痛苦地结束生命前，也以这种狂乱恐怖的歇斯底里笑声突出他内心的惊恐与疯癫，人生的末路境地、人生变异成了魔鬼般的境地的悲哀："这可怕的笑声沉甸甸地滚过石灰工和他小儿子的睡乡，恐怖痛苦的鬼影纠缠着他们的睡梦，天亮时睁开眼，还觉得陋室中鬼影犹未散尽。"②

因此，这样的故事表明，作者很形象而艺术地从故事空间、人物形象、故事情节等戏剧性地、深刻地凸显人在那新旧文化交替境况下的生存境遇，凸显出了两种文明以不同的方式把人生命的意义、生命的活力挤尽，使人进入更加找不到生存依据的境地。一方面，基督教压制人性，使张扬人性的行为染上恶的色彩，而使人只剩下理性的空壳；另一方面，现代文明在张扬人性的旗号下，又使人失去了精神的导引，过度地使理性膨胀，一样地把人引进了各种理性与情感的二元对立之中。从而导致生存价值失落，膨胀理性的泛滥。这样的泛滥不仅使人更成了理性的空壳，远离了自我，还在宗教文明教规压抑下生出更深重的罪孽感、恐惧感，从而使人在两种力量的合力作用下，进入更加失去人生意义、人生特质的非人化境况，被逼入深度绝境的人生图境。

在短篇小说《利己主义，或胸中的蛇》中，作者也以他对文化的深厚

---

① 纳桑尼尔·霍桑：《霍桑集：故事与小品》，姚乃强等译，三联书店 1997 年版，第 1211 页。
② 纳桑尼尔·霍桑：《霍桑集：故事与小品》，姚乃强等译，三联书店 1997 年版，第 1226 页。

把握与极其艺术的表现力，表现出了在那新旧文明转型之期，人被两种文化中的核心问题引向迷失，引向个性特性消失和失去人生任何欢乐的痛苦境地。小说主角罗德里克·埃利斯顿，一度是神采奕奕的青年，可他最后变成了一个病容满面、骨瘦如柴的男子。他目光闪亮，头发又黑又长。走路不像人那样痛痛快快笔直往前走，却好像蛇那样在人行道上摆过来摆过地走，做着波浪似的曲线运动。如此，他从精神到肉体都"令人联想到发生了蛇变成人的奇迹。只是变得不够彻底罢了，蛇的本性仍被人的面目遮掩，而且遮掩得很不充分"①。

这形象的本身就戏剧性地表现出了罗德里克人性严重的缺失状态，是虚无状态的极致。他何以变成了一个具有人蛇双重性的人，而落入如此的虚无主义境地呢？可见霍桑的匠心独运。基督教文化相信人性本恶。撒旦（Satan）的形象就是基督教道德中用于训诫人必须时刻敬畏上帝、忏悔自己的罪恶的重要形象。撒旦被塑造成蛇的形象。他是《圣经》中堕落的天使，变成了魔鬼，是与光明力量相对的邪恶、黑暗之源的代表。②所以这里罗德里克感到自己胸中有条蛇随时在撕咬着他，让他苦不堪言，而使他变成了从外形到内在都丢失了人性的人，隐喻式地、戏剧性地、深刻地在反映当时两种文化交互左右人的生活，怎样给人造成了去人性的作用，使人堕入虚无化境地的作用。

因故事虽介绍他遭受如此遭遇的原因有几个，但其中一个贯穿全作品。那就是，他一度任性胡为，一味地追求物欲的满足，乃至约莫四年前他妻子与他离异不久后，"熟人们便发现他的生活笼罩了一层奇怪的阴沉气氛，就像那种灰蒙蒙的冷雾有时会悄悄窃走夏日的晨曦，种种症状令人大惑不解"③。他的轻松活泼被心灵的创伤夺走了。小说论道，这种创伤通

---

① 纳桑尼尔·霍桑：《霍桑集：故事与小品》，姚乃强等译，三联书店1997年版，第912—913页。

② Harry Ansgar Kelly, *Satan: a Biography,* Cambridge University Press, 2007, p. 176.

③ 纳桑尼尔·霍桑：《霍桑集：故事与小品》，姚乃强等译，三联书店1997年版，第915页。

常如此，它正逐渐侵蚀他的精神，进一步会残害他的肉体。其肉体只不过是精神的影子而已。"什么东西会咬罗德里克·埃利斯顿的胸膛呢？……抑或是他不顾一切，时常濒于放荡的生活方式，虽未陷得很深，却已令他感到内疚，为可怕的悔恨所折磨？"①

这样的解释与小说结尾情节联系在了一起，他妻子原谅了他、用爱温暖了他时，从内心将他打得一败涂地的恶鬼被击败了，他恢复了健全的理智，获得了新生时，激动得语无伦次时请求："罗西娜！原谅我！原谅我吧！"②我们可见埃利斯顿被塑造成如此形象的深意。在那鼓噪个人自由、鼓噪以自我为基点看世界的现代性境遇中，人生形而上的更高价值在快速地失去意义，艾利斯顿也开始了以自我为中心、以满足自己当下的物欲、色欲等为目标的放纵的感性生活，是现代生活虚无境地的表现。但这样的生活当然有悖于传统宗教道德、传统道德，是宗教一直以来通过原罪观、七重罪思想，试图进行规训的。所以艾利斯顿在悔恨中感到被蛇痛苦地咬噬着。

宗教对人的规训，严重时，甚至可表现为我们从上面篇章的分析中看到的如《小伙子布朗》《教长的黑面纱》《红字》等中表现出的那种对人性的严重扭曲作用，对人生命力的严重扼杀作用，因此也对人生起着严重的虚无化作用。这里，虽然作者未曾像他的如上等作品那样直接表现出宗教强烈的压抑人性的性质，但从人物的行为模式，变异为蛇一般的模式，而且又痛苦地感到有蛇在他心中撕咬，作者就在用典故的方法触动读者感受宗教文化对人的深刻影响，它的传统道德观念，比如人性的罪孽观，还在深入地影响着人对自己的观点、对世界的观点、自己的生存。

故事中，社会传统道德对罗德里克的重压是那样的沉重，以致他一度不敢出门，不仅他人对他注视都令他恐惧，朋友的笑容都会让他害怕

① 纳桑尼尔·霍桑：《霍桑集：故事与小品》，姚乃强等译，三联书店1997年版，第915页。
② 纳桑尼尔·霍桑：《霍桑集：故事与小品》，姚乃强等译，三联书店1997年版，第928页。

至极，就连代表上帝普照众生，撒播爱心的圣洁的阳光的光芒四射的面孔都会令他恐怖。"如今昏昏暮色对罗德里克·埃利斯顿都过于明亮，漆黑一片的午夜才是他选中的出门时光"[①]。后来他的病甚至又恶化成终日在街头闲逛的习惯，用倍受摧残、变态的机智，他在每个人胸中寻找着与自己同样的疾患。不管他是不是真正地疯癫了，他却能极为敏锐地观察到他人的意志薄弱、道德过失与罪恶，"令许多人认为他不但被毒蛇缠身，而且还恶魔附体，这恶魔将妖术传授于他，使他能辨出人类心中最丑恶的一切。"[②] 这样的行为表明，"他把自己的蛇——假如他胸中有蛇的话——当成了人人致命的过失，隐藏的罪恶，不平静的良心等等的象征，毫不留情直刺人家最疼的痛处"[③]。

这样的情节设置，可以从两个方面强化着我们讨论的主题。一方面，这反映出宗教文化在他心上的压力越加沉重了，乃至于这种愧疚感、罪恶感越发严重，产生了巨大的、自己不能调节的焦虑感，以至使他的精神产生了严重的扭曲，不得不产生一种防御机制，从而把自己身上的问题投射到他人身上。弗洛伊德认为，当人发现自己内心深处表现出或自己无法控制的行为表现出的内容与社会道德要求相悖时，人的内心深处会感深深地内疚与焦虑。[④] 在正常情况下，人能够以合理方式消除焦虑。但当焦虑太重自我不能以合理方式消除时，人的无意识深处会出现防疫机制。此类防疫机制之一就是投射作用：把真实存在自己身上的事，并且若承认就会引起焦虑的事，转嫁于他人。[⑤] 另一方面，我们也可以说，这样的安排是把

---

① 纳桑尼尔·霍桑:《霍桑集:故事与小品》，姚乃强等译，三联书店 1997 年版，第 915—916 页。

② 纳桑尼尔·霍桑:《霍桑集:故事与小品》，姚乃强等译，三联书店 1997 年版，第 918 页。

③ 纳桑尼尔·霍桑:《霍桑集:故事与小品》，姚乃强等译，三联书店 1997 年版，第 922 页。

④ [奥地利] 西格蒙德·弗洛伊德:《精神分析引论新讲》，苏晓离译，安徽文艺出版社 1987 年版，第 87 页。

⑤ [美] C.S.霍尔:《弗洛伊德心理学入门》，陈维正译，商务印书馆 1985 年版，第 79—80 页。

罗德里克个人的窘境引向了全部。它表现出，在现代性之初的这种境遇中，一方面现代性的梦想鼓励着人去追求自己的各种幸福、自由，乃至于人的自由主义、个人主义都有泛滥之势，但上帝又未完全死亡，它的影子还在盘旋，还有意识、无意识地在人们的心中掌控着人们的行为。因此，在两种不同方向的力量的夹击下，他陷入了胸中有蛇的困境——拿传统的道德观去观照自己在现代性境遇中的行为，以致使自己的心中充满了如传统宗教话语描述的深重的内疚感、罪恶感。

再看看《古宅传奇》，我们可看到该小说从不同的角度所呈现的人在这种不同文明矛盾交织夹击下所承受的人生虚无主义生存的境遇。我们首先可从这部小说的艺术设计看它怎样从几个方面形象地渲染着它探索的主题——从传统的宗教文明过渡到现代性文明之期的人性及其生存境遇。小说以贵族家庭平齐安家族为主线展现这家族从 17 世纪末到 19 世纪上半叶近两百年的历史，艺术地让个人的家史与从启蒙运动反叛传统的宗教社会开始经工业革命到 19 世纪上半叶资产阶级正式登上历史舞台的历史对应。其间，现代化发展越来越迅猛，到 19 世纪上半叶，传统的农业经济社会开始让位予以工业经济为主的现代化社会，现代性思想意识越来越取代以宗教为主导的传统道德而变成社会的主流意识。社会越来越朝着理性化的方向发展，是许多评论家公认的、被 20 世纪初德国著名社会学家马克斯·韦伯所形容的理性化过程、祛魅过程。① 他写道，我们时代的命运以理性化和智性化为标志，影响最深远的是"世界的祛魅"②。

事实上，霍桑就很擅长让他的作品在历史发展的过程中展开，使其能很深刻地把他所探索的问题从源头到本质展现出来。他的许多其他小说，如《福谷传奇》《红字》《我的亲戚上校马里诺》等，尽管后两者场景设置

---

① George Ritzer, *Contemporary Sociological Theory and Its Classical Roots: The Basics*, New York: McGraw-Hill, 2009, p.30.

② qtd. in Basit Bilal Koshul, *The postmodern significance of Max Weber's legacy: disenchanting disenchantment*, London: Macmillan, 2005, p.11.

在殖民时期的新英格兰，但也在作品的人物刻画、情节的创造等方面起到了让作者探索的现代性主题在历史的展开过程中得到更深刻的呈现的效果。所以，英国 20 世纪著名评论家 Q.D. 利维斯在她的文章《作为诗人的霍桑》中评论说，"霍桑的想象在历史性的大场景中……他特别关注过去，因为过去是现今之源。他总是通过社会外在形态的展现而挖掘出事物的本质与起源"①。

贵族是正在消失的那个君主制社会、宗教传统社会的代表，集中地体现了那一社会的世界观、价值观，被这种价值观打上了深深的烙印，思想意识、行为都深受其左右。以这样的一个著名贵族家庭为主角，探讨那时期的人与社会，就能特别聚焦地把社会当时那新旧文明交替之期的显著特征隐喻性地、深刻地、形象地表现出来。

小说的故事场景设置，或曰空间塑造上也更具艺术地凸显这两种文明相互交织、合力作用的状况，曲折迂回地、但又及其深刻地传达人在此两种文明合力压迫下的生活。故事的中心是平齐安大厦，其上耸立着七个陡峭的、直插云霄的尖角阁，使那条街自它在近两百年前建成后就很具影响力。大厦带有七个尖角阁的设计独具一格地象征着深刻的文化与道德内涵——七个尖角阁代表着基督教讲解的人的七重罪，但这朝着苍天耸立的尖阁又同时象征着人心向着天堂、向着善、完美、永恒的渴望。这就很形象地述说着基督教对人的理解、对人的要求：把人的原欲看成是人的恶，时刻需要忏悔、戒备；但同时又要求人向善，向往天堂，以求得救赎。这样对人的理解就使人总是在重压下生活，所以这气势宏伟的大厦，从一开始就"染上老房子具有的那种阴森气味"②。然后经过近两百年的时光流逝，到 19 世纪上半叶的杰弗里·平齐安法官那代人之时，那大厦在事实上就更加破败荒凉了，而其效果在主人公的心理上的效应更深，"它的白色橡

---

① Q. D. Leavis, "Hawthorne as Poet," in Hawthorne, Nathaniel. *Nathaniel Hawthorne's Tales*, James Mcintosh ed. New York: W.W.Norton & Company, 1987, p.362.

② 纳桑尼尔·霍桑：《古宅传奇》，韦德培译，上海译文出版社 1991 年版，第 5 页。

木屋架、木板、木瓦以及剥落的灰片……大厦的木材渗出了水，好像是心脏之血"①。所以，这大厦是基督教核心道德的象征、传统道德的象征，它表现出阴森可怖、但又已表现出越来越破败、衰退的征兆。而相比之下，大厦周围的生活就越来越具现代意识了，有浓重的商业化气息，正在淹没大厦代表的精神。

在这样浓重的艺术渲染之下，小说描写贯穿主线的是这样一类人，他们是从第一代人物托马斯·平齐安到中间的杰瓦色·平齐安，再到19世纪上半叶的杰弗里·平齐安，他们几乎被财或权的贪婪所控，为此敢于做任何丧失人性的事。在第一代人托马斯·平齐安那里，虽然大厦就是他主持修建的，凸显着宗教在他心里的压力，但如前所述，他在不择手段抢夺马修·莫利的财产表现出他对上帝的敬畏又已所剩无几。到了19世纪上半叶更显出现代生活的热闹非凡与它咄咄逼人的进攻性了。早上太阳刚升起，大厦周围就开始集聚各种商贩，各种叫卖声不绝于耳，使人深切体会到那镇上嘈杂而忙碌的现代商业生活。这二者对照，那混乱的商业生活是引人注目的，是显性的，那默默无声地伫立着的七个尖角阁宅邸是隐性的，在衰败着，但还是高于周围的民居，在俯瞰着四周的民生。

因此，虽然从第一代平齐安人托马斯上校开始贯穿于近两百年的岁月中，故事人物的生活都是围绕钱、围绕财物展开，表现出人的生活中关切的对象越来越只是钱、只是财物，关心的越来越只是现世生活的生活必需品，只是现世生活的物质享乐，不但人形而上的维度被遗忘，而且为了钱财，这各代人中的代表人物可谓用尽心机，甚至可以不择手段，表现出贪欲对人性的巨大腐蚀作用，人完全被现代性的物质主义掌控——表现出尼采所判定的最高价值自行废黜的现代性境遇；但另一方面，那七个尖角阁大厦所象征的宗教文化、传统道德也还在有形无形地左右着人心，使人有意识、无意识地为自己的行为受到重压。所以，在第一代人托马斯·平齐

---

① 纳桑尼尔·霍桑：《古宅传奇》，韦德培译，上海译文出版社1991年版，第24页。

安用尽心机地抢夺莫利的土地时，虽然平齐安家族可轻而易举地从法律上解决他们从马修·莫利那里掠夺来的财产的权属问题，"但是令人可怕的是，老马修·莫利，从他本人一直到遥远的后代，在平齐安家族人的良心上永远盖上了一个很深的脚印"①。而且此脚印不仅盖在平齐安家族上，也在民间，"民间实际上一直流传着关于老清教徒平齐安和巫师莫利之间的事情，莫利从他绞架上吐出的咒骂，不仅人们记忆犹新，而且，更进一步，成了平齐安家族遗产的一部分"②。这样的描述强化了虽然理性化的世界中人们不相信超验的东西了，但超验的东西还存在着，还在人们的意识深处。

　　我们可以托马斯·平齐安为例做更为深入的分析。从小说对他的刻画看——他拥有常识，不怕鬼魂，不怕报应，为抢夺莫利的土地，多年与其纠缠，机关算尽，最终为获得土地不惜夺走莫利的性命。他已经被启蒙、不相信鬼魂等超验的事物，但令人遗憾的是，经过启蒙的他不是更加有正义感，能够以更加宽容博大的胸怀去对人与物，而是被祛魅后把他的逻辑推理用在了残暴地抢夺钱财、争取权位之上，让其灵魂被物充塞，失去了他人生中对形而上的关怀，变成了只为物而忙碌的无灵魂之人。然而，这样一个被贪欲极度扭曲成残暴的灵魂，从他在掠夺来的土地上修建那极富宗教象征意义的带七个尖角阁的大厦看；从他把修建大厦的任务交给被他害死的莫利之子，让他挣点辛苦钱看；从他留下的遗像一手拿着圣经、一手拿利剑看，在他全心追逐钱财的意识之下还深深地潜藏着对上帝的敬畏；而且，从此角度看，死于中风也可见他内心深处的风暴当时是何其惨烈地撕扯着他，说明上帝的威严至少在他的无意识中在深深地压着他。所以，他那张遗像"表现出一个清教徒样子的严峻面貌。"③ 这样的面容凸显他具有的双重人格，一方面，他深受清教

---

① 纳桑尼尔·霍桑：《古宅传奇》，韦德培译，上海译文出版社 1991 年版，第 17 页。
② 纳桑尼尔·霍桑：《古宅传奇》，韦德培译，上海译文出版社 1991 年版，第 18 页。
③ 纳桑尼尔·霍桑：《古宅传奇》，韦德培译，上海译文出版社 1991 年版，第 32 页。

教义的浸染，拥有清教徒那时刻都在上帝的威严下暴露着，监视自己的、他人的感性冲动、身体的欲望的习惯而形成的紧张与不宽容；另一方面，在现代物质主义的入侵下，他又有不信神的一面，更增添了他的严酷与狠毒。所以，他遗像面目的严酷一直都让看着他的子孙后代感到可怕，为他严酷而没有了生之灵气，不显任何仁慈、怜悯，只剩贪欲和灵魂的虚无而恐惧。

二、传统与现代之间无所傍依的都市浪人

霍桑作品中的另一类人从另一个角度对这种双重虚无主义阴影之下之人之生存境遇做了深刻的揭示，如《古宅传奇》中的赫普齐芭与她的弟弟克利福德、范纳大叔，《福谷传奇》中的卡佛台尔、老穆狄，《玉石雕像》中的人物，《威克菲尔德》中的威克菲尔德，《伊桑·布兰德》中整日在小酒店中混日子的人物以及霍桑的许多其他作品如《老苹果贩子》老苹果贩子，《通天铁路》《美之艺术家》等中那些无名的市民。他们都处于传统与现代的缝隙之间，既被传统的道德抽空了血性，又在现代性的标准化、非自然化了的生活在很大程度地取代了传统的自然化、人性化的和谐经验中被异化了，变成了他们生活世界的弃儿。但他们不管是在公众之中、还是在其所属的阶层之中、甚至在自己的家中，都找不到自己，都没有自在的感觉，有在家里的感觉；他们在精神上失去了依托，处于被拔根的状态，没有归属感，失去了精神的故乡，充满着迷途的凄凉，没有生活的目标，不知道活着的意义，不能积极抓住人生之根本，处于瘫痪状态。人的特性被挤空，是在都市里漂泊着的流浪者，处于典型的虚无主义状态。

我们以上面提到的《古宅传奇》中的三个人物为例。生活在19世纪上半叶，资本主义的发展越加鼎盛了，人的物化现象更严重了，传统的道德越加失去了约束力。小说叙述道，在这样的时期，"在这个共和国里，又值我们的社会生活在波涛中起伏，是经常有人出于被淹死的危险

之中"①，所以，克利福德被那有着比那第一代老清教徒托马斯·平齐安还要狠毒、还要老奸巨滑的堂兄杰弗里·平齐安陷害谋杀叔叔而被判终身监禁。而赫普齐芭作为生长在现代的贵族小姐，却"自幼就是以贵族的虚幻回忆哺育成长起来的"②，因此，在这种复杂的各种思潮裹挟之下，她养成了"天生脆弱、敏感、经常微微发抖和心悸"③的性格，不能适应社会，变成了一个失去了行动能力的人。

前 30 年赫普齐芭年轻的时候，自从她弟弟克利福德被终身监禁起，她就一直把自己深藏在带七个尖角阁的公馆里，过着不与世人接触、不与社会接触的孤独愁苦的隐居生活。整日阴沉、苦闷、不见阳光，无声无息，连成天哀求上帝保佑的祈祷都是在低语、呻吟、沉默中混合进行的，没有任何凡人的耳朵听得见。到了 60 岁时，老处女的她，整日皱着眉头看起来是满面怒容的样子，给人以脾气很古怪的印象；没有经历过爱情，不懂得爱情的含义；对孩子的爱，也"从来没有在她心中激动过，而现在这种爱如果不是消失的话，也是麻木了"④。这样的人物刻画极其突出地表现出赫普齐芭被社会残酷地异化到了边缘的状态，孤苦伶仃、失去了任何精神上、或实际意义上的支撑，处于无所傍依的漂泊状态，是现代世界的弃儿的实质。而现在，她及她弟弟，无所傍依的漂泊状态还更体现在了经济层面上的，是实际意义上的了。没有任何东西再能支撑他们了，为了活下去，他们必须自己去面对世界、自立于世界。可是被传统的贵族方式灌养出来的，被传统已抽空了生命力的他们能做什么呢？只好以最具现代性质的方式，也是最简单的现代生活方式来维持自己的生存——在七个尖阁的大厦里重新打开一百多年前一位祖先开过，但无法开下去的一小商店。

---

① 纳桑尼尔·霍桑：《古宅传奇》，韦德培译，上海译文出版社 1991 年版，第 36—37 页。
② 纳桑尼尔·霍桑：《古宅传奇》，韦德培译，上海译文出版社 1991 年版，第 36 页。
③ 纳桑尼尔·霍桑：《古宅传奇》，韦德培译，上海译文出版社 1991 年版，第 33 页。
④ 纳桑尼尔·霍桑：《古宅传奇》，韦德培译，上海译文出版社 1991 年版，第 37 页。

　　当然，她开店的技能是极其弱的，凸显赫普齐芭处于的极度无能状态，失去了思想与行动的能力，处于典型的虚无状态之中。所以，开店第一天的经历当然令她痛苦之极，形象地表现出这样一个在传统的贵族小姐礼仪中长大的人，现在要去面对现代性的把钱和物放在第一位的生活的冲击，强化了处于这双重虚无状况下的现代人从实际生活到精神上的孤苦伶仃、无所依靠的窘境。为了第二天的开店，小说介绍说也许头天夜里她就不曾合过眼，所以她一大早就起床了。之后在整个无人听得见的令人压抑的七尖角阁大房子里，她拖着沉重的脚步做着晨间应做的洗漱、痛苦地叹息着，无声地向上帝祷告着。神经质地，"几乎可以说是疯狂地"[1]，她开始忙着摆弄商品以吸引顾客，她摆弄商品的举动十分令人可笑，"她悄悄地踮起脚尖走向橱窗，小心翼翼，好像意识到有个什么凶恶的匪徒躲在大榆树后面要害死她一样"。她"把一些小商品放在预定的位置，然后立刻躲到幽暗的地方，好像世上的人再也不需要看她一眼了"[2]。

　　直到镇上已经一片繁忙，四处传来刺耳的叮当声时，她都还拖延着不敢去打开店门。直到最后不得不去时，她好像怒视某个刻骨深仇的敌人，

　　　突然冲进了店堂，这样仓促，可以说就像触电似的突然一冲。……现在赫普齐芭正在完成最后一个动作，把门杠取下来，这门杠发出惊人的哐啷一声，正击中她那紧张的神经。于是——好像她和世界之间的最后障碍被推倒了，大量恶果会像洪水一般从缺口涌进来——她逃进里面的客厅，一屁股倒在祖传的扶手椅上，哭了起来。[3]

---

[1]　纳桑尼尔·霍桑：《古宅传奇》，韦德培译，上海译文出版社 1991 年版，第 35 页。
[2]　纳桑尼尔·霍桑：《古宅传奇》，韦德培译，上海译文出版社 1991 年版，第 38 页。
[3]　纳桑尼尔·霍桑：《古宅传奇》，韦德培译，上海译文出版社 1991 年版，第 39 页。

　　与赫普齐芭相映衬的当然还有她弟弟克利福德，他更是那个处于双重虚无阴影时代的牺牲品。传统的道德使他还有着对美的渴求，一颗温柔的心，可这样的人面对充满对财富的幻想、竞争、欺骗、风险等的现代社会怎么样呢？他被抛进监狱近 30 年，待到几近老年才得以自由，当然就更加失去了思想与行动的能力。他从监狱回到赫普齐芭身边的第一顿早餐的表现可见一斑：他首先希望肯定他已离开关押他的监狱，"但是，这种努力太费劲了，充其量只能得到支离破碎的成功。我们可以说，他像是不断地从他的座位上消失；换句话说，他的心灵和意识已经和他脱离了，只留下他那瘦削、苍老和忧郁的躯体"①。

　　再看看范纳大叔——他们的街坊邻里。他虽然不像赫普齐芭姐弟那样程度深重地处于瘫痪状况，但也是城市的弃儿，过着极其简单的生活，靠收集邻里的剩饭菜喂猪为生，靠给自己一份年老了就回他屡次向邻居们提起的乡间大农场的幻想以便能活下去。他是不能融入现代的城市生活而把乡村作为自己想象中的回身空间的人物，也是城市里的漂泊者；事实上无家、无亲人，是现代性境遇中无根人物的典型代表。

　　令人深思的是，这样的处于瘫痪状态的城市流浪者，我们在现代主义文学、后现代主义文学，如詹姆斯·乔伊斯、杰克·凯鲁亚克的笔下，都可看到更加深重、形象的呈现。他们也与大约在霍桑所生活时代的一百多年后，德国马克思主义文学评论家、哲学家瓦尔特·本雅明（Walter Benjamin, 1892–1940）发现的现代城市的游手好闲者相似。本雅明描述的这群生活在现代城市里的浪人是浪游、闲逛、厌恶、恐惧与不可捉摸的替身，是由"五颜六色"的人组成的不固定的群体。他们的特征是走走停停，"四下环顾"，对所有事物感兴趣，但又没有特别的关注。他们典型地体现着现代城市生活的体验。②他们心怀对传统社会的依恋，但返回传统之路

---

①　纳桑尼尔·霍桑：《古宅传奇》，韦德培译，上海译文出版社 1991 年版，第 112 页。

②　Gregory Shaya, "The Flâneur, the Badaud, and the Making of a Mass Public in France, circa 1860–1910", *American Historical Review 109*, 2004, pp. 41–77.

又已被堵死，融不进现代的生活，他们被挤到了社会下层或边缘，变成了社会的弃儿，是城市异化、资本主义异化的标志，在资本主义消费文化的胜利中遭遇到死亡。他们是现代都市现代性无根性的体现。①

本雅明之后，游手好闲者已成为多种借用与阐释的主题；在游手好闲形象的多种用法中，有用于对现代体验、城市体验的阐释，用于城市旁观的阐释，阶级矛盾的阐释，19世纪城市性别分隔的阐释，用于描述现代异化，用于阐释大众文化之源、后现代旁观式的注视等。②

霍桑作品对现代生活的审美呈现，因此有哲人们用哲学话语对现代性生活的呈现，及其后的现代主义文学、后现代主义文学的呈现，他对现代性所生产的虚无主义实质，与他同时代的哲人、之后的哲人以及其后的文学所表现的现代生活的虚无状态的有高度的契合。这也是霍桑对他所生活时代之观察之敏锐，对人性、人类生存境遇的探讨之深刻的又一方面，也是霍桑何以在一百多年的变迁历程中能保持自己经久不衰的经典作家地位的原因。他探讨的问题虽然当时还未成为显学，但已是少数犀利的哲人与文人忧心的对象、探索的目标，以至回溯历史，我们都能从现代之初的霍桑时代到我们所处的当代看到哲人们、文人们对此呕心沥血地探索，看到虚无主义对于现代人是多么重要的议题。它已成为整个现代人生活和现代哲学所面临的本质性的议题。我们该确立什么样的价值秩序与现代人的生活相适应？克服价值虚无主义对现代人生命的侵袭，已是涉及整个现代文明的命运的命题。

---

① Walter Benjamin, *Charles Baudelaire: A Lyric Poet in the Era of High Capitalism*, Harry Zohn, trans., London: Verso, 1983, p.54.

② Susan Buck-Morss, "The Flâneur, the Sandwichman and the Whore: The Politics of Loitering", *New German Critique 39*, 1986; Susan Buck-Morss, *The Dialectics of Seeing: Walter Benjamin and the Arcades Project,* Massachusetts: MIT Press, 1991; Leo Charney and Vanessa Schwartz eds., *Cinema and the Invention of Modern Life*, University of California Press, 1995; Priscilla Parkhurst Ferguson, "The Flâneur: The City and Its Discontents", in *Paris as Revolution: Writing the Nineteenth-Century City*, University of California Press, 1994; Anne Friedberg, *Windowshopping: Cinema and the Postmodern,* University of California Press, 1993.

第五章
变革时期的创作新策略
——霍桑的第三空间创作表征

从如上的探讨，我们可见，对人、人性、人生境遇在那文明转折期的真实而深入的呈现无疑是霍桑作品触动读者心扉的重要原因之一，是他作品经久不衰力量的重要因素，而霍桑所用的艺术手法无疑是他呈现人、呈现世界的重要策略。从我们以上篇章可见他对那新旧文明的交替之期，人性、人的生存境遇在不同文明的碰撞下受到的极大冲击的把握，表明作家也敏锐地把握到了地方——空间，和人的命运紧密地联系在了一起，地方感突出地成了那时期人生存境况中的突出因素。

传统文明以充满想象的眼光去看世界，让人依附上帝，寻得归属感，但人又在对上帝的膜拜中失去了自我，变成了被抽空了血性、抽空了生命力的人；取而代之的现代文明给人以自主，让人以自己的理性去判断世界，却又使人在现代性的规范化、同一化、整体化，现代世界的物质追求、当下幸福的追逐、社会的快速变迁中失去自己的自主性、主体性，感到不知所措，感到被连根拔起，失去了根基，失去了人生的方向，失去了自己的立足之地，失去了自己可依傍的家园，被严重的错位感（dislocation）所充斥，成了四处飘荡、无所依靠的漂泊者。如此，地方感在人的生活中突出到了前所未有的程度。因此，我们认为霍桑的成功之处同时也在于用与时代相应的艺术形式去深入而极富洞察力地呈现他那时代的人及其生存境遇中的空间——他用空间的话语把握到了当时深刻的地方感。也即是说，在他的作品中，地方、空间，是人物所生活的场所，是人、人类世界本体性的生存画面；但同时也是认识人、认识世界的方式、体系。

对此，我们可先从他在其作品的序言中对自己作品、对时代、对自己处于那时代作为作家的困境的讨论略见一斑。在《古屋苔藓》的序言"古宅"中，他写道："从我的笔尖飞出去的思想之泉是那么褊狭——并且多么肤浅与贫乏——对比起来，我生活的那一时期，四周膨胀起来的暗淡的感情、观念与联想则已形成宽阔的大潮。"① 他接着把他的作品评论为："没有对伦理的深刻探讨——不是对历史的哲理思考——甚至没有能够独立支撑自己的小说。所有我作为作家能够产出的，是这几篇故事（tales）与小品……这样的琐碎品，我真正感到它们无法提供使人赢得文学声誉的坚实基础。"② 在其最具代表性的作品《红字》前言"海关"中，以海关为例更明确地描述了当时社会的物质性怎样沉重地压抑着人的想象力与创造力："海关的气氛非常不适宜于想象和感觉的微妙的收获。假如我在那儿待到未来的第十任总统的任期结束，我怀疑《红字》这个故事是否会呈现给读者。我的想象力是一面晦暗的镜子。我竭尽所能地在镜子面前布满人物，可它就是不反映出来"③。

这些话语虽然不乏作者习惯性的自我贬抑，却也记叙了作家对那处于变革时期的人性、人生境遇的思考、忧虑及如何能够真切反映那时代、社会的强烈渴望——一方面，理性化越来越盛行，这样的境况对人、对艺术、对人该怎样认识世界、认识自己都有很大的冲击；另一方面，反映出作者对人与他的生活场所的紧密联系，即人与地区、人与地理的紧密联系

① 纳桑尼尔·霍桑：《霍桑集：故事与小品》，姚乃强等译，三联书店1997年版，第1314页。
② 纳桑尼尔·霍桑：《霍桑集：故事与小品》，姚乃强等译，三联书店1997年版，第1315页；also see Millicent Bell, *New Essays on Hawthorne's Major Tales*, Cambridge University Press Archive, 1993, p.4.
③ 纳桑尼尔·霍桑：《红字·福谷传奇》，侍桁等译，上海译文出版社1996年版，第31页。

的认识，即他生活时代那现实生活的"宽阔的大潮"所表现的世界的多面性与无限的复杂性与人的联系。

《红字》中他提出了应如何面对过于物质化与理性化的现实，利用想象的加入以更好地认识与呈现世界，我们认为他提出并实践了一种融合主观世界与客观世界的第三种空间创作观（虽然他没有用这样的术语）。他论述道，应该把"日常居住房间的地板变成一个中立区，它介于现实世界与童话世界之间，现实与想象在此可以相交，互相吸收对方的性质"①。他指出，其目的在于"让思想和想象渗入目前不透明的物质中，使之透明得发亮；使那已开始显得分外沉重的负担精神化；应当锲而不舍地去探寻隐藏在琐碎的腻味的而我又了如指掌的事件中的不可摧毁的真正价值，以及活动于其中的普普通通的人物"②。所以，从他对现实的思考，从他不沿用18世纪新古典主义热衷的小说（novel）的风范转而对传统的故事体裁、创作手法，"罗曼司"（romance）、"故事"（tale）、"讽寓"（allegory）、"象征"（symbol）等的创新性运用中，我们看到了他怎样利用他的第三空间创作论在探索、在呈现人、人性与人的世界。有别于其他从空间视角讨论霍桑作品的著述，我们的视角阐述了霍桑第三空间创作论与实践，强调他作品中突出的空间话语是变革时期作者用于抓住世事变迁的美学策略，展现的是人生存世界本质意义上的地理图景，也提供了认识人、认识人的生存境况的地志图。

第一节　霍桑创作艺术批评述略

霍桑的创造艺术无疑也是专家学者们乐道的议题。许多评论家从霍桑作品的象征与讽喻入手，看到了霍桑作品的深邃。理查德·哈特·法戈尔对霍桑作品中意象的象征意义的研究很具影响，揭示了霍桑作品中，特别

---

① 纳桑尼尔·霍桑：《红字·福谷传奇》，侍桁等译，上海译文出版社1996年版，第29页。
② 纳桑尼尔·霍桑：《红字·福谷传奇》，侍桁等译，上海译文出版社1996年版，第30页。

是光明与黑暗的意象如何深刻地传达了作者的思想。他认为，"霍桑总是寓言性地看事物……他在观察云朵、泉源、或大教堂的时候，不能不同时也在发现此事物内部精神现实的象征"①。罗纳德·艾莫尼克认为，"霍桑最好的故事（tales）与他所有的小说都可看作是有象征意义的讽喻，因为他们表现出丰富的神韵、极度的复杂性，最重要的是，极度的模糊性"②。曼戈斯·阿伦探讨 20 世纪霍桑批评中淡化象征和讽喻的区分的倾向，否认长期以来认为霍桑是披着讽喻外衣的象征主义者的观点，认为讽喻是理解霍桑作品中宗教、性问题、美学、政治如何交织在一起的关键所在。③

　　许多批评家讨论霍桑的罗曼司传统，以表现其艺术的精湛。迈克尔·贝尔最初发表于 1971 年的《霍桑与新英格兰的历史罗曼司》，认为霍桑在其罗曼司中通过三种主要及其他传统人物的塑造——开拓之父、狭隘的清教徒与反叛的女儿——传达了他自己的新英格兰历史感。④帕米娜·斯戈梅斯特（Pamela Schirmeister）认为霍桑的罗曼司更多地意味着他可利用罗曼司重想象的因素而在创作中能拥有他在《古宅传奇》中提到的"更大的自由"。藉此，他可把罗曼司中的地方变成"地方引喻"，以便能"创造一个地方实现他所有想象中的热望"⑤。他把"地方感作为观察世事的视角和作为典故的基础"⑥。其中，由于他对典故力量的强调，"历史的

① Richard Harter Fogle, *Hawthorne's Fiction: The Light and the Dark*. University of Oklahoma Press, 1964, p.42; Richard Harter Fogle, *Hawthorne's Imagery: The "Proper Light and Shadow" in the Major Romances*, University of Oklahoma Press, 1969.

② Ronald Emerick, "Hawthorne and O'Connor: A Literary Kinship" in *The New Romanticism: A Collection of Critical Essays*, Eberhard Alsen ed. New York: Routledge, 2014, p.131.

③ Magnus Ullén, *The Half-vanished Structure: Hawthorne's Allegorical Dialectics*, Bern: Peter Lang, 2004.

④ Michael Davitt Bell, *Hawthorne and the Historical Romance of New England*, Princeton University Press, 2015.

⑤ Pamela Schirmeister, *The Consolation of Space: The Place of Romance in Hawthorne, Melville, and James*, Stanford University Press, 1990, p.10.

⑥ Pamela Schirmeister, *The Consolation of Space: The Place of Romance in Hawthorne, Melville, and James*, Stanford University Press, 1990, pp.10–11.

渊源形成了一个与过去地方的连接，因此是理解当前文化的一种方法"①。温蒂·派珀在其 21 世纪初的著述中以新颖的视角研究美国的罗曼司创作，认为霍桑的罗曼司创造的是现实与想象、内在与外在的中立区域。如此，罗曼司的世界是作者自己的创造，不受客观现实的束缚，因为，霍桑的创作强调如传统罗曼司中的那样的神秘。因此，霍桑的中立区域消除了主观与客观之间的分裂。② 理查德·米林顿在其首次发表于 1992 年的著述中抛开传统的范式，从新的视角定义、描述霍桑的罗曼司，不把它描述为美国罗曼司独具风格的确定例证，而把它描述为设计来用于揭示和重现那些把个体与群体相联系的隐秘的戏剧性事件的叙述实践。霍桑的小说因此通过宣扬阐释性的独立，为读者再现了一种与所居住的社团更自由、更澄明、更具批判性的关系。③

　　许多专家从其他不同的视角讨论霍桑的艺术魅力。迈克尔·当从叙事策略研究霍桑，认为霍桑是通过机智的叙事策略掌控读者的文学大师。他利用叙事话语的各种层面创造出同样有说服力，但又相互间矛盾的对事物的阐释，使读者须不断地阅读而得出自己的阐释。④ 托马斯·摩尔研究霍桑的随笔、作品前言和文章，得出"把话语当作面纱是霍桑反复使用的策略"的结论，认为作者常常表现出对法规和接受的修辞技巧的表面遵从，其实隐藏着的是与之相异的社会和文化的潜文本。⑤

　　加利·理查德·辛普森揭示了霍桑怎样呈现其作品中显现是与作品写作本身一样重要的艺术问题。一反过去接受的霍桑作为作家与故事叙述者

① Pamela Schirmeister, *The Consolation of Space: The Place of Romance in Hawthorne, Melville, and James*, Stanford University Press, 1990, p.11.

② Wendy Piper, *Misfits and Marble Fauns: Religion and Romance in Hawthorne and O' Connor*, Mercer University Press, 2011.

③ Richard H. Millington, *Practicing Romance: Narrative Form and Cultural Engagement in Hawthorne's Fiction*, Princeton University Press, 2014.

④ Michael Dunne, *Hawthorne's Narrative Strategies*, University Press of Mississippi, 1995.

⑤ Thomas R. Moore, *Thick and Darksome Veil: The Rhetoric of Hawthorne's Sketches, Prefaces, and Essays*, Northeastern University Press, 1994, p.58.

等同的观点，他揭示出了霍桑能对叙事声音娴熟地掌控，认为霍桑在他的故事中表现出了作家与他讲述的故事保持有某种富含讽刺意味的距离。① 狄安娜·法尼通过探讨霍桑作品中令人难忘的、破败的、未完成的图像——《德朗的雕像》中雕琢粗糙的蜡像，《红字》中"海关"阁楼中那褴褛的字母"A"，霍桑最后的小说《玉石雕像》中多纳泰勒未完成的半身塑像——表明艺术与文学的交互作用。她认为，塑像挑战并激发了霍桑自己特定的文学艺术，启迪他发展了他表达人世不确定性与变迁的艺术表现力。②

　　虽然已有评论家从地方感的角度、从空间的角度探讨、或者说提到过霍桑的作品，如美国北衣阿华大学教授杰罗姆·科林柯维之在其论文《作为人造物的小说：当代小说中的空间形式》中认为霍桑的《带有七个尖角的房子》"在十九世纪美国小说中是卓越的，因为它强调了行动的背景，这是空间形式小说中的重要成分之一。霍桑对时间的运用是反常的，他几乎把它当作空间的仆人来使用，因为整出戏都是在房子本身范围内演完的"③。但杰罗姆认为，"霍桑使他的场景空间化的尝试——使一个纯环境担任起叙述情节的任务——被他描写房子的方法冲淡了。……而成了霍桑的自我确认的寓意的一个表现，……因而，一个空间因素仅仅因为让它履行表现的职责这个事实而被时间化了"④。

　　再如帕米娜·斯戈梅斯特的著述，《空间的慰藉：霍桑、麦尔维尔、詹姆士罗曼司中的场所》，探讨霍桑、麦尔维尔、坡的罗曼司中把地方感（sense of place）作为视角和引喻的基础，美国作家认为罗曼司中的场所

① Gary Richard Thompson, *The Art of Authorial Presence: Hawthorne's Provincial Tales*, Duke University Press, 1993.
② Deanna Fernie, *Hawthorne, Sculpture, and the Question of American Art*, Vermont: Burlington, Ashgate Publishing, 2011.
③ ［美］约瑟夫·弗兰克:《现代小说中的空间形式》，秦林芳编译，北京大学出版社 1991 年版，第 60 页。
④ ［美］约瑟夫·弗兰克:《现代小说中的空间形式》，秦林芳编译，北京大学出版社 1991 年版，第 60—61 页。

是英国著名浪漫主义诗人柯勒律治理解的那样，如英国文艺复兴时期著名作家斯宾塞笔下的仙境那样，是只存在于头脑之中的，本质是想象性的，是不与实际地方相联系的，即使他们罗曼司中的地志图示呈现得如人们实际出入的地方一样。该书以一半的篇幅专注于霍桑，因为她认为霍桑"特别谙熟地方的可能性，因此他能提供全面阐释作者本书观点的方法"①。帕米娜始终以霍桑的短篇小说《羽毛头》为阐释准则，极其详细地主要探讨了霍桑的《神奇之书》及《玉石雕像》。

我国学者袁小华、杨金才合著的《〈红字〉中的空间叙事结构及艺术效果》，运用约瑟夫·弗兰克等人的空间叙事理论，分析《红字》小说中"海关"章节与整部小说的空间叙事关系，认为霍桑通过运用"时空并置"的艺术手法，把置于19世纪他所生活时代的"海关"部分的叙述与小说主体置于17世纪新英格兰殖民时期的故事的叙述有机地统一成了一个整体，达到了小说空间叙事结构的整一性的效果。② 毛凌滢的《多重空间的构建——论〈红字〉的空间叙事艺术》认为霍桑的《红字》把绞刑台场景分别作为小说文本故事的开端、中间和结尾，突出的是空间叙事，而非时间叙事；如此，文本通过空间形式与结构，再加上人物心理空间的展开以及霍桑留给读者的想象空间，使《红字》呈现出别致的空间叙事特征并为后世小说的发展与成熟奠定了一定的基础。③

第二节　霍桑的现实观：精神世界与物质世界同在

我们在本章如此评价霍桑的创作策略表明我们对霍桑的现实观有着与

---

① Pamela Schirmeister, *The Consolation of Space*. Stanford University Press, 1990, pp.3–4, p.13.
② 袁小华、杨金才：《论〈红字〉中的空间叙事结构及艺术效果》，《四川外语学院学报》2005年第6期，第37—40页。
③ 毛凌滢：《多重空间的构建——论〈红字〉的空间叙事艺术》，《江西社会科学》2009年第5期，第44—49页。

以前不一样的认识。纳桑尼尔·霍桑在其《古宅传奇》的前言中写道："公正、精细而巧妙地展现出来的高度真实，在一部虚构小说的进程中每一步都放出光辉，使它的最后发展获得圆满成功。"[①] 从中我们可见霍桑对现实的重视，及对揭示出"高度真实"的渴望。

一、表象中的霍桑：一个不关心现实的传奇作家

然而，过去很长一段时间，霍桑的作品都被认为与现实缺乏紧密的联系。因为，第一，人们普遍认为，罗曼司揭示的是作者充满幻想的画面，与作家生活的现实无关。霍桑作品长篇以罗曼司而非小说的形式出现、短篇以故事（tale）而非短篇小说（short story）的形式出现，作品中交织着传奇故事中特有的超自然色彩，人、鬼常同出没于人的日常生活空间，使人的生活空间常充满着恐怖的闹鬼气氛、充满着神秘气氛，使霍桑的作品显得似乎与人的生活现实有很大距离。如理查德·蔡斯在其影响深远的《美国小说及其传统》中就指出，霍桑是罗曼司作家而不是现实主义小说作家，因而不能把霍桑的作品与现实过于紧密地结合起来。[②] 蔡斯的这种观点在此方面对后世评论家的影响极大，如在以上的"霍桑创作艺术批评略述"中都还列举了帕米娜·斯戈梅斯特晚至 20 世纪 90 年代发表的著述《空间的慰藉：霍桑、麦尔维尔、詹姆士罗曼司中的场所》认为霍桑作品中的场所其实是不与实际地方相连的，是想象性的，只存在于头脑之中。

第二，霍桑在自己作品前言中对自己作品所做的如上的那种自我贬抑性的描述及他对传奇作品创作中想象的强调，对其目的并非揭示事物的真实面貌的渲染，也起到了使读者和评论家认为其作品远离现实的效果。如《古宅传奇》前言中他的描述为：

---

① 纳桑尼尔·霍桑：《古宅传奇》，韦德培译，上海译文出版社 1991 年版，第 3 页。
② Richard Chase, *The American Novel and Its Tradition*. Garden City, N. Y: Doubleday and Co., Inc., 1957.

　　故事中的人物——虽然他们显得古老而可信并具有相当的声望——实际上都是作者自己创作的，或者无论如何也是他自己拼凑而成的；……本书能被严格地当做一部传奇来阅读，被认识到它对于人们头顶的云彩的关心大大超过对于埃塞克斯县的任何一块实际土地的关系，作者将感到很庆幸。①

　　第三，霍桑自己的书信及作品的前言中都有把自己塑造成一个远离现实生活、不问世事的艺术家的倾向，如评论家及读者都熟悉的，他 1837 年给当时的著名诗人朗费罗的信中说："像猫头鹰那样，我很少黄昏前外出。被某种魔力控制一样或其他什么的——因我确实找不出任何明确的原因和理由——我已被赶出生活主流，发现不可能再回去了。……在过去的十年中，我不是在生活，而是只在梦着生活。"②

　　第四，霍桑作品缺乏直接地对当时争论激烈的蓄奴等问题的观点的涉及，以及在为他的好友，后来任美国第十四任总统的富兰克林·皮尔斯所写的竞选传记中表现出的对皮尔斯总统支持的逃跑黑奴法案的辩护使霍桑在蓄奴等这样对美国的民主政治问题、道德问题上的态度颇受人的质疑，因而许多支持他的人，爱他作品的人为了保护他，而把他塑造成了一不懂政治、只关心自己艺术的艺术家。他的朋友乔治·威廉·柯提思（George William Curtis）、著名的《哈普周刊》（Harper Weekly）反蓄奴主义的编辑，撰文说，霍桑的如此态度与文学塑造是因为他是个浪漫主义作家，遵循的是超验主义创作原则，关心的是想象世界。③ 亨利·詹姆斯 1879 发表的很具影响力的著述《霍桑》（20 世纪美国作家、

---

① 纳桑尼尔·霍桑：《古宅传奇》，韦德培译，上海译文出版社 1991 年版，第 3—4 页。

② Nathaniel Hawthorne, *Selected Letters of Nathaniel Hawthorne*, Joel Myerson ed, Ohio State University Press, 2002, p.42.

③ Harold Bloom, *Nathaniel Hawthorne.Bloom's Literary Criticism*, New York: Chelsea House Publishers, 2008, p.11.

著名的文学批评家、社会批评家埃德蒙德·威尔逊认为该书仍是霍桑研究重要文本之一），把霍桑描述为无知的乡下人，不懂社会的复杂性、权力、金钱等问题，极力降低他的政治倾向，把他论证为一个只是怀有不安良心的完美艺术家。①

后来的传记作家都依照早期的这种种因素把霍桑描述为不问世事的天才作家。1902 年乔治·伍德贝利发表的霍桑传记《纳桑尼尔·霍桑》也发表了与此相似的观点。②20 世纪中叶，对美国文学批评、美国研究影响深远的著名文学评论家 F.O. 马西森的《美国文艺复兴》使上述观点更加牢固化。该书聚焦于五位浪漫主义时期的大家，爱默生、索罗、麦尔维尔、惠特曼及霍桑，讨论他们的艺术风格、表达的公众的声音、或曰人文主义思想。其中，霍桑被描述为沉默寡言的、"悲剧性地与世疏离"③。第二次世界大战后的一些评论家，仍沿用这种思想看霍桑，亨利·纳什·史密斯（Henry Nash Smith）（1950）和刘易斯（R. W. B. Lewis）（1955）都认为霍桑用象征和寓言表达的是抽象的民族经验，是美国生活中的永久神话，美国文化核心中的太古"亚当"精神。④

甚至晚至 1980 年，20 世纪最杰出的霍桑传记作家之一的阿林·特纳（Arlin Turner）在其发表的《纳桑尼尔·霍桑》中把霍桑给朗费罗的信认定为"我们文学宝库中最显著的自我揭示、自我分析的实例之一"，并说，"对于霍桑这种研究人本性的道德传奇作家，最重要的探寻不是一件事情，或者一种境况到底是怎样的，而是他创造性的想象把它构思成怎样的。对于他来说，每件物品、每种行动或者每个人，包括他自己和他自己的行

① Robert Milder, *Hawthorne's Habitations: A Literary Life*, Oxford University Press, 2013.
② George Woodberry, *Nathaniel Hawthorne,* Gale Research Co,1967, p.237.
③ F. O. Matthiessen, *America Renaissance: Art and Expression in the Age of Emerson and Whitman,* Oxford University Press, 1941, p.329.
④ Henry Nash Smith, *Virgin land: the American West as symbol and myth,* Harvard University Press, 1950; R. W. B. Lewis, *The American Adam: Innocence, Tragedy, and Tradition in the Nineteenth Century,* University of Chicago Press, 1955, pp.110–159.

动，本身没有被怎样表现重要"①。

二、表象下的霍桑：一个充满现实感的传奇作家

但通过研究，我们发现多种因素表明霍桑其实是很关注现实的作家。第一，我们认为，我们前面提到过的他那些习惯性的自贬式话语就某种程度地表现出了这种强烈意识，表明他认识到在他所处那样的重物质的社会中，对现实观察的重要性，他坚定地认为艺术应以现实为本的观念甚至到了一种焦虑的状态，所以担心自己对世界观察不足，而导致不能真切地把握住现实。如，他1837年给他博多因大学同学朗费罗寄他的第一本故事集《重讲的故事》时就写信说："我见的世事如此少，乃至我从中提炼故事的基础不厚。要给这样模糊不清的东西以栩栩如生的真实是不容易的"②。

第二，根据米利森特·贝尔的研究，霍桑非常关注现实生活，并不像他自己所描述的那样，年轻时总过着与人相隔的生活，而喜欢在外漫游，有计划地在夏季探索了新英格兰，游览了它的农村区域，认真地记下了所见所闻。③另外，他对布鲁克农场生活的记录表现出：他认为那群在布鲁克农场生活的人与社会相隔离的不可取，表明他并非真的那么习惯性地喜欢独处。他描述他在布鲁克农场的生活如"梦"一般，他在那里成了"影子"般的人物，因此决定"回到日常的社会关系中来，以便达到生活的更高目的"④。

第三，他对纪实性报纸中新闻报道的兴趣也说明他对现实的高度关注。他在其发表于1835的随笔"旧消息"中称："报纸的那些编辑们真是

① Arlin Turner, *Nathaniel Hawthorne*, Oxford University Press,1980, pp.88–89.

② Nathaniel Hawthorne, *The Letters, 1813–1843. Vol. 15. The Centenary Edition of the Works of Nathaniel Hawthorne*, Ed.William Charvat et all, The Ohio State University Press, 1984. p.494.

③ Millicent Bell, *Hawthorne and the Real*, Ohio State University, 2005, p.3.

④ Nathaniel Hawthorne, *The Letters, 1813–1843. Vol. 15. The Centenary Edition of the Works of Nathaniel Hawthorne*, Ed.William Charvat et all, The Ohio State University Press, 1984, p.237.

幸运！他们的作品在当时比之任何别的物品都要深受欢迎，而随着时间的过去……后代们把它们捡起并当做智慧的宝库珍藏起来。他们匆匆写出的文章，成了与世长存的财富。"[1] 并在对美洲移民早期的艰难感叹后宣称："所有的理论，要是脱离了人类的今天，都只不过是空话。"[2] 在其 1846 年发表的《古屋苔藓》的前言中，他表现出了更多的对这些纪实性报纸的兴趣。他写道，报纸撰写人匆忙间写出的东西，比那些神学旧书作家写的东西要真实得多，"它们似乎是神奇的镜子，让我在其中看到了消失了的一个世纪"[3]。

第四，霍桑的生活经历也使他对现实的感悟深刻。在一个充满物欲的社会里，人的成功、社会地位常由他所拥有的物质多寡来定，生活的舒适与否也一定程度地与物质的多寡紧密相连。霍桑的生活圈子中有那么多更富足的作家、文人，霍桑对自己自幼以来家庭的困窘境地，和由此而受的无能为力之感、羞辱感的感触是很深的。比如，因为缺乏足够的财力支持房租的花费，新婚后不久，他与索菲亚就不得不搬出租住不久的爱默生家的古宅，而又搬回深使他没有颜面的他母亲的萨勒姆镇亲戚的宅第中去。他曾在信中写道："生活中的不成功真正是让人深感屈辱的事情。"[4] 这种经济上的困窘只有到了 1850 年之后，他由于《红字》等一系列小说的成功发表后才得到真正地缓解，但他生活中所要面对的现实问题也是一直不容忽视的。

第五，从他一生所交的从文学家到出版商，再到政治家的各种朋友在他一生中起到的不同作用看，霍桑并非一个远离世事的人，而是深知

---

① 纳桑尼尔·霍桑：《霍桑集：故事与小品》，姚乃强等译，三联书店 1997 年版，第 277 页。

② 纳桑尼尔·霍桑：《霍桑集：故事与小品》，姚乃强等译，三联书店 1997 年版，第 278 页。

③ Nathaniel Hawthorne, *Mosses from an Old Manse*. Vol. 10, *The Centenary Edition of the Works of Nathaniel Hawthorne,* eds. William Charvat et al, The Ohio State University Press, 1974, p. 20.

④ Nathaniel Hawthorne, *The Letters, 1813–1843. Vol. 15. The Centenary Edition of the Works of Nathaniel Hawthorne,* Ed.William Charvat et all, The Ohio State University Press, 1984, p. 309.

社会权利的运作机制的。汤普金斯指出，许多人认为霍桑最终在文学上成功与他与当时与已享盛名的文学家朋友朗费罗、爱默生等的交往有着密切的关系。① 再者，他报业、出版业的朋友约翰·欧·萨利万（John O'Sullivan）、詹姆斯·特·费尔滋对他作品的推出、出版都起到了巨大的作用，尤其是费尔滋，给予了霍桑最可靠的意见，是他直到生命终点的最重要的朋友。还有，我们还不能忘了他与政界人物乔纳森·琦力（Jonathan Cilley）、霍雷肖·布里奇（Horatio Bridge）、富兰克林·皮尔斯（Franklin Pierce）的亲密关系。这些人不同层次地在他的生活中起到了重要的作用，如 1839 年在波士顿海关的任职及他最后一个获利最大的英国利物浦领事的政府任职。

最后需指出的是，他的许多书信、日记也强烈地透出他对他所处时代现实的深刻关注，渴望他的作品能把这样的社会现实高度真实地反映出来。如：他 1844 年的日记有如下的描述，“前些夜梦见世界对事实报道的不准确形式变得不满意了，而以上千元的薪水雇我把事实讲述得如它所发生那样具有公众重要性”②。1860 年，当他完成了一生所有的长篇作品时，他对他的出版商菲尔滋讲道，如果《玉石雕像》是他人的作品，他几乎不可能会愿意读，因为“我的个人爱好是喜欢与我能够写的完全另一类的作品。你读过安东尼·特罗洛普的小说吗？它们很对我的爱好：坚实、有实体，通过啤酒的启迪，写于牛肉的力量之上，就如同某个巨人从地球上劈出了一大块，把它连同它那些没有意识到自己被展出的、在做着自己各种日常事务的居民一起放到一个玻璃箱之下”③。

通过以上分析，我们认为霍桑作品注重对当时在衰败的宗教文明与急

① Jane Tompkins, *Sensational Designs: The Cultural Work of American Fiction*, 1790–1860, Oxford University Press, 1985, p.187.

② Nathaniel Hawthorne, *The American Notebooks, vol. 7 of The Centenary Edition of the Works of Nathaniel Hawthorne, ed., Claude M. Simpson*, The Ohio State University Press, 1972, p.244.

③ Milton R. Stern, *Contexts for Hawthorne: The Marble Faun and the Politics of Openness and Closure in American Literature*, University of Illinois Press, 1991, p. 76.

剧崛起的资本文明的表现的分析。霍桑的作品与现实有着密切的关系，表明我们与 20 世纪 80 年代以来的许多新历史主义批评家们一样，看到了霍桑作品的戏剧性表现表面上看似乎与现实有差距，实际上却曲折迂回地、形象地在表现着当时与人们生活密切相关的现实。从 20 世纪末以来的一些主要霍桑研究著述的标题就可看出评论家们从霍桑的作品中看到了其对时代真实生活的体现，如劳伦·贝伦特的《民族幻想的剖析：霍桑、乌托邦与日常的生活》①，米利森特·贝尔的《霍桑与现实》②，彼得·维斯特的《现实的裁决人：霍桑、麦尔维尔与大众信息文化的兴起》③、约翰·E.埃尔维斯的《作为政治哲学家的纳桑尼尔·霍桑：规顺化与个人化的革命原则》④ 等。

　　再看看这时期一些评论家的具体评论。大卫·雷诺兹在其首次发表于 1988 年的著作《美国文艺复兴的背后：爱默生和麦尔维尔时代的颠覆性想象》中及发表于 1990 年的论文《向着海斯特·白兰》中的著述指出，海斯特的形象表现了那个时代在传统观念与女性主义运动的兴起激起的女性新意识的交互作用下，社会对女性的认识；同时，还强调了这样的观点：海斯特的形象综合了霍桑时代通俗文学中各种妇女的形象，是对 19 世纪上半叶美国女性主义运动争取妇女权利的呈现⑤。1993 年伯科维奇出版的文集《共识的典仪——"美国"象征建构的演变》内含一篇题为《海丝特·白兰的归来》的篇幅很长的文章，对《红字》进行分析。他指出，该小说也

①　Lauren Berlant, *The Anatomy of National Fantasy: Hawthorne, Utopia, and Everyday Life*, University of Chicago Press, 1991.

②　Millicent Bell ed, *Hawthorne and the Real: Bicentennial Essays*, Ohio State University Press, 2005.

③　Peter West, *The Arbiters of Reality: Hawthorne, Melville, and the Rise of Mass Information Culture*,The Ohio State University Press, 2008.

④　John E. Alvis, *Nathaniel Hawthorne as Political Philosopher: Revolutionary Principles Domesticated and Personalized,* Rutgers: Transaction Publishers, 2011.

⑤　David S. Reynolds, "Toward Hester Prynne", in *Hester Prynne*, Harold Bloom ed., New York: Chelsea House Publishers, 1990, and his *Beneath the American Renaissance: The Subversive Imagination in the Age of Emerson and Melville*, Oxford University Press, 2011.

探讨着那时兴起的妇女运动及其欧洲 1850 年代发生的诸如巴黎公社的成立等激进政治运动对美国社会及人的影响。① 玛格丽特·摩尔从霍桑的家庭、朋友和邻居、他家乡小镇的各种仪式、发生的事件（包括宗教竞争、谋杀审判、祖系、非裔美国人，及讲故事和传奇流传的炉边传统），对霍桑作了卓越的全方位的深入研究，表现出霍桑是一个讲实际的人，与社会保持着深厚的关系。②

进入 21 世纪，拉里·雷诺兹主编的《历史视域下的霍桑研究》，收集了现当代著名霍桑专家，如雷塔·科·戈林（Rita K.Gollin）、布棱德·万丽博（Brenda Wineapple）等的文章。这些文章综合文化批评与历史分析的手法，探讨了霍桑作品涉及广泛影响他时代的一系列问题，包括蓄奴问题、孩子培养的问题、催眠术问题及视觉艺术等。③ 罗伯特·麦尔德（Robert Milder）在其 2013 年发表的《霍桑的居住地：一种文学生涯考察》把霍桑一生居住过的几个主要地点和他的书信日记及他几乎所有的最重要的作品联系起来分析研究，探讨了其近四十年的文学生涯，认为霍桑是一个自我分裂的人，现实对他有强烈的吸引力，他能极具技巧地表现现实，同时也对感悟到的其深处的虚无深深地忧虑。④

三、霍桑的现实观

如上种种都表明，霍桑其实是很关心现实的人，只是他的现实观不是像现实主义作家那样注重的是现实外在模样的逼真描摹，而是如他在《古宅传奇》前言中所宣称的那样："把神奇的事物处理成一股稀薄、微妙而

① Sacvan Bercovitch, *Rites of Assent: Transformation in the Symbolic Construction of America*, New York: Routledge, 1993.
② Margaret B. Moore, *The Salem World of Nathaniel Hawthorne*, University of Missouri Press, 1998.
③ Larry John Reynolds, *A Historical Guide to Nathaniel Hawthorne*, Oxford University Press, 2001.
④ Robert Milder, *Hawthorne's Habitations: A Literary Life*, Oxford University Press, 2013.

瞬息即逝的味儿，而并不作为实际提供给读者的菜肴的一部分，那么他将是明智的"①。因为，首先他认为，表象所表现的并非就是事物的本真。所以，他在《英国笔记》中写道：

> 对于带着唯一确定目的去看山的人，我怀疑他是否真能看得见山的真面。自然是不会这样显露自己的。你必须耐心地遵从她的时间，渐渐地，在某一无可预见的时刻，她会悄悄地、突然地掀开她的面纱，露出一小点她的面目让你直接看到她神秘的深处。可是如果你强硬地向她命令，"自然，就在此刻掀开你的面纱！"她只会把她的面纱盖得更紧，你双眼看啊，想象你看到了她的一切，其实什么也没看到。②

再加之，从前面的论述中，我们可见，处于那样新旧文明的交替时期，霍桑深深地感到社会的传统在迅速地消失，新的文明在不断地取而代之时，在新的文明中，在人以自己为生活的一切价值判断之源、生活的唯一目的之时，那么人的有限性，人生所特有的短暂与飞逝性都成了人生、成了世界的本质，那么人生、人的世界都被重重的世人看不清的模糊性、不确定性、神秘性、转瞬即逝性所充塞，使霍桑在美国浪漫主义的鼎盛之期，在其他浪漫主义作家都在乐观地感受到自己能把世界、把人生看得、揭示得那么清、那么明了之时，霍桑却在深深地为人生、为世界的模糊性、不确定性、神秘性、快速变迁性而深感看不清、识不透。

我们知道，浪漫主义者当时对人认识人、认识世界的能力有极强的信心。人是认识的主体（subject），能够清楚地把握人生、认识世界。这种

---

① 纳桑尼尔·霍桑：《古宅传奇》，韦德培译，上海译文出版社 1991 年版，第 1 页。

② Ronald A Bosco, Jillmarie Murphy, *Hawthorne in His Own Time: A Biographical Chronicle of His Life, Drawn from Recollections, Interviews, and Memoirs by Family, Friends, and Associates*, University of Iowa Press, 2007, p.170.

认识的形成首先来源于康德、黑格尔唯心主义哲学的影响及现代以来笛卡尔等对人理性的确认，对人理性判断世界的乐观判断，也充满着人通过自己的理性能够把握世界、认识人的乐观看法。这样的观点再与浪漫主义的自然中、宇宙中四处是明光透亮的神性的显现的信仰相连，人、世界的可视性就更高了，人可以基于对自然／现实的细心观察而得到对人世真理的深入洞察。如爱默生在他对当时影响深远的许多著述中都有很清晰的表述。在《自然》中，他写道，能与森林这样未经人为雕琢的自然融合与共的人就能发挥他的灵性：

> 置身森林，我们会再次回归理性和信念。在这里，任何不幸不会降临到我的身上，没有任何屈辱和灾难是自然无法修复的——只留下我的双眼，站在林中空地上，我的头脑沐浴于欢欣大气之中，被提升到无限的空间；一切卑劣的自私自利消失了，我变成一个透明的眼球，化为乌有，却能看清一切；宇宙之流注入我的全身，我成了上帝的一部分，是他的一颗微粒。①

第二，当时社会对人能借助科学和技术使社会进步、人类进步的信念，也强化了人能清楚认识人、认识世界的确信。

但对于霍桑来说，他不能认同这种认识论，却有着对人世看不清、道不明的焦虑。这也来自他生活于其中的现代生活的本质特性。从我们前面对霍桑作品的讨论可见，现代生活的基本特征就是它的快速变革、它的尖锐冲突性：一方面，工业和科学的理性原则进入生活各个角落，社会似乎在不断地前进，迎接着人类自古以来就梦想着的千禧之年；另一方面，又四处弥漫着衰败的征兆，有着有史以来更加令人恐惧的危机和衰落的存在——人的基本生存所需的生态环境在受到根本性的破坏，精神生态也在

---

① Ralph Waldo Emerson, *Nature and Other Essays*, Mineola: Dover Publication, Inc., 2009, p.3.

受到严重的挑战，人正在失去自己传统的精神家园，而落入黑暗之中，找不到精神的依托、看不到人生的意义，变成了失去根基的流浪者。[①] 所以我们在霍桑的作品中看到了他用审美形式传达的和马克思用哲学话语传达的如下意蕴：

> 资产阶级除非使生产工具，从而使生产关系，从而使全部社会关系不断革命化，否则就不能生存下去。……生产的不断变革，一切社会关系不停地动荡，永远的不安定和变动，这就是资产阶级时代不同于过去一切时代的地方。一切固定的古老关系以及与之相适应的因素被尊崇的观念和见解都被消除了，一切新形式的关系等不到固定下来就陈旧了。一切固定的东西都烟消云散了，一切神圣的东西都被亵渎了。人们终于不得不用冷静的眼光来看他们的生活地位、他们的相互关系。[②]

所以，专家学者们在霍桑作品中看到了那么多的对人、对世事现象的当下性（temporality）、快速变迁性与转瞬即逝性（flitting, transitory）的描写与深叹。[③] 这样的特性有如他在笔记中对他女儿尤娜的外貌记载一样，"她的美丽是最为转眼即逝的、最为瞬时即变的、最为无固定形态、最为难以描述的……侧眼望去，你可能感到那美照亮了她的脸，转身正面去欣赏它，它却消失了"[④]。再如他在《红字》前言《海关》的描述。其中他写道：

① Marshall Berman, *All That is Solid Melts into Air: The Experience of Modernity,* New York: Penguin Books, 1982, pp.19–20; Lawrence E.Cahoone, *The Dilemma of Modernity, Philosophy:Culture,and Anti-Culture*, SUNY Press,1988, p.2.

② 《马克思恩格斯选集》第一卷，人民出版社 1972 年版，第 254 页。

③ Deanna Fernie, *Hawthorne, Sculpture, and the Question of American Art.* Cambridge: Ashgate Publishing, Ltd., 2011, pp. 71–118.

④ T. Walter Herbert, *Dearest Beloved: The Hawthornes and the Making of the Middle-Class Family,* University of California Press, 1995, pp.177–178.

现实生活如：

> 一本好书就展现在那儿，而我怎么也把它写不出来。它一页页地
> 快速向我翻开，就如同被快速飞过的时日的现实写成的那样。它被快
> 速地写成，也同样快速地消失。所以如此，只是因为我的脑子缺乏洞
> 察力，我的手缺乏把它誊抄下来的熟练技巧。也许吧，将来有一天，
> 我会想起一些残缺不全的片段，支离破碎的章节，把它们追记下来，
> 并且看到它变成书页上金光闪闪的铅字。①

这记述了现实生活广阔的生动性、复杂性与转瞬即逝性，也表达了
要抓住现实真面目的艰难，字里行间充满着对那深广的、强烈耀眼的现
实从眼前一闪而过的遗憾，乃至于真正记录下来的，虽然已是可使读者
得到启迪的金光闪闪的字句，但它仍是对现实"残缺不全""支离破碎"
的呈现。

所以，在表象中，由于这种种的飞逝性、不确定性，看到的就难以准
确地说就是其事物的真面目，不用说又还有多少是藏在表象下的，神秘
的、模糊不清的、不确定的、难以定性的、无以言表的，霍桑深感他生活
时代那种确定能够抓住事物本质的观点的虚妄，他自己深深陷进了如何能
够真实地认识人的本质、世界的本质，如何能够真实地反映人、人类世界
的不断思考、探索之中，甚至是焦虑之中（前述的那些他对自己作品的自
贬式话语可以是对此的反映）。

他的短篇小说《镜子先生》也是对此的深入呈现，是对表象与表象
下、看得见的世界与看不见的世界、物质世界与精神世界、可以言表的与
不可言表的、明白无误的与神秘的事物之间的辩证关系的探讨，人如何能

---

① 纳桑尼尔·霍桑：《红字·福谷传奇》，侍桁等译，上海译文出版社 1996 年版，第 30
页；Nathaniel Hawthorne, *The Scarlet Letter,* New York: Airmont Publishing Co., Inc., 1962,
pp.38–39。

反映世界的探讨，甚至可以说是对人试图看清世界的徒劳的叹息。镜子
先生穿着他自认为"看得见的衣服"（garment of visibility）①，"对他喜欢
的事物做罕见的与其一致的呈现"②，但如果"我们只看得见镜子先生的存
在，我们的其他感官将不会发现就存在于我们之中的精神世界，因此，这
些无限多的围绕着我们的存在——它们以其无限多的数量充满了天空与大
地——但因为它们不能以实体形式被感觉到，它们就不存在吗？"③ 所以小
说以无不伤感的语气叹道："再见啦，镜子先生！尽管你的全部职责就是
'反映'，也许该存有对你是不是更加睿智的怀疑，就如同对许多其他人的
怀疑一样。"④

　　因此，他深知，人生的境况、人的世界并非都是如外在所表现的，并
非都是外在描摹可呈现出的。他渴望认识的是什么样的现实呢？在《镜子
先生》的结尾，他说，他"灵魂的炙热渴望是了解那些至关重要的问题，
以使我能在人生的迷宫中不迷路。它让我知道，我人生的目的、我该怎样
做好我人生的任务、死是什么？"⑤ 他在其 1851 年发表的《雪影及其他重
讲的故事》前言中写道，作为作家，他"尽他的最大能力挖掘共同人性的
深层，以写出表现人性的心理传奇"⑥。首次发表于 1897 的《我们的老家：
英国随笔系列》记载道，"正如我们所发现的那样，事实（facts）中不管
包含着怎样的诗意（poetry），都是被一层如岩石般坚硬的平淡无奇的庸

---

① Nathaniel Hawthorne, "Monsieur du Miroir," in *Tales and Sketches,* New York: Library of America, 1982, p.404.

② Nathaniel Hawthorne, "Monsieur du Miroir," in *Tales and Sketches,* New York: Library of America, 1982, p.401.

③ Nathaniel Hawthorne, "Monsieur du Miroir," in *Tales and Sketches,* New York: Library of America, 1982, p.404.

④ Nathaniel Hawthorne, "Monsieur du Miroir," in *Tales and Sketches,* New York: Library of America, 1982, p.404.

⑤ Nathaniel Hawthorne, "Monsieur du Miroir," in *Tales and Sketches,* New York: Library of America, 1982, p.404.

⑥ 纳桑尼尔·霍桑：《霍桑集：故事与小品》，姚乃强等译，三联书店 1997 年版，第 1323 页。

文（prose）外壳所覆盖，就像在漂亮的海贝上的那坚硬外壳一样"①。这里，我们可以把"poetry"看作事物的本质，把"prose"看作是他常要逃避的那种掩盖事物真相的现实性（actuality）。

由此，我们认为，他所要表现的真实，是人生内在与外在相融合的真实、主观与客观相融合的真实。也即是说，他所要表现的真实是一种超越简单事实的真实。它可能超越或是包含了比日常生活的外在现实所能体现的更多的真实。吉尔·L. 史密斯从霍桑在其《英国笔记》中表现的，于1857 年在英国曼彻斯特艺术展上对荷兰画的精彩艺术的感叹，也总结出了相似的观点。霍桑在他的笔记中对荷兰画称赞道，它们"比看得见的现实更加真实，……一个最普通的家用物品——如，一个陶罐，被这么准确地呈现后，能够如此地富于精神性与表现性，这真是太神奇了。这些荷兰人深入了平常事物的灵魂之中。"②吉尔认为，这表明霍桑认为艺术家的职责是寻找出意义，表现出不管是月光洒满的客厅中，还是太阳初升的沼泽上，主观和客观的共同存在。

所以，霍桑作品中那种惯有的对同一事物的几种阐释，如《红字》的结尾对丁姆斯戴尔死在刑台上的呈现那样，尽管观众在那里目睹耳闻，但对于他们所见的刑台上所发生的事却有多种说法，"许多天以后，人们总算有了充分的时间来思考整理有关那件事的看法，于是对于他们所看到的刑台上的情景就有了多种说法。……读者可以从这些说法中自行选择"③。对人、对世界如此不确定的呈现，从这个角度来看，既是作家对现实如何被人认识的真实摹写，是他对人怎样理解他所见到的事物的形象记录；也记录了在那新旧文明交替之际，人在新的文明中，在新的文明冲击下，人

---

① John Dolis, *The Style of Hawthorne's Gaze: Regarding Subjectivity,* University of Alabama Press, 2014, p.217.

② Gayle L. Smith, "Hawthorne, Jewett, And The Meditative Sublime," in *Hawthorne and Women: Engendering and Expanding the Hawthorne Tradition,* John L. Idol, Melinda M. Ponder eds, University of Massachusetts Press, 1999, pp. 182–183.

③ 纳桑尼尔·霍桑：《红字·福谷传奇》，侍桁等译，上海译文出版社 1996 年版，第 173 页。

性、人生的意义与目的、人是什么等一系列重要问题都面对重新寻找答案的需要，面对迷茫与答案的不确定，面对如何能把这一切看得清楚的困难。

第三节　"现实与想象可以相交的领域"：
霍桑第三空间创作观

　　这样看待现实世界、看待人，霍桑相应地用了怎样的创作策略来如实、深入地把握人、人性、人在那文明转折期的生存境遇以及美国民族、美国生活、美国精神呢？要抓住世界的本质，不能只注重对外在世界的描摹，也需通过想象和思想的媒介使其明晰，即他所说的："更为明智的努力本当是让思想和想象渗入目前不透明的物质中，使之透明得发亮；是把那种开始变得不堪重负的负担转化为精神；是坚定地寻求藏于微小而琐碎小事间以及我现在交往的寻常百姓的背后的真正牢固的价值"①。用他在《〈雪人〉选集序言》中的所论即是，作家须得"既籍以观察，也籍以身同感受的想象。"②他在《我们的老家》中写道，要让事物"表现出自己最精致、神圣的色彩，我们须得把它们长时间浸入想象那强有力的媒介中，融化掉（覆盖其上的）粗糙的现实性"③。

　　因为在他看来，"通过表面看起来的那么一种过程"④，无异于用"用一根铁棒那样的说教来无情地贯穿这个故事——或者，更确切地说，像是用一根大头针把蝴蝶刺穿那样——这样一来就会立刻剥夺了它的生命力，使它僵化，呈现出一种不雅观、不自然的状态"⑤。他认为，"公正、精细而巧

---

①　纳桑尼尔·霍桑：《红字·福谷传奇》，侍桁等译，上海译文出版社 1996 年版，第 30 页。

②　纳桑尼尔·霍桑：《霍桑集：故事与小品》，姚乃强等译，三联书店 1997 年版，第 1323 页。

③　John Dolis, *The Style of Hawthorne's Gaze: Reqareling Subjectivity,* University of Alabame Press,2014, p. 217.

④　纳桑尼尔·霍桑：《古宅传奇》，韦德培译，上海译文出版社 1991 年版，第 1 页。

⑤　纳桑尼尔·霍桑：《古宅传奇》，韦德培译，上海译文出版社 1991 年版，第 3 页。

妙地展现出来的高度真实，在一部虚构小说的进程中每一步都放出光辉，使它的最后发展获得圆满成功。它也许可以给作品添上一种艺术上的光彩，但是，它在最后一页上一定会与在第一页上一样不死扣生活实际"①。这一艺术真实观表明霍桑在其创作中也十分强调创作的源泉应是现实、是以人们的日常生活为依据，但需进行艺术的处理，使其被"公正、精细而巧妙地展现出来"。用朱光潜先生的话来说即是"诗必有所本，本于自然；亦必有所创，创为艺术"②。

由此，我们看到霍桑作品，长篇以罗曼司（romance）而非小说（novel）的形式出现，短篇以故事（tale）而非短篇小说（short story）的形式出现的巧妙与深意，为的是能在那越来越理性化的社会中有较大自由地用他的想象，使既能本着当时的科学精神，如实地描述，又能以想象的笔触深入人性、文化深处那仅凭理性精神道不清、说不明的生命中最异样、最艰难的问题，人性、文化所面临的深刻危机，以达到他所期望的"公正、精巧地"展现出美国人、美国民族的美国性及人世的"高度真实"。

为了达到这一目的，他在《红字》中阐释道，应利用想象的作用，把"日常居住房间的地板变成了一个中立区，它介于现实世界与童话世界之间，现实与想象在此可以相交，互相吸收对方的性质"③。如此，日常熟悉的东西还是那么逼真，"细部都历历在目，然而……它们仿佛失去了原有的实质，成了有思想的事物。这里没有什么东西会显得太渺小，太不屑一顾，没有什么东西不能产生这种变换，因而不能获得价值"④。在如此的论述中，霍桑提出了一种有别于只注重客观世界或只注重主观世界的另一种认识世界的方式、另一种创作思想。这样的创作思想用现实与想象可以相交的"中立区域"来表述，使他的创作观充满了通过空间认识世界、认识

①　纳桑尼尔·霍桑：《古宅传奇》，韦德培译，上海译文出版社1991年版，第3页。
②　朱光潜：《诗论》，载《朱光潜全集》卷三，安徽教育出版社1987年版，第49页。
③　纳桑尼尔·霍桑：《红字·福谷传奇》，侍桁等译，上海译文出版社1996年版，第29页。
④　纳桑尼尔·霍桑：《红字·福谷传奇》，侍桁等译，上海译文出版社1996年版，第29页。

人，反映世界、反映人的思想，表现出作者对人与他所生存的地域、所生存的空间之间的关系的认识与强调。

从中我们可进一步看到，对人与他所生存的地域、所生存的空间之间的关系的认识与强调在作者的创作观与文学创作中起到了怎样的作用，表现出在霍桑的意识中，人所生活的地域在怎样地影响着人、塑造着人，会在每个人的心里激起怎样的联想。霍桑 1841 年在那超验主义布鲁克乌托邦农场的经历给了他写《福谷传奇》的灵感。①1842 年始新婚的霍桑夫妇在康科德爱默生家的一所老住宅住了三年。在此，作家写出了《古屋苔藓》短篇小说集中的很多故事②，并以"古宅"为标题为该短篇小说集写了序言。他在序言中就写出了那古宅的精神，那地域可以给人带来的一切历史回忆，人世的变迁、沉浮。首先，因为那住宅的僻静，那里住过无数代牧师，乃至于"每一代都留下了尊严的传统，使宅邸充满了肃穆的气氛"③。古宅书房的窗外望去就可见一条河，"平静的小河有说不尽的可爱"④，但它的河岸是当年独立战争时期英军与美国独立革命军激烈相战的古战场，河旁的花岗岩石碑和近旁的英军士兵的墓地都在记叙着历史。不仅如此，那里还有矛头、箭镞、凿子等常可被耕地人从土里翻出，这些都是印第安人留下的遗迹，"由此可以把四周森林围绕的印第安村落重现出来，回忆起纹身的头领和战士，妇女干着家务活，孩子们在小棚屋间跑来跑去……在这么一阵短暂的幻想之后，再看看周围大白天的真实情景"⑤。霍桑这样的话语意味着，历史也像那条河一样在流淌，它的精神都写进了河两岸山水、村落、城镇之中。

所以 50 年代初，霍桑在马萨诸塞州巴克夏郡居住的红房使他写出了

---

① 　Philip James McFarland, *Hawthorne in Concord,* New York: Grove Press, 2004, p.149.

② 　Edwin Haviland Miller, *Salem is my Dwelling Place: A Life of Nathaniel Hawthorne,* University of Iowa Press, 1991, pp.246—247.

③ 　纳桑尼尔·霍桑：《霍桑集：故事与小品》，姚乃强等译，三联书店 1997 年版，第 1289 页。

④ 　纳桑尼尔·霍桑：《霍桑集：故事与小品》，姚乃强等译，三联书店 1997 年版，第 1292 页。

⑤ 　纳桑尼尔·霍桑：《霍桑集：故事与小品》，姚乃强等译，三联书店 1997 年版，第 1295 页。

《给男孩、女孩的神奇之书》（A Wonder-Book for Girls and Boys）、《乱象树丛的故事》（Tanglewood Tales）[1]。霍桑故乡马萨诸塞州萨勒姆镇的一栋属于他表姐苏珊娜·英格索尔家及霍桑祖先的、带有尖阁的房子，激发霍桑写出了名为《古宅传奇》的小说。这座房子因这篇小说而被历史记录了下来，今天已是一座非营利性的博物馆，免费接待游客。上图便是今天的那尖角阁的房子的一处侧影[2]：

　　与霍桑同时期的著名浪漫主义诗人、评论家詹姆斯·罗塞尔·洛威尔（James Russell Lowell，1819–1891）评价说，这部小说优于《红字》，认为

---

[1] Edwin Haviland Miller, *Salem is my Dwelling Place: A Life of Nathaniel Hawthorne*, University of Iowa Press, 1991, p.345.

[2] The House of Seven Gables in Salem: Retrieved from bibliocurio.wordpress.com, 2 December, 2015.

它"对新英格兰历史作出了最大贡献"①。

《红字》这部霍桑最具代表性的作品更是以他工作过的"海关"为标题为其作序，把对海关的描写作为阅读、理解小说主体的导入，"海关"在位置上成了阅读、理解小说的窗口。如此，作者在其中对他及他家族对故乡的"没有欢乐的眷恋"②，对人与地方的这种强有力的互相吸引的阴冷描述意味深长。他描述说，虽然他童年和成年都少有时间居住在他的故乡萨勒姆镇，但它从过去到现在都支配着他的感情，使他在心底对它有着强烈的感情。

> 这种感情可以归因于我的家庭在这块土地上所扎下的深长而年代久远的根须。从最初的英国人——我的姓氏的第一个移民出现在这块荒无人烟、密林环绕的殖民地起，迄今已差不多有二百二十五个年头了；自那以后这块殖民地发展成了一个城市。在这块土地上，他的后裔出生、死亡，把他们尘世的物质与这块土地交融在一起，直到很大一片土地不可避免地和人的躯壳有了血肉关系，而我也短暂地荷着这种躯壳，踏在这些街上。③

这段话生动地描写出了人怎样在代代相传的过程中与他所生活的地方建立了关系——使人的特性进入了土地，土地的特性进入人——那么也即是说，人在塑造着那土地，但同时，那土地也在塑造着人，或者说，人代代相传地建立了不同的文明，这些文明都进入了人所居住的地方中，地方与人就这样相互捆绑在了一起。

而从前面章节我们对霍桑对传统宗教文明与现代文明对人、人的生存

---

① James R. Mellow, *Nathaniel Hawthorne in His Times*. Boston: Houghton Mifflin Company, 1980, pp.368–369.

② 纳桑尼尔·霍桑：《红字·福谷传奇》，侍桁等译，上海译文出版社 1996 年版，第 10 页。

③ 纳桑尼尔·霍桑：《红字·福谷传奇》，侍桁等译，上海译文出版社 1996 年版，第 8 页。

的影响的探讨可见，霍桑对文明的态度有着与卢梭、弗洛伊德相似的观点，认为文明起着对人压抑、异化的作用，是如托马斯·艾略特 20 世纪初在他的文章《形而上学诗人》中表达："我们的文明包含多样的种类与复杂性。这样的种类与复杂性作用于人精敏的感受性会产生多种复杂的结果。"[1]霍桑对这种结果深恶痛绝，他深深地认识到文明的这种作用是深深地融汇在地域精神之中的。他接着写道，要防止受这种文明的压迫，应该切断人与土地的这种不健康的绑定，所以应该经常移居："一只马铃薯在同一块耗尽了地力的土壤里被人栽了又栽，一连种了好几代，时间过长，是不可能茁壮兴旺的；而人的性格不免同样如此。我的孩子们出生在其他地方，而且只要他们的命运在我的支配之下，他们必将扎根在陌生的土地中"[2]。

在罗马的旅游经历给了霍桑写作《玉石雕像》的灵感。[3] 在此我们看到霍桑对地方塑造人的另一方面的呈现。克拉克·戴维斯研究霍桑的《意大利笔记》认为，他在罗马和佛罗伦萨与在那里旅居的美国艺术家的交流与经历使他更加认识到地方对人身份的塑造作用、影响作用。他在笔记中指出，离开了故土，并没有为这些艺术家的艺术给予更深入的启迪，反而使他们有失去民族身份的危险、失去民族性格的危险。戴维斯认为，民族特征的丢失对霍桑来说也意味着其作品艺术创新性的丧失。《玉石雕像》第 25 章"阳光"中对多纳泰勒家祖传葡萄酒的描述，就是此观点的艺术呈现。小说介绍说，那酒产自多纳泰勒家的乡村宅邸，以其独特的香醇令人神往。但它的香醇来自它的产地，离开它的产地，其味道就会消失。[4]

---

① 　James E. Miller Jr., *T. S. Eliot: The Making of an American Poet, 1888–1922*, Pennsylvania State University Press, 2005, p.109.

② 　纳桑尼尔·霍桑：《红字·福谷传奇》，侍桁等译，上海译文出版社 1996 年版，第 10 页。

③ 　Gillian Brown, "Hawthorne's American History," in *The Cambridge Companion to Nathaniel Hawthorne*, 2006, p.135.

④ 　Clark Davis, *Hawthorne's Shyness: Ethics, Politics, and the Question of Engagement*, JHU Press, 2005, p.148.

　　对比 20 世纪 80 年代以来兴起的空间批评理论中的重要理论家爱德华·索亚的"第三空间"概念，我们认为霍桑在此提出的是一种与索亚的概念相似的第三空间的认识世界的观念、第三空间的创作思想。因如前面引述的霍桑的论述，他这种第三空间不像现实世界那样只有它的物质维度，也不像主观世界那样只偏重想象的维度，而是互相吸收了"对方的性质"的"中立区"，也即是一种把二者自然地融合在了一起的认识人、认识世界的途径，而它同时也是对人类生存世界的逼真摹写。爱德华·索亚的第三空间是在重新阐释法国重要空间批评理论家昂利·列斐伏尔在《社会空间的生产》中的空间的三层次性的基础上提出来的。在列斐伏尔的理论中，社会空间由"空间实践"（spatial practices）、"空间呈现"（representations of space）和"呈现的空间"（spaces of representation）三个层次辩证地混合而成的。"空间实践"也即人们可感知的一切外在世界（the perceived），"空间呈现"即指人的想象空间（the conceived）是人类的主观世界，"呈现的空间"是人们居住的社会空间（the lived social space）。①

　　索亚深刻地认同列斐伏尔对人生存空间性的如此三维辩证关系（trialectics）的阐释。他在人文地理学界有着深远影响的论著《第三空间》中以图示的方式，既把列斐伏尔的这种社会空间三层次的辩证互动表现了出来，也表达了他对人生存空间性的理解与强调，更加形象而深刻地表现了人生存的空间性（spatiality）的三层次辩证互动关系性（trialectics）：②索亚进一步将列斐伏尔阐释中的"空间实践"/可感知的外在世界、"空间呈现"/想象的空间和"呈现的空间"/社会空间的三个层次空间论对应阐释成了他的第一空间、第二空间、第三空间。他论述道，他的第三空间就

---

① Henri Lefebvre, *The Production of Space*. Donald Nicholson-Smith trans., Malden, MA: Blackwell Publishing, 1991, pp.11–12, p.33, pp.38–59.

② Edward W. Soja, *Thirdspace: Journeys to Los Angeles and Other Real-and-Imagined Places*, Cambridge, .Ma: Blackwell Publishing, 1996, p.74.

如列斐伏尔的社会空间那样是包含三维度的空间——"可感知的空间、想象的空间、居住的社会空间——没有任何哪一维度优越于其他的二者"①。这些也表明索亚对人是空间的存在者的强调。

在霍桑第二部长篇《古宅传奇》的前言中，霍桑对该怎样运用他这种第三空间创作手法创作作品中的场域——空间——做了进一步阐述，表明他作品的空间就是居于现实空间与想象空间之间的第三空间。在此，他明确地把他的创作同样命名为"罗曼司"，并指出这样做的原因在于他能创作他认为的真实：

> 当一个作家把他作品叫作罗曼司时，这就几乎不必说，他是希望在处理作品形式和素材方面都能有一定的自由，而如果他自称在写一部小说，就不会认为有权力享受这种自由了。人们设想小说这写作形式是旨在十分忠实于细节描写的，不仅写可能发生的事，而且也写人们日常生活中或然的和一般的经历。"传奇"——作为一种艺术作品，固然必须遵守种种规律，在可能违背对人心的真实描写的情况下，会造成不可原谅的罪过——则有相当的权力在很大程度上描写作者本人选择或创造的环境中的真实。②

因此，他认为应该"这样来处理气氛：加强他所描绘的画面上的光线或使之柔和，或者，使阴影部分加深和变浓。"如此，"宁可把掺和在全书之中的惊人情节处理成一股稀薄、微妙而瞬息即逝的味儿，而并非实际提供给读者的菜肴的一部分"③。所以，书中对现代萨勒姆镇的描述，他说应"更多地与头顶上的云彩有关而不与艾萨克斯县的任何实际土地

---

① Edward W. Soja, *Thirdspace: Journeys to Los Angeles and Other Real-and-Imagined Places*, Cambridge, .Ma: Blackwell Publishing, 1996, p. 68.

② 纳桑尼尔·霍桑：《古宅传奇》，韦德培译，上海译文出版社1991年版，第1页。

③ 纳桑尼尔·霍桑：《古宅传奇》，韦德培译，上海译文出版社1991年版，第1页。

有关"①。

在他的第三部长篇《福谷传奇》的序言中，他论述道，他对那个社会主义的社团的关注，"只是为了创建一个剧院，它是一个与日常的行径稍远的通道。在那里，他头脑创造出来的人物表演着他们梦幻般的滑稽行为，而不至于显得与现实生活的实际事物太相近。"②借此，他能更深入地把握住事物表象下的真实。他在其最后一本完整的传奇作品《玉石雕像》中又再次强调这种第三空间的创作手法中想象的重要：

> 没有哪个作家不经过磨难能想象得出在拥有明亮日光的国度里写罗曼司的困难。就如我亲爱的祖国一样，她没有阴影、没有古籍、没有神秘、没有刻画生动而又令人沮丧的冤屈，而只有满目的物质性，她不像罗马那样拥有写罗曼司所必需的、如废墟那样的场景与支撑物。③

第四节　主客观世界相融的第三空间： 霍桑的第三空间创作

用这样的创作观创作，霍桑作品从早期的短篇到 1850 年后的长篇都充满着这种位于主观世界与客观世界之间的第三空间。利用把短篇作品创作为故事（tale），长篇创作为罗曼司（romance）的方法，再糅合进一些哥特小说的特性，他创造了能在想象与现实之间穿行的自由，使作品呈现出人鬼相交，传统传奇、民间传说中出现的超自然现象与对日常现实的如实描写和科学阐释相交织的情景。它们是一幅幅位于想象与客观外在现实

---

① 纳桑尼尔·霍桑：《古宅传奇》，韦德培译，上海译文出版社 1991 年版，第 4 页。

② Nathaniel Hawthorne, *The Blithedale Romance, The Blithedale Romance*, Rockville, Maryland: Arc Manor LLC, 2008, pp.1-2.

③ Nathaniel Hawthorne, *The Marble Faun*, Harvard University Press, 2013, p.3.

之间的社会空间图景，使他的作品在理性盛行的时代、科学精神越来越左右人心的时代，能够把人们时常生活的场域变成"现实世界与童话世界"之间的"中立区域"①。

　　这样的表现在自如地把玩着读者的迷信恐惧、人意识深处的无意识的概念，模拟着人脑基本的、难被人把握的认识世界的机制；同时不但表现了人物的外在世界，也表现出了人物的内在世界，使有意识、无意识的心理活动，人心灵的各种悸动都能得到生动呈现。对人类世界这样的摹写，是对其全方位的展现。再者，这样富于传奇色彩更给作品添加了一种神话般的色彩、神秘色彩。② 蔡斯认为，不像小说那样专注于对当下现实的表现，罗曼司更有自由地倾向于神话、讽喻、象征的形式。乔治·德克认为，把历史和罗曼司糅合在一起，会产生一种诡异的、悖论性的张力，因为罗曼司通常与原型性的、非时间性的事物相连。因此，能够隐晦地、曲折迂回地、极具审美价值地，表现着人在那特定历史时期的生存体验，人性心理结构中那些难以描摹、难以言说的，但又真实地存在着的东西，使他的作品能更加深入、真实地反映人、人性、人的生存境遇，反映世界。③

一、以浓重的梦幻色彩勾画出的第三空间图

　　霍桑在一些作品，如《新亚当夏娃》《地球的大燔祭》等中会明显地采用梦幻的形式，让作品充满梦幻的色彩，让其显得似乎是远离现实的虚构空间，但其实这些也是在虚实之间反映真实的一幅幅社会画卷。

　　首先关注我们在前面第二章"变革时期生存本体论追问"中从空间批

---

① 纳桑尼尔·霍桑：《红字·福谷传奇》，侍桁等译，上海译文出版社 1996 年版，第 29 页。

② Richard Chase. *The American Novel and Its Tradition*, Garden City, New York: Doubleday and Co.Inc., 1957. p.13.

③ George Dekker, *The American Historical Romance*, Cambridge University Press, 1990, pp.129–135.

评的视角探讨的短篇小说《小伙子布朗》。该小说所呈现的清教严密监控的社会空间就是作者所定义的第三空间。这个社会空间的形态在小说开篇对小村社会轻描淡写的描述中读者就可看到作品对那个清教社会空间的忠实临摹——以教堂为突出标志的小村，及村中对宗教笃信、但心底又被某种潜意识的东西控制着的人家。这样的对社会有典型性意义的地理位置的确定，既形象地描绘出了小村的外在形态，也突出地表现出了那社会占主导地位的思想意识形态。它因此而成了看整个社会、看人生存境遇的窗口，把社会文化状态、人生境遇用空间图式的形式表达了出来，形象地、隐喻性地表现出了人类生活的历史性、社会性与空间性。这表明，作品在开篇即用提喻的方法，把特殊和普遍、具体和整体排列起来、对比起来；使之既具有现实性，又充满丰富的想象。这样虚实相交的社会空间在其后的森林空间的塑造、人物心灵空间的展现之中得到进一步的强化。布朗魔鬼同伴的出现，布朗去参加森林巫师聚会的过程中，邪恶影响力的不断上升，相应在主人公心里形成不断上升的压力，直至布朗的心理压力难以承受而把整个森林变成了闹鬼的森林，直至他与妻子也将在那巫师聚会上陷入邪恶的深渊的紧急关头，使他惊恐到极致而惊醒了。

这些描述充满神秘的色彩，把传统、民间传奇对魔鬼的传说，对邪恶的崇拜都在故事的戏剧化的呈现中表现了出来。这在 19 世纪上半叶，那工业革命的盛世之期，理性、科学精神的盛行之期，似乎是荒诞不经的，纯想象的，而且作品在小说结尾时看似很不经意的设问——"他难道只是在林中打瞌睡，做了个巫士聚会的怪梦？您若这么想，悉听尊便"①——似乎也在更加明显地强调这一点，但这样的话语也同时引导读者把森林空间发生的这一切看似荒诞的事件作为人物心灵空间的极度活动。这使故事虚虚实实的描述虽然充满神秘色彩、神奇色彩，却也指向了现实——人物内心活动所反映的社会空间的现实以及人在这样的社会空间中的生存经历

---

① 纳桑尼尔·霍桑：《霍桑集：故事与小品》，姚乃强等译，三联书店 1997 年版，第 320 页。

与精神磨难。因此，那森林空间、人物的心灵空间一起在虚实相互交映、作用的效果中延展、强化了小说开篇对清教社会空间的勾画，表现出了清教社会空间的实质，把生活于其间的人性的一切：有意识的心理活动、无意识的心理活动，本能的、社会塑造的，显性的、隐性的，都隐射了出来，使这个场域聚集了有关地域、文化、权力、政治、主体、身体、性别、身份、记忆、环境、心理、感知等众多关涉人性、人的生存等的众多因素，曲折迂回地、深刻而形象地把人生存的时间性、历史性、社会性都融汇在了这社会空间之中。

《通天铁路》也借梦幻描绘出了这种虚实相互呼应的第三空间。故事以用典故的手法，借用英国著名17世纪作家约翰·班扬(John Bunyan)《天路历程》中的许多人物、某些情节及"毁灭城"、"名利城"、"天城"等地名，再利用当时铁路的建成此等重要科学新事物，火车快速穿越空间，大大地缩短距离的新现象，再次探讨通往"天城"之路的话题，探讨传统生活中对人们至关重要的两个地理标记：天堂与地狱，及启蒙运动以来人们对通过对理性的信奉而建立人间天堂的信奉的探讨。在此我们是对后一层面的探讨。对于该小说来说，因为作者开篇即表明，他是"穿过梦幻的大门"访问这一切场域的，因此，该小说更是开篇就带上梦幻的色彩，人物、场景显得更与现实有差距，用的是班扬《天路历程》中的人物和场景的名称，而描述的是近两个世纪后的现代化场景。小说的这种极富现实与想象相交织为特色的社会空间就在以下方面的相互作用中凸显了出来，把人生存的社会性、历史性、空间性扭结在了一起。

（一）通过对典型性地理场景的描绘，充分呈现出那特定历史时期的场所的地理文化精神，把"毁灭城"、被作为钢铁生产基地的火山口、"名利城"及这些地方之间的巨大的人工空间这些场所的地域精神、社会性质从视觉上凸显了出来，使小说的整个社会空间的特性展现在了这些具体的、代表性的空间描绘之中。"毁灭城"代表性的地方精神是：它的城郊有"大片泥潭，既刺眼又刺鼻，令人着实不堪忍受，堆放着从地面上清理出的所有污染物和垃圾"①。对被班扬称之为地狱入口的地方的描绘，使读者从全方位感官感受到了当时的时代精神，人们似乎确实经过启蒙了，能以分析的眼光去看世界，得出符合常理的结论；但另一方面，又似乎只知道理性，知道物质，而失去了人需要的、根本的健康生长环境：

> 这一定是个误会，……不存在什么地狱。这地方，他（引路先生）说，只不过是个半死的火山口，董事们在这儿建立了一些熔炉，好生产铁路用的钢铁。……不论谁凝望过这个阴沉朦胧的大山洞口，见过它从中不停地喷出巨大的暗红色火舌，见过烟雾缭绕之中忽隐忽现的魔鬼狰狞可怕的丑脸，听过狂风刮来的可怕低语，尖利呼啸深沉颤抖的飒飒声，有时还形成几乎清晰可辨的话语，那他准会跟我们一样，急切地抓住引路先生令人宽慰的解释不放。况且，大山洞里的居民全是不招人喜欢的模样，皮肤黑黑，满面烟尘，畸形的身体，怪状的双脚，眼中闪着暗红色的光，仿佛心儿在燃烧，便从上面的小窗洞喷出火来。②

"名利城"的社会空间通过整个社会空间充满市场性质的呈现，凸显了人怎样造就了那样的社会空间，反过来，那样的社会空间中人的生存在名和实利的冲击下遭到了怎样的毁坏。如：人间最宝贵的东西，包括良心，都被人们在对贸易的崇拜中、对利益的追逐中变成了商品，被侵蚀了；宗教被这样的人物把持，"浅薄的深刻先生"、"弄错真理先生"、"只求今日先生"、"但求明日先生"、"糊涂先生"、"断魂先生"、"教义之风先生"，失去了对精神深入叩问的本质而只求当下；文学、文化这些应是对人的心灵起净化作用、升华作用的，却变成了浅薄的、供人享受的消费品：

---

① 纳桑尼尔·霍桑：《霍桑集：故事与小品》，姚乃强等译，三联书店 1997 年版，第 944 页。
② 纳桑尼尔·霍桑：《霍桑集：故事与小品》，姚乃强等译，三联书店 1997 年版，第 951—952 页。

这些声名显赫的牧师们得到无数训导者的帮助，传播的知识广博深奥，囊括人间天上的所有学科，使任何人无须费劲学会认字，就能获取五花八门的大学问。于是，文学以人的声音为传播媒介，化为空灵的以太；知识，留下其较重的粒子（当然，金子除外），变作声音，偷偷钻进永远敞开的大众耳朵。这些别出心裁的方法还组成了一架机器，靠了它，任何人不费吹灰之力，都能完成思索与研究。①

这样的描述虽然不无夸张、荒诞之嫌，却也道出了社会在越来越商业化、越来物质化的过程中，文化、文学所面临的困境，充分显示出随着经济的发展、时代的转型，人们物质消费欲望的日益高涨，享乐生活欲望的日益膨胀使文学、文化的审美朝向浅化趋势，主体失去了进行理论的思辨与审美的探索的安静环境，研究者的纯洁性、无功利性也消失了；表明人的身份及其处境在发生着变化，心态也发生着变化，社会意识形态、空间精神存在某种普遍的浮躁情绪。这样的文化所进行的不是审美的静思，人生意义的收获，而是通过流行的形象、消费的结构功能转换，在尽可能享受得多的欲望追求中，消解着人生意义。人们不再关注政治历史的伟大推动者和宏大主题，而只关心生活和身边的"小型叙事"；不再关注哲学文化的形而上的终极探寻和未来世界的"辉煌远景"，转而关注自己眼前的享乐，关注享乐的多少。这样快速发展的时代留给人静观、远离尘世的可能性越来越小，自己的独立时间越来越少，现实不允许主体静下心来玄思；表现出社会空间的消费文化、大众文化在发挥着怎样强大的力量在规范着人、同化着人，削平着人的深度与异质。

（二）社会空间的如上特性又被人物心灵空间的刻画强化。人物在梦幻的特性中可以更直抒胸臆地讲话与表现，把自己心灵空间中有意识、无意识的意识活动全都直接地表露出来；社会的秩序安排也可更加按照人在

---

① 纳桑尼尔·霍桑：《霍桑集：故事与小品》，姚乃强等译，三联书店1997年版，第955页。

无意识深处各种非理性因素欲望占统治地位时进行，使作者能够深入人物的内心深处，进行观察、进行剖析、进行展现，能够进入社会的集体无意识深处，直接地、寓言般地揭示人、人性。所以，好闲先生对自己不选择去天城而在污染严重的火山口钢铁基地住下的理由是，天城"那儿不做生意，没有消遣，没酒喝，还不准抽烟，从早到晚只有教堂单调乏味的音乐在响。就算人家给我地方住还不收钱，我也不想在那种地方待下去"①。

所以，小说开篇时，引路先生即介绍"毁灭城"外那臭气熏天的泥潭上的便桥的修建是这样而成的：

> 仔细看看这座便桥，桥基可结实哩。我们往泥潭里头扔了不少书嘞，什么伦理学、法国哲学、德国理性主义；什么小册子、布道文、现代牧师的大作、柏拉图、孔夫子、印度哲人的文论；还有对《圣经》原文的不少精辟注解——所有这些，经过某种科学处理，统统变成花岗岩一般坚硬的东西，整个泥潭都可以填满这种东西。②

——隐喻式地表现出了一个只注重一切有形物质的社会，一个被物化而不再重视精神追求的社会。

所以，社会的用人标准也在看似荒诞中表现着社会道德的堕落。亚坡伦（Apollyon），这个在西方文化的两大源头——《圣经》与希腊文化中都意为毁灭的魔鬼般的人物③做了社会刚开通铁路的火车司机，而不是班

---

① 纳桑尼尔·霍桑：《霍桑集：故事与小品》，姚乃强等译，三联书店1997年版，第952页。

② 纳桑尼尔·霍桑：《霍桑集：故事与小品》，姚乃强等译，三联书店1997年版，第952页。

③ 在西方传统中，西方文化被认为有两大源头：一是融汇在《圣经》中的古希伯来文明和犹太教从对上帝的敬畏，引发出宗教原罪思想；二是以苏格拉底、亚里士多德为代表的古希腊文明，发展为后来的科学传统，古罗马的发展被认为是希腊文化的继续。亚坡伦，基督教的圣经启示录里被描述为一位来自无底深渊的使者，也就是来自地狱的魔鬼，是撒旦、恶魔的意思。(《启示录9:11》)基督教文化中对Apollyon的这种描述是对希腊文化的借用。Retrieved from Wikipedia, the free encyclopedia, Dec. 19, 2018.

扬作品中有着良好道德素质的"勇敢先生"。其中，亚坡伦的形象是，"浑身裹着浓烟烈焰，而那浓烟烈焰，并非要吓唬读者诸君，不仅从车头坚硬的肚皮喷出来，也从他自己的嘴和肚子里往外喷……'是他胯下车头的同胞兄弟！'"①

这样的人物呈现与上面的场景描写交融在一起共同构成了小说社会空间的特性，在梦幻色彩烘托下更加突出了那个社会对理性的单向度工具性运用所导致的人心的物化与腐败、人性的堕落；工业、科技等对人类生存环境毁灭式的发展又使 19 世纪工业革命的兴盛、机器对传统生活的侵入、渗透，启蒙运动设计的全方位发展的人文理性变成了工具理性单向度发展的社会现实。如此，通过虚实交相辉映的"中立区域"，小说成功地塑造了一个被科学理性的"胜利"创造的人工空间。其展现的是现代性对人性的冲击，形象地揭露出了在工业革命的高歌猛进、科技发展中，只关注物质的发展，人性中的各种非理性因素将会受到刺激而膨胀，乃至于从"毁灭城"到"名利城"，再到"天城"的一路上的巨大空间中所呈现出的都是人性中物欲、私欲的毫无控制的泛滥成灾；乃至于为了获得更多物质，如火山口旁的工业生产基地，人们不惜牺牲生存必需的基本生态环境为代价，乃至于"名利城"中一切人类自古以来的美德都成为商品可以出售，自古以来以审美静思为核心的文学文化也变成了以享乐为主的快餐食品。

如此，通过典型性地理场景的描述与人物刻画的结合，作者突出地刻画了现代社会的空间精神与状况，它只注重统计数字、只注重物质的单向度发展、只注重科技的单向度推进，乃至于人类生活的方方面面都受到急剧的冲击：人类生存所需的与自然的融合与共被破坏，精神需求、道德的提升、文化生产和文化消费全变成了同质化、理性化、物质化和标准化的消费品，从而导致了人"个性"的磨灭；表现出现代社会中，个体在大众一体化中所遭遇的一体化、异化；失去了根基，成为实际意义上、精神意

---

① 纳桑尼尔·霍桑：《霍桑集：故事与小品》，姚乃强等译，三联书店 1997 年版，第 947 页。

义上都失去了家园的流浪汉。

二、以外在现实描摹为主勾画出的第三空间图

虽然以上作品社会空间的实质都假借梦幻而推出，但事实上，霍桑的其他许多作品如《拉帕奇尼的女儿》《美之艺术家》《福谷传奇》《古宅传奇》等等，无须假借梦幻作者也一样地创作出了他所需的这种第三空间，我们可以他的《红字》为例。

在他这部最具代表性的作品中，其开篇第一章就以对那波士顿小镇的地形勾画生动而深刻地刻画出了该地方的地理精神。这地理精神是 17 世纪波士顿小镇的地理精神，也是人类生存境遇的永恒展现。那高大、灰暗、令人压抑的监狱、监狱旁边的墓地，以及直接生根在监狱门槛边上的一丛鲜嫩欲滴的野蔷薇的并列描绘，就以其独特的空间语言把握住了有独特刻画效果的空间标志，把人类生存的环境与人类的本质都以强烈的地理图示的形式刻画在了那以监狱—蔷薇—墓地为突出地理标记的空间图式之中；再加上作者看似轻描淡写的描述："新殖民地的开拓者们，不管他们的头脑中起初有什么关于人类美德和幸福的乌托邦，总要在各种实际需要的草创之中，忘不了划出一片未开垦的处女地充当墓地，再划出另一片土地来修建监狱"[①]。那空间图式就更突出而形象地在暗示、象征、述说着人性中恶的本质与必死的本质、有限的本质与人的生命、人性中对美德的梦想、美好未来乌托邦的梦想总是相伴存在的人生境况。如此，那空间成了一张形象地刻画着人性、人的生存境遇的画面，充满了神秘、命定的色彩，充满抽象而又具体地、充满精神性地又不乏客观形象地表现出了各种力量在空间中的汇聚——人性的、历史的与当下的、社会的与个人的、主观的与客观的、真实的与想象的、可知的与不可知的、抽象的与具体的、恒定不变的与变异的、可以言说的与不可言说的、死亡与生存等，凸显出

---

① 纳桑尼尔·霍桑：《红字·福谷传奇》，侍桁等译，上海译文出版社 1996 年版，第 37 页。

了人生存的空间性。

　　这样生动的人类生存空间图就是小说开篇介绍的那"一群生着胡须的男人，穿着颜色暗淡的衣服，戴着灰色的尖顶帽子，还混杂着许多女人，有的兜着头巾，有的光着头"①的人及海斯特的生存空间图，或说家园。紧接的以"市场"为标题的第二章在空间上是第一章的延续与扩展。它以监狱为背景、以"市场"的性质汇聚了那个社会的各种人物，但又以其中的刑台为中心在表现人性的问题、罪与罚的问题、罪与救赎的问题、生存的困境与希望的问题，形成了一个完整的、又极具深度的社会空间图。那一群人是那小镇的居民。生活于如此人生实质的社会地理空间图景中，他们得严格、冷酷，要人严格遵守宗教的教规，压制个人个性的清教徒。如此，人在自己的有限性压迫下、人性悖论的压迫下，失去了自己的尊严，而只剩下对上帝的敬畏。他们"把有关公众纪律的最温和的和最严厉的条例，全都看得庄严而可怕。一个犯罪的人，站在绞刑台上，从这样的旁观者所能探求的同情，真是又贫乏又冷酷。……在现今的时代中像那只会引起嬉笑嘲骂的一种刑法，在当时也几乎会如死刑般罩上了叫人生畏的庄严"②。

　　与他们相对的是年轻、美丽的海斯特·白兰。她因一人先期前往殖民地，年老的丈夫却几年未到，传说已葬身海底；她孤单一人在那里，却与人发生了奸情，生了一女。现被罚永生在胸前带着清教当局意为通奸的红色字母 A（因在英文中，通奸 adultery 的首字母为 A）。这红字 A 因此而成了富含意义的图案设计，有着像地理标记那样的指涉。而那天，她首先得从关押她的监狱中出来，抱着出生几个月的婴儿，带着红字 A 站在位于市场中作为耻辱架的绞刑台上示众。因此，这第二章刻画的空间图，延展着第一章空间图的含义，那作为背景的监狱、惩罚人的刑台、女主人公

---

① 纳桑尼尔·霍桑：《红字·福谷传奇》，侍桁等译，上海译文出版社 1996 年版，第 37 页。
② 纳桑尼尔·霍桑：《红字·福谷传奇》，侍桁等译，上海译文出版社 1996 年版，第 38—39 页。

胸前佩戴的红字都在述说着对人性、人类生存的罪与罚、人类生存的境遇的询问。然后故事就在人物的表现与这形象化地理标记的互动中使空间的实质更具形象地呈现了出来。

那满镇清教徒的愤怒、严厉，强势地掌控着空间，表明了空间的主流意识，有人甚至提出应绞死海斯特。海斯特在众人恐怖目光的鄙视下承受着剧烈的痛苦。但她却把她胸前的红字刺绣得非常精巧，使其产生了一种魔力，"使她脱离了通常的人类关系，而被包围在她自己的天地里"①。凡是过去认识她的人，本以为她被从监狱里拉出来示众时会由于这样的灾难而憔悴不堪，却发现她的端庄美丽发出了一种威仪，一种贵妇人般的威仪，"简直使那围绕着她的不幸和罪恶结成了轮光圈"②。这样的呈现更把海斯特胸前的红字 A 变成了那空间中的突出亮点，它与海斯特构成了一个整体，成了空间中的一股力量，虽然很弱小，却在顽强地，有意识无意识地表述着反抗，暗示着海斯特的遭遇、思想、人生理想，凸显了那特定历史时空的具体性，表现出两种不同思想意识、人生哲学、不同的文化——清教信奉的人性堕落，因而只能克己供奉上帝的信仰，海斯特隐约表现出的文艺复兴以来人更加关注自我，关注自我的独立、自我的尊严的人文主义思想——在碰撞，在竞相表达，在争夺着空间，虽然对峙双方力量的悬殊是很明显的。如此，这位于市场刑台的社会空间就成了隐含着杂语的社会空间，在影响着人、塑造着人、规训着人。

由此，小说这开场空间的塑造就极具典型性地塑造了作者倡导的想象与现实相交的中立区域，它融合了神奇的想象力及历史的现实性、社会的现实性、人性的现实性与空间性，用极具戏剧性的方式、特定的空间语言、人物的塑造等方式把那小说社会空间的属性及其本质形象地刻画了出来，让读者既看到了社会空间的外在形态，也看到了它的无形的精神层面

---

① 纳桑尼尔·霍桑：《红字·福谷传奇》，侍桁等译，上海译文出版社 1996 年版，第 41 页。
② 纳桑尼尔·霍桑：《红字·福谷传奇》，侍桁等译，上海译文出版社 1996 年版，第 41 页。

的内容，人的生存环境等。其后的故事也就在此基础上，以红字 A 为主线展开对人物 / 人类本质、生存、命运的探讨，小说描述的社会空间也就在这些人物的刻画之中不断得到扩展，对人性、人的生存目的探讨也就更加神秘、深邃地融合进了作品的空间塑造之中。

海斯特胸前带着红字，是公开的红字佩戴者；丁姆斯戴尔胸中藏着秘密，是隐秘的红字佩戴者；他们的女儿从形象到实质都在象征着红字，是有生命的红字；齐灵沃斯、清教社会各在秘密或公开地探问着红字的共谋者。红字"A"从小说开篇清教徒的视角代表着道德堕落、代表着原罪、代表着"通奸"的含义，但如上所述，在海斯特对它精美绝伦的织绣中，虽然其意义不像清教徒所表示的那么明确，却也明显地表示其对清教徒意义的否定，使其有了暗示意义、不确定意义、复杂的蕴意。在其后的故事中，海斯特带着她的红字穿梭于市镇之中，并把她的女儿珠儿也打扮成一个红字的活形象，这进一步表明她对红字的不同理解。从小说的故事蕴意，可以有很多解释，如，有着亚瑟·丁姆斯戴尔（Arthur Dimmsdale）的血脉的珠儿是活的红字，那么红字可以表示亚瑟（Arthur）的含义，表示着海斯特对爱的执着与向往；再如，以清教徒的理解，红字意为通奸、意为原罪的话，那么它也意为 apple；这 apple 在《圣经》中是使人获得智慧，但也使人堕落之果。因此，随着人物建构的不断丰满，那社会空间也在以红字为中心不断地扩展，进一步表现出了空间中各种思想、文化力量神秘地交织、协商、冲撞，人在这样的空间中的生存境况等。

这样的各种思想、文化力量的协商、交织、碰撞，人物生存的艰难、痛苦与人生的复杂在小说中部的章节第十二章的突出空间话语中得到更加深邃的表现。这章着意地以海斯特小说开篇被示众受辱时所站过的刑台为中心，以漆黑深沉而寒冷的午夜为时间点，那社会空间的各种意义都蕴含在了海斯特胸前的 A 字、丁姆斯戴尔双手捂着的胸中的 A、珠儿形象地象征着的 A，及他们所站的刑台所形成的神秘意义圈里；这意义圈又与天空流星忽然划过长空照亮一切并在长空中一闪而过时产生的瞬间痕迹，镇上许多人认为是这个 A 字的意象形成更神秘的意义场。因为天空忽然闪过的 A 字，像海斯特胸前的 A 字一样，人们对它有不同的解读，它是让丁姆斯戴尔惊骇无比、认为它代表着罪恶的 A 字，乃至认为自己的罪恶深重到布满了整个天空；而镇上一些人的解读却是代表着天使（Angel）的 A 字，因那一夜他们的总督仙逝了。在此，虽然作者用科学的话语祛魅性地阐释说，"在当年，把一切流星的现象，以及其他比日月升沉稍不规则的自然景象，解释为超自然界的启示是再平常不过的事了"[1]。但这个空间更在前面对 A 字阐释的基础上把 A 字的含义从代表罪恶到代表天使的对立两级之中的含义全都蕴含了进去，把人性的、历史的、人类生存的一切含义神秘地、传奇性地，把小说开篇以来的空间塑造中的含义都神秘地布在了空间之中，因以这样神秘的、戏剧性的方式，它通过丁姆斯戴尔、海斯特、珠儿，还有镇上的人，把人内心深处的各种惊悸、痛苦、希冀、崇尚、迷茫等等的心理活动都映射了出来，曲折迂回而深刻地在表现着当时社会空间的性质。

在接下来的 12 章中，这种以红字为中心阐释世界的过程更加深入。海斯特胸前的红字在小说创造的各种意境下有了更多的意义——与清教徒开始时所规定的"通奸"、堕落等意义相对，在海斯特的无私的对穷人的帮助下 A 的文字表面叙述已变成了天使、能干（Able）等，在许多人心目中，"那个红字已含有如修女胸前十字架的意义了。这个字给予佩戴的人一种神圣性，使她得以安度一切危难"[2]。这强化了小说中隐含的另一层含义 angel（天使）、apostle（使徒、某种思想的倡导者）的含义，但含义深刻的是，在这些表面肯定意义在扩展的同时似乎否定意义也在暗中扩展。如在紧接着对如上提到的红字"给予佩戴的人一种神圣性"的呈现之

---

① 纳桑尼尔·霍桑：《红字·福谷传奇》，侍桁等译，上海译文出版社 1996 年版，第 106 页。

② 纳桑尼尔·霍桑：《红字·福谷传奇》，侍桁等译，上海译文出版社 1996 年版，第 111 页。

后，就描述说红字在海斯特心灵上产生了强有力的影响，"她性格上所有的轻松优美的绿叶，都已被这个火红的烙印烧成枯槁"①；她现在"给人的印象是如大理石一般的冰冷"②。

再者，她的思想已进一步升华了，时常在思考妇女如何能幸福的问题，但其结果是，她的"心情已经失掉了正规健康的搏动，便只有毫无端绪地彷徨在黑暗的心灵的迷宫里；……她的四周到处是荒凉可怕的景象，到处都没有一个安居的家。"③乃至于痛苦的她想到是否应结束珠儿的生命，以便她也可以走入"'永恒的裁判'所定的未来世界里去"④。之所以未那样做，只是因为"那个红字还没有完成它的职务"⑤。红字意义如此各方位的扩展更加强化了红字的意义的不确定，加深了它是各种不同意义相交织的场所的意象。红字的空间性质被进一步地深化了，有了进一步的方位感，就如同有了正、误、对、错、高尚、低劣、高雅、堕落、上、下、左、右、东、西、南、北这样有指向的图式结构。

红字的职务是什么呢？这个带红字的女人，现在决心帮助丁姆斯戴尔结束那被老医生折磨的日子，更加强化着海斯特的坚强、独立自主、对爱的执着，能够给人带来福音的一面，强化着红字能干、天使、福音使徒（able、angel、apostle）的含义，但神秘的是，她也是紧接其后，在第十六章中与珠儿在林中散步时，阳光一见就消失的人。这暗含"天意"对红字意义的不同理解。然后紧接着，在珠儿不断地追问红字的意义时，她回答："我生平有一次遇见过这个黑男人！……这红字就是他的记号！"⑥（黑男人在《红字》中被描述为魔鬼的使者）这些明显表现出与小说文字表面叙述不相一致的话语，表现出小说深层蕴含的颠覆性话语，把红字开

---

① 纳桑尼尔·霍桑：《红字·福谷传奇》，侍桁等译，上海译文出版社 1996 年版，第 111 页。
② 纳桑尼尔·霍桑：《红字·福谷传奇》，侍桁等译，上海译文出版社 1996 年版，第 112 页。
③ 纳桑尼尔·霍桑：《红字·福谷传奇》，侍桁等译，上海译文出版社 1996 年版，第 113 页。
④ 纳桑尼尔·霍桑：《红字·福谷传奇》，侍桁等译，上海译文出版社 1996 年版，第 113 页。
⑤ 纳桑尼尔·霍桑：《红字·福谷传奇》，侍桁等译，上海译文出版社 1996 年版，第 113 页。
⑥ 纳桑尼尔·霍桑：《红字·福谷传奇》，侍桁等译，上海译文出版社 1996 年版，第 126 页。

篇以来所表现的各种一致的、不一致的蕴意都糅合进了红字。所以，在其后的第 18 章，"一片阳光"中，虽然海斯特与丁姆斯戴尔两个情人在海斯特去掉红字后的片刻之中享受了"一片阳光"，但在活的红字珠儿的督促下，海斯特重又带上红字时，那红字似乎"含有枯萎的符咒，她的美，她女性的润泽，像是落日的阳光般离去了，一抹灰色的阴影似乎又笼罩在她的身上"①。

　　值得注意的是，在这里，红字意义的展现比前面的表现更具空间性语言的性质：带着红字的海斯特，阳光一见就消失了，生活在没有阳光的世界之中；而那活的红字、珠儿，却在森林中广受阳光、自然的呵护，与阳光、与世界、与自然浑然一体。这是不是不露声色地、深入地把作者批判与称赞的问题都写在了他所塑造的空间中了？把红字的深层次意蕴更加指向了不同的含义、不同的方向；把对人性、人的生存、人的遭际命运、人在这个世界该发扬的行为与该受的行为限制，刻画在了小说所渲染的氛围之中，刻画在了作品所呈现的空间之中，使其成了一个充满了想象的色彩、神奇的色彩的世界；但同时，继续前面章节的展现，这样的描述在想象之中也表现出作者对人性、人的生存境遇的真实展现，因此，这是一个想象与现实相交融的世界，它"介于现实世界与童话世界之间"，把人类社会的一切都融进了它所画的这个充满神奇色彩，却暗示着人类的主客观世界的空间图式之中。

　　这样的风格在其后的故事中被更深入、更戏剧性地强化，并且小说的结尾着力映照着小说开篇和中间的那以刑台、红字为中心的空间地形图，把时间、空间、人的生存全部巧妙地、深刻地浓缩在了这种时空的扭结之中。小说倒数的第二章中，这三个被红字紧密捆绑在一起的人物，海斯特、丁姆斯戴尔、珠儿终于又站在了小说第二章海斯特和珠儿站过的那个位于市场的刑台上，整个清教社会是观众，如第二章那样集聚了整个社会

---

①　纳桑尼尔·霍桑：《红字·福谷传奇》，侍桁等译，上海译文出版社 1996 年版，第 144 页。

的社会空间。

这次以丁姆斯戴尔胸脯上被痛苦咬噬而成的红字的暴露为主。丁姆斯戴尔作为清教社会著名的牧师，映照第二章，应该是清教社会的代表。他深谙清教教义，从而对自己通奸事件对教义的违背深感罪孽深重，而承受着不能承受之苦，因此此刻他衰弱的生命即将走到尽头。然而，微妙的是，他却感到如释重负，带着似乎能看到永恒的明亮的双眼，感到他获得了上帝的救赎，说自己"在胜利的耻辱中，死在了人民的面前"①。而海斯特呢？她的所有希望都落空了，她如此忠贞地、为了他含辛茹苦地、孤独地等待着，却连死后与他相聚都不能实现，意味着她的孤独漂泊不止今生，而且还注定在死后的永恒中也无所依傍。

这样场景的塑造巧妙地对第二章中那社会空间中两种不同生存哲学对人生存的影响在探问在作回答，把人性、人的生存境况又融入了此时的社会空间之中。所以，故事的结尾讲述海斯特在她女儿在快乐的英国老家幸福地安顿下来后，又回到了新英格兰，因为，"她曾在此地犯罪；她曾在此地悲伤；她还要在此地忏悔"②，——表明她纠正了往昔她不认为自己通奸之事犯了罪的信念。

然后，多年后她死了，她给自己安排的墓葬形式是：她被埋葬在小说开篇提到的那个墓地中，葬在与丁姆斯戴尔相隔离的孤坟中，但同样的碑文阐述这两座坟墓："一片黑土地上，刻着血红的 A 字"③。以红字在小说中象征的各种深刻含义——生命、天使、原罪、堕落等，这小说结尾的空间图与小说开篇的空间图——墓地·监狱·鲜活的蔷薇——在意义上有深刻的相似性，起到了首尾映照的强烈效果，又用空间图式讲述了人性与人的生存境遇，起到了强化小说从开篇以来以空间语言、人物塑造探讨的问题。

① 纳桑尼尔·霍桑：《红字·福谷传奇》，侍桁等译，上海译文出版社 1996 年版，第 172 页。
② 纳桑尼尔·霍桑：《红字·福谷传奇》，侍桁等译，上海译文出版社 1996 年版，第 176 页。
③ 纳桑尼尔·霍桑：《红字·福谷传奇》，侍桁等译，上海译文出版社 1996 年版，第 177 页。

如此,《红字》通篇以突出的空间性语言展现出了人性的本质与复杂、人生存的苦难、深邃与复杂,把对人、人性、人的生存的本质的探问都用空间图示表现了出来。

从如上对三部作品的讨论看,这第三空间把人的外在物质世界,个人的精神世界、心理世界的各种感知,情绪,心灵的悸动与挣扎等,人性的各种成分:理性的、非理性的,精神的、肉体的,原始的、文明的,外在的、内在的,有意识的、无意识的,显性的、隐性的,明白清楚的、神秘的,能够言说的、无法言说的都交相辉映地暗示在、表现在了空间地形图中,使其变成了一张标示人性、人的生存体验的大网,变成了他所表现的社会空间的如实呈现。这样的空间是霍桑用其倡导的融现实与想象相交融的第三空间的创作手法所创造的融客观世界与主观世界为一体的第三空间,形象地描绘出了霍桑所揭示的人在那历史转折期的人性与生存境遇。

第五节　认识论意义上的霍桑第三空间

再深入审视霍桑的这种第三空间,我们在其中看到了认识论层面上的深刻意义。因为,这样的第三空间呈现,从人的空间性上把握人、展现人类社会,使人类世界的主观层面与客观层面像现实世界那样融合成了一体。如此的人类社会空间同时也成了认识人、认识人类世界的窗口与途径。因此,他的这种第三空间创作观——开掘想象与现实相交的中间区域,不但为他、为读者提供了认识人、认识世界的更好途径,而且表现出了他在认识人、认识世界的方式上,既不同于 18 世纪启蒙运动以来的理性主义的观点,也不同于他创作时期正兴盛的以爱默生为代表的超验主义观点。他的第三空间创作论成了他颠覆这两种认识论的有效武器:前者偏重理性经验、重客观世界;后者偏重思维的世界,想象的世界;霍桑的认识方法不像这两者那样,选其一,而排斥另一,而使两者成二元对立之势,而是把两者融合起来以致有了第三种方法。如此地认识人、认识人类世界，呈现人、呈现人类世界在霍桑之后的文学与文艺批评理论中得到了延续。

一、两种对立的认识观

如我们前面章节所论，在启蒙理性的影响下，在主要启蒙思想家，如弗朗西斯·培根（Francis Bacon, 1561–1626）、勒内·笛卡尔（René Descartes 1596–1650）、约翰·洛克（John Locke 1632–1704）、巴鲁赫·斯宾诺莎（Baruch Spinoza, 1632–1677）、皮埃尔·贝尔（Pierre Bayle, 1647–1706）、伏尔泰（Voltaire, 1694–1778）、大卫·休谟（David Hume, 1711–1776）、伊曼努尔·康德（Immanuel Kant 1724–1804）、艾萨克·牛顿（Isaac Newton, 1643–1727）等著述的感召下，18 世纪，西方世界如西欧主要国家、美国等进入了以理性为中心的时代，强调理性是人认识自己、认识世界的主要工具，弃绝把君权看作神授、传统看作统治权威的传统，哲学家们倾向于用理性探讨社会的所有问题。对理性的强调导致人们在社会生活的各个方面对科学方法的重视，希望把国家建成自我管理的民主共和体而使生活能得到更加理性的管理，相信一旦理性成为衡量人类所有行为与关系的尺度，迷信、不公与压迫便都会让位给"永久的真理"、"永久的公正"及"天赋的平等"。为此，他们大力提倡秩序、理性及法律。这种思想为 1789 年法国资产阶级革命及 1776 年美国独立革命打下了理论基础。[①]

在这一思想的倡导下，社会思想文化中占主导地位的是各种倡导从客观外在物质世界认识人、认识世界的思想，如唯物主义、工具理性、功利主义（Utilitarianism）、实证主义等。唯物主义认为，物质是世界最基本的存在，因此，精神现象、意识等的现象都是物质相互作用的结果。[②] 实

---

① Milan Zafirovski, *The Enlightenment and Its Effects on Modern Society,* New York: Springer-Verlag, 2011, p.144; Lorraine Y. Landry, *Marx and the postmodernism debates: an agenda for critical theory*, Westport, CT: Greenwood Publishing Group, 2000, p.7.

② George Novack, *The Origins of Materialism,* New York: Pathfinder Press, 1979.

证主义认为，虽然每个人接受的教育不同，但他们用来验证感觉经验的原则，并无太大差异，所以实证主义的目的在希望建立知识的客观性，强调感觉经验，排斥形而上学的方式看世界。现代实证主义的创始人，法国哲学家、社会学家奥古斯丁·孔德（Auguste Comte 1798–1857）认为，人类非生而知道万事万物，必须经由学习过程，从不同的情境中获得知识。透过直接或间接的感觉，推知或体认经验，并且在学习过程中进一步推论还没有经验过的知识。超越经验或不是经验可以观察到的知识，不是真的知识。①

　　这种对理性的膜拜为人提供了一种稳定的、和谐的世界观，宇宙秩序的安全感，也为文艺创作提供了一种稳定的参照系统，使在以英法为主的欧洲国家 18 世纪启蒙运动时期产生了强调写实的新古典主义文学潮流。英国著名的启蒙主义文学家有约翰·德莱顿、亚历山大·蒲柏、约瑟夫·艾迪森和理查德·斯蒂尔（这两位是现代散文的先驱）、乔纳森·斯威夫特、丹尼尔·笛福、理查德·B·谢立丹、亨利·费尔丁和塞缪尔·约翰逊等。这些作家都以自己的作品倡导艺术应基于秩序、逻辑、形式、确切、及情感控制的原则，文学作品的价值就在于是否受读者的欢迎，是否能为人文主义服务。这就使该时期的作家在创作时努力展现的是永恒的、普遍的真理，过去、现在、将来对每个地方的每个人来说都是真实的——这就是新古典主义鼎盛时期的重要诗人亚历山大·蒲柏的训诫——"首先必须遵循自然"中"自然"的含义。② 其他文类的作家也表达了相似的观点，表现出作家们对艺术旨在写实，是对客观现实的模仿观点的统一认识。

　　小说作为当时的新文类的兴起就是对于社会这种从外在客观事物认识人与世界的认识与强调的反映。作家们表现出，他们的作品是现实的写照

---

① 　John J. Macionis, *Sociology 14th Edition*, Boston: Pearson, 2012, p.11.

② 　M.H.Abrams, ed., *The Norton Anthology of English Literature. v2*, New York: W.W Norton & Company, Inc. 1993, p.2072.

的思想。如菲尔丁在《弃儿汤姆·琼斯的历史》的前言中写道："我们的职责在于把事情如实地写出，然后由明智而渊博的读者拿我们所叙述的去跟自然那本书核实——我们这部作品的每一段都是从自然那部巨著上抄录下来的"①。新古典主义文学的这些艺术建构无疑在世界文学史上留下了光辉的一页，是世界文学中永恒的文学传统，对其后的世界文学产生着巨大的影响。更何况北美大陆与英国宗主国之间在文化、语言方面的同宗同源，18世纪理性主义盛行时创造出的这种影响深远的文学艺术风格对18世纪末、19世纪初20年代的美国民众，特别是美国作家的影响也是巨大的。

　　另一方面，霍桑创作的时期正是美国浪漫主义运动，或曰超验主义运动的鼎盛之期。我们在前面已经论及美国超验主义代表人物，如拉尔夫·爱默生、亨利·索罗、玛格丽特·福勒等，他们深受以康德为代表的德国唯心主义哲学的影响，也深受德国、英国浪漫主义作家们的影响。在成果卓著的英国浪漫主义文学中，在以华兹华斯为代表的诗学理论与实践中，我们可看到他们通过想象使日常的事物表现出神奇的色彩，以揭示出深藏在事物表象下的真实、人生的永恒意义，从稍纵即逝的现象世界中发现永恒而无限的理想中的真与美的意图。如：华兹华斯在《抒情歌谣》的前言中、柯勒律治在《文学生涯》中、雪莱在《为诗辩护》中，都把想象力的论述作为主题之一。雪莱把诗界定为"对想象的表现"。约翰·济慈在致本杰明·贝利的信中宣称："我肯定心灵情感的圣洁，想象的真实性。想象发现为美的就是真实的。……可以把想象比作亚当的梦——他醒来就找到了真理。我对此坚信不疑，因为我还不曾能够看到任何通过不断运用推理找到真理的事例。"② 华兹华斯认为诗是"情

---

① 　[英] 亨利·菲尔丁：《弃儿汤姆·琼斯的历史》，萧乾等译，人民文学出版社1984年版，第406页。

② 　M.H.Abrams, ed., *The Norton Anthology of English Literature*. v2, New York: W.W Norton & Company, Inc. 1993, p.829.

感的自然流溢"①，通过想象的运用，诗人使普通生活表现出奇异而神奇的色彩，乃至于"通过对它们的探索，能够真实地表现出我们天性中的主要性质"②。

　　美国浪漫主义文学本质上主要受欧洲浪漫主义文学的影响而成，但也有自己的特色。如它对人的信念更加乐观，从爱默生对超灵（Over-soul）的阐释，可见美国浪漫主义因相信这种具有神性的精神力量在自然与人中的普遍存在而相信人的可完美性。因此，在文学创作中，美国浪漫主义作家也更加坚信真诚、自然的情感、创造性的想象能够达到对真理的认识。③ 他们相信人的内在精神、人的心灵本质具有的神性（Over-soul），能够认识世界，这种神性能够把所有的人团结成一个整体。④ 对此，除了前面章节我们对爱默生《自助》的引用可说明超验主义的此信念外，爱默生在其散文《自然》及《美国学者》中也做了精辟的阐释。在《自然》中，他对人通过自己的主观意志就能认识世界做了充分的描述："每一自然现象都象征着某种精神现象。自然的每一种表象都与某种精神状态一致，这种精神状态只能通过描述那自然表象的图画而得到表达。"⑤ 因此，意志、想象的运用尤为重要，"意志的运用，或说，力量的习得可以在每件事中学到，从孩子各种感官的不断运用到他说，'你的意志将得到实现'"⑥。《美国学者》以这样的信念结束："我们将走自己的路，用自己的双手工作，

---

① M.H.Abrams, ed., *The Norton Anthology of English Literature. v2,* New York: W.W Norton & Company, Inc. 1993, p.143.

② M.H.Abrams, ed., *The Norton Anthology of English Literature. v2,* New York: W.W Norton & Company, Inc. 1993, p.143.

③ George L. McMichael and Frederick C. Crews eds, *Anthology of American Literature: Colonial through Romantic*（6th ed）, Upper Saddle Rover, NJ: Prentice Hall, 1997, p.613.

④ Philip F. Gura, *American Transcendentalism: A History,* New York: Hill and Wang, 2007, pp. 7–8.

⑤ Ralph Waldo Emerson, *Nature and Selected Essays,* New York: Penguin, 2003, p.49.

⑥ 这句话出自《圣经》中《马太福音》的主祷文，爱默生的如此运用，一方面使他的话语充满幽默与生动；更重要的是，这样来描述人的主观意志的力量，把人性提到了神性的高度。See: Ralph Waldo Emerson, *Nature and Selected Essays,* London: Penguin, 2003, p.57.

讲我们内心的话……全国人第一次存在着，因为每个人都深信他受到神性的启迪，此神性又将启迪所有的人。"①

二、融两种对立观为一体的霍桑第三空间

但如上所述，霍桑的第三空间创作观明显地有别于这两种或只重通过客观外在世界认识世界、或只重发挥内在心灵的认识能力认识世界的途径，他的创作观把两者融合成了整体，而不是非此即彼的二元对立。在他的认识世界的途径中，两种皆有，既重在对外在世界现象的认识，但也注重通过想象探寻事物内在的实质，或曰事物表象下的真实以认识世界。

具体到作品中，他既注重对外在世界的描摹，对人们日常生活的描写——传统宗教社会中人的生活现实、现代以来的社会中以科学观为主导的社会外在现实的表现——但同时也重在或直接通过想象对现实常理进行扭曲，或通过各种文学类，如罗曼司、传统故事、哥特小说等的特点对现实常态进行转换，从而使作品所描述的人们的日常生活呈现出奇异的、超自然的、神秘的、难以理解的、难以言说的色彩，以呈现出人主观性的、心灵活动的、精神世界的一面。如此，他的作品使人类世界主客两方面都得到了呈现。

有论者会说，突出对奇异、超自然的色彩、神秘的色彩、难以理解的色彩、难以言说的特性等的强调，其实不就是浪漫主义文学追求奇异美的特性吗？诚然，浪漫主义的确有这些意蕴。从创造性地运用想象以便能够在人生的寻常生活中发现其恒常真谛来说，霍桑的创作根本上还是浪漫主义的。但我们认为，他的创新在于，没有沿用老一代浪漫主义作家如华兹华斯等的话语与创作实践，而是另辟蹊径并有所超越。因为他的话语——把"日常居住房间的地板变成了一个中立区，它介于现实世界与童话世界

① Ralph Waldo Emerson, "American Scholar", *The Heath Anthology of American Literature*, V1, Lexington: D.C. Heath and Company, 1994, p.1541.

之间，现实与想象在此可以相交，互相吸收对方的性质"①。如此，生活中的一切还是那么逼真，"细部都历历在目，然而……它们仿佛失去了原有的实质，成了有思想的事物。这里没有什么东西会显得太渺小，太不屑一顾，没有什么东西不能产生这种变换，因而不能获得价值"②——这样的话语不但把他的创作理论用空间图式的形式表现了出来，而且这样的话语更重二者的融合而非像爱默生他们的话语那样偏重想象的成分。所以他其后陈述：

> 当日常生活的物质性如此咄咄逼人地向我迫近，而我却试图把自己退回到另一个时代；或者说，当我那无形的肥皂泡的美同现实情况直接接触，而时时遭到破灭时，我却固执己见地坚持创造一个虚无缥缈的世界，这岂非愚不可及。更为明智的努力本当是让思想和想象渗入目前不透明的物质中，使之透明得发亮。③

表现出作家对当时社会现实下，把主客二者相融合以认识世界的明晰认识。

再者，我们从前面对霍桑作品的第三空间的分析可见，他的这种空间把人类世界的主客观世界都同时呈现了出来，使人在其中不但能看到人物生活世界的客观外在形态，而且也可看到那个世界的精神；人物的外在面貌及他或她的内在心理的各种隐秘的活动。这样的空间因此也同时是认识论意义上的空间，因它给人提供了全面认识人、认识世界的方式。

尽管还未有论者对霍桑的创作观和创作作如此论断，我们结合霍桑自己的创作论与创作及与此相关的文学实践与文学批评，认为霍桑的创作观和创作表现出了以上的境界。早在 20 世纪 40 年代，阿根廷著名魔幻现实

---

① 纳桑尼尔·霍桑：《红字·福谷传奇》，侍桁等译，上海译文出版社 1996 年版，第 29 页。
② 纳桑尼尔·霍桑：《红字·福谷传奇》，侍桁等译，上海译文出版社 1996 年版，第 29 页。
③ 纳桑尼尔·霍桑：《红字·福谷传奇》，侍桁等译，上海译文出版社 1996 年版，第 30 页。

主义作家豪尔赫·路易斯·博尔赫斯对霍桑善于把主观世界与客观世界相融合做过高度赞扬。虽然他的批评还未用空间理论的话语，但他的评论已显出这种倾向。他认为对于霍桑来说，"场景是激发物，他的起点是场景，不是人物。霍桑首先想象一个场景——也许是无意识的，然后想出人物来表现场景。"① 尽管博尔赫斯未表明他的魔幻现实主义创作倾向是否受霍桑的影响，但他的作品中也充满着霍桑这种奇幻的、或曰非现实主义的因素，被自然地呈现在日常、或曰现实主义的情境之中的特性。② 含义深刻的是，在 20 世纪后半叶以来西方兴起的空间批评理论中，有理论家公开宣称在博尔赫斯那里找到了灵感。著名的美国文化地理学家爱德华·索亚就在他的重要论著《第三空间》、《后现代地理学》中都直呈了博尔赫斯的创作，他的短篇小说《阿莱夫》对他的第三空间理论的影响。那么，索亚的思想中是否也有霍桑的影子？

博尔赫斯在其 20 世纪 40 年代发表的短篇小说《阿莱夫》中，以他充满拉丁美洲魔幻现实主义的特色创作了名为阿莱夫的一个场所。它是宇宙中之一点，汇聚了地球上所有地方，包含着其他所有方位，任何注视它的人可以同时清楚地看到来自宇宙各视角之事物。尽管它很小，直径可能不过一英寸，可它是开放的，蕴含所有各种各样的不同空间，客观存在着的，永不衰落。故事的讲述者讲述他看到阿莱夫时的感受是：

> 我在阿莱夫中看到了地球，在地球中，看到了阿莱夫；我看到了自己的脸，自己的内脏；我看到了你的脸，我感到一阵晕眩，我哭了，因为我已看到了秘密的、只有去思考才能看到的东西；它的名

---

① Jorge Luis Borges, *Other Inquisitions: 1937–1952*, L.C.Simms trans., University of Texas Press, 1964, p.51.

② 魔幻现实主义特指文学中那种把魔幻的、或曰非现实主义的特性作为寻常的特性置于现实的或日常的情景之中的艺术创作。参见 Maggie Ann Bowers, *Magic（al）Realism*, New York: Routledge, 2004, pp.1–5。

字对于所有人来说极其寻常，但却无人认真看过，它是不可想象的宇宙。①

　　博尔赫斯在此故事前对它的评价是："阿莱夫与空间的关系就是永恒与时间的关系。在永恒中，所有的时间——过去、现在与将来，都同时存在；在那小小的、光芒耀眼的阿莱夫空间中，存在着宇宙所有的空间。"②

　　因此，在索亚看来，"阿莱夫是一次深度冒险的机会，也是一个谦卑而谨慎的故事，一个关于空间和时间的无限复杂的寓言。"③他在列斐伏尔的空间理论中，也看到了这种同时包含着对主客观世界的探讨的社会空间。索亚认为列斐伏尔的社会空间就是这样无限的阿莱夫，它同时包含空间的一切：主观与客观、抽象的与具体的、真实的与想象的、可知的与不可知的、恒定不变的与变异的、死亡与人生、机遇等等。索亚以列斐伏尔的三层次空间为基础研究后现代社会空间，但他把这社会空间的三层次分别命名为第一、第二、第三空间。第一空间对应"空间实践"，第二空间对应"空间呈现"，第三空间就像列斐伏尔的社会空间那样包含着主客观空间的辩证融合，是真实世界与想象世界、可知世界与不可知世界、灵魂与肉体、有意识与无意识的相融。索亚说："第三空间与列斐伏尔的深含一切意义的社会空间都由可感知的、想象的、被人居住的三层次空间构成。"④因为在他看来，列斐伏尔和博尔赫斯的这种同时包含世界一切的空间开辟了探讨世界的无限空间——列斐伏尔和博尔赫斯把空间知识变成

①　Jorge Luis Borges, *The Aleph and Other Stories: 1933–1969,* New York: Bantam Books, 1971, p.14.

②　Jorge Luis Borges, *The Aleph and Other Stories: 1933–1969,* New York: Bantam Books, 1971, p.189.

③　Edward W. Soja. *Third Space: Journeys to Los Angeles and Other Real-and-Imagined Places,* Cambridge, Massachusetts: Blackwell Publishers Inc., 1996, p.56.

④　Edward W. Soja. *Third Space: Journeys to Los Angeles and Other Real-and-Imagined Places,* Cambridge, Massachusetts: Blackwell Publishers Inc., 1996, p.68.

了认识、厘清复杂的现代世界的工具。

如同霍桑对这种第三空间的认识途径的认识一样——

> 当日常生活的物质性如此咄咄逼人地向我迫近，而我却试图把自己推回到另外一个时代，或者说，当我那无形的肥皂泡的美，同现实情况直接接触，而时时破灭时，我却固执己见地坚持创造一个虚无缥缈的世界，这岂非愚不可及。更为明智的努力本当是让思想和想象渗入目前不透明的物质中，使之透明得发亮。①

——列斐伏尔和索亚同样认识到认识世界的途径不能只单靠注重客观物质世界，或只单靠发挥人的主观认识能力，只采取其中任何一种途径都是认识论上的二元对立，使主观与客观、物质与精神相对立。他们批判这种认识论上的二元对立，认为它们只把人引向虚幻（illusion）。用列斐伏尔的话说，"从主观认识论认识世界，世界完全被看成精神的空间，是'充满编码的现实'，是由思想和言语、话语和写作、文学和语言、语篇和文本、逻辑观念和认识观念所认识。现实就是'思想中的事物'，对它的认识就完全通过思想的呈现"②。这种只通过主观途径认识世界的结果是看不到眼前的物质经验世界。

而只注重物质的途径又把世界过度实体化成自然物质主义、机械物质主义或经验主义世界。在这样的认识论中，现实就是有型的外在物质世界，没有主观世界、精神世界的维度。那样呈现的世界因没有人的灵魂，而是不真实的。列斐伏尔的空间三层次理论、索亚的第三空间理论，目的都是为了打破这种主客二分的僵化对立状况，而倡导一种具体的抽象论、物质主义的主观主义论，以能探讨世界的客观性与想象性的同时

---

① 纳桑尼尔·霍桑：《红字·福谷传奇》，侍桁等译，上海译文出版社 1996 年版，第 30 页。
② Edward W. Soja. *Third Space: Journeys to Los Angeles and Other Real-and-Imagined Places*, Cambridge, Massachusetts: Blackwell Publishers Inc, 1996, p.63.

共在。

在霍桑的第三空间创作论中，在霍桑创作的一个个这种融主客体为一体的世界中，我们可不可以说霍桑在一百多年前就在倡导那样做、并做了同样的实践了呢？我们的论断中肯与否？前面我们对霍桑作品所创造的第三空间世界所表现出的人类世界的物质外在性与精神内在性的同时呈现的分析就可以看作是对此论断的佐证。另外，我们还可从自霍桑成名到当今对他的一些重要论述，或说与此稍有关联的论述中得到某种程度的启迪与支撑。沃尔特·惠特曼虽然很不喜欢霍桑在蓄奴问题上的观点，说，"他是个多么令人讨厌的 copperhead（注：copperhead，美国南北战争时同情南方的北方人）啊！"但又说，"但除此之外，我可以说，我是倾向于他的，甚至是充满感情的，因为他的作品，他所表现的东西"[1]。亨利·詹姆斯认为，霍桑作品达到了霍桑所追求的这种艺术效果，就如巴尔扎克与他的追随者福楼拜、左拉表现出了法国人的精神本质一样，他的作品表现出了他生活于其中的那个社会的本质精神。尽管他不是如历史学家那样细致的记录者，也不追求完全准确的标准，但他的作品却最生动地反映了新英格兰生活，而且他如此的手法已渗透进了美国文学。[2]詹姆斯指出的是，霍桑的作品在以想象的方式生动地反映现实。

进入 20 世纪，批评家们越来越注意到现代主义文学与霍桑作品表述的人的相似的生存体验，那种自己总在与自己斗争着、分裂着，在自己的世界中感到的是深重的错位的感觉、失去了在自己世界中的位置的感觉。F.O. 马西森的评论是，他力求表达的不是"当下表面细微的差异"，而是"通过把握不同表象下问题的相似性以深入挖掘人的主要特征"[3]。马

---

[1]　Millicent Bell, *Hawthorne and the Real*, Ohio State University, 2005, p.184.

[2]　Henry James, *The Art of Criticism: Henry James on the Theory and the Practice of Fiction*, William Veeder et Susan M. Griffin eds., University of Chicago Press, 1986, p.103.

[3]　Matthiessen, F. O., *America Renaissance: Art and Expression in the Age of Emerson and Whitman*, Oxford University Press, 1941. p.320.

西森的观点即是说，霍桑以并非完全模拟现实的表象的方式在深入地反映现实。博尔赫斯在其 1949 年的演讲《纳桑尼尔·霍桑》中以霍桑发表于 1835 年的《威克菲尔德》为例，认为威克菲尔德那样的人物塑造、那样的人生境况表明他虽活着，但似乎已死亡，并以小说的结束语强化："在这个神秘世界表面的混乱当中，其实每个人都被十分恰当地置于一套体系里。体系之间，它们各自与整体之间，也都各得其所。一个人只要离开自己的位置一步，哪怕一刹那，都会面临永远失去自己位置的危险，就像这位威克菲尔德，他似乎本来被这个世界抛弃了"①。博尔赫斯指出，这样的人生境况读者可以在赫尔曼·麦尔维尔的作品中、卡夫卡的作品中读到。② 在这里，博尔赫斯没有用空间批评的话语，但他讨论的现代人的境遇中，地方感、人的空间性是多么形象地隐现着，他引述的《威克菲尔德》的结束语也显示出霍桑把人生境遇多么形象地用空间图示的方法刻画了出来。

20 世纪中叶后，1964 年为纪念霍桑逝世 100 周年，俄亥俄州立大学出版社出版了《霍桑百年论文集》。美国著名文学批评家莱昂内尔·特里林以《我们的霍桑》为题为该集子写了编后记。特里林其后又将该编后记改名为《我们时代的霍桑》发表。③ 这样的命名，从名字上就突显出了霍桑与一百多年后的现代时代怎样深入地连在了一起，其作品怎样深刻地表现了我们的时代。戈登·哈特勒在新世纪的初年里撰文指出，《我们时代的霍桑》"是作者 20 世纪 60 年代最重要的研究文章之一，并非因为它引介了任何新的学术视角，或表明了任何方法论上的进步；而是因为，它明

---

① 这段话是《威克菲尔德》的结束语。参见纳桑尼尔·霍桑：《霍桑集：故事与小品》，姚乃强等译，三联书店 1997 年版，第 331 页。

② Jorge Luis Borges, *Other Inquisitions: 1937–1952*, L.C.Simms trans., University of Texas Press, 1964, p.56.

③ Roy Harvey Pearce ed., *Nathaniel Hawthorne Centenary Essays,* Ohio State University Press, 1964; Lionel Trilling, "Hawthorne in Our Time", in *Beyond Culture: Essays on Literature and Learning,* New York: Viking Press, 1965, pp.179–203.

确地表达出了我们对霍桑的探讨，霍桑对美国社会的重要性以及学术上的价值"①。塞缪尔·蔡斯·科尔首次发表于 1985 年的《在霍桑的阴影下：从麦尔维尔到梅勒的美国罗曼司》探讨霍桑的罗曼司对后世作家的影响。他认为，霍桑那善恶相对的人性观及相应的神秘的表现手法，都得到了现代主义作家们的青睐。"黑暗的人心与人心的忧心忡忡似乎紧密地连在了一起，就如同神秘的手法表现着人物、或作家的意识，……片刻组成的世界产生出（《红字》）刑台顿悟那样的文学场景。"② 大多数美国罗曼司都表现一种重要的情节场面，它们是标志性的场景：

> 《红字》刑台场景那样的顿悟，随着叙事围绕它们、发展它们，人物从不同的角度、不同的观点得到展现。《红字》中这种刑台场景就是美国文学中这种充满象征意义场景的先例。约翰·契弗的艺术几乎全都围绕这样的标志性场景顿悟展开。威廉·福克纳的《喧哗与骚动》《八月之光》中的艺术则围绕两三个大场面展开。③

科尔如此的论述，表明他对霍桑的情景创造，或说空间创造怎样在深刻地表现着人类世界，而且这样的表现手法又被 20 世纪的现代主义文学大师们所继承。

在 20 世纪末以来的对后现代主义文学的研究中，人们越来越多地看到了霍桑所定义的罗曼司、所创作实践的罗曼司，对后现代主义文学的影响。在这些论者的研究中，他们都注意到了霍桑的罗曼司怎样在现实与想象的结合上、在把过去与现在相连的创新上影响了后现代主

---

① Gordon Hutner, "Whose Hawthorne?"in *The Cambridge Companion to Nathaniel Hawthorne*, Richard Millington, ed.,Cambridge University Press, 2004, p.251.

② Samuel Chase Coale, *In Hawthorne's Shadow: American Romance from Melville to Mailer*, University Press of Kentucky, 2015, p.66.

③ Samuel Chase Coale, *In Hawthorne's Shadow: American Romance from Melville to Mailer*, University Press of Kentucky, 2015, p.11.

义作家。① 艾波哈德·埃尔森认为，后现代主义小说中占主流的小说有浪漫主义倾向，它们因此而被命名为新浪漫主义小说（New Romantic novels）。② 这些作家采用了大量的 19 世纪浪漫主义作家的罗曼司的特性，与霍桑的罗曼司有极大的相似性。埃尔森列举了索尔·贝娄（Saul Bellow）、托妮·莫里森（Toni Morrison）、保罗·奥斯特（Paul Auster）、诺曼·梅勒（Norman Mailer）、菲利普·罗斯（Philip Roth）、后期的约翰·巴斯（John Bath）、J.D. 塞林格（J.D.Salinger）、弗兰纳里·奥康纳（Flannery O'connor）、库尔特·冯内古特（Kurt Vonnegut）等十二位代表作家。③ 他指出，像霍桑那样，这些后现代浪漫主义作家相信，现实物质世界表征着超验的精神世界。④ 这样的评价，换个角度用空间批评的话语讲，即是物质世界、现实世界的外在形式表征着人的精神世界，表征着社会的思想意识形态。简·斯达特兰德指出，菲利普·罗斯的许多作品都有美国罗曼司传统的特色。这些"作品是事实与虚构的混合体。它们拒绝严格的现实模拟传统的阐释，与霍桑著名的'中立区域'的描述极其相似，'介于现实世界与想象世界之间'"⑤。参照霍桑在他的《古宅传奇》前言中论述的怎样能够建立这种中立区域的话语，"处理作品形式和素材方面都应有一定的自由"，能够如此"处理气氛：加强他所描绘

---

① Gerhard Hoffmann, *Emotion in Postmodernism*, Heidelberg: Universitätsverlag C. Winter, 1997, p.315; William Q. Boelhower, Alfred Hornung, *Multiculturalism and the American Self*, Heidelberg: Universitätsverlag C. Winter, 2000, pp.95–100, p.109; Gerhard Hoffmann, *Postmodernism and the Fin de Siècle*, Heidelberg: Universitätsverlag C. Winter, 2002, p.163.

② Eberhard Alsen, *The New Romanticism: A Collection of Critical Essays*（1st ed.）, 2010, New York: Routledge, 2014, p.2.

③ Eberhard Alsen, *The New Romanticism: A Collection of Critical Essays*（1st ed.）, 2010, New York: Routledge, 2014, p.297.

④ Eberhard Alsen, *The New Romanticism: A Collection of Critical Essays*（1st ed.）, 2010, New York: Routledge,2014, p.295; Eberhard Alsen, *Romantic Postmodernism in American Fiction*, Amsterdam: Rodopi, 1996, p.20.

⑤ Jane Statlander, *Philip Roth's Postmodern American Romance: Critical Essays on Selected Works*, Pieterlen: Peter Lang, 2011, p.xi.

的画面上的光线或使之柔和，或者，使阴暗部分加深和变浓"①。简发现，罗斯作品有同样处理，从而"把现实与想象糅合在了一起，让可能的事（possible）代替或然的事（probable）"②。如此探讨罗斯，简也在指引读者"以新的眼光审视其他如约翰·巴斯、罗伯特·库弗、保罗·奥斯特、唐·德里罗等后现代主义作家，在他们的作品中发现美国罗曼司的特征"③。

著名的后现代主义批评家、加拿大学者琳达·哈庆认为，后现代主义作家如约翰·巴斯、品钦、托妮·莫里森的作品中充满了霍桑罗曼司中那种把过去的历史与当下时代相连的风格，并指出，"事实上，霍桑的小说就是人们熟悉的后现代主义文本"④。

霍桑对后现代主义文学的两方面的影响——把历史与作者的当下相连、把现实与想象相连——学者们也在英国后现代主义作家安东尼娅·苏珊·拜厄特（A. S. Byatt）作品中得到印证。分析拜厄特 1990 年获布克奖的小说《占有》（Possession）可知，从该小说以《罗曼司》作为副标题，并把纳桑尼尔·霍桑《古宅传奇》引言中对在罗曼司应如何处理现实与想象的名言作为小说的题记（epigraph）：

> 当一个作家把他的作品叫作"罗曼司"时，这就几乎不必说，他是希望在处理作品的形式和素材方面都应有一定的自由，……他还可以这样处理气氛：加强他所描绘的画面上的光线或使之柔和，或者，使阴暗部分加深和变浓。……那是因为它企图把过去的时代和正在我

---

① 纳桑尼尔·霍桑：《古宅传奇》，韦德培译，上海译文出版社 1991 年版第 1 页。

② Jane Statlander, *Philip Roth's Postmodern American Romance: Critical Essays on Selected Works*, Pieterlen: Peter Lang, 2011, p.xi.

③ Jane Statlander, *Philip Roth's Postmodern American Romance: Critical Essays on Selected Works*, Pieterlen: Peter Lang, 2011, p.xi.

④ Linda Hutcheon, *A Poetics of Postmodernism: History, Theory, Fiction*, New York: Taylor & Francis e-library, 2004, p.132.

们眼前飞逝而过的时光联系起来。①

瑞吉娜·汝戴泰特指出，这就形成了与纳桑尼尔·霍桑文本的平行文本指涉。这样的指涉意在：

> 强调罗曼司这种文类的创造作用、它对现实转换的潜能，……及与过去岁月相连接的意图。这样把过去与"正在我们眼前飞逝而过的现在时光联系起来"的意图在拜厄特的作品中被不断地唤醒。……这样的平行文本也指出了真实与幻想、现实与虚构的关系，指出了作家创建的世界的虚构性质。②

苏珊娜·贝克尔、苏达·莎诗特来在对拜厄特小说《占有》的研究中也表达了相似的观点。苏珊娜指出，在拜厄特的"自我意识性的现实主义"风格中，充满了霍桑在《古宅传奇》中所倡导的"与小说力求忠实于日常生活相对照的罗曼司的选择自由与其力量。"③苏达认为，拜厄特把霍桑在《古宅传奇》前言中对罗曼司的定义作为她小说的题记，而不是融合进小说之中，使"读者能够清楚地看到她的那小说对罗曼司文类的阐释。"从而也能如霍桑那样，把过去历史的时空与当下快速消失的时空连接起来。④

---

① Regina Rudaitytė, *Postmodernism and After: Visions and Revisions,* Newcastle, UK: Cambridge Scholars Publishing, 2009, p.112.

② Regina Rudaitytė, *Postmodernism and After: Visions and Revisions,* Newcastle, UK: Cambridge Scholars Publishing, 2009, p.112.

③ Susanne Becker, "Postmodernism's Happy Ending: Possession!", in *Engendering Realism and Postmodernism: Contemporary Women Writers in Britain,* Beate Neumeier ed., Amsterdam: Rodopi, 2001, p.19; also Susanne Becker, "Exceeding postmodernism," in *Gothic Forms of Feminine Fictions,* Manchester University Press, 1999, pp. 260–261.

④ Sudha Shastri, *Intertextuality and Victorian Studies,* Hyderabad, India: Orient Longman Limited, 2001, p.47.

　　虽然如上批评都未用空间批评的理论切入，但本论著笔者看到的是，一定程度地讲，这些批评家们发现的也是两个空间的连接，第一类是现实空间与想象空间的连接，第二类是过去的历史空间与当下空间的连接。笔者从他们的批评中更深入地看到了霍桑的介于想象世界与现实世界的"中立区域"论，霍桑"把过去的时代和正在我们眼前飞逝而过的时光联系起来"的企图①，再结合霍桑的创作实践，认为他运用了一种能够深入反映他生活的时代，那时代的现代文明、或说资本主义文明，乃至他之后的这种现代文明的创作观。

① 　纳桑尼尔·霍桑：《古宅传奇》，韦德培译，上海译文出版社 1991 年版，第 2 页。

结　语
生存的困境与救赎

　　因此，如英国著名作家安东尼·特罗洛普 1789 年所描述的那样，阅读、研究霍桑："你感到因体悟到忧伤而崇高了。也即如同是，你经过了火的煅烧而祛除了灵魂中的大量糟粕，至少，一时地能感到卸下了尘世物质的重压……他（霍桑）使你深深地陷入忧伤，用阴郁的不祥预感使你深感焦虑；他那充满想象的悲痛几乎可以压垮你。但就在这过程中，他可能会使你觉得自己更高大了，因为你可能会体验到某种超越事物表面到达至深处的壮美之感，某种不可度量的神秘之感，某种对神性得到感悟的内心的敞亮。"①

　　笔者从现代性批判的视角，也深深读到了霍桑对这种神性的感悟（人生真谛）与揭示。他对那段历史文明转折时期的人、人生存的本体论意义表现出了敏锐的洞察，做了深刻的戏剧性呈现，使读者深深领悟到了如此人性的人在那两种文明交替转换之期所受的冲击、所历经的人生体验。他的作品充满对人性悖论的忧虑，对人由此在文明发展的过程中，在创造文化、努力追寻生命意义的过程中又怎样失落了自我的哀痛；充满着对人认识自我、面对自我、接受自我、平衡自我各种对搏力量的深切呼唤，呼唤人面对自己的本性，遵循生存规律而接受人在世界之中的位置，以便能寻

---

① qtd. in John L. Idol et Buford Jones. *Nathaniel Hawthorne: The Contemporary Reviews*, Cambridge University Press, 1994, p.502.

找出人完整的生命、完整的生命意义、完整的生存。并且，这一切的意蕴都在他与时代紧密相扣的美学创作策略运用中得到了形象而真实地呈现。

霍桑作品以其特有的戏剧性呈现表现了他所处的那历史转折期的人、人性、人的生存境遇，使读者能深入地看到那时代及后来更现代化了的时代。作家对人性的叩问，深刻地表现出了他特有的对所处时期的深入把握、敏锐洞察，揭示了他深观历史、细察当下、深思未来的结果。所以他对人性的洞察既是对清教主义传统的深刻领悟，更是对这一点的超越，因为他的人性观本质上有像传统宗教观照人的特性，但更如现代心理学、现代精神分析学那样在分析人的特性，马克思以及 20 世纪后半叶以来的各种现代性批判话语那样在揭示人，表现出的人。这样的人，一方面深受自己深刻的强大无意识力量所控制；另一方面，也是受意识形态（社会结构）控制的深入后果。他的作品形象地呈现了，生存在传统宗教文明态势下，被宗教理性掏空，人失去了自己任何的神性与高贵，只能背负着深重的罪孽感匍匐在上帝面前。在响亮地号召着人以新的文明观向旧的传统文化开战的新文明态势中，人的理性必引导人进入光明世界的信念激励着人，使人激情豪迈。其核心精神就如法国大革命的著名领导人物孔多塞（Condorcet, 1743–1794）的描述，"经过长期痛苦地与愚昧、与封建的斗争，我们将看到理性胜出，并终能这样写道：真理赢得了胜利，人类得到了拯救"①。乃至于根据弥尔顿·R.斯坦恩的研究，霍桑同时代的另一重要作家詹姆斯·费尼莫尔·库柏（James Fenimore Cooper, 1789–1851）很快就发现，在他们所生活的狂热的 19 世纪早期的民族文化主义的氛围中，"美国作家其实对自己的忠信问题没有多少选择"，那些对"美国民主进步问题提出质疑的作家会立刻被视为人民的敌人而被抛弃"②。但霍桑的呈现出的却是，这样的理性世界确实使人挣脱了上帝的束缚了，但人却并未能

---

① Anthony Pagden, *The Enlightenment: And Why it Still Matters*, OUP Oxford, 2013, p.4.

② Milton R. Stern, *Contexts for Hawthorne: The Marble Faun and the Politics of Openness and Closure in American Literature*, University of Illinois Press, 1991, p.37.

得到拯救，并未能使自己、自己的生存发出神圣的光辉，而是生存的理由与价值全部落在了尘世的物质需求争霸、尘世的享乐之中，人曾经对精神世界、永恒幸福的追求，全变成了对现实世界的物的追求。如此的人，不是表现出了人神性的光辉，而是人性的冥暗、丑陋、甚至癫狂，凸显出了人生存的无意义，失却了任何远大目标，人生被琐碎、混乱、无聊、渺小充斥。人落入的是更加非人化的境地，被各式各样的个人主义、狂妄自大掌控而失去自我，进入的不是如现代文明许诺的那样更加自由、民主、进步的生存境况，而是又进入了另一种形式的枷锁、牢狱之中。

他们在现代性对自我的思辨理性、科学技术理性、逻辑推理理性、工具理性的极度膨胀之中、运用之中，在意为弘扬自我、获得自己更加完善、独立的人性发展的努力之中，或为赢得自我从传统宗教愚昧的封建思想的束缚中解放出来(海斯特、奇诺比娅等)而努力，却更加放逐了自我；或为赢得人在世界之中有更大自我的发挥，以从自然的束缚之中解放出来、与他人的对抗之中胜出，在把自然、他人变为被掌控的对象的努力之中、在与天公、在与他人比高低的竞赛之中(《通天铁路》、《拉帕奇尼的女儿》、《胎记》、《古宅传奇》、《福谷传奇》等)，凸显的是人性的丑陋与自私，而落入的不是自我神性的放彩，而是把自我与他人都导入黑暗与毁灭；或在其他许多的以追求物质享乐、以满足人的自然需求为目标的生存中(如《伊桑·布兰德》、《通天铁路》、《美之艺术家》、《雪人》、《老苹果贩子》、《志向远大的客人》、《威克菲尔德》、《拉帕奇尼的女儿》、《胎记》、《古宅传奇》、《福谷传奇》、《玉石雕像》等作品所呈现)，生存充满极度的没落，只为吃、穿、住、行而活，那是如行尸走肉地在大地上爬行，生命失却了任何高远的生存依据、梦想。

在这种种的生存境况中，人在自己主体理性的强烈征服性、工具性的力量之中，表现出对世界同一性、规范性的渴望，人也在这种具有强大规范力量的过程中被掏空，失去了自我而被物化成了社会的顺应物。自我"主体性"走向极端的自我中心主义，征服、掌控、目的的达到，权利、物质的获得成了人关心的首要问题、主要问题，达成的是虚无的盛行，是极权主义的发展，自我反而被目标、算计、逻辑至上蛀空而失去了情感、意欲、本能等人性的重要因素。霍桑笔下的人物，因此一个个都有如《红字》、《古宅传奇》、《福谷传奇》等作品表现出的人生境况那样——人失去自己应有的本质，畸形地发展，成了有如马尔库塞总结的，只剩理性的"单面人"。人的生存又深深地陷进了远离自我的非人化状态之中：找不到与自我的连接、与他人的连接、与社会的连接、与自然的连接，既失却了人的生存目标，毁坏了自己的生存家园，也打垮了自己赖以生存的精神支柱；自己的家园从呵护人之家、"激发自然之神所赐予的英雄气概之家"转化成了阴冷、陌生、逐出了自然、摧毁了圣坛的毁灭人之家、毁灭人性之家。人成了在广阔无垠的天地间祛除了灵魂的无心、无家的四处漂泊者。

　　如此，霍桑众多作品探讨了那一时期正以磅礴之势崛起的现代性文化，问询着它对人的冲击、对人生存的影响，呈现出了启蒙理想的演变，对启蒙理性、现代性文化的反思；揭示的是，随着现代性计划的深入，启蒙理性的展开，那原初梦想全方位观照的理性，那给人类勾画的使人类进入自由的生存境界、进入诗一般生存境界的现代性文化，越来越单方面地变成了思辨理性的展开、工具理性的展开，人的认知能力、理性思辨能力被随之片面地吹胀，被抬到了包罗一切的绝对境地；并被普遍化、抽象化为了一种形而上的东西，变成了对一切感性、个别、偶然加以抑制和排斥的"冷酷的理性"，是一种主宰和支配社会历史和个人命运的不可抗拒的超验力量。"理性万能""科技万能"论则是这种工具理性的基本命题。在这样的话语中，人是自因、自明、自立、自律、自足的理性统一体，因此世界上的任何东西都可以运用一定技术（工具），按照一定的逻辑推演出来，按照一定目的"制造"出来。如此的理性渗透，使"理性至上"变成了社会的准则，工具理性成为了现代社会生活的真正强大基础，成为了现代化生活的突出特征，现代模式、幸福生活的主要前提变成了理性、科技理性的充分发展。科技理性甚至成为了第一生产力，成为人类文明进步的标志、幸福指数的标杆，似乎一切社会实际问题都可被纳入逻辑推理的框架、科技的体制性框架，而成为逻辑问题、科学技术问题，都可以被逻辑思维、被科技理性成功化解。但其结果是，人被一步步地，引向对手段的实际效益和后果的重视，对人自私性、攻击性、掠夺性的不断进一步扩展，忘却的是对人来说至关重要的精神层面要素，道德、情感、抽象绝对的终极价值等，毁坏的是人生存于世所必需的与自我、与世界在方方面面的相依相存、相连、想通的关系。人与社会落入更加标准化的境地、同一化的境地和独裁化的控制之中，失去的是个体独特的特质，人赖以生存的自由空间、家园与精神支柱。

如此的呈现，表现出霍桑对人经过数代的艰辛努力才找到的启蒙"自我"身位的反思，呈现了人对"自我"感到的迷茫，对"自我"身位的怀疑，表现着他对当时的启蒙人性观以"我思"能认清世界的观点，能自律、自足、自立于世界的观点的颠覆；揭示出了以有精神而自豪、以会思考而自豪的人性观给人带来的潜在的、深层次的冲击；表现出了作者对那个时期号称解放人的新文化的深刻反思，对启蒙运动以来被赋予充分信赖的理性的反思；以能超出于自然、控制自然、掠夺自然而产生的强烈自豪感和乐观精神的深刻质疑与批判；是对现代性境遇下，以解放为目标而努力的人，又陷入自我对抗、自我放逐，而陷入新的严重失落的深度焦虑；对人与自然关系的改变、对自己赖以生存的家园的破坏的深沉忧思；对人在如此的境遇中，如此的一切以自我为中心的努力对抗、努力抗争、努力获得的过程中导致的精神被蛀空、人的生存变成被虚无主义深度掌控的深度焦虑。

霍桑能如此精湛地对那历史文明转折之期的人与世界做如此深入的把握、透视与呈现，与他把握时代新精神所采用的审美策略密切相连。他的第三空间艺术既反映出他对他所处的新时代中空间感、地方感在人们生活中凸起的意识，也表明他把握住了时代人生境遇中新起的突出特征，以空间的形式形象、真切地反映出了人在那个时期所受的冲击及生存体验。因为他的空间创作观与创作基于人的世界本质性，它有客观、有形的外在世界，但也有那无限多的无形的、但又客观存在着的抽象世界、想象世界、意识的世界的存在；基于人看世界的方式从外在、有形的客观世界进入，但人的想象、人的主体意识也既是人类世界一部分，并在强有力地参与着对人与世界的认识。因此，如他在短篇小说《镜子先生》中的论述那样：我们既要知道镜子先生的存在，但也要发挥我们其他感官的作用，以发现我们周围那无限多的精神世界。所以在他的这种第三空间创作观的观照下，他的作品呈现出了一个个主观、客观世界相融合的第三空间图景，形象地模拟了人类世界主客相融的地志图，把人在那文明转折之期的形态、陷入的生存困境，对救赎的渴望，极具审美价值地，既是充满想象性地、又无不极具具体性地，既是充满精神性地、又无不充满外在客观性地表现了出来；使他作品的那一张张空间图成了标示人性、人的生存体验的大网，使人个体的、社会的精神世界、心理世界的各种感知、情绪，心灵的悸动、挣扎、渴望等全都辉映在了他呈现的社会空间之中。

如此的呈现充分地表现出了作家对他所生活时期文化的深刻探讨，对生存于其中的人的深刻问询、呼唤，探讨能够使人健康、幸福生存的文化的环境；表现出了人类在世界上繁衍生息的过程中，其生存的方式、创造的文化又深深地镶嵌进了人类生存的地域之中，形成了各时空独特的地域文化。这样的地域文化又反过来成了限制人、塑造人的力量；本质地表现出了人类生存的悲剧性，人性本质的悖谬性；表现出了作者对人在历史变迁中、在不同文化的主导中陷入的生存境遇的探问；是对人是什么的深入追寻，是对文化发展中的文化迷失、文化危机的焦虑；是对人的生存危机的焦虑、生存的焦虑，表现出了深刻的为人类命运忧虑的趋向，深刻表达出了对人类生存和内在世界的人道主义关怀；充满着对人追寻自我完整性的强烈呼唤，充满着对人生形而上的关怀，是作家对人、人性、人的生存体验、人类前途命运的哲思。

霍桑的审美创造对人本性的问询，对人在现代性境遇中的生存境遇的呈现，现代性理性对人类生存景观的改变的记录，对文化的具有深入的形而上意义的探问，在现代哲学、现代心理学与 20 世纪以来的现代文学、后现代文学中都得到了相似的解析。在 19 世纪的马克思那里，现代性对人最典型的冲击是它对人的异化力量；对于 20 世纪初的马克斯·韦伯来说，现代性这种形式化的工具理性、逻辑理性、科学理性把人又重新置入"铁的牢笼"之中，瓦解人生的终极意义，使人进入前所未有的空无状态；对于以弗洛伊德为代表创建的现代心理学来说，现代性的兴起，崇尚的是理性，遗忘的是人的非理性特性，又本质地把人分裂，使其更加遗失了自我而充满创伤；对于 20 世纪后半叶的许多著名的西方马克思主义哲学家，"主体性哲学"中的主体其实是社会对理性崇尚的意识形态，因而所谓自由、自主和自因的"创造者"，知识、道德和价值法则的奠基者，其实只是在自愿地服从社会更高的意识形态，是被置入了理性化的过程、社会的一体化过程、人的一体化过程。所以法兰克福学派的奠基人物、重要代表思想家西奥多·阿多诺、马克斯·霍克海默的话语是：由启蒙发端并以启蒙为目标的现代性文明依其本性而辩证地转化为了"启蒙"的反面，即转化为神话、迷信和野蛮，导致的是极权主义、虚无主义。① 在马太·卡内林斯库的描述中，资产阶级现代性对理性的崇尚，对科学技术理性的崇拜，进步原则的推进，把社会推向实用主义的取向，及一切以目的的达到为准绳的原则，破坏的是人的生存环境，蛀空的是人的精神、世界的精神。

20 世纪以来的经典文学也做了相似的解析。在现代主义大师们的笔下，詹姆斯·乔伊斯（James Joyce）的主要作品《都柏林人》《一个青年艺术家的自画像》《尤利西斯》《芬尼根的守灵夜》等都表现了现代社会中

---

① ［德］麦克斯·霍克海默、西奥多·阿多诺：《启蒙辩证法》，渠敬东、曹卫东译，上海人民出版社 2003 年版，第 3 页。

人的孤独、无助、悲观，生存家园与精神家园的荒芜；T.S. 艾略特的著名作品长诗《荒原》等、D.H. 劳伦斯的《查泰莱夫人的情人》等、弗吉尼亚·伍尔夫的《到灯塔去》等都以不同的人物塑造、不同的人生经历，极其突出的审美性在表现着人在理性化的现代世界中，在对物的追逐中，人性受到巨大冲击，生存落入人性的失落、生存家园被破坏、精神荒芜的可悲；在呼唤着人性的复归、灵魂的复归，人性完整的重构，表现着人对健康、幸福的生存境遇的渴求，真正人性化的生存境遇的建构的渴望。

美国一战后的那群著名的"迷惘的一代"作家陷入了对自己人生意义、人生目的、自我身份的迷惘，是那个时代人普遍堕入的境况：人在自己理性的膨胀中、现代科技的超级强大中，失去的是自己的人性、自己与自然和谐一致的生存家园，自己的生活意义与目标。他们用自己的作品对此作了触目惊心的呈现。如：欧内斯特·海明威（Ernest Hemingway），通过《在我们的时代里》（In Our Time）、《太阳照样升起》（The Sun Also Rises）、《永别了，武器》（A Farewell to Arms）等描写了人在现代化境遇中严重地找不到自我的迷惘境地，失去了生活的方向，内心充满失落、惆怅、空虚；斯各特·菲兹杰拉德（Scott Fitzgerald）通过对他所熟悉的上层社会的描写，表明昔日的梦想成了泡影，"美国梦"根本不存在，表现的是人物对现代社会建立的理想的破灭感、生活的坎坷与痛苦，及感到的深重的孤独者的迷惘；多斯·帕索斯（John Dos Passos）在其恢宏巨著《美国》三部曲（一九三七）中，揭示的是现代社会的快速变迁使社会充满动荡与突变，人落入的是迷茫感与幻灭感。

第二次世界大战后的"垮掉的一代"作家杰克·克鲁亚克、艾伦·金斯堡和威廉·博罗斯、格雷戈里·柯尔索、肯尼斯·雷克斯罗斯、盖瑞·施奈德、劳伦斯·费尔林希提、迈克尔·麦克鲁尔、菲利普·沃伦和卢·韦尔奇等，他们的生活、他们的作品表现的是那个时代人在现代性境遇中被理性化、物质化重压击垮的生存境况，而以强烈的、与社会准则相异的"垮掉的文化"反抗社会以进行人的问询、精神上的追寻。① 在 20 世纪末以来的后现代主义文学诸如"荒诞派戏剧"、作家约瑟夫·海勒、乌拉基米尔·纳博科夫、库特·冯尼古特、托马斯·品钦等的作品中，对启蒙理性张扬的宏大叙事、思想意识形态、人性观、理性进步观等的质疑更加突显。② 他们对现代性危机的呈现就是一个半多世纪前霍桑以其审美的塑造形象的警醒世人的话语：现代文明的危机表现为社会生活的和精神的双重"存在困境"（existential predicament）。经济、技术和社会，都变成了病态性的，变成了反人类的或反人道的。经济和技术发展的灾难性后果在物质生活领域变得越来越严重。在现代性社会自由市场经济中，人们竞相追逐的是物质、技术、权势，忘却的是价值、道德与精神这些生命意义的重要层面。经济是社会的核心，物质的繁荣、表现经济发展的数据被视为社会奋斗的目标，被视为社会状况的标志。交换价值压倒了使用价值，货币媒介变成了实体财富，货币崇拜和浪费的消费统领着社会。经济所失超过了经济所得，生产的增长包含着生产的衰败，一种生产活动的发展就意味着另外部分的生产活动摧毁，经济成了反经济。③ 其结果是人与人对立，人与自然对立，社会全面病态化，自然资源和生态环境遭到毁灭性破坏，军事主义、核武器、生态危机、生存危机和现代性的世界必然地联系在了一起。而在美国建构性后现代主义对修正的呼唤中，也是霍桑一个半多世纪前所呼唤的：人"自始至终存在关系之中"，"个人是通过他与社会的关系成长的"，"我们是关系性生物。人类的动机和发展都来自与其他人的关系……"事物自身的"内在的本质不能决定事物的性质，事物之间的关系才能决定事

---

① Ann Charters, *Beat Down to Your Soul: What was the Beat Generation?*. London: Penguin Books, 2001.

② Brian Duignan, *The History of Western Ethics*, New York: The Rosen Publishing Group, 2011, pp.xv.–xvi; Thomas L. Pangle, *The Ennobling of Democracy: The Challenge of the Postmodern Age*, JHU Press, 1993, pp.4–7.

③ [美] 大卫·雷·格里芬编著：《后现代精神》，王成兵译，中央编译出版社 1998 年版，第 165、171 页。

物的性质"。我们永远处于关系之中，我们生来就与另一客体相关。①
所以，从现代性的批判视角，本论著得到的结论与其他许多评论家从不同
视角得出的结论相同：纳桑尼尔·霍桑以他的作品对人、人性、人的生存
境遇、人类文化的深入而艺术的探问与呈现，奠定了他世界文学经典大师
的牢固地位。其影响力成为了一条流淌不断的河流，它从霍桑的时代不断
地流淌进了今天，而且笔者深信，还将一直流淌入未来。

---

① ［美］诺·N.霍兰德：《后现代精神分析》，潘国庆译，上海文艺出版社 1995 年版，第
289、303、292、288 页。

参考文献

一、中文参考文献

1. [德] 西奥多·阿多诺：《否定的辩证法》，张峰译，重庆出版社 1991 年版。

2. [法] 路易斯·阿尔都塞：《哲学与政治》，陈越译，吉林人民出版社 2003 年版。

3. [俄] 米哈伊·巴赫金：《答新世界编辑部问》，载《巴赫金全集》第 4 卷，晓河译，河北教育出版社 1998 年版。

4. [美] 丹尼尔·贝尔：《资本主义文化矛盾》，赵一凡等译，三联书店 1989 年版。

5. 杜任之主编：《现代西方著名哲学家述评》上卷，三联书店 1980 年版。

6. [法] 亨利·柏格森：《时间与自由意志》，吴士栋译，商务印书馆 1958 年版。

7. 曹典顺：《马克思主义哲学研究的中国学派与法兰克福学派的差别》，《哲学研究》2015 年第 3 期。

8. 常耀信：《美国文学简史》，南开大学出版社 2003 年版。

9. 陈玉涓：《试析霍桑非理性的科学观》，《四川外语学院学报》2000 年第 2 期。

10. [英] 安德鲁·多布森：《绿色政治思想》，郇庆治译，山东大学出版社 2005 年版。

11. 代显梅：《超验主义时代的旁观者——霍桑思想研究》，社会科学文献出版社 2013 年版。

12. 方文开：《人性·自然·精神家园：霍桑及其现代性研究》，上海外语教育出版社 2008 年版。

13. 方文开、刘衍：《卡佛台尔：霍桑反思现代性的载体》，《外国文学研究》2014 年第 1 期。

14.［英］亨利·菲尔丁:《弃儿汤姆·琼斯的历史》,萧乾等译,人民文学出版社1984年版。

15.［法］米歇尔·福柯:《权力的眼睛——福柯访谈录》,上海人民出版社1997年版。

16.［法］米歇尔·福柯:《不同空间的正文与上下文》,载包亚明主编:《后现代性与地理学的政治》,上海教育出版社2001年版。

17.［法］米歇尔·福柯:《规训与惩罚》,刘北成、杨远婴译,三联书店2003年版。

18.［法］米歇尔·福柯:《何为启蒙》,载汪民安等主编:《现代性基本读本》下卷,河南大学出版社2005年版。

19.［美］约瑟夫·弗兰克:《现代小说中的空间形式》,秦林芳编译,北京大学出版社1991年版。

20.［奥地利］西格蒙德·弗洛伊德:《精神分析引论》,高觉敷译,商务印书馆1986年版。

21.［奥地利］西格蒙德·弗洛伊德:《梦的解析》,赖其万、符传孝译,作家出版社1986年版。

22.［奥地利］西格蒙德·弗洛伊德:《精神分析引论新讲》,苏晓离等译,合肥:安徽文艺出版社1987年版。

23.甘文平:《惊奇的回归——〈红字〉中的海斯特·白兰形象解读》,《外国文学研究》2003年第6期。

24.高建梅:《从纳撒尼尔·霍桑的〈红字〉解读其宗教观念》,《名作欣赏》2014年第5期。

25.［英］约翰·格雷:《自由主义的两幅面孔》,顾爱彬、李瑞华译,江苏人民出版社2002年版。

26.［美］大卫·雷·格里芬:《后现代精神》,王成兵译,中央编译出版社1998年版。

27.［德］尤尔根·哈贝马斯:《现代性的哲学话语》,曹卫东等译,译林出版社2004年版。

28.［德］马丁·海德格尔:《海德格尔选集》,孙周兴选编,上海三联书店1996年版。

29.［德］马丁·海德格尔:《在通向语言的途中》,孙周兴译,商务印书馆1997年版。

30.［德］马丁·海德格尔:《林中路》,孙周兴译,上海译文出版社1997年版。

31.［德］黑格尔:《精神现象学（上卷）》,贺麟、王玖兴译,商务印书馆1979

年版。

32. [德] 黑格尔:《哲学史讲演录》第 4 卷,贺麟等译,商务印书馆 1978 年版。

33. [奥地利] 埃德蒙德·胡塞尔:《欧洲科学危机和超验现象学》,张庆熊译,上海译文出版社 1997 年版。

34. 胡志红:《环境启示录书写:生态文学的预警工程——生态批评对环境想像的探讨》,《四川师范大学学报(社会科学版)》2009 年第 6 期。

35. 黄立:《霍桑笔下的女性神话》,《西南民族大学学报》,2004 年第 9 期。

36. 黄诗海、郑芷芳:《纳桑尼尔·霍桑的空间艺术——论〈红字〉的空间建构》,《安徽理工大学学报(社会科学版)》2010 年第 3 期。

37. [美] 沃尔特·惠特曼:《草叶集》,李野光译,北京燕山出版社 2005 年版。

38. [美] C.S.霍尔:《弗洛伊德心理学入门》,陈维正译,商务印书馆 1985 年版。

39. [美] C.S.霍尔:《诺德贝.荣格心理学入门》,冯川译,三联书店 1987 年版。

40. [德] 麦克斯·霍克海默、西奥多·阿多诺:《启蒙辩证法》,渠敬东等译,上海人民出版社 2003 年版。

41. [美] 诺·N.霍兰德:《后现代精神分析》,潘国庆译,上海文艺出版社 1995 年版。

42. [美] 纳桑尼尔·霍桑:《古宅传奇》,韦德培译,上海译文出版社 1991 年版。

43. [美] 纳桑尼尔·霍桑:《红字·福谷传奇》,侍桁等译,上海译文出版社 1996 年版。

44. [美] 纳桑尼尔·霍桑:《霍桑集:故事与小品》,姚乃强等译,三联书店 1997 年版。

45. [德] 伊曼努尔·康德:《历史理性批判文集》,何兆武译,商务印书馆 1990 年版。

46. [英] 迈克·克朗:《文化地理学》,杨淑华、宋慧敏译,南京大学出版社 2005 年版。

47. 李曼曼:《女性主义视阈下重构纳桑尼尔·霍桑》,《赤峰学院学报》(汉文哲学社会科学版)2012 年第 9 期。

48. 李园:《试谈〈小伙子古德曼·布朗〉中的象征》,《小说评论》2013 年第 10 期。

49. 刘丽霞:《认同与怀疑的交织——论〈红字〉的清教观》,《山东行政学院·山东省经济管理干部学院学报》2003 年第 2 期。

50. 刘小枫:《现代性社会理论绪论》,上海三联书店 1998 年版。

51. [匈] 乔治·卢卡契:《现代主义的意识形态》,李广成译,选自《现代主义文学研究》,中国社会科学出版社 1989 年版。

52.［法］让－雅克·卢梭：《忏悔录》，黎星译，商务出版社 1986 年版。

53.陆扬：《精神分析文论》，山东教育出版社 2001 年版。

54.［美］理查德·罗蒂：《普遍主义的崇高，浪漫主义的深度，实用主义的狡诈》，艾彦译，《第欧根尼》2005 年第 1 期。

55.［德］马克思：《1844 年经济学—哲学手稿》，刘丕坤译，人民出版社 1979 年版。

56.［美］赫尔伯特·马尔库塞：《单面人》，张伟译，载《法兰克福学派论著选辑》上卷，商务印书馆 1998 年版。

57.［美］赫尔伯特·马尔库塞：《爱欲与文明》，黄勇、薛民译，上海译文出版社 1987 年版。

58.毛凌滢：《多重空间的构建——论〈红字〉的空间叙事艺术》，《江西社会科学》2009 年第 5 期。

59.［美］约翰·麦克里兰：《西方政治思想史》，彭淮栋译，海南出版社 2003 年版。

60.［美］卡洛琳·麦茜特：《自然之死》，吴国盛等译，吉林人民出版社 1999 年版。

61.蒙雪琴：《纳桑尼尔·霍桑与现代主义文学非理性主义》，《国外文学》2006 年第 2 期。

62.［法］埃德加·莫兰：《超越全球化与发展：社会世界还是帝国世界?》，乐黛云、李比雄译，《跨文化对话：第 13 辑》，上海文化出版社 2002 年版。

63.［德］弗里德里希·威廉·尼采：《悲剧的诞生》，周国平译，三联书店 1986 年版。

64.［德］弗里德里希·威廉·尼采：《查拉斯图特拉如是说》，尹溟译，文化艺术出版社 1987 年版。

65.［德］弗里德里希·威廉·尼采：《人性，太人性了》，载《悲剧的诞生》，周国平译，三联书店 1986 年版。

66.［德］弗里德里希·威廉·尼采：《尼采文集》，楚图南等译，改革出版社 1995 年版。

67.［德］弗里德里希·威廉·尼采：《权力意志：重估一切价值的尝试》，张念东、凌素心译，商务印书馆 1991 年版。

68.［英］威廉·莎士比亚：《莎士比亚全集》第 9 卷，朱生豪译，人民文学出版社 1979 年版。

69.尚晓进：《清教主义与假面剧——谈霍桑创作前期的宗教思想》，《解放军外国语学院学报》2008 第 2 期。

70. 孙周兴选编：《海德格尔选集》下卷，上海三联书店 1996 年版。

71. 时晓英：《海斯特的另一面——重读〈红字〉》，《烟台师范学院学报》2004 年第 1 期。

72. [德] 亚瑟·叔本华：《人生的智慧》，韦启昌译，上海人民出版社 2008 年版。

73. [德] 亚瑟·叔本华：《作为意志和表象的世界》，齐冲白译，商务印书馆 1982 年版。

74. [美] 爱德华·W. 索亚：《后现代地理学》，王文斌译，商务印书馆 2004 年版。

75. [希腊] 苏格拉底：《斐莱布篇》，柏拉图：《柏拉图全集》（第三卷），王晓朝译，人民出版社 2003 年版。

76. [加] 查尔斯·泰勒：《自我的根源：现代认同的形成》，韩震等译，译林出版社 2001 年版。

77. 陶家俊：《创伤》，《国外文学》2011 年第 4 期。

78. [美] 弗兰克·梯利：《西方哲学史》，葛力译，商务印书馆 1995 年版。

79. 田俊武：《简论纳桑尼尔·霍桑小说中的“夜行”叙事》，《国外文学》2012 年第 4 期。

80. [英] 大卫·休谟：《人类理解研究》，关文运译，商务印书馆 1981 年版。

81. [德] 马克斯·韦伯：《经济与社会》，林荣远译，商务印书馆 1997 年版。

82. [德] 马克斯·韦伯：《新教伦理与资本主义精神》，广西师范大学出版社 2009 年版。

83. 吴玉华：《鲜红的 A 字霍桑的投影——〈红字〉海丝特形象与霍桑之思想》，《西南民族大学学报》（社会科学版）2005 年第 8 期。

84. 吴增定：《〈敌基督者〉讲稿》，三联书店 2012 年版。

85. 袁小华、杨金才：《论〈红字〉中的空间叙事结构及艺术效果》，《四川外语学院学报》2005 年第 6 期。

86. 张晶：《从宗教哲学视角解析霍桑作品中的清教主义观》，《外语教学》2005 第 5 期。

87. 张晓毓：《论霍桑的“理性之罪”》，《语文学刊》（高教版）2006 年第 7 期。

88. 周国平：《周国平文集》第 3 卷，陕西人民出版社 1996 年版。

89. 朱光潜：《诗论》，载《朱光潜全集》卷三，安徽教育出版社 1987 年版。

二、英文参考文献

1. Abbey, Edward, *Desert Solitaire, A Season in the Wilderness*, New York: Simon &

Schuster Inc., 1990.

2. Abrams, M. H., *A Glossary of literary Terms*, Harcourt Brace Jovanovich College Publishers,1993.

3. Abugel, Jeffrey, *Stranger to My self: Inside Depersonalization: the Hidden Epidemic*, Carson, Virginia: The Book Source Inc., 2011.

4. Akhtar, Salman & O'Neil, Mary Kay, *On Freud's "Beyond the Pleasure Principle"*, London: Karnac Books, 2011.

5. Allan, Kenneth, D., *Explorations in Classical Sociological Theory: Seeing the Social World*, London: Pine Forge Press, 2005.

6. Allison, Amy, *Roger Williams: Colonial Leader*, New York: Chelsea House Publishers, 2001.

7. Alsen, Eberhard, *Romantic Postmodernism in American Fiction*, Amsterdam: Rodopi, 1996.

8. Alsen, Eberhard, *The New Romanticism: A Collection of Critical Essays* (1st ed.), New York: Routledge, 2014.

9. Alvis, John E., *Nathaniel Hawthorne as Political Philosopher: Revolutionary Principles Domesticated and Personalized*, Rutgers: Transaction Publishers, 2011.

10. American Psychiatric Association ed., *Diagnostic and Statistical Manual of Mental Disorders* (5th ed.), Arlington, VA: American Psychiatric Publishing, 2013.

11. Ammon, Harry, *James Monroe: The Quest for National Identity*, New York: McGraw-Hill, 1971.

12. Barlowe, Jamie, *The Scarlet Mob of Scribblers: Rereading Hester Prynne*, Southern Illinois University Press, 2000.

13. Barry, Thomas F., "Nathaniel Hawthorne", in *Encyclopedia of the Romantic Era, 1760–1850*, Christopher John Murray ed., New York: Routledge, 2013.

14. Bate, Jonathan, *The Song of the Earth,* Harvard University Press, 2000.

15. Baym, Nina, "Thwarted Nature: Nathaniel Hawthome as Feminist", in *American Novelists Revisited: Essays in Feminist Criticism*, Fritz Fleishmann, ed., Boston: G. K. Hall, 1982.

16. Baym, Nina, *The Scarlet Letter: A Reading*, Boston: Twayne, 1986.

17. Becker, Susanne, "Exceeding Postmodernism", in *Gothic Forms of Feminine Fictions*, Manchester University Press, 1999.

18. Bell, Michael Davitt, *Hawthorne and the Historical Romance of New England*, Princeton University Press, 2015.

19. Bell, Millicent, ed., *Hawthorne and the Real: Bicentennial Essays*, Ohio State University Press, 2005.

20. Bell, Millicent, *Hawthorne's View of the Artist*, State University of New York Press, 1962.

21. Bell, Millicent, ed., *New Essays on Hawthorne's Major Tales*, Cambridge University Press Archive, 1993.

22. Benjamin, Walter, *Charles Baudelaire: A Lyric Poet in the Era of High Capitalism*, Harry Zohn, trans., London: Verso, 1983.

23. Bercovitch, Sacvan, "The Return of Hester Prynne", in *The Rites of Assent: Transformations in the Symbolic Construction of America*, New York: Routledge, 2014.

24. Bercovitch, Sacvan, *Rites of Assent: Transformation in the Symbolic Construction of America*, New York: Routledge, 1993.

25. Bercovitch, Sacvan, *The Office of the Scarlet Letter*, London: Transaction Publishers, 2013.

26. Berlant, Lauren, *The Anatomy of National Fantasy: Hawthorne, Utopia, and Everyday Life*, University of Chicago Press, 1991.

27. Berman, Marshall, *All that is Solid Melt into Air: The Experience of Modernity*, New York: Simon and Schuster, 1982.

28. Bishop, James Jr., *Epitaph for A Desert Anarchist, the Life and Legacy of Edward Abbey*, New York: Maxwell Macmillan, 1994.

29. Blamires, Harry, *Twentieth-Century English Literature*, Houndmills: Macmillan Education Ltd., 1986.

30. Bloom, Harold, *Nathaniel Hawthorne*, Broomall, Pa: Chelsea House Publishers, 2003.

31. Bloom, Harold, *Nathaniel Hawthorne*, Updated Edition, New York: Infobase Publishing, 2009.

32. Bloom, Harold, *Nathaniel Hawthorne, Bloom's Literary Criticism*, New York: Chelsea House Publishers, 2008.

33. Bloom, Harold, *The American Renaissance*, New York: Infobase Publishing, 2009.

34. Boelhower, William Q.,et Hornung, Alfred,ed., *Multiculturalism and the American Self*, Heidelberg: Universitätsverlag C. Winter, 2000.

35. Boonyaprasop, Marina, *Hawthorne's Wilderness: Nature and Puritanism in Hawthorne's The Scarlet Letter and "Young Goodman Brown"*, Hamburg: Anchor

Academic Publishing, 2013.

36. Borges, Jorge Luis, *Other Inquisitions: 1937–1952*, L.C.Simms trans., University of Texas Press, 1964.

37. Borges, Jorge Luis, *The Aleph and Other Stories: 1933–1969*, New York: Bantam Books, 1971.

38. Bosco, Ronald A, et Murphy, Jillmarie, *Hawthorne in His Own Time: A Biographical Chronicle of His Life, Drawn from Recollections, Interviews, and Memoirs by Family, Friends, and Associates,* University of Iowa Press, 2007.

39. Bowers, Maggie Ann, *Magic（al）Realism*, New York: Routledge, 2004.

40. Brodhead, Richard H., *The School of Hawthorne*, Oxford University Press, 1986.

41. Brown, David E. et Carmony, Neil B, ed., *Aldo Leopol's Southwest,* University of New Mexico Press, 1990.

42. Brown, Gillian, "Hawthorne's American History", in *The Cambridge Companion to Nathaniel Hawthorne,* Richard Millington, ed.,Cambridge University Press, 2006.

43. Buck-Morss, Susan, "The Flâneur, the Sandwichman and the Whore: The Politics of Loitering", *New German Critique*, 39, 1986.

44. Buck-Morss, Susan, *The Dialectics of Seeing: Walter Benjamin and the Arcades Project*, Massachusetts: MIT Press, 1991.

45. Budick, Emily Miller, *Engendering Romance: Women Writers and the Hawthorne Tradition, 1850–1990*, Yale University Press, 1994.

46. Bunge, Nancy L., *Nathaniel Hawthorne: A Study of the Short Fiction*, New York: Twayne, 1993.

47. Burns, William E., *Knowledge and Power: Science in World History*, Prentice Hall, 2011.

48. Butter, Michael, *Plots, Designs, and Schemes: American Conspiracy Theories from the Puritans to the Present*, Boston:Walter de Gruyter, 2014.

49. Cahoone, Lawrence E., *The Dilemma of Modernity, Philosophy:Culture,and Anti-Culture*, SUNY Press,1988.

50. Calhoun, Craig J., *Classical Sociological Theory*, Malden, MA: Wiley-Blackwell, 2000.

51. Caligor, Eve et al., "Narcissistic Personality Disorder: Diagnostic and Clinical Challenges", *The American Journal of Psychiatry*, 172（5）, May 2015.

52. Calinescu, Matei, *Five Faces of Modernity: Modernism, Avant-garde, Decadence,*

Kitsch, Postmodernism, Duke University Press, 1987.

53. Cameron, Sharon, *The Corporeal Self: Allegories of the Body in Melville and Hawthorne*, Columbia University Press, 1991.

54. Cary, Louise D., "Margaret Fuller as Hawthorne's Zenobia: The Problem of Moral Accountability in Fctional Biography", *ATQ*, Mar1990, Vol. 4 Issue 1.

55. Cassirer, Ernst, *The Philosophy of the Enlightenment*, Princeton University Press, 1951.

56. Castillo, Susan, *American Literature in Context to 1865*, Malden, MA: Wiley-Blackwell Publishing, 2011.

57. Charney, Leo and Schwartz eds., Vanessa, *Cinema and the Invention of Modern Life*, University of California Press, 1995.

58. Chase, Richard, *The American Novel and Its Tradition, Garden City*, New York: Doubleday and Co.Inc., 1957.

59. Cheever, Susan. *American Bloomsbury: Louisa May Alcott, Ralph Waldo Emerson, Margaret Fuller, Nathaniel Hawthorne, and Henry David Thoreau; Their Lives, Their Loves, Their Work*, Detroit: Thorndike Press, 2006.

60. Childers, Joseph et Hentzi, Gary eds., *The Columbia Dictionary of Modern Literary and Cultural Criticism*, Columbia University Press, 1995.

61. Choat, Simon. *Marx through Post-Structuralism: Lyotard, Derrida, Foucault, Deleuze*, London: Continuum, 2010.

62. Christophersen, Bill, "Agnostic Tensions in Hawthorne's Short Stories", *American Literature*, Volume 72, Number 3, September 2000.

63. Clark, Beth, *Anne Hutchinson: Religious Leader*, New York: Chelsea House Publishers, 2000.

64. Coale, Samuel Chase, *In Hawthorne's Shadow: American Romance from Melville to Mailer*, University Press of Kentucky, 2015.

65. Coale, Samuel Chase, *The Entanglements of Nathaniel Hawthorne: Haunted Minds and Ambiguous Approaches*, New York: Camden House, 2011.

66. Colacurcio, Michael, J., *Province of Piety: Moral History in Hawthorne's Early Tales*, Duke University Press, 1995.

67. Crewe, Sabrina, Dale Anderson, *The Seneca Falls Women's Rights Convention, Milwaukee*, WI: Gareth Stevens Publisher, 2005.

68. Crews, Frederick C., *The Sins of the Fathers: Hawthorne's Psychological Themes*, University of California Press, 1966.

69. Crowley, J. Donald, *Hawthorne: The Critical Heritage*, New York: Routledge, 1970.

70. Davis, Clark , H*awthorne's Shyness: Ethics, Politics, and the Question of Engagement*, JHU Press, 2005.

71. Davies, Tony, *Humanism The New Critical Idiom*, University of Stirling, UK. Routledge, 1997.

72. Dekker, George, *The American Historical Romance*, Cambridge University Press, 1990.

73. Delbanco, Andrew, *Melville: His World and Work*, New York: Vintage Books, 2006.

74. DePrince, A.P., & Freyd, J.J., "The Harm of Trauma: Pathological Fear, Shattered Assumptions, or Betrayal?", In J. Kauffman ed., *Loss of the Assumptive World: a Theory of Traumatic Loss*, New York: Brunner-Routledge, 2002.

75. Doren, Mark Van, *Nathaniel Hawthorne: a Critical Biography*, New York: Viking Press, 1949.

76. Drabble, Margaret ed., *The Oxford Companion to English Literature*, Oxford University Press, 1985.

77. Drake, Samuel Adams, "Salem Legends", *A Book of New England Legends and Folk Lore in Prose and Poetry*, Boston, Little Brown, 1901.

78. Dryden, Edgar, *Nathaniel Hawthorne: The Poetics of Enchantment*, Cornell University Press, 1977.

79. Duignan, Brian, *The History of Western Ethics*, New York: The Rosen Publishing Group, 2011.

80. Dunne, Michael, *Hawthorne's Narrative Strategies*, University Press of Mississippi, 1995.

81. Baird, Forrest E., *From Plato to Derrida, Upper Saddle River*, NJ: Pearson Prentice Hall, 2008.

82. Easton, Alison, *The Making of the Hawthorne Subject*, University of Missouri Press, 1996.

83. Edwards, Herbert, "Nathaniel Hawthorne in Maine", *Downeast Magazine*, 1962.

84. Ehrlich, Eugene and Carruth, Gorton, *The Oxford Illustrated Literary Guide to the United States*, Oxford University Press, 1982.

85. Elden, Stuart and Crampton, Jeremy W., *Space, Knowledge and Power: Foucault and Geography*, Burlingto: Ashgate Publishing Limited, 2007.

86. Eliot, T. S., "The Hawthome Aspect", in *The Question of F*, W. Dupree ed., New York: Henry Holt, 1948.

87. Emerick, Ronald, "Hawthorne and O'Connor: A Literary Kinship" in *The New Romanticism: A Collection of Critical Essays*, Eberhard Alsen ed., New York: Routledge, 2014.

88. Emerson, Ralph Waldo, "American Scholar", in *The Heath Anthology of American Literature*, V1, Lexington : D.C. Heath and Company, 1994.

89. Emerson, Ralph Waldo, "Self-Reliance", in *The Heath Anthology of American Literature*, V1, Lexington: D.C. Heath and Company, 1994.

90. Emerson, Ralph Waldo, *An Address Delivered Before the Senior Class in Divinity College, Cambridge, Sunday Evening, 15 July, 1838*, London: Forgotten Books, 2012.

91. Emerson, Ralph Waldo, *Nature and Other Essays*, Mineola: Dover Publication, Inc. 2009.

92. Emerson, Ralph Waldo, *Nature and Selected Essays*, London, Penguin, 2003.

93. Emerson, Ralph Waldo, *The Journals and Miscellaneous Notebooks of Ralph Waldo Emerson*, Ralph H Orth and Alfred R. Ferguson ed., Harvard University Press, 1971.

94. Erikson, Erik, "Identity Crisis in Autobiographic Perspective", in *Daedalus 99— Journal of the American Academy of Arts and Sciences: The Making of Modern Science*, Biographical Studies, Fall 1970.

95. Erlich, Gloria C., *Family Themes and Hawthorne's Fiction: the Tenacious Web*, Rutgers University Press, 1984.

96. Feidelson, Charles, *Symbolism and American Literature*, University of Chicago Press, 1953.

97. Felman, Shoshana, *Writing and Madness*, Stanford UP, 2003.

98. Ferguson, Priscilla Parkhurst, "The Flâneur: The City and Its Discontents", in *Paris as Revolution: Writing the Nineteenth-Century City*, University of California Press, 1994.

99. Fern, Fanny, *Ruth Hall and Other Writings*, W. Warren, ed., Rutgers University Press, 1986.

100. Fernie, Deanna, *Hawthorne, Sculpture, and the Question of American Art*, Burlington, Vermont : Ashgate Publishing, 2011.

101. Flibbert, Joseph, "That Look Beneath", in Harold Bloom ed., N*athaniel Hawthorne*, New York: Infobase Publishing, 2009.

102. Fogle, Richard Harter, *Hawthorne's Imagery: The "Proper Light and Shadow" in the Major Romances*, University of Oklahoma Press, 1969.

103. Fogle, Richard Harter, *Hawthorne's Fiction: The Light and the Dark*, University of Oklahoma Press, 1952, 1964.

104. Foucault, Michel, *Madness and Civilization: a History of Insanity in the Age of Reason*, Richard Howard trans., New York: Vintage Books, 1973.

105. Foucault, Michel, *The Order of Thing*, New York: Random House, 1971.

106. Foucault, Michel, *The Hermeneutics of the Subject : Lectures at the Collège de France, 1981–1982*. Graham Burchell, Trans., New York: Picador, 2006.

107. Francis, Richard, *Transcendental Utopias: Individual and Community at Brook Farm, Fruitlands, and Walden*, Cornell University Press, 1997.

108. Franklin, Howard Bruce, "Nathaniel Hawthorne and Science Fiction", in *Future Perfect: American Science Fiction of the Nineteenth Century: An Anthology*, Rutgers University Press, 1995.

109. Freud, Sigmund, *Civilization and Its Discontent*, New York: W. W. Norton & Company, 1961.

110. Freud, Sigmund, *New Introductory Lectures on Psychoanalysis*, London: Penguin Books Ltd., 1991.

111. Friedberg, Anne, *Windowshopping: Cinema and the Postmodern*, University of California Press, 1993.

112. Galens, David ed., *Literary Movements for Students*, Vol. 1. Detroit: Thompson Gale, 2002.

113. Gay, Peter, *Freud: A Life for Our Time*, W W Norton & Co. Inc., 1988.

114. Gay, Peter, *The Enlightenment: An Interpretation*, London:W. W. Norton & Company, 1996.

115. Giddens, Anthony, *Conversations with Anthony Giddens: Making Sense of Modernity*, Stanford University Press, 1998.

116. Glotfelty, Cheryll, "Introduction", in *The Ecocriticism Reader*, Cheryll Glotfelty and Harold Fromm ed., The University of Georgia Press, 1996.

117. Goldman, Eric, "Explaining Mental Illness: Theology and Pathology in Nathaniel Hawthorne's Short Fiction", *Nineteenth-Century Literature*, Vol. 59, No. 1, University of California Press, 2004.

118. Gollin, Rita K., "Ethan Brand's Homecoming" In *New Essays on Hawthorne's Major Tales*, Millicent Bell ed., Cambridge University Press, 1993.

119. Gollin, Rita K., "Nathaniel Hawthorne", in *The Heath Anthology of American Literature*, V1, Lexington: D.C. Heath and Company, 1994.

120. Graham, Wendy C., *Gothic Elements and Religion in Nathaniel Hawthorne's Fiction*, Marburg: Tectum Verlag, 1999.

121. Gray, John, *Liberalism: Concepts in Social Thought*, Open University Press, 1995.

122. Greenblatt , Stephen ed, *Norton Anthology of English Literature, V.d*, London: W.W.Norton $ Company, 2006.

123. Fremont-Barnes, Gregory, *Encyclopedia of the Age of Political Revolutions and New Ideologies*, 1760–1815, Westport, Connecticut: Greenwood Press, 2007.

124. Greven, David, *The Fragility of Manhood: Hawthorne, Freud, and the Politics of Gender*, Columbus: Ohio State UP, 2012.

125. Griffiths, Thomas Morgan, *Maine Sources in The House of the Seven Gables*, Watcrville, ME: Thomas Morgan Griffiths, 1945.

126. Guerin, Wilfred L., *A Handbook of Critical Approaches to Literature*, Oxford University Press, 1992.

127. Gura, Philip F., *American Transcendentalism: A History*, New York: Hill and Wang, 2007.

128. Habermas, J., *The Philosophical Discourse of Modernity*, Frederick Lawrence trans., Cambridge: Polity, 1987.

129. Habermas, J., "Chapter Seven Technology and Science as Ideology", in *Toward a Rational Society: Student Protest, Science, and Politics*, Boston: Beacon Press, 1971.

130. Hamilton, Peter, "The Enlightenment and the Birth of Social Science", in *Formations of Modernity*, Bram Gieben and Hall, eds., Stuart, Cambridge: Polity, 1992.

131. Hause, S. & Maltby, W. *A History of European Society. Essentials of Western Civilization*, Vol. 2, Belmont, CA: Thomson Learning, Inc., 2001.

132. Hawthorne, Nathaniel, *Nathaniel Hawthorne's Tales*, James Mcintonsh ed., New York: W.W.Norton & Company, 1987.

133. Hawthorne, Nathaniel, "Monsieur du Miroir", in *Tales and Sketches*, New York: Library of America, 1982.

134. Hawthorne, Nathaniel, "Rappaccini's Daughter", *The Heath Anthology of American Literature*, V1, Lexington: D.C. Heath and Company, 1994.

135. Hawthorne, Nathaniel, *Mosses from an Old Manse, The Centenary Edition of the Works of Nathaniel Hawthorne*, Vol. 10, William Charvat et al eds., The Ohio State

University Press, 1974.

136. Hawthorne, Nathaniel, *Selected Letters of Nathaniel Hawthorne*, Joel Myerson ed, Ohio State University Press, 2002.

137. Hawthorne, Nathaniel, *Tales and Sketches*, New York: The Library of America, 1982.

138. Hawthorne, Nathaniel, *The American Notebooks, V. 8 of Nathaniel Hawthorne Centenary edition of the works of Nathaniel Hawthorne*, Ohio State University Press, 1972.

139. Hawthorne, Nathaniel, *The American Notebooks, Vol. 7 of The Centenary Edition of the Works of Nathaniel Hawthorne*, Claude M. Simpson ed., Ohio State University Press, 1972.

140. Hawthorne, Nathaniel, *The Blithedale Romance*, Rockville, Maryland: Arc Manor LLC, 2008.

141. Hawthorne, Nathaniel, *The English Notebooks*, Randal Stewart ed., New York: Modern Language Association of America, 1941.

142. Hawthorne, Nathaniel, *The Heart of Hawthorne's Journals*, New York: Barnes & Noble, 1967.

143. Hawthorne, Nathaniel, *The Letters, 1813–1843*, Vol. 15, *The Centenary Edition of the Works of Nathaniel Hawthorne*, William Charvat et al ed., Ohio State University Press, 1984.

144. Hawthorne, Nathaniel, *The Marble Faun*, Harvard University Press, 2013.

145. Hawthorne, Nathaniel, *The Scarlet Letter*, New York: Airmont Publishing Co. Inc., 1962.

146. Hawthorne, Nathaniel, *The Snow Image and Uncollected Tales, Columbus*, Ohio State University Press, 1974.

147. Heidegger, Martin, *An Introduction to Metaphysics*, trans. R. Manheim, Yale University Press, 1959.

148. Heidegger, Martin, *Poetry, Language, Thought*, Albert Hofstadter trans., New York: Harper and Row, 1971.

149. Heilman, Robert B., "Hawthorne's 'The Birth-Mark': Science as Religion", *South Atlantic Quarterly*, 48, October 1949.

150. Henretta, James A. et al., *America's History, Volume 1: To 1877*, Macmillan, 2011.

151. Herbert, T. Walter, *Dearest Beloved: The Hawthornes and the Making of the*

Middle-Class Family, University of California Press, 1995.

152. Herman, Judith Lewis, *Trauma and Recovery*, New York: Basic Books, 1992.

153. Herron, Ima Honaker, "The New England Village in Literature", in *The Small Town in American Literature*, Duke University Press, 1939.

154. Hoffmann, Gerhard, *Emotion in Postmodernism*, Heidelberg: Universitätsverlag C., Winter 1997.

155. Hoffmann, Gerhard, *Postmodernism and the Fin de Siècle*, Heidelberg: Universitätsverlag C., Winter 2002.

156. Horkheimer, Max, *Eclipse of Reason*, New York: The Seabury Press, 1974.

157. Howe, Irving. "Hawthorne: Pastoral and Politics", in *The Blithedale Romance*, Gross, Seymour ed., New York: Norton & Company, 1978.

158. Huntington, Samuel, *Who Are We? The Challenges to America's National Identity*, New York: Simon and Schuster, 2004.

159. Hutcheon, Linda, *A Poetics of Postmodernism: History, Theory, Fiction*, New York: Taylor & Francis e-library, 2004.

160. Hutner, Gordon, "Whose Hawthorne?", in *Hawthorne and Women: Engendering and Expanding the Hawthorne Tradition*, Idol, John L. ed., University of Massachusetts Press, 1999.

161. Idol, John L. and Jones, Buford, *Nathaniel Hawthorne: The Contemporary Reviews*, Cambridge University Press, 1994.

162. Israel, Jonathan, *Democratic Enlightenment: Philosophy, Revolution, and Human Rights 1750–1790*, Oxford University Press, 2011.

163. Israel, Jonathan et James D.Hart, ed. *The Oxford Companion to American Literature*, 5th ed, Oxford University Press, 1983.

164. James, David, *Contemporary British Fiction and the Artistry of Space: Style, Landscape, Perception*, New York:A&C Black, 2008.

165. James, Henry, *Hawthome*, Oxford University Press, 1879; reprint, Ithaca, NY.: Comell Univ. Press, 1956.

166. James, Henry, *Hawthorne*, New York: St. Martin's Press, 1967.

167. James, Henry, *The Art of Criticism: Henry James on the Theory and the Practice of Fiction*, William Veeder et Susan M. Griffin eds., University of Chicago Press, 1986.

168. Johannsen, Robert Walter, et al. *Manifest Destiny and Empire: American Antebellum Expansionism*, University of Texas at Arlington, 1997.

169. Jung, C. G., *Memories, Dreams*, Reflections, London : Fontana, 1983.

170. Jung, C. G., *Two Essays on Analytical Psychology*, F.C.Hull trans., London: Routledge,1st edition, 1953, reprinted, 1999.

171. Kallay, Katalin G., *Going Home Through Seven Paths to Nowhere: Reading Short Stories by Hawthorne, Poe, Melville, and James*, Budapest: Akademiai Kiado, 2003.

172. Kant, Immanuel, *Critique of Pure Reason*. Pluhar, W. trans. Indianapolis: Hackett, 1996.

173. Kaplan, E. Ann, *Trauma Culture: The Politics of Terror and Loss in Media and Literature*, London: Rutgers UP , 2005.

174. Karl, Rederick R., "The Metaphysical Novels of William Golding", *Contemporary Literary Criticism*, Carolyyn Riley, ed. Detroit, Michigan: Gale, 1982.

175. Kaul, A. N., *Hawthorne: A Collection of Critical Essays, Upper Saddle River*, N.J.: Prentice-Hall Inc., 1966.

176. Kazin, Alfred, *God and the American Writer*, New York: Knopf, 1997.

177. Kelly, Harry Ansgar, *Satan: a Biography*, Cambridge University Press, 2007.

178. Kelley, Wyn, *Melville's City: Literary and Urban Form in Nineteenth-Century New York*, Cambridge University Press, 1996.

179. Kennedy, Emme, *A Cultural History of the French Revolution*, Yale University Press, 1989.

180. Kennedy-Andrews, Elmer, *Nathaniel Hawthorne, The Scarlet Letter*, Columbia University Press, 1999.

181. Keyssar, Alexander, *The Right to Vote: The Contested History of Democracy in the United States*, New York: Basic Books, 2009.

182. Kierkegaard, Søren, *The Present Age and Of the Diffence Between a Genius and an Apostle*, Alexander Dru trans., New York: Harper Torchbooks, 1962.

183. Kirk, Russell, *The Conservative Mind: From Burke to Eliot*, Washington, D.C: Regnery Publishing, 2001.

184. Klimasmith, Betsy, *At Home in the City: Urban Domesticity in American Literature and Culture, 1850–1930*, University of New Hampshire Press, 2005.

185. Koshul, Basit Bilal, *The Postmodern Significance of Max Weber's Legacy: Disenchanting Disenchantment*, London: Macmillan, 2005.

186. Landry, Lorraine Y., *Marx and the Postmodernism Debates: an Agenda for Critical Theory*, Westport, CT: Greenwood Publishing Group, 2000.

187. Laplanche, J. and Pontalis, J.B., *The Language of Psycho-Analysis*, D.

Nicholson-Smith, Trans, London: W. W. Norton and Company, 1967,

188. Larrain, Jorge, *Identity and Modernity in Latin America*, Cambridge: Polity, 2000.

189. Lathrop, Chandler Elizabeth, "A Study of the Sources of the Tales and Romances Written by Nathaniel Hawthorne before 1853", *Smith College Studies in Modern Language 1*, No. , July, 1926.

190. Lawrence, D. H., *Studies in Classic American Literature*, New York: Double Day, INC, 1995.

191. Lawrence, D. H., *The Rainbow*, New York: Penguin Books, 1985.

192. Leavis, Q. D., "Hawthorne as Poet", in *Hawthorne, Nathaniel. Nathaniel Hawthorne's Tales*, James Mcintosh ed. New York: W.W.Norton & Company, 1987.

193. Lefebvr, Henri, *Introduction to Modernity*, John Moore trans, London: Verso, 1995.

194. Lefebvr, Henri, *The Production of Space*, Donald Nicholson-Smith trans. Maiden, MA: Blackwell Publishing, 1991.

195. Lefebvre, Martin ed., *Landscape and Film*, London: Routledge, 2006.

196. Lewis, R. W. B., *The American Adam: Innocence, Tragedy, and Tradition in the Nineteenth Century*, University of Chicago Press, 1955.

197. Locke, John, *Two Treatises on Government: A Translation Into Modern English*, Manchester, UK: Industrial Systems Research, 2009.

198. Lodge, David, "Consciousness and the Novel", in *Consciousness and the Novel: Connected Essays*, London: Penguin, 2002.

199. Lovejoy, Arthur O. , *The Great Chain of Being: A Study of the History of an Idea*, Harvard University Press, 1964.

200. Love, Glen A, "Revaluing Nature: Toward an Ecological Criticism", *Western America Literature*, 25：6 , 1990.

201. Lualdi, Katharine J., *Sources of The Making of the West*, Volume II: Since 1500: Peoples and Cultures, London: Macmillan, 2008.

202. Luedtke, Luther S., *Nathaniel Hawthorne and the Romance of the Orient*, Indiana University Press, 1989.

203. Lynch, Jack, *Nathaniel Hawthorne-Critical Insights*, Hackensack , NJ: Salem Press, 2010.

204. Lyotard, Jean-Francois, *The Postmodern Condition*（1st ed）, University of Minnesota Press, 1984.

205. MacGregor, Sherilyn, *Beyond Mothering Earth: Ecological Citizenship and the Politics of Care*, UBC Press, 2006.

206. Macionis, John J., *Sociology*（14th Edition）, Boston: Pearson, 2012.

207. Macquarrie, John, *Existentialism, Philadelphia*, PA: Westminster of Philadelphia Publishers, 1972.

208. Madsen, Deborah L., "Hawthorne's Puritans: From Fact to Fiction", *American Studies*, 03, 1999.

209. Male, Roy R., Hawthorne's Tragic Vision, University of Texas Press, 1957.

210. Male, Roy R., *Hawthorne's: Tragic Vision*, London: W. W. Norton, 1964.

211. Marcuse, Herbert, *Reason and Revolution*, Boston: Beacon Press, 1970.

212. Martin, Robert K., "Hester Prynne, C'est Moi: Nathaniel Hawthome and the Anxieties of Gender", In *Engendering Men: The Question of Male Feminist Criticis*, Joseph A. Boone and Michael Cadden（eds）, New York: Routledge, 1990.

213. Marx, Leo, *The Machine in the Garden: Technology and the Pastoral Ideal in America*, Oxford University Press, 1967, 2000.

214. Matthiessen, F. O., *America Renaissance: Art and Expression in the Age of Emerson and Whitman*, Oxford University Press, 1941.

215. McFarland, Philip, *Hawthorne in Concord*, New York: Grove Press, 2004.

216. McMichael, George L. and Crews, Frederick C. eds., *Anthology of American Literature: Colonial through romantic*（6th ed.）, Upper Saddle Rover, NJ: Prentice Hall, 1997.

217. McQuade, Donald ed., *The Harper American Literature*, New York: Harper & Row Publishers, 1987.

218. Mellow, James R., *Nathaniel Hawthorne in His Times*, Boston: Houghton Mifflin Company, 1980.

219. Meltzer, Milton, *Nathaniel Hawthorne: A Biography*, Minneapolis: Twenty-First Century Books, 2006.

220. Melville, Herman, "Hawthorne and his Mosses", in *Hawthorne's View of the Artist*, Millicent Bell ed., State University of New York Press, 1962.

221. Milder, Robert, *Hawthorne's Habitations: A Literary Life*, Oxford University Press, 2013.

222. Miller, Edward Haviland, *Salem Is My Dwelling Place: A Life of Nathaniel Hawthorne*, University of Iowa Press, 1991.

223. Miller, James E. Jr., *T. S. Eliot: The Making of an American Poet, 1888–1922*,

Pennsylvania State University Press, 2005.

224. Miller, Robert J., *Native America, Discovered And Conquered: Thomas Jefferson, Lewis & Clark, And Manifest Destiny*, Connecticut: Greenwood, 2006.

225. Millington, Richard H., P*racticing Romance: Narrative Form and Cultural Engagement in Hawthorne's Fiction*, Princeton University Press, 2014.

226. Millington, Richard H. ed., *The Cambridge Companion to Nathaniel Hawthorne*, Cambridge University Press. 2004.

227. Mitchell, Thomas R., *Hawthorne's Fuller Mystery*, University of Massachusetts Press, 1998.

228. Mitchell, W. J. T., "Imperial Landscape", in *Landscape and Power*, 2nd ed., University Of Chicago P., 1994.

229. Moore, Margaret B., *The Salem World of Nathaniel Hawthorne*, University of Missouri Press, 1998.

230. Moore, Thomas R., *Thick and Darksome Veil: The Rhetoric of Hawthorne's Sketches, Prefaces, and Essays*, Northeastem University Press, 1994.

231. Morison, Samuel Eliot, *The Oxford History of the American People*, New York: Mentor, 1972.

232. Naess, Arne, "The Deep Ecological Movement: Some Philosophical Aspects", *Philosophical Inquiry*, 8, Fall 1986.

233. Naess, Arne, "The Shallow and the Deep, Long-Range Ecological Movement, A Summary", *Inquiry 16*, Spring 1973.

234. Novack, George, *The Origins of Materialism*, New York: Pathfinder Press, 1979.

235. O'Neill, Eugene, *Anna Christie*, New York: Dover Publications, Inc., 1998.

236. Pagden, Anthony, *The Enlightenment: And Why it Still Matters*, OUP Oxford, 2013.

237. Paine, Thomas, *Common Sense*, Mineola, New York: Courier Dover Publications, 1997.

238. Pangle, Thomas L., *The Ennobling of Democracy: The Challenge of the Postmodern Age*, JHU Press, 1993.

239. Pearce, Roy Harvey, ed., *Nathaniel Hawthorne Centenary Essays*, Ohio State University Press, 1964.

240. Pfister, Joel, "Hawthorne as cultural theorist", in *The Cambridge Companion to Nathaniel Hawthorne*, Millington Richard H. ed. Cambridge University Press, 2004.

241. Pfister, Joel, *The Production of Personal Life: Class, Gender, and the Psychological in Hawthorne's Fiction*, CA: Stanford University Press, 1991.

242. Piper, Wendy, *Misfits and Marble Fauns: Religion and Romance in Hawthorne and O'Connor*, Mercer University Press, 2011.

243. Piperand, Emerson Wendy, Marble Fauns: Religion and Romance in Hawthorne and O'Connor, 244. Pocock, J.G.A., *The Machiavellian Moment: Florentine Political Thought and the Atlantic Republican Tradition*, Princeton University Press, 1975.

245. Poe, Edgar Allan, *Essays and Reviews*, New York: Literary Classics of the United States, 1984.

246. Porter, Roy, *The Enlightenment*, London: Palgrave Macmillan, 2001.

247. Praz, Mario, *The Romantic Agony*, 2nd ed., Oxford University Press, 1978.

248. Prieto, Eric, *Literature, Geography, and the Postmodern Poetics of Place*, New York: Palgrave Macmillan, 2013.

249. Quigley, Peter, *Coyote in the Maze: Tracking Edward Abbey in a World of Words*, University of Utah Press, 1998.

250. Reynolds, David S., *Beneath the American Renaissance: The Subversive Imagination in the Age of Emerson and Melville*, Oxford University Press, 2011.

251. Reynolds, David S., "Toward Hester Prynne", *Hester Prynne*, Harold Bloom ed., New York: Chelsea House Publishers, 1990.

252. Reynolds, Larry John, *A Historical Guide to Nathaniel Hawthorne*, Oxford University Press, 2001.

253. Wright, Sarah Bird, *Critical Companion to Nathaniel Hawthorne: A Literary Reference to His Life and Work*, New York: Facts On File Inc., 2007.

254. Ritzer, George, *Contemporary Sociological Theory and Its Classical Roots: The Basics*, New York: McGraw-Hill, 2009.

255. Roberts, Heather, "The Problem of the City", in *A Companion to American Fiction 1780 –1865*, Samuels, Shirley, ed., Maldden, MA: Blackwell Publishing, 2004.

256. Roe, Nicholas, *John Keats*, Yale University Press, 2012.

257. Rosenberry, Edward,H., "Hawthorene's Allegory of Science: Rappaccini's Daughter" in *On Hawthorne: The Best from American Literature*, Edwin Harrison Cady et Louis J. Budd eds. Duke University Press, 1990.

258. Rudaitytė, Regina, *Postmodernism and After: Visions and Revisions, Newcastle*, UK: Cambridge Scholars Publishing, 2009.

259. Russell, Bertrand, *A History of Western Philosophy*, New York: Psychology

Press, 2004.

260. Schirmeister, Pamela, *The Consolation of Space: The Place of Romance in Hawthorne, Melville, and James*, Stanford University Press, 1990.

261. Schreiner, Jr. Samuel A., *The Concord Quartet: Alcott, Emerson, Hawthorne, Thoreau and the Friendship That Freed the American Mind*, Hoboken, New Jersey: John Wiley & Sons, 2006.

262. Schultz, D. & Schultz, S., *Theories of Personality*, 9th Ed. New York: Wadsworth Cengage Learning, 2009.

263. Scofield, Martin, *The Cambridge Introduction to the American Short Story*, Cambridge University Press, 2006.

264. Shastri, Sudha, *Intertextuality and Victorian Studies, Hyderabad*, India: Orient Longman Limited, 2001.

265. Shaya, Gregory, "The Flâneur, the Badaud, and the Making of a Mass Public in France, circa 1860–1910", *American Historical Review*, 2004.

266. Shiva, Vandana, *Staying Alive: Women, Ecology and Development*, London: Zed Books, 1988.

267. Shulman, Robert, *Social Criticism and Nineteenth-Century American Fictions*, University of Missouri Press, 1989.

268. Sierra, Mauricio, *Depersonalization: A New Look at a Neglected Syndrome*, Cambridge University Press, 2009.

269. Skal, David J., *Screams of Reason: Mad Science and Modern Culture*, London: W. W. Norton & Company, 1998.

270. Smith, Gayle L., "Hawthorne, Jewett, And The Meditative Sublime," in *Hawthorne and Women: Engendering and Expanding the Hawthorne Tradition*, John L. Idol, Melinda M. Ponder eds, University of Massachusetts Press, 1999.

271. Smith, Henry Nash, *Virgin land: the American West as symbol and myth*, Harvard University Press, 1950.

272. Soja, Edward W., *Thirdspace: Journeys to Los Angeles and Other Real-and-Imagined Places*, Cambridge, .Ma: Blackwell Publishing, 1996.

273. Lane, Richard J., *Jean Baudrillar*, Abingdon: Routledge, 2000.

274. Spretnak, Charlene, *The Resurgence of the Real: Body, Nature and Place in a Hypermodern World*, Abingdon: Routledge, 2012.

275. Statlander, Jane, *Philip Roth's Postmodern American Romance: Critical Essays on Selected Works*, Pieterlen: Peter Lang, 2011.

276. Stern, Milton R., *Contexts for Hawthorne: The Marble Faun and the Politics of Openness and Closure in American Literature*, University of Illinois Press, 1991.

277. Stewart, Randall, Nathaniel Hawthorne, Yale University Press, 1948.

278. Swann, Charles, *Nathaniel Hawthorne: Tradition and Revolution*, Cambridge University Press, 1991.

279. Szasz, Thomas, *The Myth of Psychotherapy: Mental Healing as Religion, Rhetoric, and Repression, Garden City*, New York: Anchor Press/Doubleday, 1978.

280. Taylor, Charles, *Philosophical Papers: Volume 2, Philosophy and the Human Sciences*, Cambridge University Press, 1985.

281. Taylor, J. Golden, *Hawthorne's Ambivalence Toward Puritanism*, Utah State University Press, 1965.

282. Thompson, Gary Richard, *The Art of Authorial Presence: Hawthorne's Provincial Tales*, Duke University Press, 1993.

283. Thompson, Gary Richard ed., "Introduction: Romanticism and the Gothic Tradition." *Gothic Imagination: Essays in Dark Romanticism*. Pullman, WA: Washington State University Press, 1974.

284. Thompson, Lawrance, *Melville's Quarrel with God*, Princeton University Press, 1952.

285. Todorov, Tzvetan. *The Imperfect Garden*. Princeton University Press. 2001.

286. Tompkins, Jane, *Sensational Designs: The Cultural Work of American Fiction, 1790–1860*, Oxford University Press, 1985.

287. Trilling, Lionel, "Hawthorne in Our Time", in *Beyond Culture: Essays on Literature and Learning*, New York: Viking Press, 1965.

288. Trollope, Anthony, "The Genius of Nathaniel Hawthorne," *Nineteenth-Century Literary Criticism*, Laurie Lanzen Harris ed., Detroit, Michigan: Gale, 1982.

289. Tumer, Arlin, "Hawthome's Literary Borrowings", *PMLA51*, June, 1936.

290. Tumer, Arlin, *Nathaniel Hawthorne, a Biography*, Oxford University Press, 1980.

291. Ullen, Magnus, *The Half-vanished Structure: Hawthorne's Allegorical Dialectics*, Bern: Peter Lang, 2004.

292. Voltaire, *The Appendix in Lettres Philosophiques,* amended edition in 1756, Courier Dover Publications, 2003.

293. Vedder, Peter , *Knowledge and Power in Francis Bacon's New Organon*, Catholic University of America, 1990.

294.Veeser, H. Aram, ed. , *The New Historicism*, New York: Routledge, 1989.

295.Wagenknecht, Edward, *Nathaniel Hawthorne: the Man, his Tales and Romances*, New York: Continuum, 1989.

296.Waggoner, Hyatt H., *Hawthorne: A Critical Study*, Cambridge: Harvard Univ. Press, 1963.

297.Wallace, James D., "Hawthome and the Scribbling Women Reconsidered", *American Literature*, 62, 1991.

298.Walrath, Douglas Alan, *Displacing the Divine: The Minister in the Mirror of American Fiction*, New York: Columbia University Press, 2010.

299.Walters, Ronald G., *American Reformers 1815–1860*, New York: Hill and Wang, 1997.

300.Wayne, Tiffany K., "Nathaniel Hawthorne", *Encyclopedia of Transcendentalism*. New York: Facts on File, Inc., 2006.

301.Weber, Max, *Economy and Society: An Outline of Interpretive Sociology*, University of California Press, 1978.

302. Weber, Max, *The Protestant Ethic and the Spirit of Capitalism*, New York: Courier Corporation, 2012.

303. Wegner, Phillip E., "Spatial Criticism: Critical Geography, Space, Place and Textuality", in *Introducing Criticism at The 21st Century*. Ed. Julian Wolfreys, Edinburgh University Press, 2002.

304. Weldon, R. Hawthorne, *Gender and Death: Christianity and Its Discontents*, New York: Springer, 2008.

305. Wellbom, Grace Pleasant, "The Mystic Seven in The Scarlet Letter", *South Central Bulletin*, 23, 1963.

306. Wellmer, Albrecht, *The Persistence of Modernity*, Cambridge: MLT., 1991.

307. West, Peter, *The Arbiters of Reality: Hawthorne, Melville, and the Rise of Mass Information Culture*, The Ohio State University Press, 2008.

308. Wilentz, Sean, *The Rise of American Democracy: Jefferson to Lincoln*. New York: Horton, 2008.

309. Williams, James, "Jean-Francois Lyotard" in *Key Contemporary Social Theorists, Anthony Elliott and Larry Ray eds*, New York: Wiley, 2002.

310. Wills, Garry, *Inventing America: Jefferson's Declaration of Independence*, Boston: Houghton Mifflin Co., 2002.

311. Wineapple, Brenda, *Hawthorne: A Life,* New York: Random House Publishing

Group, 2012.

312. Wineapple, Brend, *Nathaniel Hawthorne: A Life*, New York: Alfred A. Knopf, 2003.

313. Winters, Yvor, *Maule's Curse: Seven Studies in the History of American Obscurantism*, New York: New Directions, 1938.

314. Wollheim, Richard, *Freud*, London: Fontana Press, 1971.

315. Wood, Ellen Meiksins, *Mind and Politics: An Approach to the Meaning of Liberal and Socialist Individualism*, University of California Press, 1972.

316. Woodberry, George, *Nathaniel Hawthorne, Detroit*, Michigan: Gale Research Co., 1967.

317. Worster, Donald, *Nature's Economy: A History of Ecological Ideas*, Cambridge University Press, 1994.

318. Worster, Donald, *The Wealth of Nature: Environmental History and the Ecological Imagination*, Oxford University Press, 1993.

319. Yehuda, Rachel, *Psychological Trauma*, Washington D.C.: American Psychiatric Pub., 1998.

320. Young-Eisendrath, P. and Dawson, T., *The Cambridge Companion to Jung*, Cambridge University Press, 1997.

321. Zafirovski, Milan, *The Enlightenment and Its Effects on Modern Society*, New York: Springer -Verlag, 2011.

322. Zuckert, Michael, *The Natural Rights Republic*, Notre Dame University Press, 1996.

三、网络参考文献

1. "Bill of Rights", http://www.archives.gov/exhibits/charters/bill_of_rights_transcript.html, Retrieved 3, 21, 2014.

2. Emerson, Ralph Waldo, *Gnothe Seauton* (Know Thyself), Poem, 1831. 〈http://www.vcu.edu/engweb/transcendentalism/authors/emerson/poems/gnothi.html〉. Retrieved 21 May, 2015.

3. "Exodus 20", *The Holy Bible*, revised standard version, Camden, New Jersey: Thomas Nelson, 1952.

4. "Individualism", http://www.thefreedictionary.com/individualism"individualism" on The Free Dictionary, retrieved, 31 Jan., 2015.

5. Pope, Alexander, (1733). An Essay on Man; In Epistles to a Friend (*Epistle II*) (1 ed.), ⟨www.poetryfoundation.org/poems/44900/an-essay-on⟩. · Retrieved 21 May, 2015.

6. "United States Declaration of Independence", Archiving Early America, http://www.earlyamerica.com/earlyamerica/freedom/doi/text.html, Retrieved,2. 19, 2013.

责任编辑：曹　春　朱　蔚

封面设计：汪　莹

图书在版编目（CIP）数据

现代性批判视域下的纳桑尼尔·霍桑研究/蒙雪琴 著 . —北京：
　人民出版社，2019.7
　ISBN 978 - 7 - 01 - 020768 - 1

I. ①现… 　 II. ①蒙… 　 III. ①霍桑（Hawthorne, N. 1804–1864）–
　文学研究 　 IV. ① I712.064

中国版本图书馆 CIP 数据核字（2019）第 081845 号

现代性批判视域下的纳桑尼尔·霍桑研究
XIANDAIXING PIPAN SHIYU XIA DE NASANGNI'ER HUOSANG YANJIU

蒙雪琴　著

人民出版社 出版发行
（100706　北京市东城区隆福寺街 99 号）

天津文林印务有限公司印刷　新华书店经销

2019 年 7 月第 1 版　2019 年 7 月北京第 1 次印刷
开本：710 毫米 ×1000 毫米 1/16　印张：25.75
字数：356 千字

ISBN 978 - 7 - 01 - 020768 - 1　定价：118.00 元

邮购地址 100706　北京市东城区隆福寺街 99 号
人民东方图书销售中心　电话（010）65250042　65289539